L'ÎLE DU JOUR D'AVANT

Umberto Eco est né à Alessandria (Piémont) en 1932. Actuellement professeur de sémiotique à l'Université de Bologne, il a enseigné aux Etats-Unis (Colombia, Yale, New York University et North-Western University) et à Paris, au Collège de France ainsi qu'à l'Ecole normale supérieure de la rue d'Ulm.

Auteur de nombreux essais, parmi lesquels *Lector in fabula* (Grasset 1985), *Les Limites de l'interprétation* (Grasset 1990), *De superman au surhomme* (Grasset 1993), son premier livre, en 1956, est une étude sur l'esthétique médiévale. Et récemment, *Six Promenades dans le bois du roman et d'ailleurs* (Grasset 1996) traite de la situation du lecteur dans les labyrinthes du récit. Son premier roman, *Le Nom de la rose*, a obtenu en Italie le Prix Strega 1981 (l'équivalent du Goncourt) et, en France, le Prix Médicis étranger 1982. Vinrent ensuite *Le Pendule de Foucault* (Grasset 1990), et *L'Ile du jour d'avant* (Grasset 1996).

Umberto Eco est célèbre dans le monde entier.

UMBERTO ECO

L'Île du jour d'avant

ROMAN TRADUIT DE L'ITALIEN PAR JEAN-NOËL SCHIFANO

GRASSET

Titre original :

L'ISOLA DEL GIORNO PRIMA
Bompiani, Milan, 1994

Is the Pacifique Sea my Home ?
(JOHN DONNE, *Hymne to God my God*)

Sot ! à qui parlé-je ? Misérable ! Que
Je raconte ma douleur   [tenté-je ?
au rivage insensé
au saule muet, au vent sourd...
Las, rien autre ne répond
que le murmure des ondes !

(GIOVAN BATTISTA MARINO, « ECO », *La Lira*, XIX)

1

Daphne

« *Toutefois je m'enorgueillis de mon humiliation, &
puis que a tel privilege suis condamnez, je jouy
presque d'un abhorré salut : je suis, de memoire
d'homme, je crois, l'unique estre de nostre espéce a
avoir faict naufrage sur un vaisseau desert.* »

Ainsi, en forgeur impénitent de traits ingénieux,
Roberto de la Grive, sans doute entre le mois de
juillet et le mois d'août 1643.

Depuis combien de jours errait-il sur les vagues,
lié à une planche, à plat ventre le jour pour ne pas
être aveuglé par le soleil, le cou innaturellement
tendu pour éviter de boire, brûlé par le sel de mer,
certainement fébrile ? Les lettres ne le disent pas et
laissent penser à une éternité, mais il a dû s'agir de
deux jours au plus, sinon il n'aurait pas survécu
sous le fouet de Phébus (comme imaginativement il
se plaint) — lui tant chétif tel il se décrit, animal
noctivague par défaut naturel.

Il n'était pas à même de tenir le compte du temps,
mais je crois que la mer s'était calmée sitôt après la
tempête qui l'avait projeté par-dessus les bordages
de l'*Amaryllis*, et cette sorte de radeau que le matelot
lui avait dessiné sur mesure l'avait conduit, poussé
par les alizés vers la sérénité d'une haute mer, en
une saison où au sud de l'équateur est un très tem-
péré hiver, pendant un nombre de milles point trop

considérable, jusqu'à ce que les courants l'eussent fait aborder dans la baie.

Il était nuit, il s'était assoupi, et il n'avait pas eu conscience qu'il s'approchait du vaisseau jusqu'au moment où, avec un soubresaut, la planche avait heurté contre la proue de la *Daphne*.

Et comme — à la lumière de la pleine lune — il s'était rendu compte qu'il flottait sous un beaupré, le long d'un gaillard d'avant d'où pendait une étroite échelle de corde à une courte distance du funain de l'ancre (l'échelle de Jacob, l'appellerait le père Caspar !), en un instant tous ses esprits lui étaient revenus. Ce dut être la force du désespoir : il a calculé s'il avait plus de souffle pour crier (mais sa gorge était un feu sec) ou pour se libérer des cordes qui l'avaient strié de traits livides et tenter l'ascension. Je crois qu'en ces instants un mourant devient un Hercule qui étrangle les serpents dans son berceau. C'est avec confusion que Roberto enregistre l'événement, mais il faut accepter l'idée, si à la fin il se trouvait sur le gaillard d'avant, que d'une façon ou d'une autre il s'était agrippé à cette échelle. Sans doute est-il monté un peu à la fois, épuisé à chaque hisser, il a basculé par-dessus la balustrade, il a rampé sur les cordages, il a trouvé ouverte la porte du gaillard... Et l'instinct dans l'obscurité a dû lui faire toucher ce baril au bord duquel il s'est soulevé avec effort pour y trouver une tasse attachée à une chaînette. Et il a bu autant qu'il pouvait, s'écroulant ensuite rassasié, dans le plein sens du terme peut-être, puisque cette eau devait contenir un si grand nombre d'insectes qu'elle lui fournissait boisson et nourriture à la fois.

Il devrait avoir dormi vingt-quatre heures, calcul convenable s'il s'est réveillé alors qu'il faisait nuit, mais comme rené. Il était donc nuit de nouveau, et pas encore.

Il a pensé qu'il faisait encore nuit, sinon au bout d'une journée quelqu'un aurait tout de même dû le trouver. La lumière de la lune, pénétrant par le pont, éclairait ce lieu qui se présentait comme la cuisine du bord, avec son chaudron pendant au-dessus du four.

L'endroit avait deux portes, l'une vers le beaupré, l'autre sur le tillac. Et il s'était avancé sur le seuil de la seconde, apercevant comme en plein jour les haubans bien rangés, le cabestan, les vergues aux voiles frélées, peu de canons aux sabords, et la silhouette du gaillard d'arrière. Il avait fait du bruit, mais âme vive ne répondait. Il s'était penché à la muraille et à tribord il avait aperçu, à un mille environ, le profil de l'Ile, avec les palmiers du rivage agités par la brise.

La terre formait comme une anse bordée d'un sable qui blanchissait dans la pâle obscurité mais, ainsi qu'il advient à chaque naufrage, Roberto ne pouvait dire si c'était une île, ou un continent.

Il avait chancelé vers l'autre bord et il avait entrevu — mais cette fois au loin, presque sur la ligne d'horizon — les pics d'un autre profil, lui aussi délimité par deux promontoires. Mer, le reste, comme pour donner l'impression que le vaisseau se trouvait amarré dans une rade où il était entré en passant par un large canal qui séparait les deux terres. Roberto avait décidé que s'il ne s'agissait pas de deux îles, il s'agissait certes d'une île regardant une terre plus vaste. Je ne crois pas qu'il eût tenté d'autres hypothèses, vu qu'il n'avait jamais entendu parler de baies étendues au point de donner l'impression, à qui se trouve au milieu, d'être en face de deux terres jumelles. Ainsi, par ignorance de continents démesurés, il avait vu juste.

Un beau succès pour un naufragé : les pieds sur le dur et la terre ferme à portée de bras. Mais Roberto ne savait pas nager, d'ici peu il découvrirait qu'il n'y avait aucune chaloupe à bord, et entre-temps le courant avait éloigné la planche avec laquelle il était arrivé. Raison pour quoi au soulagement de la mort évitée se joignait maintenant le désarroi pour cette triple solitude : de la mer, de l'Ile voisine et du vaisseau. O ! Du bord. Holà ! doit-il avoir essayé de crier, dans toutes les langues qu'il connaissait, en découvrant son extrême faiblesse. Silence. Comme si à bord ils étaient tous morts. Et jamais il ne s'était exprimé — lui si généreux en similitudes — autant à la lettre. Ou presque — mais c'est ce presque que je voudrais dire, et ne sais par où commencer.

Du reste, j'ai déjà commencé. Un homme erre épuisé sur l'océan et les eaux indulgentes le jettent sur un vaisseau qui semble désert. Désert comme si l'équipage l'avait tout juste abandonné, parce que Roberto revient avec peine à la cuisine, y trouve une lanterne claire et le silex pyromaque, comme si le coq l'avait posée avant d'aller dormir. Mais à côté de la cheminée il y a deux couchettes superposées, vides. Roberto allume la lanterne, regarde autour de lui, et trouve grande quantité de provende : poisson sec, et du biscuit si légèrement bleuté par l'humidité qu'il suffit de gratter un peu avec un couteau. Très salé, le poisson, mais il y a de l'eau à volonté.

Il a dû recouvrer ses forces, ou il jouissait de ses forces quand il en écrivait, s'il se répand — très fin lettré — sur les délices de son festin, oncques Olympe n'en eut de pareils, suave ambroisie issue pour moi des abymes marins, monstres à qui la mort or m'est vie... Mais ce sont là choses que Roberto écrit à la Dame de son cœur :

Soleil de mon ombre, lumiere de ma nuit,
pour quoy le Ciel ne m'a-t-il precipitez en celle
tempeste qu'il avoit tant fierement excitée ? Pour quoy
soustraire a la mer vorace ce corps qui est mien, si
ensuite en cette avare solitude combien plus funeste,
horriblement devoit naufrager mon asme ?
Peut-estre, si le Ciel pitoyable ne me secourt, Vous
ne lirez jamais la lettre qu'ores je Vous escris, & brûlé
tel un flambeau par la lumiere de ces mers je me feray
obscur a vos yeux, tout comme une Selené qui, ayant
las trop jouy de la lumiere de son Soleil, a mesure
qu'elle accomplit sa carriere outre la courbe extrême
de nostre planete, dérobée du secours des rais de
l'astre son souverain, d'abord s'etrecit a l'image de la

faulx qui lui tranche la vie, puis, lampe toujours plus languissante, se dissout tout a fait en ce vaste bouclier azuré où l'ingenieuse nature forme heroïques devises & emblemes misterieux de ses secrets. Amputé de vostre regard, je suis aveugle a cause que Vous ne me voyez pas, muet a cause que Vous ne me parlez pas, sans memoire a cause que Vous n'avez point memoire de moi.

Et seul je vis, ardente opacité & tenebreuse flame, vague phantosme que mon esprit prenant forme toujours esgalle dans cette adverse joute de contraires voudrait prester au vostre. Sauvant ma vie en cette ligneuse citadelle, en ce bastion fluctueux, captif de la mer qui me deffend de la mer, chastié par la clemence du Ciel, caché en ce profond sarcophage ouvert a tous les soleils, en cet aërien souterrain, en cette prison imprenable qui m'offre la fuite de toute part, je désespére de Vous veoir jamais.

Madame, je Vous escris comme pour Vous offrir, indigne hommage, la rose desfleurie de mon desconfort. Toutefois je m'enorgueillis de mon humiliation, & puis que a tel privilege suis condamnez, je jouy presque d'un abhorré salut : je suis, de memoire d'homme, je crois, l'unique estre de nostre espéce a avoir faict naufrage sur un vaisseau desert.

Mais est-ce bien possible ? A en juger par la date de cette première lettre, Roberto se met à écrire sitôt après son arrivée, à peine a-t-il trouvé papier et plume dans la chambre du capitaine, avant d'explorer le reste du vaisseau. Et pourtant il aurait dû employer certain temps à se remettre en forces, pour ce qu'il était diminué comme un animal blessé. Ou c'est peut-être une petite astuce amoureuse, il cherche avant tout à se rendre compte où il est tombé, puis il écrit, et feint que c'était avant. Pourquoi donc, vu qu'il sait, suppose, craint que ces lettres n'arriveront jamais et qu'il les écrit pour son seul tourment (tourmentant réconfort, dirait-il, mais tâchons de ne pas nous laisser guider la main) ? Il est déjà difficile de reconstruire gestes et sentiments d'un personnage qui certainement brûle d'amour véritable, mais on ne sait jamais s'il exprime ce qu'il sent ou ce que les règles du discours amoureux lui prescrivent — or, par ailleurs, qu'en savons-nous de la différence entre passion sentie et passion exprimée, et laquelle est antérieure ? Il écrivait alors pour lui, ce n'était pas de la littérature, il était vraiment là à écrire comme un adolescent qui poursuit un rêve impossible, sillonnant la page de pleurs, non point pour l'absence de l'autre, déjà pure image même quand elle était présente, mais par tendresse de soi, énamouré de l'amour...

Il y aurait matière à en tirer un roman mais, une fois de plus, par où commencer ?

Moi je dis que cette première lettre il l'a écrite après, et avant il a regardé autour de lui — et ce qu'il a vu il le dira dans les lettres suivantes. Mais là encore, comment traduire le journal de quelqu'un qui veut rendre visible par métaphores perspicaces ce qu'il voit mal, alors qu'il va de nuit, les yeux malades ?

Roberto dira que des yeux il souffrait depuis l'époque où cette balle lui avait éraflé la tempe au siège de Casal. C'est bien possible, mais ailleurs il suggère qu'ils se sont davantage et moult affaiblis à cause de la peste. Roberto était certainement de frêle complexion, et, pour ce qui m'est donné par intuition, hypocondriaque aussi — encore qu'avec jugement ; moitié de son état lucifuge devait avoir origine dans sa bile noire, et moitié dans quelque forme d'irritation, peut-être même aggravée par les préparations de monsieur d'Igby.

Il paraît certain qu'il aurait accompli le voyage sur l'*Amaryllis* en restant toujours sous le tillac, vu que le rôle du lucifuge était, sinon sa nature, du moins la condition qu'il devait observer pour tenir à l'œil les manèges dans le fond de cale. Plusieurs mois, tous dans le noir ou à la lumière d'un lumignon — et puis le temps sur l'épave, aveuglé par le soleil, qu'il fût équatorial ou tropical. Quand il aborde à la

Daphne, donc, malade ou pas, il hait la lumière, passe la première nuit dans la cuisine, se ranime et tente une première inspection la deuxième nuit, ensuite les choses vont presque de soi. Le jour l'effraie, non seulement ses yeux ne le supportent pas, mais les brûlures qu'il devait avoir sur le dos, et il se claquemure. La belle lune qu'il décrit ces nuits-là lui est roborative, le jour le ciel se trouve comme de partout, la nuit il découvre de nouvelles constellations (héroïques devises et emblèmes mystérieux, justement), c'est comme se retrouver au théâtre : il se convainc que ce sera là sa vie pendant longtemps et peut-être jusqu'à la mort, il recrée sa Dame sur le papier pour ne pas la perdre, et il sait qu'il n'a pas perdu beaucoup plus que ce qu'il avait déjà.

C'est alors qu'il se réfugie dans ses veilles nocturnes comme dans un utérus maternel, et à plus forte raison il décide de fuir le soleil. Peut-être avait-il rencontré au cours de ses lectures les Revenants de Hongrie, de Livonie ou de Valachie, qui rôdent, inquiets, du couchant à l'aube, pour se cacher ensuite dans leurs sépulcres, au chant du coq : le rôle pouvait le séduire...

Roberto a dû commencer son recensement le deuxième soir. Il avait suffisamment crié désormais pour être sûr qu'il n'y avait personne à bord. Cependant, et il en avait peur, il aurait pu trouver des cadavres, quelque signe qui justifiât cette absence. Il s'était mis en branle avec circonspection, et, d'après les lettres, il est difficile de dire dans quelle direction : il nomme de façon imprécise le vaisseau, ses parties et les objets du bord. Certains lui sont familiers et il les a entendu mentionner par les marins, d'autres, inconnus, et il les décrit pour ce qu'ils lui apparaissent. Mais, et c'est signe que sur l'*Amaryllis* l'équipage devait être fait de fripons des sept mers, même les objets connus il avait dû les entendre désigner en français par l'un, par l'autre en hollandais, en anglais ou en italien par un autre. Il dit ainsi parfois *staffe* — comme devait lui avoir appris le docteur Byrd — pour mâtereaux ; on a peine à comprendre comment il se trouvait une fois sur le gaillard d'arrière ou sur la dunette, et une autre sur le château de poupe qui est un italo-anglicisme pour dire la même chose ; il utilise *sabordi*, et je le lui concède volontiers parce que cela me rappelle les livres de marine qu'on lisait, enfants, en Italie ; il parle de perroquet, qui, pour nous, est une voile de misaine, mais comme pour les Français *perruche* est l'italienne voile de *belvedere* qui est sur le mât d'artimon, on ne sait pas à quoi il fait allusion quand il dit se trouver sous la perruquette. Sans dire que parfois il appelle le mât de misaine artimon, mais alors que veut-il bien signifier quand il écrit *mizzana*, qui, pour les Français, est le mât de misaine (mais, hélas, non point pour les Anglais, pour qui le *mizzen mast* est l'artimon, comme Dieu le veut) ? Et quand il parle de martinet, c'est probablement aux ourses qu'il se réfère. Tant et si bien que je prends une décision : je chercherai à déchiffrer ses intentions, et puis j'utiliserai les termes qui nous sont les plus familiers. Si je me trompe, que voulez-vous : l'histoire n'en changera pas.

Cela dit, nous arrêtons que cette deuxième nuit, après avoir trouvé une réserve de nourriture dans la cuisine, Roberto procéda en quelque sorte sous la lune à la traversée du tillac.

Se rappelant la proue et les flancs bombés, vaguement entrevus la nuit précédente, jugeant d'après le tillac élongé, d'après la forme du gaillard et de la poupe relevée et arrondie, et comparant avec l'*Amaryllis*, Roberto en conclut que la *Daphne* aussi était un *fluyt* hollandais, ou *flauto*, ou une flûte, ou un *fluste*, ou *flyboat*, ou *fliebote*, appellations diverses de ces navires marchands et de moyen tonnage, généralement armés d'une dizaine de canons, par acquit de conscience en cas d'une attaque de pirates, et qu'avec ces dimensions une douzaine de marins pouvaient gouverner et s'embarquer de nombreux passagers supplémentaires, si on renonçait aux commodités (déjà minces), en entassant des couchettes jusqu'à y achopper — et allez donc, grande mortalité suite aux miasmes de tout genre s'il n'y avait pas assez de seilleaux d'aisances. Une flûte, donc, mais plus spacieuse que l'*Amaryllis*, avec un tillac réduit presque aux seules écoutilles, comme si le capitaine avait été soucieux d'embarquer de l'eau à chaque grosse lame un peu trop vive.

En tout cas, que la *Daphne* soit une flûte est un avantage, Roberto peut s'y déplacer avec une certaine connaissance de la disposition des lieux. Par exemple la grande chaloupe, pouvant contenir l'équipage au complet, aurait dû se trouver au centre du tillac : et qu'elle n'y fût pas laissait croire que l'équipage était ailleurs. Ce qui ne tranquillisait par Roberto : un équipage ne s'éloigne jamais au complet de son navire, l'abandonnant à la merci de la mer, même s'il est à l'ancre, les voiles frélées dans le calme plat d'une baie.

Ce soir-là, il s'était aussitôt dirigé sur le fanal de poupe, il avait ouvert la porte du gaillard avec retenue, comme s'il devait demander la permission à quelqu'un... A côté de la barre de gouvernail, le compas de route lui dit que le canal entre les deux terres s'étendait du sud au nord. Puis il s'était retrouvé dans ce que l'on appellerait aujourd'hui le carré, une salle en forme de L, et une autre porte l'avait introduit dans la chambre du capitaine, avec sa large fenêtre au-dessus du gouvernail et les accès latéraux à la galerie. Sur l'*Amaryllis* la chambre de commandement et celle où dormait le capitaine n'étaient pas d'un seul tenant, tandis qu'ici il paraissait que l'on avait cherché à ménager de l'espace pour faire place à quelque chose d'autre. En effet, alors qu'à la gauche du carré s'ouvraient deux petites chambres pour deux officiers majors, sur la droite on avait obtenu une autre aire, presque plus spacieuse que celle du capitaine, avec une couchette modeste au fond, mais disposée comme un lieu de travail.

La table était encombrée de cartes qui semblèrent à Roberto plus nombreuses que celles dont un navire se sert pour la navigation. On aurait dit l'endroit où travaillait un homme d'étude : avec les papiers étaient diversement disposés des lunettes de longue-vue, un beau nocturlabe en cuivre dont émanaient de fauves lueurs comme s'il était en soi une source de lumière, une sphère armillaire fixée sur le plan de la table, d'autres feuilles de calculs, et un parchemin avec des dessins circulaires en noir et en rouge, qu'il reconnut pour en avoir vu des exemplaires sur l'*Amaryllis* (mais de plus vile facture) comme une reproduction des éclipses lunaires de Regiomontanus.

Il était revenu dans la chambre de commandement : en sortant sur la galerie on pouvait voir l'Ile, on pouvait — écrivait Roberto — fixer avec des yeux d'once son silence. En somme, l'Ile était là, comme avant.

Il devait être arrivé presque nu sur le vaisseau : je pense qu'en premier lieu, souillé qu'il était par le sel de la mer, il se sera lavé dans la cuisine, sans se demander si cette eau était l'unique à bord, et puis il aura trouvé dans un coffre un bel habit du capitaine, celui que l'on réserve pour le débarquement final. Peut-être s'est-il même pavané dans sa tenue de commandement, et chausser des bottes a dû être une façon de se sentir de nouveau dans son élément. C'est à ce moment-là seulement qu'un honnête homme, proprement habillé — et non point un naufragé émacié —, peut prendre officiellement possession d'un navire abandonné, et ne plus ressentir comme violation, mais plutôt comme droit, le geste que fit Roberto : il chercha sur la table, et découvrit, ouvert et comme brusquement interrompu, à côté de la plume d'oie et de l'encrier, le journal de bord. Au premier feuillet, il apprit aussitôt le nom du vaisseau, mais, pour le reste, c'était une succession incompréhensible de *anker*, *passer*, *sterre-kyker*, *roer*, et il lui fut peu utile de savoir que le capitaine était flamand. Cependant la dernière ligne portait la date de quelques semaines avant, et, faisant suite à de rares mots incompréhensibles, se détachait, soulignée, une expression, en bon latin : *pestis, quae dicitur bubonica.*

Voilà une piste, l'annonce d'une explication. A bord du vaisseau s'était déclarée une épidémie. Cette nouvelle n'inquiéta pas Roberto : sa peste, il l'avait eue treize ans auparavant, et tout le monde sait que celui qui a eu le mal a acquis une sorte de grâce, comme si ce serpent n'osait pas s'introduire pour la seconde fois dans les lombes de celui qui l'avait dompté une première fois.

Par ailleurs, cette allusion n'expliquait pas grand-chose et laissait place à d'autres inquiétudes. Soit, ils étaient tous morts. Mais alors, on aurait dû trouver, épars dans le plus grand désordre sur le tillac, les cadavres des derniers, en admettant que ceux-ci eussent donné pieuse sépulture en mer aux premiers.

Il y avait l'absence de la chaloupe : les derniers, ou bien tous, s'étaient éloignés du vaisseau. Qu'est-ce qui fait d'un vaisseau de pestiférés un lieu d'invincible menace ? Les rats, peut-être ? Roberto crut pouvoir interpréter, dans l'écriture ostrogothique du capitaine, un mot comme *rottenest* (gros gras rat, rat d'égout ?) — et il s'était aussitôt tourné en levant la lanterne, prêt à apercevoir quelque chose glisser le long des parois et à entendre le couinement qui lui avait glacé les sangs sur l'*Amaryllis*. En frissonnant il se rappela un soir où un être velu lui avait effleuré le visage tandis qu'il commençait de s'endormir, et son cri de terreur avait fait accourir le docteur Byrd. Tout le monde ensuite s'était moqué de lui : même sans la peste, il y a autant de rats sur un navire que d'oiseaux dans un bois, et il faut se familiariser avec les rats si l'on veut courir les mers.

Mais, du moins dans le gaillard, de rats nul indice. Peut-être s'étaient-ils réunis dans la sentine, avec leurs yeux rougeoyants dans le noir, en attente de chair fraîche. Roberto se dit que, s'ils étaient là, il fallait le savoir sans tarder. S'il s'agissait de rats normaux et en quantité normale, on pouvait vivre avec. Et, d'ailleurs, il pouvait s'agir de quoi d'autre ? Il se le demanda, et ne voulut pas se répondre.

Roberto trouva un mousquet, un espadon et un coutelas. Il avait été soldat : le mousquet était un de ces *caliver* — comme disaient les Anglais — que l'on pouvait pointer sans fourchette ; il s'assura que tout était en ordre, davantage pour se sentir en confiance que pour le projet de mettre en déroute un troupeau de rats sous la mitraille, et de fait à sa ceinture il avait aussi enfilé le couteau, qui ne sert pas à grand'chose contre les rats.

Il avait décidé d'explorer la carcasse depuis la proue jusqu'à la poupe. Revenu à la cuisine, par une échelle qui descendait derrière l'étrier du beaupré il avait pénétré dans le paillot (ou dépense, je crois) où étaient entassées des denrées pour une longue navigation. Et puisqu'elles ne pouvaient s'être conservées pendant toute la durée du voyage, l'équipage venait de se ravitailler sur une terre hospitalière.

Il y avait des bourriches de poisson fumé depuis peu, et des pyramides de noix de coco, et des barils de tubercules de forme inconnue mais à l'aspect comestible et visiblement susceptibles de supporter une longue conservation. Et puis des fruits, de ceux que Roberto avait vus apparaître sur l'*Amaryllis* après les premiers abordages à des terres tropicales, ceux aussi qui résistent aux altérations des saisons, hérissés d'épines et d'écailles, dont le parfum piquant promettait des carnosités bien défendues, des humeurs de sucres cachées. Et c'est de quelque produit des îles que devaient avoir été tirés ces sacs de farine grise, à l'odeur de tuf, dont on avait probablement fait et cuit même des pains qui, au goût, rappelaient ces nodosités insipides que les Indiens du Nouveau Monde appelaient des patates.

Vers le fond il vit aussi une dizaine de tonnelets avec leur cannelle. Il ouvrit la première, et c'était de l'eau pas encore croupie, au contraire recueillie récemment et traitée avec du soufre pour la conserver plus longuement. Il n'y en avait pas beaucoup, mais en calculant que les fruits aussi le désaltéreraient, il pourrait rester un long temps sur le vaisseau. Et pourtant ces découvertes, qui devaient lui faire comprendre qu'il ne mourrait pas d'inanition sur la *Daphne*, l'inquiétaient davantage encore — comme il advient du reste aux esprits mélancoliques pour qui chaque avis de fortune est promesse de funestes conséquences.

Naufrager sur un navire désert, c'est déjà un cas innaturel, mais si au moins le navire avait été abandonné par les hommes et par Dieu comme épave impraticable, sans objets de la nature ou de l'art qui le rendissent désirable logis, voilà qui aurait été dans l'ordre des choses et des chroniques des navigateurs ; mais le trouver ainsi, disposé comme pour un hôte agréable et attendu, comme une offre insinuante, cela commençait à fleurer le soufre, bien plus que l'eau. Des contes que lui disait sa grand-mère vinrent à l'esprit de Roberto, et d'autres en plus belle prose que l'on lisait dans les salons parisiens, où des princesses perdues dans le bois se retrouvent dans une forteresse au milieu de chambres somptueusement meublées avec des lits à baldaquin, et des armoires pleines de robes luxueuses, ou même devant des tables servies... Et on le sait, la dernière salle réserverait la révélation sulfureuse de l'esprit malin qui avait tendu le piège.

Il avait touché une noix de coco à la base du tas, avait troublé l'équilibre de l'ensemble, et ces formes hispides s'étaient écroulées en avalanche tels des rats qui auraient attendu, muets, au sol (ou comme les chauves-souris se pendent la tête en bas aux poutres d'un plafond), prêts à présent à lui monter le long du corps et à lui flairer le visage salé de sueur.

Il fallait s'assurer qu'il ne s'agissait pas d'un charme : Roberto avait appris en voyage ce que l'on fait avec les fruits d'outre-mer. Se servant du coutelas comme d'une hache, il ouvrit d'un seul coup une noix, puis il brisa la coque, rongea la manne qui se cachait sous l'écorce. Tout était si suavement bon que l'impression d'embûche augmenta. Sans doute, se dit-il, il était déjà la proie de l'illusion, il savourait des noix et il était en train de mordre des rongeurs, déjà il en absorbait la quiddité, d'ici peu de temps ses mains se feraient graciles, griffues et crochues, son corps se couvrirait d'une aigreur lanugineuse, son échine se ploierait en arc, et il serait accueilli dans la sinistre apothéose des habitants hirsutes de cette barque d'Achéron.

Mais, et pour en finir avec la première nuit, un autre avis d'horreur devait surprendre l'explorateur. Comme si l'écroulement des noix de coco avait réveillé des créatures dormantes, il entendit provenir de derrière la paroi qui séparait la dépense du reste du second-pont, sinon un couinement, un piaillement, un pépiement, un grattement de pattes. Il y avait donc bien embûche, des êtres de la nuit tenaient congrès en quelque repaire.

Roberto se demanda si, mousquet à la main, il devait affronter sur-le-champ cet Armagédon. Son cœur tremblait, il s'accusa de lâcheté, il se dit que cette nuit ou une autre, tôt ou tard il devrait, devant Eux, faire front. Il tergiversa, remonta sur le pont et par chance entrevit l'aube cireuse qui déjà bavait sur le métal des canons jusqu'alors caressé par les reflets de la lune. Le jour se levait, se dit-il avec soulagement, et il était de son devoir d'en fuir la lumière.

Comme un Revenant de Hongrie, il traversa en courant le tillac pour regagner le gaillard de poupe, entra dans la chambre, la sienne désormais, barricada, ferma les sorties sur la galerie, mit les armes à portée de main, et il s'apprêta à dormir pour ne pas voir le Soleil, bourreau qui de la hache de ses rayons coupe le cou aux ombres.

Agité, il rêva de son naufrage, et il rêva en homme d'esprit pour lequel même dans les rêves, et surtout dans les rêves, il faut faire en sorte que les propositions embellissent le trait ingénieux, que les reliefs le ravivent, que les mystérieuses connexions le rendent dense, profond les considérations, élevé les emphases, dissimulé les allusions, et les transmutations, subtil.

J'imagine qu'en ces temps-là, et sur ces mers-là, les vaisseaux qui faisaient naufrage étaient plus nombreux que ceux qui revenaient au port ; mais, pour les naufragés qui en étaient à leur première fois, l'expérience devait être source de cauchemars récurrents que l'habitude à bien concevoir devait rendre pittoresques tel un Jugement dernier.

Depuis la veille au soir l'air était comme atteint d'un catarrhe et il semblait que l'œil du ciel, gros de larmes, déjà ne parvenait plus à soutenir la vue de l'étendue des ondes. Le pinceau de la nature avait désormais décoloré la ligne de l'horizon et il esquissait des lointains de provinces indistinctes.

Roberto, dont les entrailles prédisaient le branle imminent, se jette sur la couchette, bercé maintenant par une nourrice de cyclopes, il s'assoupit au milieu de rêves agités qu'il rêve dans le rêve qu'il raconte, et, cosmopée de stupeurs, accueille en son sein. Il se réveille à la bacchanale des tonnerres et aux hurlements des matelots, puis des paquets d'eau envahissent sa couchette, le docteur Byrd apparaît en courant et lui crie de se rendre sur le tillac, et de bien s'agripper à n'importe quoi qui soit un peu plus immobile que lui.

Sur le tillac, confusion, gémissements et corps comme soulevés par la main divine, précipités à la mer. Un certain temps Roberto s'accroche, jusqu'à ce que la voile se déchire, percée par des éclairs, à l'esparre d'artimon (si je comprends bien) qui, alors, en compagnie de la vergue, s'emploie à rivaliser avec la course courbe des étoiles et Roberto est projeté au pied du grand mât. Là, un matelot de bon cœur, qui s'était attaché au même mât, ne pouvant lui faire place lance une corde et lui crie de s'attacher à une porte du gaillard tirée de ses gonds et projetée jusqu'ici ; ce qui fut bon pour Roberto, c'est que la porte, avec lui comme parasite, se mît ensuite à glisser contre le plat-bord : entre-temps, le mât se brise et une vergue de perroquet tombe et fend en deux la tête de l'ajudant.

Par une brèche de la muraille Roberto voit, ou rêve avoir vu, des cyclades d'ombres amoncelées d'élicies et autres éjaculations éthérées qui filent errant à travers les champs onduleux, ce qui me semble céder un peu trop au goût de la citation précieuse. Mais n'importe, l'*Amaryllis* s'incline du côté du naufragé prêt au naufrage, et Roberto avec sa planche glisse dans un gouffre au-dessus duquel il aperçoit, en descendant, l'Océan qui s'élève pour simuler des précipices, dans la défaillance des cimes il voit surgir des Pyramides chues, il se retrouve aqueuse comète fuyant le long de l'orbite de ce tourbillon de ciels mouillés. Tandis que chaque flot darde ses éclairs avec inconstance, ici s'incurve une vapeur, là un tourbillon bouillonne et ouvre une fontaine. Des fascines de météores affolés font contrechant à l'air séditieux et coupé de tonnerres, le ciel est une alternance de lumières très lointaines et de ruissellements de ténèbre, et Roberto dit avoir vu des Alpes mousseuses en de glissants sillons dont les écumes se changent en moissons, et Cérès fleurie au milieu de reflets saphirés, et par moments une cascade d'opales rugissantes, comme si sa tellurique fille Proserpine avait pris le commandement, exilant sa mère frugifère.

Et parmi les fauves qui mugissent errant autour de lui, tandis que rebouillonnent les sels d'argent en un tempétueux tourment, Roberto cesse soudain d'admirer le spectacle dont il devient insensible acteur, perd connaissance et plus rien ne sait de soi. Après seulement il supposera, rêvant, que la planche, par compatissant décret ou par instinct de chose nageante, s'adapte à cette gigue et, comme elle était descendue naturellement remonte et s'apaise en une lente sarabande — vu que dans la colère des éléments se subvertissent aussi les règles de toute urbaine suite de danses — et par de toujours plus vastes périphrases l'éloigne de l'ombilic du manège où cependant s'abîme, toupie muant dans les mains des enfants d'Eole, l'infortunée *Amaryllis*, beaupré au ciel. Et avec elle toute autre âme vive dans son fond de cale, le Juif errant destiné à trouver dans la Jérusalem céleste la Jérusalem terrestre qu'il n'atteindrait plus jamais, le chevalier de Malte pour toujours séparé de l'île Escondida, le docteur Byrd et ses acolytes et — enfin soustrait par la nature bienveillante aux réconforts de l'art médical — ce pauvre chien infiniment ulcéré, dont je n'ai d'ailleurs pas eu encore occasion de parler parce que Roberto en écrira seulement plus tard.

Mais en somme, je présume que le rêve et la tempête avaient rendu le sommeil de Roberto assez susceptible pour le limiter à un court laps de temps, auquel devait succéder une veille belliqueuse. En effet, acceptant l'idée que dehors il faisait jour, revigoré par le fait que peu de lumière pénétrait par les grosses vitres opaques du gaillard, et confiant qu'il pourrait descendre dans le second-pont par quelque échelle intérieure, il se donna du cœur, reprit les armes et alla avec téméraire crainte découvrir l'origine de ces sons nocturnes.

Ou mieux, il n'y va pas tout de suite. Je demande grâce, mais c'est Roberto qui, dans son récit à sa Dame, se contredit — signe qu'il ne raconte pas de point en point ce qui lui est arrivé mais cherche à construire la lettre comme un récit, mieux, comme salmigondis de ce qui pourrait devenir lettre et récit, et il écrit sans décider de ce qu'il choisira, dessine pour ainsi dire les pions de son échiquier sans aussitôt arrêter lesquels déplacer et comment les disposer.

Dans une lettre, il dit être sorti pour s'aventurer sous le pont. Mais dans une autre il écrit que, la clarté du matin l'ayant tout juste éveillé, il fut frappé par la musique d'un lointain concert. C'étaient des sons qui provenaient sûrement de l'Ile. D'abord Roberto eut l'image d'un nuage d'indigènes qui s'entassaient sur de longs canoës pour aborder le navire, et il serra le mousquet, puis le concert lui sembla moins batailleur.

C'était l'aube, le soleil ne touchait pas encore les vitres : il se rendit dans la galerie, s'avisa de l'odeur de la mer, poussa à peine l'ouvrant et de ses yeux mi-clos tenta de fixer le rivage.

A bord de l'*Amaryllis* où, le jour, il ne sortait pas sur le tillac, Roberto avait entendu les passagers parler d'aurores embrasées comme si le soleil était impatient de darder ses rayons sur le monde, alors qu'il voyait à présent sans pleurer des couleurs pastel : un ciel écumeux de nues sombres légèrement effrangées de nacre, tandis qu'une nuance, un souvenir de rose, montait derrière l'Ile, qui paraissait colorée de turquin sur un papier grenu.

Mais cette palette presque nordique lui suffisait pour comprendre que ce profil, qui lui avait semblé homogène dans la nuit, était donné par les contours d'une colline boisée qui s'arrêtait en une pente rapide sur une bande côtière couverte d'arbres de hauts fûts, jusqu'aux palmiers qui faisaient couronne à la plage blanche.

Lentement le sable devenait plus lumineux, et sur ses bords on apercevait de part et d'autre comme de grandes araignées qui s'étaient embaumées en déplaçant leurs membres squelettiques dans l'eau. Roberto les qualifia de loin de « végétaux ambulants », mais à ce moment-là le reflet trop vif du sable le fit se retirer.

Il découvrit que, là où ses yeux lui faisaient défaut, son ouïe ne pouvait le trahir, et il s'en remit à l'ouïe. Il referma presque complètement le battant et tendit l'oreille aux bruits qui venaient de la terre.

Quoique habitué aux aubes de sa colline, il comprit que pour la première fois de sa vie il entendait vraiment chanter les oiseaux, et en tout cas il n'en avait jamais autant entendu ni d'aussi variés.

Par milliers, ils saluaient le lever du soleil : il lui sembla reconnaître, d'entre les cris du perroquet, le rossignol, le merle, la calandre, un nombre infini d'hirondelles, et même le bruit aigu de la cigale et du grillon, se demandant s'il entendait vraiment des animaux de ces espèces ou pas plutôt quelque germain à eux des antipodes... L'Ile était loin, il eut pourtant l'impression que ces sons soulevaient à leur suite une senteur de fleurs d'oranger et de basilic, comme si l'air à travers toute la baie était imprégné de parfum — d'ailleurs, monsieur d'Igby lui avait raconté comment, au cours d'un de ses voyages, il avait reconnu la proximité de la terre à une volée d'atomes odorants transportés par les vents...

Mais, alors que tout en humant il tendait l'oreille à cette multitude invisible, comme si par les créneaux d'un château ou par les meurtrières d'un bastion il regardait une armée qui se disposait en arc vociférant par degrés sur la pente de la colline, la plaine d'en face et le fleuve qui protégeait les murailles, il eut l'impression d'avoir déjà vu ce qu'entendant il imaginait, et devant l'immensité qui mettait le siège il se sentit assiégé et lui vint presque l'instinct de pointer le mousquet. Il était à Casal ; en face de lui se déployait l'armée espagnole avec sa rumeur de charroi, l'entrechoquement des armes, les voix de ténor des Castillans, le vacarme des Napolitains, l'âpre grognement des lansquenets, et, en arrière-plan, quelques sons de trompette qui arrivaient feutrés, et les coups amortis de quelques tirs d'arquebuse, cloc, pof, taa-poum, ainsi que les pétards d'une fête patronale.

Comme si sa vie s'était passée entre deux sièges, l'un image de l'autre, à la seule différence qu'à présent, à la jonction de ce cercle de deux bons lustres, le fleuve était trop large et circulaire lui aussi — au point de rendre impossible toute sortie —, Roberto revécut les jours de Casal.

2

De ce qui s'est passé dans le Montferrat

Roberto laisse fort peu comprendre de ses seize années de vie précédant cet été de l'an 1630. Il cite des épisodes du passé seulement quand ils lui semblent exhiber quelque rapport avec son présent sur la *Daphne*, et le chroniqueur de sa chronique rétive doit épier entre les plis des propos. A suivre ses manières, il aurait l'air d'un auteur qui, pour différer le dévoilement du meurtrier, ne concède au lecteur que de rares indices. Et je dérobe ainsi des signes, comme un délateur.

Les Pozzo di San Patrizio étaient une famille de petite noblesse qui possédait le vaste domaine de la Grive aux confins de la province d'Alexandrie (en ces temps-là partie du duché de Milan, et donc territoire espagnol), mais que par géographie politique ou disposition d'esprit on croyait vassale du marquis du Montferrat. Le père — qui parlait en français avec sa femme, en dialecte avec ses paysans et en italien avec les étrangers — s'exprimait avec Roberto de différentes manières selon qu'il lui enseignait un coup d'épée ou l'emmenait chevaucher à travers champs, pestant contre les oiseaux qui ravageaient sa récolte. Pour le reste, l'enfant passait son temps sans amis, rêvant de terres lointaines quand il rôdait, ennuyé, dans les vignes, de fauconnerie s'il chassait des martinets et de luttes avec le dragon s'il jouait avec les chiens, de trésors cachés tandis qu'il explorait les salles de leur castel ou bastidon si l'on veut. Lui allumaient ces vagabondages de l'esprit les romans et les poèmes de chevalerie qu'il trouvait empoussiérés dans la tour méridionale.

Inculte il ne l'était donc pas, et il avait même un précepteur, fût-il saisonnier. Un carme qui, disait-on, avait voyagé en Orient où — murmurait sa mère en se signant — on insinuait qu'il s'était fait musulman, arrivait une fois l'an au domaine, accompagné d'un serviteur et de quatre mulets chargés de livres et autres paperasses, hôte pour trois mois. Ce qu'il enseignait à son élève, je l'ignore, mais quand il est arrivé à Paris, Roberto faisait son petit effet et, en tout cas, il apprenait vite ce qu'il entendait.

De ce carme, on ne sait qu'une chose, et ce n'est pas un hasard si Roberto y fait allusion. Un jour le vieux Pozzo s'était coupé en fourbissant une épée et, soit que l'arme fût rouillée, soit qu'il eût lésé une partie sensible de la main ou des doigts, la blessure lui donnait de fortes douleurs. Alors le carme avait pris la lame, il y avait répandu une poudre qu'il gardait dans une petite boîte et aussitôt Pozzo avait juré ressentir un soulagement. Le fait est que le lendemain la plaie se cicatrisait déjà.

L'étonnement de tous avait réjoui le carme, et il avait dit que le secret de cette substance lui avait été révélé par un Arabe et qu'il s'agissait d'un médicament bien plus puissant que celui nommé par les chrétiens spagiriques *unguentum armarium*. Quand on lui avait demandé pourquoi donc la poudre ne devait pas être appliquée sur la blessure mais bien sur la lame qui l'avait occasionnée, il avait répondu qu'ainsi agit la nature où, parmi les forces les plus fortes, se trouve la sympathie universelle qui gouverne les actions à distance. Et il avait ajouté que, si la chose pouvait apparaître difficile à croire, l'on n'avait qu'à songer à l'aimant, lequel est une pierre qui attire à soi la limaille de métal, ou aux grandes montagnes de fer, qui couvrent le nord de notre planète et attirent l'aiguille de la boussole. Ainsi l'onguent armaire, adhérant fortement à l'épée, attirait ces vertus du fer que l'épée avait laissées dans la blessure et en empêchaient la guérison.

N'importe quel être qui, dans son enfance, a été témoin de pareille chose ne peut qu'en rester marqué toute sa vie ; et nous allons voir bientôt comment le destin de Roberto fut décidé par son attirance pour le pouvoir attractif de poudres et d'onguents.

Par ailleurs, ce n'est pas là l'épisode qui a laissé

l'empreinte la plus profonde sur l'enfance de Roberto. Il en est un autre, et à proprement parler ce n'est pas un épisode mais une sorte de refrain dont le jeune homme avait gardé soupçonneuse mémoire. Il paraît donc que son père, certainement plein d'affection pour ce fils, même s'il le traitait avec la rudesse taciturne propre aux hommes de ces terres, de temps à autre — et précisément au cours de ses cinq premières années de vie — le soulevait en l'air et, fier, lui criait « Toi, tu es mon premier-né ! » Rien d'étrange, au vrai, sauf un péché véniel de redondance vu que Roberto était fils unique. Si ce n'était qu'en grandissant Roberto avait commencé à se rappeler (ou il s'était convaincu de se rappeler) que devant ces manifestations de joie paternelle sa mère prenait un air mi-anxieux mi-radieux, comme si le père faisait bien de dire cette phrase mais que l'entendre répéter réveillait en elle une inquiétude apaisée depuis beau temps. L'imagination de Roberto avait longtemps gambadé autour du ton de cette exclamation, pour en conclure que son père ne la prononçait pas telle une assertion évidente mais au contraire une investiture inédite dans l'emphase de ce « toi », comme s'il voulait dire « toi, et pas un autre, tu es mon fils premier-né ».

Pas un autre ou pas l'autre ? Dans les lettres de Roberto apparaissent toujours quelques références à un Autre qui l'obsède, et c'est justement alors que l'idée semble lui être née, quand il s'était persuadé (et avec quoi pouvait se creuser les méninges un enfant perdu au milieu des grosses tours pleines de chauves-souris, des vignes, des lézards et des chevaux, gêné et ne sachant comment se comporter avec les jeunes paysans ses inégaux contemporains, et qui, s'il n'écoutait les fables de sa grand-mère, écoutait celles du carme ?) que quelque part rôdait un autre méconnaissable frère, probablement d'un naturel méchant si le père l'avait renié. Roberto était d'abord trop petit, et puis trop pudique, pour se demander si ce frère lui était frère du côté de son père ou du côté de sa mère (et dans les deux cas sur l'un des géniteurs se serait allongée l'ombre d'une faute ancienne et impardonnable) : c'était un frère, en quelque manière (peut-être surnaturelle) il était certainement coupable du rejet qu'il avait subi, certainement pour cela il le haïssait lui, Roberto, le préféré.

L'ombre de ce frère ennemi (que pourtant il aurait voulu connaître pour l'aimer et s'en faire aimer) avait troublé ses nuits de petit garçon ; plus tard, adolescent, il feuilletait dans la bibliothèque de vieux volumes pour y trouver caché, que sais-je, un portrait, un acte du curé, un aveu libérateur. Il errait dans les combles, ouvrant de vieilles malles remplies des vêtements de ses bisaïeuls, médailles oxydées ou un poignard mauresque, et il s'arrêtait pour interroger de ses doigts perplexes des petites chemises de toile fine qui avaient sûrement enveloppé un enfant, mais Dieu sait combien d'années ou de siècles avant.

Peu à peu il avait même donné un nom à ce frère perdu, Ferrante, et il s'était mis à lui attribuer de menus crimes dont on l'accusait à tort, tel le vol d'un gâteau ou la libération indue d'un chien à la chaîne. Ferrante, favorisé par son effacement, agissait dans son dos, et lui se couvrait derrière Ferrante. Mieux, peu à peu, la coutume d'inculper son frère inexistant de ce que lui, Roberto, ne pouvait avoir fait, s'était changée en habitude de lui attribuer même ce que Roberto avait vraiment fait, et dont il se repentait.

Non que Roberto dît aux autres un mensonge : c'est que, recevant en silence et noué de larmes la punition pour ses propres délits, il parvenait à se convaincre de sa propre innocence et à se sentir la victime d'une vexation.

Une fois, par exemple, pour essayer une nouvelle hache que le forgeron venait de livrer, et aussi en retour de je ne sais quelle injustice qu'il pensait avoir subie, Roberto avait abattu un petit arbre fruitier planté depuis peu par son père avec de grandes espérances pour les saisons futures. Quand il s'était rendu compte de la gravité de sa sottise, Roberto s'en était représenté des conséquences terribles, au minimum une vente aux Turcs qui le feraient ramer sa vie durant dans leurs galères, et il se disposait à tenter la fuite et à finir ses jours comme bandit sur les collines. A la recherche d'une justification, il s'était vite convaincu que l'arbre abattu avait été sûrement le fait de Ferrante.

Mais le père, une fois ce crime découvert, avait rassemblé tous les garçons du domaine et avait dit que, pour éviter son ire sans discrimination, le coupable ferait mieux d'avouer. Roberto s'était senti généreusement compatissant : s'il avait accusé Ferrante, le pauvret aurait subi un nouveau reniement, au fond le malheureux faisait le mal pour combler son abandon d'orphelin, blessé par le spectacle de ses géniteurs qui comblaient un autre de caresses... Il avait fait un pas en avant et, tremblant de peur et de fierté, il avait dit qu'il ne voulait pas que quelqu'un d'autre fût incriminé à sa place. L'affirmation, même si elle ne l'était pas, avait été prise pour un aveu. Le père, retroussant sa moustache et regardant la mère, avait dit, au milieu de bourrus raclements de gorge, que certainement le crime était des plus graves, et la punition inévitable, mais qu'il ne pouvait pas ne pas apprécier que le jeune « monsieur de la Grive » fît honneur aux traditions de la famille, et qu'ainsi doit toujours se conduire un gentilhomme, n'eût-il que huit ans. En suite de quoi, il avait décrété que Roberto ne prendrait pas part à la visite de la mi-août aux cousins de San Salvatore, ce qui représentait une pesante punition à coup sûr (il y avait Quirino, à San Salvatore, un vigneron qui savait hisser Roberto sur un figuier d'une hauteur vertigineuse), mais à coup sûr moindre que les galères du Sultan.

Pour nous l'histoire paraît simple : le père est fier d'avoir un rejeton qui ne ment pas, il regarde la mère avec une satisfaction mal dissimulée, et il punit avec indulgence, façon de sauver les apparences. Mais sur cet événement Roberto eut à broder longuement, arrivant à la conclusion que père et mère avaient sans nul doute pressenti que le coupable était Ferrante, ils avaient apprécié le fraternel héroïsme de leur fils préféré, et ils s'étaient sentis soulagés de ne pas devoir mettre à nu le secret de la famille.

Peut-être est-ce moi qui brode sur de maigres indices, mais le fait est que la présence du frère absent aura un poids dans cette histoire. De ce jeu puéril, nous retrouverons des traces dans le comportement de Roberto adulte — ou du moins de Roberto au moment où nous le trouvons sur la *Daphne*, en une occurrence qui, à vrai dire, aurait embrouillé quiconque.

De toute manière, je dévie ; nous devons encore établir comment Roberto arrive au siège de Casal. Et là, il convient de donner libre voie à l'imagination et de se figurer comment cela peut s'être passé.

A la Grive, les nouvelles ne parvenaient pas avec grande célérité, mais depuis au moins deux ans l'on savait que la succession au duché de Mantoue provoquait de nombreux tracas au Montferrat, et qu'il y avait déjà eu un demi-siège. En bref — et c'est une histoire que l'on a déjà racontée, fût-ce de façon plus fragmentaire que la mienne — au mois de décembre 1627 mourait le duc Vincenzo II Mantoue, et autour du lit de mort de ce dissolu qui n'avait pas su faire d'enfants, il s'était célébré un ballet de quatre prétendants, de leurs agents et de leurs protecteurs. Le marquis de Saint-Charmont l'emporte, qui réussit à convaincre Vincenzo que l'héritage revient à un cousin de la branche française, Charles de Gonzague, duc de Nevers. Le vieux Vincenzo, entre un râle et l'autre, fait ou laisse faire que Nevers épouse en toute hâte sa nièce Marie de Gonzague, et il expire en lui laissant le duché.

Or, Nevers était français, et le duché dont il héritait comprenait aussi le marquisat du Montferrat avec sa capitale Casal, la forteresse la plus importante de l'Italie du Nord. Situé qu'il était entre le Milanais espagnol et les terres des Savoie, le Montferrat permettait le contrôle du cours supérieur du Pô, des passages entre les Alpes et le sud, de la route entre Milan et Gênes, et il s'insérait comme un tampon entre la France et l'Espagne — aucune des deux puissances ne pouvait se fier à cet autre tampon qu'était le duché de Savoie où Charles Emmanuel faisait un jeu qu'il serait indulgent de définir double. Si le Montferrat allait à Nevers, c'était comme s'il allait à Richelieu ; et il était donc évident que l'Espagne préférait qu'il allât à quelqu'un d'autre, disons le duc de Guastalla. A part le fait que le duc de Savoie avait quelque titre à la succession lui aussi. Cependant, puisqu'il existait un testament, et qu'il désignait Nevers, aux autres prétendants il restait seulement à espérer que le Saint et Romain Empereur germanique, dont le duc de Mantoue était formellement feudataire, ne ratifiât point la succession.

Les Espagnols n'en étaient pas moins impatients et, dans l'attente que l'Empereur prît une décision, Casal avait déjà été assiégée une première fois par Gonzales de Cordoue et maintenant, pour la deuxième fois, par une imposante armée d'Espagnols et d'Impériaux commandée par le marquis de Spinola. La garnison française se disposait à résister, dans l'attente d'une armée française de secours, encore engagée au nord, et Dieu seul sait si elle arriverait à temps.

Les événements en étaient plus ou moins à ce point-là lorsque le vieux Pozzo, à la mi-avril, réunit devant le château les plus jeunes de ses domestiques et les plus lestes de ses paysans, distribua toutes les armes qui se trouvaient dans le domaine, appela Roberto et tint à tous ce discours, qu'il devait avoir préparé pendant la nuit : « Vous, mes gens, écoutez. Notre terre de la Grive a toujours payé tribut au

Marquis du Montferrat, comme qui dirait depuis quelque temps le Duc de Mantoue, lequel est devenu le seigneur de Nevers, et qui vient me dire que Nevers n'est ni mantouan ni montferrin je lui botte le train, pour ce que vous êtes des mirmidons ignares que de ces choses vous ne comprenez goutte et donc mieux vaut que vous restiez cois et laissiez faire votre maître qui du moins lui sait ce qu'est l'honneur. Mais comme vous l'honneur vous vous le colchiquez où je pense, vous devez savoir que si les Impériaux entrent à Casal, c'est gens qui ne s'embarrassent pas de finesses, vos vignes seront acravantées et vos femmes n'en parlons pas, allez. Raison pour quoi on part défendre Casal. Pour moi, je n'oblige personne. S'il y a quelque fourbe de fainéant qui n'est pas de cette idée, qu'il le dise sur-le-champ et je le pends haut et court à ce chêne. » Aucun des présents ne pouvait encore avoir vu les eaux-fortes de Callot avec des grappes de gens comme eux qui pendouillaient à d'autres chênes, mais l'air du temps en frémissait : tous levèrent qui leurs mousquets, qui leurs piques, qui des bâtons à la faucille liée au sommet et ils crièrent vive Casal à bas les Impériaux. Comme un seul homme.

« Mon fils, dit le sieur Pozzo à Roberto tandis qu'ils chevauchaient de par les collines, avec leur petite armée qui suivait à pied, ce Nevers ne vaut pas une de mes couilles, et quand Vincenzo lui a passé le duché, son oiseau n'avait plus d'ailes et son cerveau non plus, qui d'ailleurs ne volait pas bien haut même avant. Mais il l'a passé à lui et pas à cette caillette de Guastalla, et les Pozzo sont vassaux des seigneurs légitimes du Montferrat depuis les temps où Berthe filait. Or donc on va à Casal et si on doit on se fait occire pour ce que, vingt dieux de girouette, tu ne peux pas rester avec quelqu'un tant que les choses vont bien et puis le lâcher quand il est dans la gadoue jusqu'au col. Mais si on ne nous occit pas, c'est mieux, adoncques ouvrir l'œil. »

Le voyage de ces volontaires, depuis les confins de l'Alexandrin jusqu'à Casal, fut certainement parmi les plus longs dont l'histoire se souvienne. Le vieux Pozzo avait fait un raisonnement en soi exemplaire : « Je connais bien les Espagnols, avait-il dit, et ce sont gens qui aiment prendre leurs aises. Ils se dirigeront donc sur Casal en traversant la plaine du sud, car y passent mieux charrois, canons et engins divers. De ce fait, si, juste avant Mirabello, nous prenons la direction du couchant et le chemin des collines, nous employons un jour ou deux en plus mais nous arrivons sans rencontrer d'embarras, et avant qu'ils arrivent, eux. »

Malheureusement Spinola avait des idées plus tortueuses sur la façon dont on devait préparer un siège et, tandis qu'au sud-est de Casal il commençait à faire occuper Valenza et Occimiano, depuis quelques semaines il avait envoyé à l'ouest de la ville le duc de Lerma, Ottavio Sforza et le comte de Gembourg, avec environ sept mille fantassins, pour chercher à prendre tout de suite les châteaux de Rosignano, Pontestura et San Giorgio, afin de bloquer toute aide possible qui parviendrait de l'armée française, alors qu'en tenaille du nord vers le sud le gouverneur d'Alexandrie, don Geronimo Augustin, traversait le Pô avec cinq mille autres hommes. Tous disposés le long du trajet que Pozzo croyait copieusement désert. Et point ne put, quand notre gentilhomme le sut par quelques paysans, changer de route, car à l'est il y avait désormais plus d'Impériaux qu'à l'ouest.

Pozzo dit simplement : « Cela ne fait pas un pli pour nous. Je connais ces endroits mieux qu'eux, et on va y passer au milieu comme des fouines. » Ce qui impliquait une quantité de plis et de courbes à faire plutôt considérable. Au point de rencontrer jusqu'aux Français de Pontestura, qui, entre-temps, s'étaient rendus et, pourvu qu'ils ne rentrassent pas à Casal, on leur avait accordé de descendre vers Finale d'où ils pourraient rejoindre la France par la mer. Ceux de la Grive les croisèrent du côté d'Otteglia, ils manquèrent se tirer mutuellement dessus, chacun croyant que les autres étaient des ennemis, et Pozzo apprit par leur commandant que parmi les conditions de la reddition on avait aussi établi que le blé de Pontestura fût vendu aux Espagnols, et que ceux-ci enverraient l'argent aux Casalois.

« Les Espagnols sont de grands seigneurs, mon fils, dit Pozzo, et gens contre qui combattre est un plaisir. Par chance nous ne sommes plus au temps de Charlemagne contre les Maures où les guerres étaient tout un occis-toi-que-je-t'occis-moi. Celles-ci sont des guerres entre chrétiens, tudieu ! Or donc, eux sont occupés à Rosignano, nous passons dans leur dos, nous nous enfilons entre Rosignano et Pontestura, et sommes à Casal en trois jours. »

Ces paroles dites fin avril, Pozzo arriva avec les siens en vue de Casal le 24 du mois de mai. Ce fut, du moins dans les souvenirs de Roberto, une grande belle marche, toujours abandonnant les routes et les chemins muletiers pour couper à travers champs ; aussi bien, disait Pozzo, quand il y a une guerre tout va à vau-l'eau, et si ce n'est pas nous qui gâtons les récoltes, ils les gâteront eux. Pour survivre, ils firent bombance au milieu des vignes, des fruitiers et des poulaillers : aussi bien, disait Pozzo, c'était là terre montferrine et elle devait nourrir ses défenseurs. A un paysan de Mombello qui protestait, il fit donner trente coups de bâton, en lui disant que s'il n'y a pas un tant soit peu de discipline, ce sont les autres qui gagnent les guerres.

Roberto commençait à voir dans la guerre une fort belle expérience : des voyageurs colportaient avec eux des histoires édifiantes, comme celle de ce cavalier français, blessé et capturé à San Giorgio, qui s'était plaint qu'un soldat lui avait dérobé un portrait auquel il tenait beaucoup ; et le duc de Lerme, lorsqu'il eut entendu la nouvelle, lui avait fait restituer le portrait, l'avait soigné puis renvoyé avec un cheval à Casal. Et d'autre part, fût-ce à force de déviations, spirales à en perdre tout sens de l'orientation, le vieux Pozzo avait réussi à faire en sorte que de guerre guerroyée sa bande n'en eût encore vue.

Ce fut donc avec grand soulagement, mais avec l'impatience de qui veut prendre part à une fête de longtemps attendue, qu'un beau jour, du haut d'une colline, ils virent sous leurs pieds et devant leurs yeux, la ville, bloquée au nord, à leur gauche, par la large bande du Pô qui, juste devant le château, était déchirée en son milieu par deux gros îlots, et finissait presque en pointe vers le sud avec la masse étoilée de la citadelle. Jubilante de tours et de clochers à l'intérieur, à l'extérieur Casal paraissait imprenable, toute hérissée de bastions en dents de scie qui lui donnaient l'air d'un de ces dragons que l'on voit dans les livres.

C'était vraiment un grand et beau spectacle. Tout autour de la ville, des soldats en habits multicolores traînaient des machines obsidionales, entre des groupes de tentes enjolivées d'étendards et des cavaliers aux couvre-chefs fort emplumés. De temps à autre, on voyait dans le vert des bois ou le jaune des champs un miroitement soudain qui blessait la vue, et c'étaient des gentilshommes aux cuirasses d'argent qui jouaient avec le soleil ; l'on ne comprenait pas de quel côté ils allaient, et ils caracolaient peut-être bien précisément pour tirer l'œil de la galerie.

Beau pour tous, le spectacle parut moins gai à Pozzo qui dit : « Braves gens, cette fois nous sommes vraiment cailletés. » Et, donnant une tape sur la nuque de Roberto qui demandait pourquoi donc : « Ne fais pas le benêt, là ce sont les Impériaux, tu ne vas tout de même pas croire que les Casalois sont aussi nombreux, qu'ils sont là à baguenauder hors les murailles. Les Casalois et les François sont dedans, qui élèvent des bottes de paille et se conchient à cause qu'ils ne sont pas même deux mille, alors que les autres là en bas sont au moins cent mille, regarde : jusque sur cette colline là en face. » Il exagérait, l'armée du marquis de

Spinola ne comptait que dix-huit mille fantassins et six mille cavaliers, mais cela suffisait et il y en avait de reste.

« Que faisons-nous, père ? » demanda Roberto. « Nous faisons en sorte, dit le père, de bien observer où sont les luthériens, et pas question de passer par là : in primis, on ne comprend goutte à ce qu'ils disent, in secundis d'abord ils te tuent ensuite ils te demandent qui tu es. Regardez avec attention là où ils ont bien l'air d'Espagnols : vous avez déjà entendu qu'eux sont gens avec qui on peut traiter. Et que ce soient des Espagnols de bonne famille. En ces choses, ce qui compte c'est la bonne éducation. »

Ils repérèrent un passage le long d'un campement aux enseignes de leurs très chrétiennes majestés, où étincelaient plus de cuirasses qu'ailleurs, et ils descendirent en se recommandant à Dieu. Dans la confusion, ils purent cheminer un long temps au milieu de l'ennemi car à cette époque l'uniforme n'était porté que par certains corps choisis tels les mousquetaires, et pour le reste vous ne compreniez jamais qui était des vôtres. Mais à un certain point, et juste au moment où il ne restait qu'à traverser une terre sans personne, ils tombèrent sur un avant-poste et furent arrêtés par un officier qui demanda avec civilité qui ils étaient et où ils allaient, tandis que derrière lui une compagnie de soldats se tenait sur le qui-vive.

« Monsieur, dit Pozzo, faites-nous la grâce de nous donner la route, en vertu de quoi il faudra que nous allions nous placer au bon endroit pour ensuite vous tirer dessus. » L'officier ôta son chapeau, fit une révérence et un salut à balayer la poussière deux mètres devant lui, et il dit : « Señor, no es menor gloria vencer al enemigo con la cortesia en la paz que con las armas en la guerra. » Puis, en bon italien : « Passez, monsieur, si un quart des nôtres a la moitié de votre courage, nous vaincrons. Que le ciel m'accorde le plaisir de vous rencontrer sur le champ, et l'honneur de vous tuer. »

« Fisti orb d'an fisti secc », murmura Pozzo entre

ses dents, ce qui, dans la langue de ses terres, est encore aujourd'hui une expression optative, par laquelle on souhaite, à peu près, que l'interlocuteur soit d'abord privé de la vue et sitôt après pris par un hoquestrangleur. Mais à voix haute, faisant appel à toutes ses ressources linguistiques et à son savoir rhétorique, il dit : « Yo también ! » Il salua de son chapeau, piqua des éperons, tout doux, encore que pas assez pour la théâtralité du moment, dans la mesure où il devait donner aux siens le temps de le suivre à pied, et il se dirigea vers les murailles.

« Tu peux dire ce que tu veux, mais ce sont des gentilshommes », fit-il, retourné vers son fils ; et ce fût un bien qu'il tournât le chef : il évita une arquebusade qui le visait du haut des bastions. « Ne tirez pas viédaze, on est entre amis, Nevers, Nevers ! » cria-t-il en levant les mains ; et puis à Roberto : « Tu vois, ces gens-là sont sans reconnaissance. C'est pas pour dire, mais les Espagnols sont mieux. »

Ils entrèrent dans la ville. Quelqu'un devait avoir aussitôt signalé cette arrivée au commandant de la garnison, monsieur de Toyras, ancien frère d'armes du vieux Pozzo. Grandes accolades, et une première promenade sur les bastions.

« Cher ami, disait Toyras, sur les registres de Paris il résulte que j'ai sous la main cinq régiments d'infanterie de dix compagnies chacun, pour un total de dix mille fantassins. Mais monsieur de La Grange n'a que cinq cents hommes, Monchat deux cent cinquante, total je peux compter sur mille sept cents hommes de pied. Et j'ai six compagnies de chevau-légers, quatre cents hommes en tout et pour tout, aussi bien équipés soient-ils. Le cardinal sait que j'ai moins d'hommes que je ne devrais, mais il soutient que j'en ai trois mille huit cents. Je lui écris en lui donnant des preuves contraires et Son Eminence fait semblant de ne pas comprendre. J'ai dû recruter un régiment d'Italiens vaille que vaille, des Corses et des Montferrins, mais si vous me l'accor-

dez ce sont de mauvais soldats, et imaginez que j'ai
dû donner l'ordre aux officiers d'encadrer, dans une
compagnie à part, leurs valets. Vos hommes se ral-
lieront au régiment italien, sous les ordres du capitaine Bassiani, qui est un bon soldat. Nous y enver-
rons aussi le jeune de la Grive, qu'il aille au feu en
comprenant bien les ordres. Quant à vous, cher ami,
vous vous unirez à un groupe de gentilshommes,
des braves, qui nous ont rejoints de leur propre gré,
comme vous, et qui se trouvent à ma suite. Vous
connaissez le pays et vous pourrez me donner de
bons conseils. »

Jean de Saint-Bonnet, sieur de Toyras, était grand,
brun avec des yeux bleus, dans toute la maturité de
ses quarante-cinq ans, colérique mais généreux et
enclin à la réconciliation, brusque de manières mais
somme toute affable, même avec les soldats. Il
s'était distingué comme défenseur de l'île de Ré
dans la guerre contre les Anglais, mais il n'était pas
sympathique à Richelieu et à la cour, semble-t-il. Ses
amis se murmuraient un de ses dialogues avec le
chancelier de Marillac, qui lui avait dit avec dédain
que l'on aurait pu trouver deux mille gentilshommes
en France capables de mener aussi bien l'affaire de
l'île de Ré, et lui, il avait répliqué que l'on en aurait
trouvé quatre mille capables de tenir les sceaux
mieux que Marillac. Ses officiers lui attribuaient
aussi un autre bon mot (mais qui selon d'autres était
d'un capitaine écossais) : dans un conseil de guerre
à la Rochelle le père Joseph, qui était bien la
fameuse éminence grise, et qui se piquait de straté-
gie, avait mis le doigt sur une carte en disant « nous
traverserons ici », et Toyras avait froidement
objecté : « Mon révérend Père, votre doigt n'est
hélas pas un pont. »

« Voici la situation, cher ami, poursuivait Toyras
en parcourant les glacis et désignant le paysage. Le
théâtre est splendide, les acteurs représentent le
meilleur de deux empires et de nombreuses seigneu-
ries : en face, nous avons même un régiment florentin, et commandé par un Médicis. Nous pouvons

avoir confiance en Casal, en tant que ville : le château, d'où nous contrôlons la partie du fleuve, est une belle bastille, il est défendu par un beau fossé, et sur les murailles nous avons disposé un terreplein qui permettra aux défenseurs de bien travailler. La citadelle a soixante canons et des bastions selon les règles de l'art. Ils sont faibles en quelques points mais je les ai renforcés avec des demi-lunes et des batteries. Tout cela est excellent pour résister à un assaut frontal, mais Spinola n'est pas un novice : regardez ces mouvements là-bas, ils apprêtent des galeries de mine, et quand elles seront arrivées là en dessous ce sera comme si nous avions ouvert les portes. Pour bloquer les travaux il faudra descendre en rase campagne, mais là nous sommes plus faibles. Et à peine l'ennemi aura poussé plus avant ces canons-là, il commencera à bombarder la ville ; c'est ici qu'entre en jeu l'humeur des bourgeois de Casal, en qui j'ai fort peu confiance. D'autre part, je les comprends : ils tiennent plus à la sauvegarde de leur ville qu'à monsieur de Nevers et ils ne se sont pas encore persuadés qu'il est bon de mourir pour les lys de France. Il s'agira de leur faire comprendre qu'avec le Savoie ou avec les Espagnols ils perdraient leurs libertés et Casal ne serait plus une capitale mais deviendrait une quelconque forteresse comme Suze, que le Savoie est prêt à vendre pour une poignée d'écus. Pour le reste, on improvise, sinon ce ne serait pas une comédie à l'italienne. Hier je suis sorti avec quatre cents hommes vers Frassineto, où étaient en train de se concentrer des Impériaux, et ceux-ci se sont retirés. Mais, tandis que j'étais occupé là-bas, des Napolitains se sont installés sur cette colline, juste du côté opposé. Je l'ai fait pointer par l'artillerie durant quelques heures et je crois qu'il en a résulté un beau massacre, mais ils ne sont pas partis. Qui a emporté la journée ? Je jure sur Notre Seigneur que je ne le sais pas, et il ne le sait pas non plus, Spinola. Cependant, je sais ce que nous ferons demain. Vous voyez ces cassines dans la plaine ? Si nous les contrôlions nous tiendrions à portée de tir de nombreuses positions ennemies. Un espion m'a dit qu'elles sont désertes, et c'est une raison suffisante pour craindre que quelqu'un ne s'y cache — mon jeune monsieur Roberto ne faites pas cette tête indignée et apprenez, théorème numéro un, qu'un bon commandant gagne une bataille en se servant bien des espions et, second théorème, qu'un espion étant un traître, en un clin d'œil il trahit qui le paie pour trahir les siens. En tout cas, demain l'infanterie ira occuper ces cassines. Plutôt que garder les troupes à moisir entre les murailles, mieux vaut les exposer au feu, ce qui est un bon exercice. Ne piaffez pas, monsieur Roberto, ce ne sera pas encore votre jour : mais après-demain le régiment de Bassiani devra traverser le Pô. Vous voyez ces murs là-bas ? C'est une partie d'un fortin que nous avions commencé à construire avant l'arrivée des autres. Mes officiers ne sont pas d'accord, mais je crois qu'il est bien de le reprendre avant que ne l'occupent les Impériaux. Il s'agit de les tenir sous le feu dans la plaine, de manière à les gêner et retarder la construction des galeries. Bref, il y aura de la gloire pour tous. Pour l'heure, allons souper. Le siège en est à ses débuts et les provisions ne font pas encore défaut. Ce n'est que plus tard que nous mangerons les rats. »

3

La Ménagerie des Stupeurs

Réchapper du siège de Casal où, au moins, en fin de compte, il n'avait pas dû manger de rats, pour aborder à la *Daphne* où les rats le mangeraient peut-être... Méditant plein de crainte sur ce beau contraste, Roberto s'était enfin disposé à explorer les lieux d'où la veille au soir il avait entendu venir ces bruits incertains.

Il avait décidé de descendre du gaillard d'arrière et, si tout avait été comme sur l'*Amaryllis*, il savait qu'il devrait trouver une douzaine de canons aux deux flancs, et les paillasses ou les hamacs des matelots. Il avait pénétré par la chambre du gouvernail dans la tamisaille située au-dessous, traversée par la barre qui oscillait en un lent grincement, et il pourrait sortir aussitôt par la porte qui donnait sur le second-pont. Mais, comme pour se familiariser avec ces endroits profonds avant d'affronter son ennemi inconnu, par une trappe il s'était glissé plus bas encore, où d'habitude on aurait dû trouver d'autres provisions. En revanche, il y avait trouvé, disposées avec une grande économie d'espace, des couchettes pour une douzaine d'hommes. La plus grande partie de l'équipage dormait donc là en bas, comme si le reste avait été réservé à d'autres fonctions. Les couchettes étaient dans un ordre parfait. Par conséquent, s'il y avait eu épidémie, dès lors que quelqu'un mourait, les survivants les avaient arrangées selon les règles de l'art, pour signifier aux autres que rien ne s'était passé... Mais enfin, qui avait dit que les matelots étaient morts, et tous ? Et une fois de plus cette pensée ne l'avait pas tranquillisé : la peste, qui extermine la totalité de l'équipage, est un fait naturel, parfois providentiel selon certains théologiens ; mais un événement qui faisait s'enfuir ce même équipage, et en abandonnant le navire dans cet ordre innaturel, pouvait être bien plus préoccupant.

Peut-être l'explication se trouvait-elle dans le second-pont, il fallait prendre courage. Roberto était remonté et avait ouvert la porte qui donnait sur le lieu de ses craintes.

Il comprit alors la fonction de ces larges treillis qui trouaient le tillac. Avec un pareil expédient le second-pont avait été transformé en une sorte de nef éclairée à travers les grilles par la lumière du jour désormais plein qui obliquement tombait, se croisant avec celle qui provenait des sabords, se colorant du reflet, maintenant ambré, des canons.

Au début Roberto n'aperçut rien d'autre que des lames de soleil où l'on voyait s'agiter d'infinis corpuscules, et comme il les vit il ne put que se rappeler (et combien se répand-il à jouer de doctes mémoires pour émerveiller sa Dame, au lieu de se limiter à dire) les mots par lesquels le Prévôt de Digne l'invitait à observer les cascades de lumière qui s'épandaient dans l'obscurité d'une cathédrale, s'animant en son intérieur d'une multitude de monades, semences, natures indissolubles, gouttes d'encens mâle qui éclataient spontanément, atomes primordiaux engagés dans des combats, des batailles, des escarmouches en escadrons, au milieu de rencontres et de séparations innombrables — preuve de la composition même de notre univers, non composé d'autre chose que de corps premiers grouillants dans le vide.

Sitôt après, comme pour lui confirmer que la création n'est que l'œuvre de cette danse d'atomes, il eut l'impression de se trouver dans un jardin et il se rendit compte que, depuis son arrivée là en bas, il avait été assailli par une foule de parfums bien plus forts que ceux qui lui étaient parvenus d'abord du rivage.

Un jardin, un verger couvert : voilà ce que les hommes disparus de la *Daphne* avaient créé dans cet espace, pour emmener dans leur patrie fleurs et plantes des îles qu'ils s'employaient à explorer, en permettant que le soleil, les vents et les pluies leur consentissent de survivre. Le vaisseau aurait-il su alors conserver, durant des mois de voyage, ce butin sylvestre, la première tempête ne l'aurait-il pas empoisonné de sel, Roberto ne pouvait le dire, mais à coup sûr le fait que cette nature fût encore en vie confirmait que — comme pour la nourriture — la réserve avait été récemment accumulée.

Fleurs, arbustes, arbrisseaux avaient été transportés avec leurs racines et leurs mottes de terre et logés dans des paniers et des caisses d'une facture improvisée. Mais bon nombre des vases avait pourri, la terre s'était déversée formant entre les uns et les autres une couche de terreau humide où se plantaient déjà à demeure les marcottes de certaines plantes, et l'impression était d'un Eden qui germait à même les pièces de bois de la *Daphne*.

Le soleil n'était pas si fort qu'il pût blesser les yeux de Roberto, mais assez déjà pour faire ressortir les couleurs du feuillage et éclore les premières fleurs. Les yeux de Roberto se posaient sur deux feuilles qui, au premier abord, lui étaient apparues comme la queue d'un homard d'où bourgeonnaient des fleurs blanches, puis sur une autre feuille vert tendre où naissait une sorte de demi-fleur d'une touffe de jujubes ivoire. Une bouffée nauséabonde tirait son regard vers une oreille jaune où on eût dit que l'on avait enfilé une panicule ; à côté, descendaient des festons de coquilles de porcelaine, immaculées à pointe rosée, et d'une autre grappe pendaient des trompettes ou des clochettes renversées, à légère senteur de mousse. Il vit une fleur couleur citron dont, les jours passant, il découvrirait la mutabilité : elle deviendrait abricot l'après-midi et rouge sombre à la chute du jour, et d'autres, safranées au cœur, qui s'estompaient en une blancheur liliale. Il découvrit des fruits rugueux qu'il n'aurait pas osé toucher, si l'un d'eux, tombé au sol et ouvert par force de maturation, n'avait révélé un intérieur de grenade. Il osa en goûter d'autres, et il les jugea davantage à travers la langue qui sert à parler qu'avec celle qui sert à déguster, puisqu'il en définit un comme une bourse de miel, manne gelée dans la fertilité de son tronc, joyau d'émeraudes empli de minuscules rubis. En définitive, lisant à contre-jour, j'oserais dire qu'il avait découvert quelque chose qui ressemblait fort à une figue.

Aucune de ces fleurs, aucun de ces fruits ne lui était connu, chacun semblait né de l'imagination d'un peintre qui aurait voulu violer les lois de la nature pour inventer de convaincantes invraisemblances, des délices déchiquetées et de savoureux mensonges : telle cette corolle couverte d'un duvet blanchâtre qui s'épanouissait en une houppe de plumes violettes, ou bien non, une primevère pâlie qui expulserait un appendice obscène, ou un masque qui recouvrirait un visage blanc de barbes de chèvre. Qui pouvait avoir conçu cet arbuste aux feuilles vert sombre d'un côté avec des décorations sauvages jaune rouge, et de l'autre flamboyantes, entourées de feuilles d'un plus tendre vert petit pois, d'une substance charnue convolutée en conque de manière à contenir encore l'eau de la dernière pluie ?

Pris par l'attrait des lieux, Roberto ne se demandait pas de quelle pluie les feuilles gardaient les restes, vu que depuis au moins trois jours il ne pleuvait sûrement pas. Les parfums qui l'étourdissaient l'inclinaient à trouver naturel n'importe quel sortilège.

Il lui semblait naturel qu'un fruit flasque et tombant sentît le fromage fermenté, et qu'une sorte de grenade violacée, avec un trou au fond, fît, en la secouant, entendre à l'intérieur une semence dansante, comme s'il ne s'agissait pas de fleur mais de jouet, et non plus ne s'étonnait d'une fleur en forme de pointe aiguë, au fond dur et arrondi. Roberto n'avait jamais vu un palmier pleureur, comme si c'était un saule, et il en avait un devant lui, trottinant de ses multiples racines où se greffait un tronc qui sortait d'un seul buisson, tandis que les rameaux de cette plante à la plainte née se ployaient exténués par leur propre plénitude ; Roberto n'avait pas encore vu un buisson qui donnât des feuilles larges et pulpeuses, roidies par un nerf central paraissant de fer, prêtes à être utilisées comme écuelles et plateaux, alors qu'à côté poussaient d'autres feuilles encore, en forme de flexibles cuillères.

Incertain s'il déambulait au milieu d'une forêt mécanique ou dans un paradis terrestre caché au sein de la terre, Roberto vaguait dans cet Eden qui le portait à d'odorants délires.

Et puis, quand il en fait le conte à sa Dame, là il

dira les agrestes frénésies, les caprices des jardins, Protées luxuriants, les cèdres (cèdres ?) affolés d'amène fureur... Ou bien il le revivra comme une caverne flottante riche d'automates trompeurs où, ceints de cordes horriblement entortillées, surgissaient de fanatiques nasitorts, funestes drageons de selve barbare... Il décrira l'opium des sens, une ronde de putrides éléments qui, précipitant d'impures essences, l'avait conduit aux antipodes de l'entendement.

Il avait d'abord attribué au chant qui lui parvenait de l'île l'impression que des voix emplumées se manifestaient parmi les fleurs et les plantes : mais soudain il fut parcouru de frissons au passage d'une chauve-souris qui lui effleura presque le visage, et il dut, sitôt après, faire un écart pour éviter un faucon : l'oiseau s'était jeté sur sa proie, la terrassant d'un coup de bec.

Une fois passé dans le second-pont en entendant encore au loin les oiseaux de l'Ile, et convaincu de les percevoir encore à travers les ouvertures de la quille, maintenant Roberto entendait ces sons beaucoup plus proches. Ils ne pouvaient pas venir du rivage : d'autres oiseaux, donc, et pas très loin, chantaient par-delà les plantes, vers la proue, du côté de ce paillot d'où lui étaient parvenus les bruits de la nuit précédente.

Il eut l'impression, en avançant, que le verger finissait au pied d'un tronc au haut fût qui perforait le tillac, puis il comprit qu'il était arrivé plus ou moins dans le centre du vaisseau, où le grand mât s'innervait jusqu'au tréfonds de la carène. Mais, à ce point-là, nature et artifice se confondaient à un tel degré que nous pouvons justifier la confusion de notre héros. D'autant que, à ce point-là précisément, ses narines commencèrent à percevoir un mélange d'arômes, moisissures terreuses et puanteur animale, comme s'il était en train de passer lentement d'un jardin à une soue.

Et ce fut en allant au-delà du grand mât, vers la proue, qu'il vit l'oisellerie.

Il ne sut définir autrement cet ensemble de cages en roseaux traversées de solides branches qui servaient de juchoir, habitées d'animaux volants occupés à deviner cette aurore dont ils n'avaient qu'une aumône de lumière et à répondre avec des voix disparates à l'appel de leurs semblables qui chantaient libres sur l'Île. Déposées à terre ou suspendues aux claires-voies du tillac, les cages étaient disposées dans cette autre nef comme des stalactites et des stalagmites, donnant vie à une autre caverne des merveilles où les animaux qui voletaient les faisaient baller et elles croisaient les rayons du soleil qui créaient un papillotement de teintes, un grésil d'arcs-en-ciel.

Si, jusqu'à ce jour, il n'avait jamais vraiment entendu chanter les oiseaux, Roberto ne pouvait pas dire non plus en avoir jamais vu, du moins d'autant de formes, tant et si bien qu'il se demanda s'ils étaient à l'état de nature ou si la main d'un artiste les avait peints et parés pour quelque pantomime, ou pour figurer une armée qui défile, chaque fantassin et chaque cavalier drapé dans son propre étendard.

Très perplexe Adam, il n'avait pas de noms pour ces choses, sinon ceux des oiseaux de son hémisphère ; voici un héron, se disait-il, une grue, une caille... Mais c'était comme traiter d'oie un cygne.

Ici, des prélats à large queue cardinalice et au bec en forme d'alambic ouvraient des ailes couleur de l'herbe et gonflaient une gorge purpurine, découvraient un jabot azuré, psalmodiant, presque humains ; là, de nombreuses escouades s'exhibaient en grand tournoi tentant des assauts aux coupoles déprimées qui circonscrivaient leur lice, au milieu d'éclairs tourterellés et de fendants rouges et jaunes, telles les oriflammes qu'un porte-enseigne lancerait et reprendrait au vol. Dans un espace trop étroit, de boudeurs chevau-légers aux longues jambes nerveuses hennissaient indignés crrra-crrra-crrra, parfois titubant sur un seul pied et regardant avec méfiance autour d'eux, en faisant vibrer leurs houppes sur leur tête tendue... Seul dans une cage construite à sa mesure, un grand capitaine au manteau céruléen, le justaucorps vermeil comme l'œil et un panache de fleurs de lys sur le cimier, émettait un gémissement de colombe. A côté, dans une petite cage, trois fantassins restaient au sol, sans ailes, sautillants tampons de laine souillée de boue, museau de musaraigne moustachu à la racine d'un long bec recourbé pourvu de narines qui permettaient aux petits monstres de flairer en picotant les vers qu'ils trouvaient sur leur chemin... Dans une autre cage en forme de boyau serpentant, une cigogne menue aux pattes carotte, la gorge aiguemarine, les ailes noires et le bec violâtre, déambulait en hésitant, suivie de quelques petits en file indienne et, à l'interruption de son sentier, vexée elle claquetait, d'abord en s'obstinant à briser ce qu'elle croyait un enchevêtrement de vrilles, puis en reculant et invertissant sa marche, avec ses cigogneaux qui ne savaient plus s'il fallait la précéder ou la suivre.

Roberto était partagé entre l'excitation de la découverte, la pitié pour ces prisonniers, le désir d'ouvrir les cages et de voir sa cathédrale envahie par ces hérauts d'une armée des airs, pour les soustraire au siège auquel la *Daphne*, à son tour assiégée par leurs autres semblables là dehors, les contraignait. Il pensa qu'ils étaient affamés, et il ne vit dans les cages çà et là que des miettes de nourriture, et les vases et les écuelles qui devaient contenir de l'eau étaient vides. Mais à côté des cages il découvrit des sacs de grains et des lambeaux de poisson sec préparés par ceux qui voulaient amener cette proie en Europe, car un navire ne va pas par les mers du sud opposé sans rapporter aux cours ou aux académies des témoignages de ces mondes.

En allant plus loin, il trouva aussi un enclos fait de planches avec une douzaine d'animaux fermiers, qu'il mit au nombre de l'espèce gallinacée, même si chez lui il n'en avait jamais vu de ce plumage. Ils paraissaient pareillement affamés, mais les poules avaient déposé (et elles célébraient l'événement comme leurs compagnes du monde entier) six œufs.

Roberto en prit aussitôt un, le troua de la pointe de son couteau, et le but comme il le faisait enfant. Puis il plaça les autres dans sa chemise, et, pour récompenser les mères, sans oublier les pères très féconds qui le fixaient fort courroucés en branlant des barbillons, il distribua eau et nourriture ; et ainsi fit-il cage après cage, en se demandant par quelle providence il avait abordé à la *Daphne* au moment précis où les animaux épuisés touchaient à l'extrême limite. En effet, déjà deux nuits qu'il se trouvait sur le vaisseau et quelqu'un avait pourvu aux volières la veille de son arrivée, tout au plus. Il se sentait comme un invité qui apparaît, certes, en retard à une fête, mais tout juste après le départ des derniers hôtes, et quand les tables n'ont pas encore été débarrassées.

Au reste, se dit-il, qu'il y eût quelqu'un avant et qu'à présent il n'y soit plus, c'est établi. Qu'il y fût un ou dix jours avant mon arrivée, cela ne change en rien mon sort, qui, au mieux, devient plus railleur : naufrageant un jour avant, j'aurais pu me joindre aux matelots de la *Daphne*, où qu'ils soient allés. Ou peut-être pas, j'aurais pu mourir avec eux, s'ils sont morts. Il poussa un soupir (ce n'était du moins pas une affaire de rats) et conclut qu'il avait même des poulets à sa disposition. Il repensa à son propos de libérer les bipèdes de plus noble lignée, et il convint que, si son exil devait durer longtemps, eux aussi eussent pu se révéler comestibles. Ils étaient beaux et multicolores aussi, les *hidalgos* devant Casal, pensa-t-il, cependant nous leur tirions dessus, et, si le siège avait duré, nous les eussions même mangés. Qui a été soldat dans la guerre de Trente Ans (j'en parle à mon aise, mais ceux qui la vivaient alors ne l'appelaient pas ainsi, et ils n'avaient sans doute pas même compris qu'il s'agissait d'une longue unique guerre où, de temps en temps, quelqu'un signait une paix) a appris à être dur de cœur.

4

La Fortification Démontrée

Pourquoi Roberto évoque-t-il Casal pour décrire ses premiers jours sur le navire ? Certes, il y a le goût de la similitude, assiégé une fois et assiégé une autre fois, mais d'un homme de son siècle nous attendrions quelque chose de mieux. Le cas échéant, ce qui devait le fasciner dans la similarité, c'étaient les différences, fécondes d'antithèses élaborées : à Casal, il était entré par choix, afin que les autres n'entrassent pas ; sur la *Daphne* où il avait été jeté, il n'aspirait qu'à sortir. Mais je dirais plutôt : tandis qu'il vivait une histoire de pénombres, il se remémorait une histoire d'actions convulsives vécues en plein soleil, de manière que les rutilantes journées du siège, que la mémoire lui restituait, le compensassent de son pâle vagabondage. Et sans doute il y avait davantage encore. Dans la première partie de sa vie, Roberto n'avait eu que deux périodes où il avait appris des choses sur le monde et sur les modes de l'habiter, j'entends les quelques mois du siège et les dernières années à Paris : maintenant, il vivait sa troisième époque de formation, peut-être la dernière, au terme de laquelle la maturité coïnciderait avec la dissolution, et il cherchait d'en conjecturer le message secret en voyant le passé comme figure du présent.

Casal avait été au début une histoire de sorties. Roberto le raconte à sa Dame, transfigurant, comme pour dire que, incapable qu'il avait été d'expugner la forteresse de sa neige immaculée, touchée mais non défaite par la flamme de ses deux soleils, à la flamme d'un autre soleil il avait été bien capable de se mesurer à qui mettait le siège devant la citadelle montferrine.

Le matin suivant leur arrivée, Toyras avait envoyé

des officiers isolés, la carabine à l'épaule, pour observer ce que les Napolitains installaient sur la colline conquise le jour d'avant. Les officiers s'étaient trop approchés, il s'en était suivi un échange de tirs, et un jeune lieutenant du régiment de Pompadour avait été tué. Ses compagnons l'avaient ramené derrière les murailles, et Roberto avait vu le premier mort occis de sa vie. Toyras avait décidé de faire occuper les petites maisons auxquelles il avait fait allusion la veille.

Du haut des bastions on pouvait bien suivre l'avancée de dix mousquetaires, qui, à un certain point, s'étaient séparés pour tenter une opération en tenailles sur la première cassine. Des murailles partit un coup de canon, le boulet siffla au-dessus de leurs têtes et souffla le toit de la masure : tel un nuage d'insectes, des Espagnols sortirent pour prendre l'escampette. Les mousquetaires les laissèrent s'enfuir, s'emparèrent de la maison, s'y barricadèrent et commencèrent un feu de harcèlement sur la colline.

Il était opportun que l'opération fût répétée sur d'autres cassines : même des bastions on pouvait voir à présent que les Napolitains avaient commencé à creuser des tranchées, les bordant de fascines et de gabions. Mais celles-ci ne circonscrivaient pas la colline, elles se développaient vers la plaine. Roberto apprit qu'ainsi on entreprenait la construction de galeries de mine. Une fois arrivés aux murailles, on les bourrerait, dans leur dernier tronçon, de barils de poudre. Il fallait toujours empêcher que les travaux d'excavation n'atteignissent un niveau suffisant pour continuer sous terre, sinon à partir de là les ennemis auraient travaillé à l'abri. C'était la règle du jeu : prévenir de l'extérieur et à découvert la construction des galeries, et creuser des galeries de contre-mine, jusqu'à l'arrivée de l'armée de secours ; et jusqu'à l'épuisement des vivres et des munitions. Dans un siège, il n'y a rien d'autre à faire : déranger les autres, et attendre.

Le lendemain matin, comme promis, ce fut le tour du fortin. Roberto, empoignant son mousquet, se retrouva au milieu d'un ramas indiscipliné de gens qui, à Lù, à Cuccaro ou à Odalengo, n'avaient pas envie de travailler, et de Corses taciturnes, entassés sur des barques pour traverser le Pô, après que deux compagnies françaises avaient déjà atterri sur l'autre rive. Toyras avec sa suite observait depuis la rive droite, et le vieux Pozzo fit un geste de salut à son fils, d'abord en adressant un « allez, va, va » de la main, puis en touchant sa pommette de son index et en la tirant pour dire « ouvre l'œil ! ».

Les trois compagnies établirent leur camp dans le fortin. La construction n'avait pas été complétée, et une partie du travail déjà fait était désormais tombée en morceaux. La troupe passa la journée à barricader les espaces vides dans les murailles, mais le fortin se trouvait bien protégé par un fossé au-delà duquel on envoya quelques sentinelles. La nuit venue, le ciel était si clair que les sentinelles somnolaient et même les officiers jugeaient improbable une attaque. En revanche, on entendit soudain sonner la charge et on vit apparaître les chevau-légers espagnols.

Roberto, placé par le capitaine Bassiani derrière des bottes de paille qui colmataient une partie éboulée de l'enceinte, n'eut pas le temps de comprendre ce qui arrivait : chaque chevau-léger portait en croupe un mousquetaire, et, lorsqu'ils parvinrent près du fossé, les montures commencèrent à le longer en cercle tandis que les mousquetaires tiraient pour éliminer les rares sentinelles, puis chaque mousquetaire s'était jeté bas, roulant dans le fossé. Au moment où les chevau-légers se disposaient en hémicycle face à l'entrée, contraignant d'un feu serré les défenseurs à se mettre à l'abri, les mousquetaires gagnaient indemnes la porte et les brèches les moins défendues.

La compagnie italienne, qui était de garde, avait déchargé ses armes et puis s'était dispersée en proie à la panique, raison pour quoi on la vilipenderait longtemps, mais les compagnies françaises non plus ne surent pas faire mieux. Entre le début de l'attaque et l'escalade des murailles, il n'était passé que quelques minutes, et les hommes furent surpris par les attaquants, désormais dans l'enceinte, alors qu'ils ne s'étaient pas encore armés.

Les ennemis, exploitant la surprise, massacraient la garnison, et ils étaient en si grand nombre que, à l'instant où certains s'employaient à abattre les défenseurs encore debout, d'autres déjà se jetaient sur les morts pour les dépouiller. Après avoir tiré sur les mousquetaires et alors qu'il rechargeait péniblement, l'épaule étourdie par le recul, Roberto avait été surpris par la charge des chevau-légers, et les sabots d'un cheval, qui lui passait par-dessus la tête à travers la brèche, l'avaient enseveli sous l'écroulement de la barricade. Ce fût une chance : protégé par la chute des bottes de paille, il avait échappé au premier et mortel choc, et maintenant, lorgnant sous sa meule, il voyait avec horreur les ennemis finir les blessés, couper un doigt pour emporter une bague, une main pour un bracelet.

Le capitaine Bassiani, voulant remédier à la honte de ses hommes en fuite, se battait encore courageusement, mais il fut enveloppé et contraint de se rendre. Du fleuve on s'était aperçu que la situation était critique, et le colonel de la Grange, qui venait de quitter le fortin après une inspection pour rentrer à Casal, tentait de se lancer au secours des défenseurs, retenu par ses officiers qui conseillaient au contraire de demander des renforts dans la ville. De la rive droite partirent d'autres barques tandis que, éveillé en sursaut, Toyras arrivait au galop. On comprit bien vite que les Français étaient en déroute et que la seule chose à faire c'était d'aider, avec des tirs d'accompagnement, les rescapés à regagner le fleuve.

Dans cette confusion on vit le vieux Pozzo qui, piaffant, faisait la navette entre l'état-major et l'atterrage des barques en cherchant Roberto parmi les survivants. Lorsqu'il fut quasi certain qu'il n'y avait plus de barques qui arriveraient, on l'entendit émettre un « O zestedieux ! » Puis, en homme qui connaissait les caprices du fleuve, et faisant passer pour triple sot qui avait jusqu'à présent péniblement souqué, il avait choisi un point devant l'un des îlots et poussé sa monture dans l'eau, piquant des deux. Traversant un bas-fond il fut sur l'autre rive sans même que le cheval dût nager, et il s'élança comme un fou, estramaçon au vent, en direction du fortin.

Un groupe de mousquetaires ennemis vint au-devant de lui, tandis que déjà le ciel pâlissait, et sans comprendre qui était ce solitaire : le solitaire les traversa et en élimina au moins cinq, le fendant infaillible, tomba sur deux chevau-légers, fit cabrer son cheval, se pencha de côté esquivant un coup et d'un coup se dressa faisant accomplir à sa lame un cercle dans l'air : le premier adversaire s'abandonna sur sa selle, les boyaux coulant le long de ses bottes tandis que sa monture s'enfuyait ; le second resta les yeux exorbités, cherchant de ses doigts une oreille qui, attachée à sa joue, pendait sous son menton.

Pozzo arriva sous le fortin et les envahisseurs, occupés à dépouiller les derniers fuyards frappés dans le dos, ne comprirent même pas d'où il venait. Il entra dans l'enceinte en hélant son fils d'une voix puissante, renversa quatre autres personnes tandis qu'il accomplissait une sorte de carrousel, donnant de l'épée vers chaque point cardinal ; Roberto, qui s'extirpait de la paille, le vit de loin, et avant son père il reconnut Pagnufli, le cheval de son géniteur, avec lequel il jouait depuis des années. Il se planta deux doigts dans la bouche et émit un sifflement que l'animal connaissait bien, et de fait déjà il était effaré, les oreilles dressées, puis il entraîna le père près de la brèche. Pozzo vit Roberto et s'écria : « Mais c'est-y un endroit où se fourrer ? Monte, insensé ! » Et alors que Roberto sautait en croupe, s'agrippait à sa taille, il dit : « Misère, toi on ne te trouve jamais où tu dois être. » Puis, exhortant Pagnufli, il se précipita au galop vers le fleuve.

A ce moment-là quelques pillards s'aperçurent

que cet homme à cette place n'était pas à sa place, et ils le montrèrent du doigt en criant. Un officier, la cuirasse cabossée, suivi de trois soldats, essaya de lui couper la route. Pozzo le vit, s'apprêta à dévier, et tira sur les rênes en s'exclamant : « Quand on dit le destin ! » Roberto regarda devant et il se rendit compte qu'il s'agissait de l'Espagnol qui les avait laissé passer deux jours avant. Lui aussi avait reconnu sa proie et, les yeux brillants, il avançait l'épée au clair.

Le vieux Pozzo passa prestement son épée dans sa main gauche, tira son pistolet de son ceinturon, leva le chien et tendit le bras, le tout à si vive allure que l'Espagnol surpris, entraîné par son élan, était désormais à bout portant. Mais Pozzo ne tira pas de suite. Il prit le temps de dire : « Pardon pour le pistolet, mais si vous portez la cuirasse il me reviendra bien le droit... » Il pressa la détente et l'abattit, une balle dans la bouche. Les soldats, voyant tomber leur chef, prirent l'escampette, et Pozzo rengaina son pistolet en disant : « Mieux vaut partir avant qu'ils ne perdent patience... Allez hue ! Pagnufli ! »

Dans une grande poudrière ils traversèrent l'esplanade, et, au milieu de violentes giclées, le fleuve, tandis que de loin on déchargeait encore les armes dans leur dos.

Ils atteignirent dans les applaudissements la rive droite. Toyras dit : « Fort bien, mon cher ami », puis à Roberto : « La Grive, aujourd'hui ils se sont tous enfuis, fors vous qui êtes resté. Bon sang ne saurait mentir. Vous perdez votre temps en cette compagnie de couards. Vous passerez à ma suite. »

Roberto remercia et, glissant de la selle, tendit la main à son père, pour le remercier lui aussi. Pozzo la lui serra distraitement tout en disant : « Je regrette pour ce sieur Espagnol, qui était une si brave personne. Bah ! la guerre est une vraie sale chiennerie. Cependant souviens-toi toujours, mon fils : être bon oui, mais si quelqu'un marche sur toi pour t'occire, c'est lui qui a tort. Ou non ? »

Ils rentrèrent dans la ville, et Roberto entendit

que son père marmottait à part soi : « Ce n'est pourtant pas moi qui l'ai cherché... »

5

Le Labyrinthe du Monde

On dirait que Roberto évoque cet épisode, saisi d'un moment de filiale piété, rêvant d'un temps heureux où une figure protectrice pouvait le soustraire au désarroi d'un siège, mais il ne peut s'empêcher de se rappeler ce qui arriva par la suite. Et ce ne me semble pas un simple accident de la mémoire. J'ai déjà dit que, selon toute apparence, Roberto fait s'entrechoquer ces événements lointains et son expérience sur la *Daphne* comme pour trouver des connexions, des raisons, des signes du destin. Or donc je dirais que remémorer les jours de Casal lui sert, sur le vaisseau, à dépister les phases par lesquelles, petit jeune homme, il apprenait lentement que le monde s'articulait en des architectures égarées.

Autrement dit, d'un côté, se trouver maintenant suspendu entre ciel et mer ne pouvait donc lui apparaître que comme le développement le plus conséquent de ces trois lustres de pérégrinations dans un territoire fait de raccourcis fourchus ; et d'un autre côté, je crois, précisément à refaire l'histoire de ses désagréments, qu'il cherchait de trouver consolation pour son état présent, comme si le naufrage l'avait restitué à ce paradis terrestre qu'il avait connu à la Grive, et dont il s'était éloigné en pénétrant au milieu des murailles de la ville assiégée.

Maintenant Roberto n'était plus occupé à s'épouiller dans les logements des soldats, mais assis à la table de Toyras, au milieu de gentilshommes qui venaient de Paris, et il en écoutait les bravades, les évocations d'autres campagnes, les discours fats et brillants. De ces conversations — et dès le premier soir — il avait tiré raison de croire que le siège de Casal n'était pas la geste à laquelle il avait cru se prodiguer.

Il était venu là pour donner vie à ses rêves de chevalerie alimentés par les poèmes qu'il avait lus à la Grive : être de bon sang et avoir enfin une épée au côté signifiait pour lui devenir un paladin qui offrait sa vie sur un mot de son roi, ou pour le salut d'une dame. Après son arrivée, les saintes troupes auxquelles il s'était joint lui apparurent comme un ramas de paresseux croquants prêts à montrer les talons au premier engagement.

Maintenant il avait été admis à une assemblée de preux qui l'accueillaient ainsi qu'un égal. Mais il savait, lui, que sa prouesse était l'effet d'un malentendu, et qu'il ne s'était pas enfui parce qu'il avait été encore plus effrayé que les fuyards. Ce qui est pis, alors que l'assistance, après que monsieur de Toyras s'était éloigné, allait fort avant dans la nuit et donnait libre cours aux bavardages, il se rendait compte que le siège même n'était rien d'autre qu'un chapitre d'une histoire dénuée de sens.

Don Vincenzo de Mantoue était mort en laissant donc le duché à Nevers, mais il aurait suffi que quelqu'un d'autre fût parvenu à le voir le dernier et toute cette histoire eût été différente. Par exemple, Charles Emmanuel aussi revendiquait certain droit sur le Montferrat par une nièce (ils se mariaient tous entre eux) et il voulait depuis longtemps s'approprier ce marquisat qui était comme une épine dans le flanc de son duché, où il s'enfonçait en coin jusqu'à quelques dizaines de milles de Turin. Ainsi, sitôt après la désignation de Nevers, Gonzales de Cordoue, fouettant les ambitions du duc de Savoie pour frustrer celles des Français, lui avait suggéré de s'allier aux Espagnols et de prendre le Montferrat avec eux, et puis de partager. L'empereur, qui avait déjà bien des ennuis avec le reste de l'Europe, n'avait pas donné son accord pour l'invasion, mais il ne s'était pas non plus prononcé contre Nevers. Gonzales et Charles Emmanuel étaient passés à l'action et l'un des deux avait commencé à prendre Alba, Trino et Moncalvo. Bon, oui ; idiot, non : l'empereur avait placé Mantoue sous séquestre, la confiant à un commissaire impérial.

Le temps d'arrêt devait valoir pour tous les prétendants, mais Richelieu l'avait pris comme un affront à la France. Ou bien il trouvait son avantage à le prendre ainsi, mais il ne bougeait pas car il était encore en train d'assiéger les protestants de La Rochelle. L'Espagne voyait avec bienveillance ce massacre d'une poignée d'hérétiques, mais elle laissait Gonzales en profiter pour assiéger avec huit mille hommes Casal, défendue par un peu plus de deux cents soldats. Cela avait été le premier siège de Casal.

Pourtant, comme l'empereur avait l'air de ne pas céder, Charles Emmanuel avait flairé que la chose tournait mal et, tandis qu'il continuait à collaborer avec les Espagnols, déjà il prenait des contacts secrets avec Richelieu. Pendant ce temps La Rochelle tombait, Richelieu se voyait complimenté par la cour de Madrid pour cette belle victoire de la foi, remerciait, rassemblait son armée et, Louis XIII à sa tête, lui faisait traverser le Mont-Genèvre au mois de février 1629, et la déployait devant Suze. Charles Emmanuel s'apercevait que, jouant sur les deux tableaux, il risquait de perdre non seulement le Montferrat mais aussi Suze, et — essayant de vendre ce qu'on lui enlevait — il offrait Suze en échange d'une ville française.

Un commensal de Roberto rappelait d'un ton amusé la péripétie. Richelieu, avec force sarcasmes, avait fait demander au duc s'il préférait Orléans ou Poitiers ; pendant ce temps un officier français se présentait à la garnison de Suze et réclamait logement pour le roi de France. Le commandant savoyard, qui était un homme d'esprit, avait répondu que probablement son altesse le duc eût été au plus haut point heureux de donner l'hospitalité à sa majesté, mais comme sa majesté était venue en une si grande compagnie, on devait lui permettre d'en aviser d'abord son altesse. Avec autant d'élégance, le maréchal de Bassompierre caracolant sur la neige avait tiré son chapeau à son roi et, l'avertissant que les violons étaient entrés et que les masques toquaient à la porte, il sollicitait sa permission de commencer le ballet. Richelieu célébrait la messe au camp, l'infanterie française attaquait, et Suze se trouvait conquise.

Ainsi, pour lors, Charles Emmanuel décidait que Louis XIII était son hôte très estimé, allait lui porter la bienvenue, et lui demandait seulement de ne pas perdre de temps à Casal, il s'en occupait déjà lui, et de l'aider par contre à prendre Gênes. On l'invitait avec courtoisie à ne pas dire des décervelagités et on lui mettait dans la main une belle plume d'oie pour signer un traité où il accordait aux Français d'en prendre à leur aise au Piémont : comme dringuelle il obtenait qu'ils lui laissassent Trino et qu'ils imposassent au duc de Mantoue de lui payer un bail annuel pour le Montferrat : « Ainsi Nevers, disait le commensal, pour avoir son bien en payait la location à qui ne l'avait jamais possédé !

— Et il a payé ! riait un autre. Le coyon !

— Nevers a toujours payé pour ses folies, dit un abbé que l'on avait présenté à Roberto comme le confesseur de Toyras. Nevers est un fou de Dieu qui croit être saint Bernard. Il a toujours et seulement pensé à réunifier les princes chrétiens pour une nouvelle croisade. Les temps sont aux massacres des chrétiens entre eux, pensez donc que l'on va s'occuper maintenant des infidèles. Sieurs de Casal, si de cette aimable cité il demeure quelques pierres, il faut vous attendre que votre nouveau seigneur vous invite tous à Jérusalem ! » L'abbé souriait, amusé, en lissant ses moustaches blondes et bien soignées, et Roberto pensait : ainsi, ce matin j'allais mourir pour un fou, et ce fou est dit fou parce qu'il rêve, comme je rêvais moi les temps de la belle Mélisande et du roi Lépreux.

Et les vicissitudes successives ne permettaient pas à Roberto de s'y reconnaître dans les raisons de cette histoire. Trahi par Charles Emmanuel, Gonzales de Cordoue comprenait qu'il avait perdu la campagne, reconnaissait l'accord de Suze, et remmenait ses huit mille hommes dans le Milanais. Une garnison française s'installait à Casal, une autre à Suze, le reste de l'armée de Louis XIII repassait les Alpes pour aller liquider les derniers huguenots en Languedoc et dans la vallée du Rhône.

Mais aucun de ces gentilshommes n'avait l'intention de respecter les engagements, et les commensaux le racontaient comme si c'était tout à fait naturel, certains même acquiesçaient en relevant que « la Raison d'Estat, ah, la Raison d'Estat ». Pour des raisons d'Etat, Olivares — Roberto comprenait que c'était quelque chose comme un Richelieu espagnol, mais moins béni par la fortune — se rendait compte qu'il avait fait très piètre figure, se débarrassait méchamment de Gonzales, le remplaçait par le marquis Ambroise de Spinola et se mettait à dire que l'offense portée à l'Espagne l'était au détriment de l'Eglise. « Des histoires, observait l'abbé. Urbain VII avait favorisé la succession de Nevers. » Et Roberto de se demander en quoi le pape se trouvait concerné par des événements qui n'avaient rien à voir avec des questions de foi.

Cependant l'empereur — et qui sait combien Olivares le pressait de mille manières — se rappelait que Mantoue était encore sous régime de commissaire, et que Nevers ne pouvait ni payer ni ne pas payer pour quelque chose qui ne lui revenait pas encore ; il perdait patience et envoyait vingt mille hommes assiéger la ville. Le pape, voyant des mercenaires protestants courir l'Italie, pensait aussitôt à un autre sac de Rome et dépêchait des troupes à la frontière du duché de Mantoue. Spinola, plus ambitieux et résolu que Gonzales, décidait de remettre le siège devant Casal, mais cette fois pour de bon.

Bref, en concluait Roberto, pour éviter les guerres il ne faudrait jamais faire des traités de paix.

Au mois de décembre 1629, les Français franchissaient de nouveau les Alpes ; selon les pactes Charles Emmanuel aurait dû les laisser passer, mais, histoire de donner preuve de loyauté, il reproposait ses prétentions sur le Montferrat et sollicitait six mille soldats français pour assiéger Gênes, qui était vraiment son idée fixe. Richelieu, qui le considérait comme un serpent, ne disait ni oui ni non. Un capitaine, qui s'habillait à Casal comme s'il figurait à la cour, évoquait une journée du mois de février passé : « Grande et belle fête, mes amis, il manquait les musiciens du Palais royal, mais il y avait les fanfares ! Sa Majesté, suivie par l'armée, chevauchait devant Turin dans un costume noir brodé d'or, une plume au chapeau et la cuirasse coruscante ! » Roberto s'attendait au récit d'un grand assaut, nenni, là aussi ce ne fut qu'une parade ; le roi n'attaquait pas, il faisait par surprise une déviation sur Pinerolo et s'en appropriait, ou s'en réappropriait, vu que quelque cent ans avant c'était une ville française. Roberto avait une vague idée du lieu où se situait Pinerolo, et il ne comprenait pas pour quelle raison l'on dût prendre cette ville-là pour libérer Casal. « Serions-nous par hasard assiégés à Pinerolo ? » se demandait-il.

Le pape, préoccupé par la tournure que prenaient les événements, envoyait un de ses représentants à Richelieu pour lui recommander de restituer la ville aux Savoie. La tablée s'était prodiguée en potins sur cet envoyé, un certain Giulio Mazzarini : un Sicilien, un Romain de la plèbe, allons donc — renchérissait l'abbé — le fils naturel d'un campagnard romain de basse extraction, devenu, on ne sait comme, capitaine servant le pape mais faisant tout pour gagner la confiance de Richelieu, qui désormais ne jurait que par lui. Et il fallait l'avoir à l'œil étant donné qu'en ce moment il allait ou allait partir vers Ratisbonne, qui se trouve chez le diable, et c'était là-bas que se décidaient les destinées de

Casal, pas avec quelques galeries de mine ou de contre-mine.

Pendant ce temps, Charles Emmanuel cherchait de couper les communications aux troupes françaises, alors Richelieu s'emparait aussi d'Annecy et de Chambéry et Savoyards et Français s'affrontaient à Avigliana. Dans cette lente partie, les Impériaux menaçaient la France en entrant en Lorraine, Wallenstein se mettait en marche pour aider les Savoie, et au mois de juillet une poignée d'Impériaux transportés sur des bacs avait pris par surprise une enceinte à Mantoue, les troupes au complet avaient pénétré dans la ville, l'avaient mise à sac durant soixante-dix heures, vidant le palais ducal de fond en comble et, histoire de tranquilliser le pape, les luthériens de l'armée impériale avaient pillé toutes les églises de la ville. Oui, précisément ces lansquenets que Roberto avait vus, envoyés pour prêter main-forte à Spinola.

L'armée française était encore engagée au nord et personne ne pouvait dire si elle arriverait à temps, avant que Casal ne tombât. Il ne restait plus qu'à espérer en Dieu, avait dit l'abbé : « Messieurs, savoir que l'on doit rechercher les moyens humains comme si les divins n'existaient pas, et les divins comme si n'existaient pas les moyens humains, est vertu politique.

— Espérons donc en les moyens divins », s'était exclamé un gentilhomme, mais d'un ton fort peu contrit, et agitant si bien sa coupe qu'il fit tomber du vin sur la casaque de l'abbé. « Monsieur, vous m'avez maculé de vin », s'était écrié l'abbé, pâlissant — façon dont l'on s'indignait en ce temps-là. « Supposez, avait répondu l'autre, que cela vous soit arrivé pendant la consécration. Vin celui-là, vin celui-ci.

— Monsieur de Saint-Savin, avait crié l'abbé en se levant et portant la main à l'épée, ce n'est pas la première fois que vous déshonorez votre nom en blasphémant le nom de Notre Seigneur ! Mieux vous en aurait pris, Dieu me pardonne, de rester à

Paris pour déshonorer les dames, selon votre usage à vous, pyrrhoniens !

— Allons, allons, avait répondu Saint-Savin, d'évidence ivre, nous, pyrrhoniens, nous rendions en musique chez les dames et les hommes qui avaient de l'estomac et voulaient jouer quelque bon tour s'unissaient à nous. Mais, quand la dame ne se penchait pas à sa fenêtre, nous savions bien qu'elle s'éclipsait pour ne pas abandonner le lit qu'était en train de lui chauffer l'ecclésiastique de famille. »

Les autres officiers s'étaient levés et retenaient l'abbé qui voulait tirer l'épée de son fourreau. Monsieur de Saint-Savin est troublé par le vin, lui disaient-ils, l'on devait tout de même concéder quelque chose à un homme qui, ce jour, s'était bien battu, et un peu de respect pour les compagnons morts depuis peu.

« Soit, avait conclu l'abbé en quittant la salle, monsieur de Saint-Savin, je vous invite à terminer la nuit en récitant un De Profundis pour nos amis disparus, et m'en tiendrai pour satisfait. »

L'abbé sorti, Saint-Savin, qui se trouvait assis juste à côté de Roberto, s'était replié sur l'épaule du jeune de la Grive et avait commenté : « Les chiens et les oiseaux des fleuves ne font pas plus de bruit que nous n'en faisons en hurlant un De Profundis. Pourquoi tant de sonneries de cloches et tant de messes pour ressusciter les morts ? » Il avait vidé d'un coup sa coupe, il avait averti Roberto, le doigt levé, comme pour le former à une vie droite et aux plus hauts mystères de notre sainte religion : « Monsieur, soyez fier : aujourd'hui vous avez effleuré une belle mort et comportez-vous dans le futur avec autant de nonchaloir, sachant que l'âme meurt avec le corps. Et donc allez à la mort après avoir goûté à la vie. Nous sommes des animaux d'entre les animaux, les uns comme les autres enfants de la matière, sauf que nous sommes plus désarmés. Mais puisque à la différence des bêtes nous savons que nous devons mourir, préparons-nous à ce moment-là en jouissant de la vie qui nous a été donnée par le hasard et par hasard. Que la sagesse nous apprenne à employer nos jours à boire et converser aimablement, ainsi qu'il convient aux gentilshommes, dans le mépris des âmes viles. Compagnons, la vie est notre débitrice ! Nous voilà pourrissant à Casal, et nous sommes nés trop tard pour jouir des temps du bon roi Henri, quand au Louvre vous rencontriez des bâtards, des singes, des fols et des fous de cour, des nains et des culs-de-jatte, des musiciens et des poëtes, et que le souverain s'en amusait. A présent, des jésuites lascifs comme des boucs tonnent contre qui lit Rabelais et les poëtes latins, et ils nous voudraient tous vertueux pour occire les huguenots. Seigneur Dieu, la guerre est belle mais je veux me battre pour mon plaisir et non pas parce que mon adversaire mange de la viande le vendredi. Les païens étaient plus sages que nous. Ils avaient eux aussi trois dieux, mais au moins leur mère Cybèle ne prétendait pas les avoir mis au monde en restant vierge.

— Monsieur, avait protesté Roberto, tandis que les autres riaient.

— Monsieur, avait répondu Saint-Savin, la première qualité d'un honnête homme est le mépris de la religion, qui nous veut craintifs devant la chose la plus naturelle du monde, qui est la mort, haïsseurs de la seule chose belle que le destin nous a donnée, qui est la vie, et aspirant à un ciel où d'éternelle béatitude ne vivent que les planètes, qui ne jouissent ni de récompenses ni de condamnations, mais de leur éternel mouvement dans les bras du vide. Soyez fort comme les sages de l'antique Grèce et regardez à la mort sans ciller et sans peur. Jésus a trop sué en l'attendant. Qu'est-ce qu'il avait à redouter, d'ailleurs, puisqu'il ressusciterait ?

— Il suffit, monsieur de Saint-Savin, lui avait quasi intimé un officier en le prenant par le bras. Ne faites pas scandale aux yeux de notre jeune ami, car il ne sait pas encore qu'à Paris de nos jours l'impiété est la forme la plus exquise du bon ton, et il pourrait vous prendre trop au sérieux. Et allez dormir vous aussi, monsieur de la Grive. Sachez que le bon Dieu est si secourable qu'il pardonnera même à monsieur de Saint-Savin. Comme disait le théologien, fort est un roi qui tout détruit, plus forte une femme qui tout obtient, mais plus fort encore le vin qui noie la raison.

— Vous citez à moitié, monsieur, avait bafouillé Saint-Savin tandis que deux de ses compagnons le traînaient dehors presque à bout de bras, on attribue cette phrase à la Langue, qui avait ajouté : plus forte encore est cependant la vérité et moi qui la dis. Et ma langue, même si maintenant je la remue avec peine, ne se taira pas. Le sage ne doit pas seulement attaquer le mensonge à coups d'épée mais aussi à coups de langue. Mes amis, comment pouvez-vous appeler secourable une divinité qui veut notre misère éternelle rien que pour calmer son ire d'un instant ? Nous devons pardonner à notre prochain et lui pas ? Et nous devrions aimer un être aussi cruel ? L'abbé m'a dit pyrrhonien, mais nous pyrrhoniens, s'il veut le prendre ainsi, nous avons souci de consoler les victimes de l'imposture. Une fois, avec trois compères, nous avons distribué aux dames des chapelets à médailles obscènes. Si vous saviez ce qu'elles devinrent dévotes depuis ce jour-là ! »

Il était sorti, suivi par les éclats de rire de toute la compagnie, et l'officier avait commenté : « Si Dieu ne le peut, du moins nous, pardonnons sa langue, vu qu'il a une si belle épée. » Puis à Roberto : « Gardez-le pour ami, et ne le contrariez pas plus qu'il ne se doit. Il a étendu lui davantage de Français à Paris, pour un point de théologie, que ma compagnie n'a encore embroché d'Espagnols ces jours-ci. Je ne voudrais pas l'avoir près de moi à la messe, mais je me tiendrais pour heureux de l'avoir près de moi dans la lice. »

Ainsi éduqué aux premiers doutes, Roberto devait en connaître d'autres le lendemain. Il était revenu dans cette aile du château où il avait dormi les deux premières nuits avec ses Montferrins, pour reprendre son sac, mais il avait du mal à s'orienter entre cours et couloirs. Dans l'un de ceux-ci il avançait, s'apercevant qu'il s'était fourvoyé, lorsqu'il vit au fond un miroir plombé de crasse, où il se discerna lui-même. Or, en s'approchant, il se rendit compte que ce lui-même avait, certes, son visage, mais des habits tapageurs à l'espagnole, et il portait les cheveux ramassés dans une résille. Non seulement, mais ce lui-même à un moment donné n'était plus en face de lui, il disparaissait carrément de côté.

Il ne s'agissait donc pas d'un miroir. De fait, il se rendit à l'évidence : c'était une grande fenêtre aux vitres empoussiérées, qui donnait sur un glacis d'où l'on descendait par un escalier vers la cour. Il ne s'était donc pas vu lui-même, il avait vu quelqu'un d'autre, lui ressemblant fort, dont il avait perdu la trace à présent. Naturellement il pensa aussitôt à Ferrante. Ferrante l'avait suivi ou précédé à Casal, peut-être dans une autre compagnie du même régiment, ou dans l'un des régiments français et, tandis que lui risquait sa vie dans le fortin, l'autre tirait de la guerre Dieu sait quels avantages.

A l'âge qu'il avait, Roberto était enclin désormais à sourire de ses fantaisies enfantines sur Ferrante, et, réfléchissant à sa vision, il se persuada bien vite qu'il avait seulement vu quelqu'un qui pouvait de loin lui ressembler.

Il voulut oublier l'incident. Durant des années il avait ruminé l'idée d'un frère invisible, ce soir-là il avait cru le voir mais, précisément (se dit-il en cherchant par la raison à contredire son cœur), s'il avait vu quelqu'un, il n'était point fiction, et comme Ferrante était fiction, celui qu'il avait vu ne pouvait être Ferrante.

Un maître de logique eût objecté à ce paralogisme, mais pour le moment il pouvait suffire à Roberto.

6

Grand Art de la Lumière et de l'Ombre

Après avoir consacré sa lettre aux premiers souvenirs du siège, Roberto avait trouvé quelques flacons de vin d'Espagne dans la chambre du capitaine. Nous ne pouvons le lui reprocher si, le feu allumé et s'étant fait un poêlon d'œufs persillés de poisson fumé, il avait débouché une bouteille et s'était accordé un souper de roi à une table dressée presque dans les règles de l'art. S'il devait rester un long temps naufragé, pour ne pas s'abrutir il devrait s'en tenir aux bons usages. Il se souvenait que, à Casal, quand les blessures et les maladies poussaient même les officiers à se comporter en naufragés, monsieur de Toyras avait réclamé que, au moins à table, chacun se rappelât ce qu'il avait appris à Paris : « Se présenter avec des habits propres, ne pas boire après chaque bouchée, s'essuyer d'abord les moustaches et la barbe, ne pas se lécher les doigts, ne pas cracher dans son assiette, ne pas se moucher le nez dans la nappe. Nous ne sommes pas des Impériaux, Messeigneurs ! »

Il s'était éveillé le matin, après le chant du coq, mais il avait encore longuement paressé. Lorsque, de la galerie, il avait de nouveau entrebâillé la fenêtre, il comprit qu'il s'était levé en retard par rapport au jour d'avant, et l'aube déjà cédait à l'aurore : derrière les collines s'accentuait maintenant le rosé du ciel dans une pulvérisation de nuages.

Comme bien vite les premiers rayons éclaireraient la plage, la rendant insupportable à la vue, Roberto avait pensé regarder là où le soleil ne dominait pas encore, et il s'était déplacé le long de la galerie sur l'autre bord de la *Daphne*, vers la terre occidentale. Elle lui apparut aussitôt tel un profil bleu turquoise accidenté qui, en l'espace de quelques minutes, déjà se partageait en deux bandes horizontales : une brosse de verdure et de clairs palmiers déjà resplendissait sous la zone sombre des montagnes où dominaient encore, obstinées, les nues de la nuit. Mais celles-ci, lentement, très noires au centre, se délitaient sur les bords en un mélange de blanc et de rose.

C'était comme si le soleil, au lieu de les frapper de front, s'ingéniait à naître de l'intérieur des nues et elles, quitte à s'épuiser de lumière à leurs lisières, devenaient turgescentes, grosses de floches rebelles à se liquéfier dans le ciel pour le rendre miroir fidèle de la mer, prodigieusement claire maintenant, éblouie de flaques scintillantes, à croire qu'y passaient des bancs de poissons dotés d'une lampe sous leurs écailles. Pourtant les nuages avaient vite cédé à l'invite de la lumière, et ils s'étaient déchargés d'eux-mêmes en s'abandonnant au-dessus des cimes, et d'un côté ils adhéraient aux pentes, se condensant et se déposant telle de la crème fouettée, moelleuse où elle coulait vers la végétation, plus compacte au sommet, formant un névé, et de l'autre, comme le névé se faisait à la crête unique lave de glace, ils explosaient dans l'air en forme de champignon, délicieuses éruptions dans un pays de Cocagne.

Ce qu'il voyait pouvait sans doute suffire à justifier son naufrage : non tant pour le plaisir que cette parade mobile de la nature lui causait, mais pour la lumière que cette lumière jetait sur des paroles qu'il avait entendues de la bouche du Prévôt de Digne.

Jusqu'alors, en effet, il s'était souvent demandé s'il ne rêvait pas. Ce qui était en train de lui arriver n'arrivait pas d'habitude aux humains, ou pouvait tout au plus lui rappeler les romans de son enfance : comme créés par le rêve étaient et le vaisseau et les créatures qu'il y avait rencontrées. De l'identique substance dont sont faits les rêves lui semblaient les ombres qui, depuis trois jours, l'enveloppaient et, l'esprit froid, il se rendait bien compte que même les couleurs qu'il avait admirées dans le verger et dans la volière étaient apparues éclatantes à ses seuls yeux émerveillés, mais elles ne se révélaient en réalité qu'à travers cette patine de vieux luth qui recouvrait chaque objet du vaisseau, dans une lumière qui avait déjà frôlé baux et douves de bois séchés, entartrés d'huiles, de vernis et de goudrons... N'aurait-il donc pas pu être songe aussi, le grand théâtre de célestes piperies qu'il croyait voir maintenant à l'horizon ?

Non, se dit Roberto, la douleur que cette lumière procure maintenant à mes yeux me révèle que je ne rêve pas, et que je vois bien au contraire. Mes pupilles souffrent de la tempête d'atomes qui, comme d'un grand vaisseau de bataille, me bombardent de ce rivage : rien autre est la vision que cette rencontre de l'œil et du poudroiement de la matière qui le frappe. Certes, lui avait dit le Prévôt, non que les objets vous envoient de loin, comme le voulait Epicure, des simulacres parfaits qui en révéleraient et la forme extérieure et la nature occulte : vous n'obtenez que des symboles, des indices, pour en tirer la conjecture que nous appelons vision. Mais le fait même que, peu auparavant, il eût nommé par différents tropes ce qu'il croyait voir, créant sous forme de mots ce que le quelque chose encore informe lui suggérait, confirmait à ses yeux que précisément il voyait. Et, parmi les nombreuses certitudes dont nous déplorons l'absence, une seule est présente, c'est le fait que toutes les choses nous apparaissent comme elles nous apparaissent, et il n'est pas possible qu'il ne soit pas de la plus grande vérité qu'elles nous apparaissent justement ainsi.

D'où voyant, et étant sûr de voir, Roberto avait l'unique assurance sur quoi les sens et la raison pouvaient compter, c'est-à-dire la certitude qu'il voyait quelque chose : et ce quelque chose était l'unique forme d'être dont il pouvait parler, l'être n'étant rien autre que le grand théâtre du visible disposé dans la conque de l'Espace — ce qui nous en dit long sur ce siècle bizarre.

Il était vivant, en état de veille, et là-bas, île ou

continent n'importe, il y avait une chose. Ce que c'était, il l'ignorait : comme les couleurs dépendent et de l'objet dont elles sont frappées, de la lumière qui s'y reflète, et de l'œil qui les fixe, ainsi la terre la plus lointaine lui semblait vraie dans son occasionnelle et passagère union de lumière, de vents, de nuages, d'yeux, les siens, exaltés et affligés. Demain peut-être, ou d'ici quelques heures, cette terre serait différente.

Ce qu'il voyait n'était pas seulement le message que le ciel lui envoyait, mais le résultat d'une amitié entre le ciel, la terre et la position (et l'heure et la saison, et l'angle) d'où il regardait. A coup sûr, si le vaisseau s'était ancré le long d'une autre aire du rhumb des vents, le spectacle eût été différent, le soleil, l'aurore, une mer et une terre jumelles mais dissemblables. Cette infinité des mondes dont parlait Saint-Savin, il ne fallait pas seulement la chercher au-delà des constellations, mais au centre même de cette bulle de l'espace dont lui, pur œil, était maintenant la source d'infinies parallaxes.

Au milieu de tant de vicissitudes, n'avoir pas mené au-delà de pareil signe ses spéculations soit de métaphysique, soit de physique des corps, nous le concéderons à Roberto ; d'autant que, nous le verrons, il le fera plus tard, et plus que nécessaire ; mais là déjà nous le trouvons réfléchissant que, s'il pouvait y avoir un seul monde où apparussent des îles différentes (nombreuses en ce moment pour de nombreux roberti qui regarderaient d'une galerie de nombreux vaisseaux disposés sur différents degrés de méridien), alors en ce seul monde pouvaient apparaître et se mêler maint Roberto et maint Ferrante. Peut-être ce jour-là, au château, s'était-il déplacé, sans qu'il s'en rendît compte, de quelques brasses par rapport au mont le plus haut de l'Ile du Fer, et avait-il vu l'univers habité par un autre Roberto, non condamné à la conquête du fortin hors les murailles, ou sauvé par un autre père qui n'avait pas occis l'Espagnol gentil.

Mais Roberto se rabattait sur ces considérations

afin de ne pas avouer que ce corps lointain, qui se faisait et se défaisait en de voluptueuses métamorphoses, était devenu pour lui anagramme d'un autre corps qu'il aurait voulu posséder ; et, comme la terre lui souriait, langoureuse, il aurait voulu la rejoindre et se confondre avec elle, pygmée bienheureux sur les seins de cette grâcieuzeuse géante.

Je ne crois pourtant pas que ce fût la pudeur, mais la peur de l'excès de lumière qui le poussa à rentrer — et peut-être un autre appel. Il avait en effet entendu les poules qui annonçaient une nouvelle provision d'œufs, et il eut l'idée d'aller jusqu'à s'accorder un poulet à la broche pour le soir. Il prit cependant le temps de s'arranger, avec les ciseaux du capitaine, moustaches, barbe et cheveux encore d'un naufragé. Il avait décidé de vivre son naufrage comme une villégiature qui lui offrait une suite étendue d'aubes, d'aurores et (les goûtant d'avance) de soleils couchants.

Il descendit donc moins d'une heure après que les poules avaient chanté, et il se rendit aussitôt compte que, si elles avaient déposé leurs œufs (et elles ne pouvaient pas être taxées de mensonge, vu leur chant), d'œufs, il n'en voyait point. Non seulement, mais tous les oiseaux avaient à nouveau leurs grains, bien distribués, comme s'ils ne s'étaient pas encore mis à les picorer.

Saisi d'un soupçon, il était retourné dans le verger pour découvrir que, comme la veille et encore plus que la veille, les feuilles luisaient de rosée, les campanules recueillaient une eau limpide, la terre était humide aux racines, la boue encore plus boueuse : signe que quelqu'un était venu arroser les plantes au cours de la nuit.

Curieux à dire, son premier mouvement fut de jalousie : quelqu'un avait la mainmise sur son vaisseau même et lui dérobait ces soins et ces avantages auxquels il avait droit. Perdre le monde pour conquérir un vaisseau abandonné, et puis s'apercevoir que quelqu'un l'habitait, cela lui était insupportable autant que la crainte de voir sa Dame, inaccessible terme de son désir, devenir la proie du désir d'autrui.

Puis survint une perturbation plus raisonnée. De même que le monde de son enfance était habité par un Autre qui le précédait et le suivait, d'évidence la *Daphne* avait des soutes et des retranchements que lui ne connaissait pas encore, et où vivait un hôte caché, qui parcourait les mêmes sentes que lui, à peine il s'en était éloigné, ou un instant avant que lui ne les parcourût.

Il courut se musser dans sa chambre, telle l'autruche africaine qui, enfouissant sa tête, croit effacer le monde.

Pour gagner le gaillard d'arrière, il était passé devant l'ouverture d'un escalier qui menait dans le fond de cale : qu'est-ce qui pouvait bien se cacher là-bas, si dans le second-pont il avait trouvé une île en miniature ? C'était là le royaume de l'Intrus ? On remarquera qu'il se comportait déjà avec le vaisseau comme avec un objet d'amour qui, à peine le découvre-t-on et découvre-t-on le vouloir, tous ceux qui l'auraient eu avant deviennent des usurpateurs. Et c'est à ce moment-là que Roberto avoue en écrivant à sa Dame que la première fois qu'il l'avait vue, et il l'avait vue précisément en suivant le regard d'un autre qui se posait sur elle, il avait ressenti le dégoût d'un qui apercevrait une rouleuse sur une rose.

On pourrait sourire devant un tel accès de jalousie pour une carcasse embaumant le poisson, la fumée et l'étron, or Roberto se perdait désormais en un instable labyrinthe où chaque croisée le ramenait toujours à une seule image. Il souffrait et pour l'Ile qu'il n'avait pas, et pour le vaisseau qui l'avait — les deux inaccessibles, l'une par sa distance, l'autre par son énigme — mais les deux se trouvaient en lieu et place d'une aimée qui s'esquivait, le cajolant de promesses qu'il se faisait tout seul. Et je ne saurais expliquer autrement cette lettre où Roberto se répand en plaintifs enjolivements rien que pour dire, en fin de compte, que Quelqu'un l'avait privé de son repas du matin.

Madame,

comment puis-je attendre mercy de qui me consume ? Cependant a qui sinon a vous puis-je confier ma peine cherchant resconfort, sinon dans vostre escoute, au moins dans mon inescoutée parole ? Si Amour est un remede qui soigne toute douleur par une douleur plus grande encor, ne pourray-je sans doubte l'entendre comme une peine qui occit par excez tout autre peine, si qu'elle devienne le remede de toutes, sauf d'elle-mesme ? Puis que si beauté je vis jamais, et la voulus, ce ne fut que rêve de la vostre, pourquoy devrois-je me plaindre qu'autre beauté me soit esgalement rêve ? Pis seroit si celle je faisois mienne, et m'en contentois, ne souffrant plus pour l'image de la vostre : car d'une bien avaricieuce medecine j'aurois jouy, et le mal s'agrandiroit du remords de ceste infidellité. Mieux vaut se fier en la vostre image, tant plus or que j'ai entreveu encor une fois un ennemi dont je ne connois les traits et voudrois peut-estre oncques ne les connoistre. Pour ignorer ce spectre haï, me vienne en aide vostre phantasme aimé. Que de moy l'amour fasse du moins un fragment insensible, une mandragore, une source de pierre qui verse avecque ses pleurs toute angoisse...

Mais, se tourmentant comme il se tourmente, Roberto ne devient pas source de pierre ; aussitôt il reporte l'angoisse qu'il ressent à l'autre angoisse éprouvée à Casal, et aux effets — ainsi que nous le verrons — bien plus funestes.

7

Pavane Lachryme

L'histoire est aussi limpide qu'obscure. Tandis que se succédaient de petites escarmouches qui avaient la même fonction que peut revêtir, dans le jeu des échecs, non point un coup, mais le regard qui commente le soupçon d'un coup de la part de l'adversaire, pour le faire renoncer à un pari gagnant — Toyras avait décidé que l'on devait tenter une sortie plus substantielle. Il était clair que le jeu se faisait entre espions et espions espionnés : à Casal, des bruits s'étaient répandus selon quoi l'armée de secours approchait, menée par le roi soi-même, avec monsieur de Montmorency venant d'Asti et les maréchaux de Créqui et de la Force, d'Ivrée. Faux, comme l'apprenait Roberto par les colères de Toyras quand celui-ci recevait un courrier du nord : dans cet échange de messages, Toyras faisait savoir à Richelieu qu'il n'avait désormais plus de vivres et le cardinal lui répondait que monsieur Argencourt avait en son temps inspecté les magasins et décidé que Casal pourrait excellemment résister durant tout l'été. L'armée avancerait au mois d'août, profitant sur son chemin des récoltes sur pied.

Roberto fut stupéfait que Toyras instruisît des Corses afin qu'ils désertent et aillent référer à Spinola que l'armée était attendue seulement pour septembre. Mais il l'entendit expliquer à son état-major : « Si le sieur Spinola croit avoir du temps, il prendra du temps pour construire ses galeries, et nous aurons nous le temps de construire des galeries de contremine. Si par contre il pense que l'arrivée des secours est imminente, qu'est-ce qu'il lui reste à faire ? Non point certes aller au-devant de l'armée française, car il sait qu'il n'a pas de forces suffisantes ; non point l'attendre, car il serait ensuite assiégé à son tour ; non point s'en retourner à Milan et préparer une défense du Milanais, car l'honneur l'empêche de se retirer. Il ne lui resterait alors qu'à conquérir aussitôt Casal. Mais comme il ne peut le faire en une attaque frontale, il devra dépenser une fortune pour susciter des trahisons. Et à partir de ce moment-là, tout ami deviendrait pour nous un ennemi. Envoyons donc des espions au sieur Spinola afin de le convaincre du retard des renforts, permettons-lui de construire des galeries de mine où elles ne nous embarrassent pas trop, détruisons-lui celles qui nous menacent vraiment, et laissons-le se harasser à ce jeu. Monsieur Pozzo, vous connaissez le terrain, vous : où devons-nous lui accorder trêve, où devons-nous le bloquer coûte que coûte ? »

Le vieux Pozzo, sans regarder les cartes (qui lui semblaient trop ornées pour être vraies) et indiquant de la main par la fenêtre, expliqua comment en certaines aires le terrain était notoirement ébouleux, infiltré par les eaux du fleuve, et là Spinola pouvait creuser tant qu'il voulait, ses mineurs s'étoufferaient en avalant des limaces. Par contre, dans d'autre aires, creuser des galeries était un plaisir, et là il fallait frapper avec l'artillerie et faire des sorties.

« Bon, dit Toyras, demain nous les obligerons donc à bouger pour défendre leurs positions hors du bastion Saint-Carle, et puis nous les prendrons par surprise hors du bastion Saint-Georges. » Le jeu fut bien préparé, avec des instructions précises à toutes les compagnies. Et comme Roberto avait prouvé qu'il avait une belle écriture, Toyras l'avait tenu occupé depuis six heures du soir jusqu'à deux heures du matin afin de lui dicter des messages, puis il lui avait demandé de dormir habillé sur un coffre devant sa chambre, pour recevoir et vérifier les réponses, et le réveiller si quelque contretemps avait surgi. Ce qui était arrivé plus d'une fois de deux heures jusqu'à l'aube.

Le lendemain matin les troupes étaient en attente sur les chemins couverts de la contrescarpe et à l'intérieur des murailles. A un signe de Toyras, qui contrôlait les opérations du haut de la citadelle, un premier contingent, fort nombreux, s'ébranla dans la direction trompeuse : d'abord une avant-garde de piquiers et de mousquetaires, avec une réserve de cinquante mousquetons qui les suivaient à une courte distance, ensuite, de manière insolente, un corps d'infanterie de cinq cents hommes et deux compagnies de cavalerie. C'était une belle parade et, après coup, on comprit que les Espagnols l'avaient prise pour telle.

Roberto vit trente-cinq hommes qui, au commandement du capitaine Columbat, se jetaient en ordre dispersé contre une tranchée, et le capitaine espagnol qui émergeait de la barricade et leur faisait un fort beau salut. Columbat et les siens s'étaient arrêtés, par éducation, et avaient répondu avec une égale courtoisie. Après quoi, les Espagnols ébauchaient un mouvement de retrait et les Français marquaient le pas ; Toyras fit expédier du haut des murailles un coup de canon sur la tranchée, Columbat comprit l'invite, commanda l'assaut, la cavalerie le suivit en attaquant la tranchée sur ses deux flancs, les Espagnols se remirent de mauvais gré en position et furent taillés en pièces. Les Français étaient comme fous et certains en frappant criaient les noms des amis tués dans les sorties précédentes, « voilà le coup de Bessères, voilà pour la cassine du Bricchetto ! » L'excitation était telle que, au moment où Columbat voulut recompacter sa troupe, il n'y parvint pas, et ses hommes s'acharnaient encore sur les morts, montrant vers la ville leurs trophées, boucles d'oreilles, ceinturons, brochettes de chapeaux en agitant les piques.

Il n'y eut pas aussitôt de contre-attaque, Toyras commit l'erreur de le considérer comme une erreur, et c'était un calcul. Jugeant que les Impériaux étaient occupés à envoyer d'autres troupes pour contenir cet assaut, il les invitait avec d'autres coups de canon, mais eux se limitèrent à tirer dans la ville et un boulet ravagea l'église de Saint-Antoine, juste à côté du quartier général.

Toyras en fut satisfait et il donna l'ordre à l'autre groupe de quitter le bastion Saint-Georges. Peu de compagnies, mais sous le commandement de monsieur de la Grange, vif comme un adolescent malgré ses cinquante-cinq ans. Et, l'épée pointée devant lui, la Grange avait donné l'ordre de la charge contre une petite église abandonnée, longée par les travaux d'une galerie déjà bien avancée, lorsque, soudain, derrière une cunette le gros de l'armée ennemie était apparu, qui attendait depuis des heures ce rendez-vous.

« Trahison ! » avait crié Toyras en descendant à la porte, et il avait ordonné à la Grange de se replier.

Peu après, un enseigne du régiment de Pompadour lui avait amené, les poignets attachés par une corde, un jeune garçon casalois qui avait été surpris dans une petite tour près du château tandis qu'avec un linge blanc il faisait des signes aux assiégeants. Toyras l'avait fait allonger par terre, lui avait inséré le pouce de la main droite sous le chien levé de son pistolet, avait pointé le canon sur sa main gauche, placé le doigt sur la détente et lui avait demandé : « Et alors ? »

Le garçon avait compris au vol que cela tournait mal pour lui et il avait commencé à parler : la veille au soir, vers minuit, devant l'église Saint-Dominique, un certain capitaine Gambero lui avait promis six pistoles, donné trois en acompte, s'il faisait ce qu'il avait finalement fait, au moment où les troupes françaises s'ébranlaient du bastion Saint-Georges. Il avait même l'air de prétendre aux pistoles restantes, le garçon, sans s'y entendre beaucoup en art militaire, comme si Toyras devait se féliciter de ses services. Puis, à un moment donné, il avait aperçu Roberto et il s'était mis à crier que le fameux Gambero, c'était lui.

Roberto était interdit, le père Pozzo s'était lancé sur le misérable calomniateur et il l'eût étranglé si quelques gentilshommes de sa suite ne l'avaient retenu. Toyras avait aussitôt rappelé que Roberto avait été durant toute la nuit à ses côtés et que, pour être de bonne mine, il n'en était pas moins impossible de le prendre pour un capitaine. Entre-temps, d'autres avaient vérifié qu'un capitaine Gambero existait vraiment, dans le régiment Bassiani, et on l'avait amené à coups de plat d'épée et de bourrades devant Toyras. Gambero clamait son innocence, et le jeune prisonnier en effet ne le reconnaissait pas, mais par prudence Toyras l'avait fait enfermer. Comme dernier élément de désordre, on était venu rapporter que, au moment où les troupes de la Grange se retiraient, quelqu'un avait pris la fuite du bastion Saint-Georges, rejoignant les lignes espagnoles, qui l'accueillirent par des manifestations de joie. On ne pouvait en dire davantage, sauf qu'il était jeune et habillé à l'espagnole avec une résille sur les cheveux. Roberto pensa aussitôt à Ferrante. Mais ce qui l'impressionna le plus fut l'air soupçonneux dont les commandants français regardaient les Italiens de la suite de Toyras.

« Il suffit d'une petite canaille pour arrêter une armée ? » entendit-il son père demander tout en indiquant les Français qui se repliaient. « Excusez-moi, cher ami, fit Pozzo à l'adresse de Toyras, mais ici on est en train de se faire à l'idée que nous sommes tous un peu, de par chez nous, comme ce scorpène de Gambero, ou je me trompe ? » Et tandis que Toyras lui déclarait estime et amitié, mais d'un air distrait, il dit : « Laissez donc. Il me semble que tous ont le cul breneux et cette histoire me reste un peu en travers. J'en ai jusques ici de ces Espagnols de merde et si vous me le permettez je vais en expédier deux ou trois, façons de faire voir que nous, nous savons danser la gaillarde au besoin, et que si ça nous chante nous faisons danser la gigue à quiconque, mordioux ! »

Il avait pris la porte et chevauché telle une furie, l'épée au clair, contre les rangs ennemis. Il ne voulait évidemment pas les mettre en fuite, mais il lui était apparu opportun d'en faire à sa tête, histoire d'en remontrer aux autres.

Cette bonne preuve de courage, ce fut une très

mauvaise opération militaire. Une balle l'atteignit au front et il s'affaissa sur la croupe de son Pagnufli. Survint une seconde décharge, du côté de la contre-scarpe, et Roberto sentit un coup violent à la tempe, comme un caillou, et il chancela. Il avait été éraflé, il se dégagea des bras qui le soutenaient. Criant le nom de son père, il s'était dressé, il avait aperçu Pagnufli qui, hésitant, galopait avec le corps de son maître sans vie sur une terre sans nom.

Il avait, une fois encore, porté les doigts à sa bouche et émis son sifflement. Pagnufli avait entendu et il était revenu vers les murs, mais lente-ment, à un petit trot solennel, afin de ne pas désar-çonner son cavalier qui désormais ne lui serrait plus impérieusement les flancs. Il était rentré hennissant sa pavane pour son seigneur défunt dont il rendait le corps à Roberto qui avait fermé ces yeux encore écarquillés, et essuyé cette face aspergée de sang maintenant caillé, tandis que son sang à lui encore vif rayait sa joue.

Qui sait si la balle ne lui avait pas touché un nerf : le lendemain, à peine sorti de la cathédrale de Saint-Vaast où Toyras avait voulu des obsèques solen-nelles pour monsieur Pozzo di San Patrizio de la Grive, il avait de la peine à supporter la lumière du jour. Peut-être ses yeux étaient-ils rouges de larmes, le fait est que depuis ce moment-là ils commen-cèrent à lui faire mal. Aujourd'hui les spécialistes de la psyché diraient que, son père étant entré dans l'ombre, dans l'ombre lui aussi voulait entrer. Roberto ne savait pas grand'chose de la psyché mais cette figure de discours pourrait l'avoir attiré, du moins à la lumière, ou à l'ombre, de ce qui arriva par la suite.

Je pense que Pozzo était mort pour un point d'honneur, ce qui me semble superbe, mais Roberto ne parvenait pas à l'apprécier. Tous louaient l'héroïsme de son père, il aurait dû supporter son deuil avec fierté, et il sanglotait. Se rappelant que son père lui disait qu'un gentilhomme doit s'habi-tuer à supporter, le cil sec, les coups du mauvais sort, il s'excusait de sa faiblesse (devant son géniteur qui ne pouvait plus lui en demander raison), en se répétant que c'était la première fois qu'il devenait orphelin. Il croyait devoir s'habituer à l'idée, il n'avait pas encore compris qu'à la perte d'un père il est inutile de s'habituer car cela n'arrivera pas une deuxième fois : autant vaut laisser la blessure ouverte.

Mais, pour donner un sens à ce qui s'était passé, il ne put qu'avoir de nouveau recours à Ferrante. Ferrante, en le filant de près, avait vendu aux adversaires les secrets que lui connaissait et puis il avait éhontément rejoint les rangs ennemis pour jouir de la récompense méritée : le père, qui avait compris, voulut laver l'honneur sali de la famille et projeter sur Roberto le lustre de son propre courage afin de le purifier de cette ombre de soupçon qui venait de se répandre sur lui, le fils non coupable. Pour ne pas rendre sa mort inutile, Roberto lui devait la conduite que tout le monde à Casal attendait du fils du héros.

Il ne pouvait pas faire autrement : il se retrouvait désormais seigneur légitime de la Grive, héritier du nom et des biens de famille et Toyras n'osa plus l'employer à de petites besognes — ni ne pouvait l'appeler pour les grandes. C'est ainsi que, resté seul, pour pouvoir jouer son nouveau rôle d'orphelin illustre il se trouva d'un coup encore plus seul, sans même le soutien de l'action : dans le vif d'un siège, déchargé de toute tâche, il s'interrogeait sur la façon d'occuper ses journées d'assiégé.

8

La Doctrine curieuse des beaux Esprits
de ce Temps

Arrêtant un instant la vague des souvenirs, Roberto s'était aperçu qu'il avait évoqué la mort de son père non pas dans le but compatissant de garder ouverte la plaie de Philoctète, mais par pur hasard, alors qu'il se rappelait le spectre de Ferrante évoqué par le spectre de l'Intrus de la *Daphne*. Les deux lui apparaissaient désormais à tel point jumeaux qu'il décida d'éliminer le plus faible pour avoir raison du plus fort.

En définitive, arriva-t-il en ces jours de siège que j'eusse encore vent de Ferrante ? se dit-il. Non. Au contraire, que se passa-t-il ? Que Saint-Savin me convainquit de son inexistence.

Roberto s'était en effet lié d'amitié avec monsieur de Saint-Savin. Il l'avait revu à l'enterrement, et il en avait reçu un témoignage d'affection. N'étant plus la proie du vin, Saint-Savin était un gentilhomme accompli. Petit de taille, nerveux, pétulant, le visage marqué, peut-être par les débauches parisiennes dont il parlait, il ne devait pas encore avoir trente ans.

Il s'était excusé pour ses intempérances au cours de ce souper, non point de ce qu'il avait dit mais de ses manières inciviles de le dire. Il l'avait fait parler de monsieur Pozzo, et Roberto lui sut gré qu'au moins il feignît si grand intérêt. Il lui dit comment son père lui avait appris ce qu'il savait d'escrime, Saint-Savin fit différentes questions, se passionna à la citation d'une certaine botte, tira son épée du fourreau, et là, au milieu d'une place, voulut que Roberto lui montrât cette botte. Ou il la connaissait déjà ou il était fort rapide : il la para avec adresse mais reconnut que c'était astuce de haute école.

Pour remercier, il n'indiqua qu'une de ses bottes à Roberto. Il le fit mettre en garde, ils échangèrent quelques feintes ; il attendit le premier assaut, d'un coup sembla glisser à terre et, alors que Roberto se découvrait, interdit, il s'était déjà redressé comme par miracle et lui avait fait sauter un bouton de sa casaque — preuve qu'il aurait pu le blesser s'il avait poussé plus à fond.

« Cela vous plaît, mon ami ? dit-il tandis que Roberto saluait en se donnant pour vaincu. C'est le coup de la Mouette, ou du Gabbiano, comme on dirait ici. Si vous allez un jour sur les mers, vous verrez que ces oiseaux descendent à pic comme s'ils tombaient, mais sitôt qu'ils effleurent l'eau ils s'enlèvent avec une proie dans le bec. C'est un coup qui demande un long exercice, et ne réussit pas toujours. Avec moi, cela n'a pas réussi au matamore qui l'avait inventé. Et c'est ainsi qu'il m'a fait présent et de sa vie et de son secret. Je crois qu'il a été plus contrarié de perdre celui-ci que celle-là. »

Ils auraient continué longuement si une petite foule de bourgeois ne s'était rassemblée. « Arrêtons-nous, dit Roberto, je ne voudrais pas que quelqu'un notât que j'ai oublié mon deuil.

— Vous honorez mieux votre père maintenant, dit Saint-Savin, par le souvenir de ses enseignements, qu'auparavant, lorsque vous écoutiez un méchant latin dans l'église.

— Monsieur de Saint-Savin, lui avait dit Roberto, ne craignez-vous pas de finir sur le bûcher ? »

Saint-Savin s'assombrit un instant. « Quand j'avais plus ou moins votre âge, j'admirais celui qui a été pour moi comme un frère aîné. Il était philosophe, et prêtre par-dessus le marché. Il a fini sur le bûcher de Toulouse, mais avant on lui a arraché la langue et on l'a étranglé. Or donc vous voyez que si nous, philosophes, nous avons la langue svelte ce n'est pas seulement, comme disait ce monsieur, l'autre soir, pour nous donner bon ton. C'est pour en tirer parti avant qu'on nous l'arrache. Autrement dit, plaisanteries à part, pour rompre avec les préjugés et découvrir la raison naturelle des choses.

— Donc vraiment vous ne croyez pas en Dieu ?

— Je n'en trouve point de motifs dans la nature. Et je ne suis pas le seul. Strabon nous dit que les Galiciens n'avaient aucune notion d'un être supérieur. Quand les missionnaires durent parler de Dieu aux indigènes des Indes Occidentales, nous raconte Acosta (qui pourtant était jésuite), ils durent employer le mot espagnol *Dios*. Vous ne le croirez pas, mais dans leur langue il n'existe aucun terme adéquat. Si l'idée de Dieu n'est pas connue dans l'état de nature, il doit donc s'agir d'une invention humaine... Mais ne me regardez pas comme si je n'avais pas de sains principes et n'étais pas un fidèle serviteur de mon roi. Un vrai philosophe ne demande point du tout de subvertir l'ordre des choses. Il l'accepte. Il ne demande qu'une chose : qu'on lui laisse cultiver les pensées qui consolent une âme forte. Pour les autres, c'est une chance qu'il existe et des papes et des évêques pour contenir la révolte et le crime des foules. L'ordre de l'Etat exige une uniformité de la conduite, la religion est nécessaire au peuple et le sage doit sacrifier une part de son indépendance afin que la société demeure ferme. Quant à moi, je crois être un homme probe : je suis fidèle à mes amis, je ne mens pas, si ce n'est lorsque je fais une déclaration d'amour ; j'aime le savoir et je fais, d'après ce que l'on dit, de bons vers. Voilà pour quoi les dames me jugent galant. Je voudrais écrire des romans, qui sont fort à la mode, mais je pense à nombre d'entre eux et ne m'apprête à en écrire aucun...

— A quels romans pensez-vous ?

— Parfois je regarde la Lune et j'imagine que ces taches là-haut sont des cavernes, des villes, des îles, et que les lieux qui resplendissent sont ceux où la mer reçoit la lumière du soleil comme la glace d'un miroir. Je voudrais raconter l'histoire de leurs rois, de leurs guerres et de leurs révolutions, ou de l'infélicité des amants de là-bas, qui, au cours de leurs nuits, soupirent en regardant notre Terre. J'aimerais raconter des histoires de guerre et d'amitié entre les différentes parties du corps, les bras qui livrent bataille aux pieds, et les veines qui font l'amour aux artères, ou les os à la mouelle. Tous les romans que je voudrais faire me persécutent. Quand je reste dans ma chambre, il me semble qu'ils sont à tous coups autour de moi, tels des Diablotins, et que l'un me tire par l'oreille, l'autre par le nez, et qu'ils me disent chacun "Monsieur, faites-moi, je suis si beau." Ensuite, je m'aperçois que l'on peut raconter une histoire aussi belle en inventant un duel original, par exemple se battre et convaincre l'adversaire de renier Dieu, puis percer de part en part sa poitrine, de façon qu'il meure damné. Halte ! monsieur de la Grive, l'épée au clair encore une fois, ainsi, parez, là ! Vous placez les talons sur la même ligne : c'est mal, on y perd la fermeté de la jambe. La tête, il ne faut pas la garder droite, car la longueur entre l'épaule et le chef offre ainsi une surface exagérée aux coups de l'adversaire...

— Mais moi je couvre ma tête de l'épée, main tendue.

— Erreur, dans cette position on perd de la force. Et puis, moi j'ai ouvert avec une garde à l'allemande, et vous vous êtes mis en garde à l'italienne. Mauvais. Quand il y a une garde à combattre, il faut l'imiter le plus possible. Mais de vous ne m'avez rien dit, ni des vicissitudes de votre vie avant de tomber dans cette vallée de poussière. »

Rien de tel qu'un adulte capable de briller par paradoxes pervers pour fasciner un jeune homme, qui aussitôt voudrait rivaliser. Roberto ouvrit son cœur à Saint-Savin, et pour se rendre intéressant — vu que les seize premières années de sa vie lui offraient bien peu de sujets — il parla de son obsession pour son frère inconnu.

« Vous avez lu trop de romans, lui dit Saint-Savin, et vous cherchez à en vivre un, car le devoir d'un roman est d'enseigner tout en divertissant, et ce qu'il enseigne c'est reconnaître les embûches du monde.

— Et que m'enseignerait donc ce que vous appelez le roman de Ferrante ?

— Le Roman, lui expliqua Saint-Savin, doit toujours avoir pour fondement une équivoque, de personne, action ou lieu ou temps ou circonstance, et de ces équivoques fondamentales doivent naître des équivoques épisodiques, enveloppements, péripéties et, enfin, d'inattendues et agréables agnitions. Je dis équivoques comme la fausse mort d'un personnage, ou quand une personne est occise à la place d'une autre, ou les équivoques de quantité, comme quand une femme croit son amant mort et se marie avec un autre, ou de qualité, quand c'est le jugement des sens qui erre, ou comme quand on ensevelit quelqu'un qui paraît mort et qu'il est en revanche sous l'empire d'une potion somnifère ; ou encore des équivoques de relation, comme quand on présume à tort que l'un a tué l'autre ; ou d'instrument, comme quand on feint de poignarder quelqu'un en usant d'une arme telle qu'en le perçant la pointe n'entre pas dans la gorge mais rentre dans le manche, y pressant une éponge trempée de sang... Pour ne rien dire des fausses missives, voix contrefaites, lettres non remises à temps ou remises soit en un lieu soit à une personne différents. Et d'entre ces stratagèmes, le plus célébré, mais trop commun, c'est celui qui porte à confondre une personne avec une autre, et donne raison de la confusion à travers le Sosie... Le Sosie est un reflet que le personnage traîne sur ses talons ou dont il est précédé en toute circonstance. Belle machination par quoi le lecteur se retrouve dans le personnage, dont il partage l'obscure crainte d'un Frère Ennemi. Mais voyez comme l'homme aussi est machine et qu'il suffit d'activer une roue en superficie pour faire tourner d'autres roues à l'intérieur : le Frère et l'inimitié ne sont rien autre que le reflet de la crainte que chacun a de soi, et des replis de son esprit, où couvent des désirs inavoués, ou, ainsi que l'on va disant à Paris, des pensées sourdes et non exprimées. De là, il a été montré qu'il existe des pensées imperceptibles, qui impressionnent l'esprit sans que l'esprit s'en rende compte, des pensées clandestines dont l'existence est démontrée par le fait que chacun, pour peu qu'il s'examine soi-même, ne manquera pas de s'apercevoir qu'il porte en son cœur amour et haine, joie et affliction, sans qu'il puisse se rappeler distinctement les pensées qui les ont fait naître.

— Donc Ferrante... » hasarda Roberto ; et Saint-Savin conclut : « Donc Ferrante est en lieu et place de vos peurs et de vos hontes. Souventes fois les hommes, pour ne pas se dire à eux-mêmes qu'ils sont les auteurs de leur destin, voient ce destin comme un roman animé par un auteur fantasque et crapuleux.

— Mais que devrait-elle me signifier, cette parabole que je me serais construite sans le savoir ?

— Qui sait ? Peut-être n'aimiez-vous pas votre père autant que vous croyez, en craigniez-vous la rudesse avec laquelle il vous voulait valeureux, et lui avez-vous attribué une faute, pour ensuite le punir non point avec les vôtres, mais avec les fautes d'un autre.

— Monsieur, vous parlez avec un fils qui pleure encore son père très aimé ! Je crois qu'il y a plus grand péché à enseigner le mépris des pères que celui de Notre Seigneur !

— Allons, allons, cher la Grive ! Le philosophe doit avoir le courage de critiquer tous les enseignements mensongers qui nous ont été inculqués, et d'entre ceux-là il y a l'absurde respect pour la vieillesse, comme si la jeunesse n'était pas le plus grand des biens et la plus grande des vertus. En conscience, quand un homme jeune est en force d'imaginer, de juger et d'exécuter, n'est-il pas plus capable de gouverner une famille qu'un sexagénaire hébété dont la neige sur le chef a glacé l'imagination ? Ce que nous honorons comme prudence en nos aînés, n'est qu'une appréhension panique de l'action. Voudriez-vous vous soumettre à eux, quand la paresse a débilité leurs muscles, durci leurs artères, évaporé leurs esprits, et sucé la mouelle de leurs os ? Si vous adorez une femme, n'est-ce pas peut-être à cause de sa beauté ? Continuez-vous donc vos génuflexions après que la vieillesse a fait de ce corps un fantôme, bon désormais à vous rappeler l'imminence de la mort ? Et si vous vous comportez de la sorte avec vos amantes, pourquoi ne devriez-vous pas faire de même avec vos vieillards ? Vous me direz que ce vieillard est votre père et que le Ciel vous promet longue vie si vous l'honorez. Qui l'a dit ? Des vieillards juifs comprenant qu'ils ne pouvaient survivre au désert s'ils ne faisaient fructifier le fruit de leurs reins. Si vous croyez que le Ciel vous donnera un seul jour de vie en plus à cause que vous avez été la brebis de votre père, vous vous trompez. Vous croyez qu'un salut révérencieux qui fait frôler les pieds de votre père de la plume de votre chapeau puisse crever un abcès malin, ou cicatriser la marque d'une estocade, ou vous délivrer d'une pierre dans la vessie ? Si cela était, les médecins n'ordonneraient pas leurs potions immondes, mais pour vous libérer du mal italien ils vous prescriraient quatre révérences avant le repas à Monsieur votre père et un baiser à Madame votre mère avant que de vous endormir. Vous me répliquerez que sans votre père vous ne seriez pas, ni lui sans le sien et ainsi de suite jusques à Melchisédech. Mais c'est lui qui vous est obligé, et non point le contraire : vous payez de bien des années de larmes un sien moment de plaisant chatouillement.

— Vous ne croyez pas ce que vous dites.

— Eh bien non. Presque jamais. Mais le philosophe est comme le poète. Ce dernier ne compose des lettres idéales pour une sienne nymphe idéale que dans le but de sonder grâce aux mots les replis de la passion. Le philosophe met à l'épreuve la froideur de son regard pour voir jusqu'à quel point on peut faire une brèche dans la forteresse de la cagoterie. Je ne veux pas que s'amoindrisse le respect pour votre père, car vous me dites qu'il vous a donné de bons enseignements. Mais ne débilitez pas votre souvenir. Je vois des larmes...

— Oh, ce n'est pas la douleur. Ce doit être ma blessure à la tête, qui m'a affaibli les yeux...

— Buvez du café.

— Du café ?

— Je vous jure que dans peu, il sera à la mode. C'est une panacée. Je vous en procurerai. Il sèche les humeurs froides, chasse les vents, renforce le foie, c'est un remède souverain contre l'hydropisie et la gale, il rafraîchit le cœur, soulage les douleurs d'estomac. Sa vapeur est précisément conseillée contre les fluxions des yeux, le bourdonnement des oreilles, le coryza, rhume ou fluxion du nez, à votre choix. Et puis enterrez avec votre père votre importun de frère que vous vous étiez créé. Et surtout trouvez-vous un amour.

— Un amour ?

— Ce sera mieux que le café. En souffrant pour une créature vive, vous adoucirez vos tourments pour une créature morte.

— Je n'ai jamais aimé une femme, avoua Roberto en rougissant.

— Je n'ai pas dit une femme. Ce pourrait être un homme.

— Monsieur de Saint-Savin ! se récria Roberto.

— On voit que vous venez de la campagne. »

Au comble de l'embarras, Roberto s'était excusé, disant que maintenant il avait trop mal aux yeux ; et il avait mis fin à cette rencontre.

Pour se faire une raison de tout ce qu'il avait entendu, il se dit que Saint-Savin s'était joué de lui : comme dans un duel, il avait voulu lui montrer combien de bottes on connaissait à Paris. Et Roberto avait eu tout l'air du provincial. Non seulement, mais en prenant au sérieux ces propos, il avait péché, ce qui ne serait pas arrivé s'il les avait pris pour une plaisanterie. Il dressait la liste des crimes qu'il avait commis en écoutant ce long discourir contre la foi, les mœurs, l'Etat, le respect dû à la famille. Et, pensant à sa faute, il fut saisi d'une autre angoisse : il s'était rappelé que son père avait trépassé le blasphème aux lèvres.

9

Il Cannocchiale Aristotelico

Le lendemain il était revenu prier dans la cathédrale de Saint-Vaast. Il l'avait fait pour trouver de la fraîcheur : en cet après-midi de premier juin le soleil tapait dur sur les routes à demi désertes — ainsi qu'en ce moment même, sur la *Daphne*, où il ressentait la chaleur qui se répandait sur la baie, et que la muraille du navire n'arrivait pas à retenir, comme si le bois était rougi au feu. Mais il avait aussi ressenti le besoin de confesser et son péché et celui de son père. Il avait arrêté un ecclésiastique dans la nef, qui lui avait dit d'abord qu'il n'appartenait pas à la paroisse mais, devant le regard du jeune homme, il avait ensuite consenti et s'était assis dans un confessionnal pour accueillir le pénitent.

Le père Emanuele ne devait pas être très vieux, sans doute une quarantaine d'années et il était, au dire de Roberto, « gourmandel et rose au visage maiestueux et affable », et Roberto se trouva encouragé à lui confier toutes ses peines. En premier lieu, il le mit au courant du blasphème paternel. Etait-ce là raison suffisante pour que son père ne reposât pas à présent entre les bras du Père, mais gémît au fond de l'Enfer ? Le confesseur fit quelques questions et induisit Roberto à admettre que, quelle que fût l'heure où le vieux Pozzo devait mourir, il existait de bonnes possibilités que l'événement se passât à un moment où il nommait le nom de Dieu en vain : blasphémer était une méchante habitude que l'on prend chez les paysans, et les hobereaux montferrins jugeaient signe de morgue parler, en la présence de leurs pairs, comme leurs manants.

« Voy tu, mon fils, avait conclu le confesseur, ton père est mort alors qu'il accomplissoit une de ces grandes & nobles Accions pour lesquelles il est dit que l'on entre au Paradis des Héros. Or doncques, quand je ne croirois pas qu'un tel Paradis existe, et

penserois que dans le Royaume des Cieux coha-
bitent en une saincte harmonie Drilles & Souverains, Héros & Couards, le bon Dieu n'aura certainement pas refusé son Royaume à ton père seulement pour ce que sa Langue a un peu trébuché à un
moment où il avoit une grande Entreprise à quoi
penser, et en suitte oserois-je dire qu'en de pareils
moments même une pareille Esclamation peut estre
une manière d'appeler Dieu comme Témoin & Juge
de sa propre Accion. Si vrayement tu t'affliges
encore, prie pour l'Ame de ton Géniteur & fay lui
dire quelques Messes, non tant pour amener le Seigneur à changer ses Verdicts, Il n'est point Girouette
qui tourneroit selon le souffle des bigottes, que pour
faire du bien à ton Ame. »

Roberto lui parla alors des propos séditieux d'un
de ses amis qu'il avait écouté, et le père, déconforté,
écarta les bras : « Mon fils, je sçay peu de Paris,
mais ce que j'en ouïs dire m'a édifié sur le nombre d'Escervelés, Ambittieux, Renegats, Espions,
Hommes d'Intrigues qui existent en celle nouvelle
Sodome. Et d'entre ceulx là on treuve Faulx
Tesmoins, Voleurs de Ciboires, Fouleurs de
Crucyfix, & ceulx qui ouvrent l'escarcelle aux
Mendianz pour leur faire renier Dieu, & mesme des
gents qui par Derision ont battisé des Chiens... Ce
qu'ils appellent suyvre la Mode du Temps. Dans les
Eglises plus ne se disent Oraizons mais on se
proméne, on rit, on se met a l'affust derriere les
colonnes pour dresser embûches aux Dames, et il y
a un bruit continu durant l'Elevacion. Ils pretendent
philosopher & ils t'assaillent de malitieux Pourquoy,
pourquoy Dieu a donné des Loix au Monde,
pourquoy on interdit la Fornication, pourquoy le
Fils de Dieu s'est incarné, & ils utilisent chascune de
tes Responses pour la changer en une Preuve
d'Athéisme. Voilà les Beaux Esprits du Temps :
Epicuriens, Pyrrhoniens, Diogenistes, & Libertins !
Et adoncques toy ne preste point Oreille a ces
Seductions, qui viennent du Malin. »

D'habitude Roberto n'abuse pas ainsi des lettres

majuscules en quoi excellaient les écrivains de son temps : mais quand il attribue dits et sentences au père Emanuele, il en enregistre beaucoup, comme si non seulement le père écrivait mais en outre parlait, faisant entendre la dignité particulière des choses qu'il avait à dire — signe qu'il était homme de grande et captivante éloquence. Et de fait Roberto se trouva si rasséréné par ses paroles que, sorti du confessionnal, il voulut s'entretenir encore un peu avec lui. Il apprit que c'était un jésuite savoyard et à coup sûr un homme non sans importance, vu qu'il résidait à Casal précisément comme observateur en mission pour le duc de Savoie ; choses qui, en ces temps-là, pouvaient arriver pendant un siège.

Le père Emanuele s'acquittait de bon gré de sa tâche : la mélancolie obsidionale lui donnait le loisir de mener d'une façon détendue certaines de ses études qui ne pouvaient supporter les distractions d'une ville telle que Turin. Et, questionné sur ce qui l'occupait, il avait dit que lui aussi, comme les astronomes, était en train de construire une lunette d'approche.

« Tu auras ouï parler de l'Astronome florentin qui, pour expliquer l'Univers a utilisé le Cannocchiale, la Lunette d'Approche, hyperbolle des yeulx, et avec la Lunette d'Approche il a veu ce que les yeulx ne faisoient que imaginer. Moy je respecte beaucoup cet us d'Instrumens Meschaniques pour entendre, comme on est accoutumé de le dire aujourd'huy, la Chose Estendue. Mais pour entendre la Chose Pensante, ou notre mode de connoistre le Monde, nous ne pouvons qu'utiliser une aultre Lunette d'Approche, la mesme dont s'est desja servi Aristote, et qui n'est ny tube ny lentille, mais Trame de Paroles, Idée Perspicace, car il n'est que le don de l'Artificiosa Eloquentia qui nous consente d'entendre cet Univers. »

Ainsi parlant, le père Emanuele avait conduit Roberto hors de l'église et, tout en se promenant, ils étaient montés sur les glacis, dans un endroit tranquille cet après-midi-là, tandis que des coups de canon ouatés arrivaient du côté opposé de la ville. Ils avaient devant eux au loin les campements impériaux, mais sur de longs espaces les champs étaient vides de troupes et de charrois ; les prés et les collines resplendissaient au soleil quasi estival.

« Que voy tu, mon fils ? » lui demanda le père Emanuele. Et Roberto, encore de peu d'éloquence : « Les prez.

— Certes, un chascun est capable de voeir là bas des Prez. Mais tu say bien que selon la position du Soleil, la couleur du Ciel, l'heure du jour & de la saison, ils te peuvent apparoitre sous des formes diverses t'inspirant divers Sentiments. Au vilain, qui n'en peut mais de fatigue, ils apparaissent comme des Prez, & rien aultre. Il arrive de mesme au pecheur sauvage espouvanté par quel qu'une de cestes nocturnes Images de Feu qui par foy dans le ciel apparoissent, & effrayent ; mais si tost que les Meteoristes, qui sont aussi des Poëtes, osent les appeler Cometes Cheveluës, Barbuës & Fouettez, Beliers, Triangles, Boucliers, Flambeaux & Sagettes, ces figures du langage te rendent clair par quels Symboles piquants entendoit parler Nature, qui use de ces Images comme Hieroglyphes, les quels d'un costez renvoyent aux Signes du Zodiaque & de l'aultre a des Evenemens passez ou futurs. Et les Prez ? Voy combien tu peux dire des Prez, & comme en les disant tu en voye & en comprens tousjours davantage : souffle Zephyr, la Terre s'ouvre, pleurent les Rossignols, se paonnent les Arbres à la chevelure feuilluë, & tu descouvres l'admirable tallent des Prez dans la varietez de leurs races d'Herbes allaittez par les Rus qui badinent d'enfance ravie. Les Prez en liesse tressaillent de facecieuse allegresse, a l'apparoitre du Soleil ils ouvrent leur visage & en eulx tu voy l'arc d'un sousrire & ils se rejouyssent pour le retour de l'Astre, ivres des baisers de l'Aultan, & le ris balle sur la Terre mesme qui s'ouvre a la mue Gayeté, & la tiedeur matutinale les faict tant pleins de Joye qu'ils s'epanchent en larmes de Rosée. Courosnez de Fleurs, les Prez s'abbandonnent a leur Geny & composent picquantes Hyperbolles d'Arcs en ciel. Mais bien tost leur Jeunesse say de se haster a la mort, leur ris se trouble d'une pasleur seubite, descolore le ciel & Zephyr qui s'attarde desja souspire sur une Terre languissante, si que a l'arrivez des premiers courroux hivernaulx, les Prez despericent, & se squellettisent de Givre. Voyla mon fils : si tu avois simplement dict que les prez sont amenes, aultre n'aurois faict que m'en reppresenter le verdoiement — dont je say desja — mais si tu dy que les Prez rient tu me ferois veoir la terre comme un Homme Animez, & reciproquement j'apprendrois a observer dans les visages humains toutes les nuances que j'ay cueillies dans les prez... Et cela est office de la Figure sublime entre toutes, la Metaphore. Si le talens, et doncques le Sçavoir, consistent a relier des Notions eloignez et treuver des Ressemblances en des choses dissemblantes, la Metaphore, d'entre les Figures la plus aiguë et singuliere, est la seule capable de produire Merveille, d'où nait le Plaisant, comme des changemens des scenes au theastre. Et si le Plaisant que nous apportent les Figures est celuy d'apprendre des choses nouvelles sans peine et moult choses en un petit volume, voyla que la Metaphore, transportant au vol nostre esprit d'un Genre à l'aultre, nous fay entre veoir en un seul Mot plus d'un Object.

— Mais il faut sçavoir invanter des metaphores, et ce n'est point affaire pour un villageois comme moë, qui de sa vie dans les prez n'a faict que tirer les oysillons...

— Tu es un Gentil Homme, et peu s'en fault que tu ne puisses devenir ce qu'a Paris on appelle un Honest'Homme, tant habile dans les lices verbales que dans les estocqueuses. Et sçavoir formuler des Metaphores, adoncques veoir le Monde immensement plus variez qu'il n'apparoit aux ignares, ce est Art qui s'apprend. Car si tu veulx sçavoir, en ce Monde où tous aujourd'huy perdent la teste pour moult et merveilleuses Maschines — et aucunes en voy, helas, mesme dans ce Siege — moy aussi je construy des Maschines Aristoteliennes, qui permettent a chascun de veoir a travers les Mots... »

Au cours des jours suivants, Roberto fit la connaissance de monsieur de la Saletta, qui servait d'officier de liaison entre Toyras et les chefs de la ville. Toyras se plaignait, il l'avait entendu, des Casalois : il se fiait peu à leur fidélité. « Ils ne comprennent pas, disait-il irrité, que fût-ce en temps de paix Casal se trouve dans la condition de ne même pas pouvoir faire passer un simple fantassin ou une corbeille de vivres sans demander le passage aux ministres espagnols ? Que seule la protection française lui assure d'être respecté ? » Mais maintenant il apprenait de monsieur de la Saletta que Casal ne s'était point trouvée à son aise, même avec les ducs de Mantoue. La politique des Gonzague avait toujours été de réduire l'opposition casaloise, et, depuis soixante ans, la ville avait pâti de la réduction progressive de nombreux privilèges.

« Vous comprenez, monsieur de la Grive ? disait Saletta. Avant nous devions nous plaindre de trop d'impôts, et à présent nous supportons nous les dépenses pour l'entretien de la garnison. Nous n'aimons pas les Espagnols chez nous, mais aimons-nous vraiment les Français ? Nous sommes en train de mourir pour nous ou pour eux ? »

— Mais alors, pour qui est mort mon père ? » avait demandé Roberto. Et monsieur de la Saletta n'avait pas su lui répondre.

Dégoûté des propos politiques, Roberto était revenu chez le père Emanuele quelques jours plus tard, au couvent où il habitait ; on l'envoya non pas vers une cellule mais vers un quartier qui lui avait été réservé sous les voûtes d'un cloître silencieux. Il le trouva qui conversait avec deux gentilshommes, l'un d'eux fastueusement habillé : il était vêtu de pourpre à galons d'or, manteau orné de passements dorés et doublé de poil court, pourpoint bordé d'une bande rouge croisée et nœud de petites pierres. Le père Emanuele le présenta comme l'enseigne don Gaspar de Salazar, et d'ailleurs, par le ton hautain, la forme des moustaches et des cheveux, Roberto avait déjà reconnu sa qualité de gentilhomme de l'armée ennemie. L'autre était monsieur de la Saletta. Il fut point un instant du soupçon qu'il était tombé dans un repaire d'espions, puis il comprit, comme je l'apprends moi aussi en cette occasion, que l'*etiqueta* du siège permettait qu'à un représentant des assiégeants fût accordé l'accès à la ville assiégée, pour des contacts et des pourparlers, de même que monsieur de la Saletta avait libre accès au camp de Spinola.

Le père Emanuele dit qu'il s'apprêtait justement à montrer à ses visiteurs sa Machine Aristotélienne : et il conduisit ses hôtes dans une chambre où se dressait le meuble le plus étrange qui se puisse dire — et je ne suis pas certain de pouvoir en reconstruire exactement la forme d'après la description que Roberto en fait à sa Dame, car il s'agissait sûrement d'une chose jamais vue ni avant ni après.

Or donc la partie inférieure, la base, était une manière de commode ou huche sur le devant de laquelle s'ouvraient en forme de damier quatre-vingt et un tiroirs — neuf rangées horizontales par neuf verticales, chacune des rangées, pour l'une et l'autre dimension, caractérisée par une lettre gravée (BCDEFGHIK). Sur le dessus de la commode se présentait à gauche un lutrin où était posé un grand livre, un manuscrit avec des lettres capitales colorées. A droite du lutrin, il y avait trois rouleaux emboîtés les uns dans les autres, de longueur décroissante et de croissante largeur (le plus court ayant la plus grande capacité, faite pour contenir les deux plus longs), en sorte qu'une manivelle placée sur le côté droit pouvait alors par inertie les faire rouler l'un dans l'autre à une vitesse variant selon le poids. Chaque rouleau portait, gravées sur le bord gauche, les mêmes neuf lettres qui marquaient les tiroirs. Il suffisait de donner un coup de manivelle et les rouleaux tournaient, indépendants les uns des autres, et, quand ils s'arrêtaient, on pouvait lire des triades de lettres réunies par le hasard, soit CBD, KFE ou BGH.

Le père Emanuele s'employa à expliquer la pensée cachée qui présidait à sa Machine.

« Comme le Philosophe nous l'a appris, aultre n'est l'Esprit que vertu de penetrer les objectifs soubs dix Categories, qui seroient : Substance, Quantitez, Qualitez, Relation, Accion, Passion, Position, Temps, Lieu, & Habitus. Les Substances sont le subject mesme de toute saillie & d'elles on devra chanter les ingenieuses Ressemblances. Quelles seroient les Substances, ce est annotez en ceste livre soubs la lettre A, et point ne suffira peut estre ma vie pour en faire la liste complete. Quoy que c'en soit j'en ay desja colligez quelques milliers extraits des livres des Poëtes et des sçavans, et de cest admirable Regeste qui est la Fabrique du Monde de l'Escholier. Ainsi parmy les Substances nous placerons, au dessoubs du Trés-Grand Dieu, les Divines Personnes, les Idées, les Dieux Fabuleux, majeurs, moyens & minimes, les Dieux Celestes, Aeriens, Marittimes, Terrestres & Infernaux, les Heros deifiez, les Anges, les Demons, les Farfadets, le Ciel et les Estoiles errantes, les Signes celestes et les Constellations, le Zodiaque, les Cercles et les Spheres, les Elemens, les Vapeurs, les Exalaysons, et puis — pour ne point tout dire — les Feux sousterrains et les Etincelles, les Meteores, les Mers, les Fleuves, les Sources & Lacs et Escueils... Et ainsi de suitte a travers les Substances Artificielles, avecque les œuvres de chaque Art, Livres, Plumes, Encres, Globes, Compas, Esquerres, Palais, Temples & Taudis, Escus, Epées, Tambours, Tableaux, Pinceaux, Statues, Haches & Scies, et enfin les Substances Metaphysiques comme le Genre, l'Espece, le Particulier et l'Accident & semblables Notions. »

Il indiquait maintenant les tiroirs de son meuble

et, en les ouvrant, il montrait que chacun contenait des feuillets carrés en parchemin très épais, de celui qu'on utilise pour relier les livres, entassés par ordre alphabétique : « Il fault que vous sçachiez que chascune rangiez verticale se refere, de B a K, a une des aultres neuf Categories, et pour chascune d'icelles chascun des neuf tiroirs en recueille des familles de Membres. Verbi gratia, pour la Quantité on enregistre la famille de la Quantité de Masse, qui pour Membres annote le Petit, le Grand, le Long ou le Court ; ou la famille de la Quantité Numerale, dont les Membres sont Neant, Un, Deux &c, ou Moult ou Peu. Ou soubs la Qualité tu auras la famille des qualités appartenans au Veoir, comme Visible, Invisible, Beau, Difforme, Clair, Obscur ; ou a l'Odorat, comme Odeur Suave et Puanteur ; ou aux Qualités de Passions, comme Joye et Tristesse. Ainsi de suitte pour chascune categorie. Et chaque feuillet annotant un Membre, de cestuy j'inscris toutes les Choses qui en dependent. Ce est clair ? »

Tous d'acquiescer pleins d'admiration, et le père de continuer : « Or ouvrons au hasard le grand Livre des Substances, et en cherchons une quelquoncque... Voicy, un Nain. Que va t'on pouvoir dyre, devant que d'en parler subtilement, d'un Nain ?

— Que es pequeño, picoletto, petit, augura don Gaspar de Salazar, y que es feo, et infeliz, y ridículo...

— Precisement, accorda le père Emanuele, mais desja ne say quoi choisir, & suis je bien certain que, si j'avois du parler non point d'un Nain mais, disons, des Coraux, j'en aurois incontinent reperez des traits autant saillants ? Et puis, la Petitesse a rapport avecque la Quantité, la Laydeur avecque la Qualité, & par où devrois je commencer. Nenni, mieux est de se fier a la Fortune, dont sont Ministres mes Cylindres. A present je les fay tourner & j'obtiens, comme par hasard voyla qui arrive, la triade BBB. B en premiere Position est la Quantité, B en deuxieme Position me faict aller chercher, dans la ligne de la Quantité, entre le tiroir de la Masse & icy, juste au debut de la sequence des Choses B, je treuve Petit. Et dans ce feuillet consacrez a Petit, je treuve qu'est petit l'Ange, qui est sur un point, & le Pole, qui est point immobile de la Sphere, & parmy les choses elementaires l'Etincelle, la Goutte d'eau & le Scrupule de Pierre, & l'Atome dont, selon Democrite, se compose toute chose ; pour les Choses Humaines, voicy l'Embryon, la Pupille, l'Astragale ; pour les Animaux la Fourmi & la Puce, pour les Plantes la Ramez, le Grain de Seneve & la Miette de Pain ; pour les sciences Mathematiques le Minimum Quod Sic, la Lettre I, le livre reliez in-seize, ou la Dragme des Epiciers ; pour l'Architecture l'Ecrin ou le Pivot, ou pour les Fables le Psycapax general des Rats contre les Grenouilles & les Myrmidons nés des Fourmis... Mais brisons là, car je pourrois desja appeller nostre Nain Escrin de la Nature, Biberon des Enfans, Miette d'Homme. Et remarquez que si nous retentions de fayre tourner les Cylindres et obtenions ceste foy, voyla, voicy CBF, la lettre C me renverroit a la Qualité, la B m'ameneroit a chercher mes Membres dans le tiroir de ce qui affecte le Veoir, & icy la lettre F me feroit rencontrer comme Membre l'estre Invisible. Et parmy les Choses Invisibles je trouverois, admirable conjoncture, l'Atome, & le Point, qui desja me permettroient de designer mon Nain comme Atome d'Homme, ou Point de Chair. »

Le père Emanuele tournait ses cylindres et feuilletait dans les tiroirs avec l'agilité d'un jongleur, si bien que les métaphores paraissaient lui jaillir comme par enchantement, sans que l'on perçût le halètement mécanique qui les produisait. Mais il n'était pas encore satisfait.

« Messieurs, poursuivit-il, la Metaphore Ingegneuse doit estre bien plus complexe ! Chascune Chose que j'ay jusques a present treuvez doit estre analysée a son tour soubs le profil des dix Catégories, &, comme explique mon Livre, si nous avions a considerer une Chose qui depend de la Qualité, nous aurions a veoir si elle est visible, & de quelle distance, quelle Difformite ou Beaute elle a, & quelle couleur ; la quantite de Son, la quantite d'Odeur, la quantite de Saveur ; si elle est sensible ou touchable, si elle est rare ou dense, chaude ou froide, & de quelle Figure, quelle Passion, Amour, Art, Sçavoir, Sante, Infirmite ; & si jamais on en peut donner Scientia. Et j'appelle ces questions Particules. Or je say que nostre premier essay nous a conduits a travailler sur la Quantité, qui heberge parmy ses Membres la Petitesse. Maintenant je fay de nouveau tourner les Cylindres, et j'obtiens la triade BKD. La lettre B, que nous avons desja decide de rapporter a la Quantité, si je vais veoir dans mon livre, me dit que la premiere Particule capable d'exprimer une Chose Petite est etablir Avecque Quoi On Mesure. Si je cherche dans le livre a quoi se refere la Mesure, il me renvoy encor au tiroir des Quantités, soubs la Famille des Quantités en General. Je vay au feuillet de la Mesure & j'y choisis la chose K, qui est la Mesure du Doit Geometrique. Et voyla que je serois desja a mesme de composer une Definition trés subtile, comme par exemple que a vouloir mesurer ce Biberon des Enfans, ceste Atome d'Homme, un Doit Geometrique seroit Mesure Demesurée, qui moult me dict, unissant a la Metaphore aussi l'Hyperbolle, de la Mesavanture & du Ridicule du Nain.

— Quelle merveille, dit monsieur de la Saletta, mais de la deuxième triade obtenuë vous n'avez point encor usé de la derniere lettre, la D...

— Pas moins ne m'attendois de vostre esprit, Monsieur, dit satisfait le père Emanuele, mais vous avez touché le Point Etonnant de mon systeme ! C'est ceste lettre qui reste (& que je pourrois jetter si je m'estois ennuyez, ou considerois avoir atteint mon but), celle qui me permet de recommencer encor ma recherche ! Ceste D m'autorise a commencer de nouveau le cycle des Particules en allant chercher dans la categorie de l'Habitus (exempli gratia, que habitus leur convienne, ou que s'il peut servir d'enseigne a quelque chose), & a partir d'icelle reprendre, comme d'abord j'ay faict avecque la Quantité, en faisant tourner et retourner les Cylindres, usant des deux premieres lettres & retenant la troisieme pour un aultre essay encor, & ainsi a l'infini, pour des millions de Conjugacions Possibles, mesme si d'auculnes apparoitront plus subtiles que les aultres, & il reviendra a mon Jugement de trier les plus capables d'engendrer la Stupefaction. Mais point ne veux vous mentir, Messieurs, je n'avois pas choisi Nain au hazard : ceste nuict precisement je m'estois appliqué avecque moult conscience a tirer tout le parti possible precisement de celle Substance. »

Il agita une feuille et commença à lire la série de définitions sous lesquelles il étouffait son pauvre nain, hommelet plus court que son nom, embryon, fragment d'homoncule, tel que les corpuscules qui pénètrent avec la lumière par la fenêtre en paraissent bien plus grands, corps qui, avec des millions de ses semblables, pourrait indiquer les heures le long du col d'un sablier, complexion où le pied est tout près de la tête, segment carné qui commence où il finit, ligne qui se grumelle en un point, pointe d'aiguille, sujet à qui parler avec précaution de crainte que le souffle ne le souffle au loin, substance si petite qu'elle ne souffre pas la couleur, étincelle de sénévé, menutorcorps qui n'a rien de plus et rien de moins que ce qu'il eut jamais, matière sans forme, forme sans matière, corps sans corps, pure entité de raison, invention de l'esprit si muni en tant que menu qu'aucun coup ne pourrait jamais le repérer pour le blesser, propre à fuir par toute fente et à se nourrir d'un seul grain d'orge, être épitomisé au point qu'on ne sait jamais s'il est assis, couché ou droit, capable de se noyer dans une coquille d'escargot, semence, granule, grume, point du i, individu mathématique, néant arithmétique...

Et il aurait continué, en ayant matière, si l'assistance ne l'avait arrêté d'un applaudissement.

10

Géographie et Hydrographie Réformée

Roberto comprenait maintenant que le père Emanuele agissait au fond comme s'il était un disciple de Démocrite et d'Epicure : il accumulait des atomes de pensée et les composait de diverses façons pour en former nombre d'objets. Et, puisque le Prévôt soutenait qu'un monde fait d'atomes ne contrecarrait pas l'idée d'une divinité qui les disposât ensemble selon la raison, de cette poussière de pensées élémentaires le père Emanuele n'acceptait ainsi que les compositions vraiment subtiles. Sans doute aurait-il agi de même s'il s'était pris à faire de la mise en scène pour un théâtre : les auteurs dramatiques ne tirent-ils donc pas des événements invraisemblables et subtils à partir de morceaux de choses vraisemblables mais sans saveur, au point de nous régaler d'inattendues coquecigrues d'actions ?

Et s'il en allait ainsi, n'advenait-il pas peut-être que ce concours de circonstances qui avait créé et son naufrage et la condition où se trouvait la *Daphne* — le plus petit événement étant vraisemblable, le relent et le grincement de la carcasse, l'odeur des plantes, les voix des oiseaux — tout participât à dégager l'impression d'une présence, laquelle n'était autre que l'effet d'une fantasmagorie perçue seulement par l'esprit, comme le rire des prés et les larmes de la rosée ? Or donc le fantôme d'un intrus mussé était composition d'atomes d'actions, tel celui du frère perdu, l'un et l'autre formés des fragments de son propre visage et de ses désirs ou pensers.

Et juste au moment où il entendait contre les vitres une petite pluie légère qui rafraîchissait la chaleur méridienne, il se disait : c'est normal, je suis monté moi et pas un autre comme un intrus sur ce vaisseau, je trouble moi ce silence avec mes pas, et voilà que, tremblant presque d'avoir violé le sanctuaire d'autrui, j'ai construit un autre moi-même qui hante les mêmes ponts. Quelle preuve ai-je que cet individu soit ici ? Quelques gouttes d'eau sur les feuilles ? Et ne se pourrait-il pas, comme il pleut à présent, qu'il ait plu la nuit passée, ne fût-ce qu'un peu ? Le grain ? Mais les oiseaux ne pourraient-ils pas avoir déplacé, en picorant, le grain qui se trouvait déjà là, et ce m'induisant à penser que quelqu'un en avait encore jeté ? L'absence des œufs ? Mais si j'ai vu hier à peine un gerfaut engloutir un rat volant ! Je suis en train de peupler un fond de cale que je n'ai pas encore visité et je le fais sans doute pour me rassurer, vu que me trouver abandonné entre ciel et terre me saisit d'effroi. Monsieur Roberto de la Grive, se répétait-il, tu es seul et seul tu pourrais rester jusqu'à la fin de tes jours, et cette fin pourrait même être proche : la provende à bord est abondante, mais pour des semaines pas des mois. Et donc va plutôt mettre sur le tillac quelques récipients pour recueillir le plus d'eau de pluie que tu peux, et apprends à pêcher par-dessus bord, en supportant le soleil. Et un jour ou l'autre il faudra que tu trouves le moyen d'atteindre l'Ile, et d'y vivre en habitant unique. C'est à cela que tu dois penser, et pas à des histoires d'intrus et de ferranti.

Il avait rassemblé des barils vides et les avait disposés sur le château, supportant la lumière filtrée par les nuages. Ce faisant, il se rendit compte qu'il était encore très épuisé. Il était redescendu, il avait comblé de pâture les animaux (afin, peut-être, que quelqu'un d'autre ne fût pas tenté de le faire à sa place), et il avait renoncé une fois encore à descendre plus bas. Il était rentré, passant plusieurs heures allongé, tandis que la pluie ne semblait pas vouloir diminuer. Il y eut quelques coups de vent, et pour la première fois il se rendit compte qu'il était sur une maison flottante qui bougeait tel un berceau, tandis qu'un battement de panneaux rendait vie à la vaste masse de ce giron ligneux.

Il apprécia cette dernière métaphore et se demanda comment le père Emanuele aurait lu le vaisseau en tant que source de Devises Enigmatiques. Puis il pensa à l'Ile et la définit comme inaccessible proximité. Ce beau trait lui représenta, pour la deuxième fois de la journée, la dissemblable ressemblance entre l'Ile et la Dame, et il veilla jusqu'à la nuit tombée pour lui écrire ce que j'ai réussi à en tirer dans ce chapitre.

La *Daphne* avait tangué durant toute la nuit, et son mouvement, avec l'ondoiement de la baie, s'était apaisé au petit jour. Roberto avait aperçu par la fenêtre les signes d'une aube froide mais limpide. Se rappelant cette Hyperbolle des Yeulx évoquée la veille encore, il se dit qu'il pourrait observer le rivage à l'aide de la lunette d'approche qu'il avait vue dans la chambre d'à côté : le bord même de la lentille et la scène limitée lui atténueraient les reflets du soleil.

Il appuya ensuite l'instrument sur le bord d'une fenêtre de la galerie et il fixa hardiment les limites extrêmes de la baie. L'Ile apparaissait claire, le sommet ébouriffé par une floche de laine. Ainsi qu'il l'avait appris à bord de l'*Amaryllis*, les îles de l'océan retiennent l'humidité des alizés et la condensent en flocons nébuleux, si bien que souvent les navigateurs reconnaissent la présence d'une terre avant d'en apercevoir les côtes, grâce aux bouffées de l'élément aérien que celle-ci tient comme à l'amarrage.

Le docteur Byrd lui avait raconté les alizés — qu'il nommait d'ailleurs *Trade-Winds* : il y a sur ces mers les plus grands vents qui dictent leur loi aux ouragans et aux bonaces, mais avec eux les alizés badinent, qui sont les vents du caprice, à telle enseigne que les cartes en figurent le vagabondage sous la forme d'une danse de courbes et de courants, de délirantes caroles et gracieux égarements. Ils s'insinuent dans le cours des vents majeurs et le bouleversent, le coupent en travers, y entrelacent des courses. Ce sont lézards qui sillonnent des sentiers imprévus, se heurtent et s'esquivent tour à tour, comme si dans la Mer des Contraires ne valaient que les règles de l'art et pas celle de la nature. De

chose artificielle ils ont figure, plus que les dispositions harmonieuses qui viennent du ciel ou de la
terre, tels la neige ou les cristaux, et ils prennent la
forme de ces volutes que les architectes imposaient
à coupoles et chapiteaux.

Que ce fût là une mer de l'artifice, Roberto le
soupçonnait depuis longtemps, et cela lui expliquait
pourquoi donc les cosmographes avaient toujours
imaginé là-bas des êtres contre nature, qui mar-
chaient les pieds en l'air.

Certes ce ne pouvaient être les artistes, occupés à
construire dans les cours d'Europe des grottes
incrustées de lapis-lazuli, aux fontaines mues par
des pompes secrètes, qui avaient inspiré la nature
pour inventer les terres de ces mers ; ni ce ne pouvait être la nature du Pôle Inconnu qui avait inspiré
ces artistes. Le fait est, se disait Roberto, que aussi
bien l'Art que la Nature aiment machiner, et les
atomes mêmes ne font rien d'autre quand ils
s'agrègent tantôt d'une manière tantôt d'une autre.
Existe-t-il prodige plus artificieux que la tortue,
œuvre d'un orfèvre d'il y a mille et mille ans, bouclier d'Achille patiemment niellé qui emprisonne un
serpent pattu ?

Chez nous, se disait-il, tout ce qui est vie végétale
a la fragilité de la feuille avec ses nervures et de la
fleur qui dure l'espace d'un matin, alors qu'ici le
végétal semble cuir, matière épaisse et huileuse,
écaille disposée à réagir aux rayons de soleils force-
nés. Chaque feuille — dans ces terres où les habitants sauvages ne connaissent certes pas l'art des
métaux et des argiles — pourrait devenir instrument, lame, coupe, spatule, et les feuilles des fleurs
sont de laque. Tout ce qui est végétal est fort ici,
alors qu'est très faible tout ce qui est animal, à en
juger d'après les oiseaux que j'ai vus, filés en verre
multicolore, quand chez nous est animale la force
du cheval ou l'obtuse résistance du bœuf...

Et les fruits ? Chez nous l'incarnat de la pomme,
colorée de santé, en signale la saveur amie, quand
c'est la lividité du champignon qui nous en mani-

feste les vénéfices. Ici, en revanche, je l'ai même vu hier, et durant le voyage de l'*Amaryllis*, l'on a facétieux jeu de contraires : le blanc mortuaire d'un fruit assure des vives douceurs, tandis que les fruits les plus sains peuvent sécréter des philtres létaux.

Avec la lunette d'approche il explorait le rivage et apercevait, entre terre et mer, ces racines rampantes qui paraissaient sautiller vers le vaste horizon, et des touffes de fruits oblongs qui certes révélaient leur maturité mélassée en montrant leur immaturité de baies vertes. Et il reconnaissait sur d'autres palmiers des noix de coco jaunes comme des melons d'été, alors qu'il savait qu'elles célébreraient leur maturation en se faisant couleur de terre morte.

Or donc pour vivre dans ce terrestre Au-delà — il aurait fallu qu'il se le rappelât, s'il avait voulu pactiser avec la nature — on devait procéder à l'inverse de son propre instinct, l'instinct étant probablement une invention des premiers géants qui cherchèrent de s'adapter à la nature de l'autre partie du globe et, croyant que la nature la plus naturelle était celle à laquelle eux s'adaptaient, ils la pensaient naturellement née pour s'adapter à eux. Ils crurent pour cela que le soleil était petit comme il leur apparaissait, et qu'immenses étaient certains brins d'herbe qu'ils regardaient l'œil baissé vers la terre.

Vivre aux Antipodes signifie donc reconstruire l'instinct, savoir faire de merveille nature et de nature merveille, découvrir combien est instable le monde qui, dans une première moitié, suit certaines lois et, dans l'autre, des lois opposées.

Il entendait de nouveau le réveil des oiseaux, là-bas, et — à la différence du premier jour — il percevait quel effet d'art il y avait dans ces chants si on les rapportait aux gazouillis de ses terres : c'étaient des gargouillis, sifflements, glouglous, pétillements, langues claquées, glapissements, coups de mousquets atténués, échelles chromatiques entières de pics, et parfois on entendait comme un coassement de grenouilles tapies entre les feuilles des arbres, en une homérique chuchoterie.

La lunette d'approche lui permettait de distinguer des fuseaux, balles plumeuses, frissons noirs ou d'indistincte teinte, qui se jetaient d'un arbre plus haut, visant la terre avec la démence d'un Icare qui voudrait hâter sa propre perte. Soudain il lui sembla même qu'un arbre, peut-être d'orangers de la Chine, tirait en l'air un de ses fruits, un écheveau de safran enflammé, qui sortit bien vite de l'œil rond de la lunette d'approche. Il se persuada que c'était l'effet d'un reflet et n'y pensa plus, ou du moins le crut-il. Nous verrons par la suite que, pour ce qui est des pensées obscures, Saint-Savin avait raison.

Il songea que ces volatiles d'innaturelle nature étaient l'emblème de sociétés parisiennes qu'il avait quittées depuis de nombreux mois : dans cet univers dénué d'humains où, sinon les seuls êtres vivants, sûrement les seuls êtres parlants étaient les oiseaux, il se retrouvait comme dans ce salon : à sa première entrée, il n'avait saisi qu'un indistinct ramage en langue inconnue dont il devinait avec timidité la saveur — même si, pourrais-je dire, il devait à la fin avoir bien absorbé le savoir de cette saveur, sans quoi il n'aurait pas su en disserter comme il le faisait maintenant. Mais se souvenant que c'est là qu'il avait rencontré la Dame — et que s'il y avait donc un lieu suprême entre tous, c'était celui-là et non pas celui-ci —, il en conclut que ce n'était pas là qu'on imitait les oiseaux de l'Ile, mais ici, sur l'Ile, que les animaux essayaient d'égaler cette très humaine Langue des Oiseaux.

Pensant à la Dame et à son éloignement que, le jour d'avant, il avait comparé à l'éloignement hors d'atteinte de la terre à l'Occident, il se remit à regarder l'Ile dont la lunette d'approche ne lui dévoilait que des indices pâles et limités, mais comme il arrive aux images qu'on voit dans ces miroirs convexes qui, reflétant un seul côté d'une petite salle, suggèrent un cosmos sphérique infini et sidéré.

Comment lui apparaîtrait-elle, l'Ile, si un jour il y abordait ? D'après la scène qu'il voyait de sa loge et les specimina dont il avait trouvé témoignage sur le vaisseau, peut-être était-elle cet Eden où coulent le lait et le miel dans les ruisseaux, au milieu d'un triomphe abondant de fruits et d'animaux paisibles ? Quoi d'autre cherchaient-ils dans ces îles du sud aux antipodes les courageux qui y naviguaient, défiant les tempêtes d'un océan illusoirement pacifique ? N'était-ce pas ce que le Cardinal voulait quand il l'avait envoyé en mission pour découvrir le secret de l'*Amaryllis*, la possibilité de porter les lys de France sur une Terra Incognita qui renouvelât enfin les offres d'une vallée touchée ni par le péché de Babel ni par le déluge universel ni par la première faute adamique ? Loyaux y devaient être les humains, sombres de peau mais le cœur candide, insoucieux des montagnes d'or et des baumes dont ils étaient les inconsidérés gardiens.

Mais s'il en allait ainsi, n'était-ce donc pas renouveler l'erreur du premier pécheur que de vouloir violer la virginité de l'Ile ? Peut-être justement la Providence l'avait-elle voulu chaste témoin d'une beauté qu'il ne devrait jamais troubler. N'était-ce pas la manifestation de l'amour le plus accompli, tel que le professait sa Dame, aimer de loin en renonçant à l'orgueil de la domination ? L'amour qui aspire à la conquête est-ce l'amour ? Si l'Ile et l'objet de son amour devaient lui apparaître comme une seule chose, il se devait envers l'Ile à la même retenue qu'il avait prodiguée à son amour. La même frénétique jalousie qu'il avait éprouvée toutes les fois où il avait craint que l'œil d'un autre ne vînt menacer ce sanctuaire de la réticence ne devait pas être entendue comme prétention de son propre droit mais comme négation du droit de chacun, rôle que son amour lui imposait en tant que gardien de ce Graal. Et à la même chasteté il devait se sentir obligé au regard de l'Ile : il aurait dû vouloir la toucher d'autant moins qu'il la voulait pleine de promesse. Loin de la Dame, loin de l'Ile, de l'une et de l'autre il devrait seulement parler, les voulant immaculées afin qu'immaculées elles pussent se garder, touchées par la seule caresse des éléments. S'il y avait beauté quelque part, son but était de rester sans but.

Etait-elle vraiment ainsi, l'Ile qu'il voyait ? Qui l'encourageait à en déchiffrer ainsi le hiéroglyphe ? On savait que, dès les premiers voyages dans ces îles, situées sur les cartes en des lieux imprécis, les mutins y étaient abandonnés et elles devenaient des prisons aux barreaux d'air, où les condamnés mêmes étaient des geôliers d'eux-mêmes, occupés à se punir tour à tour. Ne pas y débarquer, ne pas en découvrir le secret, n'était pas un devoir mais le droit d'échapper à des horreurs sans fin.

Ou bien non, l'unique réalité de l'Ile était qu'en son centre se dressait, tentateur avec ses couleurs tendres, l'Arbre de l'Oubli : en mangeant ses fruits Roberto aurait pu trouver la paix.

Perdre la mémoire. Il passa ainsi la journée, indolent en apparence, acharné dans l'effort de devenir tabula rasa. Et, comme il arrive à qui s'impose d'oublier, plus il s'appliquait, plus sa mémoire s'animait.

Il essayait de mettre en pratique toutes les recommandations dont il avait entendu parler. Il s'imaginait dans une chambre bourrée d'objets qui lui rappelaient quelque chose, le voile de sa Dame, les papiers où il avait rendu présente son image à travers les lamentos pour son absence, les meubles et les tapisseries du palais où il l'avait connue, et il se représentait à lui-même dans le geste de jeter toutes ces choses par la fenêtre, tant que la chambre (et avec elle son esprit) ne fut pas devenue vide et nue. Il accomplissait des efforts énormes pour traîner jusqu'au rebord vaisselle, armoires, chaises et trophées mais, à l'inverse de ce qu'on lui avait dit, au fur et à mesure qu'il se déprimait dans ces efforts, la figure de la Dame se multipliait, et d'angles différents, le suivait dans sa peine avec un sourire malicieux.

Ainsi, occupant le jour à traîner des objets, il

n'avait rien oublié. Au contraire. C'étaient des jours où il pensait à son passé, fixant les yeux sur la seule scène qu'il eût devant lui, celle de la *Daphne*, et la *Daphne* se transformait en un Théâtre de la Mémoire, tel qu'on en concevait à son époque, où chaque morceau lui rappelait un épisode ancien ou récent de son histoire : le beaupré, l'arrivée après le naufrage, quand il avait compris qu'il ne reverrait plus son aimée ; les voiles frêlées, qu'il avait regardées en rêvant longuement à Elle perdue, Elle perdue ; la galerie, d'où il explorait l'Ile lointaine, l'éloignement d'Elle... Mais à elle il avait consacré tant de méditations que, tant qu'il y resterait, chaque coin de cette maison marine lui rappellerait, instant après instant, tout ce qu'il voulait oublier.

Que ce fût vrai, il s'en était rendu compte en sortant sur le tillac pour se laisser distraire par le vent. C'était là son bois, où il allait comme dans les bois vont les amoureux malheureux ; voilà sa nature factice, plantes polies par des charpentiers d'Anvers, fleuves de toile écrue au vent, cavernes calfatées, étoiles d'astrolabes. Et comme les amoureux identifient, revisitant un lieu, l'aimée à chaque fleur, à chaque bruissement de feuilles et chaque sentier, voilà que lui maintenant mourrait d'amour en caressant la bouche d'un canon...

Les poètes ne célébraient-ils donc pas leur dame en louant leurs lèvres de rubis, leurs yeux de jais, leur sein de marbre, leur cœur de diamant ? Eh bien, lui aussi — retenu dans cette mine de sapins désormais fossiles — n'aurait que des passions minérales, câbleau bouclé de nœuds lui apparaîtrait Sa chevelure, splendeur de cabochons Ses yeux oubliés, rang de lareniers Ses dents qui ruissellent d'odorante salive, cabestan au câble qui se déroule Son col orné de colliers de chanvre, et il trouverait la paix dans l'illusion d'avoir aimé l'œuvre d'un constructeur d'automates.

Puis il se repentit de sa dureté en feignant sa dureté à elle, il se dit qu'en pétrifiant ses traits il pétrifiait son désir — qu'il voulait en revanche vif et insatisfait — et, comme le soir était tombé, il tourna les yeux vers le vaste vaisseau du ciel moucheté de constellations indéchiffrables. Ce n'est qu'en contemplant des corps célestes qu'il pourrait concevoir les célestes pensées, lesquelles conviennent à qui, par décret du ciel, a été damné dans l'amour de la plus céleste des humaines créatures.

La reine des bois, qui de sa blanche robe ennaube les forêts et argente les campagnes, ne s'était pas encore penchée à la cime de l'Ile couverte de deuil. Le reste du ciel était allumé et visible et, à l'extrémité sud-ouest, presque au ras de la mer au-delà de la grande terre, il distingua un caillot d'étoiles que le docteur Byrd lui avait appris à reconnaître : c'était la Croix du Sud. Et d'un poète oublié, mais dont son précepteur carme lui avait fait apprendre par cœur certains passages, Roberto se rappelait une vision qui avait fasciné son enfance, celle d'un pèlerin allant par les royaumes d'outre-tombe : il avait émergé juste dans cette région inconnue, il avait vu ces quatre étoiles que personne n'avait jamais aperçues sinon les premiers (et derniers) habitants du Paradis Terrestre.

11

L'Art de Prudence

Il les voyait parce qu'il avait vraiment fait naufrage aux confins du jardin de l'Eden ou parce qu'il avait émergé du ventre du vaisseau comme d'un entonnoir infernal ? Peut-être pour l'une et l'autre raison. Ce naufrage, en le rendant au spectacle d'une autre nature, l'avait soustrait à l'Enfer du Monde où il était entré, perdant les illusions de la jeunesse, à l'époque de Casal.

Il était encore là-bas quand, après avoir entrevu l'histoire comme lieu de nombreux caprices et trames incompréhensibles de la Raison d'Etat, Saint-Savin lui avait fait comprendre combien la grande machine du monde était perfide, tourmentée par les iniquités du Sort. Il avait pris fin en quelques jours, le rêve d'entreprises héroïques de son adolescence, et avec le père Emanuele il avait compris que l'on devait s'enflammer pour les Devises Héroïques — et que l'on peut passer une vie non point à lutter contre un géant mais à nommer de trop de manières un nain.

Sorti du couvent, il avait accompagné monsieur de la Saletta qui à son tour accompagnait monsieur de Salazar hors les murailles. Et pour arriver à la porte que Salazar appelait Puerta de Estopa, ils allaient parcourant un bout de bastion.

Les deux gentilshommes se prenaient à louer la machine du père Emanuele et Roberto avait ingénument demandé à quoi pouvait valoir tant de science pour régler le destin d'un siège.

Monsieur de Salazar s'était mis à rire : « Mon jeune ami, avait-il dit, nous sommes tous ici, et dans la déférence pour différents monarques, afin que cette guerre se résolve selon justice et honneur. Mais les temps ne sont plus où l'on pourrait changer le cours des étoiles à coups d'épée. Il est fini le temps que les gentilshommes faisaient les rois ; à présent ce sont les rois qui font les gentilshommes. Autrefois, la vie de cour était une attente du moment où le gentilhomme se montrerait tel en guerre. Maintenant, tous les gentilshommes que vous devinez là-bas (et il indiquait les tentes espagnoles) et là en bas (et il indiquait les cantonnements français) vivent cette guerre pour pouvoir retourner dans leur lieu naturel, qui est la cour, et à la cour, mon ami, l'on ne rivalise plus pour égaler le roi en vertus, mais pour obtenir sa faveur. Aujourd'hui, à Madrid, il se voit des gentilshommes qui n'ont jamais tiré leur épée du fourreau, et ne s'éloignent de la ville : ils la laisseraient, alors qu'ils se couvriraient de poussière sur les champs de la gloire, aux mains de bourgeois cossus et d'une noblesse de robe que même un monarque désormais tient en grand compte. Il ne reste au guerrier qu'à abandonner la valeur pour suivre la prudence.

— La prudence ? » avait demandé Roberto.

Salazar l'avait invité à observer la plaine. Les deux partis se trouvaient engagés dans de paresseuses escarmouches et l'on voyait des nuages de poussière s'élever aux embouchures des galeries là où tombaient les boulets des canons. Vers le nord-ouest les Impériaux poussaient un mantelet : c'était un char robuste, armé de faux sur les côtés, qui se terminait sur le devant par un mur de douves en chêne cuirassées de barres de fer cloutées. Sur cette façade s'ouvraient des meurtrières d'où pointaient épingards, couleuvrines et arquebuses, et de côté on apercevait les lansquenets barricadés à l'intérieur. Hérissée de pieux devant et de lames sur les bords latéraux, grinçant de chaînes, la machine lâchait de temps à autre des bouffées de feu par une de ses gueules. Les ennemis n'entendaient certainement pas l'engager aussitôt, car c'était un engin à conduire sous les murailles quand les mines auraient déjà fait leur office, mais tout aussi certainement ils l'exhibaient pour terroriser les assiégés.

« Vous voyez, disait Salazar, la guerre sera décidée par les machines, chars armés de faux et galerie de mine comme l'on voudra. Certains de nos braves compagnons, d'un côté et de l'autre, qui ont offert leur poitrine à l'adversaire, pour peu qu'ils ne soient pas morts par erreur, ne l'ont pas fait pour vaincre mais pour acquérir de la réputation à revendre, retour à la cour. Les plus vaillants d'entre eux auront la sagacité de choisir des entreprises qui fassent grand bruit, mais en calculant la proportion entre ce qu'ils risquent et ce qu'ils peuvent gagner...

— Mon père... » commença Roberto, orphelin d'un héros qui n'avait rien calculé. Salazar l'interrompit. « Votre père précisément était un homme des temps passés. N'allez pas croire que je ne les regrette pas, mais peut-il encore valoir la peine d'accomplir un geste hardi quand on parlera davantage d'une belle retraite que d'un assaut gaillard ? Ne venez-vous pas tout juste de voir une machine de guerre prête à résoudre l'issue d'un assaut plus que ne pouvaient le faire jadis les épées ? Et n'y a-t-il pas des années et des années que les épées ont laissé place à l'arquebuse ? Nous, nous portons encore des cuirasses, mais un picaro peut apprendre en un jour à percer la cuirasse du grand Bayard.

— Mais alors qu'est-il resté au gentilhomme ?

— La sagesse, monsieur de la Grive. Le succès n'a plus la couleur du soleil, il croît à la lumière de la lune ; et personne n'a jamais dit que ce second luminaire n'était pas au gré du Créateur de toute chose. Jésus même a tout bien pesé, dans le Jardin des Oliviers, la nuit.

— Et puis il a pris une décision selon la plus héroïque des vertus, et sans prudence...

— Nous ne sommes pas le Fils aîné de l'Eternel, nous sommes les fils de ce siècle. Ce siège terminé, si une machine ne vous a pas ôté la vie, que ferez-vous, monsieur de la Grive ? Vous retournerez peut-être à vos campagnes où personne ne vous donnera l'occasion de paraître digne de votre père ? Il y a peu de jours que vous évoluez au milieu de gentilshommes parisiens et vous vous montrez déjà conquis par leurs usages. Vous voudrez tenter la fortune dans la grande ville, et vous savez bien que c'est là que vous devrez user de ce halo de fierté que la longue inaction entre ces murailles vous aura octroyé. Vous chercherez vous aussi fortune, et vous devrez être habile pour l'obtenir. Si ici vous avez appris à esquiver la balle d'un mousquet, là-bas vous devrez apprendre à savoir esquiver l'envie, la jalousie, la rapacité, en vous battant à armes égales avec vos adversaires, c'est-à-dire avec tout le monde. Or donc écoutez-moi. Voilà une demi-heure que vous m'interrompez en disant ce que vous pensez, et avec l'air d'interroger vous voulez me montrer que je me trompe. Ne le faites jamais plus, surtout avec les puissants. Parfois la confiance dans votre pénétration et le sentiment de devoir témoigner la vérité pourraient vous pousser à donner un bon conseil à qui est plus que vous. Ne le faites jamais. Chaque victoire produit de la haine dans le vaincu, et si on remporte celle-là sur son propre seigneur, ou elle est sotte ou elle est pernicieuse. Les princes veulent bien être aidés, mais non surpassés. Mais vous serez prudent aussi avec vos égaux. Ne les humiliez pas avec vos vertus. Ne parlez jamais de vous-même : se louer, c'est vanité ; se blâmer, c'est stupidité. Laissez plutôt aux autres le soin de vous découvrir quelque défaut véniel que l'envie puisse ronger sans vous causer trop de dommage. Vous devrez être de grande valeur et parfois paraître homme de peu. L'autruche n'aspire pas à s'élever dans les airs, pour s'exposer à une chute exemplaire : elle laisse découvrir petit à petit la beauté de ses plumes. Et par-dessus tout, si vous avez des passions n'en faites pas montre, pour nobles qu'elles vous semblent. Il ne faut pas consentir à tous l'accès de son cœur. Un silence prudent et réfléchi est l'écrin de la sagesse.

— Monsieur, mais vous êtes en train de me dire que le premier devoir d'un gentilhomme est d'apprendre à simuler ! »

En souriant monsieur de la Saletta intervint : « Vous voyez, cher Roberto, monsieur de Salazar ne dit pas que le sage doit simuler. Il vous suggère, si j'ai bien compris, qu'il doit apprendre à dissimuler. On simule ce qui n'est pas, on dissimule ce qui est. Si vous vous vantez de ce que vous n'avez pas fait, vous êtes un simulateur. Mais si vous évitez, sans le faire remarquer, de révéler entièrement ce que vous avez fait, alors vous dissimulez. Dissimuler la vertu est vertu au-dessus de la vertu. Monsieur de Salazar est en train de vous enseigner une manière prudente d'être vertueux, ou d'être vertueux selon la prudence. Dès l'instant où le premier homme ouvrit les yeux et connut qu'il était nu, il chercha à se cacher même à la vue de son Créateur : ainsi la diligence à se dérober est presque née avec le monde. Dissimuler, c'est tendre un voile apaisant d'honnêtes ténèbres, à partir de quoi ne se forme pas le faux mais s'accorde quelque repos au vrai. La rose paraît belle car à première vue elle dissimule qu'elle est chose si caduque, et bien que l'on dise d'habitude que la beauté mortelle ne semble pas chose terrestre, elle n'est autre qu'un cadavre dissimulé par la faveur de l'âge. Dans cette vie, il ne faut pas toujours avoir le cœur ouvert, et les vérités qui nous importent le plus doivent toujours être dites à demi. La dissimulation n'est point fraude. Et c'est une industrie difficile : pour y exceller il faut que les autres ne reconnaissent pas notre excellence. Si quelqu'un devenait célèbre pour sa capacité à se masquer, comme les acteurs, tout le monde saurait qu'il n'est pas ce qu'il feint d'être. Mais d'excellents dissimulateurs, qui ont existé ou qui existent, point de nouvelles.

— Et notez, ajouta monsieur de Salazar, qu'en vous invitant à dissimuler on ne vous invite pas à demeurer muet comme un balourd. Au contraire. Vous devrez apprendre à faire avec la parole subtile ce que vous ne pouvez faire à mots ouverts ; à évoluer dans un monde qui privilégie l'apparence, avec toutes les agilités de l'éloquence, à être le tisseur de mots de soie. Si les flèches transpercent le corps, les mots peuvent percer l'âme de part en part. Faites devenir en vous nature ce qui, dans la machine du père Emanuele, est art mécanique.

— Pourtant monsieur, dit Roberto, la machine du père Emanuele me semble une image de l'Esprit, lequel n'entend point saisir ou séduire, mais bien découvrir et révéler des connexions entre les choses, et donc se faire nouvel instrument de vérités.

— Cela pour les philosophes. Mais pour les sots, usez de l'Esprit pour étonner, et vous obtiendrez toute approbation. Les hommes aiment à être étonnés. Si votre destin et votre fortune se décident non sur le champ de bataille mais dans les salons de la cour, un bon point obtenu dans la conversation sera plus fructueux qu'un bon assaut au combat. L'homme prudent, d'une phrase élégante se tire de tout brouillamini et il sait se servir de sa langue avec la légèreté d'une plume au vent. La plus grande part des choses se peut payer avec les mots.

— On vous attend à la porte, Salazar », dit Saletta. Et ainsi prit fin pour Roberto cette leçon inattendue de vie et de sagesse. Il n'en resta pas édifié, mais il fut reconnaissant envers ses deux maîtres. Ils lui avaient expliqué moult mystères du siècle, dont à la Grive personne ne lui avait jamais rien dit.

12

Les Passions de l'Ame

Dans ce ravage de toute illusion, Roberto tomba en proie à une manie amoureuse.

Nous touchions désormais à la fin juin, et il faisait fort chaud ; les premiers bruits s'étaient répandus depuis une dizaine de jours, d'un cas de peste dans le camp espagnol. Dans la ville les munitions commençaient à se faire rares, on ne distribuait désormais plus que quatorze onces de pain noir aux soldats, et, pour trouver une pinte de vin chez les Casalois, il fallait maintenant payer trois florins, l'équivalent de douze réaux. A tour de rôle, Salazar et Saletta s'étaient rendus dans la ville et au camp pour traiter de la rançon d'officiers capturés de part et d'autre au cours des engagements, et les rachetés devaient promettre de ne plus prendre les armes. On parlait de nouveau de ce capitaine désormais en pleine élévation dans le monde diplomatique, Mazzarini, à qui le Pape avait confié la négociation.

Quelques espérances, quelques sorties et jouer à

se détruire tour à tour les galeries, voilà comment se déroulait ce siège nonchalant.

Dans l'attente des négociations, ou de l'armée de secours, les esprits belliqueux s'étaient calmés. Certains Casalois avaient décidé de sortir hors les murailles pour moissonner ces champs de blé qui avaient réchappé aux chariots et aux chevaux, insouciants des coups de fusil poussifs que les Espagnols tiraient de loin. Mais tous n'étaient pas désarmés : Roberto vit une paysanne grande et rousse qui par moments suspendait son travail à la faucille, se baissait parmi les épis, soulevait un fusil, l'épaulait en vieux soldat couchant son arme sur sa joue rouge, et elle tirait vers les gêneurs. Les Espagnols s'étaient impatientés pour les tirs de cette Cérès guerrière, ils avaient riposté, un coup lui avait éraflé le poignet. Saignant, elle reculait à présent, mais elle ne cessait pas de charger et tirer, en criant quelque chose à l'ennemi. Alors qu'elle se trouvait maintenant presque sous les murailles, des Espagnols l'apostrophèrent : « Puta de los franceses ! » A quoi elle répondit : « Oui da, je suis la putain des Français, mais je ne serai pas la vôtre ! »

Cette figure virginale, cette quintessence de beauté plantureuse et de furie martiale unie à ce soupçon d'impudeur dont l'insulte l'avait parée, attisèrent les sens de l'adolescent.

Ce jour-là, il avait parcouru les rues de Casal pour renouveler cette vision ; il avait interrogé les paysans, il avait su que la jeune fille s'appelait, selon les uns, Anna Maria Novarese, Francesca selon d'autres, et dans une auberge on lui dit qu'elle avait vingt ans, qu'elle venait de la campagne environnante, qu'elle avait une liaison avec un soldat français. « L'est brave la Francesca, l'est ben brave », disaient-ils avec des sourires entendus, et son aimée apparut à Roberto de plus en plus désirable pour avoir été une fois encore adulée par ces allusions licencieuses.

Quelques soirs après, comme il passait devant une maison, il l'aperçut dans une pièce sombre du rez-de-chaussée. Elle était assise à la fenêtre pour cueillir une brise qui allégeait à peine la touffeur montferrine, éclairée par une lampe invisible de l'extérieur et posée près du rebord. De prime abord il ne l'avait pas reconnue parce que la belle chevelure était enroulée sur sa tête, et il n'en pendait que deux mèches à ses oreilles. Seul son visage un peu incliné se pouvait apercevoir, un seul très pur ovale, perlé de quelques gouttes de sueur, qui semblait la seule vraie lampe dans cette pénombre.

Sur une petite table basse un travail de couture l'occupait, où elle fixait ses regards, si bien qu'elle n'aperçut pas le jeune homme qui s'était rétracté pour la lorgner de biais, se tapissant contre le mur. Avec le cœur qui martelait dans sa poitrine, Roberto voyait sa lèvre ombrée d'un duvet blond. Soudain, elle avait levé une main plus lumineuse encore que son visage, pour porter à sa bouche un fil sombre : elle l'avait introduit entre ses lèvres rouges découvrant ses blanches dents et l'avait coupé d'un coup, d'un mouvement de gentille bête féroce, tout en souriant, heureuse de sa douce cruauté.

Roberto aurait pu attendre pendant la nuit entière, alors qu'il respirait à peine de crainte d'être découvert et de l'ardeur qui le glaçait. Mais après un court moment la jeune fille éteignit la lampe, la vision se dissipa.

Il était passé par cette rue les jours suivants, sans plus la voir, sauf une seule fois, mais il n'en était pas sûr car elle se trouvait, si c'était elle, assise, tête penchée, le col nu et couleur de rose, une cascade de cheveux lui couvrant le visage. Une matrone se tenait dans son dos, naviguant sur ces vagues léonines avec un peigne de bergère, et, par moments, elle l'abandonnait pour saisir des doigts un petit animal fugitif que ses ongles faisaient claquer d'un coup sec.

Roberto, qui n'était pas novice aux rites de l'épouillage, en découvrait cependant pour la première fois la beauté, et il imaginait pouvoir poser les mains dans ces flots de soie, presser le bout de ses doigts sur cette nuque, baiser ces sillons, détruire lui-même ces troupeaux de mirmidons qui les polluaient.

Il dut s'éloigner de cet enchantement lorsque survint dans la rue de la racaille tapageuse, et ce fut la dernière fois que cette fenêtre lui réserva d'amoureuses visions.

D'autres après-midi et d'autres soirs il y aperçut encore la matrone, et une autre jeune fille, mais pas elle. Il en conclut que ce n'était pas là sa maison, mais celle d'une parente chez qui elle ne s'était rendue que pour faire quelques travaux. Où elle pouvait être, durant de longs jours il ne le sut plus.

Comme la langueur amoureuse est une liqueur bachique qui prend davantage de corps si elle est décuvée dans les oreilles d'un ami, Roberto n'avait pas réussi à cacher son état à Saint-Savin, alors qu'il parcourait infructueusement Casal et maigrissait dans sa quête. Il le lui avait révélé par vanité car tout amant se pare de la beauté de l'aimée — et de cette beauté il est certainement certain.

« Eh bien, aimez, avait négligemment réagi Saint-Savin. Ce n'est pas chose neuve. Il paraît que les humains s'en amusent, à la différence des animaux.

— Les animaux n'aiment pas ?

— Non, les machines simples n'aiment pas. Que font les roues d'un chariot le long d'une pente ? Elles roulent vers le bas. La machine est un poids, et le poids pend, et il dépend du besoin aveugle qui le pousse à la descente. Ainsi de l'animal : il pend vers la copulation et ne s'apaise tant qu'il ne l'obtient pas.

— Mais ne m'avez-vous pas dit hier que les hommes aussi sont des machines ?

— Oui, mais la machine humaine est plus complexe que la minérale et que l'animale, et elle se satisfait d'un mouvement oscillatoire.

— Et alors ?

— Alors vous aimez et donc vous désirez et ne désirez pas. L'amour rend ennemi de soi-même. Vous craignez que, le but atteint, vous ne soyez déçu. Vous vous délectez *in limine*, comme disent les théologiens, vous jouissez du retard.

— Ce n'est pas vrai, moi je... je la veux tout de suite !

— S'il en allait ainsi, vous seriez encore et seulement un paysan. Mais vous avez de l'esprit. Si vous la vouliez, vous l'auriez déjà prise — et vous seriez une brute. Non, vous voulez que votre désir s'enflamme et qu'en même temps s'enflamme aussi le sien. Si le sien s'enflammait au point de l'induire à vous céder tout de suite, il est probable que vous ne la voudriez plus. L'amour prospère dans l'attente. L'Attente va marchant à travers les champs spacieux du Temps vers l'Occasion.

— Mais que fais-je pendant ce temps ?

— Courtisez-la.

— Mais... elle ne sait encore rien, et je dois vous avouer que j'ai des difficultés pour l'approcher...

— Ecrivez-lui une lettre et dites-lui votre amour.

— Mais je n'ai jamais écrit de lettres d'amour ! Et même j'ai honte de le dire : je n'ai jamais écrit de lettres.

— Quand la nature fait défaut, adressons-nous à l'art. Je vous la dicterai moi. Un gentilhomme se complaît souvent à coucher par écrit des lettres pour une dame qu'il n'a jamais vue, et je ne suis pas en reste. N'aimant point, je sais parler d'amour mieux que vous, rendu muet d'amour.

— Mais je crois que chaque personne aime de façon différente... Cela serait un artifice.

— Si vous lui révéliez votre amour avec l'accent de la sincérité, vous auriez l'air maladroit.

— Mais je lui dirais la vérité...

— La vérité est une jeunette aussi belle que pudique et pour cela elle sort toujours enveloppée dans son manteau.

— Mais moi je veux lui dire mon amour, pas celui que vous décririez vous !

— Eh bien, pour être cru, feignez. Il n'est de perfection sans la splendeur de la machination.

— Mais elle comprendrait que la lettre ne parle pas d'elle.

— N'ayez crainte. Elle croira que tout ce que je vous dicte a été conçu à sa mesure. Allez, asseyez-vous et écrivez. Laissez-moi seulement trouver l'inspiration. »

Saint-Savin évoluait à travers la chambre comme si, dit Roberto, il mimait le vol d'une abeille qui revient à la gaufre. Il dansait presque, les yeux errants, comme s'il devait lire en l'air ce message, qui n'existait pas encore. Puis il commença.

« Madame...

— Madame ?

— Et que voudriez-vous lui dire ? Peut-être : eh toi, petite pute casaloise ?

— Puta de los franceses, ne put se retenir de murmurer Roberto, effrayé que Saint-Savin par jeu se fût tant approché, sinon de la vérité, du moins de la calomnie.

— Qu'avez-vous dit ?

— Rien. Entendu. Madame. Et ensuite ?

— Madame, dans l'admirable architecture de l'Univers, c'estoit une nécessité écrite dès le jour natal de la Creation du monde, que je vous visse, vous connusse et vous aimasse. Mais dès la première ligne de ceste lettre je sens desja que mon âme se repand si loin de moi qu'elle aura abandonné mes lèvres et ma plume auparavant que j'aye fini.

— ... fini. Mais je ne sais si ce sera compréhensible à...

— Le vrai est d'autant plus apprécié qu'il sera hérissé de difficultés, et la révélation d'autant plus estimée qu'elle nous aura beaucoup coûté. Alors disons... Madame...

— Encore ?

— Oui. Madame, pour une personne aussi belle qu'Alcidiane, il vous falloit sans doute, comme à

121

cette Héroïne, une demeure inexpugnable. Je crois que par enchantement vous fûtes transportée ailleurs et que vostre province est devenue une seconde Isle Flottante que le vent de mes soupirs fait reculer à mesure que j'essaye d'en approcher, province des Antipodes, terre que les glaces empeschent d'aborder. Je vous vois perplexe, la Grive : cela vous semble-t-il encore médiocre ?

— Non, c'est que... je dirais le contraire.

— N'ayez crainte, dit Saint-Savin se méprenant, les contrepoints de contraires ne manqueront pas. Poursuivons. Peut-estre vos grâces vous donnent-elles le droit de rester aussi lointaine qu'il convient aux Dieux. Mais ne sçavez-vous point peut-estre que les Dieux reçoivent favorablement au moins la fumée de l'encens que nous leur brûlons icy bas ? Ne refusez donc pas mes adorations : puis que vous possedez eminnemment la beauté et la splendeur, vous me réduiriez a l'impiété, m'empeschant d'adorer en vostre personne deux des principaux attributs divins... Cela sonne-t-il mieux ainsi ? »

A ce point, Roberto pensait que désormais le seul problème c'était que la Novarese sût lire. Ce bastion surpassé, quoi que ce soit qu'elle eût pu lire, elle en aurait certainement été enivrée, vu qu'il s'enivrait lui mesme a l'écrire.

« Mon Dieu, dit-il, elle devrait perdre la tête...

— Elle perdra la tête. Poursuivez. Loin d'avoir esgaré mon cœur quand je vous fis hommage de ma liberté, je me trouve au contraire depuis ce jour-là le cœur beaucoup plus grand : comme s'il n'estoit pas assez d'un pour vous aimer, il s'est tant multiplié qu'il se va reproduisant en toutes mes artères où je le sens palpiter.

— Oh Dieu...

— Gardez votre calme. Vous êtes en train de parler d'amour, pas d'aimer. Excusez, Madame, la fureur d'un desesperé ; ou plutost ne vous en donnez pas la peine : il est innoüy que les Souverains ayent jamais dû rendre compte de la mort de leurs esclaves. Oh ouy, je dois estimer mon sort digne d'envie, d'avoir merité que vous prissiez la peine de causer sa ruine : car du moins si vous daignez me haïr, ce sera un temoignage que je ne vous estois point indifferent. Ainsi la mort, dont vous croyez me punir, me sera cause de joye. Ouy la mort : si amour est comprendre que deux âmes ont été créées pour estre unies, quand l'une sent que l'autre ne sent pas, elle ne peut que mourir. De quoy — mon corps encor vivant et pour peu encor — mon âme s'en departant, vous mande la nouvelle.

— ... s'en departant vous mande ?

— La nouvelle.

— Laissez-moi prendre souffle. J'ai la tête qui s'échauffe...

— Maîtrisez-vous. Ne confondez pas l'amour avec l'art.

— Mais moi je l'aime ! Je l'aime, vous comprenez ?

— Moi pas. C'est pour cela que vous vous en êtes remis à moi. Ecrivez sans penser à elle. Pensez, voyons, à Monsieur de Toyras...

— Je vous en prie !

— Ne prenez pas cet air-là. C'est un bel homme au demeurant. Mais écrivez. Madame...

— De nouveau ?

— De nouveau. Madame, je suis en outre predestiné à mourir aveugle. N'avez-vous pas faict deux alambics de mes yeux, par où vous avez trouvé l'invention de distiller ma vie ? Et comment se faict-il que, plus mes yeux tirent d'humide de mon cœur, plus il brûle ? Peut-estre mon père ne forma pas mon corps du mesme argile dont celuy du premier homme fut composé, mais qu'il le tailla d'une pierre de chaux puis que l'eau que je repans me consomme. Et comment se fait-il que, consommé, je vive, trouvant de nouvelles larmes pour me consommer encor ?

— N'est-ce point exagérer ?

— Dans les occasions grandioses, grandiose doit être aussi la pensée. »

Maintenant Roberto ne protestait plus. Il lui semblait être devenu la Novarese et éprouver ce qu'elle aurait dû éprouver en lisant ces pages. Saint-Savin dictait.

« Vous laissastes en mon cœur, lorsque vous l'abandonnastes, une insolente qui est votre image et qui se vante d'avoir sur moy la puissance de vie et de mort. Et vous vous estes eloignée de moy comme les Souverains s'esloignent de la place où l'on execute les criminels de peur d'estre importunés de leur grace. Que mon âme et mon amour se partagent en deux purs soûpirs, quand je mourray, je conjureray a l'Agonie afin que celuy de mon amour parte le dernier, et j'aurai accompli — comme ultime don — le miracle dont vous devrez estre fiere, qu'au moins un instant vous serez ancor souspirée par un corps desja mort.

— Mort. Fini ?

— Non, laissez-moi penser, il y faut une formule qui contienne une pointe...

— Quoi, une pique ?

— Oui, un acte de l'intellect qui paraisse exprimer la correspondance inouïe entre deux objets, au-delà de toutes nos convictions, en sorte que dans ce plaisant jeu de l'esprit se perde heureusement toute considération pour la substance des choses.

— Je ne comprends pas...

— Vous comprendrez. Voilà : renversons pour l'instant le sens de l'appel, de fait vous n'êtes pas encore mort, donnons-lui la possibilité de voler au secours de ce mourant. Ecrivez. Vous pourriez peut-estre, Madame, me sauver encor. Je vous ai donné mon cœur. Mais comment puis-je vivre sans le moteur mesme de la vie ? Je ne vous demande pas de me le rendre, car dedans votre seule prison il jouit de la plus sublime des libertés, mais je vous en conjure, envoyez-moy le vostre en échange, qui ne trouvera pas de tabernacle mieux disposé a l'accueillir. Pour vivre vous n'avez pas besoin de deux cœurs, et le mien bat si fort pour vous qu'il vous asseurera la plus eternelle des ferveurs. »

Puis, faisant une pirouette et s'inclinant comme

un acteur qui attendrait les applaudissements : « N'est-ce pas beau ?

— Beau ? Mais je le trouve... comment dire... ridicule. Mais n'avez-vous pas l'impression de voir cette dame qui court à travers Casal pour prendre et consigner des cœurs, tel un laquais ?

— Vous voulez qu'elle aime un homme qui parle comme n'importe quel bourgeois ? Signez et cachetez.

— Mais je ne pense pas à la dame, je pense que si elle le montrait à quelqu'un j'en mourrais de honte.

— Elle ne le fera pas. Elle gardera la lettre sur son sein et chaque nuit elle allumera une chandelle à côté de son lit pour la relire, et la couvrir de baisers. Signez et cachetez.

— Mais imaginons, façon de parler, qu'elle ne sache pas lire. Elle devra bien se la faire réciter par quelqu'un...

— Monsieur de la Grive ! Vous êtes sans doute en train de me dire que vous vous êtes énamouré d'une vilaine ? Que vous avez dilapidé mon inspiration pour mettre dans l'embarras une rustaude ? Il ne reste plus qu'à nous battre.

— C'était un exemple. Une plaisanterie. Mais l'on m'a enseigné que l'homme prudent doit mettre en balance les cas, les circonstances, et parmi les possibles même les plus impossibles...

— Vous voyez que vous apprenez à vous exprimer comme il faut. Mais vous avez mal pesé et choisi le plus risible des possibles. Dans tous les cas, je ne veux pas vous faire violence. Effacez donc la dernière phrase, et poursuivez comme je vous dirai...

— Mais si j'efface, je devrai récrire la lettre.

— En plus vous êtes paresseux. Le sage doit savoir tirer parti de ses malheurs... Effacez... C'est fait ? Voilà. » Saint-Savin avait trempé le doigt dans une cruche puis laisé couler une goutte sur les mots effacés, obtenant une petite tache d'humidité aux contours estompés qui peu à peu s'assombrissait du noir de l'encre que l'eau avait fait reculer sur la feuille. « Et à présent écrivez. Pardonnez,

Madame, si je n'ay pas eu la vaillance de laisser en vie une pensée qui, me deroban une larme, m'a espouvanté pour sa hardiesse. Il arrive ainsi qu'un feu de l'Etna puisse engendrer un ru très-doux d'eaux saumastres. Mais, o Madame, mon cœur est comme la coquille de la mer qui, en beuvan la belle sueur de l'aube, engendre la perle et croist a l'unisson avec elle. A la pensée que votre indifference veuille soustraire a mon cœur la perle qu'il a tant genereusement nourri, mon cœur jaillit de mes yeux... Oui, la Grive, c'est sans nul doute mieux ainsi, nous avons réduit les excès. Mieux vaut finir en atténuant l'emphase de l'amant, pour amplifier la commotion de l'aimée. Signez, cachetez et faites la lui parvenir. Ensuite, attendez.

— Attendre, et quoi ?

— Le nord de la Boussole de la Prudence consiste à mettre toutes voiles hors au Moment Favorable. En ces choses l'attente ne fait jamais de mal. La présence diminue le renom et l'éloignement l'accroît. Etant éloigné, on vous tiendra pour un lion ; étant présent, vous pourriez devenir un souriceau accouché par la montagne. Vous êtes certainement riche d'excellentes qualités, mais les qualités perdent de leur brillant à les trop toucher, quand l'imagination arrive plus loin que la vue. »

Roberto avait remercié et couru chez lui cacher la lettre sur sa poitrine comme s'il l'eût dérobée. Il craignait que quelqu'un le délestât du fruit de sa fraude.

Je la trouverai, se disait-il, je m'inclinerai et remettrai la lettre. Puis il s'agitait dans son lit en songeant à la façon dont ses lèvres la liraient. Désormais il imaginait Anna Maria Francesca Novarese dotée de toutes ces vertus que Saint-Savin lui avait attribuées. En déclarant, fût-ce par la voix d'un autre, son amour, il s'était senti encore plus amant. En faisant quelque chose contre son gré, l'Esprit lui avait souri. A présent, il aimait la Novarese avec la même exquise violence dont parlait la lettre.

S'étant mis à la recherche de celle dont il était si disposé à rester loin, insouciant du danger alors que plusieurs coups de canon pleuvaient sur la ville, quelques jours plus tard il l'avait aperçue à un coin de rue, chargée d'épis telle une créature mythologique. Dans un grand tumulte intérieur, il avait couru à sa rencontre, ne sachant pas bien ce qu'il ferait ou dirait.

Après une approche tremblante, il s'était soudain offert à ses yeux et lui avait dit : « Damoiselle...

— A moë ? » avait répondu la jeune fille, et puis : « Et alors ?

— Alors, n'avait su mieux dire Roberto, pourriez-vous m'indiquer de quel côté on va pour le Château ? » Et la jeune fille jetant en arrière sa tête et la grande masse de ses cheveux : « Mais par là, s'pas ? » Et elle avait tourné l'angle.

Sur cet angle, tandis que Roberto hésitait à la suivre, un boulet était tombé en sifflant, le muret d'un jardin s'était abattu, soulevant un nuage de poussière. Roberto avait toussé, attendu que la poussière se dissipât, et compris que, marchant avec trop d'indécision à travers les champs spacieux du Temps, il avait perdu l'Occasion.

Pour se punir, il avait déchiré avec componction la lettre et s'était dirigé vers chez lui, tandis que les muscles de son cœur se recroquevillaient par terre.

Son premier vague amour l'avait convaincu à jamais que l'objet aimé réside au lointain, et je crois que cela a marqué son destin d'amant. Au cours des jours suivants, il était revenu sur chaque emplacement (où il avait reçu une nouvelle, où deviné une trace, où entendu parler d'elle et où il l'avait vue) pour recomposer un paysage de la mémoire. Il avait ainsi dessiné un Casal de sa passion, transformant ruelles, fontaines, esplanades en le Fleuve d'Inclination, en le Lac d'Indifférence ou en la Mer d'Inimitié ; il avait fait de la cité blessée le Pays de sa propre Tendresse inassouvie, île (alors déjà, présage) de sa solitude.

13

La Carte du Tendre

La nuit du vingt-neuf juin un grand fracas avait réveillé les assiégés, suivi par des roulements de tambours : la première mine avait explosé, que les ennemis avaient réussi à faire sauter sous les murailles, réduisant en éclats une demi-lune et ensevelissant vingt-cinq soldats. Le lendemain, vers six heures du soir, on avait entendu comme un orage au ponant, et à l'orient était apparue une corne d'abondance, plus blanche que le reste du ciel, à la pointe qui s'allongeait et s'accourcissait. C'était une comète, qui avait bouleversé les hommes d'armes et amené les habitants à se claquemurer dans leur maison. Les semaines suivantes, d'autres points des murailles avaient sauté tandis que du haut des glacis les assiégés tiraient à vide, car désormais l'adversaire avançait sous terre, et les galeries de contre-mine ne parvenaient pas à les dénicher.

Roberto vivait ce naufrage comme un passager étranger. Il occupait de longues heures à dialoguer avec le père Emanuele sur la meilleure façon de décrire les feux du siège, mais il fréquentait de plus en plus Saint-Savin pour élaborer avec lui des métaphores d'égale promptitude, qui dépeignissent les feux de son amour — dont il n'avait pas osé avouer l'échec. Saint-Savin lui fournissait une scène où son histoire galante pouvait se dérouler heureusement ; il subissait en se taisant l'ignominie d'élaborer avec l'ami d'autres lettres, qu'ensuite il feignait de faire parvenir, alors qu'il les relisait chaque nuit comme si le journal intime de tant d'affres était adressé d'elle à lui.

Il se contait des situations où la Novarese, poursuivie par les lansquenets, tombait, défaillante, entre ses bras ; lui, mettait en déroute les ennemis et l'emmenait, languissante, dans un jardin, où il jouissait de sa sauvage reconnaissance. A de telles pensées il s'abandonnait sur son lit, recouvrait ses esprits après une longue absence, et composait des sonnets pour son aimée.

Il en montra un à Saint-Savin, qui avait commenté : « Je le crois d'une grande laideur, si vous me permettez, mais consolez-vous : la plupart de ceux qui se définissent poètes à Paris font pire encore. Ne versifiez pas votre amour, la passion vous ôte cette divine froideur qui était la gloire de Catulle. »

Il se découvrit d'humeur mélancolique, et il le dit à Saint-Savin : « Réjouissez-vous, commenta l'ami, la mélancolie n'est pas la lie mais bien la fleur du sang, et elle produit des héros car, à la frontière de la folie, elle les porte aux actions les plus intrépides. » Mais Roberto ne se sentait porté à rien, et il devenait mélancolique de ne pas être assez mélancolique.

Sourd aux cris et aux coups de canon, il entendait des exclamations de soulagement (il y a crise dans le camp espagnol, on dit que l'armée française avance), il jubilait parce que, à la mi-juillet, une contre-mine avait enfin réussi à massacrer force Espagnols ; mais pour l'instant on évacuait de nombreuses demi-lunes, et à la mi-juillet les avant-gardes ennemies pouvaient déjà tirer directement dans la ville. Il apprenait que certains Casalois tentaient de pêcher dans le Pô et, sans se soucier s'il parcourait des rues exposées aux tirs ennemis, il courait voir dans la peur que les Impériaux ne fissent feu sur la Novarese.

Il se frayait un chemin au milieu des soldats en révolte, dont le contrat ne prévoyait pas qu'ils creusassent des tranchées ; les Casalois refusaient de le faire pour eux, et Toyras devait promettre une surpaye. Il se félicitait comme tous de savoir que Spinola était touché par la peste, il s'enchantait de voir un groupe de déserteurs napolitains qui étaient entrés dans la ville, abandonnant par peur le camp adverse pris au piège par le mal, et il entendait le père Emanuele dire qu'il pouvait y avoir là cause de contagion...

A la mi-septembre la peste apparut dans la ville, Roberto n'en fit point cas, sinon en redoutant que la Novarese en fût atteinte, et il s'éveilla un matin avec une fièvre élevée. Il parvint à envoyer quelqu'un aviser le père Emanuele, et il fut abrité en cachette dans son couvent, évitant un de ces lazarets de fortune où les malades mouraient en hâte et sans bruit pour ne pas distraire les autres, occupés à mourir de pyrotechnie.

Roberto ne pensait pas à la mort : il prenait la fièvre pour l'amour et il rêvait de toucher les chairs de la Novarese, alors qu'il chiffonnait les plis de sa paillasse ou caressait les parties en sueur et souffrantes de son corps.

Puissance d'une mémoire trop incisive, ce soir-là sur la *Daphne*, tandis que la nuit avançait, que le ciel accomplissait ses lents mouvements, et que la Croix du Sud avait disparu à l'horizon, Roberto ne savait plus s'il brûlait d'amour ranimé pour la Diane guerrière de Casal ou pour la Dame tout aussi loin de sa vue.

Il voulut savoir où elle avait pu fuir, et il courut dans la chambre des instruments nautiques : il lui semblait que s'y trouvait une carte de ces mers. Il la trouva, elle était grande, colorée, et inachevée car, à cette époque, nombre de cartes étaient non finies par nécessité : d'une nouvelle terre, le navigateur dessinait les côtes qu'il avait vues, mais laissait le contour incomplet, ne sachant jamais comment et combien et où cette terre s'étendait ; raison pour quoi les portulans du Pacifique se présentaient souvent comme des arabesques de plages, traces de périmètres, hypothèses de volumes, et que seuls y apparaissaient définis les rares îlots dont on avait fait le tour, et le cours des vents connu par expérience. Certains, pour rendre reconnaissable une île, ne faisaient qu'en dessiner avec beaucoup de précision la forme des sommets et des nuages qui les surmontent, de manière à les pouvoir identifier ainsi que l'on reconnaît de loin une personne à son allure approximative ou au bord de son chapeau.

Or donc, sur cette carte étaient visibles les limites de deux côtes se faisant face, séparées par un canal orienté sud-nord, et une des deux côtes s'achevait presque en sinuosités variées définissant une île, et ce pouvait être son Ile ; mais au-delà d'un large bras de mer, il y avait d'autres groupes d'îles présumées, à la conformation fort semblable, qui pouvaient également représenter le lieu où il était.

Nous ferions fausse route si nous pensions que Roberto se prenait d'une curiosité de géographe ; le père Emanuele ne l'avait que trop éduqué à détourner le visible à travers la lentille de sa lunette d'approche aristotélienne. Saint-Savin ne lui avait que trop enseigné à fomenter le désir à travers le langage, qui change une jeunesse en cygne et un cygne en femme, le soleil en un chaudron et un chaudron en soleil ! Dans la nuit avancée, nous trouvons Roberto rêvassant sur le portulan transformé désormais en ce corps féminin convoité.

Si c'est une erreur des amants que d'écrire le nom aimé sur l'arène de la plage, que les ondes ensuite ont tôt fait de raviner, quel amant prudent il se sentait, lui qui avait confié le corps aimé aux arrondis des échancrures et des anses, les cheveux au flux des courants par les méandres des archipels, la moiteur estivale du visage au reflet des eaux, le mystère des yeux à l'azur d'une étendue déserte — si bien que la carte répétait plusieurs fois les traits du corps aimé, en différents abandons de baies et promontoires. Plein de désir, il faisait naufrage la bouche sur la carte, suçait cet océan de volupté, titillait un cap, n'osait pénétrer une passe, la joue écrasée sur la feuille il respirait le souffle des vents, aurait voulu boire à petits coups les veines d'eau et les sources, s'abandonner assoiffé à assécher les estuaires, se faire soleil pour baiser les rivages, marée pour adoucir le secret des embouchures...

Mais il ne jouissait pas de la possession, de la privation au contraire : alors qu'il brûlait d'envie de toucher ce flou trophée d'un pinceau érudit, d'Autres peut-être, sur l'Ile vraie — là où elle s'élongeait en formes gracieuses que la carte n'avait pas encore su capturer —, en mordaient les fruits, se baignaient dans ses eaux... D'autres, géants stupides et féroces, approchaient en cet instant leur main grossière de son échancrure, des Vulcains difformes possédaient cette délicate Aphrodite, effleuraient ses bouches avec la même bêtise que le pêcheur de l'Ile non Trouvée, par-delà le dernier horizon des Canaries, jetant sans savoir la plus rare d'entre les perles...

Elle dans une autre main d'amant... C'était cette pensée l'ivresse suprême où Roberto se tordait, geignant son impuissance hastée. Dans cette frénésie, à tâtons sur la table comme pour se saisir au moins du pan d'une jupe, son regard glissa de la représentation de ce corps paisible, mollement onduleux, à une autre carte où l'auteur inconnu avait cherché peut-être à représenter les conduits ignifères des volcans de la terre occidentale : il s'agissait d'un portulan de notre globe entier, tout panaches de fumée au sommet des protubérances de la croûte, et, à l'intérieur, un enchevêtrement de veines brûlées ; et de ce globe il se sentit soudain l'image vivante, il poussa un râle, exhalant des laves de chaque pore, éructant la sève de sa satisfaction inassouvie, perdant enfin les sens — anéanti par hydropisie embrasée (ainsi qu'il l'écrit) — sur cette tant désirée chair australe.

14

Traité de la Science des Armes

A Casal aussi il rêvait d'espaces ouverts, et de la vaste cuvette où il avait vu pour la première fois la Novarese. Mais maintenant il n'était plus malade, et donc il pensait, plus lucide, qu'il ne la retrouverait jamais car il mourrait lui dans peu de temps, ou bien elle, elle était déjà morte.

En fait, il n'était pas en train de mourir, au contraire : lentement il guérissait ; pourtant il ne s'en rendait pas compte et prenait les affectations de la convalescence pour les défections de la vie. Souventes fois Saint-Savin était venu le trouver, il lui fournissait la gazette des événements, lorsque était présent le père Emanuele (qui le lorgnait comme s'il s'apprêtait à lui voler cette âme), et lorsque celui-ci devait s'éloigner (car les pourparlers s'intensifiaient dans le couvent) il dissertait en philosophe sur la vie et sur la mort.

« Mon bon ami, le sieur Spinola va mourir. Vous êtes invité aux festivités que nous ferons pour son trépas.

— La semaine prochaine, je serai mort moi aussi...

— Ce n'est pas vrai, je saurais reconnaître la face d'un moribond. Mais je ferais mal de vous détourner de la pensée de la mort. Plutôt, profitez de la maladie pour accomplir ce bon exercice.

— Monsieur de Saint-Savin, vous parlez comme un ecclésiastique.

— Point du tout. Je ne vous dis pas, moi, de vous préparer à l'autre vie, mais d'user bien de cette unique vie-ci qui vous est donnée, pour affronter, quand elle viendra, l'unique mort dont vous aurez jamais l'expérience. Il est nécessaire de méditer d'abord, et de nombreuses fois, sur l'art de mourir, pour réussir après à le bien faire une seule fois. »

Il voulait se lever, et le père Emanuele l'en empêchait, parce qu'il ne croyait pas qu'il fût encore prêt pour retourner dans le fracas de la guerre. Roberto lui laissa comprendre qu'il était impatient de retrouver quelqu'un. Le père Emanuele jugea sot que son corps si desséché se laissât anéantir par la pensée d'un autre corps, et il tenta de lui faire apparaître digne de mépris la race des femmes : « Ce trés-vain Monde Feminin, lui dit-il, que portent dessus elles certaines Atlantesses modernes, roule autour du Deshonneur et a les Signes du Cancer et du Capricorne pour Tropiques. Le Miroir, qui en est le Premier Mobile, n'est jamais aussi sombre comme quand il reflette les Estoiles de ces Yeulx lascifs, devenuës, pour l'exhalaison des Vapeurs des Amans niaiseux, Meteores qui annoncent des fleaux a l'Honnesteté. »

Roberto n'apprécia pas l'allégorie astronomique, ni ne reconnut l'aimée dans le portrait de ces mondaines jeteuses de sorts. Il resta au lit, mais il exhalait encore plus les Vapeurs de sa foucade.

Entre-temps, d'autres nouvelles lui parvenaient de monsieur de la Saletta. Les Casalois se demandaient s'ils ne devaient pas consentir aux Français l'accès à la citadelle : ils avaient désormais compris que, si l'on devait empêcher les ennemis d'y entrer, il fallait unir les forces. Mais monsieur de la Saletta laissait entendre que, maintenant plus que jamais, tandis que la ville semblait sur le point de tomber, eux, montrant qu'ils collaboraient, revoyaient dans leur cœur le pacte d'alliance. « Il faut, avait-il dit, être blancs comme colombes avec monsieur de Toyras, mais rusés comme des serpents dans le cas où son roi veuille à la fin vendre Casal. Nous devons combattre, de façon que si Casal se sauve ce soit aussi par notre mérite ; mais sans excéder, à telle enseigne que si la ville tombe la faute n'en échoie qu'aux Français. » Et il avait ajouté, pour la gouverne de Roberto : « Le prudent ne doit pas s'attacher à un seul chariot.

— Mais les Français disent que vous êtes des mar-

134

chands : personne ne s'aperçoit que vous combattez, tous voient que vous vendez à usure !

— Pour vivre beaucoup il est bon de valoir peu. Le vase fêlé est celui qui ne se brise jamais complètement et finit par lasser à force de durer. »

Un matin des premiers jours de septembre, il tomba sur Casal une averse libératrice. Sains et convalescents, tout le monde s'était transporté en plein air pour prendre la pluie qui devait laver jusqu'à la dernière trace de contagion. C'était plus une manière de se rafraîchir qu'un traitement, et le mal continua de sévir même après l'orage. Les seules nouvelles consolantes concernaient le travail que la peste accomplissait également dans le camp ennemi.

Capable à présent de se tenir debout, Roberto se risqua hors du couvent et à un moment donné il vit, sur le seuil d'une maison marquée de la croix verte qui la déclarait lieu de contagion, Anna Maria ou Francesca Novarese. Elle était émaciée comme une figure de la Danse de Mort ; de neige et grenade, elle s'était réduite à un unique jaunâtre, non oublieux, dans les traits souffrants, de ses grâces passées. Roberto se souvint d'une phrase de Saint-Savin : « Vous continuez peut-être vos génuflexions après que la vieillesse a fait de ce corps un fantôme, bon désormais à vous rappeler l'imminence de la mort ? »

La jeune fille pleurait sur l'épaule d'un capucin, comme si elle avait perdu un être cher, peut-être son Français. Le capucin, au visage plus gris que la barbe, la soutenait en pointant un doigt vers le ciel comme pour dire « un jour, là-haut... »

L'amour ne se fait chose mentale que lorsque le corps désire et que le désir est opprimé. Si le corps est débile et incapable de désirer, la chose mentale se volatilise. Roberto se sentit faible à en être incapable d'aimer. Exit Anna Maria (Francesca) Novarese.

Il revint au couvent et se remit au lit, décidé à mourir tout de bon : il souffrait trop de ne plus souffrir. Le père Emanuele l'incitait à prendre l'air frais. Mais les nouvelles qu'on lui apportait de l'extérieur ne l'encourageaient pas à vivre. Désormais, en plus de la peste, il y avait la famine, et même quelque chose de pire, une chasse acharnée aux vivres que les Casalois cachaient encore et ne voulaient pas donner aux alliés. Roberto dit que s'il ne pouvait mourir de peste, il voulait mourir de faim.

Enfin le père Emanuele eut raison de lui, et il le poussa dehors. Alors qu'il tournait l'angle, il tomba sur un groupe d'officiers espagnols. Il allait détaler ; ceux-ci le saluèrent cérémonieusement. Il comprit que, différents bastions ayant sauté, les ennemis avaient pris position maintenant en différents points du centre habité, ce pour quoi on pouvait dire que ce n'était pas la campagne qui assiégeait Casal, mais Casal qui assiégeait son château.

Au bout de la rue il rencontra Saint-Savin : « Cher la Grive, dit-il, vous êtes tombé malade Français et vous avez guéri Espagnol. Cette partie de la ville est à présent aux mains des ennemis.

— Et nous pouvons passer ?

— Vous ne savez pas qu'a été signée une trêve ? Et puis les Espagnols veulent le château, pas nous. Dans la partie française le vin se fait rare et les Casalois le sortent de leurs caves comme s'il s'agissait du sang de Notre Seigneur. Vous ne pourrez interdire aux bons Français de fréquenter certaines tavernes de ce côté-ci, où maintenant les cabaretiers importent de l'excellent vin de la campagne environnante. Et les Espagnols nous accueillent en grands seigneurs. Sauf qu'il faut respecter les convenances : si l'on veut se prendre de querelle, il faut le faire chez nous avec des compatriotes, car ici l'on doit se conduire avec courtoisie, comme il est accoutumé entre ennemis. Ainsi j'avoue que la partie espagnole est moins amusante que la française, du moins pour nous. Mais unissez-vous à nous. Ce soir nous voudrions chanter la sérénade à une dame qui nous avait celé ses charmes jusqu'à l'autre jour, quand je l'ai vue se pencher un instant à sa croisée. »

C'est ainsi que ce soir-là Roberto retrouva cinq têtes connues de la cour de Toyras. Il ne manquait pas même l'abbé, qui, pour l'occasion, s'était paré de guipures et dentelles, et d'une bandoulière de satin. « Que le Seigneur nous pardonne, disait-il avec une insouciante hypocrisie, mais il faut bien rasséréner l'esprit si nous voulons encore accomplir notre devoir... »

La maison donnait sur une place, dans la partie espagnole, mais les Espagnols à cette heure-là devaient tous se trouver dans les gargotes. Sur le rectangle de ciel dessiné par les toits bas et le feuillage des arbres qui bordaient la place, la lune dominait, sereine, à peine grêlée, et se mirait dans l'eau d'une fontaine murmurant au centre de ce carré méditatif.

« O très douce Diane, avait dit Saint-Savin, comme tes villes et tes villages doivent être calmes et apaisés, qui ne connaissent la guerre, car les Séléniens vivent d'un bonheur à eux naturel, ignorants du péché...

— Ne blasphémez pas, monsieur de Saint-Savin, lui avait dit l'abbé, car même si la lune était habitée, comme a extravagué dans son récent roman le sieur de Moulinet, et comme les Ecritures ne nous l'enseignent pas, fort malheureux seraient ses habitants, qui n'ont pas connu l'Incarnation.

— Et fort cruel eût été Notre Seigneur Dieu de les priver d'une pareille révélation, avait répliqué Saint-Savin.

— Ne cherchez pas à pénétrer les mystères divins. Dieu n'a pas permis la prédication de son Fils, pas même aux indigènes des Amériques, mais dans sa bonté Il leur envoie les missionnaires leur apporter la lumière.

— Et alors pourquoi notre seigneur pape n'envoie-t-il pas des missionnaires sur la lune aussi ? Les Séléniens ne sont peut-être pas des fils de Dieu ?

— Ne dites pas de sottises !

— Je ne relèverai pas que vous m'avez donné du sot, monsieur l'abbé, mais sachez que sous cette sottise se cache un mystère, que certainement notre seigneur pape ne veut pas dévoiler. Si les missionnaires découvraient des habitants sur la lune, et les voyaient qui regardent d'autres mondes à la portée de leur œil et non du nôtre, ils les verraient se demander si sur ces mondes aussi ne vivent pas d'autres êtres semblables à nous. Et ils devraient se demander encore si les étoiles fixes aussi ne sont pas autant de soleils entourés de leurs lunes et de leurs autres planètes, et si les habitants de ces planètes ne voient pas eux aussi d'autres étoiles à nous inconnues, qui seraient autant de soleils avec autant de planètes, et ainsi de suite à l'infini...

— Dieu nous a faits incapables de penser l'infini, et donc sois contente humaine gent à quia.

— La sérénade, la sérénade, murmuraient les autres. Voici la fenêtre. » Et la croisée apparaissait teintée d'une lumière rosée qui provenait de l'intérieur d'une rêvable alcôve. Mais les deux jouteurs s'étaient désormais excités.

« Et ajoutez, insistait, railleur, Saint-Savin, que si le monde était fini et entouré du Néant, Dieu serait lui aussi fini : sa tâche étant, comme vous dites, de se trouver au ciel et sur la terre et en tout lieu, il ne pourrait se trouver où il n'y a rien. Le Néant est un non-lieu. Ou bien, pour agrandir le monde il devrait s'agrandir soi-même, naissant pour la première fois là où d'abord il n'était pas, ce qui contredit sa prétendue éternité.

— Il suffit, monsieur ! Vous êtes en train de nier l'éternité de l'Eternel, et cela je ne vous le consens. Le moment est venu que je vous tue, afin que votre supposé esprit fort ne puisse plus nous amollir ! » Et il tira son épée.

« Puisque vous le voulez, dit Saint-Savin saluant et se mettant en garde. Mais moi je ne vous tuerai pas : je ne veux pas soustraire des soldats à mon roi. Simplement je vous défigurerai pour que vous deviez survivre en portant un masque, comme le font les comédiens italiens, dignité qui vous sied. Je vous ferai une cicatrice depuis l'œil jusques à la lèvre, et je ne vous infligerai ce beau coup de châtreporcelet que je ne vous aie donné, entre une botte et l'autre, une leçon de philosophie naturelle. »

L'abbé avait porté l'assaut, essayant aussitôt d'estramaçonner, lui criant qu'il était un insecte venimeux, un ciron, un pou à écraser sans pitié. Saint-Savin avait paré, l'avait pressé à son tour, poussé contre un arbre, mais en philosophant à chaque engagement.

« Ah, coups de manchette et parades d'estramaçon sont bottes vulgaires de ceux qui sont aveuglés par la colère ! Vous manquez d'une Idée de l'Escrime. Mais vous manquez aussi de charité, pour dépriser ainsi cirons et poux. Vous êtes un animal trop petit pour pouvoir vous représenter le monde comme un grand animal, tel que nous le montrait déjà le divin Platon. Essayez de penser que les Etoiles sont des mondes avec d'autres animaux mineurs, et que ces animaux mineurs servent réciproquement de mondes à d'autres peuples — et alors vous ne trouverez pas contradictoire de penser que nous aussi, et les chevaux et les éléphants, nous sommes des mondes pour les poux et les cirons qui nous habitent. Ils ne nous perçoivent point, pour notre grandeur, tout comme nous ne percevons pas des mondes plus grands, pour notre petitesse. Peut-être y a-t-il maintenant un peuple de poux qui prend votre corps pour un monde, et que quand quelqu'un d'eux a voyagé depuis votre front jusques à votre nuque, ses compagnons disent de lui qu'il a osé courir aux confins de la terra cognita. Ce petit peuple prend votre poil pour les forêts de son pays, et quand je vous aurai touché il verra vos blessures comme lacs et mers. Lorsque vous vous peignez, ils prennent cette agitation pour le flux et le reflux de l'océan, et tant pis pour eux que leur monde soit si changeant, par votre propension à vous peigner à chaque instant comme une femme, et à présent que je vous coupe cette bouffette ils vont prendre votre cri de rage pour un houragan, là ! » Et il lui avait décousu un ornement, à lui déchirer presque son pourpoint brodé.

L'abbé écumait de rage, il s'était porté au centre de la place, surveillant ses arrières afin de s'assurer d'un espace pour les feintes auxquelles il s'essayait à présent, puis reculant pour se trouver le dos à la fontaine.

Saint-Savin paraissait danser autour de lui, sans attaquer : « Levez le chef, monsieur l'abbé, regardez la lune, et réfléchissez que si votre Dieu avait su faire l'âme immortelle, il aurait bien pu faire le monde infini. Mais si le monde est infini, il le sera autant dans l'espace que dans le temps, et donc il sera éternel, et s'il y a un monde éternel, qui n'a pas besoin de création, alors il sera inutile de concevoir l'idée de Dieu. Oh le beau tour, monsieur l'abbé, si Dieu est infini vous ne pouvez pas limiter sa puissance : il ne pourrait jamais *ab opere cessare*, et donc le monde sera infini ; mais si le monde est infini, il n'y aura plus Dieu, comme d'ici peu il n'y aura plus de bouffettes à votre casaque ! » Et unissant le dire et le faire, il avait encore coupé quelques choux dont l'abbé était très fier, puis il avait raccourci la garde, tenant la pointe un peu plus haut ; et, tandis que l'abbé cherchait à serrer la mesure, il avait donné un coup sec sur le tranchant de la lame de son adversaire. L'abbé avait presque laissé tomber son épée, serrant de sa senestre son attache douloureuse.

Il avait hurlé : « Il faut qu'à la fin je vous perce, impie, blasphémateur, Ventre Dieu, par tous les maudits saints du Paradis, par le sang du Crucifié ! »

La croisée de la dame s'était ouverte, quelqu'un s'était penché et avait crié. Les présents avaient désormais oublié le but de leur entreprise, et ils évoluaient autour des duellistes qui, hurlant, faisaient le tour de la fontaine, Saint-Savin déconcertant son ennemi par une série de parades circulaires et coups de pointe.

« N'appelez pas au secours les mystères de l'Incarnation, monsieur l'abbé, persiflait-il. Votre sainte romaine église vous a enseigné que notre boule de boue est le centre de l'univers, qui lui tourne autour en ménestrel lui jouant la musique des sphères. Attention, vous vous faites trop pousser contre la fontaine, vous mouillez vos basques comme un vieux malade du mal de la pierre... Mais si dans le grand vide roulent des mondes infinis, comme dit un grand philosophe que vos pairs ont brûlé à Rome, bon nombre habités par des créatures telles que nous, et si toutes avaient été créées par votre Dieu, qu'en ferions-nous alors de la Rédemption ?

— Que fera Dieu de toi, damné ! avait crié l'abbé, parant avec peine un revers du poignet.

— Sans doute Christ s'est incarné une seule fois ? Donc le péché originel ne s'est passé qu'une seule fois sur ce globe ? Quelle injustice ! Ou pour les autres, privés de l'Incarnation, ou pour nous, puisque en tel cas dans tous les autres mondes les hommes seraient parfaits comme nos ancêtres avant le péché, et ils jouiraient d'un bonheur naturel sans le poids de la Croix. Ou bien d'infinis Adams ont infiniment commis la première faute, tentés par d'infinies Eves avec d'infinies pommes, et Christ a été obligé de s'incarner, de prêcher et de souffrir sur le Calvaire d'infinies fois, et peut-être est-il encore en train de le faire, et si les mondes sont infinis, infinie sera sa tâche. Infinie sa tâche, infinies les formes de son supplice : si au-delà de la Galaxie il était une terre où les hommes ont six bras, comme chez nous dans la Terra Incognita, le fils de Dieu n'aura pas été cloué sur une croix mais sur un bois en forme d'étoile — ce qui me semble digne d'un auteur de comédies.

— Il suffit, je vais mettre fin, moi, à votre comédie ! » hurla l'abbé hors de soi, et il se jeta sur Saint-Savin, portant ses derniers coups.

Saint-Savin les soutint avec de bonnes parades, puis ce fut l'espace d'un instant. Alors que l'abbé avait encore son épée levée après une parade de prime, il s'avança comme pour tenter un revers circulaire, feignit de tomber en avant. L'abbé se retira de côté, espérant le toucher dans sa chute. Mais Saint-Savin, qui n'avait pas perdu le contrôle de ses jambes, s'était déjà relevé comme la foudre, prenant force sur sa main gauche appuyée au sol, et sa droite avait jailli vers le haut : c'était le Coup de la Mouette. La pointe de l'épée avait marqué la face de l'abbé, depuis la racine du nez jusqu'à la lèvre, lui fendant le côté gauche de sa moustache.

L'abbé sacrait comme aucun épicurien n'aurait jamais osé, Saint-Savin se plaçait en position de salut, l'assistance applaudissait ce coup de maître.

Mais juste à ce moment-là, du fond de la place arrivait une patrouille espagnole, peut-être attirée par le bruit. D'instinct les Français avaient mis la main à l'épée, les Espagnols virent six ennemis en armes et crièrent à la trahison. Un soldat pointa son mousquet et tira. Saint-Savin tomba touché à la poitrine. L'officier s'aperçut que quatre personnes, au lieu de livrer bataille, accouraient près de l'homme à terre en jetant leurs armes, il regarda l'abbé à la face couverte de sang, comprit qu'il avait troublé un duel, donna un ordre aux siens, et la patrouille disparut.

Roberto se pencha sur son pauvre ami. « Vous avez vu, articula avec peine Saint-Savin, vous avez vu, la Grive, mon coup ? Pensez-y et exercez-vous. Je ne veux pas que le secret meure avec moi...

— Saint-Savin, mon ami, pleurait Roberto, vous ne devez pas mourir de façon aussi sotte !

— Sotte ? J'ai battu un sot et je meurs sur le champ, et du plomb ennemi. Dans ma vie, j'ai choisi une sage mesure... Parler toujours sérieusement cause de l'ennui. Plaisanter toujours, du mépris. Philosopher toujours, de la tristesse. Railler toujours, du malaise. J'ai joué le rôle de tous les personnages, selon le temps et l'occasion, et quelques fois j'ai été aussi le fou de cour. Mais ce soir, si vous racontez bien la chose, cela n'aura pas été une comédie, bien plutôt une tragédie. Et que ma mort ne vous afflige point, Roberto », et pour la première fois il l'appelait par son prénom, « une heure après la mort, notre âme évanouïe, sera ce qu'elle estoit une heure avant la vie... Beaux vers, n'est-ce pas ? »

Il expira. Décidant pour un noble mensonge, auquel l'abbé aussi consentit, l'on dit à la ronde que Saint-Savin était mort dans un accrochage avec des lansquenets qui s'approchaient du château. Toyras et tous les officiers le pleurèrent comme un preux. L'abbé raconta que dans l'engagement il avait été blessé, et il se disposa à recevoir un bénéfice ecclésiastique à son retour à Paris.

En peu de temps, Roberto avait perdu son père, son aimée, sa santé, son ami, et sans doute la guerre.

Il ne parvint pas à trouver réconfort auprès du père Emanuele, trop pris par ses conciliabules. Il se remit au service de monsieur de Toyras, ultime image familière, et en portant ses ordres il fut témoin des ultimes événements.

Le 13 de septembre arrivèrent au château des envoyés du roi de France, du duc de Savoie, et le capitaine Mazzarini. L'armée de secours elle aussi traitait avec les Espagnols. Bizarrerie de ce siège mais pas la dernière, les Français demandaient une trêve afin de pouvoir arriver à temps pour sauver la ville ; les Espagnols l'accordaient car leur camp aussi, ravagé par la peste, était en crise, les désertions augmentaient et Spinola retenait maintenant la vie avec ses dents. Toyras se vit imposer par les nouveaux venus les termes de l'accord, qui lui permettaient de continuer à défendre Casal quand Casal était déjà tombée : les Français prendraient position dans la Citadelle, abandonnant la ville et le château même aux Espagnols, au moins jusqu'au 15 d'octobre. Si, à cette date, l'armée de secours n'était pas arrivée, les Français s'en iraient de là aussi, défi-

nitivement défaits. Sinon les Espagnols restitue-
raient ville et château.

En attendant, les assiégeants pourvoiraient de
vivres les assiégés. De quelle manière il nous semble
que dût se mener un siège en ces temps-là, on n'en
est pas sûr, mais c'était la manière dont en ces
temps-là on acceptait qu'il se menât. Ce n'était pas
faire la guerre, c'était jouer aux dés, s'interrompant
quand l'adversaire devait aller uriner. Ou bien,
comme parier sur le cheval gagnant. Et le cheval,
c'était cette armée dont les dimensions augmentaient peu à peu sur les ailes de l'espérance, mais
que personne n'avait encore vue. On vivait à Casal,
dans la Citadelle, comme sur la *Daphne* : en imaginant une Ile lointaine, et avec des intrus chez soi.

Si les avant-gardes espagnoles s'étaient bien com-
portées, le gros de l'armée entrait à présent dans la
ville, et les Casalois durent s'arranger avec des
endémenés qui réquisitionnaient tout, violaient les
femmes, bâtonnaient les hommes, et s'accordaient
les plaisirs de la vie en ville après des mois dans les
bois et dans les champs. Egalement partagée entre
conquérants, conquis et barricadés dans la Citadelle, la peste.

Le 25 de septembre le bruit courut que Spinola
était mort. Exultation dans la Citadelle, bouleversement parmi les conquérants, orphelins eux aussi
comme Roberto. Ce furent des jours plus ternes que
ceux passés sur la *Daphne*, jusqu'à ce que le 22
d'octobre on annonçât l'armée de secours, désormais à Asti. Les Espagnols s'étaient mis à armer le
château et à aligner des canons sur les bords du Pô,
sans tenir foi (sacrait Toyras) à l'accord selon lequel
l'armée arrivant ils auraient dû abandonner Casal.
Les Espagnols, par la bouche de monsieur de
Salazar, rappelaient que l'accord fixait comme date
limite le 15 d'octobre, et le cas échéant c'étaient les
Français qui auraient dû céder la Citadelle depuis
une semaine.

Le 24 d'octobre, du haut des glacis de la Citadelle, on remarqua de grands mouvements dans les

troupes ennemies, Toyras se disposa à soutenir de ses canons l'arrivée des Français ; les jours suivants, les Espagnols commencèrent à embarquer leurs bagages sur le fleuve pour les expédier à Alexandrie, ce qui parut bon signe à la Citadelle. Mais les ennemis sur le fleuve commençaient aussi à jeter des ponts de barques pour se préparer à la retraite. Et cela eut l'air si peu élégant à Toyras qu'il se mit à les canonner. Par dépit les Espagnols arrêtèrent tous les Français qui se trouvaient encore dans la ville, et comment se faisait-il qu'il y en eût encore, voilà qui m'échappe je l'avoue, mais ainsi rapporte Roberto de ce siège dont je peux désormais m'attendre à tout.

Les Français étaient proches, et l'on savait que Mazzarini s'employait à éviter le heurt, sur mandat du pape. Il passait d'une armée à l'autre, revenait conférer dans le couvent du père Emanuele, repartait à cheval pour porter des contre-propositions aux uns et aux autres. Roberto le voyait toujours et seulement de loin, couvert de poussière, prodigue avec tous de ses coups de chapeau. L'une et l'autre partie, en attendant, étaient immobiles, car la première à bouger eût été échec et mat. Roberto en arriva même à se demander si d'aventure l'armée de secours n'était pas une invention de ce jeune capitaine qui faisait rêver le même rêve aux assiégeants et aux assiégés.

En fait, dès le mois de juin une réunion des électeurs impériaux se tenait à Ratisbonne, et la France y avait envoyé ses ambassadeurs, parmi lesquels le père Joseph. Et, tandis qu'ils se partageaient villes et régions, on était parvenu à une entente sur Casal dès le 13 octobre. Mazzarini l'avait su bien vite, comme dit le père Emanuele à Roberto : il s'agissait seulement d'en convaincre et ceux qui allaient arriver et ceux qui les attendaient. Des nouvelles, les Espagnols en avaient reçu plus d'une, mais chacune contredisait l'autre ; les Français en savaient aussi quelque chose, mais ils craignaient que Richelieu ne fût pas d'accord — et de fait il ne l'était pas, mais dès ces jours-là le futur cardinal Mazarin s'ingéniait à faire aller les choses à sa manière et dans le dos de celui qui deviendrait par la suite son protecteur.

Il en allait ainsi quand, le 26 d'octobre, les deux armées se trouvèrent face à face. Au levant, sur le fil des collines, vers Frassineto, s'était disposée l'armée française ; devant, avec le fleuve à gauche, dans la plaine, entre les murailles et les collines, l'armée espagnole, que Toyras canonnait par-derrière.

Une rangée de chariots ennemis était en train de sortir de la ville, Toyras avait réuni le peu de cavalerie qui lui était resté et l'avait lancée hors les murailles, pour les arrêter. Roberto avait imploré de prendre part à l'action, mais on ne le lui avait pas accordé. Maintenant il se sentait comme sur le pont d'un navire d'où il ne pouvait débarquer, à observer une grande étendue de mer et les reliefs d'une île qui lui était refusée.

Soudain on avait entendu tirer, peut-être les deux avant-gardes étaient-elles sur le point de se choquer : Toyras avait décidé la sortie, pour occuper sur deux fronts les hommes de Sa Majesté Catholique. Les troupes allaient passer les murailles, quand Roberto, du haut des bastions, vit un cavalier noir qui, sans se soucier des premières balles, galopait au milieu des deux armées, juste sur la ligne de feu, agitant un papier et criant, ainsi le rapportèrent plus tard les présents, « Paix, paix ! »

C'était le capitaine Mazzarini. Au cours de ses derniers pèlerinages entre l'un et l'autre bord, il avait convaincu les Espagnols d'accepter les accords de Ratisbonne. La guerre était finie. Casal restait à Nevers, Français et Espagnols s'engageaient à quitter la ville. Tandis que les bataillons se défaisaient, Roberto sauta sur le fidèle Pagnufli et fila sur les lieux du choc manqué. Il vit des gentilshommes en armures dorées occupés à de compliqués saluts, compliments, pas de danse, cependant qu'ils apprêtaient des planchettes de fortune pour sceller les pactes.

Le lendemain, les départs commençaient, d'abord

les Espagnols, ensuite les Français, mais non sans confusions, rencontres de hasard, échanges de dons, offres d'amitié, alors que dans la ville pourrissaient au soleil les cadavres des pestiférés, sanglotaient les veuves, certains bourgeois se voyaient enrichis et d'espèces sonnantes, trébuchantes et de mal napolitain, sans avoir couché d'ailleurs avec d'autres femmes que les leurs.

Roberto chercha à retrouver ses paysans. Mais de l'armée de la Grive on n'avait plus nouvelles. Certains devaient être morts de la peste, les autres s'étaient dispersés. Roberto pensa qu'ils étaient revenus chez eux, et par eux sa mère avait peut-être déjà appris la mort de son mari. Il se demanda s'il ne devait pas être auprès d'elle en ce moment, mais il ne comprenait plus quel était son devoir.

Il est difficile de dire ce qui avait le plus ébranlé sa foi : les mondes infiniment petits et infiniment grands, dans un vide sans Dieu et sans règle, que Saint-Savin lui avait fait entrevoir, les leçons de prudence de Saletta et Salazar, ou l'art des Devises Héroïques que le père Emanuele lui laissait comme unique science.

De la façon dont il l'évoque sur la *Daphne*, je crois que à Casal, tandis qu'il perdait et son père et soi-même dans une guerre aux trop nombreuses et trop inexistantes significations, Roberto avait appris à voir tout l'univers comme un peu sûr tissu d'énigmes, derrière lequel ne se trouvait plus un Auteur ; ou, s'il était là, il paraissait perdu à se refaire lui-même à partir de trop de perspectives.

Si, là-bas, il avait eu l'intuition d'un monde sans plus de centre, seulement fait de seuls périmètres, ici il se sentait dans la plus extrême et la plus perdue des périphéries ; car, s'il existait un centre, il était devant lui, et lui en était le satellite immobile.

15

Horloges (certaines oscillatoires)

C'est pour cela, je crois, que, depuis au moins cent pages, je parle de tant de vicissitudes qui précédèrent le naufrage sur la *Daphne*, mais que sur la *Daphne* je ne suscite aucune action. Si les journées à bord d'un navire désert sont vides, on ne peut m'en faire grief à moi, car il n'est pas encore dit si cette histoire vaut la peine d'être transcrite, ni grief à Roberto. A la rigueur on pourrait lui reprocher d'avoir perdu un jour (entre une chose et l'autre, nous sommes à peine à une trentaine d'heures du moment où il s'était aperçu qu'on lui avait volé les œufs) à refouler la pensée de l'unique possibilité qui aurait pu rendre plus sapide son séjour. Comme il lui apparaîtrait clair bien vite, il était inutile de juger la *Daphne* trop innocente. Dans cette carcasse rôdait, ou restait à l'affût, quelqu'un ou quelque chose qui n'était pas seulement lui. Pas même sur ce vaisseau ne se pouvait concevoir un siège à l'état pur. L'ennemi était dans la muraille.

Il aurait dû le soupçonner la nuit de sa cartographique étreinte. Revenu à lui, il avait eu soif, la carafe était vide, et il était allé chercher un baril d'eau. Ceux qu'il avait placés pour recueillir l'eau de pluie étaient lourds, mais il y en avait de plus petits dans la dépense. Il s'y rendit, prit le premier à portée de main — en y réfléchissant plus tard, il dut admettre qu'il était un peu trop à portée de main — et, une fois dans sa chambre, il le posa sur la table, se suspendant à la cannelle.

Ce n'était pas de l'eau, et en toussant il s'était rendu compte que le tonnelet contenait de l'eau-de-vie. Il ne savait dire laquelle, mais en bon paysan il pouvait affirmer qu'elle n'était pas de vin. Il n'avait pas trouvé la boisson désagréable, et il en abusa avec une soudaine allégresse. Il ne lui vint pas à l'esprit que, si les tonnelets dans la dépense étaient tous de cette sorte, il devrait se préoccuper de ses provisions d'eau pure. Et il ne se demanda pas non plus comment il se faisait que le deuxième soir il avait ouvert la cannelle du premier tonnelet de la réserve et l'avait trouvé plein d'eau douce. Plus tard seulement il se persuada que Quelqu'un l'avait placé après, ce don insidieux, de manière à ce qu'il s'en saisît d'abord. Quelqu'un qui le voulait en état d'ébriété, pour le tenir en son pouvoir. Mais si c'était là le plan, Roberto le seconda avec trop d'enthousiasme. Je ne crois pas qu'il avait bu grand'chose mais, pour un catéchumène de son acabit, un petit nombre de verres c'était déjà de trop.

D'après tout le récit qui suit, on déduit que Roberto a vécu les événements futurs dans un état d'altération, et qu'ainsi il ferait les jours à venir.

Comme il sied aux avinés, il s'endormit, mais tourmenté par une soif plus grande encore. Dans ce sommeil pâteux, lui revenait à l'esprit une dernière image de Casal. Avant de partir il était allé saluer le père Emanuele et il l'avait trouvé qui démontait et emballait sa machine poétique, pour s'en retourner à Turin. Mais, une fois quitté le père Emanuele, il était tombé sur les chariots où les Espagnols et les Impériaux empilaient les morceaux de leurs machines obsidionales.

C'étaient ces roues dentées qui peuplaient son rêve : il entendait un rouillissement de verrous, un raclement de gonds, et c'étaient des bruits cette fois-là que ne pouvait produire le vent : la mer était d'huile. Agacé, comme ceux qui au réveil rêvent rêver, il s'était forcé de rouvrir les yeux, et il avait entendu encore ce bruit, qui provenait du second-pont ou du fond de cale.

Debout, il ressentait un grand mal de tête. Pour le guérir, il n'eut pas meilleure idée que de s'attacher derechef au tonnelet, et il s'en détacha dans un état pire qu'avant. Il s'arma, s'y prenant à maintes reprises pour enfiler le coutelas dans sa ceinture, fit de nombreux signes de croix, et descendit en chancelant.

Sous lui, il le savait déjà, il y avait la barre de gouvernail. Il descendit encore, au pied de l'échelle : s'il se dirigeait vers la proue, il entrerait dans le verger. Vers la poupe se trouvait une porte fermée qu'il n'avait pas encore forcée. De ce lieu provenait à présent, très fort, un tictaquer multiple et inégal, comme une superposition de quantité de rythmes, d'entre lesquels on pouvait distinguer soit un tic-tic soit un toc-toc et un tac-tac, mais l'impression d'ensemble était d'un titiquété-toc-tacataquété-tic. C'était comme si derrière cette porte il y avait une légion de guêpes et de bourdons, et que tous volaient furieusement suivant des trajectoires différentes, heurtant les parois et rebondissant les uns contre les autres. Tant et si bien qu'il avait peur d'ouvrir, craignant d'être renversé par les atomes affolés de cette ruche.

Après moult perplexités, il se décida. Il se servit de la crosse du mousquet, fit sauter le cadenas et entra.

Le réduit prenait lumière d'un autre sabord et abritait des horloges.

Des horloges. Des horloges à eau, à sable, des horloges solaires abandonnées contre les parois, mais surtout des horloges mécaniques disposées sur différentes étagères et commodes, des horloges actionnées par la lente descente de poids et contrepoids, par des roues qui mordaient d'autres roues, et celles-ci d'autres encore, jusqu'à ce que la dernière mordît les deux palettes d'une baguette verticale, lui faisant accomplir deux demi-tours dans des directions opposées, afin que dans son indécent déhanchement elle impulsât un mouvement de balancier à une barre horizontale liée à l'extrémité supérieure ; des horloges à ressort où un conoïde rainé déroulait une chaînette entraînée par le mouvement circulaire d'un tambour qui s'en emparait maillon après maillon.

Certaines de ces horloges celaient leur mécanisme sous les apparences d'ornements rouillés et d'ouvrages au ciselet corrodés, ne montrant que le lent mouvement de leurs aiguilles ; mais la plupart exhibaient leur grinçante ferraille et rappelaient ces danses de Mort où la seule chose qui vive sont les squelettes ricaneurs qui agitent la faux du Temps.

Toutes ces machines étaient actives, les sabliers les plus grands qui mâchouillaient encore du sable, les plus petits à présent presque pleins dans leur moitié inférieure, et pour le reste un crissement de dents, une masticotation asthmatique.

Qui entrait pour la première fois devait avoir l'impression que cette étendue d'horloges continuait à l'infini : le fond du réduit était recouvert d'une toile qui représentait une fuite de chambres habitées seulement par d'autres horloges. Mais même à se détourner de cette magie, et à ne considérer que les horloges en chair et en os, pour ainsi dire, il y avait de quoi rester abasourdi.

Cela peut paraître incroyable — à vous qui lisez avec détachement ces vicissitudes — mais si un naufragé, au milieu des fumées de l'eau-de-vie et sur un navire inhabité, trouve cent horloges qui racontent presque à l'unisson l'histoire de son temps interminable, il pense d'abord à l'histoire plutôt qu'à son auteur. Et ainsi faisait Roberto, examinant un par un ces passe-temps, joujoux pour sa sénile adolescence de condamné à une très longue mort.

Lune fut pâle duc d'Eole, comme l'écrit Roberto, quand, émergeant de ce cauchemar, il se rendit à la nécessité d'en trouver la cause : si les horloges étaient en fonction, quelqu'un devait les avoir activées : même si leur charge avait été conçue pour durer longtemps, si elles avaient été remontées avant son arrivée, il les aurait déjà entendues lorsqu'il était passé à côté de cette porte.

S'il s'était agi d'un seul mécanisme, il aurait pu penser qu'il était prêt à fonctionner et qu'il suffisait que quelqu'un lui ait donné un coup pour sa mise en marche ; ce coup avait été fourni par un mouvement du vaisseau, ou bien un oiseau marin qui était entré par le sabord et s'était appuyé sur un levier, sur une manivelle, entraînant le début d'une séquence d'actions mécaniques. Parfois un grand vent n'agitet-il pas les cloches, n'a-t-on jamais vu peut-être des serrures se déclencher vers l'arrière, qui n'avaient pas été poussées en avant jusqu'à la fin de leur course ?

Un oiseau ne peut pourtant pas remonter d'un seul coup des dizaines d'horloges. Non. Que Ferrante eût existé ou pas, c'était une chose ; mais, sur le vaisseau, il se trouvait bien un Intrus.

Ce dernier était entré dans le réduit et avait remonté ses mécanismes. Pour quelle raison il l'avait fait, c'était la première question, mais la moins urgente. La deuxième était le lieu où il avait bien pu se réfugier.

Il fallait alors descendre dans le fond de cale : Roberto se disait que désormais il ne pouvait éviter de le faire, mais en répétant son ferme propos, il en retardait l'exécution. Il comprit qu'il n'était pas tout à fait dans son assiette, monta sur le tillac se mouiller la tête avec l'eau de pluie et, l'esprit plus dégagé, entreprit de réfléchir sur l'identité de l'Intrus.

Ce ne pouvait être un sauvage venu de l'Ile, ni non plus un matelot survivant, qui aurait tout fait (l'attaquer en plein jour, tenter de le tuer la nuit, demander grâce) sauf nourrir de la volaille et remonter des automates. Il se cachait donc sur la *Daphne* un homme de paix et de savoir, peut-être l'habitant de la chambre des cartes. Alors — s'il existait, et vu qu'il existait ici avant lui — c'était un Légitime Intrus. La belle antithèse ne calmait pas son anxiété rageuse.

Si l'Intrus était Légitime, pourquoi se cachait-il ? Par peur de l'illégitime Roberto ? Et s'il se cachait, pourquoi rendait-il évidente sa présence en manigançant ce concert des heures ? Peut-être était-il un homme à l'esprit pervers qui, le craignant et incapable de l'affronter, voulait le perdre en le menant à la folie ? Mais à quoi bon agir de la sorte, vu que, tout autant naufragé sur cette île artificielle, il n'aurait pu que tirer avantage de l'alliance avec un compagnon d'infortune ? Peut-être, se dit encore

Roberto, la *Daphne* recelait-elle d'autres secrets que Lui ne voulait dévoiler à personne.

De l'or, donc, et des diamants, et toutes les richesses de la Terra Incognita, ou des Iles de Salomon dont lui avait parlé Colbert...

Ce fut en évoquant les Iles de Salomon que Roberto eut comme une révélation. Mais bien sûr, les horloges ! Que pouvaient bien faire ici tant d'horloges, dans un navire en route sur des mers où le matin et le soir sont définis par le cours du soleil, et que point n'est besoin de savoir autre chose ? L'Intrus était arrivé jusqu'à ce lointain parallèle pour chercher lui aussi, comme le docteur Byrd, *el Punto Fijo* !

Il en allait certainement ainsi. Par une exorbitante conjoncture, Roberto, parti de la Hollande pour suivre, espion du Cardinal, les manœuvres secrètes d'un Anglais, presque clandestin sur un navire hollandais, à la recherche du *punto fijo*, se retrouvait maintenant sur le navire (hollandais) d'un Autre, de Dieu sait quel pays, occupé de la découverte du même secret.

16

Discours sur la Poudre de Sympathie

Comment s'était-il fourré dans cet imbroglio ?

Roberto laisse entrevoir fort peu de choses sur les années qui s'écoulèrent entre son retour à la Grive et son entrée dans la société parisienne. Par des allusions éparses, on déduit qu'il resta pour assister sa mère jusqu'au seuil de ses vingt ans, discutant de mauvais gré semences et récoltes avec les métayers. A peine la mère eut suivi son mari dans la tombe, Roberto se découvrit désormais étranger à ce monde-là. S'assurant une solide rente, il devrait alors avoir confié le domaine à un parent et parcouru la terre.

Il était resté en correspondance avec quelqu'un qu'il avait connu à Casal, et qui le sollicitait pour qu'il élargît ses connaissances. Je ne sais comment il était arrivé à Aix-en-Provence, mais certainement il y fut, puisqu'il rappelle avec reconnaissance deux années passées chez un gentilhomme de la cité, versé dans toutes les sciences, à la bibliothèque non seulement riche de livres mais d'objets d'art, monuments antiques et animaux empaillés. C'est auprès de son hôte d'Aix qu'il doit avoir connu ce maître qu'il cite toujours, avec un respect dévoué, comme le Prévôt de Digne, et parfois comme le « doux prêtre ». C'était avec ses lettres de crédit qu'à une date imprécisée il avait enfin affronté Paris.

Là, il était aussitôt entré en contact avec les amis du Prévôt, et on lui avait permis de fréquenter un des lieux les plus insignes de la ville. Il cite souvent un cabinet des frères Dupuy et il se le rappelle comme un lieu où son esprit chaque après-midi s'ouvrait de plus en plus au commerce des hommes de savoir. Je trouve aussi mention d'autres cabinets qu'il visitait en ces années, riches de collections de médailles, couteaux de Turquie, pierre d'agates, raretés mathématiques, coquilles des Indes...

A quel carrefour il se sera mis à vaguer en l'heureux avril (ou mai peut-être) de son âge, nous le disent les citations fréquentes d'enseignements qui nous paraissent discordants à nous. Il passait ses jours à apprendre de la bouche du Prévôt la manière dont on pouvait concevoir un monde fait d'atomes, selon l'enseignement d'Epicure, toutefois voulu et régi par la providence divine ; mais, poussé par le même amour pour Epicure, il passait les soirées avec des amis qui se disaient épicuriens et savaient alterner les discussions sur l'éternité du monde avec la fréquentation de belles dames de petite vertu.

Il cite souvent une bande d'amis insouciants qui cependant n'ignoraient pas à vingt ans ce que les autres se feraient gloire de savoir à cinquante,

Linières, Chapelle, Dassoucy, sage et poète qui allait le luth en bandoulière, Poquelin qui traduisait Lucrèce mais rêvait de devenir auteur de comédies burlesques, Hercule Savinien, qui s'était valeureusement battu au siège d'Arras, composait des déclarations d'amour pour des amantes de fantaisie et faisait ostentation d'une affectueuse intimité avec de jeunes gentilshommes, dont il se vantait d'avoir gagné le mal italien ; mais, dans le même temps, il tournait en dérision un compagnon de débauche « qui se plasoit à l'amour des masles », et disait, moqueur, qu'il fallait l'excuser à cause que sa réserve le poussait toujours à se cacher derrière les épaules de ses amis.

Comme il se sentait accueilli dans une société d'esprits forts, il devenait — sinon savant — contempteur de la sottise, qu'il reconnaissait et chez les gentilshommes de cour et chez de certains bourgeois enrichis qui tenaient en belle montre des boîtes vides reliées en maroquin du Levant, avec les noms des meilleurs auteurs imprimés en or sur leur dos.

En somme, Roberto était entré dans le cercle de ces « honnêtes gens » qui, même s'ils ne provenaient de la noblesse de sang mais plutôt de la « noblesse de robe », constituaient le sel de ce monde. Cependant il était jeune, impatient de nouvelles expériences et, malgré ses fréquentations érudites et les incursions libertines, il n'était pas resté insensible au charme de la noblesse.

Longtemps il avait admiré de l'extérieur, tout en se promenant le soir dans la rue Saint-Thomas-du-Louvre, l'hôtel de Rambouillet, sa belle façade modulée de corniches, frises, architraves et pilastres, en un jeu de briques rouges, de pierre blanche et d'ardoise noire.

Il regardait les fenêtres éclairées, voyait entrer les invités, il imaginait la beauté déjà renommée du jardin intérieur, se représentait les décors de cette petite cour que tout Paris célébrait, instituée par un femme de goût qui avait jugé peu raffinée l'autre cour soumise au caprice d'un roi incapable d'apprécier les finesses de l'esprit.

Enfin, Roberto avait eu l'intuition qu'en tant que Cisalpin il jouirait de quelque crédit en la demeure d'une dame née de mère romaine, d'une lignée plus antique que Rome même, et qui remontait à une famille d'Albe-la-Longue. Ce n'est pas un hasard si, une quinzaine d'années avant, hôte d'honneur dans cette maison, le Cavalier Marin avait montré aux Français les voies de la nouvelle poésie destinée à faire pâlir l'art des anciens.

Il avait réussi à se faire accueillir dans ce temple de l'élégance et de l'intellect, de gentilhommes et de « précieuses » (comme alors on le disait), savants sans pédanterie, galants sans libertinage, gais sans vulgarité, puristes sans ridicule. Roberto se trouvait à son aise dans cette société : il lui semblait qu'on lui consentait de respirer l'air de la grande ville et de la cour sans qu'il dût se plier à ces impératifs de prudence qui lui avaient été inculqués à Casal par monsieur de Salazar. On ne lui demandait pas de s'uniformiser à la volonté d'un puissant, mais plutôt de montrer bien haut sa diversité. Pas de simuler, mais de se mesurer — fût-ce en suivant certaines règles de bon goût — avec des personnages meilleurs que lui. On ne lui demandait pas de montrer de la courtisanerie, mais plutôt de l'audace, d'exhiber ses capacités dans la conversation bonne et honnête, et de savoir dire avec légèreté des pensées profondes... Il ne se sentait pas serviteur mais duelliste, de qui l'on exigeait des bravades toutes mentales.

Il s'éduquait à fuir l'affectation, à utiliser en chaque chose l'habileté de cacher l'art et la fatigue, de manière que ce qu'il faisait ou disait apparût comme un don spontané, cherchant à devenir maître de ce qu'en Italie on appelait dédaigneuse désinvolture et en Espagne *despejo*.

Habitué aux espaces de la Grive, odorants de lavande, en entrant dans l'hôtel d'Arthénice, Roberto évoluait maintenant dans les cabinets où

flottait toujours le parfum d'innombrables corbeilles, comme ferait un printemps continuel. Les
rares demeures nobiliaires qu'il avait connues
étaient faites de chambres sacrifiées par un escalier
central ; chez Arthénice les escaliers avaient été placés dans un angle au fond de la cour, afin que tout
le reste fût une seule enfilade de salles et cabinets,
avec de hautes portes et fenêtres, l'une en face de
l'autre ; les chambres n'étaient pas ennuyeusement
toutes rouges, ou couleur cuir tanné, mais de différentes teintes et la Chambre Bleue de l'Hôtesse avait
des tissus de cette couleur aux murs, rehaussés d'or
et d'argent.

Arthénice recevait ses amis allongée dans sa
chambre, au milieu de paravents et d'épaisses tapisseries pour protéger les invités du froid : elle ne pouvait souffrir ni la lumière du soleil ni l'ardeur des
brasiers. Le feu et la lumière diurne lui faisaient
bouillir le sang dans les veines et lui occasionnaient
la perte des sens. Une fois on avait oublié un brasier
sous son lit, il lui était venu un érysipèle. Avec certaines fleurs elle avait cela de commun que, pour
conserver leur fraîcheur, elles ne doivent être ni toujours à la lumière ni toujours à l'ombre, et elles ont
besoin que les jardiniers leur procurent une saison
particulière. Ombreuse, Arthénice recevait sur son
lit, les jambes enfoncées dans une peau d'ours, elle
s'encoquettemitouflait dans une grande quantité de
coiffes et cela lui faisait dire avec esprit qu'elle devenait sourde à la Saint-Martin et qu'elle recouvrait
l'ouïe à Pâques.

Cependant, même sans plus être dans la fleur de
l'âge, cette Hôtesse était le portrait vivant de la
grâce, grande et bien faite, admirables les traits de
son visage. On ne pouvait décrire l'éclat de ses yeux,
qui n'éveillait pas des pensées inconvenantes mais
inspirait un amour mêlé de crainte, purifiant les
cœurs qu'il avait embrasés.

Dans ces salles l'Hôtesse dirigeait, sans s'imposer,
des discours sur l'amitié ou sur l'amour, mais on
touchait avec la même légèreté des questions de

morale, de politique, de philosophie. Roberto découvrait les vertus de l'autre sexe dans leurs expressions les plus suaves, adorant à distance d'inaccessibles princesses, la belle Mademoiselle Paulet, dite « la lionne » pour sa farouche chevelure, et des dames qui savaient unir à la beauté cet esprit que les Académies vétustes ne reconnaissaient qu'aux hommes.

Après quelques années de cette école, il était prêt à rencontrer la Dame.

La première fois qu'il la vit, ce fut un soir où elle lui apparut en vêtements sombres, voilée telle une lune pudique qui se cacherait derrière le satin des nues. « Le bruit », cette seule forme qui, dans la société parisienne, tenait lieu de vérité, lui dit des choses contrastées, qu'elle souffrait d'un cruel veuvage, mais non point d'un mari, d'un amant, et faisait pompe de cette perte pour réitérer sa souveraineté sur le bien perdu. Quelqu'un lui avait susurré qu'elle celait son visage parce que c'était une ravissante Egyptienne, venue de Morée.

Quelle que fût la vérité, au seul mouvement de sa robe, à l'avancée aérienne de ses pas, au mystère de son visage dérobé, le cœur de Roberto fut sien. Il s'illuminait de ces ténèbres rayonnantes, il l'imaginait oiseau de la nuit couleur d'aube, il frémissait au prodige qui faisait fuligineuse la lumière et l'obscurité fulminante, lait l'encre, ivoire l'ébène. L'onyx lançait des éclairs dans ses cheveux, le tissu léger, qui révélait en les cachant les contours de son visage et de son corps, avait la même noirceur argentée des étoiles.

Mais tout à coup, et ce soir-là de la première rencontre, son voile était tombé un instant de son front et il avait pu entrevoir sous ce croissant de lune les lumineux abysses de ses yeux. Deux cœurs d'amants qui se regardent disent plus de choses que n'en diraient en un jour toutes les langues de cet univers — s'était flatté Roberto, certain qu'elle l'avait regardé, et que le regardant elle l'avait vu. Alors, de retour chez lui, il lui avait écrit.

Madame,

le feu dont vous m'avez bruslé exhale si peu de fumée que vous ne pourrez nier d'en avoir esté eblouy en alleguant ces vapeurs noircies. La seule puissance de vostre regard m'a faict tomber de la main les armes de l'orgueil & m'a conduit a vous supplier d'exiger ma vie. Que d'ayde n'ay je pas moy mesme portez a vostre victoire, moy qui commençay de combattre comme qui veut estre vaincu, presantant a vos assaults le costez le plus foible de mon corps, un cœur qui desja pleuroit des larmes de sang, preuve que vous aviez desja ostez l'eau de ma maison afin de la faire proye de l'incendie auquel fut amadou vostre pourtant breve attention !

Il avait trouvé la lettre si splendidement inspirée aux lois de la machine aristotélienne du père Emanuele, si adaptée à révéler à la Dame la nature de l'unique personne capable de tant de tendresse, qu'il ne tint pas pour indispensable de la signer. Il ne savait pas encore que les précieuses collectionnaient des lettres d'amour comme ruchés et ferrets, plus curieuses de leurs piments ingénieux que de leur auteur.

Il n'eut, dans les semaines et les mois suivants, aucun signe de réponse. Entre-temps, la Dame avait d'abord abandonné ses robes sombres, puis le voile, et elle lui était apparue enfin dans la blancheur de sa peau qui n'avait rien de mauresque, dans sa chevelure blonde, dans le triomphe de ses pupilles non plus fugaces, fenêtres de l'Aurore.

Mais maintenant qu'il pouvait librement croiser ses regards, il savait qu'il les interceptait cependant qu'ils se consacraient à d'autres ; il se pâmait à la musique de paroles qui ne lui étaient pas destinées. Il ne pouvait vivre que dans sa lumière, mais il était condamné à rester dans le cône opaque d'un autre corps qui en absorbait les rayons.

Un soir il avait surpris son nom en entendant que

quelqu'un l'appelait Lilia ; c'était certainement son nom précieux de précieuse, et il savait bien que ces noms se donnaient par jeu : la marquise soi-même avait été appelée Arthénice, anagrammatisant son vrai nom, Catherine — mais l'on disait que les maîtres de cet *ars combinatoria*, Racan et Malherbe, avaient aussi inventé Eracinthe et Carinthée. Néanmoins il décida que Lilia et nul autre nom pouvait être donné à sa Dame, vraiment liliale dans sa blancheur parfumée.

A partir de ce moment, la Dame fut pour lui Lilia, et en tant que Lilia il lui consacrait des vers amoureux, que sitôt après il détruisait, dans la crainte qu'ils ne fussent un indigne hommage : *O trésdoulce Lilia, / a peine cueillis-je une fleur, que je te perdis ! /Dedaignes-tu un mien revoir ? / Moy je te suis et toy tu fuis, / moy je te parle et toy mot ne dy...* Mais il ne lui parlait pas, si ce n'est du regard, plein de querelleur amour, car plus on aime plus on est enclin à la rancœur, ressentant des frissons de feu froid, agité de chétive santé, l'âme hilare comme une plume de plomb, bouleversé par ces chères suites d'amour sans suite ; et il continuait d'écrire des lettres qu'il envoyait sans signature à la Dame, et des vers à Lilia, qu'il gardait jalousement pardevers lui et relisait chaque jour.

Ecrivant (et n'envoyant pas) *Lilia Lilia, où es-tu ? où te cèles-tu ? / Lilia, splendeur du ciel / tu vins en un esclair / pour blesser, pour t'éclipser*, il multipliait ses présences. La suivant de nuit tandis qu'elle rentrait chez elle avec sa chambrière *(par les plus sombres sylves, / par les plus sombres sentes, / je jouiray si je suis, mesme en vain / du pied charmant la fugitive empreinte...)*, il avait découvert où elle habitait. Il s'apostait près de cette maison à l'heure de la promenade diurne, et il lui emboîtait le pas quand elle sortait. Quelques mois plus tard, il pouvait répéter par cœur le jour et l'heure où elle avait changé de coiffure (tournant en vers ces chers lacs de l'âme, qui erraient sur son front ivoirin tels de lascifs serpenteaux), et il se rappelait ce magique avril où elle avait étrenné une cape couleur genêt, qui lui donnait une allure déliée d'oiseau solaire, cependant qu'elle marchait au premier vent du printemps.

Parfois, après l'avoir suivie tel un espion, il revenait sur ses pas en toute hâte, contournant les maisons, et il ne ralentissait qu'en passant l'angle où, comme par hasard, il la trouverait en face de lui ; alors, il la croisait avec un frémissant salut. Elle lui souriait, discrète, surprise par cette occurrence, et lui prodiguait un signe fugitif, ainsi que l'exigeaient les convenances. Il restait planté au milieu de la rue comme une statue de sel, éclaboussé d'eau sale par les carrosses de passage, abattu par cette bataille d'amour.

Au cours de nombreux mois, Roberto avait réussi à provoquer bien cinq de ces victoires : il se consumait sur chacune comme si c'était la première et la dernière, et il se persuadait que, vu leur grande fréquence, elles ne pouvaient avoir été l'effet du destin, et que peut-être c'était elle, et non pas lui, qui avait instruit le sort.

Roméo de cette fuyante terre sainte, amoureux volage, il voulait être le vent qui lui agitait les cheveux, l'eau du matin qui lui baisait le corps, la robe qui la pressait la nuit, le livre qu'elle pressait le jour, le gant qui lui tiédissait la main, le miroir qui pouvait l'admirer dans toutes les poses... Une fois il sut qu'on lui avait offert un écureuil, et il se rêva petit animal curieux qui, sous ses caresses, glissait son museau innocent entre les seins virginaux, tandis que de la queue il lui flattait la joue.

Il se troublait pour la hardiesse à laquelle son ardeur le poussait, traduisait impudence et remords en vers inquiets, puis il se disait qu'un honnête homme peut être amoureux comme un fou, mais non comme un sot. C'était seulement en donnant preuve d'esprit dans la Chambre Bleue qu'il jouerait son destin d'amant. Novice de ces rites affables, il avait compris que l'on ne conquiert une précieuse qu'avec la parole. Il écoutait alors les discours des salons, où les gentilshommes s'engageaient comme dans un tournoi, mais il ne se sentait pas encore prêt.

Ce fut la familiarité avec les savants du cabinet Dupuy qui lui suggéra comment les principes de la nouvelle science, encore inconnus dans la société, pouvaient se faire similitudes de mouvements du cœur. Et la rencontre avec monsieur d'Igby lui inspira le discours qui devait le conduire à la perdition.

Monsieur d'Igby, ou du moins ainsi l'appelait-on à Paris, était un Anglais qu'il avait d'abord connu chez les Dupuy et ensuite retrouvé un soir dans un salon.

Il ne s'était pas écoulé trois lustres depuis que le duc de Bouquinquant avait montré qu'un Anglais pouvait porter « le roman en teste » et être capable d'aimables folies : on lui avait dit que se trouvait en France une reine belle et altière et à ce rêve il avait voué sa vie, jusqu'à en mourir, passant un long temps sur un navire où il avait dressé un autel à l'aimée. Quand il s'était su que d'Igby, et précisément sur mandat de Bouquinquant, une douzaine d'années auparavant, avait fait la guerre en dératé contre l'Espagne, l'univers des précieuses l'avait trouvé fascinant.

Quant à la société des Dupuy, les Anglais n'y étaient pas populaires : on les identifiait à des personnages tels que Robertus a Fluctibus, Medicinae Doctor, Eques Auratus et Ecuyer d'Oxford, contre qui on avait écrit plus d'un libelle, blâmant son excessive confiance dans les opérations occultes de la nature. Mais on accueillait dans le même milieu un ecclésiastique possédé comme monsieur Gaffarel lequel, quant à croire en des curiosités inouïes, ne le cédait à aucun Britannique, et d'Igby par ailleurs s'était au contraire révélé capable de discuter avec grande doctrine sur la nécessité du Vide — dans un groupe de philosophes naturels qui avaient en horreur qui avait horreur du Vide.

A la rigueur son crédit avait été bien entamé auprès de certaines gentes dames auxquelles il avait recommandé une crème de beauté de son invention, qui avait procuré des cloques à l'une d'elles, et on s'était mis à murmurer que, victime d'une de ses décoctions de vipères, Venetia, son épouse aimée, était carrément morte quelques années plus tôt. Il s'agissait sûrement de médisances d'envieux, heurtés par de certains propos sur ses autres remèdes pour les calculs rénaux, à base de liquide de bouse de vache et de crottes de lièvres égorgés par les chiens. Propos qui ne pouvaient obtenir grande approbation dans ces sociétés où l'on choisissait avec soin, pour les discours des dames, des mots qui ne continssent point de syllabes au son si vaguement soit-il obscène.

D'Igby, un soir, dans un salon, avait cité quelques vers d'un poète de ses terres :

> *Et si nos asmes sont deux*
> *elles le sont comme les jumeaux immobiles du*
> *pied fixe la tienne, qui paroit figez,*   [*compas,*
> *pourtant se meut quand se meut l'aultre.*
> *Et quoiqu'elle reste en son centre,*
> *quand l'aultre se risque plus loing,*
> *elle s'incline et le suit a l'écoute*
> *et se redresse quand l'aultre retourne*
> *a sa demeure.*
> *Telle tu me seras, a moy qui doy*
> *obliquement aller comme l'aultre :*
> *ta fermetez controlle mon cercle*
> *et me rasmene où je suis né.*

Roberto avait écouté en fixant Lilia, qui lui tournait le dos, et décidé qu'il serait pour Elle et pour l'éternité l'autre pied du compas, et qu'il fallait apprendre l'anglais pour lire d'autres choses de ce poète, qui si bien traduisait ses tourments. A cette époque, personne à Paris n'aurait voulu apprendre une langue aussi barbare, mais en reconduisant d'Igby à son auberge Roberto avait compris que lui éprouvait des difficultés à s'exprimer en bon italien, tout en ayant voyagé dans la Péninsule, et il se sentait humilié de ne pas maîtriser suffisamment un idiome indispensable à tout homme éduqué. Ils avaient décidé de se fréquenter et de se pousser mutuellement à la faconde, chacun dans sa propre langue d'origine.

Ainsi était née une solide amitié entre Roberto et cet homme, qui s'était révélé riche de connaissances médicales et naturalistes.

Il avait eu une enfance terrible. Son père avait été impliqué dans la Conjuration des Poudres, et exécuté. Coïncidence peu banale, ou peut-être conséquence justifiée par d'insondables mouvements de l'âme, d'Igby vouerait sa vie à la réflexion sur une autre poudre. Il avait beaucoup voyagé, d'abord pendant huit années en Espagne, puis pendant trois en Italie où, autre coïncidence, il avait connu le précepteur carme de Roberto.

D'Igby était aussi, comme le voulaient ses égarements passés de corsaire, une bonne lame, et, en l'espace de quelques jours, il se divertirait à faire de l'escrime avec Roberto. Ce jour-là s'était joint à eux un mousquetaire qui avait commencé à se mesurer avec un enseigne de la compagnie des cadets ; par jeu, bien sûr, et les escrimeurs faisaient très attention, mais à un moment donné le mousquetaire avait tenté de pousser sa botte avec trop de fougue, contraignant l'adversaire à réagir par un fendant, et il avait été blessé au bras, d'une assez vilaine façon.

Aussitôt d'Igby l'avait bandé avec l'une de ses jarretières, pour tenir closes les veines, mais en l'espace de peu de jours la blessure menaçait de se gangrener, et le chirurgien disait qu'il fallait couper le bras.

C'est à ce moment-là que d'Igby avait offert ses services, en avertissant cependant qu'on pourrait le prendre pour un charlatan, et les priant tous de lui faire confiance. Le mousquetaire, qui désormais ne savait plus à quel saint se vouer, avait répondu par un proverbe espagnol : « Hágase el milagro, y hágalo Mahoma. »

D'Igby lui demanda alors un morceau d'étoffe où il y eût du sang de la blessure, et le mousquetaire lui donna un linge qui l'avait protégé jusqu'au jour d'avant. D'Igby s'était fait porter un bassin d'eau et il y avait versé de la poudre de vitriol, qu'il fit promptement dissoudre. Puis il avait mis le linge dans le bassin. Soudain, le mousquetaire, qui, entre-temps, s'était distrait, avait tressailli et saisi son bras blessé ; et il avait dit que, d'un coup, la brûlure avait cessé, qu'il éprouvait au contraire une sensation de fraîcheur sur la plaie.

« Bien, avait dit d'Igby, vous n'avez plus maintenant qu'à tenir la plaie nette en la lavant chaque jour à l'eau et au sel, en sorte qu'elle puisse recevoir le juste influx. Et j'exposerai ce bassin à la fenêtre pendant le jour et au coin de la cheminée pendant la nuit, de façon à le maintenir toujours à une chaleur modérée. »

Comme Roberto attribuait la soudaine amélioration à quelque autre cause, d'Igby, d'un sourire entendu, avait pris le morceau d'étoffe et l'avait fait sécher devant la cheminée ; dans l'instant le mousquetaire s'était remis à se plaindre, si bien qu'il fut nécessaire de mouiller à nouveau le linge dans la solution.

La blessure du mousquetaire avait guéri en l'espace d'une semaine.

Je crois qu'à une époque où les désinfections étaient sommaires, le seul fait de laver quotidienne-ment la blessure était déjà une cause suffisante de guérison, mais l'on ne peut blâmer Roberto s'il passa les jours suivants à questionner son ami sur cette cure qui lui rappelait d'abord l'exploit du carme, auquel il avait assisté dans son enfance. Sauf que le carme avait appliqué la poudre sur l'arme qui avait provoqué le dommage.

« En effet, avait répondu d'Igby, la, dispute sur l'*unguentum armarium* dure depuis beau temps, et c'est le grand Paracelse qui en avait parlé le premier.

Beaucoup utilisent une pâte grasse, et jugent que son action s'exerce mieux sur l'arme. Mais, comme vous le comprenez, arme qui a frappé ou linge qui a bandé sont une seule et même chose, pour ce que la préparation se doit appliquer où il y a des traces de sang du blessé. Beaucoup, voyant que l'on traite l'arme pour soigner les effets du coup, ont pensé à une opération de magie, quand ma Poudre de Sympathie a ses fondements dans les opérations de la nature !

— Pourquoi Poudre de Sympathie ?

— Là aussi le nom pourrait induire en erreur. Beaucoup ont parlé d'une conformité ou sympathie qui lierait les choses entre elles. Agrippa dit que, pour susciter le pouvoir d'une étoile, il faudra se rapporter aux choses qui lui sont semblables et donc reçoivent son influence. Et il appelle sympathie cette attraction mutuelle des choses entre elles. Comme avec la poix, avec le soufre et avec l'huile on prépare le bois à recevoir la flamme, ainsi en employant des choses conformes à l'opération et à l'étoile, un bénéfice particulier rejaillit sur la matière justement disposée par le truchement de l'âme du monde. Pour influer sur le soleil, l'on devrait donc agir sur l'or, solaire par nature, et sur ces plantes qui se tournent vers le soleil ou qui replient ou ferment leurs feuilles au coucher du soleil pour les rouvrir à son lever, comme le lotus, la pivoine, la chélidoine. Ce ne sont là que sornettes, point ne suffit une analogie de ce genre pour expliquer les opérations de la nature. »

D'Igby avait mis Roberto dans le secret. L'orbe, ou sphère de l'air, est plein de lumière, et la lumière est une substance matérielle et corporelle ; notion que Roberto avait acceptée de bon gré, car dans le cabinet Dupuy il avait entendu que même la lumière n'était rien d'autre que très subtile poussière d'atomes.

« Il est évident, disait d'Igby, que, sortant continuellement du soleil et s'élançant avec une merveilleuse vitesse de tous côtés par lignes droites, où elle rencontre quelques obstacles en son chemin par l'opposition de corps solides et opaques, la lumière se réfléchit *ad angulos aequales*, et reprend un autre cours jusqu'à ce qu'elle ait bricolé vers un autre côté par le choc d'un autre corps solide, et ainsi elle continue tant qu'enfin elle s'éteint. Tout de même qu'au jeu de paume, où la balle poussée contre une des murailles saute de là à l'opposite, et souvent elle fait le circuit complet pour revenir au point d'où elle était partie. Maintenant qu'arrive-t-il quand la lumière tombe sur un corps ? Les rayons y rebondissent, détachant des atomes, des petites particules, tout de même que la balle pourrait emporter avec elle quelque part du plâtre humide qui enduit la muraille. Et pour ce que ces atomes sont composés des quatre Eléments, le chaud de la lumière s'incorpore avec les parties visqueuses et elle les emporte bien loin. Preuve en est que si vous essayez de mettre un linge humide à sécher devant le feu, vous verrez que les rayons que le linge réfléchit emportent avec eux une espèce de brouillas aqueux. Ces atomes errants sont comme des cavaliers montés sur des coursiers ailés qui vont à travers l'espace jusques à ce que le soleil se couchant retire leurs Pégases et les laisse tous sans montures. Et alors ils se reprécipitent en foule vers la terre d'où ils proviennent. Cependant ces phénomènes ne se produisent pas seulement avec la lumière, mais aussi par exemple avec le vent, qui n'est autre chose qu'un grand fleuve de semblables atomes, attirés par des corps solides qui sont sur la terre...

— Et la fumée, suggéra Roberto.

— Certes. A Londres on faisait le feu du charbon de terre qui vient d'Ecosse et qui contient une grande quantité de sel volatil trés-âcre ; ce sel emporté avec la fumée se dissipe dans l'air, gâtant les murs, les lits et les meubles de couleur claire. Quand on tient une chambre close pendant quelques mois, il s'y trouve après une farine noire qui couvre tout, comme on en voit une blanche dans les moulins et aux boutiques des boulangers. Et au printemps toutes les fleurs apparaissent sales et graisseuses.

— Mais comment se peut-il que tant de corpuscules soient répandus dans l'air et que le corps d'où ils viennent n'en souffre aucune diminution ?

— Il y a peut-être diminution, et vous vous en rendez compte quand vous faites évaporer de l'eau, mais pour les corps solides nous ne le remarquons pas, pas plus que nous ne le remarquons avec le musc et autres substances odorantes. Tout corps, pour petit qu'il soit, se peut toujours diviser en nouvelles parties, sans jamais arriver à la fin de sa division. Considérez la subtilité des corpuscules qui se libèrent d'un corps vivant, par le moyen desquels nos chiens d'Angleterre suivront à l'odorat la piste d'un animal. Le renard, à la fin de sa course, nous paraît peut-être plus petit ? Or donc, c'est justement en vertu de tels corpuscules que se vérifient les phénomènes d'attraction que d'aucuns célèbrent comme Action à Distance, qui n'est pas à distance et donc n'est pas magie, mais advient par l'échange continu d'atomes. Et ainsi de l'attraction par succion, telle celle de l'eau ou du vin par le moyen d'un siphon, de l'attraction de l'aimant sur le fer, ou de l'attraction par filtration, comme quand on met une languette de coton dans une terrine remplie d'eau, en laissant pendre par-dessus le bord de la terrine une bonne partie de la languette et on voit l'eau monter par-dessus le bord et dégoutter sur la terre. Et la dernière attraction est celle qui se fait par le feu, lequel attire l'air ambiant avec tous les corpuscules qui y tourbillonnent : le feu agissant selon sa nature emporte avec soi l'air qui lui est adjoint comme l'eau d'une rivière entraîne de la terre de son lit. Car l'air étant humide et le feu sec, ils ne peuvent moins faire que de s'attacher l'un à l'autre. Donc, pour remplir la place de celui qu'a emporté le feu, il faut qu'un nouvel air vienne des lieux circonvoisins, sinon il se créerait du vide.

— Alors vous niez le vide ?

— Nullement. Je dis que, à peine elle en rencontre, la nature cherche à le remplir d'atomes, dans une lutte pour en conquérir chaque région. Et s'il en était autrement, ma Poudre de Sympathie ne pourrait agir, comme au contraire l'expérience vous a montré. Le feu provoque par son action un constant afflux d'air et le divin Hippocrate purifia de la peste une province entière en demandant qu'on allume partout de grands feux. En temps de peste on tue toujours les chats et les pigeons et autres animaux chauds qui font continuellement une grande transpiration d'esprits, afin que l'air prenne la place des esprits libérés au cours de cette évaporation, faisant de sorte que les atomes pestiférés s'attachent aux plumes et au poil de ces animaux, comme le pain tiré du four attire à soi la mousse de la futaille et gâte le vin si on le met sur le bondon. Ainsi qu'il arrive du reste si vous exposez à l'air une livre de sel de tartre dûment calciné et brûlé, qui rendra dix livres de bonne huile de tartre. Le médecin du Pape Urbain VIII m'a raconté l'histoire d'une religieuse romaine qui, par excès de jeûnes et d'oraisons, s'était tellement échauffé le corps que ses os étaient tout desséchés. Cette chaleur interne attirait donc l'air qui se corporifiait dans les os comme il le fait dans le sel de tartre, et il sortait au point où se tient l'égout des sérosités du corps, qui est la vessie, en sorte que la pauvre sainte rendait plus de deux cents livres d'urine en vingt-quatre heures, miracle que tous prenaient comme preuve de sa sainteté.

— Mais si donc tout attire tout, pour quelle raison les éléments et les corps restent-ils séparés et n'a-t-on pas la collision d'une force quelle qu'elle soit avec une autre ?

— Demande aiguë. Mais comme les corps qui ont un même degré de pesanteur s'assemblent plus facilement, et l'huile s'unit plus aisément à l'huile qu'à l'eau, nous devons en conclure que ce qui unit fermement les atomes d'une même nature est leur rareté ou densité, et les philosophes que vous fréquentez pourraient aussi bien vous le dire.

— Ils me l'ont dit, en me le prouvant avec les différentes sortes de sel : que par ailleurs on les broie ou qu'on les coagule, ils reviennent toujours à leur figure naturelle et le sel commun se présente toujours en cubes à faces carrées, le sel nitre en colonnes à six faces et le sel armoniac en hexagones à six pointes, comme la neige.

— Et le sel d'urine se forme en pentagones, d'où monsieur Davidson explique la forme de chacune des quatre-vingts pierres retrouvées dans la vessie de monsieur Pelletier. Mais si les corps de forme analogue se mêlent avec plus d'affinités, à plus forte raison ils s'attireront plus puissamment que les autres. C'est pourquoi si vous vous brûlez une main vous obtiendrez un soulagement de la souffrance en la laissant un peu de temps devant le feu.

— Mon précepteur, une fois qu'un paysan fut mordu d'une vipère, tint sur la blessure la tête de la vipère...

— Certes. Le poison, qui filtrait jusqu'au cœur, revenait à sa principale source, où il y en avait plus grande quantité. Si en temps de peste vous portez dans une boëtte de la poudre de crapauds, ou même un crapaud et une araignée vive, voire de l'arsenic, cette substance vénéneuse attirera à soi l'infection de l'air. Et les oignons secs germent dans le grenier quand ceux du potager commencent à sortir de la terre.

— Et cela explique aussi les envies des enfants : la mère désire fortement une chose et...

— Là-dessus je serais plus prudent. Parfois des phénomènes analogues ont des causes variées et l'homme de science ne doit pas prêter foi à n'importe quelle superstition. Mais venons à ma poudre. Qu'est-il arrivé quand j'ai soumis pour quelques jours à l'action de la Poudre le linge sale du sang de notre ami ? Premièrement, le soleil et la lune ont attiré d'une grande distance les esprits du sang qui se trouvaient sur le linge, grâce à la chaleur du lieu, et les esprits du vitriol incorporé avec le sang n'ont pu manquer d'accomplir le même parcours. D'autre part, la blessure continuait d'exhaler une grande abondance d'esprits chauds et ignés, attirant de ce fait l'air environnant. Cet air attirait d'autre air et cet autre d'autre encore et les esprits du sang et du vitriol, répandus bien loin, à la fin se joignaient avec cet air, qui portait avec soi d'autres atomes du même sang. Or donc, comme les atomes du sang, ceux provenant du linge et ceux provenant de la plaie se rencontraient, chassant l'air tel un inutile compagnon de chemin, et étaient attirés à leur demeure primitive, la blessure, les esprits vitrioliques, s'étant unis à eux, pénétraient dans la chair.

— Mais vous n'auriez pu mettre directement le vitriol sur la plaie ?

— J'aurais pu, en ayant le blessé sous la main. Mais si le blessé était loin ? Ajoutons que si j'avais mis directement le vitriol sur la plaie, sa force corrosive l'aurait irritée davantage, alors que emporté par l'air il donne seulement sa partie douce et balsamique, capable d'étancher le sang, et elle est aussi utilisée dans les collyres pour les yeux », et Roberto avait tendu l'oreille, faisant trésor de ces conseils pour le futur, ce qui explique certainement l'aggravation de son mal.

« D'autre part, avait ajouté d'Igby, il ne faut surtout pas user du vitriol normal comme on en usait un temps, en faisant plus de mal que de bien. Moi je me procure du vitriol de Chypre, et d'abord je le calcine au soleil : la calcination lui ôte l'humidité superflue, comme qui ferait cuire un bouillon clair jusqu'à ce qu'il devienne mitonné ; et ensuite la calcination rend les esprits de cette substance disposés à être emportés dans l'air. Enfin, j'y ajoute de la gomme adragante qui cicatrise plus rapidement la blessure. »

Je me suis attardé sur ce que Roberto avait appris de d'Igby car cette découverte devait marquer son destin.

Il faut pourtant dire, à la honte de notre ami, et il

le confesse dans ses lettres, qu'il ne fut pas captivé par une telle révélation pour des considérations de science naturelle, mais toujours et encore par amour. En d'autres termes, cette description d'un univers rempli d'esprits qui s'unissaient selon leur affinité lui sembla une allégorie de qui s'énamoure, et il se mit à fréquenter des cabinets de lecture, cherchant tout ce qu'il pouvait trouver sur l'onguent armaire, littérature qui, à cette époque, était déjà foisonnante et le serait encore davantage au cours des années suivantes. Conseillé par monseigneur Gaffarel (à mi-voix, afin que n'entendissent pas les autres habitués des Dupuy, qui croyaient peu en ces choses) il lisait l'*Ars Magnesia* de Kircher, le *Tractatus de magnetica vulnerum curatione* de Goclenius, Fracastor, le *Discursus de unguento armario* de Fludd, et l'*Hopolochrisma spongus* de Foster. Il se faisait savant pour traduire sa science en poésie et pouvoir un jour briller d'éloquence, messager de la sympathie universelle, là où il était continuellement humilié par l'éloquence des autres.

Durant de nombreux mois — tel a dû être le long temps de sa recherche obstinée, alors qu'il n'avançait pas d'un millimètre sur le chemin de sa conquête — Roberto avait pratiqué une sorte de principe de la double, et même de la multiple vérité, idée qu'à Paris beaucoup tenaient pour téméraire et prudente à la fois. Il discutait le jour sur la possible éternité de la matière, et la nuit il s'usait les yeux sur des petits traités qui lui promettaient — fût-ce en termes de philosophie naturelle — d'occultes miracles.

Dans les grandes entreprises, on doit chercher non tant de créer les occasions que de profiter de celles qui se présentent. Un soir, chez Arthénice, après une dissertation animée sur *l'Astrée*, l'Hôtesse avait incité l'assistance à considérer ce que l'amour et l'amitié avaient en commun. Roberto avait alors pris la parole, observant que le principe de l'amour, soit entre amis soit entre amants, n'était pas différent de celui par lequel agissait la Poudre de Sympathie. Au premier signe d'intérêt, il avait répété les récits de d'Igby, n'excluant que l'histoire de la sainte urinante, ensuite il s'était mis à disserter sur le thème, oubliant l'amitié et parlant seulement d'amour.

« L'amour obéit aux mêmes lois que le vent, et les vents se ressentent toujours des lieux d'où ils proviennent : s'ils proviennent de potagers et de jardins, ils peuvent répandre un parfum de jasmin, ou de menthe, ou de romarin, et ainsi ils donnent aux mariniers le désir de toucher la terre qui leur envoie tant de promesses. Non dissemblablement les esprits amoureux enivrent les narines du cœur énamouré (et pardonnons à Roberto ce fort malheureux trope). Le cœur aimé est un luth qui accorde en consonance les cordes d'un autre luth, de même que le son des cloches agit sur la superficie des cours d'eau, principalement la nuit quand, en l'absence d'autre rumeur, il se fait dans l'eau le même mouvement qui s'était fait dans l'air. Il arrive au cœur aimant ce qui arrive au tartre, qui parfois parfume d'eau de rose, quand on l'a laissé à dissoudre dans l'obscurité d'une cave en la saison des roses et que l'air, plein des atomes de rose, se changeant en eau par l'attraction du sel de tartre, parfume le tartre. Et n'y peut mais la cruauté de l'aimée. Une futaille de vin, en la saison que les vignes sont en fleur, fait une fermentation et pousse à la superficie sa fleur blanche qui reste jusqu'à ce que soient tombées les fleurs des vignes. Mais le cœur aimant, plus opiniâtre que le vin, quand il fleurit au fleurir du cœur aimé, cultive son germe même lorsque la source s'est tarie. »

Il lui sembla surprendre un regard attendri de Lilia, et il poursuivit : « Aimer est comme faire un Bain de Lune. Les rayons qui viennent de la lune sont ceux du soleil, réfléchis jusqu'à nous. Si l'on concentre les rayons du soleil avec un miroir, on en renforce la puissance caléfactive. En concentrant les rayons de la lune dans un bassin d'argent, vous verrez que son fond concave en réfléchit les rayons réfléchissants à cause de la rosée qu'ils contiennent. Il semble insensé de se laver les mains dans un bassin vide : néanmoins on se retrouve avec les mains tout humides, et c'est un remède infaillible pour faire tomber les porreaux.

— Monsieur de la Grive, avait dit quelqu'un, mais l'amour n'est pas un remède contre les porreaux !

— Oh, non, du tout, s'était repris Roberto, intarissable désormais, j'ai donné des exemples qui viennent des choses les plus viles pour vous rappeler comment l'amour aussi dépend d'une seule poussière de corpuscules. Ce qui est une façon de dire que l'amour relève des mêmes lois qui gouvernent aussi bien les corps sublunaires que les corps célestes, sauf que de ces lois il est la plus noble des manifestations. L'amour naît de la vue, et c'est à première vue qu'il s'embrase : et qu'est-ce d'autre que la vue sinon l'accès d'une lumière réverbérée du corps que l'on regarde ? En le voyant, mon corps est pénétré par la meilleure partie du corps aimé, la plus aérienne, qui par le canal des yeux gagne aussitôt le cœur. Et donc aimer à première vue, c'est boire les esprits du cœur de l'aimée. Le grand Architecte de la nature, quand il a composé notre corps, y a mis des esprits internes en guise de sentinelles pour rapporter leurs découvertes à leur général, c'est-à-dire l'imagination, qui est comme la maîtresse de la famille du corps. Et si elle est frappée de quelque objet, il arrive ce qui se fait quand on entend jouer des violes et que nous emportons leur mélodie en la mémoire et l'entendons jusque dans le sommeil. Notre imagination en bâtit un simulacre qui ravit l'amant, à moins qu'il ne le déchire pour n'être précisément que simulacre. De là vient que quand un homme est surpris par la vue de la personne aimable, il change de couleur, rougit et pâlit, selon que ces ministres qui sont les esprits internes vont vite ou lentement vers l'objet puis s'en retournent vers l'imagination. Cependant ces esprits ne vont pas seulement au cerveau, mais directement au cœur par le grand passage qui entraîne du cœur au cerveau les esprits vitaux pour être faits esprits animaux ; et toujours par ce passage l'imagination envoie au cœur une partie des atomes qu'elle a reçus de quelque objet externe, et ce sont ces atomes qui produisent cette ébullition des esprits vitaux, lesquels tantôt dilatent le cœur, tantôt le portent à la syncope.

— Vous nous dites, monsieur, que l'amour procède comme un mouvement physique, pas différemment de la façon dont fleurit le vin ; mais point ne nous dites pourquoi donc l'amour, à la différence d'autres phénomènes de la matière, est vertu élective, qui choisit. Pour quelle raison l'amour nous fait donc esclave de l'une et pas de l'autre créature ?

— C'est justement pour cela que j'ai reconduit les vertus de l'amour au principe même de la Poudre de Sympathie, c'est-à-dire que des atomes égaux et de pareille forme attirent des atomes égaux ! Si je mouillais avec cette poudre l'arme qui a blessé Pylade, je ne guérirais pas la blessure d'Oreste. Donc l'amour unit seulement deux êtres qui en quelque manière avaient déjà la même nature, un esprit noble à un esprit aussi noble et un esprit vulgaire à un esprit aussi vulgaire — puisqu'il arrive qu'aiment aussi les manants, comme les pastourelles, et l'admirable histoire de monsieur d'Urfé nous l'apprend. L'amour révèle un accord entre deux créatures, qui était déjà dessiné depuis le commencement des temps, de même que le Destin avait depuis toujours décidé que Pyrame et Thisbé seraient unis en un unique mûrier.

— Et l'amour malheureux ?

— Je ne crois pas qu'il existe vraiment un amour malheureux. Il n'y a que des amours qui n'ont pas encore atteint leur parfaite maturité, où pour quelque raison l'aimée n'a pas recueilli le message qui lui vient des yeux de l'amant. Cependant l'amant sait à tel point quelle ressemblance de nature lui a été révélée que, par la force de cette foi, il sait attendre, fût-ce toute la vie. Il sait que la révélation pour l'un et l'autre, et leur réunion, pourra se réaliser même après la mort, quand, une fois évaporés les atomes de chacun des deux corps qui se défont dans la terre, ils se rejoindront dans quelque ciel. Et peut-être, comme un blessé, même sans savoir que quelqu'un répand la Poudre sur l'arme qui l'a frappé, jouit d'une nouvelle santé, Dieu sait combien de cœurs aimants or jouissent d'un soulas soudain de l'esprit, sans savoir que leur bonheur est œuvre du cœur aimé, devenu amant à son tour, lequel a donné l'élan à la réunion des atomes jumeaux. »

Je dois dire que toute cette complexe allégorie tenait jusqu'à un certain point, et sans doute la Machine Aristotélienne du père Emanuele en eût montré l'instabilité. Mais ce soir-là tous restèrent convaincus de cette parenté entre la Poudre, qui guérit d'un mal, et l'amour, qui outre guérir fait plus souvent mal.

Ce fut pour cela que l'histoire de ces propos sur la Poudre de Sympathie et sur la Sympathie d'Amour firent durant quelques mois et peut-être davantage le tour de Paris, avec les résultats que nous dirons.

Et ce fut pour cela que Lilia, au terme du discours, sourit encore à Roberto. C'était un sourire complimenteur, au plus admiratif, mais rien n'est plus naturel que de croire être aimé. Roberto entendit ce sourire comme un acquiescement pour toutes les lettres qu'il avait envoyées. Trop habitué aux tourments de l'absence, il abandonna la séance, satisfait de cette victoire. Mal lui en prit, et nous en verrons par la suite la raison. Dès lors, il osa certes adresser la parole à Lilia, mais toujours il en eut en réponse des comportements opposés. Parfois elle susurrait : « juste comme l'on disait voilà quelques jours ». Parfois au contraire elle murmurait : « cependant vous aviez dit une chose fort différente ». Parfois encore elle promettait, tout en s'éclipsant : « mais nous en reparlerons, ayez de la constance. »

Roberto ne comprenait pas si, par inattention, elle

lui attribuait tour à tour les dits et les faits d'un autre, ou bien le provoquait avec coquetterie.

Ce qui devait lui arriver le pousserait à composer ces rares épisodes d'une histoire combien plus inquiétante.

17

La tant Désirée Science des Longitudes

C'était — enfin une date à quoi nous accrocher — le soir du 2 décembre de l'année 1642. Ils sortaient d'un théâtre où Roberto avait paru au milieu du public en grande tenue de soupirant. Lilia lui avait furtivement serré la main en susurrant : « Monsieur de la Grive, vous êtes donc devenu timide. Vous ne l'étiez pas l'autre soir. Et alors, demain de nouveau, sur la même scène. »

Il s'était retiré, troublé à la folie, invité à pareille entrevue dans un lieu qu'il ne pouvait pas connaître, sollicité de répéter ce qu'il n'avait jamais osé. Et pourtant, ce ne pouvait être une méprise, car elle l'avait appelé par son nom.

Oh, écrit-il s'être dit, aujourd'hui les ruisseaux remontent à leur source, de blancs destriers escaladent les tours de Notre-Dame de Paris, un feu sourit ardent dans la glace, puisqu'il est même advenu qu'Elle m'ait invité. Ou bien non, aujourd'hui le sang coule de la roche, une couleuvre s'accouple avec une ourse, le soleil est devenu noir car mon aimée m'a offert une coupe à laquelle je ne pourrai jamais boire, ne sachant où se trouve le festin...

A un pas du bonheur, il courait désespéré chez lui, le seul lieu où il était sûr qu'elle n'était pas.

On peut interpréter en un sens beaucoup moins

177

mystérieux les paroles de Lilia : elle lui rappelait simplement sa lointaine allocution sur la Poudre de Sympathie, l'incitait à en dire plus, dans ce même salon d'Arthénice où il avait déjà parlé. Depuis lors, elle l'avait vu silencieux et adorant, et cela ne répondait pas aux règles du jeu, très réglé, de la séduction. Elle le rappelait, dirions-nous aujourd'hui, à son devoir mondain. Allons, lui disait-elle, ce soir-là vous n'avez pas été timide, montez encore sur les mêmes planches, moi je vous attends au passage. Et nous ne saurions attendre un autre défi de la part d'une précieuse.

En revanche, Roberto avait compris : « Vous êtes timide, et pourtant, il y a quelques soirs de cela, vous ne l'avez pas été, et vous m'avez... (je pense que la jalousie empêcha et à la fois encouragea Roberto à imaginer la suite de cette phrase)... Donc, demain, encore, sur la même scène, dans le même lieu secret. »

Il est normal que — son imagination ayant pris le sentier le plus épineux — il eût tout de suite pensé à une confusion de personne, à quelqu'un qui s'était fait passer pour lui, et en sa qualité avait eu de Lilia ce que lui aurait troqué contre sa vie. Réapparaissait donc Ferrante et tous les fils de son passé se renouaient. Alter ego pervers, Ferrante s'était aussi introduit dans cette histoire, jouant sur ses absences, ses retards, ses départs avancés, et au bon moment il avait cueilli le prix du discours de Roberto sur la Poudre de Sympathie.

Et, tandis qu'il s'angoissait, il avait entendu frapper à la porte. Espoir, rêve d'hommes éveillés ! Il s'était précipité pour ouvrir, persuadé de la voir, elle, sur le seuil : c'était en revanche un officier des gardes du Cardinal accompagné de deux hommes.

« Monsieur de la Grive, je pense », avait-il dit. Et puis, se présentant comme le capitaine de Bar : « Je regrette, mais je dois le faire : monsieur, vous êtes en état d'arrestation, et je vous prie de me remettre votre épée. Si vous me suivez avec les bonnes manières, nous monterons comme deux bons amis dans la voiture qui nous attend, et vous n'aurez point raison de honte. » Il avait laissé comprendre qu'il ne connaissait pas les motifs de l'arrestation, et souhaité qu'il s'agît d'un malentendu. Formulant le même vœu, Roberto l'avait suivi, muet, et à la fin du trajet, après un passage, avec mille excuses, entre les mains d'un gardien somnolent, il s'était retrouvé dans un cachot de la Bastille.

Il y était resté deux nuits glaciales, avec la seule et rare visite de rats (sage préparation au voyage sur l'*Amaryllis*) et d'un argousin qui, à chaque question, répondait que dans ces lieux étaient passés tant d'hôtes illustres qu'il avait cessé de se demander pourquoi ils y arrivaient ; et si un grand seigneur comme Bassompierre y était depuis sept ans, Roberto était mal venu de commencer à se plaindre au bout de quelques heures.

Lui ayant laissé ces deux jours pour déguster le pire, le troisième soir de Bar était revenu, lui avait donné de quoi se laver, et lui avait annoncé qu'il devait comparaître par-devant le Cardinal. Roberto comprit du moins qu'il était un prisonnier d'Etat.

A leur arrivée au palais, le soir avançait et déjà, d'après le mouvement au portail, on devinait que c'était un soir d'exception. Les escaliers se trouvaient envahis de gens de toutes conditions qui se précipitaient dans des directions opposées ; dans une antichambre, des gentilhommes et des hommes d'Eglise entraient hors d'haleine, se purgeaient avec éducation contre les murs peints à fresque, prenaient un air dolent et pénétraient dans une salle, d'où sortaient des domestiques appelant à haute voix des serviteurs introuvables et faisant signe à tous de garder le silence.

Roberto fut aussi introduit dans cette salle : il vit seulement des personnes de dos, qui se présentaient à la porte d'une autre chambre, sur la pointe des pieds, sans nul bruit, comme pour y observer un triste spectacle. De Bar regarda autour de lui, semblant chercher quelqu'un, enfin il fit signe à Roberto de rester dans un coin, et il s'éloigna.

Un autre garde, qui essayait de faire sortir bon nombre des présents avec des égards différents selon le rang, voyant Roberto pas rasé, l'habit mis à mal par la détention, lui avait rudement demandé ce qu'il faisait ici. Roberto avait répondu qu'il était attendu par le Cardinal et le garde avait répondu que pour le malheur de tous c'était le Cardinal qui se trouvait dans l'attente de Quelqu'un de bien plus important.

Quoi qu'il en soit, il l'avait laissé où il était et, petit à petit, puisque de Bar (désormais le seul visage ami qui lui fût resté) ne revenait pas, Roberto se porta derrière le rassemblement et, jouant de patience ou des coudes, il atteignit le seuil de la dernière chambre.

Là-bas, dans un lit, appuyé à une avalanche d'oreillers, il avait vu et reconnu l'ombre de celui que toute la France craignait et que fort peu aimaient. Le grand Cardinal était encerclé de médecins en robes sombres qui, plus qu'à lui, paraissaient s'intéresser à leur débat, un clerc lui essuyait les lèvres où de fluets accès de toux formaient une écume rougeâtre, sous les couvertures se devinait l'éprouvante respiration d'un corps désormais consumé, une main dépassait d'une chemise, serrant un crucifix. Le clerc tout à trac éclata en un sanglot. Richelieu péniblement tourna le chef, s'essaya de sourire et murmura : « Vous croyiez donc que je fusse immortel ? »

Tandis que Roberto se demandait qui pouvait l'avoir convoqué au chevet d'un mourant, il se fit un grand remue-ménage derrière lui. Certains murmuraient le nom du curé de Saint-Eustache ; alors que tous faisaient la haie, entra un prêtre et sa suite, qui portait les saintes huiles.

Roberto se sentit toucher à l'épaule, c'était de Bar : « Allons, lui avait-il dit, le Cardinal vous attend. » Sans comprendre, Roberto l'avait suivi le long d'un couloir. De Bar l'avait introduit dans une salle, lui faisant signe d'attendre encore, puis il s'était retiré.

La salle était vaste, avec un grand globe terraqué en son milieu et une horloge sur un petit meuble dans un coin, contre une tenture rouge. A gauche de la tenture, dominé par un grand portrait en pied de Richelieu, Roberto avait enfin aperçu une personne de dos, en habits cardinalices, debout, occupé à écrire sur un lutrin. Le prélat s'était à peine tourné de biais, lui faisant signe d'approcher, mais comme Roberto s'approchait, il s'était courbé sur son plan d'écriture, plaçant sa main gauche en paravent le long des bords de la feuille, même si, à la distance respectueuse où il se tenait encore, Roberto n'eût rien pu lire.

Puis le personnage se retourna, dans un drapé de pourpres, et il resta quelques secondes droit, comme pour reproduire la pose du grand portrait qu'il avait dans son dos, la dextre appuyée au pupitre, la sénestre à la hauteur de la poitrine, mignardement paume en l'air. Ensuite, il s'assit sur une chaise à haut dossier, à côté de l'horloge, se caressa avec coquetterie les moustaches et la barbiche, s'enquit : « Monsieur de la Grive ? »

Monsieur de la Grive avait été convaincu jusqu'alors d'imaginer dans un cauchemar ce même Cardinal qui s'éteignait une dizaine de mètres plus loin, mais à présent il le voyait rajeuni, les traits moins émaciés, comme si, sur le pâle visage aristocratique du portrait, quelqu'un avait ombré la carnation et redessiné la lèvre avec des lignes plus marquées et sinueuses ; puis cette voix à l'accent étranger avait réveillé en lui le vieux souvenir du capitaine qui, douze ans auparavant, galopait au milieu des troupes antagonistes à Casal.

Roberto se trouvait en face du cardinal Mazarin, et il comprenait que lentement, au cours de l'agonie de son protecteur, l'homme était en train d'assumer ses fonctions, et déjà l'officier avait dit « le Cardinal », comme s'il n'en existait plus d'autre.

Il s'apprêta à répondre à la première question, mais il devait se rendre compte sans tarder que le cardinal faisait mine d'interroger mais qu'en réalité il affirmait, admettant que dans tous les cas son interlocuteur ne pouvait qu'acquiescer.

« Roberto de la Grive, confirma de fait le cardinal, des seigneurs Pozzo di San Patrizio. Nous connaissons le château, comme nous connaissons bien le Montferrat. Si fertile qu'il pourrait être France. Votre père, dans les jours de Casal, combattit avec honneur et il nous fut plus loyal que vos autres compatriotes. » Il disait *nous* comme si à cette époque-là il était déjà une créature du Roi de France. « Vous aussi en cette occasion vous comportâtes bravement, nous fut-il rapporté. Ne croyez-vous pas que d'autant plus, et paternellement, nous devions regretter que, hôte de ce royaume, de l'hôte vous n'ayez observé les devoirs ? Ne saviez-vous pas que dans ce royaume les lois s'appliquent également aux sujets et aux hôtes ? Bien sûr, bien sûr nous n'oublierons pas qu'un gentilhomme est toujours un gentilhomme, quelque crime qu'il ait commis : vous jouirez des mêmes faveurs accordées à Cinq-Mars, dont vous ne paraissez pas exécrer la mémoire autant qu'il se devrait. Vous mourrez vous aussi par la hache et non par la corde. »

Roberto ne pouvait ignorer un événement dont parlait la France entière. Le marquis de Cinq-Mars avait cherché à convaincre le roi de congédier Richelieu, et Richelieu avait convaincu le roi que Cinq-Mars conspirait contre le royaume. A Lyon le condamné avait cherché de se comporter avec une dédaigneuse dignité face au bourreau, mais ce dernier avait fait carnage de son cou de façon si indigne que la foule indignée avait fait carnage de lui.

Comme Roberto épouvanté avait l'air de vouloir parler, le cardinal le prévint d'un geste de la main : « Allons, San Patrizio » dit-il, et Roberto inféra qu'il usait de ce nom pour lui rappeler qu'il était étranger ; d'autre part il lui parlait en français, alors qu'il aurait pu lui parler en italien. « Vous avez cédé aux vices de cette ville et de ce pays. Comme a coutume de dire Son Eminence le Cardinal, la légèreté ordinaire des Français leur fait désirer le changement à cause de l'ennui qu'ils éprouvent pour les choses présentes. Certains de ces gentilshommes légers, que le Roi a pris soin d'alléger aussi de leur tête, vous ont séduit avec leurs desseins de subversion. Votre cas est tel qu'il n'embarrassera aucun tribunal. Les Etats, dont la conservation doit nous être extrêmement chère, subiraient bientôt la ruine si en matière de crimes qui tendent à leur renversement on demandait des preuves aussi claires que celles demandées dans les cas communs. Voici deux soirs de cela, on vous a vu vous entretenir avec des amis de Cinq-Mars, qui ont formulé une fois de plus des propos de haute trahison. Qui vous a vu parmi eux est digne de foi : nous lui avions donné mandat de s'infiltrer. Et cela suffit. Allons, prévint-il ennuyé, nous ne vous avons pas fait venir ici pour entendre des protestations d'innocence, calmez-vous donc et écoutez. »

Roberto ne se calma pas, mais tira quelques conclusions : au moment même où Lilia lui touchait la main, on le voyait ailleurs en train de conspirer contre l'Etat. Mazarin en était si convaincu que l'idée devenait un fait. On murmurait partout que l'ire de Richelieu n'était pas encore apaisée, et beaucoup tremblaient d'être choisis comme nouvel exemple. De quelque façon qu'on l'eût désigné, Roberto était en tout cas perdu.

Roberto aurait pu réfléchir sur le fait que souvent, et non seulement l'avant-veille au soir, il s'était entretenu dans quelque conversation au sortir du salon de Rambouillet ; qu'il n'était pas impossible que, parmi ces interlocuteurs, il y eût eu quelque intime de Cinq-Mars ; que si Mazarin, pour une raison à lui, voulait le perdre, il lui eût suffi d'interpréter de manière malveillante n'importe quelle phrase rapportée par un espion... Mais naturellement les réflexions de Roberto étaient tout autres et elles confirmaient ses craintes : quelqu'un avait pris part à une réunion séditieuse en se targuant et de son visage et de son nom.

Raison de plus pour ne point tenter de défense. Seul lui demeurait inexplicable le motif pour quoi — s'il était désormais condamné — le cardinal se dérangeait afin de l'informer de son sort. Il n'était le destinataire d'aucun message, mais bien l'énigme, la devinette même que d'autres, encore incertains sur la détermination du roi, devraient déchiffrer. Il attendit en silence une explication.

« Voyez-vous, San Patrizio, si nous n'avions pas été exhaussé à la dignité ecclésiastique dont le pontife, et le désir du Roi, nous ont honoré voilà un an, nous dirions que la Providence a guidé votre imprudence. Depuis longtemps on vous observait, et nous nous demandions comment nous pourrions obtenir un service de vous, qui n'aviez nul devoir de le prêter. Nous avons saisi votre faux pas d'il y a trois soirs comme un don singulier du Ciel. A présent vous pourrez nous être débiteur, et notre position change, pour ne rien dire de la vôtre.

— Débiteur ?

— De la vie. Il n'est naturellement pas en notre pouvoir de pardonner, mais intercéder est de notre faculté. Disons que vous pourriez vous soustraire aux rigueurs de la loi par la fuite. Un an passé, ou même davantage, la mémoire du témoin se sera certainement brouillée, et celui-ci pourra jurer sans tache pour son honneur que l'homme d'il y a trois soirs, ce n'était pas vous ; et il se pourrait apurer qu'à cette heure-là vous jouiez ailleurs au tric-trac avec le capitaine de Bar. Alors — nous ne décidons pas, attention, nous présumons, et il pourrait arriver le contraire, mais nous espérons bien voir juste — il vous sera rendu pleine justice et une liberté sans conditions. Asseyez-vous, je vous prie, dit-il. Je dois vous proposer une mission. »

Roberto s'assit : « Une mission ?

— Et délicate. Au cours de laquelle, je ne vous le

cache pas, vous aurez plus d'une occasion de perdre la vie. Mais c'est un marché : on vous soustrait à la certitude du bourreau, et on vous laisse de nombreuses opportunités de revenir sain et sauf, si vous êtes avisé. Une année d'adversités, disons, en échange d'une vie entière.

— Eminence, dit Roberto qui voyait au moins se dissiper l'image du bourreau, d'après ce que je comprends il est inutile que je jure, sur mon honneur ou sur la Croix, que...

— Nous manquerions de chrétienne pitié si nous excluions en absolu que vous soyez innocent et nous victime d'une équivoque. Mais l'équivoque serait en tel accord avec nos projets que nous ne verrions aucune raison de la démasquer. Par ailleurs, vous ne voudrez pas insinuer que nous vous proposons un troc malhonnête : ou innocent sous la hache ou, à notre service, accusé qui a avoué, et mensongèrement...

— Loin de moi cette intention irrespectueuse, Eminence.

— Et donc. Nous vous offrons quelques risques possibles, mais une gloire certaine. Et nous vous dirons comment il se fait que nous ayons posé les yeux sur vous, sans que d'abord nous fût connue votre présence à Paris. La ville, voyez-vous, parle beaucoup de ce qui se passe dans les salons, et tout Paris a brui voilà quelque temps d'une soirée au cours de laquelle vous avez brillé aux yeux de nombreuses dames. Tout Paris, ne rougissez pas. Nous faisons allusion au soir où vous avez exposé avec brio les vertus d'une prétendue Poudre de Sympathie, et en sorte que (ainsi s'exprime-t-on dans ces lieux, n'est-ce pas ?) à ce sujet les ironies conférassent du sel, les paronomases de la grâce, les sentences solennité, les hyperboles richesse, les comparaisons perspicacité...

— Oh Eminence, je rapportais des choses apprises...

— J'admire la modestie, mais il semble que vous y ayez révélé une bonne connaissance de certains secrets naturels. Or donc, me sert un homme de pareil savoir, qui ne soit français et qui, sans compromettre la couronne, se puisse insinuer sur un navire en partance d'Amsterdam dans le but de découvrir un nouveau secret, lequel n'est pas sans rapport avec l'usage de cette poudre. »

Il prévint encore une objection de Roberto : « N'ayez crainte, nous avons besoin que vous sachiez bien ce que nous cherchons, afin que vous puissiez interpréter fût-ce les signes les plus incertains. Nous vous voulons tout à fait docte sur le sujet, puisque nous vous voyons maintenant si bien disposé à nous satisfaire. Vous aurez un maître de talent, et ne vous laissez pas tromper par son jeune âge. » Il allongea une main et secoua une corde. On n'entendit aucun son mais le geste devait avoir fait résonner ailleurs une clochette ou un autre signal — c'est ce qu'en déduisit Roberto, à une époque où les grands seigneurs cacardaient pour appeler leurs serviteurs à plein gosier.

De fait, peu après entra avec déférence un jeune homme qui paraissait n'avoir pas beaucoup plus de vingt ans.

« Bienvenue, Colbert, voici la personne dont nous vous entretenions aujourd'hui », lui dit Mazarin, et puis à Roberto : « Colbert, qui s'initie de manière prometteuse aux secrets de l'administration de l'Etat, envisage depuis longtemps un problème qui tient fort à cœur au Cardinal de Richelieu, et par conséquent à moi. Sans doute saurez-vous, San Patrizio, qu'avant que le Cardinal prît le gouvernail de ce grand vaisseau dont Louis XIII est le capitaine, la marine française était nulle en regard de celle de nos ennemis, en temps de guerre comme en temps de paix. A présent, nous pouvons tirer gloire de nos chantiers, et de la flotte du Levant et de celle du Ponant, et vous vous rappellerez avec quel succès, pas plus de six mois en arrière, le marquis de Brézé a pu déployer devant Barcelone quarante-quatre vaisseaux, quatorze galères, et je ne me souviens plus du nombre des autres navires. Nous avons renforcé nos conquêtes dans la Nouvelle France. Nous nous sommes assuré la domination de la Martinique et de la Guadeloupe, et de tant de ces Iles du Pérou, comme aime à dire le Cardinal. Nous avons commencé à constituer des compagnies commerciales, même si ce n'est pas encore le plein succès mais, malheureusement, dans les Provinces-Unies, en Angleterre, au Portugal et en Espagne, il n'est famille noble qui ne voie l'un des siens faire fortune sur les mers ; ainsi n'en va-t-il pas de la France, hélas. Preuve en est que nous en savons peut-être suffisamment sur le Nouveau Monde, mais peu sur le Tout Nouveau. Montrez, Colbert, à notre ami comme apparaît encore vide de terres l'autre côté de ce globe. »

Le jeune homme fit tourner le globe et Mazarin sourit avec mélancolie : « Hélas, cette étendue d'eaux n'est pas vide par le fait d'une marâtre nature ; elle est vide parce que nous savons trop peu de sa générosité. Et pourtant, après la découverte d'une route occidentale pour les Moluques, est en jeu précisément cette vaste zone inexplorée qui s'étend entre les côtes ouest du continent américain et les derniers contreforts de l'Asie. Je parle de l'océan dit Pacifique, comme voulurent l'appeler les Portugais, sur lequel s'étend certainement la Terra Incognita Australe dont on connaît peu d'îles et peu d'incertaines côtes, mais assez pour la savoir nourrice de fabuleuses richesses. Et sur ces eaux-là courent maintenant et depuis longtemps trop d'aventuriers qui ne parlent pas notre langue. Notre ami Colbert, avec ce que je ne considère pas seulement juvénile lubie, caresse l'idée d'une présence française dans ces mers. D'autant plus que nous présumons que le premier à poser le pied sur une Terre Australe a été un Français, monsieur de Gonneville, et seize ans avant l'exploit de Magellan. Cependant ce valeureux gentilhomme, ou ecclésiastique peut-être, a négligé d'enregistrer sur les cartes le lieu où il a abordé. Pouvons-nous penser qu'un Français brave fût aussi inconsidéré ? Certes pas, c'est qu'à cette époque lointaine il ne savait comment résoudre entièrement un problème. Mais ce problème, et vous serez étonné de savoir quel, reste un mystère pour nous aussi. »

Il fit une pause et Roberto comprit que, puisqu'aussi bien le cardinal que Colbert connaissaient, sinon la solution, au moins le nom du mystère, la pause était seulement en son honneur. Roberto crut bon de jouer le rôle du spectateur fasciné, et il demanda : « Et quel est le mystère, de grâce ? »

Mazarin regarda Colbert d'un air entendu et dit : « C'est le mystère des longitudes. » Colbert acquiesça avec gravité.

« Pour la solution de ce problème du *Punto Fijo*, poursuivit le cardinal, déjà soixante-dix années en arrière Philippe II d'Espagne offrait une fortune, et plus tard Philippe III promettait six mille ducats de rente perpétuelle et deux mille de viager, et les Etats Généraux de Hollande trente mille florins. Nous non plus n'avons pas lésiné sur des aides en argent à de bons astronomes... A propos, Colbert, ce docteur Morin, il y a huit ans que nous le laissons dans l'attente...

— Eminence, vous-même vous dites convaincu que cette histoire de la parallaxe lunaire est une chimère...

— Oui, mais pour soutenir sa très douteuse hypothèse, il a efficacement étudié et critiqué les autres. Faisons-le participer à ce nouveau projet, il pourrait donner des lumières à monsieur de San Patrizio. Qu'on lui offre une pension, il n'est rien comme l'argent qui stimule les bonnes inclinations. Si son idée contenait un grain de vérité, nous aurons l'occasion de nous en mieux assurer et dans le même temps nous éviterons que, se sentant délaissé dans sa patrie, il ne cède aux sollicitations des Hollandais. Il nous semble que ce sont précisément les Hollandais qui, voyant les Espagnols balancer, ont commencé à traiter avec ce Galilée, et nous ferions bien de ne pas rester en dehors de l'affaire...

— Eminence, dit Colbert hésitant, il vous plaira de vous rappeler que Galilée est mort au début de cette année...

— Vraiment ? Prions Dieu pour qu'il soit heureux, plus qu'il ne lui est arrivé dans la vie.

— Et de toute façon sa solution aussi parut longtemps définitive, mais elle ne l'est pas...

— Vous nous avez heureusement précédé, Colbert. Mais supposons que la solution de Morin non plus ne vaille pas un liard. Eh bien, soutenons-le quand même, faisons en sorte que se rallume la discussion autour de ses idées, stimulons la curiosité des Hollandais : faisons en sorte qu'il se laisse tenter, et nous aurons mis pour quelque temps les adversaires sur une fausse piste. Ce sera de l'argent bien dépensé en tout cas. Baste pour cela, on en a assez dit. Poursuivez, je vous prie, cependant que San Patrizio apprend, nous apprendrons nous aussi.

— Votre Eminence m'a appris tout ce que je sais, dit Colbert en rougissant, mais sa bonté m'encourage à commencer. » Ce disant, il devait maintenant se sentir en territoire ami : il leva la tête, qu'il avait toujours tenue penchée, et s'approcha d'un air dégagé du globe. « Messieurs, dans l'océan — où même si l'on rencontre une terre on ne sait pas de quelle terre il s'agit, et si l'on va vers une terre connue on doit aller des jours et des jours au milieu de l'étendue des eaux — le navigateur n'a d'autres points de repère que les astres. Avec des instruments qui déjà rendirent illustres les anciens astronomes, d'un astre on fixe la hauteur sur l'horizon, on en déduit la distance du Zénith et, en connaissant sa déclinaison, étant donné que distance zénithale plus ou moins déclinaison fournissent la latitude, l'on sait instantanément sur quel parallèle il se trouve, autrement dit à combien du nord ou du sud d'un point connu. Cela me semble clair.

— A la portée d'un enfançon, dit Mazarin.

— On devrait penser, poursuivit Colbert, que semblablement on peut déterminer aussi à combien on est à l'orient ou à l'occident du même point, c'est-à-dire à quelle longitude ou sur quel méridien. Comme dit Jean de Sacrobosco, le méridien est un cercle qui passe par les pôles de notre monde, et au zénith de notre tête. Et il se nomme méridien parce que, où qu'un homme soit et en n'importe quel temps de l'année, quand le soleil parvient à son méridien, là est pour cet homme midi. Hélas, par un mystère de la nature, quel que soit le moyen excogité pour définir la longitude, il s'est toujours révélé fallacieux. Combien cela importe-t-il ? pourrait demander le profane. Beaucoup. »

Il commençait à se faire familier, fit tourner le globe en indiquant les contours de l'Europe : « Quinze degrés de méridien, environ, séparent Paris de Prague ; un peu plus de vingt, Paris des Canaries. Que diriez-vous du commandant d'une armée de terre qui croirait se battre à la Montagne Blanche et, au lieu d'occire des protestants, truciderait les docteurs de la Sorbonne à la Montagne Sainte-Geneviève ? »

Mazarin sourit en mettant ses mains en avant, comme pour souhaiter que des choses de ce genre n'advinssent que sur le bon méridien.

« Mais le drame, poursuivit Colbert, c'est que des erreurs d'une telle portée se font avec les moyens dont nous usons encore pour déterminer les longitudes. Et il arrive ainsi ce qui est arrivé, il y a presque un siècle, à cet Espagnol, Mendaña, qui a découvert les Iles de Salomon, terres bénies du ciel pour les fruits de son sol et l'or de son sous-sol. Ce Mendaña a fixé la position de la terre qu'il avait découverte, il est revenu dans sa patrie pour annoncer l'événement, en moins de vingt ans on lui a apprêté quatre navires pour y retourner et y instaurer définitivement la domination de leurs majestés très chrétiennes, comme l'on dit là-bas, et que s'est-il passé ? Mendaña n'a plus réussi à trouver cette terre. Les Hollandais ne sont pas restés inactifs ; au début de ce siècle, ils constituaient leur Compagnie des Indes, créaient en Asie la ville de Batavia comme point de départ pour de nombreuses expéditions vers l'est et ils touchaient une Nouvelle Hollande ; et d'autres terres, probablement à l'orient des Iles de Salomon, ce sont les pirates anglais qui pendant ce temps les découvraient, à qui la Cour de Saint-Jacques n'a pas hésité à conférer des quartiers de noblesse. Mais des Iles de Salomon, personne ne trouvera plus trace, et l'on comprend pourquoi certains désormais inclinent à les tenir pour une légende. Qu'elles fussent légendaires ou pas, Mendaña les a quand même touchées, sauf qu'il en a fixé précisément la latitude mais imprécisément la longitude. Et même si, par une aide céleste, il l'avait fixée selon le vrai, les autres navigateurs qui ont cherché cette longitude (et lui en personne à son deuxième voyage) ne savaient pas avec clarté quelle était la leur. Et quand même nous saurions où est Paris, mais ne parviendrions pas à établir si nous sommes en Espagne ou parmi les Persans, vous voyez bien, monsieur, que nous évoluerions comme des aveugles qui conduisent d'autres aveugles.

— Vraiment, hasarda Roberto, j'ai peine à croire, avec tout ce que j'ai entendu sur les avancées du savoir dans notre siècle, que nous en sachions encore aussi peu.

— Je ne vous fais pas la liste des méthodes proposées, monsieur, depuis celle fondée sur les éclipses lunaires jusqu'à celle qui considère les variations de l'aiguille magnétique, sur laquelle s'est récemment essoufflé notre Le Tellier, pour ne pas mentionner la méthode du loch, sur laquelle notre Champlain a promis tant de garanties... Mais toutes se sont révélées insuffisantes, et le seront tant que la France n'aura pas un observatoire où mettre à la preuve un si grand nombre d'hypothèses. Naturellement, il y aurait un moyen sûr : avoir à bord une horloge qui garde l'heure du méridien de Paris, déterminer en mer l'heure du lieu, et déduire de la différence l'écart de longitude. Voici le globe où nous vivons, et vous pouvez voir comment la sagesse des anciens l'a subdivisé en trois cent soixante degrés de longitude, faisant habituellement partir le compte du méridien qui traverse l'Ile du Fer aux Canaries. Dans sa course céleste, le soleil (et que ce soit lui qui se meut ou, comme on le pense aujourd'hui, la terre, peu importe à ces fins) parcourt en une heure quinze degrés de longitude, et quand à Paris il est, comme en ce moment, minuit, à cent quatre-vingts degrés de méridien de Paris il est midi. Donc, pourvu que vous sachiez avec certitude qu'à Paris les horloges indiquent, supposons, midi, vous déterminez que dans le lieu où vous vous trouvez il est six heures du matin, vous calculez la différence horaire, vous traduisez chaque heure en quinze degrés, et vous saurez que vous êtes à quatre-vingt-dix degrés de Paris, plus ou moins ici », et il fit rouler le globe, montrant un point du continent américain. « Mais s'il n'est pas difficile de déterminer l'heure du lieu du relevé, il est fort difficile de garder à bord une horloge qui continue à donner l'heure juste, après des mois de navigation sur un navire secoué par les vents, et dont le mouvement amène à l'erreur fussent les plus ingénieux d'entre les instruments modernes, sans parler des horloges à sable et à eau qui, pour bien marcher, devraient reposer sur un plan immobile. »

Le cardinal l'interrompit : « Nous ne croyons pas que monsieur de San Patrizio pour l'heure doive en savoir davantage, Colbert. Vous ferez en sorte qu'il ait d'autres lumières pendant le voyage vers Amsterdam. Après quoi, ce ne sera plus nous qui l'enseignerons, mais lui, comptons-y, qui nous enseignera. En effet, cher San Patrizio, le Cardinal, dont l'œil a vu et voit encore toujours — espérons longtemps — plus loin que le nôtre, avait depuis beau temps disposé un réseau d'informateurs de confiance qui dussent voyager dans les autres pays, et fréquenter les ports, et interroger les capitaines qui s'apprêtent à un voyage ou en reviennent, pour savoir ce que les autres gouvernements pouvaient bien faire ou savoir que nous ne sachions pas, car — et ce nous semble évident — l'Etat qui découvrirait le secret des longitudes, et empêcherait que la renommée s'en appropriât, cet Etat obtiendrait un grand avantage sur tous les autres. Or », et ici Mazarin fit une autre pause, en se lissant encore une fois les moustaches, puis en joignant les mains comme pour se concentrer et implorer en même temps l'appui du ciel, « or nous avons appris qu'un médecin anglais, le docteur Byrd, a excogité un nouveau et prodigieux moyen pour déterminer le méridien, fondé sur l'usage de la Poudre de Sympathie. Comment, cher San Patrizio, ne nous le demandez pas, car c'est à peine si nous connaissons le nom de cette diablerie. Nous tenons pour certain qu'il s'agit de cette poudre, mais nous ne savons rien de la méthode que Byrd entend suivre, et notre informateur n'est certes pas versé dans la magie naturelle. Il est cependant certain que l'Amirauté anglaise lui a permis d'armer un vaisseau qui devra affronter les mers du Pacifique. L'affaire est d'une telle portée que les Anglais se sont méfiés et ne l'ont pas fait apparaître comme un navire à eux. Il appartient à un Hollandais qui joue à l'extravagant et soutient vouloir reparcourir la route de deux de ses compatriotes qui, il y a environ vingt-cinq ans, découvrirent un nouveau passage entre Atlantique et Pacifique, pardelà le détroit de Magellan. Mais comme le coût de l'aventure pourrait laisser soupçonner des aides intéressées, le Hollandais, aux yeux de tout le monde, est en train de charger des marchandises et de chercher des passagers, comme qui a souci de faire front à la dépense. Presque par hasard il y aura aussi le docteur Byrd et trois de ses assistants, qui se disent cueilleurs de flore exotique. En vérité, ce sont eux qui auront le plein contrôle de l'entreprise. Parmi les passagers il y aura vous, San Patrizio, et notre agent d'Amsterdam pourvoira à tout. Vous serez un gentilhomme savoyard qui, mis au ban de toute terre et poursuivi, juge sage de disparaître un très long temps sur les mers. Comme vous voyez, vous n'aurez même pas matière à mentir. Vous serez de santé délicate — et que vous soyez vraiment souffrant des yeux, comme on nous dit, est une autre note qui perfectionne notre projet. Vous serez un voyageur qui passera presque tout son temps enfermé, avec quelque emplâtre sur le visage, et pour le reste il ne verra pas plus loin que le bout de son nez. Mais vous divaguerez vaguement diverti, en réalité vous garderez les yeux ouverts et les oreilles bien tendues. Nous savons que vous comprenez l'anglais, vous ferez semblant de l'ignorer, pour que les ennemis parlent librement en votre présence. Si quelqu'un à bord comprend l'italien ou le français, posez des questions, et rappelez-vous ce qu'ils vous disent. Ne dédaignez pas de vous aboucher avec des hommes ordinaires qui, pour quelques pièces, vous sortent leurs entrailles. Mais peu de pièces, qu'elles apparaissent comme un don, et non point comme une compensation, sinon ils seront pris de soupçon. Vous ne demanderez jamais de façon directe, et après avoir demandé aujourd'hui, avec des mots différents vous poserez la même question demain, de manière que, si le quidam a d'abord menti, il soit porté à se contredire : les hommes de peu oublient les sornettes qu'ils ont dites, et ils en inventent d'autres contraires le lendemain. Au reste, vous reconnaîtrez les menteurs : quand ils rient, il se forme comme deux fossettes à leurs joues, et ils portent des ongles très courts ; gardez-vous également des hommes de basse taille, qui disent le faux par fatuité. Dans tous les cas, que vos dialogues avec ceux-là soient brefs, et ne donnez pas l'impression d'en tirer satisfaction : la personne avec qui il vous faudra vraiment parler est le docteur Byrd, et il sera normal que vous tentiez de le faire avec le seul qui est votre égal par l'éducation. Il est homme de doctrine, il doit parler français, peut-être italien, certainement latin. Vous êtes malade, vous lui demanderez conseil et réconfort. Vous ne ferez pas comme ceux qui mangent des mûres ou de la terre rouge en prétendant cracher du sang, mais vous vous ferez observer le pouls après souper, car toujours à cette heure-là il semble que l'on a la fièvre, et vous lui direz que vous ne fermez jamais l'œil la nuit ; ceci justifiera le fait que vous puissiez être surpris quelque part et bien réveillé, ce qui devra arriver si leurs expériences se font avec les étoiles. Ce Byrd doit être habité d'idées fixes, ainsi que du reste tous les hommes de science : faites-vous venir des lubies par la tête et parlez-lui-en, comme si vous lui confiiez un secret, de telle sorte qu'il soit porté à parler de cette lubie qui est son secret. Montrez-vous intéressé, mais en faisant mine saisir peu ou rien, afin qu'il vous en dise mieux une deuxième fois. Répétez ce qu'il vous a raconté comme si vous aviez compris, et commettez des erreurs, ainsi par vanité il sera amené à vous corriger, expliquant en long et en large ce qu'il devrait taire. N'affirmez jamais, faites allusion toujours : les allusions se lancent pour tâter les esprits et sonder les cœurs. Il faudra lui inspirer confiance : s'il rit souvent, riez avec lui, s'il est bilieux conduisez-vous en bilieux, mais admirez toujours son savoir. S'il est colérique et vous offense, supportez l'offense, aussi bien vous saurez que vous avez commencé à le punir encore avant qu'il vous offense. En mer, les jours sont longs et les nuits sans fin, et il n'y a rien qui console plus un Anglais de l'ennui que quantité de cruchons de cette cervoise dont les Hollandais font toujours provision dans leurs fonds de cale. Vous passerez pour affectionner cette boisson et vous encouragerez votre nouvel ami à en savourer plus que vous. Un jour, il pourrait se prendre de soupçon, et faire fouiller votre chambre : vous ne coucherez donc aucune observation par écrit, mais vous pourrez tenir un journal où vous parlerez de votre mauvais sort, ou de la Vierge et des Saints, ou de l'aimée que vous désespérez de jamais revoir, et qu'apparaissent dans ce journal des notations sur les qualités du docteur, loué comme unique ami que vous ayez trouvé à bord. Ne reportez aucune phrase de lui qui concerne notre objet, mais seulement des observations sentencieuses, peu importe lesquelles : pour insipides qu'elles soient, s'il les a émises, il ne les jugeait pas telles, et il vous saura gré de les avoir gardées en mémoire. Bref, nous ne sommes pas ici à vous proposer un bréviaire du bon informateur secret : ce ne sont pas choses en lesquelles est versé un homme d'Eglise. Fiez-vous à votre inspiration, soyez adroitement prudent et prudemment adroit, faites que l'acuité de votre regard soit inversement proportionnelle à sa renommée et proportionnelle à votre vélocité. »

Mazarin se leva pour faire entendre à l'hôte que l'entretien était fini, et pour le dominer un instant avant que lui aussi se levât. « Vous suivrez Colbert. Il vous donnera d'autres instructions et vous confiera aux personnes qui vous conduiront à Amsterdam pour l'embarquement. Allez et bonne chance. »

Ils étaient sur le point de sortir quand le cardinal les rappela : « Ah, j'oubliais, San Patrizio. Vous aurez compris que d'ici à l'embarquement vous serez suivi pas à pas, mais vous demanderez pourquoi donc nous n'avons crainte qu'après, à la première halte, vous ne soyez tenté de vous rendre libre comme l'air. Nous ne le craignons pas car cela ne vous convient pas. Vous ne pourriez revenir ici, où vous seriez toujours un banni, ou vous exiler sur quelque terre là-bas, avec la peur constante que nos agents vous retrouvent. Dans les deux cas, vous devriez renoncer à votre nom et à votre rang. Nous ne sommes même pas effleuré par le soupçon qu'un homme de votre qualité puisse se vendre aux Anglais. Et puis, que vendriez-vous ? Que vous soyez un espion est un secret que, pour le vendre, vous devriez déjà révéler, et qui, une fois révélé, ne vaudrait plus rien, sinon un coup de poignard. Par contre, en revenant avec des indices, fussent-ils modestes, vous aurez droit à notre reconnaissance. Nous serions mal venu de congédier un homme qui aura démontré qu'il savait bien affronter une mission si difficile. Et puis le reste dépendra de vous. La grâce des grands, une fois acquise, il faut s'en montrer jaloux, pour ne pas la perdre, et la nourrir avec des services, pour la perpétuer : à ce moment-là, vous déciderez si votre loyauté envers la France est telle qu'elle vous conseillera de vouer votre futur à son Roi. On dit qu'il est arrivé à d'autres de naître ailleurs et de faire fortune à Paris. »

Le cardinal se proposait comme modèle de loyauté primée. Mais pour Roberto il n'était certainement pas question de récompenses, à ce point-ci. Le cardinal lui avait fait entrevoir une aventure, de nouveaux horizons, et lui avait infusé une sagesse de vie dont l'ignorance, peut-être, lui avait jusqu'à présent ôté la considération d'autrui. Sans doute était-il bon d'accepter l'invitation du sort, qui l'éloignait de ses peines. Quant à l'autre invitation, celle de trois soirs plus tôt, dans son esprit tout s'était fait clair tandis que le cardinal commençait son discours. Si un Autre avait pris part à une conjuration, et que tous croyaient que c'était lui, un Autre avait sûrement conjuré pour inspirer à Elle la phrase qui l'avait torturé de joie, énamouré de jalousie. Trop d'Autres, entre lui et la réalité. Alors, mieux valait s'isoler sur les mers où il pourrait posséder l'aimée de l'unique façon qui lui était concédée. Enfin, la perfection de l'amour n'est pas d'être aimé, mais d'être Amant.

Il ploya un genou et dit : « Eminence, je vous appartiens. »

Ou du moins je le voudrais bien, vu qu'il ne me semble pas séant de lui faire donner un sauf-conduit qui débite : « C'est par mon ordre et pour le bien de l'Etat que le porteur du présent a fait ce qu'il a fait. »

18

Curiosités Inouïes

Si la *Daphne*, comme l'*Amaryllis*, avait été envoyée à la recherche du *punto fijo*, alors l'Intrus était dangereux. Roberto savait maintenant la lutte sourde entre les Etats d'Europe pour s'emparer de ce secret. Il devait très bien se préparer et jouer d'astuce. Evidemment l'Intrus avait agi au début de la nuit, puis il s'était déplacé à découvert lorsque Roberto avait commencé à veiller, même dans sa chambre, pendant le jour. Roberto devait-il donc bouleverser ses plans, lui donner l'impression de dormir le jour et veiller la nuit ? A quoi bon, l'autre changerait ses habitudes. Non, il devait plutôt lui empêcher toute prévision, le rendre incertain sur ses projets, lui faire croire qu'il dormait quand il veillait et dormir quand l'autre croyait qu'il veillait...

Il devrait chercher à imaginer ce que l'autre pensait qu'il pensait, ou ce qu'il pensait que lui pensait qu'il pensait... Jusqu'à ce moment, l'Intrus avait été son ombre, maintenant Roberto devrait devenir l'ombre de l'Intrus, apprendre à suivre les traces de celui qui marchait derrière les siennes. Mais ce guet-apens mutuel ne pourrait pas durer à l'infini, l'un se glissant le long d'une échelle tandis que l'autre descendait l'échelle opposée, l'un dans le fond de cale tandis que l'autre était aux aguets sur le tillac, l'autre de se précipiter dans le second-pont tandis que l'un remontait, pourquoi pas de l'extérieur, le long de la muraille ?

Toute personne sensée aurait aussitôt décidé de poursuivre l'exploration du reste du vaisseau, mais n'oublions pas que Roberto n'était plus sensé. Il avait de nouveau cédé à l'eau-de-vie, et il se persuadait qu'il le faisait afin de prendre des forces. Pour un homme à qui l'amour avait toujours inspiré l'attente, ce népenthès ne pouvait inspirer la décision. Il avançait donc au ralenti, se prenant pour la foudre. Il croyait faire un bond, et il allait à quatre pattes. D'autant qu'il ne s'enhardissait pas encore à sortir à découvert le jour, et il se sentait fort la nuit. Mais la nuit il avait bu et il agissait en paresseux. Ce que voulait son ennemi, se disait-il au matin. Et, pour se donner du cœur, il attaquait la cannelle.

Quoi qu'il en soit, vers le soir du cinquième jour il avait décidé de s'aventurer dans cette partie du fond de cale qu'il n'avait pas encore visitée, sous les Vivres. Il se rendait compte que sur la *Daphne* on avait exploité au maximum l'espace, et entre le second-pont et le fond de cale il avait été monté des cloisons et des faux étages, afin d'obtenir des réduits reliés par des petites échelles branlantes ; et il était entré dans la fosse-à-lions, achoppant dans des rouleaux de cordes de toutes sortes, encore imprégnées d'eau de mer. Il avait continué sa descente et s'était trouvé dans la *secunda carina*, parmi des caisses et des ballots de tout genre.

Il y avait trouvé d'autres nourritures et d'autres barils d'eau douce. Il devait s'en réjouir, mais il le fit seulement parce qu'il pourrait mener sa chasse à l'infini, avec le plaisir de la retarder. Qui est le plaisir de la peur.

Derrière les barils d'eau, il en avait trouvé quatre autres d'eau-de-vie. Il était remonté dans le paillot et avait recontrôlé les tonnelets d'en haut. Ils étaient tous d'eau, signe que celui d'eau-de-vie qu'il y avait trouvé la veille avait été porté du bas en haut, dans le but de le tenter.

Au lieu de s'inquiéter de l'embuscade, il était redescendu dans le fond de cale, avait remonté un autre tonnelet de liqueur, et encore bu.

Ensuite, il était retourné dans le fond de cale, nous pouvons imaginer dans quel état, et il s'était arrêté en sentant l'odeur de la glume pourrie coulée dans la sentine. Plus bas on ne pouvait aller.

Il devait donc revenir sur ses pas, vers la poupe, mais la lanterne claire s'éteignait presque et il avait buté sur quelque chose, comprenant qu'il avançait dans le lest, précisément là où sur l'*Amaryllis* le docteur Byrd avait obtenu un espace pour loger le chien.

Mais précisément dans le fond de cale, entre des taches d'eau et des détritus des nourritures entassées, il avait aperçu l'empreinte d'un pied.

Il était désormais si sûr qu'un Intrus se trouvait à bord que son unique pensée fut qu'il avait enfin obtenu la preuve : il n'était pas ivre, au fond la preuve que les ivrognes cherchent à chaque pas. En tout cas, c'était d'une évidence lumineuse, si l'on pouvait dire de cette façon d'avancer entre obscurité et reflets de lanterne. Sûr désormais que l'Intrus se trouvait là, il ne pensa pas que, après tant de va-et-vient, l'empreinte, il pouvait l'avoir laissée lui-même. Il remonta, décidé à livrer bataille.

C'était le couchant. C'était le premier couchant qu'il voyait, après cinq jours de nuits, d'aubes et d'aurores. Quelques nuages noirs presque parallèles côtoyaient l'île la plus lointaine pour s'accumuler le long de la crête, et de là ils jaillissaient tels des traits de feu, vers le sud. La côte se détachait sombre sur la mer maintenant d'encre claire, quand le reste du ciel apparaissait d'une couleur camomille blafarde et épuisée, comme si le soleil ne célébrait pas là-derrière son sacrifice mais plutôt s'assoupissait lentement et demandait au ciel et à la mer d'accompagner à mi-voix son coucher.

Roberto eut au contraire un retour d'esprits guerriers. Il décida de confondre l'ennemi. Il alla dans le réduit des horloges et en transporta sur le tillac autant qu'il pouvait, les disposant comme les petits bonshommes d'un billard, une contre le grand mât, trois sur le gaillard d'arrière, une contre le cabestan, d'autres encore autour du mât de misaine, et une à chaque porte et écoutille, de sorte que si quelqu'un essayait d'y passer, dans le noir il donnerait dedans.

Ensuite, il avait remonté les horloges mécaniques (sans considérer que ce faisant il les rendait perceptibles à l'ennemi qu'il voulait surprendre), retourné clepsydres et sabliers. Il contemplait le pont parsemé de machines du Temps, fier de leur bruit, sûr que celui-ci perturberait l'Ennemi et retarderait sa marche.

Après avoir préparé ces inoffensifs traquenards, il en fut la première victime. Alors que la nuit tombait sur une mer d'huile, il allait de l'un à l'autre de ces moustiques de métal, pour en écouter la susurration de morte essence, pour fixer ces gouttes d'éternité fondant par stillation, pour appréhender cette meute de mites sans bouche vorages (c'est vraiment ce qu'il écrit), ces roues dentées qui lui déchiraient le jour en lambeaux d'instants et consumaient la vie en une musique de mort.

Il se souvenait d'une phrase du père Emanuele, « quel Spectacle de gayeté si par un Cristal de la Poitrine pouvoient transparoistre les mouvemens du Cœur comme dans les Horologes ! » Il restait à suivre à la lumière des étoiles le lent chapelet de grains d'arène murmuré par un sablier, et il philosophait sur ces faisceaux de moments, sur ces successives anatomies du temps, sur ces fissures d'où, fil filant, goutte le temps.

Mais du rythme du temps qui passe il tirait le présage de sa propre mort dont il allait à la rencontre, mouvement après mouvement, il approchait son œil myope pour déchiffrer ce logogriphe de fuites, d'un trope anxieux il changeait une machine à eau en un fluide cercueil, et à la fin il pestait contre ces coquins d'astrologues, capables de ne lui annoncer à l'avance que les heures déjà passées.

Et Dieu sait ce qu'il eût écrit encore s'il n'avait pas éprouvé le besoin d'abandonner ses mirabilia poetica, comme d'abord il avait quitté ses mirabilia chronometrica — et non pas de sa propre volonté mais parce que, ayant dans les veines plus d'eau-de-vie que de vie, il avait permis que graduellement ce tic tac lui devînt une tussiculeuse berceuse.

Au matin du sixième jour, réveillé par les dernières machines encore haletantes, il vit, au milieu des horloges toutes déplacées, gratter deux petites grues (c'étaient des grues ?) qui, becquetant inquiètes, avaient renversé et brisé une clepsydre des plus belles.

L'Intrus, aucunement effrayé (de fait, pourquoi devait-il l'être, lui qui savait fort bien qui était à bord ?), bouffonnerie absurde pour absurde bouffonnerie, avait libéré du second-pont les deux animaux. Pour mettre sens dessus dessous *mon* vaisseau, pleurait Roberto, pour montrer qu'il est plus puissant que moi...

Mais pourquoi ces grues, se demandait-il, habitué à voir chaque événement comme signe et chaque signe comme devise ; qu'aura-t-il voulu signifier ? Il cherchait à se rappeler le sens symbolique des grues, pour autant qu'il se rappelait Picinelli ou Valérien, mais il ne trouvait pas de réponse. Or nous savons parfaitement qu'il n'y avait ni fin ni finesse cachée dans cette Ménagerie des Stupeurs, l'Intrus désormais avait la tête à l'envers autant que lui ; mais Roberto ne pouvait le savoir, et il tentait de lire ce qui n'était rien d'autre qu'un gribouillis rageur.

Je t'attrape, je t'attrape maudit, avait-il crié. Et, encore somnolent, il s'était emparé de son épée et jeté de nouveau vers le fond de cale, dégringolant les échelons et finissant dans une zone encore inexplorée, au milieu de tas de fagots et de monceaux de rondins frais coupés. Mais en tombant, il avait heurté les troncs et roulant avec eux il se retrouva la face contre un treillis à respirer encore l'odeur écœurante de la sentine. Et il avait vu au fil de son œil se déplacer des scorpions.

Il était probable qu'avec le bois avaient été aussi arrimés des insectes, et je ne sais si c'étaient précisément des scorpions mais tels les vit Roberto, introduits naturellement par l'Intrus afin qu'ils l'empoisonnassent. Pour fuir ce danger, il s'était mis à se hisser avec peine à l'échelle ; mais sur ces morceaux de bois il courait et restait sur place, plutôt perdait l'équilibre et devait s'agripper aux barreaux. Enfin il était remonté et s'était découvert une coupure à un bras. Et voilà que Roberto, au lieu de penser à sa blessure, retourne dans la fosse aux mâts, parmi les pièces de bois cherche fiévreusement son arme, qui était tachée de sang, la ramène dans le gaillard et verse de l'eau-de-vie sur la lame. Ensuite, n'en tirant aucun secours, il désavoue tous les principes de la science et verse la liqueur sur son bras. Il invoque quelques saints avec trop de familiarité, court dehors où a commencé une grande averse,

sous laquelle les grues disparaissent en vol. La belle
ondée le secoue : il s'inquiète pour ses horloges, se
précipite çà et là pour les mettre à l'abri, se fait
encore mal à un pied qui s'enfile dans une grille,
regagne le couvert sur une seule jambe comme les
grues, se dévêt et, pour toute réaction à ces événements insensés, il s'emploie à écrire tandis que la
pluie d'abord se fait plus dense, puis se calme,
reviennent quelques heures de soleil et tombe enfin
la nuit.

Tant mieux pour nous s'il écrit, ainsi serons-nous
en mesure de comprendre ce qui lui était arrivé et
ce qu'il avait découvert au cours de son voyage sur
l'*Amaryllis*.

19

L'Art Nautique Rayonnant

L'*Amaryllis* était partie de Hollande et avait fait
une escale rapide à Londres. Là, de nuit, elle avait
furtivement chargé quelque chose tandis que les
matelots établissaient un cordon entre le tillac et le
fond de cale, et Roberto n'était pas parvenu à comprendre de quoi il s'agissait. Ensuite, elle avait levé
l'ancre vers le sud-ouest.

Roberto décrit, amusé, la compagnie qu'il avait
trouvée à bord. On eût dit que le capitaine avait mis
le plus grand soin à choisir des passagers ébahis et
fantasques, à utiliser comme prétexte au départ,
sans se soucier si par la suite il les perdait au cours
du voyage. Ils se partageaient en trois troupes : ceux
qui avaient compris que le vaisseau naviguerait vers
le ponant (tels un couple de Galiciens qui voulait
rejoindre leur fils au Brésil et un vieux Juif qui avait
fait le vœu d'un pèlerinage à Jérusalem par le chemin le plus long) ; ceux qui n'avaient pas encore

d'idées claires au sujet de l'extension du globe (tels certains casse-cou qui avaient décidé de trouver fortune aux Moluques, qu'ils auraient mieux atteintes par la route du levant) ; d'autres enfin qui avaient été tout bel et bien trompés, tel un groupe d'hérétiques des vallées piémontaises qui entendaient s'unir aux puritains anglais sur les côtes septentrionales du Nouveau Monde et ne savaient pas que le navire se dirigerait en revanche directement vers le sud, pour une première escale à Recife. Lorsque ces derniers s'étaient rendu compte de la duperie, on était justement arrivé à cette colonie — alors aux mains des Anglais — et ils avaient en tout cas accepté qu'on les laissât dans ce port protestant par crainte d'aller au-devant de plus grands ennuis avec les Portugais. A Recife, le navire avait enfin embarqué un chevalier de Malte au visage de flibustier, qui s'était proposé de retrouver une île dont lui avait parlé un Vénitien et qui avait été baptisée Escondida : il ne connaissait pas sa position et personne sur l'*Amaryllis* n'avait jamais entendu ce nom. Signe que ses passagers, le capitaine les cherchait, comme on dit, à la loupe.

On n'était guère préoccupé non plus du bien-être de cette petite foule qui s'entassait dans le second-pont : tant que l'on avait traversé l'Atlantique, la nourriture n'avait pas manqué et des approvisionnements s'étaient faits sur les côtes américaines. Mais, après une navigation entre de très longues nuées floconneuses et un ciel-fin, passé le Fretum Magellanicum presque tous, sauf les hôtes de condition, étaient restés pendant deux mois au moins à boire de l'eau qui donnait le ver-coquin, à manger du biscuit qui puait la pisse de rat. Et quelques hommes de l'équipage, en même temps que de nombreux passagers, étaient morts de scorbut.

Pour chercher des vivres, le navire avait remonté à l'ouest les côtes du Chily et atterri à une île déserte que les cartes du bord nommaient Más Afuera. Ils s'y étaient attardés trois jours. Le climat était sain, la végétation luxuriante, au point que le chevalier de

Malte avait dit que ç'eût été largesse du sort que de faire naufrage un jour sur ces rivages et y vivre heureux sans plus désirer le retour dans la patrie — et il avait essayé de se convaincre que c'était là Escondida. Escondida ou pas, si j'y étais demeuré — se disait Roberto sur la *Daphne* — je ne serais pas ici maintenant à craindre un Intrus pour le seul motif que j'ai vu son pied imprimé dans le fond de cale.

Ensuite il y avait eu des vents contraires, disait le capitaine, et le vaisseau était allé contre toute bonne raison vers le nord. Des vents contraires, Roberto n'en avait pas senti, mieux, quand ce changement de route avait été décidé le navire courait toutes voiles hors, et pour dévier on avait dû donner de la bande. Le docteur Byrd et les siens avaient probablement besoin d'avancer le long du même méridien pour se livrer à leurs expériences. Le fait est qu'ils avaient gagné les îles Galópegos où ils s'étaient amusés à renverser sur le dos d'énormes tortues, et à les cuire dans leur propre carapace. Le Maltais avait consulté longuement des cartes à lui et décidé que ce n'était pas là Escondida.

Ayant remis le cap à l'ouest et passé le vingt-cinquième degré de latitude sud, ils se refournirent encore d'eau dans une île dont les cartes ne donnaient point la nouvelle. Elle ne présentait d'autre alternative que la solitude mais le chevalier — qui ne supportait pas la provende du bord et nourrissait une forte aversion pour le capitaine — avait dit à Roberto comme il eût été beau d'avoir autour de soi une poignée de braves, des courageux et des hasardeux, prendre possession du navire, abandonner le capitaine et qui aurait voulu le suivre dans une chaloupe, brûler l'*Amaryllis*, et s'implanter sur cette terre, encore une fois loin de tout monde connu, pour construire une nouvelle société. Roberto lui avait demandé si c'était là Escondida, et l'autre avait tristement branlé du chef.

En remontant vers le nord-ouest à la faveur des alizés, ils avaient trouvé un groupe d'îles habitées par des sauvages à la peau couleur d'ambre. Ils avaient échangé des dons, participé à leurs fêtes très gaies et animées par des filles qui dansaient en se mouvant telles certaines touffes herbeuses s'agitant sur la plage presque au fil de l'eau. Sous prétexte de portraiturer certaines de ces créatures (et il ne le faisait pas sans habileté), le chevalier, qui ne devait pas avoir prononcé de vœu de chasteté, eut à coup sûr l'occasion de s'unir charnellement à certaines d'entre elles. L'équipage voulut l'imiter, le capitaine anticipa le départ. Le chevalier hésitait à rester : cela lui semblait une fort belle façon de conclure sa vie que de passer ses jours à faire des croquis. Et puis il avait décidé que ce n'était pas là Escondida.

Après quoi ils fléchirent encore vers le nord-ouest et trouvèrent une île aux indigènes fort doux. Ils s'arrêtèrent deux jours et deux nuits, et le chevalier de Malte se mit à leur conter des histoires : il les racontait en un dialecte que même Roberto ne comprenait pas, et eux d'autant moins, mais il s'aidait de dessins sur le sable, et il gesticulait tel un acteur, soulevant l'enthousiasme des natifs qui l'acclamaient comme « Tusitala, Tusitala ! » Le chevalier réfléchit avec Roberto comme il eût été beau de finir ses jours au milieu de ces gens, en leur racontant tous les mythes de l'univers. « Mais c'est là Escondida ? » avait demandé Roberto. Le chevalier avait branlé du chef.

Lui, il est mort dans le naufrage, pensait Roberto sur la *Daphne*, et moi j'ai peut-être trouvé son Escondida mais je ne pourrai jamais le lui raconter, ni le raconter à personne d'autre. C'est peut-être pour cela qu'il écrivait à sa Dame. Pour survivre, il faut raconter des histoires.

Le dernier château en Espagne du chevalier ce fut un soir, pas loin du lieu du naufrage et très peu de jours avant. Ils longeaient un archipel, que le capitaine avait décidé de ne pas approcher, vu que le docteur Byrd paraissait impatient de poursuivre de nouveau vers l'Equateur. Au long du voyage il était apparu évident à Roberto que le comportement du

206

capitaine n'était pas celui des navigateurs dont il avait entendu parler, qui prenaient minutieuse note de toutes les nouvelles terres, perfectionnant leurs cartes, dessinant la forme des nuées, traçant la ligne des côtes, recueillant des objets indigènes... L'*Amaryllis* poursuivait sa route comme si elle était l'antre voyageur d'un alchimiste uniquement occupé à son Œuvre au Noir, indifférente au grand monde qui s'ouvrait devant elle.

C'était le couchant. Le jeu des nuages avec le ciel, contre l'ombre d'une île, dessinait d'un côté comme des poissons smaragdins qui auraient nagé sur la cime ; de l'autre, venaient de menaçantes boules de feu. Au-dessus, des nuages gris. Sitôt après un soleil incendié disparaissait derrière l'île, mais une vaste couleur de rose se reflétait sur les nuées, ensanglantées dans leur frange inférieure. Quelques secondes encore et l'incendie derrière l'île s'était dilaté jusqu'à surplomber le navire. Le ciel n'était qu'un brasier sur un fond de rares aiguillées céruléennes. Et puis encore, du sang partout, comme si des impénitents se faisaient dévorer par un banc de requins.

« Peut-être serait-il juste de mourir maintenant, avait dit le chevalier de Malte. N'êtes-vous pas saisi par le désir de vous laisser pendre à une bouche de canon et de glisser dans la mer ? Ce serait rapide, et en cet instant nous saurions tout...

— Oui, mais à peine le saurions-nous, nous cesserions de le savoir », avait dit Roberto.

Et le navire avait poursuivi son voyage en s'engageant dans des mers sépia.

Les jours s'écoulaient, immuables. Comme l'avait prévu Mazarin, Roberto ne pouvait avoir de rapports qu'avec les gentilshommes. Les matelots étaient des gibiers de potence, et c'était effrayant que d'en rencontrer un sur le tillac la nuit. Les voyageurs étaient affamés, malades et implorants. Les trois assistants de Byrd n'auraient pas osé s'asseoir à sa table, et ils glissaient en silence pour exécuter ses ordres. Le capitaine, c'était comme s'il n'existait pas : désormais, le soir, il était ivre, et puis il ne parlait que flamand.

Byrd était un Britannique maigre et sec à grande tête de cheveux roux qui pouvait servir de fanal de hune. Roberto, qui tâchait de se laver à peine il le pouvait, profitant de la pluie pour rincer ses vêtements, ne l'avait jamais vu changer de chemise en de si nombreux mois de navigation. Heureusement, fût-ce pour un jeune homme habitué aux salons de Paris, la puanteur d'un navire est telle que l'on ne sent plus celle de ses semblables.

Byrd était un robuste buveur de bière, et Roberto avait appris à lui tenir tête, faisant semblant d'avaler et laissant le liquide dans son verre, plus ou moins au même niveau. Mais on eût dit que Byrd n'avait été instruit qu'à remplir des verres vides. Et comme le sien était toujours vide, c'est le sien qu'il remplissait et levait pour trinquer, *bring dir's*. Le chevalier ne buvait pas, il écoutait et posait de temps à autre des questions.

Byrd parlait un français passable, ainsi que tout Anglais qui, à cette époque, voulait voyager hors de son île, et il avait été conquis par les histoires de Roberto sur la nature de la vigne dans le Montferrat. Roberto avait poliment écouté comment on faisait la bière à Londres. Puis ils avaient discuté de la mer. Roberto naviguait pour la première fois et Byrd avait l'air de ne pas en vouloir trop dire. Le chevalier posait seulement des questions qui concernaient le point où pouvait se trouver Escondida mais, comme il ne fournissait aucun indice, il n'obtenait point de réponse.

Apparemment le docteur Byrd accomplissait ce voyage pour étudier les fleurs, et Roberto l'avait tâté sur le sujet. Byrd n'était certainement pas ignorant des choses botaniques, et cela lui permit de s'entretenir en de longues explications, que Roberto faisait montre d'écouter avec intérêt. A chaque terre Byrd et les siens cueillaient vraiment des plantes, même si ce n'était pas avec le soin de savants qui auraient entrepris le voyage dans ce but, et de nombreux soirs se passèrent à examiner ce qu'ils avaient trouvé.

Dans les premiers jours, Byrd avait essayé de connaître le passé de Roberto et du chevalier, comme s'il avait des soupçons à leur endroit. Roberto avait donné la version convenue à Paris : Savoyard, il avait combattu à Casal du côté des Impériaux, il s'était attiré des ennuis d'abord à Turin et ensuite à Paris avec une série de duels, il avait eu la mauvaise fortune de blesser un protégé du Cardinal, et il avait donc choisi le chemin du Pacifique pour mettre beaucoup d'eau entre lui et ses persécuteurs. Le chevalier racontait de nombreuses histoires, certaines se déroulaient à Venise, d'autres en Irlande, d'autres encore dans l'Amérique méridionale, mais on ne démêlait pas celles qui lui étaient arrivées à lui de celles qui étaient arrivées à d'autres.

Enfin, Roberto avait découvert que Byrd aimait parler de femmes. Il s'était inventé de furieuses amours avec de furieuses courtisanes, les yeux du docteur brillaient et il se promettait de visiter un jour Paris. Puis il s'était repris, et avait observé que les papistes sont tous des corrompus. Roberto avait fait remarquer que nombre de Savoyards étaient presque des huguenots. Le chevalier s'était signé et il avait rouvert le discours sur les femmes.

Jusqu'au débarquement sur Más Afuera, la vie du docteur semblait s'être écoulée selon des rythmes réguliers, et, s'il avait émis des observations à bord, c'était lorsque les autres se trouvaient à terre. Pendant la navigation, il s'attardait le jour sur le tillac, restait debout avec ses commensaux jusqu'à pas d'heure, et il dormait certainement la nuit. Sa chambre jouxtait celle de Roberto, c'étaient deux étroits boyaux séparés par une cloison, et Roberto restait éveillé, à l'écoute.

A peine entré dans le Pacifique, en revanche, les habitudes de Byrd avaient changé. Après la halte à

Más Afuera, Roberto l'avait vu s'éloigner chaque matin de sept heures à huit heures, alors qu'avant il était d'usage qu'ils se retrouvassent pour un petit déjeuner. Par contre, durant toute la période où le navire avait mis le cap au nord, jusqu'à l'île des tortues, Byrd s'éloignait autour de six heures du matin. A peine le navire avait-il de nouveau dirigé sa proue vers l'ouest, il avait avancé son lever vers les cinq heures, et Roberto entendait un des assistants qui venait le réveiller. Puis, graduellement il s'était éveillé à quatre heures, à trois heures, à deux heures.

Roberto était en mesure de le contrôler parce qu'il avait emporté une petite horologe de sable. Au couchant, tel un musard, il passait chez le timonier où, à côté du compas de route qui flottait dans son huile de baleine, il y avait une tablette sur laquelle le pilote, en partant des derniers relèvements, marquait la position et l'heure présumée. Roberto prenait bonne note puis il allait renverser son horologe et revenait le faire quand il lui semblait que l'heure approchait de sa fin. Ainsi, fût-ce en retardant après le souper, il pouvait toujours calculer l'heure avec quelque certitude. De cette façon, il s'était convaincu que Byrd s'éloignait chaque jour un peu plus tôt, et, à ce rythme, un beau jour il s'éloignerait sur le minuit.

Après ce que Roberto avait appris et de Mazarin et de Colbert et de ses hommes, il n'en fallait pas beaucoup pour déduire que les fugues de Byrd correspondaient au passage successif des méridiens. C'était donc comme si, depuis l'Europe, quelqu'un, chaque jour au midi des Canaries, ou à une heure fixe d'un autre lieu, lançait un signal que Byrd allait recevoir quelque part. Connaissant l'heure à bord de l'*Amaryllis*, Byrd était ainsi en mesure de connaître sa propre longitude !

Il eût suffi de suivre Byrd quand il s'éloignait. Mais ce n'était pas facile. Tant qu'il disparut le matin, il s'avéra impossible de le suivre inaperçu. Lorsque Byrd avait commencé à s'absenter aux heures obscures, Roberto l'entendait très bien s'éloigner, mais il ne pouvait pas aussitôt lui emboîter le pas. Il attendait donc un peu, et puis il s'agissait de retrouver ses traces. Tout effort s'était révélé vain. Je ne parle pas des nombreuses fois où, tentant un chemin dans le noir, Roberto finissait au milieu des hamacs de l'équipage, ou trébuchait sur les pèlerins ; mais à maintes reprises il était tombé sur quelqu'un qui, à cette heure-là, aurait dû dormir : quelqu'un donc veillait toujours.

Quand il rencontrait un de ces espions, Roberto touchait un mot de son insomnie coutumière et montait sur le tillac, réussissant à ne pas éveiller de soupçons. Depuis beau temps il s'était fait la réputation d'un extravagant qui rêvait la nuit les yeux ouverts et passait le jour les yeux fermés. Mais ensuite, lorsqu'il se retrouvait sur le tillac, où il rencontrait le matelot de quart avec qui échanger quelques mots, si le hasard voulait qu'ils se comprissent, la nuit était alors perdue.

Cela explique donc pourquoi les mois passaient : Roberto était près de découvrir le mystère de l'*Amaryllis*, mais il n'avait pas encore eu moyen de fourrer le nez où il aurait voulu.

Par ailleurs, dès le début il avait commencé de chercher à pousser Byrd à quelques confidences. Et il avait excogité une méthode que Mazarin n'avait pas été capable de lui suggérer. Pour satisfaire sa curiosité, le jour il posait des questions au chevalier, qui ne savait pas lui répondre. Il lui faisait alors remarquer que ce qu'il lui demandait était d'importance majeure s'il voulait vraiment trouver Escondida. Ainsi le soir le chevalier posait les mêmes questions au docteur.

Une nuit, sur le pont, ils observaient les étoiles et le docteur avait relevé qu'il devait être minuit. Le chevalier, instruit par Roberto quelques heures auparavant, avait dit : « Dieu sait l'heure qu'il est en ce moment à Malte...

— Facile, avait laissé échapper le docteur, qui s'était corrigé. C'est-à-dire très difficile, mon ami. » Le chevalier s'était étonné que l'on ne pût le déduire du calcul des méridiens : « Le soleil ne met-il pas une heure à parcourir quinze degrés de méridien ? Il suffit donc de dire que nous sommes à tant de degrés de méridien de la Méditerranée, diviser par quinze, savoir, comme nous la savons, notre heure, et connaître l'heure qu'il est là-bas.

— Vous avez l'air de ces astronomes qui ont passé leur vie à compulser des cartes sans jamais naviguer. Sinon vous sauriez qu'il est impossible de savoir sur quel méridien on se trouve. »

Byrd avait plus ou moins répété ce que Roberto savait déjà, mais qu'ignorait le chevalier. A ce sujet, cependant, Byrd s'était montré loquace : « Nos anciens pensaient avoir une méthode infaillible en travaillant sur les éclipses lunaires. Vous êtes au fait, bien sûr : une éclipse, c'est le moment où le soleil, la terre et la lune sont sur une seule ligne, et l'ombre de la terre se projette sur la face de la lune. Comme il est possible de prévoir le jour et l'heure exacte des éclipses futures, et qu'il suffit d'avoir avec soi les tables de Regiomontanus, supposez qu'à votre connaissance une éclipse donnée devrait se produire à Jérusalem à minuit, et que vous l'observiez à dix heures. Vous saurez alors que deux heures de distance vous séparent de Jérusalem et que votre point d'observation est donc à trente degrés de méridien à l'ouest de Jérusalem.

— Parfait, dit Roberto, les anciens soient loués !

— Oui-da, mais ce calcul marche jusqu'à un certain point. Le grand Colomb, au cours de son deuxième voyage, fit ses calculs sur une éclipse tandis qu'il était ancré au large de Hispaniola, et il commit une erreur de 23 degrés à l'ouest, autrement dit une heure et demie de différence ! Et lors du quatrième voyage, toujours avec une éclipse, il se trompa de deux heures et demie !

— C'est lui qui s'est trompé ou s'était trompé Regiomontanus ? demanda le chevalier.

— Qui sait ! Sur un vaisseau, qui se meut toujours même à l'ancre, il est toujours malaisé de faire des relèvements parfaits. Ou sans doute savez-vous que Colomb voulait démontrer à tout prix qu'il avait atteint l'Asie, et par conséquent son désir le portait à se tromper, pour montrer qu'il était arrivé bien plus loin qu'il n'était... Et les distances lunaires ? Elles ont été très en vogue ces cent dernières années. L'idée avait (comment puis-je dire ?) du *Wit*. Pendant son cours mensuel la lune fait une révolution complète d'ouest en est contre le cheminement des étoiles, et donc elle est comme l'aiguille d'une horloge céleste qui parcourt le cadran du Zodiaque. Les étoiles se déplacent à travers le ciel d'est en ouest à environ 15 degrés à l'heure, alors que dans la même période la lune se déplace de 14 degrés et demi. Ainsi la lune s'écarte, en regard des étoiles, d'un demi-degré à l'heure. Or les anciens pensaient que la distance entre la lune et une *fixed sterre*, comme on dit, une étoile fixe en un instant particulier, était la même pour n'importe quel observateur de n'importe quel point de la terre. Il suffisait donc de connaître, grâce aux habituelles tables ou éphémérides, et en observant le ciel avec l'*astronomers staffe, the Crosse*...

— L'arcbalestrille ?

— Précisément, avec cette *cross* on calcule la distance de la lune à partir de cette étoile à une heure donnée de notre méridien d'origine, et l'on sait que, à l'heure de son observation en mer, dans telle ville il est telle heure. Une fois connue la différence du temps, la longitude est trouvée. Mais, mais... » et Byrd avait fait une pause pour captiver encore plus ses interlocuteurs, « mais il y a la *Parallaxe*. C'est une chose fort complexe que je n'ose vous expliquer, due à la différence de réfraction des corps célestes à diverses altitudes sur l'horizon. Or donc avec la parallaxe, la distance trouvée ici ne serait pas la même que trouveraient nos astronomes, là-bas, en Europe. »

Roberto se souvenait d'avoir entendu de la bouche

de Mazarin et de Colbert une histoire de parallaxes, et de ce monsieur Morin qui croyait avoir découvert une méthode pour les calculer. Afin de jauger le savoir de Byrd, il avait demandé si les astronomes ne pouvaient pas calculer les parallaxes. Byrd avait répondu qu'on le pouvait, mais que c'était chose suprêmement difficile, et immense était le risque d'erreur. « Et puis, avait-il ajouté, moi je suis un profane, de ces choses, je sais bien peu.

— Il ne reste donc plus qu'à chercher une méthode plus sûre, avait alors suggéré Roberto.

— Vous savez ce qu'a dit votre Vespucci ? Il a dit : quant à la longitude, c'est chose fort ardue que de rares personnes entendent, celles qui savent s'abstenir de dormir pour observer la conjonction de la lune et des planètes. Et il a dit : c'est pour la détermination des longitudes que j'ai souvent sacrifié le sommeil et abrégé ma vie de dix ans... Temps perdu, je vous le dis. *But now behold the skie is over cast with cloudes ; wherfore let us haste to our lodging, and ende our talke.* »

Des soirs plus tard, il avait demandé au docteur de lui indiquer l'Etoile Polaire. Celui-ci avait souri : de cet hémisphère, on ne pouvait la voir, il fallait se référer à d'autres étoiles fixes. « Une autre défaite pour les chercheurs de longitudes, avait-il commenté. Ainsi ne peuvent-ils même pas recourir aux variations de l'aiguille magnétique. »

Puis, sollicité par ses amis, il avait encore rompu le pain de son savoir.

« L'aiguille du compas de route devrait toujours viser le nord, et donc la direction de l'Etoile Polaire. Et pourtant, sauf sur le méridien de l'Ile du Fer, dans tous les autres lieux elle s'écarte de l'exact pôle de la Tramontane, s'orientant tantôt du côté du levant tantôt de celui du ponant, selon les climats et les latitudes. Si, par exemple, vous vous acheminez des Canaries vers Gibraltar, n'importe quel matelot sait que l'aiguille s'oriente de plus de six degrés de rhumb vers le Maestral, et de Malte à Tripoli de Barbarie il y a une variation de deux tiers de rhumb à gauche — et vous savez parfaitement que le rhumb est une aire de vent. Or ces déviations, a-t-on dit, suivent des règles fixes selon les différentes longitudes. Donc, avec une bonne table des déviations, vous pourriez savoir où vous vous trouvez. Mais...

— Encore un mais ?

— Malheureusement oui. Il n'existe pas de bonnes tables de déclinaison de l'aiguille magnétique, qui les a essayées a échoué, et il y a de bonnes raisons de supposer que l'aiguille ne varie pas de manière uniforme selon la longitude. Par ailleurs, ces variations sont très lentes, et sur mer il est difficile de les suivre, si toutefois le navire ne tangue pas à en altérer l'équilibre de l'aiguille. Qui se fie à l'aiguille est un fou. »

Un autre soir à souper, le chevalier, qui ruminait une demi-phrase lancée mine de rien par Roberto, avait dit que peut-être Escondida était une des Iles de Salomon, et il avait demandé s'ils en étaient proches.

Byrd avait haussé les épaules : « Les Iles de Salomon ! Ça n'existe pas !

— Le capitaine Draco n'y est-il pas arrivé ? demandait le chevalier.

— Non-sens ! Drake a découvert New Albion, d'un tout autre côté.

— A Casal, les Espagnols en parlaient comme d'une chose connue, et ils disaient les avoir découvertes eux, dit Roberto.

— C'est ce Mendaña qui l'a affirmé, septante et quelques années en arrière. Mais il a raconté qu'elles étaient entre le septième et le onzième degré de latitude sud. Autrement dit entre Paris et Londres. Mais à quelle longitude ? Queiros disait qu'elles sont à mille cinq cents lieues de Lima. Ridicule. Il suffirait de cracher des côtes du Pérou pour les atteindre. Récemment un Espagnol a dit qu'elles sont à sept mille cinq cents milles du même Pérou. Trop, sans doute. Ayez la bonté de regarder ces cartes, certaines fraîchement refaites, mais en reproduisant les plus anciennes, et d'autres nous sont proposées comme dernière découverte. Regardez, certains placent les îles sur le deux cent dixième méridien, d'autres sur le deux cent vingtième, d'autres encore sur le deux cent trentième, pour ne rien dire de ceux qui les imaginent sur le cent quatre vingtième. Même si l'un d'eux avait raison, les autres arriveraient à une erreur de cinquante degrés, qui est à quelque chose près la distance entre Londres et les terres de la Reine de Saba !

— Tout ce que vous savez est vraiment digne d'amiration, docteur, avait dit le chevalier, comblant les vœux de Roberto qui s'apprêtait à le dire lui aussi, à croire que dans votre vie vous n'ayez rien fait d'autre que chercher la longitude. »

Le visage du docteur Byrd, parsemé de lentilles blanchâtres, avait d'un coup rougi. Il avait rempli son pot de bière, l'avait lampé sans reprendre souffle. « Oh, curiosité de naturaliste. En fait, je ne saurais par quel bout commencer si je devais vous dire où nous sommes.

— Mais, avait pensé pouvoir hasarder Roberto, près de la barre de gouvernail j'ai vu une table sur laquelle...

— Oh oui, s'était aussitôt repris le docteur, certes un navire ne va pas au hasard. *They pricke the Carde.* Ils enregistrent, le jour, la direction de l'aiguille et sa déclinaison, d'où souffle le vent, l'heure de l'horloge de bord, les milles parcourus, la hauteur du soleil et des étoiles, et donc la latitude, et de là ils tirent la longitude qu'ils supposent. Vous aurez vu parfois à la poupe un matelot qui jette dans l'eau une corde avec, assujettie à son bout, une planche. C'est le *loch* ou, comme certains le disent, bateau de loch. On laisse courir la corde, la corde a des nœuds dont l'espacement exprime des mesures fixes, avec une horloge près de soi on peut savoir en combien de temps a été couverte une distance donnée. De cette façon, si tout allait régulièrement, on saurait toujours à combien de milles on est du dernier méri-

dien connu, et, de nouveau, par des calculs oppor-
tuns, on connaîtrait sur lequel on est en train de
passer.

— Vous voyez qu'il y a un moyen », avait dit,
triomphant, Roberto qui savait déjà ce que lui
répondrait le docteur. Que le loch est quelque chose
que l'on utilise faute de mieux, car il ne pourrait
vraiment nous dire combien de route on a fait que
si le navire avançait en ligne droite. Mais comme un
navire va au gré des vents, quand les vents ne sont
pas favorables, le navire doit aller un temps à droite
et un temps à gauche.

« Sir Humphrey Gilbert, dit le docteur, plus ou
moins à l'époque de Mendaña, du côté de Terre-
Neuve, alors qu'il voulait voguer le long du qua-
rante-septième parallèle, *encountered winde alwayes
so scant*, des vents — comment dire — si paresseux
et pingres, qu'il naviga longtemps et alternati-
vement entre le quarante et unième et le cinquante
et unième, passant à travers dix degrés de latitude,
mes bons messieurs, en somme imaginez une
immense couleuvre rampant de Naples au Portugal,
avant de toucher Le Havre de la tête et Rome de la
queue, et puis se retrouvant la queue à Paris et la
tête à Madrid ! Il faut donc calculer les déviations,
faire les calculs, et être très attentif ; ce qu'un matelot ne fait jamais, et il ne peut pas avoir un astronome à côté de lui toute la journée. Certes, on peut
faire des conjectures, surtout si l'on va par une route
connue, et on rassemble les résultats que d'autres
ont trouvés. C'est pour cela que, des côtes euro-
péennes aux côtes américaines, les cartes donnent
des distances méridiennes assez sûres. Et puis, de
terre, même les relèvements sur les astres peuvent
donner quelques bons résultats, et nous savons alors
sur quelle longitude se trouve Lima. Mais dans ce
cas-là aussi, mes amis, disait avec entrain le docteur,
qu'arrive-t-il ? » Et il regardait, matois, les deux
autres. « Il arrive que ce monsieur », et il tapotait du
doigt sur une carte, « place Rome au trentième
degré est du méridien des Canaries, mais cet

autre », et il agitait le doigt comme pour menacer paternellement qui avait dessiné l'autre carte, « cet autre monsieur place Rome au quarantième degré ! Et ce manuscrit contient aussi la relation d'un Flamand qui en sait long, et qui avertit le roi d'Espagne qu'il n'y a jamais eu accord sur la distance entre Rome et Tolède, *por los errores tan enormes, como se conoce por esta linea, que muestra la diferencia de las distancias* et cætera et cætera. Et voici la ligne : si l'on fixe le premier méridien à Tolède (les Espagnols croient toujours vivre au centre du monde), pour Mercator Rome serait vingt degrés de plus à l'est, mais elle est vingt-deux pour Tycho Brahé, presque vingt-cinq pour Regiomontanus, vingt-sept pour Clavius, vingt-huit pour le bon Ptolémée, et pour Origanus, trente. Et tant d'erreurs rien que pour mesurer la distance entre Rome et Tolède. Imaginez alors ce qui arrive sur des routes comme celle-ci, où peut-être nous avons été les premiers à toucher certaines îles, et où les relations des autres voyageurs sont très vagues. Ajoutez que si un Hollandais a fait des relevés exacts, il ne le dit pas aux Anglais, ni ceux-ci aux Espagnols. Sur ces mers compte le nez du capitaine qui avec son pauvre loch infère, mettons, qu'il est sur le deux cent vingtième méridien, et, s'il se trouve, il est à trente degrés de plus d'un côté ou de l'autre.

— Mais alors, pressentit le chevalier, celui qui découvrirait un moyen pour établir les méridiens, celui-là serait le maître des océans ! »

Byrd rougit de nouveau, le fixa pour comprendre s'il parlait de propos délibéré, puis sourit comme s'il voulait le mordre : « Essayez donc, vous.

— Hélas, moi j'y renonce », dit Roberto en levant les mains en signe de reddition. Et pour ce soir la conversation prit fin au milieu de moult éclats de rire.

Pendant nombre de jours, Roberto ne tint pas pour opportun de ramener le discours sur les longitudes. Il changea de sujet, et, pour ce faire, il prit une décision courageuse. De son couteau, il se blessa une paume. Puis il la banda avec les lambeaux d'une chemise désormais usée jusqu'à la corde par l'eau et les vents. Le soir venu, il montra la blessure au docteur : « Je suis vraiment tête en l'air, j'avais mis le couteau dans mon ballot et sans sa gaine, en fouillant je me suis coupé. Ça brûle beaucoup. »

Le docteur Byrd examina la blessure avec l'œil de l'homme de l'art, et Roberto priait Dieu qu'il portât un bassin sur la table et y diluât du vitriol. En revanche, Byrd se limita à dire qu'elle ne lui semblait pas de grande conséquence, il lui conseilla de bien la laver le matin. Mais, par un heureux caprice de la fortune, le chevalier vint à son secours : « Eh, il faudrait avoir l'onguent armaire !

— De quoi diable parlez-vous ? » avait demandé Roberto. Et le chevalier, comme s'il avait lu tous les livres que Roberto connaissait à présent, se mit à louer les vertus de cette substance. Byrd se taisait. Roberto, après le beau coup du chevalier, lança les dés à son tour : « Mais ce sont des contes de vieille nourrice ! Comme l'histoire de la femme enceinte qui vit son amant la tête coupée et accoucha d'un enfant à la tête décollée du buste. Comme ces paysannes qui, pour punir le chien qui a chié dans la cuisine, prennent un tison et le plantent dans les crottes en espérant que l'animal sente son derrière lui brûler ! Chevalier, nulle personne sensée ne peut croire à ces historiettes ! »

Son coup avait porté juste, et Byrd ne parvint pas à se taire. « Ah non, mon cher monsieur, l'histoire du chien et de sa crotte est tellement vraie que quelqu'un a fait de même avec un monsieur qui, par dépit, chiait devant sa porte, et je vous assure que celui-là a appris à craindre ce lieu ! Naturellement, il faut répéter l'opération à maintes reprises, et donc vous avez besoin d'un ami, ou ennemi, qui chie fort souvent sur votre seuil ! » Roberto ricanait comme si le docteur plaisantait, et de ce fait il le poussait à fournir, piqué, de bonnes raisons. Qui étaient après tout, à peu de chose près, celles de d'Igby. Mais maintenant le docteur s'était enflammé : « Eh oui, mon cher monsieur, qui faites tant le philosophe et déprisez le savoir des chirurgiens. Je vous dirai même, puisque de merde nous parlons, que celui qui a mauvaise haleine devrait garder la bouche grande ouverte sur la fosse d'aisances, et à la fin il se trouverait guéri : la puanteur des excréments est bien plus forte que celle de sa gorge, et le plus fort attire et emporte le plus faible !

— Vous me révélez là des choses extraordinaires, docteur Byrd, et je suis saisi d'admiration devant votre science !

— Mais je pourrais vous dire davantage. En Angleterre, lorsqu'un homme est mordu par un chien, on tue l'animal, même s'il n'est pas enragé. Il pourrait le devenir, et le levain de la rage canine, resté dans le corps de la personne qui a été mordue, attirerait à soi les esprits de l'hydrophobie. N'avez-vous jamais vu les paysannes qui versent du lait sur la braise ? Elles y jettent aussitôt une poignée de sel. Grande sapience du vulgaire ! Le lait en tombant sur les charbons se change en vapeur et par l'action de la lumière et de l'air cette vapeur, accompagnée par des atomes de feu, se propage jusqu'à l'endroit où est la vache qui a donné le lait. Or, la mamelle de vache est un organe très granuleux et délicat, et ce feu la réchauffe, la durcit, y produit des ulcères et, comme la mamelle est près de la vessie, irrite aussi celle-ci, provoquant l'anastomose des veines qui y confluent, si bien que la vache pisse du sang. »

Roberto dit : « Le chevalier nous avait parlé de cet onguent armaire comme d'une chose utile à la médecine mais vous, vous nous faites comprendre qu'il pourrait être aussi utilisé pour faire du mal.

— Bien sûr, et c'est pour cela que certains secrets doivent être cachés à la plupart afin que l'on n'en fasse pas mauvais usage. Eh, mon cher monsieur, la dispute sur l'onguent, ou sur la poudre, ou sur ce que nous Anglais nommons le *Weapon Salve*, est riche de controverses. Le chevalier nous a parlé d'une arme qui, opportunément traitée, provoque un soulagement à la blessure. Mais prenez la même arme et posez-la à côté du feu : le blessé, fût-il à des milles de distance, hurlerait de douleur. Et si vous plongez la lame encore tachée de sang dans l'eau glacée, le blessé sera pris de frissons. »

Apparemment cette conversation n'avait rien appris à Roberto qu'il ne sût déjà, y compris que le docteur Byrd en savait long sur la Poudre de Sympathie. Pourtant le discours du docteur avait trop roulé sur les effets les pires de la poudre, et ce ne pouvait être un hasard. Mais ce que tout cela avait à voir avec l'arc de méridien, c'était une autre histoire.

Jusqu'à ce qu'un matin, profitant du fait qu'un matelot était tombé d'une vergue, se fracturant le crâne, que sur le pont il y avait tumulte et que le docteur avait été appelé pour soigner l'infortuné, Roberto s'était esquivé dans le fond de cale.

Presque à tâtons, il avait réussi à trouver la bonne direction. Sans doute avait-ce été la chance, sans doute la bête se plaignait-elle davantage que de coutume ce matin-là : Roberto, plus ou moins là où sur la *Daphne* il finirait par découvrir les tonnelets d'eau-de-vie, fut devant un atroce spectacle.

Bien défendu des regards curieux, dans un cagibi construit sur mesure, sur une couverture de chiffons, il y avait un chien.

Peut-être était-il de race, mais la souffrance et les privations ne lui avaient laissé que la peau et les os. Et pourtant ses tortionnaires montraient l'intention de le garder en vie : ils l'avaient pourvu en abondance de nourriture et d'eau, et même de la nourriture non canine, certainement soustraite aux passagers.

Il gisait sur un flanc, tête abandonnée, langue dehors. A son flanc s'ouvrait une large et horrible blessure. Fraîche et cancéreuse à la fois, la plaie exhibait deux grandes lèvres rosées et au milieu et le long de toute son entaille une âme purulente qui paraissait sécréter de la ricotta. Roberto comprit que la blessure se présentait dans cet état parce que la main d'un chirurgien avait, au lieu d'en coudre les lèvres, fait en sorte qu'elles restassent ouvertes et béantes, en les fixant à la peau.

Fille bâtarde de l'art, cette blessure avait été non seulement infligée, mais soignée avec cruauté de façon qu'elle ne cicatrisât pas et que le chien continuât à souffrir — qui sait depuis quand. Non seulement, mais Roberto distingua aussi, autour et à l'intérieur de la plaie, les résidus d'une substance cristalline, comme si un médecin (un médecin si impitoyablement sagace !) chaque jour l'aspergeait d'un sel irritant.

Impuissant, Roberto avait caressé le malheureux, qui à présent glapissait presque en silence. Il s'était demandé comment il pouvait lui faire du bien, mais en le touchant plus fort il avait ajouté à sa souffrance. Par ailleurs, un sentiment de victoire finissait par l'emporter sur la pitié. Nul doute : c'était là le secret du docteur Byrd, le chargement mystérieux embarqué à Londres.

D'après ce que Roberto avait vu, un homme, qui savait ce que lui savait, pouvait en inférer que le chien avait été blessé en Angleterre et que Byrd prenait soin qu'il demeurât toujours la plaie béante. Quelqu'un à Londres, chaque jour à une heure fixe et convenue, faisait quelque chose à l'arme coupable, ou à un linge imbibé du sang de la bête, pour en provoquer la réaction — peut-être de soulagement, peut-être de peine encore plus grande, puisque le docteur avait bien dit qu'avec le *Weapon Salve* on pouvait aussi bien nuire.

De cette façon, sur l'*Amaryllis* il était possible de savoir à un moment donné quelle heure il était en Europe. Connaissant l'heure de passage, il devenait possible de calculer le méridien.

Il ne restait qu'à attendre l'épreuve des faits. Dans cette période Byrd s'éloignait toujours autour de onze heures : on s'approchait donc de l'antiméridien. Il faudrait qu'il l'attende caché près de la bête, vers cette heure-là.

Il eut un coup de chance, si de chance on peut parler pour un coup de chien qui conduirait ce navire, et tous ceux qui l'habitaient, à la dernière des malchances. La mer était déjà très agitée cet après-midi-là, et Roberto avait pu ainsi accuser un état nauséeux, un remuement d'estomac, pour se réfugier dans sa chambre et déserter le souper. Juste avant la tombée de la nuit noire, quand personne ne songeait encore à monter la garde, il était descendu, furtif, dans le fond de cale, ne tenant qu'un fuzil et une corde goudronnée avec quoi il éclairait sa marche. Il avait rejoint la bête et vu, au-dessus de sa couche, des planches chargées de bottes de paille qui servait à renouveler les paillasses empuanties des passagers. Il s'était frayé un chemin au milieu de ce matériel et creusé une niche d'où il ne pouvait plus voir le chien, mais lorgner qui se trouvait devant lui, et bien sûr écouter tout propos.

L'attente avait duré des heures, rendue plus longue encore par les gémissements de la très malheureuse bête, mais enfin il avait entendu des bruits et aperçu des lumières.

Peu après il se trouvait témoin d'une expérience qui avait lieu à quelques pas de lui, en la présence du docteur et de ses trois assistants.

« Tu notes, Cavendish ?

— Aye aye, docteur.

— Attendons donc. Il se plaint trop ce soir.

— Il sent la mer.

— Sage, sage, Hakluyt, disait le docteur qui calmait le chien avec quelques hypocrites caresses. Nous avons mal fait de ne pas arrêter une séquence fixe d'actions. Il faudrait toujours commencer par le lénitif.

— Ce n'est pas dit, docteur, certains soirs à la bonne heure il dort, et il faut le réveiller avec une action irritante.

— Attention, j'ai l'impression qu'il s'agite... Sage Hakluyt... Oui, il s'agite ! » Le chien émettait à présent des aboiements dénaturés. « Ils ont exposé l'arme au feu, enregistre l'heure, Withrington !

— Ici il est environ onze heures et demie.

— Contrôle les horloges. Dix minutes environ devraient passer. »

Le chien continua à clatir pendant un temps interminable. Puis il émit un son différent, qui s'éteignit en un « arff arff » tendant à s'affaiblir jusqu'à ce qu'il laissât place au silence.

« Bien, disait le docteur Byrd, les temps, Withrington ?

— Cela devrait correspondre. Il est minuit moins le quart.

— Ne chantons pas victoire. Attendons le contrôle. »

Suivit une autre interminable attente, puis le chien, qui d'évidence s'était assoupi en éprouvant un soulagement, hurla de nouveau comme si on lui avait marché sur la queue.

« Temps, Withrington !

— L'heure est écoulée, il manque quelques grains de sable.

— L'horloge donne déjà le minuit, dit une troisième voix.

— Cela nous suffit, me semble-t-il. Maintenant, messieurs, dit le docteur Byrd, j'espère que l'irritation va cesser tout de suite, le pauvre Hakluyt ne tient pas. De l'eau et du sel, Hawlse, et le bout de tissu. Sage, sage, Hakluyt, maintenant tu vas mieux... Dors, dors, sens ton maître qui est ici, c'est fini... Hawlse, le somnifère dans l'eau...

— Aye aye docteur.

— Voilà, bois, Hakluyt... Sage, allons, bois la bonne eau... » Un timide jappement encore, puis silence à nouveau.

« Excellent, messieurs, disait le docteur Byrd, si ce maudit navire ne se trémoussait pas de cette façon indécente, nous pourrions dire que nous avons eu une bonne soirée. Demain matin, Hawlse, le sel habituel sur la blessure. Tirons les conclusions, messieurs. Au moment crucial, ici nous étions proches de minuit, et de Londres on nous signalait qu'il était midi. Nous sommes sur l'antiméridien de

Londres, et donc sur le cent quatre vingt dix-hui-
tième des Canaries. Si les Iles de Salomon sont,
comme veut la tradition, sur l'antiméridien de l'Ile
du Fer, et si nous sommes à la bonne latitude, en
naviguant vers l'ouest avec un bon vent en poupe,
nous devrions aborder à San Christoval, ou comme
nous rebaptiserons cette maudite île. Nous aurons
trouvé ce que les Espagnols cherchent depuis des
dizaines d'années et nous aurons dans le même
temps en main le secret du *Punto Fijo*. La bière,
Cavendish, nous devons boire à Sa Majesté, que
Dieu toujours la sauve.

— Dieu sauve le roi », dirent d'une seule voix les
trois autres — et ils étaient évidemment tous quatre,
hommes de grand cœur, encore fidèles à un
monarque qui, en ces jours-là, s'il n'avait pas déjà
perdu la tête, était du moins sur le point de perdre
le royaume.

Roberto faisait travailler son esprit. Quand au
matin il avait vu le chien, il s'était rendu compte
qu'en le caressant il s'apaisait et que, l'ayant touché
à un moment donné d'une manière brusque, il avait
geint de douleur. Il suffisait de peu, sur un navire
agité par la mer et le vent, pour susciter dans un
corps malade des sensations diverses. Peut-être ces
gens mauvais croyaient-ils recevoir un message de
loin, et en revanche le chien souffrait-il et éprouvait-
il un soulagement selon que les vagues le déran-
geaient ou le berçaient. Ou encore, si les pensées
sourdes existaient, comme disait Saint-Savin, avec
le mouvement des mains Byrd faisait réagir le chien
selon ses propres désirs inavoués. Lui-même n'avait-
il pas dit de Colomb qu'il s'était trompé en voulant
démontrer qu'il était arrivé plus loin ? Le destin du
monde était donc lié au mode dont ces fous inter-
prétaient le langage d'un chien ? Un gargouillement
du ventre de ce malheureux pouvait faire décréter à
ces misérables qu'ils s'approchaient ou s'éloignaient
du lieu convoité par des Espagnols, des Français,
des Hollandais et des Portugais tout aussi misérables ? Et lui il était impliqué dans cette aventure

pour fournir un jour à Mazarin ou au jouvenceau Colbert la façon de peupler les vaisseaux de France de chiens tourmentés ?

Les autres s'étaient désormais éloignés. Roberto était sorti de sa cachette et s'était arrêté un instant, à la lumière de sa corde goudronnée, devant le chien dormant. Il lui avait effleuré la tête. Il voyait dans ce pauvre animal toute la souffrance du monde, furieux récit d'un idiot. Sa lente éducation, depuis les jours de Casal jusqu'à ce moment, l'avait amené à pareille vérité. Oh s'il était resté naufragé sur l'île déserte, comme voulait le chevalier, si comme le chevalier le voulait il avait mis le feu à l'*Amaryllis*, s'il avait interrompu son chemin sur la troisième île, au milieu des natives couleur terre de Sienne, ou sur la quatrième était devenu le barde de ces gens. S'il avait trouvé l'Escondida où se cacher de tous les sicaires d'un monde sans pitié !

Il ne savait pas alors que le sort lui réserverait d'ici peu une cinquième île, peut-être la Dernière.

L'*Amaryllis* paraissait hors de soi, et, en s'agrippant de tous côtés, il était rentré dans sa chambre, oubliant les maux du monde pour souffrir du mal de mer. Puis le naufrage, dont on a parlé. Il avait accompli sa mission avec succès : unique survivant, il emportait avec lui le secret du docteur Byrd. Mais il ne pouvait le révéler à personne. Et puis, c'était sans doute un secret de rien.

N'aurait-il pas dû reconnaître que, sorti d'un monde insane, il avait trouvé la vraie santé ? Le naufrage lui avait accordé le don suprême, l'exil, et une Dame que personne désormais ne pouvait lui enlever...

Mais l'Ile ne lui appartenait pas et demeurait lointaine. La *Daphne* ne lui appartenait pas, un autre en réclamait la possession. Peut-être pour y poursuivre des recherches non moins brutales que celle du docteur Byrd.

20

La Pointe ou l'Art du Génie

Roberto tendait encore à laisser filer le temps et jouer l'Intrus pour en découvrir le jeu. Il replaçait les horloges sur le tillac, les remontait chaque jour, puis il courait ravitailler les bêtes pour empêcher l'autre de le faire, après quoi il mettait en ordre chaque chambre et chaque chose sur le tillac de façon que, si l'autre bougeait, on en remarquât le passage. Il restait enfermé le jour, mais avec la porte entrouverte, de manière à saisir tout bruit venant du dehors ou d'en bas, il montait la garde de nuit, buvait de l'eau-de-vie, descendait encore dans les entrailles de la *Daphne*.

Une fois il découvrit deux autres réduits au-delà de la fosse-à-lions, vers la proue : l'un était vide, l'autre plutôt trop plein, tapissé d'étagères aux bords ourlés de baguettes pour empêcher la chute des objets par mer agitée. Il vit des peaux de lézards séchées au soleil, des noyaux de fruits à l'identité perdue, des pierres de couleurs variées, des galets polis par la mer, des fragments de corail, des insectes percés d'une épingle sur une planchette, une mouche et une araignée dans un morceau d'ambre, un caméléon tout sec, des récipients de verre pleins de liquide où flottaient des serpenteaux ou des petites anguilles, des arêtes énormes, qu'il crut de baleine, l'épée qui devait orner le museau d'un poisson, et une longue corne, qui, pour Roberto, était de licorne, mais je pense que c'était celle d'un narval. En somme, une resserre qui révélait un goût pour la collection érudite, ainsi qu'à cette époque on devait en trouver sur les navires des explorateurs et des naturalistes.

Au milieu, il y avait une caisse ouverte avec de la paille sur le fond, vide. Ce qu'elle pouvait avoir contenu, Roberto le comprit en revenant dans sa chambre où, comme il ouvrit la porte, l'attendait, dressé, un animal qui, dans cette rencontre, lui sembla plus terrible que s'il s'était agi de l'Intrus en chair et en os.

Un rat, un sale rat d'égout, que dis-je, un maimon, plus haut que la moitié d'un homme, avec une longue queue qui s'allongeait sur le sol, les yeux fixes, immobile sur deux pattes, les deux autres comme de petits bras tendus vers lui. De poil ras, il avait sur le ventre une poche, une ouverture, un sac naturel d'où guignait un petit monstre de la même espèce. Nous savons combien Roberto avait divagué sur les rats les deux premiers soirs, et s'il les attendait grands et féroces autant qu'en peuvent héberger les navires. Mais celui-ci comblait toutes ses plus tremblantes attentes. Et il ne croyait pas qu'œil humain eût jamais vu des rats de cette sorte — à raison, car nous verrons plus tard qu'il s'agissait, comme je l'ai déduit, d'un marsupial.

Passé le premier moment de terreur, il était devenu clair, d'après l'immobilité de l'envahisseur, qu'il s'agissait d'un animal naturalisé, et mal naturalisé, ou mal conservé dans le fond de cale : la peau dégageait une fétidité d'organes en décomposition, et de l'échine sortaient déjà des touffes d'avoine.

Peu avant que Roberto n'entrât dans la chambre des merveilles, l'Intrus en avait soustrait la pièce de plus grand effet, et, tandis qu'il admirait ce musée, l'autre la lui avait placée chez lui, peut-être en espérant que sa victime, une fois perdue la raison, se précipiterait par-dessus la muraille et disparaîtrait en mer. Il me veut mort, il me veut fou, murmurait-il, mais je lui ferai manger son rat à plat ventre, je le mettrai, lui, empaillé sur ces étagères, tu te caches où, maudit, où es-tu, peut-être es-tu en train de me regarder pour voir si je perds la raison, mais c'est moi qui te la ferai perdre, scélérat.

De la crosse de son mousquet, il avait poussé l'animal sur le tillac et, surmontant son dégoût, il l'avait pris avec les mains et jeté à la mer.

Décidé à découvrir la cachette de l'Intrus, il était revenu dans la fosse aux mâts, faisant attention à ne pas rouler de nouveau sur les billots maintenant épars sur le sol. Au-delà des Bois, il avait trouvé un endroit que, sur l'*Amaryllis*, on appelait la soute (ou *soda*, ou *sota*) pour le biscuit : sous un morceau de toile, bien enveloppée et protégée, il avait déniché, en premier lieu, une lunette d'approche très grande, plus puissante que celle qu'il avait dans sa chambre, sans doute une Hyperbole des Yeux destinée à l'exploration du ciel. Mais le télescope était dans un grand bassin de métal léger, et à côté du bassin étaient soigneusement enveloppés dans d'autres morceaux d'étoffe des instruments de nature incertaine, des bras métalliques, un bout de tissu circulairement coupé, avec des anneaux sur le pourtour, une sorte d'armet, et enfin trois récipients pansus qui se révélèrent, à l'odeur, pleins d'une huile dense et rance. A quoi pouvait servir cet ensemble, Roberto ne se le demanda pas : à ce moment-là, il voulait dépister une créature vive.

Il avait plutôt contrôlé si sous la soute s'ouvrait encore un autre espace. Il y en avait un, sauf qu'il était si bas qu'on n'y pouvait avancer qu'à quatre pattes. Il avait exploré ce boyau en tenant la lanterne vers le sol pour se garder des scorpions et par crainte d'incendier le plafond. Après une brève reptation, il était arrivé au bout, heurtant du chef contre le dur mélèze, extrême Thulé de la *Daphne*, derrière quoi on entendait se brasser l'eau contre la carcasse. Il ne pouvait donc y avoir plus rien au-delà de ce cul-de-sac.

Ensuite, il s'était arrêté, comme si la *Daphne* n'eût pu lui réserver d'autres secrets.

Si la chose peut apparaître bizarre, qu'en une semaine et plus d'un séjour inactif Roberto n'eût pas réussi à tout voir, qu'il suffise de penser à ce qui arrive à un enfant qui pénétrerait dans les greniers ou dans les caves d'une grande et ancestrale demeure au plan accidenté. A chaque pas se présentent des caisses de vieux livres, des vêtements qu'on ne porte plus, des bouteilles vides, et des monceaux de fagots, des meubles abîmés, des armoires poussiéreuses et instables. Le bambin va, s'attarde à découvrir quelque trésor, entrevoit un passage, un couloir sombre et s'y figure une alarmante présence, il renvoie la recherche à une autre fois, et chaque fois il se risque à petits pas, d'un côté en craignant de trop se hasarder, de l'autre en goûtant quasiment d'avance de futures découvertes, oppressé par l'émotion des toutes récentes, et ce grenier ou cette cave ne finissent jamais, et peuvent lui réserver de nouveaux coins pour toute son enfance et au-delà.

Et si le bambin était effrayé chaque fois par de nouveaux bruits, ou si, pour l'éloigner de ces dédales, on lui racontait chaque jour de glaçantes légendes — et si ce bambin, de surcroît, était aussi ivre — on comprend comment l'espace se dilate à chaque nouvelle aventure. Ce n'est pas autrement que Roberto avait vécu l'expérience de son territoire encore hostile.

C'était de grand matin, et Roberto rêvait à nouveau. Il rêvait à la Hollande. Cela s'était passé quand les hommes du Cardinal le conduisaient à Amsterdam pour l'embarquer sur l'*Amaryllis*. Au cours du voyage, ils avaient fait une halte dans une ville, et il était entré dans la cathédrale. L'avait frappé la nitescence de ces nefs, si différentes de celles des églises italiennes et françaises. Dépouillées, à part quelques étendards suspendus aux colonnes nues ; clairs, les vitraux, et sans images ; le soleil y créait une atmosphère laiteuse, interrompue seulement en bas par les rares figures noires des dévots. Au milieu de cette paix l'on n'entendait qu'un son, une mélodie triste, qui paraissait vaguer dans l'air éburnéen naissant des chapiteaux ou des clefs de voûte. Puis il s'était aperçu que dans une chapelle, dans le promenoir du chœur, un autre noirvêtu, seul dans un coin, jouait d'une petite flûte à bec, les yeux écarquillés dans le vide.

Plus tard, quand le musicien eut fini, il s'approcha en se demandant s'il devait lui donner une obole ; celui-ci, sans le fixer au visage, le remercia pour ses éloges, et Roberto comprit qu'il était aveugle. C'était le carillonneur (*der Musycin en Directeur van de Klok-werken, il maestro delle campane, der Glockenspieler*, chercha-t-il à lui expliquer), mais cela faisait aussi partie de son travail que d'entretenir au son de la flûte les fidèles qui s'entretenaient le soir sur le parvis ou dans le cimetière autour de l'église. Il connaissait de nombreuses mélodies, et sur chacune il élaborait deux, trois, parfois cinq variations d'une complexité toujours plus grande, et il n'avait pas besoin de lire les notes : aveugle il était né et pouvait évoluer dans le bel espace lumineux (ainsi dit-il, lumineux) de son église en voyant, dit-il, le soleil avec sa peau. Il lui expliqua combien son instrument était une chose vivante, qui réagissait aux saisons, et à la température du matin et du couchant, mais que dans l'église régnait une sorte de tiédeur toujours diffuse qui assurait au bois une perfection constante — et Roberto eut à réfléchir sur l'idée de tiédeur diffuse que pouvait avoir un homme du Nord, alors que lui se refroidissait dans ces clartés.

Le musicien lui joua encore deux fois la première mélodie, et il dit qu'elle s'intitulait « Doen Daphne d'over schoone Maeght ». Il refusa tout don, lui toucha le visage et lui dit, ou ainsi du moins Roberto le comprit, que « Daphne » était une chose douce qui l'accompagnerait toute sa vie.

A présent, sur la *Daphne*, Roberto ouvrait les yeux et sans nul doute il entendait venir d'en bas, à travers les fissures du bois, les notes de « Daphne », comme jouée par un instrument plus métallique qui, sans oser de variations, reprenait à intervalles réguliers la première phrase de la mélodie, telle une ritournelle obstinée.

Il se dit aussitôt que c'était un fort ingénieux

emblème que d'être sur un *fluyt* nommé *Daphne* et d'entendre une musique pour flûte dite « Daphne ». Inutile de s'imaginer qu'il s'agissait d'un rêve. C'était un nouveau message de l'Intrus.

Une fois encore il s'était réarmé, il avait encore puisé des forces au tonnelet, et il avait suivi le son. Il paraissait venir du réduit des horloges. Mais, depuis qu'il avait dispersé ces machines sur le tillac, le lieu était resté vide. Il le revisita. Toujours vide, mais la musique venait de la paroi du fond.

Surpris par les horloges la première fois, essoufflé à les porter la deuxième, il ne s'était jamais avisé de vérifier si cet espace arrivait jusqu'à la carcasse. S'il en avait été ainsi, la paroi du fond eût été recourbée. Mais l'était-elle ? La grande toile, avec sa perspective d'horloges, créait un leurre de l'œil, si bien que l'on ne comprenait pas à première vue si le fond était plat ou concave.

Roberto allait arracher la toile, quand il se rendit compte que c'était une banne coulissante, comme un rideau. Et derrière le rideau se trouvait une autre porte, elle aussi fermée par un verrou.

Avec le courage des dévots de Bacchus, et comme si d'un coup d'espingole il pouvait avoir raison de pareils ennemis, il pointa son arme, cria à grande voix (et Dieu sait pourquoi) « Nevers et Saint-Denis ! », donna un coup de pied à la porte, et se jeta en avant, impavide.

L'objet qui occupait ce nouvel espace était un orgue, qui avait à son faîte une vingtaine de tuyaux et par leurs ouvertures sortaient les notes de la mélodie. L'orgue était fixé à la paroi et se composait d'une structure en bois soutenue par une armature de colonnettes en métal. Sur le plan supérieur se trouvaient au centre les tuyaux, encadrés de côté par des petits automates. Le groupe de gauche représentait sur une sorte de base circulaire une enclume à l'intérieur certainement creux, comme une cloche : autour de la base il y avait quatre figures qui bougeaient rythmiquement les bras en frappant la bigorne avec des martelets métalliques. Les martelets, de poids différents, produisaient des sons argentins qui ne détonnaient pas avec la mélodie chantée par les tuyaux, mais la commentaient à travers une série d'accords. Roberto se rappela les conversations à Paris avec un père des Minimes, qui lui parlait de ses recherches sur l'harmonie universelle, et il reconnut, plus par leur office musical que par leurs traits, Vulcain et les trois Cyclopes à quoi, selon la légende, se référait Pythagore quand il affirmait que la différence des intervalles musicaux dépend de nombre, poids et mesure.

A droite des tuyaux, un petit amour battait (à l'aide d'une baguette sur un livre de bois qu'il tenait dans ses mains) la mesure ternaire sur laquelle se fondait la mélodie, précisément, de « Daphne ».

Sur un plan juste inférieur, s'étendait le clavier de l'orgue dont les touches s'élevaient ou s'abaissaient en correspondance avec les notes émises par les tuyaux, comme si une main invisible courait dessus. Sous le clavier, là où d'habitude l'organiste actionne du pied les soufflets, s'insérait un cylindre autour duquel étaient fichées des dents, des pointes, en un ordre imprévisiblement régulier ou régulièrement inattendu, ainsi que les notes se disposent pour des montées et des descentes, des ruptures imprévues, de vastes espaces blancs et des pluies de croches sur les lignes d'une feuille de musique.

Sous le cylindre était fichée une barre horizontale soutenant des leviers qui, au roulement du cylindre, en touchaient successivement les dents et, par un jeu de tiges à demi cachées, actionnaient les notes — et celles-ci les tuyaux.

Mais le phénomène le plus stupéfiant était la raison pour quoi le cylindre tournait et les tuyaux recevaient le souffle. Sur le côté de l'orgue était fixé un siphon de verre, qui rappelait par sa forme le cocon du ver à soie, à l'intérieur duquel on apercevait deux cribles, l'un au-dessus de l'autre, qui le divisaient en trois chambres différentes. Le siphon recevait un ruissellement d'eau par un tube qui y pénétrait d'en bas à partir du sabord ouvert donnant de la lumière à ces lieux, et envoyait le liquide qui (grâce à quelque pompe cachée) était d'évidence aspiré directement de la mer, mais de telle sorte qu'il pénétrât dans le cocon mêlé à de l'air.

L'eau entrait en force dans la partie inférieure du cocon comme si elle bouillonnait, elle formait un tourbillon contre les parois, et certes libérait l'air qui se trouvait aspiré dans les deux cribles. Par un tube qui réunissait la partie supérieure du cocon à la base des tuyaux, l'air allait se changer en chant par d'artificieux mouvements spirituels. Par contre, l'eau qui s'était accumulée dans la partie inférieure en sortait par un chalumeau et allait faire tourner les pales d'une petite roue de moulin, pour s'écouler ensuite dans une bassine métallique située au-dessous et, de là, à travers un autre tube, par le sabord.

La roue actionnait une barre qui, s'engrenant avec le cylindre, lui communiquait son mouvement.

Dans son ivresse, tout cela sembla d'abord naturel à Roberto, au point qu'il se sentit trahi lorsque le cylindre se mit à ralentir et que les tuyaux soufflèrent leur mélodie comme si elle s'étouffait dans leur gorge, alors que les cyclopes et le petit amour cessaient leurs battements. Evidemment — bien qu'à son époque on parlât beaucoup du mouvement perpétuel — la pompe dissimulée qui réglait l'aspiration et l'afflux de l'eau pouvait agir pendant un certain temps après une première impulsion, et puis elle arrivait au terme de son effort.

Roberto ne savait pas s'il devait maintenant s'étonner davantage de ce savant technasme — car il avait entendu parler d'autres semblables, capables d'actionner des danses d'enfants morts ou de putti ailés — ou bien du fait que l'Intrus — il n'aurait pu s'agir de rien d'autre — l'avait mis en action ce matin-là et à cette heure-là.

Pour lui communiquer quel message ? Peut-être qu'il était vaincu au départ. La *Daphne* pouvait-elle celer encore tant de surprises analogues, qu'il aurait pu passer sa vie à chercher de les violer, sans espoir ?

Un philosophe lui avait dit que Dieu connaissait le monde mieux que nous parce qu'il l'avait fait. Et que pour s'adapter, fût-ce de peu, à la connaissance divine il fallait concevoir le monde comme un grand édifice, et chercher à essayer de le construire. Ainsi devait-il faire. Pour connaître la *Daphne*, il devait la construire.

Il s'était donc mis à sa table et avait dessiné le profil du vaisseau, s'inspirant et de la structure de l'*Amaryllis* et de ce qu'il avait vu jusqu'alors de la *Daphne*. Or donc, se disait-il, nous avons les logements du gaillard d'arrière et, dessous, la chambre du timonier ; encore dessous (mais encore au niveau du tillac), le corps-de-garde et la tamisaille où passe la barre de gouvernail. Celle-ci doit sortir à la poupe, et au-delà de cette limite il ne peut plus rien y avoir. Tout cela est au même niveau que la cuisine dans le gaillard d'avant. Ensuite, le beaupré repose sur un autre exhaussement, et là — si j'interprète bien les périphrases embarrassées de Roberto — devaient se situer ces emplacements où, le derrière dans le vide, on faisait à l'époque ses besoins. Si l'on descendait sous la cuisine, on arrivait à la dépense. Il l'avait visitée jusqu'au bout-dehors, jusqu'aux limites de l'éperon, et là aussi il ne pouvait y avoir rien d'autre. En dessous, il avait déjà trouvé les cordes et la collection des fossiles. Plus loin, on ne pouvait aller.

Alors on revenait en arrière et l'on traversait tout le second-pont avec la volière et le verger. Si l'Intrus ne prenait pas à loisir la forme d'un animal ou d'un végétal, il ne pouvait se cacher ici. Sous la barre de gouvernail, il y avait l'orgue et les horloges. Et là aussi on arrivait à toucher la carcasse.

En descendant encore, il avait trouvé la partie la plus large du fond de cale, avec d'autres provendes, le lest, le bois ; il avait déjà frappé contre les flancs pour vérifier s'il n'y avait pas quelque faux fond qui donnât un son creux. La sentine n'autorisait pas, si c'était là un vaisseau normal, d'autres cachettes. A moins que l'Intrus ne fût collé à la quille, sous l'eau, telle une sangsue, et ne limaçonnât nuitamment à bord : mais de toutes les explications — et il était disposé à en tenter beaucoup — celle-ci lui semblait la moins scientifique.

A la poupe, plus ou moins sous l'orgue, il y avait le réduit avec le bassin, le télescope et les autres instruments. En l'examinant, réfléchissait-il, il n'avait pas contrôlé si l'espace finissait juste derrière le timon ; mais d'après le dessin qu'il élaborait, il lui semblait que la feuille ne lui permettait pas d'imaginer un autre vide — s'il avait bien dessiné la courbe de la poupe. Dessous, il ne restait que le boyau-impasse, et qu'à part cela il n'y eût rien d'autre, il en était certain.

Donc, en divisant le vaisseau en compartiments, il l'avait tout rempli et il ne lui laissait d'espace pour aucun nouveau réduit. Conclusion : l'Intrus n'avait pas un lieu fixe. Il se déplaçait selon que lui se déplaçait, il était comme l'autre face de la lune, nous savons qu'elle doit exister mais nous ne la voyons jamais.

Qui pouvait apercevoir l'autre face de la lune ? Un habitant des étoiles fixes : il aurait pu attendre sans bouger, et il en aurait surpris le visage caché. Tant que lui se déplacerait avec l'Intrus ou laisserait l'Intrus choisir ses déplacements par rapport à lui, il ne le verrait jamais.

Il fallait qu'il devienne étoile fixe et contraigne l'Intrus à bouger. Et puisque l'Intrus se trouvait d'évidence sur le tillac quand lui se trouvait sous le tillac, et vice versa, il devait lui faire croire qu'il était sous le tillac pour le surprendre dessus.

Pour leurrer l'Intrus, il avait laissé une lumière éclairée dans la chambre du capitaine, si bien que Celui-là le penserait occupé à écrire. Puis il était allé se cacher au sommet du gaillard d'avant, juste derrière la cloche, de façon qu'en se tournant il pouvait contrôler l'aire sous le beaupré ; devant lui, il dominait la solle et l'autre gaillard jusqu'au fanal de poupe. Il avait placé à ses côtés le mousquet — et, je le crains, le tonnelet d'eau-de-vie aussi.

Il avait passé la nuit en réagissant à tout bruit, comme s'il devait encore épier le docteur Byrd, se pinçant les oreilles pour ne pas céder au sommeil, jusqu'à l'aube. En vain.

Alors il était revenu dans la chambre où, entretemps, la lumière s'était éteinte. Et il avait trouvé ses papiers en désordre. L'Intrus avait passé la nuit ici, sans doute à lire ses lettres à la Dame, tandis que lui était en train de souffrir du froid de la nuit et de la rosée au matin !

L'Adversaire était entré dans ses souvenirs... Il se rappela les avertissements de Salazar : en manifestant ses passions, il avait ouvert une brèche dans son esprit.

Il s'était précipité sur le tillac et mis à tirer une grosse balle à l'aveuglette, excoriant un mât, et puis il avait tiré encore, pour s'apercevoir enfin qu'il ne tuait personne. Avec le temps qu il fallait alors pour recharger un mousquet, l'ennemi pouvait se promener entre un tir et l'autre, se riant de cette pétaudière — qui n'avait fait impression que sur les animaux réagissant en bas par un beau charivari.

Il riait, donc. Et où riait-Il ? Roberto était revenu à son dessin et s'était dit que vraiment il ne connaissait rien à la construction des vaisseaux. Le dessin montrait seulement le haut, le bas et le long, pas le large. Vu dans sa longueur (nous dirions nous, dans sa section) le vaisseau ne révélait pas d'autres cachettes possibles mais, en le considérant dans sa largeur, d'autres espaces auraient pu s'insérer au milieu des réduits déjà découverts.

Roberto n'y réfléchissait qu'à présent, mais sur ce navire trop de choses encore manquaient. Par exemple, il n'avait pas trouvé d'autres armes. Passe encore : les matelots, s'ils avaient abandonné le vaisseau de leur propre volonté, les avaient emportées avec eux. Mais sur l'*Amaryllis* s'entassait dans le fond de cale beaucoup de bois de construction, pour réparer mâts, timon ou bordages, en cas de dommages dus aux intempéries, alors qu'ici il avait trouvé suffisamment de bois menu, séché depuis peu pour alimenter la cheminée de la cuisine, mais rien qui fût du chêne, du mélèze ou du sapin sec. Et avec le bois du charpentier manquaient les outils de charpenterie, scies, haches de différents formats, marteaux, et clous...

Y avait-il d'autres recoins ? Il refit le dessin et chercha à représenter le vaisseau non pas comme s'il le voyait de côté, mais comme s'il le regardait du haut de la hune. Et il décida que, dans la ruche qu'il imaginait, pouvait être encore insérée une cabane, sous la chambre de l'orgue, d'où l'on pût ensuite descendre sans échelle dans le boyau. Pas suffisant pour contenir tout ce qui manquait, mais en tout cas un trou en plus. Si, sur le plafond bas du boyau-impasse, il existait un passage, un pertuis par où se hisser dans ce tout nouvel espace, de là on pouvait monter aux horloges, et de là reparcourir tout le corps du navire.

Roberto était sûr à présent que l'Ennemi ne pouvait qu'être là. Il courut sous le tillac, s'enfila dans le boyau, mais cette fois-ci en éclairant le haut. Et il y avait un portillon. Il résista à sa première impulsion : l'ouvrir. Si l'Intrus était là au-dessus, Il attendrait le moment où Roberto présenterait sa tête et aurait raison de lui. Il fallait le surprendre par où Il ne s'attendait pas à l'attaque, comme on faisait à Casal.

Si là il y avait un vide, il confinait à l'espace du télescope, et c'est par là qu'on aurait dû entrer.

Il monta, passa par la soute, enjamba les instruments, et il se trouva devant une paroi qui — il le remarquait à peine maintenant — n'était pas du bois dur de la coque.

La paroi était assez fine : comme déjà pour pénétrer dans le lieu d'où provenait la musique, il avait donné un vigoureux coup de pied, et le bois avait cédé.

Il s'était trouvé dans la lumière blême d'un nid à rats, à peine fenêtré sur la carcasse ronde du fond.

Et là, sur un grabat, les genoux presque au menton, le bras tendu pointant un pistolet d'arçon, il y avait l'Autre.

C'était un vieux aux pupilles dilatées, au visage desséché encadré par une barbiche poivre et sel, de rares cheveux blancs droits sur la tête, la bouche presque édentée aux gencives couleur myrtille, enseveli dans une étoffe qui sans doute avait été noire, désormais lardée de taches délavées.

Pointant le pistolet auquel on eût dit qu'il s'agrippait des deux mains, les bras tremblants, il criait d'une voix frêle. La première phrase fut en allemand, ou en hollandais ; la seconde, et il répétait sûrement son message, fut dans un italien laborieux — signe qu'il avait déduit l'origine de son interlocuteur en espionnant ses papiers.

« Si toi te bouges, moi je tue ! »

Roberto était resté si surpris par l'apparition qu'il tarda à réagir. Et ce fut un bien car il eut le temps de s'apercevoir que le chien de l'arme n'était pas levé, et que donc l'Ennemi n'était pas fortement versé dans les arts militaires.

Alors, il s'était approché de bonne grâce, avait saisi le pistolet par le canon et essayé de l'ôter de ces mains serrées sur la crosse, tandis que la créature poussait des cris courroucés et teutons.

Non sans peine Roberto lui avait enfin soustrait l'arme, l'autre s'était laissé glisser et Roberto s'était agenouillé pour lui soutenir la tête.

« Monsieur, avait-il dit, je ne veux pas vous faire de mal. Je suis un ami. Compris ? Amicus ! »

L'autre ouvrait et fermait la bouche, mais il ne parlait pas ; on ne lui voyait que le blanc des yeux, autrement dit le rouge, et Roberto craignit qu'il ne fût sur le point de mourir. Il le prit dans ses bras, fluet comme il était, et le porta dans sa chambre. Il lui offrit de l'eau, lui fit avaler un peu d'eau-de-vie, et l'autre dit « Gratias ago, domine », leva la main comme pour le bénir, et c'est alors que Roberto se rendit compte, en considérant mieux son vêtement, que c'était un religieux.

21

Telluris Theoria Sacra

Nous n'allons pas reconstruire le dialogue qui avait suivi pendant deux jours. D'autant que, à partir de maintenant, les papiers de Roberto deviennent plus laconiques. Comme ses confidences à la Dame étaient sans doute tombées sous des yeux étrangers (il n'eut jamais le courage d'en demander confirmation à son nouveau compagnon), durant de nombreux jours il cesse d'écrire et enregistre sur un mode beaucoup plus sec ce qu'il apprend et ce qui arrive.

Or donc Roberto se trouvait devant le père Caspar Wanderdrossel, *e Societate Iesu, olim in Herbipolitano Franconiae Gymnasio, postea in Collegio Romano Matheseos Professor*, et non seulement, mais aussi astronome et savant ès tant d'autres disciplines près la Curie du Général de la Compagnie. La *Daphne*, commandée par un capitaine hollandais qui avait déjà essayé ces routes pour la Vereenigde Oost-Indische Compagnie, avait quitté bien des mois auparavant les côtes méditerranéennes, faisant la circumnavigation de l'Afrique, dans le but de parvenir aux Iles de Salomon. Exactement comme voulait faire le docteur Byrd avec l'*Amaryllis*, sauf que l'*Amaryllis* cherchait les Iles de Salomon en prenant le levant pour le ponant, tandis que la *Daphne* avait fait le contraire, mais peu importe : aux Antipodes on arrive de l'un et de l'autre côté. Sur l'Ile (et le père Caspar indiquait plus loin que la plage, derrière les arbres) on devait monter l'Observatoire Maltais. Ce que pouvait être cet Observatoire n'était pas clair, et Caspar en murmurait ainsi que d'un secret si renommé que le monde entier en parlait.

Pour arriver ici, la *Daphne* en avait mis du temps. On sait comme on allait alors de par ces mers. Une fois les Moluques quittées, et dans le dessein de naviguer au sud-est vers le Port Sancti Thomae en

Nouvelle-Guinée, étant donné que l'on devait toucher les lieux où la Compagnie de Jésus avait ses missions, le vaisseau, poussé par une tempête, s'était perdu dans des mers jamais vues, parvenant à une île habitée par d'énormes rats de la taille d'un enfant, avec une queue fort longue et une poche sur le ventre, dont Roberto avait connu un exemplaire naturalisé (et même le père Caspar lui reprochait d'avoir jeté « un Wunder qui valait un Pérou »).

C'étaient, racontait le père Caspar, des animaux amicaux, qui entouraient les hommes débarqués en tendant leurs menottes pour demander de la nourriture, allant jusqu'à les tirer par le vêtement, mais ensuite, à la reddition des comptes, de fieffés voleurs qui avaient dérobé du biscuit dans les poches d'un matelot.

Qu'il me soit permis d'intervenir au plein crédit du père Caspar : une île de ce genre existe vraiment, et on ne peut la confondre avec aucune autre. Ces pseudo-kangourous se nomment Quokkas, ils ne vivent que là, sur la Rottnest Island, que les Hollandais venaient de découvrir et de baptiser *rottenest*, nid de rats. Mais comme cette île se trouve en face de Perth, cela signifie que la *Daphne* avait atteint la côte occidentale de l'Australie. Si nous pensons, par conséquent, qu'elle se trouvait sur le trentième parallèle sud, et à l'ouest des Moluques, alors qu'elle devait voguer à l'est en descendant légèrement sous l'Equateur, nous devrions dire que la *Daphne* avait perdu sa route.

S'il n'était question que de cela. Les hommes de la *Daphne* auraient dû voir une côte à peu de distance de l'île, mais ils auront pensé qu'il s'agissait de quelque autre îlot avec quelque autre rongeur. Ils cherchaient tout autre chose, et Dieu sait ce que disaient les instruments de bord au père Caspar. Ils étaient certainement à quelques coups de rame de cette Terra Incognita et Australis dont l'humanité rêvait depuis des siècles. Ce qu'il est difficile de saisir avec précision — vu que la *Daphne* parviendrait enfin (et nous le verrons) à une latitude de dix-sept degrés sud — c'est comment ils avaient fait pour naviguer autour de l'Australie au moins pendant deux quarts sans jamais la voir : ou bien ils étaient remontés vers le nord, en passant alors entre Australie et Nouvelle-Guinée et risquant à tout instant d'échouer sur une plage ou sur une autre ; ou bien ils avaient navigué vers le sud, en passant entre Australie et Nouvelle-Zélande, et voyant toujours la haute mer.

On pourrait croire que c'est moi qui raconte un roman, si ce n'était que plus ou moins dans la période où se déroule notre histoire, Abel Tasman lui aussi, partant de Batavia, était arrivé à une terre qu'il avait appelée de Van Diemen, et qu'aujourd'hui nous connaissons comme la Tasmanie ; mais puisque lui aussi cherchait les Iles de Salomon, il avait gardé sur sa gauche la côte méridionale de cette terre, sans imaginer qu'au-delà il y avait un continent cent fois plus grand, pour finir au sud-est à la Nouvelle-Zélande, il l'avait longée en direction du nord-est et, l'ayant abandonnée, il touchait les Tonga ; ensuite il parvenait grosso modo où était arrivée la *Daphne*, j'ai lieu de croire, mais là aussi il passait entre les barrières de corail, et mettait le cap sur la Nouvelle-Guinée. C'était comme un coup de bricole au billard, et il semble que pendant de nombreuses années encore les navigateurs seraient destinés à arriver à deux encablures de l'Australie sans la voir.

Prenons donc pour bon le récit du père Caspar. En suivant souvent les caprices des vents alizés, la *Daphne* avait fini au milieu d'une autre tempête et se trouvait dans un piteux état, au point qu'ils avaient dû atterrir sur une île Dieu sait où, sans arbres, toute de sable disposé en anneau autour d'un petit lac central. Là, ils l'avaient remise à flot, et voilà comment s'explique qu'à bord il n'y eût plus les provisions de bois de construction. Après quoi, ils avaient repris leur navigation et au bout du compte jeté l'ancre dans cette baie. Le capitaine avait envoyé la barque à terre avec une avant-garde, il en avait tiré la conclusion que l'île était inhabitée, à tout hasard il avait chargé et pointé selon les règles de l'art ses quelques canons, puis avaient commencé quatre entreprises, toutes fondamentales.

Primo, l'aiguade et les vivres, car ils étaient arrivés à l'extrême limite ; secundo, la capture d'animaux et la récolte de plantes à ramener dans la patrie pour la joie des naturalistes de la Compagnie ; tertio, l'abattage d'arbres afin de pourvoir à une nouvelle réserve de grands troncs, et de planches, et de toute sorte de matériel pour les futures mésaventures ; et enfin, la mise en œuvre, sur une hauteur de l'île, de l'Observatoire Maltais, et c'était là l'entreprise la plus laborieuse. Ils avaient dû extraire du fond de cale et transporter au rivage tous les instruments de charpentier et les différents morceaux de l'Observatoire, et tous ces travaux avaient pris d'autant plus de temps que l'on ne pouvait débarquer directement dans la baie : entre le navire et le rivage s'étendait, presque à fleur d'eau et avec peu de passages trop étroits, une barbacane, une fausse braie, un terre-plein, un Erdwall tout fait de coraux — en somme, ce que nous appellerions nous, aujourd'hui, une barrière de corail. Après nombre d'infructueuses tentatives, ils avaient découvert que l'on devait chaque fois doubler le cap au sud de la baie, derrière lequel se trouvait une petite crique qui permettait l'accostage. « Et voilà pourquoi cette barque abandonnée par matelots nous hora ne voyons non, bien que encore là derrière elle est, heu me miserum ! » Comme on le déduit de la transcription de Roberto, ce Teuton vivait à Rome, parlant latin avec ses frères de cent pays, mais il n'avait pas grande pratique de l'italien.

L'Observatoire terminé, le père Caspar avait commencé ses relevés, qui s'étaient poursuivis avec succès durant presque deux mois. Et pendant ce temps, que faisait l'équipage ? Il devenait paresseux, la discipline de bord se relâchait. Le capitaine avait embarqué quantité de tonnelets d'eau-de-vie, qui ne devait servir que de cordial pendant les tempêtes, avec grande parcimonie, ou bien d'échange avec les indigènes ; en revanche, se rebellant à tout ordre, l'équipage avait entrepris de les porter sur le tillac, tous en avaient abusé, même le capitaine. Le père Caspar travaillait, eux vivaient comme des brutes, et du haut de l'Observatoire on entendait leurs chants impudiques.

Un jour qu'il faisait très chaud, le père Caspar, tout en travaillant seul à l'Observatoire, avait ôté sa soutane (péchant, disait avec honte le bon jésuite, contre la modestie, que Dieu puisse maintenant lui pardonner, s'il l'a aussitôt puni !), un insecte le piqua à la poitrine. Au début il n'avait ressenti qu'un élancement, mais, à peine remmené à bord, le soir, une grande fièvre l'avait saisi. Il n'avait raconté à personne l'incident, la nuit il avait des grondements d'oreille et des lourdeurs de tête, le capitaine lui avait ouvert sa soutane et qu'avait-il vu ? Une pustule, comme peuvent en produire les guêpes, que dis-je, même les moustiques de grandes dimensions. Mais aussitôt cette enflure était devenue à ses yeux un carbunculus, un anthrax, un furoncle noircissant — bref — un bubon, symptôme fort évident de la *pestis, quae dicitur bubonica*, ainsi qu'il avait été aussitôt noté dans le journal de bord.

La panique s'était répandue sur le vaisseau. Inutile que le père Caspar racontât une histoire d'insectes : le pestiféré ment toujours pour ne pas être confiné, on le savait. Inutile qu'il assurât que lui, la peste, il la connaissait bien, et que cela, avec la peste, n'avait rien à voir pour de nombreuses raisons. L'équipage aurait presque voulu le jeter à la mer, pour isoler la contagion.

Le père Caspar tentait d'expliquer que, pendant la grande pestilence qui avait frappé Milan et l'Italie du Nord, une douzaine d'années auparavant, il avait été envoyé avec d'autres de ses frères pour prêter son aide dans les lazarets, pour étudier de près le phénomène. Et qu'il savait donc beaucoup sur cette calamité contagieuse. Il y a des maladies qui ne s'emparent que des individus et en des lieux et en des temps divers, tel le Sudor Anglicus, d'autres particulières à une seule région, telles la Dysenteria Melitensis ou l'Elephantiasis Aegyptia, et d'autres enfin, telle la peste, qui frappent un long temps tous les habitants de nombreuses régions. Or la peste est annoncée par des taches de soleil, des éclipses, des comètes, l'apparition d'animaux souterrains qui sortent de leurs tanières, de plantes qui sèchent par exhalaisons méphitiques : et aucun de ces signes ne s'était jamais manifesté ni à bord ni à terre, ni au ciel ni en mer.

En deuxième lieu, la peste est certainement produite par des vapeurs fétides qui montent des marais, par la délitescence des nombreux cadavres au cours des guerres, ou même par des invasions de locustes qui se noient en nuages dans la mer et puis refluent vers les rivages. La contagion, on la subit précisément à travers ces effluves qui entrent dans la bouche et par les poumons, et, à travers la veine cave, atteignent le cœur. Mais au cours de la navigation, sauf la fétidité de l'eau et de la nourriture, qui d'ailleurs donne le scorbut et pas la peste, ces matelots n'avaient souffert d'aucune exhalaison maléfique, au contraire ils avaient respiré de l'air pur et des vents très salubres.

Le capitaine disait que les traces des exhalaisons restent collées aux vêtements et à beaucoup d'autres objets, et que sans doute il y avait quelque chose à bord qui avait conservé longtemps et puis transmis la contagion. Et il s'était rappelé l'histoire des livres.

Le père Caspar avait emporté avec lui quelques bons livres sur la navigation, comme par exemple *L'Arte del navegar* de Medina, le *Typhis Batavus* de Snellius et le *De rebus oceanicis et orbe novo decades tres* de Pietro d'Anghiera, et il avait raconté un jour au capitaine qu'il les avait eus pour presque rien, et justement à Milan : après la peste, sur les murets le longs des Canaux, avait été mise en vente la bibliothèque entière d'un monsieur prématurément disparu. Et c'était là sa petite collection privée, qu'il emportait même sur les mers.

Pour le capitaine, il était évident que les livres, ayant appartenu à un pestiféré, représentaient les agents de la contagion. La peste est transmise, tout le monde le sait, par des onguents toxiques, et lui il avait lu l'histoire de personnes qui étaient mortes en se mouillant le doigt de salive pour feuilleter des ouvrages dont les pages avaient été précisément enduites de poison.

Le père Caspar s'escrimait : non, à Milan il avait étudié le sang des pestiférés avec une invention toute nouvelle, un technasme qui s'appelle lorgnette ou microscope, et il avait vu flotter dans ledit sang comme des *vermiculi*, et ce sont précisément les éléments de ce *contagium animatum* qui s'engendrent par *vis naturalis* à partir de toute putréfaction, et qui se transmettent ensuite, *propagatores exigui*, à travers les pores sudorifères, ou la bouche, ou parfois même l'oreille. Mais ce pullulement est chose vivante et a besoin de sang pour se nourrir, il ne survit pas douze ans et plus entre les fibres mortes du papier.

Le capitaine n'avait pas voulu entendre raison, la petite et belle bibliothèque avait fini portée par les courants. Pourtant cela ne suffisait pas : bien que le père Caspar continuât de s'escrimer à dire que la peste peut être transmise par les chiens et par les mouches mais, selon sa science, certes pas par les rats, l'équipage entier s'était mis à la chasse aux muridés, tirant partout de ses armes à feu, au risque de provoquer des voies d'eau dans le fond de cale. Et enfin, comme après un jour la fièvre du père Caspar continuait et que son bubon n'avait pas l'air de diminuer, le capitaine avait pris sa décision : tous se rendraient sur l'Île et attendraient là que le père mourût ou guérît, et que le vaisseau se purifiât de tout influx et flux malin.

Aussitôt dit aussitôt fait, toute autre âme vive à bord était montée sur la chaloupe, chargée d'armes et d'outils. Et comme l'on prévoyait que, entre la mort du père Caspar et la période où le vaisseau se serait purifié, deux ou trois mois devraient passer, ils avaient décidé qu'il fallait construire à terre des cabanes, et tout ce qui pouvait faire de la *Daphne* un atelier avait été remorqué vers la terre.

Sans compter la plupart des tonnelets d'eau-de-vie.

« Cependant, ils n'ont pas une bonne chose faite », commentait Caspar avec amertume, et plein de peine pour la punition que le ciel leur avait réservée pour l'avoir délaissé telle une âme perdue.

De fait, à peine arrivés, ils étaient allés de suite abattre quelques animaux dans les fourrés, avaient allumé des grands feux le soir sur la plage et fait gogaille, pendant trois jours et trois nuits.

Les feux avaient probablement attiré l'attention des sauvages. Même si l'Ile était inhabitée, dans cet archipel vivaient des hommes noirs comme des Africains, qui devaient être de bons navigateurs. Un matin le père Caspar avait vu arriver une dizaine de « piragves », qui venaient de Dieu sait où, d'au-delà de la grande île à l'Occident, et ils se dirigeaient vers la baie. C'étaient des embarcations creusées dans un tronc comme celles des Indiens du Nouveau Monde, mais doubles : l'une contenait l'équipage et l'autre glissait sur l'eau telle une luge.

Le père Caspar avait d'abord eu peur qu'ils ne prissent la direction de la *Daphne,* mais ils paraissaient vouloir l'éviter et ils pointaient sur la petite crique où avaient débarqué les matelots. Il avait cherché à crier pour avertir les hommes sur l'Ile, mais eux dormaient, ivres. Bref, les matelots les avaient trouvés soudain devant eux qui débouchaient de la futaie.

Ils avaient bondi sur leurs pieds, les indigènes avaient aussitôt montré des intentions belliqueuses, mais personne ne comprenait plus rien, et encore moins où ils avaient laissé leurs armes. Seul le capitaine s'était avancé et avait étendu raide mort un des assaillants, d'un coup de pistolet. A entendre la détonation, et voir leur compagnon qui tombait sans qu'aucun coup l'eût atteint, les indigènes avaient fait signe de soumission, et l'un d'eux s'était approché du capitaine en lui tendant un collier qu'il portait au cou. Le capitaine s'était incliné, puis cherchant évidemment un objet à donner en échange, il s'était retourné pour demander quelque chose à ses hommes.

Ce faisant, il avait montré le dos aux indigènes.

Le père Wanderdrossel pensait que les indigènes avaient été tout de suite impressionnés, non pas d'abord par le coup de feu, mais par l'allure du capitaine, qui était un géant batave à la barbe blonde et aux yeux bleus, qualités que ces natifs attribuaient probablement aux dieux. Pourtant, à peine ils avaient vu le dos de celui-ci (et comme il est évident que ces peuples sauvages ne croyaient pas que les divinités eussent aussi une épine dorsale), que sur l'instant le chef des indigènes, avec le casse-tête qu'il tenait à la main, l'avait assailli, lui fendant le crâne, et le capitaine était tombé, face à terre, sans plus bouger. Les hommes noirs s'étaient abattus sur les matelots qui ne savaient comment se défendre, et les avaient exterminés.

Alors commença un horrible banquet, qui s'était prolongé durant trois jours. Le père Caspar, malade, avait tout suivi avec la lunette d'approche, et sans pouvoir rien faire. Cet équipage était devenu viande de boucherie : Caspar les avait vus d'abord dénuder (avec les hurlements de joie des sauvages qui se partagent objets et habits), puis démembrer, puis cuire, enfin manger à petites bouchées, avec grand calme, entre des gorgées d'une boisson fumante et certains chants qui eussent semblé à quiconque pacifiques, s'ils n'avaient suivi cette funeste kermesse.

Ensuite, rassasiés, les indigènes avaient commencé à se montrer le vaisseau. Ils ne l'associaient probablement pas à la présence des matelots : majestueux de mâts et de voilure, incomparablement différent de leurs pirogues, ils n'avaient pas pensé que ce fût un ouvrage de l'homme. Au dire du père Caspar (qui jugeait connaître fort bien la mentalité des idolâtres du monde entier, dont lui parlaient les voyageurs jésuites de retour à Rome), ils croyaient que le vaisseau était un animal, et le fait qu'il était resté neutre tandis qu'eux s'adonnaient à leurs rites d'Anthropophages les avait convaincus. Par ailleurs, Magellan déjà, assurait le père Caspar, avait raconté comment certains indigènes croyaient que les navires, venus en volant du ciel, étaient les mères naturelles des chaloupes, qu'ils allaitaient en les laissant pendre à la muraille et puis sevraient en les jetant dans l'eau.

Or maintenant quelqu'un suggérait probablement que si l'animal était docile, et ses chairs aussi succulentes que celles des matelots, il valait la peine de s'en emparer. Et ils s'étaient dirigés sur la *Daphne.* A ce moment-là, notre pacifique jésuite, pour les tenir au large (l'Ordre lui imposait de vivre *ad majorem Dei gloriam* et pas de mourir pour la satisfaction de quelques païens *cujus Deus venter est*), avait mis le feu à la mèche d'un canon déjà chargé et pointé sur l'Ile. Le boulet, avec grand grondement et alors que le flanc de la *Daphne* s'auréolait de fumée comme si l'animal écumait de colère, était tombé au milieu des pirogues, en renversant deux.

Le prodige avait été éloquent. Les sauvages étaient revenus sur l'Ile, s'esquivant dans les fourrés, d'où ils avaient émergé de nouveau peu après avec des couronnes de fleurs et de feuilles qu'ils avaient jetées dans l'eau en accomplissant des gestes d'hommage, puis ils avaient mis le cap au sud-ouest et disparu derrière l'île occidentale. Ils avaient payé au grand animal irrité ce qu'ils pensaient être un tribut suffisant et ils ne se referaient sûrement plus voir sur ces rivages : ils avaient décidé que cette zone était infestée par une créature ombrageuse et vindicative.

Voilà l'histoire du père Caspar Wanderdrossel. Pendant plus d'une semaine, avant l'arrivée de Roberto, il s'était senti encore mal mais, grâce à des préparations de sa façon (« Spiritus, Olea, Flores, und andere dergleichen Vegetabilische / Animalische / und Mineralische Medicamenten »), il commençait déjà à jouir de sa convalescence quand, une nuit, il avait entendu des pas sur le tillac.

A partir de ce moment, la peur l'avait rendu malade à nouveau, il avait abandonné sa chambre et s'était réfugié dans ce cagibi, emportant avec lui ses médicaments, et un pistolet, sans même comprendre qu'il n'était pas chargé. Et il n'était sorti de là que pour chercher nourriture et eau. D'abord, il avait volé les œufs précisément pour reprendre des forces, ensuite il s'était limité à faire main basse sur les fruits. Il s'était convaincu que l'Intrus (dans le récit du père Caspar, l'intrus était naturellement Roberto) était homme de savoir, curieux du vaisseau et de son contenu, et il avait commencé à considérer qu'il ne s'agissait pas d'un naufragé mais de l'agent de quelque pays hérétique qui voulait les secrets de l'Observatoire Maltais. Voilà pourquoi le bon père s'était mis à se comporter de manière si infantile, dans le dessein de pousser Roberto à abandonner ce navire infesté de démons.

Il revint ensuite à Roberto de raconter son histoire et, ignorant ce que Caspar avait lu de ses papiers, il s'était en particulier attardé sur sa mission et sur le voyage de l'*Amaryllis*. Le récit avait eu lieu alors que, à la fin de cette journée, ils avaient fait bouillir un coquelet et débouché la dernière bouteille du capitaine. Le père Caspar devait se requinquer et se faire du sang neuf, et ils célébraient ce qui semblait désormais à chacun un retour dans la société humaine.

« Ridicule ! » avait commenté le père Caspar après avoir écouté l'incroyable histoire du docteur Byrd. « Pareille bestialité j'ai moi jamais entendue. Pourquoi faisaient-ils eux à lui ce mal ? Tout je pensais de écouté avoir sur le mystère de la longitude, mais jamais qu'on peut chercher usant *ungventum armarium* ! Si il serait possible, le inventait un jésuite. Cela n'a aucun rapport avec longitudes, moi

250

t'expliquerai comment bien je fais mon travail et toi tu vois comment il est différent...

— Mais en somme, demanda Roberto, vous cherchiez les Iles de Salomon ou vous vouliez résoudre le mystères des longitudes ?

— Mais les deux choses, non ? Tu trouves les Iles de Salomon et tu as connu où est le cent quatre-vingtième méridien, tu trouves le cent quatre-vingtième méridien et tu sais où les Iles Salomon sont !

— Mais pourquoi ces îles doivent être sur ce méridien ?

— Oh mein Gott, le Seigneur me pardonne pour ce que Son Très Saint Nom en vain j'ai prononcé. In primis, après que Salomon le Temple construit avait, il avait fait une grosse flotte, comme dit le Livre des Rois, et cette flotte arrive à l'Ile d'Ophir, d'où on lui rapporte (comment dis-toi ?)... quadringenti und viginti...

— Quatre cent vingt.

— Quatre cent vingt talents d'or, une beaucoup grosse richesse : la Bible dit beaucoup peu pour dire tant et tant, comme dire pars pro toto. Et aucune lande près d'Israël avait une aussi tant grosse richesse, quod significat que cette flotte aux derniers confins du monde était arrivée. Ici.

— Mais pourquoi ici ?

— Parce qu'ici est le méridien cent et quatre-vingts qui est exattement celui qui la Terre en deux sépare, et de l'autre part est le premier méridien : tu comptes un, deux, trois, pendant trois cent soixante degrés de méridien, et si tu es à cent quatre-vingts, ici c'est minuit et dans ce premier méridien, c'est midi. Verstanden ? Tu devines maintenant pourquoi les Iles de Salomon ont été ainsi appelées ? Salomon dixit coupe bambino en deux, Salomon dixit coupe la Terre en deux.

— J'ai compris, si nous sommes sur le cent quatre-vingtième méridien, nous sommes aux Iles de Salomon. Mais qui vous dit que nous sommes sur le cent quatre-vingtième méridien ?

— Mais la Specula Melitensis, non ? Si toutes

mes preuves précédentes ne suffiraient, que le cent quatre-vingtième méridien passe précisément là, me l'a démontré la Specula. » Il avait entraîné Roberto sur le tillac en lui montrant la baie : « Tu vois ce promontorium au nord là où grosses arbres sont avec grosses pattes qui marchent sur l'eau ? Et or tu vois l'autre promontorium au sud ? Toi trace une ligne entre les deux promontoria, vois que la ligne passe entre ici et le rivage, un peu plus apud le rivage que non apud le navire... Vue la ligne, je dis une geistige ligne que tu vois avec les yeux de l'imaginatione ? Gut, cette ligne est la ligne du méridien ! »

Le jour suivant le père Caspar, qui n'avait jamais perdu le compte du temps, avertit que c'était dimanche. Il célébra la messe dans sa cabine, consacrant une particule des rares hosties qui lui étaient restées. Il reprit ensuite sa leçon, d'abord dans sa chambre entre mappemonde et cartes, puis sur le tillac. Et aux observations de Roberto, qui ne pouvait pas supporter la pleine lumière, il avait sorti d'une de ses armoires des lunettes, mais avec les verres fumés, qu'il avait utilisées avec succès pour explorer la bouche d'un volcan. Roberto avait commencé à voir le monde dans des couleurs plus faibles, au fond très agréables, et il se réconciliait peu à peu avec les diurnes rigueurs.

Pour comprendre ce qui suit, je dois faire une glose, et si je ne la fais pas, moi aussi je m'y perds. La conviction du père Caspar était que la *Daphne* se trouvait entre le seizième et le dix-septième degré de latitude sud et à cent quatre-vingts de longitude. Quant à la latitude, nous pouvons lui accorder tout crédit. Mais allons jusqu'à imaginer qu'il avait mis dans le mille pour la longitude aussi. D'après les notes confuses de Roberto, on présume que le père Caspar calcule pour trois cent soixante degrés tout ronds à partir de l'Ile du Fer, à dix-huit degrés à l'ouest de Greenwich, comme voulait la tradition depuis les temps de Ptolémée. Donc, si lui pensait être à son cent quatre-vingtième méridien, cela signifie en réalité qu'il était au cent soixante-deuxième est (de Greenwich). Or les Salomon se trouvent bien disposées autour du cent soixante-deuxième méridien est, mais entre les cinq et les douze degrés de latitude sud. Donc la *Daphne* se serait située trop en bas, à l'ouest des Nouvelles-Hébrides, dans une zone où n'apparaissent que des bancs de coraux, ceux qui deviendraient les Récifs d'Entrecasteaux.

Le père Caspar pouvait-il calculer à partir d'un autre méridien ? Sûrement. Comme dira Coronelli à la fin de ce siècle-là dans son *Libro dei Globi*, le premier méridien, « Eratosthène le localisait aux Colonnes d'Hercule, Martin de Tyr aux Iles Fortunées, Ptolémée dans sa Géographie a suivi la même opinion, mais dans ses Livres d'Astronomie il l'a passé par Alexandrie d'Egypte. Parmi les modernes, Ismaël Abul-Fidâ le note à Cadix, Alphonse à Tolède, Pigafetta et Herrera ont fait de même. Copernic le situe à Frauenburg ; Reinhold à Mont Royal, ou Königsberg ; Kepler à Uraniborg ; Longomontanus à Copenhague ; Lansbergius à Goes ; Riccioli à Bologne. Les atlas de Jansen et Blaeu à Mont du Pic. Pour continuer l'ordre de ma Géographie, j'ai placé dans ce Globe le Premier Méridien dans la partie la plus occidentale de l'Ile du Fer, comme aussi pour suivre le Décret de Louis XIII, qui avec le Conseil de Géo. en 1634 le délimita dans ce même lieu. »

Cependant, si le père Caspar avait décidé de ne pas observer le Décret de Louis XIII et avait placé son premier méridien, mettons, à Bologne, alors la *Daphne* aurait jeté l'ancre plus ou moins entre Samoa et Tahiti. Mais là les indigènes n'ont pas la peau foncée à l'instar de ceux qu'il disait avoir vus.

Pour quelle raison adopter la tradition de l'Ile du Fer ? Il faut partir du principe que le père Caspar parle du Premier Méridien comme d'une ligne fixe établie par décret divin dès les premiers jours de la création. Par où Dieu aurait jugé naturel de la faire passer ? Par ce lieu d'incertaine localisation, certainement oriental, qui était le jardin de l'Eden ? Par la Dernière Thulé ? Par Jérusalem ? Personne jusqu'alors n'avait osé prendre une décision théologique, et justement : Dieu ne raisonne pas à la manière des hommes. Adam, pour dire, était apparu sur la terre quand il y avait déjà le soleil, la lune, le jour et la nuit, et donc les méridiens.

La solution ne devait donc pas être en termes d'Histoire, mais bien d'Astronomie Sacrée. Il fallait faire coïncider la dictée de la Bible avec les connaissances que nous avons des lois célestes. Or, selon la Genèse, Dieu crée avant tout le ciel et la terre. A ce point, il y avait encore les ténèbres sur l'Abîme, et *spiritus Dei fovebat aquas,* mais ces eaux ne pouvaient pas être celles que nous connaissons, que Dieu sépare seulement le deuxième jour, divisant les eaux qui sont au-dessus du firmament (d'où nous viennent encore les pluies) de celles qui sont au-dessous, c'est-à-dire des fleuves et des mers.

Ce qui signifie que le premier résultat de la création était Matière Première, informe et sans dimensions, qualités, propriétés, tendances, dénuée de mouvement et de repos, pur chaos primordial, *hyle* qui n'était encore ni lumière ni ténèbre. C'était une masse mal digérée où se confondaient encore les quatre éléments, ainsi que le froid et le chaud, le sec et l'humide, magma en ébullition qui explosait en gouttes ardentes, telle une casserole de haricots, tel un ventre diarrhéique, un tuyau engorgé, un étang sur lequel se dessinent et disparaissent des ronds d'eau par l'émersion et l'immersion subites de larves aveugles. A telle enseigne que les hérétiques en déduisaient que cette matière si obtuse, résistante à tout souffle créatif, était éternelle au moins autant que Dieu.

Et quand même ce serait, il fallait un fiat divin afin que d'elle et en elle et sur elle s'imposât l'alternance de la lumière et des ténèbres, du jour et de la nuit. Cette lumière (et ce jour) dont on parle au deuxième stade de la création n'est pas encore la lumière que nous connaissons nous, celle des étoiles et des grands luminaires, qui ne sont créés que le quatrième jour. C'était la lumière créative, l'énergie divine à l'état pur, telle la déflagration d'un baril de poudre, qui d'abord ne sont que granules noirs, comprimés dans une masse opaque, et puis d'un seul coup c'est une expansion de flammes, un concentré d'éclat qui se répand jusqu'à son extrême périphérie, au-delà de quoi se créent par contraste lcs ténèbres (même si chez nous l'explosion aurait lieu le jour). Comme si d'un souffle retenu, d'un charbon qui avait paru rougir par une haleine intérieure, par cette *göldene Quelle des Universums* était née une échelle d'excellences lumineuses graduellement dégradant vers la plus irrémédiable des imperfections ; comme si le souffle créatif partait de l'infinie, lumineuse puissance concentrée de la divinité, rougie à blanc à en paraître nuit obscure, de plus en plus bas à travers la relative perfection des Chérubins et des Séraphins, à travers les Trônes et les Dominations, jusqu'à l'infime déchet où rampe le lombric et survit insensible la pierre, aux confins mêmes du Néant. « Et c'était la Offenbarung göttlicher Mayestat ! »

Et si le troisième jour naissent déjà les herbes et les arbres et les prés, c'est parce que la Bible ne parle pas encore du paysage qui nous réjouit la vue, mais d'une sombre puissance végétative, accouplements de spermes, tressaillements de racines souffrantes et torses cherchant le soleil qui cependant, le troisième jour, n'est pas encore apparu.

La vie arrive le quatrième jour, où sont créés la lune et le soleil et les étoiles, pour donner lumière à la terre et séparer le jour de la nuit, dans le sens où nous les entendons quand nous calculons le cours des temps. C'est ce jour-là que s'ordonne le cercle des ciels, depuis le Premier Mobile et les Etoiles fixes jusqu'à la Lune, avec la terre au centre, pierre dure à peine éclaircie par les rayons des luminaires, et autour une guirlande de pierres précieuses.

Etablissant notre jour et notre nuit, le soleil et la lune furent le premier et inégalé modèle de toutes les horloges à venir, lesquelles, guenons du firmament, indiquent le temps humain sur le cadran zodiacal, un temps qui n'a rien à voir avec le temps cosmique : il a une direction, un souffle anxieux fait d'hier aujourd'hui et demain, et pas la calme respiration de l'Eternité.

Arrêtons-nous alors à ce quatrième jour, disait le père Caspar. Dieu créa le soleil, et quand le soleil est créé — et pas avant, naturellement — il se met à se mouvoir. Eh bien, au moment où le soleil commence son cours pour ne plus s'arrêter, dans ce *Blitz,* dans cette fulguration avant qu'il ne fasse son premier pas, il se trouve à pic sur une ligne précise qui scinde verticalement la terre en deux.

« Et le Premier Méridien, c'est celui où soudain il est midi ! commentait Roberto, qui croyait avoir tout compris.

— Nein ! le refrénait son maître. Tu crois que Dieu est aussi stupide comme toi ? Comment peut le premier jour de la Créatione à midi commencer ? ! Peut-être commence toi, en prinzipe desz Heyls, la Créatione avec un mal réussi jour, un Leibesfrucht, un fœtus de jour de seules douze hores ? »

Non, certainement pas. Sur le Premier Méridien la course du soleil aurait dû commencer à la lumière des étoiles, quand il était minuit et une miette, et qu'avant c'était le Non-Temps. Sur ce méridien avait débuté — de nuit — le premier jour de la création.

Roberto avait objecté que, si sur ce méridien il faisait nuit, il y aurait eu un jour avorté de l'autre côté, là où était à l'improviste apparu le soleil, sans qu'avant ce ne fût ni la nuit ni autre chose, mais seulement le chaos ténébreux et sans temps. Et le père Caspar avait souligné que le Livre Sacré ne nous dit pas que le soleil est apparu comme par enchantement, et qu'il ne lui déplaisait pas de pende se trouver sans le savoir sur *notre* cent quatre-vingtième méridien, je veux dire sur celui que nous calculons depuis Greenwich — le dernier point de départ au monde à quoi il aurait pu penser, car c'était la terre de schismatiques antipapistes.

En ce cas, la *Daphne* se serait trouvée aux Fidji (où les indigènes sont précisément très foncés de peau), juste sur le point où passe aujourd'hui notre cent quatre-vingtième méridien, c'est-à-dire à l'île de Taveuni.

On s'y retrouverait en partie. La silhouette de Taveuni présente une chaîne volcanique, comme la grande île que Roberto voyait à l'ouest. Si ce n'était que le père Caspar avait dit à Roberto que le méridien fatal passait exactement devant la baie de l'Ile. Or, si nous nous trouvons avec le méridien à l'est, nous voyons Taveuni à l'orient, pas à l'occident ; et si l'on voit à l'ouest une île qui semble correspondre aux descriptions de Roberto, alors nous avons bien sûr à l'est des îles plus petites (moi je choisirais Qamea), mais le méridien passerait dans le dos de qui regarde l'Ile de notre histoire.

La vérité est qu'avec les données que nous communique Roberto, il n'est pas possible de vérifier où avait fini la *Daphne*. Et puis toutes ces petites îles sont comme les Japonais pour les Européens et vice versa : elles se ressemblent toutes. J'ai seulement voulu essayer. Un jour j'aimerais refaire le voyage de Roberto, à la recherche de ses traces. Mais un compte est ma géographie et un autre compte son histoire.

Notre unique consolation, c'est que toutes ces finasseries sont absolument insignifiantes du point de vue de notre incertain roman. Ce que le père Wanderdrossel dit à Roberto c'est qu'ils sont eux sur le cent quatre-vingtième méridien, qui est l'antipode des antipodes, et là, sur le cent quatre-vingtième méridien, il y a non pas nos îles Salomon, mais son Ile de Salomon. Qu'importe au fond qu'elle soit là ou qu'elle n'y soit pas ? Cette histoire sera, si l'on veut, celle de deux personnes qui croient y être, non ser (ainsi que toute logique naturelle et divine l'imposait) que Dieu eût créé le soleil en le faisant avancer dans le ciel, pour les premières heures, telle une étoile éteinte qui se serait allumée pas à pas dans le passage du premier méridien à ses antipodes. Peut-être s'était-il enflammé petit à petit, comme le bois jeune touché par la première étincelle d'un fuzil, qui d'abord tout juste fait un peu de fumée et puis, au souffle qui le sollicite, commence à crépiter pour se soumettre enfin à un feu haut et vivace. N'était-il pas beau peut-être d'imaginer le Père de l'Univers qui soufflait sur cette boule encore verte, pour l'amener à célébrer sa victoire, douze heures après la naissance du Temps, et précisément sur le Méridien Antipode où eux se trouvaient en ce moment ?

Restait à définir quel était le Premier Méridien. Et le père Caspar reconnaissait que celui de l'Ile du Fer était encore le meilleur candidat, vu que — Roberto l'avait déjà su par le docteur Byrd — là l'aiguille du compas de route ne fait pas de déviations, et cette ligne passe par ce point très proche du Pôle où les montagnes de fer sont plus hautes. Ce qui est certainement un signe de stabilité.

Alors, pour résumer, si nous acceptions que le père Caspar était parti de ce méridien, et qu'il avait trouvé la bonne longitude, il suffirait d'admettre que, en dessinant bien la route comme navigateur, il avait fait naufrage comme géographe : la *Daphne* n'était pas à l'ancre à nos îles Salomon mais quelque part à l'ouest des Nouvelles-Hébrides, et amen. Pourtant, il me déplaît de raconter une histoire qui nous le verrons, *doit* se dérouler sur le cent quatre vingtième méridien — autrement elle perd tou saveur — et accepter au contraire qu'elle se dér de Dieu sait combien de degrés plus de ce côté plus de ce côté-ci.

Je tente alors une, hypothèse que je défie teur de défier. Le père Caspar s'était trompé pas de deux personnes qui y sont, et pour écouter des histoires — c'est un dogme parmi les plus libéraux — il faut suspendre l'incrédulité.

Par conséquent : la *Daphne* se trouvait devant le cent quatre-vingtième méridien, exactement aux Iles de Salomon, et notre Ile était — d'entre les Iles de Salomon — la plus salomonienne, comme salomonien est mon verdict, par quoi trancher une fois pour toutes.

« Et alors ? avait demandé Roberto à la fin de l'explication. Vous pensez trouver dans cette île toutes les richesses dont parlait ce Mendaña ?

— Mais ce sont là Lügen der spanischen Monarchy ! Nous sommes devant le plus grand prodige de toute la humana et sacrée histoire, que tu pas encore comprendre peux ! A Paris tu regardais les dames et suivais la ratio studiorum des épicuriens, au lieu de réfléchir sur les grosses miracles de ce notre Universum, que le Sanctissime Nom de son Créateur fiat semper loué ! »

Or donc, les raisons pour lesquelles le père Caspar était parti n'avaient pas grand'chose à voir avec les intentions de rapine des divers navigateurs d'autres pays. Tout provenait du fait que le père Caspar était en train d'écrire une œuvre monumentale, et destinée à se pérenniser davantage que le bronze, sur le Déluge Universel.

En homme d'Eglise, il entendait démontrer que la Bible n'avait pas menti, mais en homme de science il voulait harmoniser la dictée sacrée et les résultats des recherches de son temps. Pour ce faire, il avait recueilli des fossiles, exploré les territoires d'Orient afin de retrouver quelque chose sur la cime du mont Ararat, et fait des calculs de haute précision sur ce que pouvaient être les dimensions d'une Arche qui pût contenir tant d'animaux (et notez bien, sept couples pour chacun) et en même temps avoir une juste proportion entre partie émergée et partie immergée, pour ne pas couler à pic sous tout ce poids ou être renversée par les lames qui, durant le Déluge, ne devaient pas être des coups de fouets d'enfant de chœur.

Il avait fait une esquisse pour montrer à Roberto la coupe de l'Arche, comme un énorme édifice carré de six étages, les volatiles en haut pour qu'ils reçoivent la lumière du soleil, les mammifères dans des enclos qui puissent accueillir non seulement des chatons mais aussi des éléphants, et les reptiles dans une sorte de sentine où, au milieu de l'eau, les amphibies aussi puissent trouver l'hospitalité. Nul espace pour les Géants, et c'est pour cela que leur espèce s'était éteinte. Enfin, Noé n'avait pas eu le problème des poissons, les seuls qui n'avaient rien à craindre du Déluge.

Toutefois, en étudiant le Déluge, le père Caspar s'était trouvé confronté à un problème *physicus-hydrodynamicus* apparemment insoluble. Dieu, c'est la Bible qui le dit, fait pleuvoir sur la terre pendant quarante jours et quarante nuits, et les eaux s'élevèrent au-dessus de la terre jusqu'à recouvrir même les plus hautes montagnes et bien mieux elles s'arrêtèrent à quinze coudées au-dessus des plus hautes d'entre les hautes montagnes, et les eaux couvrirent ainsi la terre pendant cent et cinquante jours. Parfait.

« Mais as-tu la pluie essayé de recueillir ? Il pleut toute la journée, et tu as recueilli un petit fond de boute ! Et si il pleuvrait pendant une semaine, à grand'peine tu remplis la boute ! Et imagine donc aussi une ungeheuere pluie, que vraiment tu ne peux pas même résister sous elle, que tout le ciel verse sur ta pauvre tête, une pluie pire que l'ouragan que tu as naufragé... En quarante jours ist das unmöglich, pas possible que tu remplis toute la terre jusqu'aux montagnes plus hautes !

— Vous voulez dire que la Bible a menti ?

— Nein ! Certes que non ! Mais je dois démontrer

où Dieu toute cette eau a pris, car il n'est pas possible qu'Il l'a fait tomber du ciel ! Cela ne suffit pas !

— Et alors ?

— Et alors dumm bin ich nicht, stupide je suis moi pas ! Le père Caspar a une chose pensé que par aucun être humain avant d'aujourd'hui jamais pensée était. In primis, il a bien lu la Bible, qui dit que Dieu a, oui, ouvert toutes les cataractes du ciel mais Il a aussi fait jaillir avec force toutes les Quellen, les Fontes Abyssy Magnae, toutes les fontaines du grosse abysse, Genisis sept onze. Après que le Déluge fini était Il a les fontaines de l'abysse fermées, Genesis huit deux ! Quelles choses elles sont ces fontaines de l'abysse ?

— Quelles choses elles sont ?

— Elles sont les eaux qui dans le plus profond de la mer se trouvent ! Dieu n'a pas seulement la pluie pris mais aussi les eaux du plus profond de la mer et Il les a versées sur la terre ! Et Il les a ici prises parce que, si les montagnes les plus hautes de la terre sont autour du premier méridien, entre Jérusalem et l'Ile du Fer, certainement doivent les abysses marins les plus profonds être ici, sur l'anti-méridien, pour des raisons de symétrie.

— Oui, mais les eaux de toutes les mers du globe ne suffisent pas à recouvrir les montagnes, autrement elles le feraient toujours. Et si Dieu versait les eaux de la mer sur la terre, il couvrait la terre mais vidait la mer, et la mer devenait un grand trou vide, et Noé tombait dedans avec toute son Arche...

— Tu dis une très juste chose. Non seulement : si Dieu prenait toute l'eau de la Terra Incognita et icelle versait sur la terre Cognita, sans cette eau dans cet hémisphère la terre changeait tout son Zentrum Cravitatis et se renversait toute, et peut-être sautait dans le ciel comme une balle à quoi tu donnes un coup de pied.

— Et alors ?

— Et alors essaie toi à songer ce que tu ferais si tu serais Dieu. »

Roberto s'était pris au jeu : « Si je serais Dieu, dit-il, vu que je pense qu'il n'arrivait plus à conjuguer les verbes comme le Dieu des Italiens le commande, je créais de l'eau nouvelle.

— Toi, mais Dieu non. Dieu peut eau ex nichilo créer, mais où Il met elle après le Déluge ?

— Alors Dieu avait placé dès le début des temps une grande réserve d'eau sous l'abysse, cachée dans le centre de la terre, et il l'a fait sortir en cette occasion, seulement pour quarante jours, comme si elle surgissait des volcans. C'est certainement ce que veut dire la Bible quand nous lisons qu'Il a fait jaillir les sources de l'abysse.

— Tu crois ? Mais des volcans sort le feu. Tout le zentrum de la terre, le cœur du Mundus Subterraneus, est une grosse masse de feu ! Si dans le zentrum le feu est, l'eau ne peut dedans aussi être ! Si l'eau y serait, les volcans étaient des fontaines », concluait-il.

Roberto n'en démordait pas : « Alors, si je serais Dieu, je prenais l'eau d'un autre monde, vu qu'ils sont infinis, et je la versais sur la terre.

— Tu as à Paris entendu ces athées qui des mondes infinis parlent. Mais Dieu a un seul de monde fait, et il suffit à sa gloire. Non, toi pense mieux, si non infinis mondes tu as, et tu n'as pas le temps de les faire précisément pour le Déluge et puis tu les jettes de nouveau dans le Néant, qu'est-ce que toi fais ?

— Alors là vraiment je ne sais pas.

— Parce que toi une petite pensée tu as.

— Possible que j'aie une petite pensée.

— Oui, très petite. A présent toi pense. Si Dieu l'eau prendre pourrait qui fut hier sur toute la terre et la mettre aujourd'hui, et demain toute l'eau prendre qui fut aujourd'hui, et c'est déjà le double, et la mettre après-demain, et ainsi ad infinitum, peut-être vient le jour où Lui toute notre sphère à remplir réussit, jusqu'à couvrir toutes les montagnes ?

— Je ne suis pas fort en calcul, mais je dirais qu'à un moment donné oui.

— Ja ! En quarante jours Lui remplit la terre avec quarante fois l'eau qui se trouve dans les mers, et si tu fais quarante fois la profondeur des mers, tu couvres certainement les montagnes : les abysses sont beaucoup plus profonds ou aussi profonds que les montagnes hautes sont.

— Mais où prenait Dieu l'eau d'hier, si hier était déjà passé ?

— Mais ici ! A présent, écoute. Pense que tu serais sur le Premier Méridien. Tu peux ?

— Moi oui.

— A présent pense que là midi est, et disons midi du vendredi saint. Quelle heure est-il à Jérusalem ?

— Après tout ce que j'ai appris sur le cours du soleil et sur les méridiens, à Jérusalem le soleil a dû déjà passer depuis longtemps sur le méridien, et on devrait être en fin d'après-midi. Je comprends où vous voulez m'amener. D'accord : sur le Premier Méridien il est midi et sur le Méridien Cent et Quatre-Vingts il est minuit, puisque le soleil est déjà passé depuis douze heures.

— Gut. Donc ici il est minuit, donc la fin du jeudi saint. Qu'est-ce qui arrive tout de suite après ?

— Commencent les premières heures du vendredi saint.

— Et non sur le Premier Méridien ?

— Non, là-bas ce sera encore l'après-midi de ce jeudi.

— Wunderbar. Donc ici c'est déjà vendredi et là c'est encore jeudi, non ? Mais quand là vendredi devient, ici c'est déjà samedi. Ainsi le Seigneur ressuscite ici, quand là Il est encore mort, non ?

— Oui, d'accord, mais je ne comprends pas...

— Maintenant tu comprends. Quand ici c'est le minuit et une minute, une minusculaire partie de minute, tu dis que ici c'est déjà vendredi ?

— Certes que oui.

— Mais pense que dans le même moment tu ne serais pas ici sur le navire mais sur cette île que tu vois, à l'orient de la ligne du méridien. Peut-être tu dis que là déjà vendredi c'est ?

— Non, là c'est encore jeudi. Il est minuit moins une minute, moins un rien de temps, mais du jeudi.

— Gut ! Dans le même moment ici c'est vendredi et là jeudi !

— Certes, et... » Roberto s'était arrêté, frappé par une pensée. « Et pas seulement ! Vous m'avez fait comprendre que si en ce même instant j'étais sur la ligne du méridien il serait minuit précis, mais si je regardais vers l'Occident je verrais le minuit de vendredi et si je regardais vers l'Orient je verrais le minuit de jeudi. Pardieu !

— Tu ne dis Pardieu, bitte.

— Excusez-moi, mon père, mais c'est une chose miraculeuse !

— Et donc devant un miracule tu n'uses pas en vain le nom de Dieu ! Tu dis Sacrobosco, plutôt. Mais le grosse miracule est qu'il n'y a pas miracule ! Tout était prévu ab initio ! Si le soleil vingt-quatre heures emploie à faire le tour de la terre, commence à l'occident du cent quatre-vingtième méridien un nouveau jour, et à l'orient nous avons encore le jour d'avant. Minuit de vendredi ici sur le navire il est minuit de jeudi sur l'Ile. Tu ne sais quoi aux matelots de Magellan est arrivé quand ils ont fini leur tour du monde, comme raconte Pietro Martire ? Qu'ils sont revenus et pensaient que c'était un jour avant et c'était au contraire un jour après, et eux croyaient que Dieu avait puni eux en leur volant un jour, parce qu'ils n'avaient pas le jeûne du vendredi saint observé. Au contraire c'était très naturel : ils avaient vers ponant voyagé. Si de l'Amérika vers l'Asia tu voyages, tu perds un jour, si dans le sens contraire tu voyages, tu gagnes un jour : voilà le motif que la *Daphne* a factus la voie de l'Asie, et vous stupides la voie de l'Amérika. Tu es un jour plus vieux que moi ! Cela ne te fait pas rire ?

— Mais si je revenais sur l'Ile, je serais un jour plus jeune ! dit Roberto.

— C'était là mon petit jocus. Mais à moi n'importe si tu es plus jeune ou plus vieux. A moi il importe qu'en ce point de la terre il y a une ligne, que de ce côté-ci le jour d'après est, et que de côté-là le jour d'avant. Et pas seulement à minuit, mais aussi à sept heures, à dix heures, chaque heure ! Dieu donc prenait de cet abysse l'eau d'hier (que tu vois là) et la versait sur le monde d'aujourd'hui, et le jour d'après encore et ainsi de suite ! Sine miracule, naturaliter ! Dieu avait la Nature prédisposée comme une grosse Horologium ! C'est comme si j'aurais moi une horologium qui indique non les douze mais les vingt et quatre heures. Dans cette horologium se déplace l'aiguille ou style vers les vingt et quatre, et à droite des vingt et quatre c'était hier et à gauche aujourd'hui !

— Mais comment faisait-elle la terre d'hier à rester immobile dans le ciel, si elle n'avait plus d'eau dans cet hémisphère ? Ne perdait-elle pas le Centrum Gravitatis ?

— Tu penses avec la humana conceptione du temps. Pour nous hommes, existe l'hier non plus, et le demain non encore. Tempus Dei, quod dicitur Aevum, très différent. »

Roberto raisonnait : si Dieu enlevait l'eau d'hier et la déposait aujourd'hui, peut-être la terre d'hier avait une succussion à cause de ce maudit centre de gravité, mais cela ne devait pas importer aux hommes : dans leur hier il n'y avait pas eu la succussion, et elle avait lieu par contre dans un hier de Dieu, qui, d'évidence, savait manier différents temps et différentes histoires, tel un Narrateur qui écrirait différents romans, tous avec les mêmes personnages, mais en leur laissant traverser des aventures différentes d'une histoire à l'autre. Comme s'il y avait eu une Chanson de Roland où Roland mourait sous un pin, et une autre où il devenait roi de France à la mort de Charles, se servant de la peau de Ganelon comme tapis. Pensée qui, on le dira, l'accompagnerait longtemps par la suite, le persuadant que non seulement les mondes peuvent être infinis dans l'espace, mais aussi parallèles dans le temps. De quoi il ne voulait pas parler au père Caspar, qui considérait déjà des plus hérétiques l'idée des nombreux mondes tous présents dans le même espace, et Dieu sait ce qu'il aurait dit de cette glose. Il se limita donc à demander comment avait fait le Créateur pour déplacer toute cette eau d'hier à aujourd'hui.

« Avec l'éruption des volcans sous-marins, natürlich ! Tu penses ? Eux soufflent des vents enflammés, et qu'est-ce qu'il advient quand une casserole de lait chauffe ? Le lait se gonfle, monte en haut, sort de la casserole, se répand sur le poêle ! Mais en ce temps-là c'était non lait, sed eau bouillonnante ! Grosse catastrophe !

— Et comment Dieu a-t-il enlevé toute cette eau après les quarante jours ?

— Si il ne pleuvait plus il y avait le soleil, et donc l'eau peu à peu s'évaporait. La Bible dit que cent cinquante jours il fallut. Si toi ton vêtement en un jour laves et sèches, tu sèches la terre en cent cinquante. Et puis il est beaucoup d'eau dans ces énormes lac subterrains refluée, qui à présent encore entre la surface et le feu zentral sont.

— Vous m'avez presque convaincu », dit Roberto à qui n'importait pas tant la manière dont cette eau s'était déplacée, que le fait de se trouver à deux pas d'hier. « Mais en arrivant ici qu'avez-vous démontré que vous n'auriez pu démontrer avant, à la lumière de la raison ?

— La lumière de la raison, tu la laisses à la vieille théologie. Aujourd'hui la scientia veut la preuve de l'expérientia. Et la preuve de l'expérientia c'est que moi ici je suis. Ensuite, avant que j'arrivais ici, j'ai fait beaucoup de sondements, et je sais combien profonde la mer là en bas est. »

Le père Caspar avait abandonné son explication géoastronomique et il s'était prodigué dans la description du Déluge. Il parlait maintenant son latin érudit, en lançant les bras comme pour évoquer les différents phénomènes célestes et chtoniens, à grands pas sur le pont. Il l'avait fait juste au moment où le ciel sur la baie s'ennuageait : s'annonçait un orage tel qu'il n'en arrive, soudain, que dans la mer du Tropique. Or donc, toutes les fontaines de l'abysse ouvertes et les cataractes du ciel, quel horrendum et formidandum spectaculum s'était offert à Noé et à sa famille !

Les hommes se réfugiaient d'abord sur les toits, mais leurs maisons se voyaient balayées par les flots qui arrivaient des Antipodes avec la force du vent divin qui les avait soulevés et poussés ; ils se hissaient sur les arbres, que la lame arrachait tels des fétus ; ils distinguaient encore des cimes de très vieux chênes et ils s'y accrochaient, mais les vents les secouaient avec une rage telle qu'ils n'arrivaient pas à tenir prise. Désormais dans la mer qui couvrait vals et monts l'œil suivait les cadavres enflés et flottants, où les derniers oiseaux terrorisés tentaient de se percher comme sur un très-atroce nid ; mais, perdant bien vite ce dernier refuge, ils cédaient eux aussi harassés au milieu de la tempête, les plumes alourdies, les ailes maintenant épuisées. « Oh, horrenda justitiae divinae spectacula », exultait le père Caspar, et ce n'était rien — assurait-il — par rapport à ce qu'il nous sera donné de voir le jour où le Christ reviendra juger les vivants et les morts...

Et au grand fracas de la nature répondaient les animaux de l'Arche, aux hurlements du vent faisaient écho les loups, au rugissement des tonnerres on entendait en contrepoint le lion, au frémissement de la foudre barrissaient les éléphants, aboyaient les chiens à la voix de leurs congénères moribonds, pleuraient les brebis aux plaintes des enfants, croassaient les corneilles au croasser de la pluie sur le toit de l'Arche, mugissaient les bœufs au mugissement des flots, et toutes les créatures de la terre et de l'air avec leur calamiteux piaulement ou miaulement plaintif prenaient part au deuil de la planète.

Mais ce fut en cette occasion, assurait le père Caspar, que Noé et sa famille redécouvrirent la langue qu'Adam avait parlée dans l'Eden, et que ses enfants avaient oubliée après l'expulsion, et que les descendants mêmes de Noé perdraient presque tous au jour de la grande confusion babélique, sauf les héritiers de Gomer qui l'avaient emportée dans les forêts du Nord, où le peuple allemand l'avait fidèlement protégée. Seule la langue allemande — s'écriait à présent dans sa langue maternelle le père Caspar enflammé — « redet mit der Zunge, donnert mit dem Himmel, blitzet mit den schnellen Wolken », autrement dit, comme ensuite inventivement il poursuivait, mêlant les très-âpres sons de divers idiomes, seule la langue allemande parle la langue de la nature, « blitze avec les Nuages, brumme avec le Cerf, gruntze avec le Schwaine, zissque avec l'Anguicole, miaute avec le Katze, schnattère avec l'Ansercule, quaquère avec le Canardus, kakkakokke avec la Poule, klappère avec la Cigonie, krakke avec le Korbaque, schwirre avec l'Hirundine ! » Et à la fin il était rauque de tant babéliser, et Roberto convaincu que la vraie langue d'Adam, retrouvée avec le Déluge, ne prenait racine que dans les landes du Saint Empereur Romain.

Ruisselant de sueur, le religieux avait terminé son évocation. Comme épouvanté par les conséquences de tout déluge, le ciel avait rappelé l'orage, ainsi qu'un éternuement qui semble sur le point d'exploser et puis est ravalé avec un grognement.

22

La Colombe Couleur Orange

Les jours suivants il fut clair que l'Observatoire Maltais s'avérait impossible à atteindre, car le père Wanderdrossel ne savait pas nager lui non plus. La barque était encore là-bas, dans la petite crique, et c'était donc comme si elle n'existait pas.

Maintenant qu'il avait à sa disposition un homme

jeune et vigoureux, le père Caspar aurait su comment faire construire un radeau avec une grande rame mais, il l'avait expliqué, matériaux et instruments étaient restés dans l'Ile. Sans même une hache on ne pouvait abattre les mâts ou les vergues, sans marteaux on ne pouvait dégonder les portes, et les clouer entre elles.

Par ailleurs, le père Caspar ne paraissait pas trop préoccupé par ce naufrage prolongé, il se réjouissait même du seul fait d'avoir récupéré l'usage de sa chambre, du tillac et de quelques instruments pour continuer observations et études.

Roberto n'avait pas encore compris qui était le père Caspar Wanderdrossel. Un sage ? Certainement oui, ou du moins un érudit et un curieux aussi bien de sciences naturelles que divines. Un exalté ? Sûrement. A un moment donné, il avait laissé entendre que ce vaisseau avait été armé non pas aux frais de la Compagnie, mais aux siens propres, ou d'un de ses frères, marchand enrichi et aussi fou que lui ; en une autre occasion, il s'était laissé aller à quelques plaintes contre certains religieux de son ordre qui lui auraient « larronné tant de très-fécondes Idées » après avoir feint d'en répudier le galimatias. Ce qui laissait penser que là-bas, à Rome, ces révérends pères n'avaient pas vu d'un mauvais œil le départ de ce personnage sophistique, considéré qu'il s'embarquait à ses frais, qu'il y avait en outre de bons espoirs que le long de ces routes inatteignables il se perdrait, et ils l'avaient encouragé pour s'en débarrasser.

Les fréquentations que Roberto avait eues en Provence et à Paris étaient propres à le rendre hésitant devant les affirmations de physique et de philosophie naturelle qu'il entendait énoncer par le vieux. Mais nous l'avons vu, Roberto avait absorbé le savoir auquel il était exposé comme une éponge, sans trop se soucier de ne pas croire à des vérités contradictoires. Ce n'était sans doute pas qu'il lui manquât le goût du système, c'était un choix.

A Paris le monde lui était apparu telle une scène

où l'on représentait un trompeur apparoir, où chaque spectateur voulait chaque soir suivre et admirer une histoire différente, comme si les choses habituelles, fussent-elles miraculeuses, n'éclairaient plus personne, et que seules les insolitement incertaines ou les incertainement insolites étaient capables de les exciter encore. Les anciens prétendaient que pour une question il n'existait qu'une réponse, tandis que le grand théâtre parisien lui avait offert le spectacle d'une question à laquelle on répondait de manières les plus variées. Roberto avait décidé d'accorder seulement la moitié de son esprit aux choses en quoi il croyait (ou croyait croire), pour garder l'autre disponible au cas où fût vrai le contraire.

Si c'était bien la disposition de son âme, nous pouvons alors comprendre pourquoi il n'était pas si motivé que cela à nier, d'entre les révélations du père Caspar, même les plus ou moins dignes de foi. De tous les récits qu'il avait entendus, celui que le jésuite lui avait fait était certainement le plus hors du commun. Pourquoi le prendre pour faux alors ?

Je défie quiconque de se trouver abandonné sur un navire désert, entre ciel et mer dans un espace perdu, et de ne pas être disposé à rêver que, en ce grand malheur, il ne lui soit au moins échu de tomber au centre du temps.

Il pouvait donc même s'amuser à opposer à ces récits de multiples objections, mais souvent il se comportait comme les disciples de Socrate, qui imploraient presque leur défaite.

D'autre part, comment refuser le savoir d'une figure devenue paternelle, qui d'un coup l'avait reporté d'une condition de naufragé ahuri à celle de passager d'un navire dont quelqu'un avait connaissance et gouverne ? Soit de par l'autorité de l'habit, soit de par la condition de seigneur originel de ce château marin, le père Caspar représentait à ses yeux le Pouvoir, et Roberto avait appris suffisamment des idées du siècle pour savoir qu'à la force on doit acquiescer, du moins en apparence.

Et si Roberto commençait à douter de son hôte, celui-ci aussitôt le conduisait pour une nouvelle exploration du vaisseau et, en lui montrant des instruments qui avaient échappé à son attention, il lui permettait d'apprendre de si nombreuses et nonpareilles choses qu'il gagnait sa confiance.

Par exemple, il lui avait fait découvrir des filets et des hameçons pour la pêche. La *Daphne* avait relâché dans des eaux très peuplées, et il valait mieux ne pas consommer les provisions du bord s'il était possible d'avoir du poisson frais. Roberto, en se déplaçant de jour maintenant avec ses lunettes fumées, avait aussitôt appris à jeter les filets, à lancer l'hameçon, et sans grand-peine il avait capturé des animaux de mesures tellement démesurées que plus d'une fois il avait risqué d'être entraîné par-dessus bord par la force brusque avec laquelle ils mordaient.

Il les allongeait sur le tillac et le père Caspar semblait connaître de chacun la nature et jusqu'au nom. Si, en fin de compte, il les nommait d'après nature ou les baptisait ad libitum, Roberto ne savait le dire.

Alors que les poissons de son hémisphère étaient gris, au mieux vif-argent, ceux-ci apparaissaient bleus avec des nageoires marasquin, ils avaient des barbillons safran ou des museaux cardinal. Il avait pêché une grosse anguille avec deux têtes pleines d'yeux, une à chaque bout du corps, mais le père Caspar lui avait fait remarquer que la seconde tête était en revanche une queue ainsi décorée par la nature, et en l'agitant la bête effrayait ses adversaires même par-derrière. On captura un poisson au ventre tacheté, avec des rayures d'encre sur le dos, toutes les couleurs de l'arc-en-ciel autour de l'œil, un museau caprin, mais le père Caspar le fit aussitôt rejeter à la mer, car il savait (récits de ses frères, expérience de voyage, légende de matelots ?) qu'il était plus venimeux qu'un bolet Satan.

D'un autre à l'œil jaune, bouche enflée et dents tels des clous, le père Caspar avait tout de suite dit que c'était une créature de Belzébuth. Qu'on le laissât étouffer sur la solle jusqu'à ce que mort s'ensuive, et puis allez hop d'où il était venu. Il le disait par science acquise ou jugeait-il à l'apparence ? Par ailleurs, tous les poissons que Caspar donnait pour comestibles révélaient leur excellence — mieux : de l'un d'eux il avait même su dire qu'il était meilleur poché que rôti.

En initiant Roberto aux mystères de cette mer salomonienne, le jésuite avait été plus précis encore dans ses informations sur l'Ile, dont la *Daphne,* à son arrivée, avait fait le tour complet. Vers l'est elle avait quelques petites plages, mais trop exposées aux vents. Sitôt après le promontoire sud, où ils avaient ensuite tiré la barque sur le rivage, se trouvait une baie calme, sauf que l'eau y était trop basse pour que la *Daphne* y mouillât. Ce point, où se situait maintenant le vaisseau, était le plus approprié : en s'approchant de l'Ile on se serait engravé sur un fond bas, et en s'éloignant davantage on se serait placé dans le vif d'un courant très fort qui parcourait le canal entre les deux îles du sud-ouest au nord-est ; et il fut facile de le démontrer à Roberto. Le père Caspar lui demanda de lancer le sale corps mort du poisson de Belzébuth, de toutes ses forces, vers la mer à l'Occident, et le cadavre du monstre, pour autant qu'on pût le voir flotter, fut entraîné avec véhémence par ce flux invisible.

Aussi bien Caspar que les matelots, ils avaient exploré l'Ile, sinon tout entière, une bonne partie : assez pour pouvoir décider que le sommet, qu'ils avaient choisi afin d'y installer l'Observatoire, était le plus idoine pour dominer de l'œil l'ensemble de cette terre, vaste comme la ville de Rome.

Il y avait à l'intérieur une cascade, et une très belle végétation : non seulement des noix de coco et des bananes, mais aussi certains arbres au tronc en forme d'étoile, avec les pointes qui s'affilaient telles des lames.

Quant aux animaux, Roberto en avait vu dans le second-pont : l'Ile était un paradis d'oiseaux, et il y avait même des renards volants. Ils avaient aperçu de loin, dans les fourrés, des cochons, mais ils n'étaient pas arrivés à les capturer. Il y avait des serpents, mais aucun ne s'était montré venimeux ou féroce, tandis qu'infinie était la variété des lézards.

Cependant la faune la plus riche se trouvait le long de la barbacane de corail. Tortues, crabes, et des huîtres de toutes formes, difficiles à comparer avec celles de nos mers, grandes comme des paniers, comme des casseroles, comme des plats pour mets abondants, souvent malaisées à ouvrir, mais une fois ouvertes elles offraient des masses de chair blanche, molle et grasse, de véritables gourmandises. Malheureusement, on ne pouvait pas les apporter sur le navire : à peine hors de l'eau, elles se gâtaient à la chaleur du soleil.

Ils n'avaient vu aucune des grandes bêtes sauvages dont regorgent d'autres contrées de l'Asie, ni éléphants ni tigres ni crocodiles. Et par ailleurs rien qui ressemblât à un bœuf, à un taureau, à un cheval ou à un chien. On eût dit que sur cette terre toute forme de vie avait été conçue non pas par un architecte ou par un sculpteur, mais plutôt par un orfèvre : les oiseaux étaient des cristaux colorés, petits les animaux du bois, plats et presque transparents les poissons.

Il n'avait pas semblé, ni au père Caspar ni au capitaine ou aux matelots, qu'il y eût des Requiems dans ces eaux : on les aurait remarqués même de loin, avec cette nageoire coupante telle une hache. Et dire que dans ces mers on en trouve partout. Qu'en face et autour de l'Île manquassent les requins, c'était à mon avis une illusion de ce fantasque explorateur, ou peut-être ce qu'il arguait était vrai, savoir que, un grand courant existant à peine plus à l'ouest, ces animaux préféraient évoluer là-bas, où ils étaient sûrs de trouver des nourritures plus copieuses. Quoi qu'il en fût, il est bon pour l'histoire qui suivra que ni Caspar ni Roberto ne craignissent la présence de squales, autrement ils n'auraient certes pas eu le cœur de descendre dans l'eau et moi je ne saurais que vous raconter.

Roberto ne perdait pas une miette de ces descriptions, il s'entichait de plus en plus de l'Ile lointaine, tentait d'imaginer la forme, la couleur, le mouvement des créatures dont le père Caspar lui parlait. Et les coraux, comment étaient-ils ces coraux qu'il ne connaissait qu'en bijoux et qui, par poétique définition, avaient l'incarnat des lèvres d'une belle femme ?

Sur les coraux le père Caspar restait muet et il se limitait à lever les yeux au ciel avec une expression de béatitude. Ceux dont Roberto parlait étaient les coraux morts, comme morte était la vertu de ces courtisanes auxquelles les libertins appliquaient cette comparaison usée. Et sur le récif, des coraux morts il y en avait, c'étaient ceux qui blessaient quand on touchait ces pierres. Cependant ils ne pouvaient rivaliser en quoi que ce fût avec les coraux vivants, qui étaient — comment dire — des fleurs sous-marines, anémones, jacinthes, troènes, renoncules, violettes en bouquet — mais non, cela ne disait rien — c'était une fête de galles, baies, boutons, glouterons, rejetons, cabus, fibrilles — mais non, c'était autre chose encore, des mobiles, colorés comme le jardin d'Armide, et ils imitaient tous les végétaux du champ, du potager et du bois, depuis le concombre jusqu'à l'oronge et à la salade pommée...

Lui il en avait vu ailleurs, grâce à un appareil construit par un de ses frères (et en allant fouiller dans une caisse de sa cabine, apparaissait l'instrument) : c'était une manière de masque en cuir avec une grande lunette de verre à l'orifice supérieur bordé et renforcé, avec deux lacets tels qu'on pouvait l'assujettir à la nuque de façon qu'il adhérât au visage, du front au menton. En naviguant sur une barge, pour ne pas échouer sur le haut-fond, on ployait le chef jusqu'à effleurer l'eau et on voyait les sommets sous-marins — alors que si quelqu'un avait immergé sa tête nue, à part se brûler les yeux, il n'aurait rien vu.

Caspar pensait que l'engin — qu'il nommait Perspicillum, Lunette, ou bien Persona Vitrea (masque qui ne cache pas, mais au contraire révèle) — aurait pu être porté même par qui eût su nager entre les écueils. Non que l'eau ne pénétrât point tôt ou tard à l'intérieur, mais pendant un certain laps de temps, en retenant sa respiration, on pouvait continuer à regarder. Après quoi, on devrait émerger de nouveau, vider ce vase et recommencer du début.

« Si tu à natare apprendrais, tu pourrais ces choses là-bas voir », disait Caspar à Roberto. Et Roberto, le contrefaisant : « Si je nagerais ma poitrine était une gourde ! » Cependant il se plaignait de ne pouvoir aller là-bas.

Et puis, et puis, ajoutait le père Caspar, sur l'Ile il y avait la Colombe de Flamme.

« La Colombe de Flamme ? Qu'est-ce donc ? » s'enquit Roberto, et l'anxiété avec laquelle il le demanda nous paraît exorbitante. Comme si l'Ile depuis longtemps lui promettait un emblème obscur, qui à présent seulement devenait d'une grande clarté.

Le père Caspar expliquait qu'il était difficile de décrire la beauté de cet oiseau, et qu'il fallait le voir pour pouvoir en parler. Lui il l'avait aperçu avec la lunette d'approche le jour même de leur arrivée. Et, de loin, c'était comme entrevoir une sphère d'or enflammé, ou de feu doré, qui de la cime des arbres les plus hauts dardait vers le ciel. A peine à terre, il avait voulu en savoir davantage, et il avait instruit les matelots afin qu'ils le repérassent.

L'affût avait été fort long, jusqu'à ce que l'on eût compris au milieu de quels arbres il habitait. Il émettait un son tout à fait particulier, une sorte de « toc toc », comme ce que vous obtenez en clappant de la langue. Caspar avait compris qu'en produisant cet appel avec la bouche ou les doigts l'animal répondait, et, quelques fois, il s'était laissé apercevoir alors qu'il volait de branche en branche.

Caspar était revenu à plusieurs reprises se mettre à l'affût, mais avec une lunette d'approche, et une fois au moins il avait bien vu l'oiseau, presque immobile : la tête était olive foncé — non, peut-être asperge, comme les pattes — et le bec couleur d'herbe médicinale s'étendait tel un masque, jusqu'à enchâsser l'œil qui ressemblait à un grain de maïs, avec la pupille d'un noir scintillant. Il avait une courte mentonnière dorée comme la pointe des ailes, mais le corps, de la gorge jusqu'aux pennes de la queue, où les très fines plumes semblaient les cheveux d'une femme, était (comment dire ?) — non, rouge n'est pas le mot juste...

Rouille, rougeâtre, rubis, rubicond, rougeaud, roussâtre, rocou, rubéfié, suggérait Roberto. *Nein, nein,* s'irritait le père Caspar. Et Roberto : comme une fraise, un géranium, une framboise, une griotte, un radis ; comme les baies du houx, le ventre de la grive mauvis, la queue du rouge-queue, la gorge du rouge-gorge... Mais non, non, insistait le père Caspar, en lutte avec sa langue et celle d'autrui pour trouver les mots justes : et — à en juger par la synthèse qu'en tire ensuite Roberto, on ne comprend plus si l'emphase appartient à l'informateur ou à l'informé — il devait avoir la couleur de liesse d'un bigaradier, d'une pomme d'orange, c'était un soleil ailé, bref, quand on le voyait dans le ciel blanc c'était comme si l'aube lançait un grenadier sur la neige. Et quand il se faisait jet de fronde dans le soleil, il fulgurait plus qu'un chérubin !

Cet oiseau couleur orange, disait le père Caspar, certainement ne pouvait vivre que sur l'Ile de Salomon, parce que c'était dans le Cantique de ce grand Roi que l'on parlait d'une colombe qui se lève comme l'aurore, resplendissante comme le soleil, *terribilis ut castrorum acies ordinata.* Elle avait, dit un autre psaume, les ailes qui se couvrent d'argent et les plumes aux reflets d'or.

Avec cet animal Caspar en avait vu un autre presque pareil, sauf que les plumes n'étaient pas orangées mais bleu-vert, et à la façon dont les deux allaient régulièrement en couple sur la même branche, ils devaient être mâle et femelle. Qu'ils pussent être des ramiers, leur forme le révélait et leur gémissement si fréquent. Lequel des deux était le mâle, c'était difficile à dire ; d'autre part, il avait imposé aux matelots de ne pas les tuer.

Roberto demanda combien de colombes il pouvait y avoir sur l'Ile. Pour ce qu'en savait le père Caspar, qui chaque fois n'avait vu qu'une seule boule rourange gicler vers les nues, ou toujours un seul couple parmi les hautes frondaisons, il ne pouvait exister sur l'Ile que deux colombes, et une seule couleur orange. Supposition qui tourmentait Roberto pour cette beauté singulière — qui, si elle l'attendait lui, l'attendait toujours depuis le jour d'avant.

D'autre part, si Roberto le voulait, disait Caspar, en restant des heures et des heures à la lunette d'approche, il pourrait la voir même du vaisseau. Pourvu qu'il eût ôté ces lunettes de noir de fumée. A la réponse de Roberto, que ses yeux ne le lui permettaient pas, Caspar avait fait quelques observations méprisantes sur ce mal de femmelette, et il avait conseillé les liquides avec quoi il s'était soigné le bubon (Spiritus, Olea, Flores).

Il ne ressort pas clairement que Roberto les ait utilisés, qu'il se soit entraîné peu à peu à regarder autour de lui sans lunettes, d'abord à l'aube et au couchant et puis en plein jour, et s'il les portait encore quand, comme nous le verrons, il cherche à apprendre à nager — mais le fait est que, à partir de ce moment, les yeux ne sont plus mentionnés pour justifier n'importe quelle fuite ou échappatoire. Si bien qu'il est permis de déduire que peu à peu, sans doute par l'action curative de ces airs balsamiques ou de l'eau de mer, Roberto aura guéri d'une affection qui, vraie ou supposée, le rendait lycanthrope depuis plus dix ans (si tant est que le lecteur ne veuille pas insinuer qu'à partir de maintenant je désire Roberto à plein temps sur le tillac et que, ne trouvant pas de démentis dans ses papiers, avec auteuriale arrogance je le délivre de tout mal).

Mais peut-être Roberto voulait-il guérir pour voir à tout prix la colombe. Et il se serait même aussitôt précipité sur la muraille pour passer le jour à scruter les arbres, s'il n'avait pas été distrait par une autre question irrésolue.

Une fois terminée la description de l'Ile et de ses richesses, le père Caspar avait observé que tant de si agréables choses ne pouvaient se trouver qu'ici, sur le méridien antipode. Roberto avait alors demandé : « Mais, révérend père, vous m'avez dit que l'Observatoire Maltais vous a confirmé que vous êtes sur le méridien antipode, et je le crois. Pourtant vous n'êtes pas allé élever l'Observatoire sur chaque île que vous avez rencontrée dans votre voyage, mais bien sur celle-ci seulement. Et alors, en quelque sorte avant que l'Observatoire vous le dît, vous deviez déjà être sûr d'avoir trouvé la longitude que vous cherchiez !

— Tu penses très juste. Si moi ici je serais venu sans savoir qu'ici était ici, je ne pouvais pas moi savoir que j'étais ici... A présent, je t'explique. Puisque je savais que l'Observatoire était l'unique instrument exact, pour arriver où essayer l'Observatoire je devais de fausses méthodes user. Et c'est ainsi que j'ai factus. »

23

Des Machines diverses et artificielles

Vu que Roberto demeurait incrédule et prétendait savoir quelles étaient, et combien inutiles, les différentes méthodes pour trouver les longitudes, le père

Caspar lui avait objecté que, toutes fautives si on les prenait une par une, en les prenant toutes ensemble on pouvait peser les différents résultats et compenser les défauts singuliers. « Et cela est mathematica ! »

Certes, une horloge après des milliers de milles ne donne plus la certitude de bien indiquer le temps du lieu de départ. Mais de nombreuses et différentes horloges, certaines d'une conception spéciale et très soignée, combien Roberto en avait-il découvert sur la *Daphne* ? Tu compares leurs temps inexacts, tu contrôles chaque jour les réponses de l'une sur les décrets des autres, ainsi obtiens-tu quelque certitude.

Le loch ou si l'on veut bateau de loch ? Ceux que l'on utilise habituellement ne marchent pas, mais voilà ce qu'avait construit le père Caspar : une caisse avec deux tiges verticales, en sorte que l'une enroulât et l'autre déroulât une corde de longueur fixe équivalant à un nombre fixe de milles ; et la tige enroulante était couronnée de nombreuses palettes lesquelles, comme dans un moulin, tournaient sous l'impulsion des mêmes vents qui gonflaient les voiles et accéléraient ou ralentissaient leur mouvement — et donc enroulaient plus ou moins de corde — selon la force et la direction droite ou oblique du souffle, enregistrant par conséquent même les déviations dues au louvoyage ou aux vents contraires. Méthode pas absolument sûre entre toutes, mais excellente si quelqu'un en avait comparé les résultats avec ceux d'autres relèvements.

Les éclipses lunaires ? Sûr qu'à les observer en voyage, il en dérivait d'infinies équivoques. Mais, pour le moment, que dire de celles observées à terre ?

« Il nous faut avoir de nombreux observateurs et en de nombreux points du monde, et bien disposés à collaborer à la plus grande gloire de Dieu, et à ne pas se faire injure, agir par dépit et hauteur. Ecoute : en 1612, le huit de novembre, à Macao, le très-révérend pater Iulius de Alessis enregistre une éclipse de huit heures trente du soir jusqu'à onze heures trente. Le très-révérend pater Carolus Spinola informe qu'à Nangasaki, en Iaponia, la même éclipse à neuf heures trente du même soir il observait. Et le pater Christophorus Schnaidaa avait la même éclipse vue à Ingolstadt, à cinq heures de l'après-midi. La différentia d'une heure fait quinze degrés de méridien, et donc c'est la distantia entre Macao et Nangasaki, non seize degrés et vingt, comme dit Blaeu. Verstanden ? Naturellement pour ces relevés il faut se garder de la purée septembrale et du petun, avoir horologes justes, ne pas se laisser échapper l'initium totalis immersionis, et tenir exacte moyenne entre initium et finis eclipsis, observer les moments intermédiaires où s'obscurcissent les taches, et caetera. Si les lieux éloignés sont, une minime erreur fait non grosse différentia, mais si les lieux proximes sont, une méprise d'une poignée de minutes fait grosse différentia. »

A part que sur Macao et Nagasaki il me semble que Blaeu avait davantage raison que le père Caspar (et cela prouve quel imbroglio étaient réellement les longitudes en ces temps-là), voici comment, recueillant et recoupant les observations faites par leurs frères missionnaires, les jésuites avaient établi un Horologium Catholicum, ce qui ne voulait pas dire qu'il s'agissait d'une horloge très fidèle au pape, mais d'une horloge universelle. C'était en effet une espèce de planisphère où se trouvaient indiqués tous les sièges de la Compagnie, depuis Rome jusqu'aux confins du monde connu, et pour chacun des lieux était marquée l'heure locale. Ainsi, expliquait le père Caspar, lui n'avait pas eu besoin de tenir compte du temps depuis le début du voyage, mais seulement depuis la dernière sentinelle du monde chrétien, dont la longitude était indiscutée. Les marges d'erreur s'étaient donc réduites de beaucoup, et entre une station et l'autre on pouvait même utiliser des méthodes qui en absolu ne donnaient aucune garantie, tels la variation de l'aiguille ou le calcul sur les taches lunaires.

Par chance, ses frères étaient vraiment un peu partout, de Pernambouc à Goa, de Mindanao au Port Sancti Thomae et, si les vents l'empêchaient d'amarrer dans un port, il y en avait tout de suite un autre. Par exemple à Macao, ah, Macao, la seule pensée de cette aventure tourneboulait le père Caspar. C'était une possession portugaise, les Chinois appelaient les Européens hommes au long nez précisément parce que les premiers à débarquer sur leurs côtes avaient été les Portugais, qui, en vérité, ont un nez fort long, et les jésuites aussi qui arrivaient avec eux. Et donc la cité était une seule couronne de forteresses blanches et bleues sur la colline, contrôlées par des pères de la Compagnie, qui devaient s'occuper aussi de choses militaires, vu que la ville était menacée par les hérétiques hollandais.

Le père Caspar avait décidé de faire route sur Macao, où il connaissait un frère savantissime ès sciences astronomiques, mais il avait oublié qu'il naviguait sur un *fluyt*.

Qu'avaient fait les bons pères de Macao ? Un vaisseau hollandais en vue, ils avaient donné du canon et de la couleuvrine. Inutile que le père gesticulât à la proue et eût aussitôt fait hisser l'étendard de la Compagnie, ces maudits nez longs de frères portugais, enveloppés dans les fumées guerrières qui les invitaient à un saint carnage, ne s'en étaient pas même aperçus, et, hop allez, de faire pleuvoir dru des boulets tout autour de la *Daphne*. Pure grâce de Dieu si le navire avait pu déferler, virer de bord et fuir à male peine vers le large, avec le capitaine qui, dans sa langue luthérienne, lançait des grossièretés à ces pères de peu de pondération. Et cette fois-ci, ce sont eux qui avaient tort : envoyer par le fond des Hollandais d'accord, mais pas avec un jésuite à bord.

Par chance il n'était pas difficile de trouver d'autres missions à une très raisonnable distance, et ils avaient mis le cap sur la plus hospitalière Mindanao. Ainsi, d'étape en étape, ils gardaient sous contrôle la longitude (et Dieu sait comme, ajouté-je, vu qu'en finissant à un empan de l'Australie, ils devaient avoir perdu tout point de repère).

« Et or donc devons Novissima Experimenta faire, pour clarissime et evidenter démontrer que nous sur le cent quatre-vingtième méridien sommes. Autrement mes frères du Collège Romain pensent que je suis un mameluk.

— De nouvelles expériences ? demanda Roberto. Ne m'aviez-vous pas à peine dit que l'Observatoire vous a finalement donné la certitude de vous trouver sur le cent quatre-vingtième méridien et en face de l'Île de Salomon ? »

Si, répondit le jésuite, et lui, il en était certain : il avait mis en lice les différentes méthodes imparfaites découvertes par les autres, et l'accord de tant de méthodes faibles ne pouvait que fournir une certitude très solide, comme il advient dans la preuve de Dieu par le *consensus gentium,* car il est bien vrai qu'il y a beaucoup d'hommes enclins à l'erreur qui croient en Dieu, mais il est impossible que tous se trompent, depuis les forêts de l'Afrique jusqu'aux déserts de la Chine. Ainsi advient-il que nous croyons au mouvement du soleil et de la lune et des autres planètes, ou à la puissance cachée de la chélidoine, ou que dans le centre de la terre il y a un feu souterrain ; depuis mille et mille ans les hommes l'ont cru, et le croyant ils ont réussi à vivre sur cette planète et à obtenir de nombreux effets utiles selon la façon dont ils avaient lu le grand livre de la nature. Mais une grande découverte comme celle-ci devait être confirmée par de nombreuses autres preuves, de manière que même les sceptiques se rendissent à l'évidence.

Et puis on ne doit pas persévérer dans la science seulement par amour du savoir, mais pour la faire partager à ses frères. Par conséquent, vu que trouver la bonne longitude lui avait coûté tant de peine, il lui fallait à présent en chercher confirmation à travers d'autres méthodes plus faciles, en sorte que ce savoir devînt le patrimoine de tous nos frères, « ou du moins de nos frères chrétiens, mieux, de nos frères catholiques, car les hérétiques hollandais ou anglais, ou pis moraves, il serait beaucoup préférable que de ces secrets ils ne viendraient jamais à la connaissance ».

Or donc, de toutes les méthodes pour prendre la longitude, il en tenait deux désormais pour sûres. L'une, bonne pour la terre ferme, justement ce trésor de toute méthode qu'était l'Observatoire Maltais ; l'autre, bonne pour les observations en mer, était celle de l'Instrumentum Arcetricum, qui se trouvait dans le second-pont et n'avait pas encore été mis en œuvre, puisqu'il s'agissait d'abord d'obtenir à travers l'Observatoire la certitude sur sa propre position, et ensuite de voir si cet Instrumentum la confirmait, après quoi elle aurait pu être considérée la sûre des sûres d'entre toutes.

Cette expérimentation, le père Caspar l'aurait faite bien avant s'il n'était arrivé tout ce qui était arrivé. Mais le moment était venu, et ce serait précisément cette nuit même : le ciel et les éphémérides disaient que c'était la bonne nuit.

Qu'était l'Instrumentum Arcetricum ? Un engin préfiguré bien des années plus tôt par Galilée — mais attention, préfiguré, raconté, promis, jamais réalisé avant que le père Caspar ne se mît à l'œuvre. Et à Roberto qui lui demandait si ce Galilée était le même qui avait fait une très condamnable hypothèse sur le mouvement de la terre, le père Caspar répondait que oui, quand il s'était mêlé de métaphysique et de saintes écritures ce Galilée avait dit des choses détestables, mais en tant que mécanicien c'était un homme de génie, et immense. A la question s'il n'était pas mauvais d'utiliser les idées d'un homme que l'Eglise avait réprouvé, le jésuite avait répondu qu'à la plus grande gloire de Dieu peuvent aussi concourir les idées d'un hérétique, si en soi elles ne sont pas hérétiques. Et nous pouvons imaginer si le père Caspar, qui accueillait toutes les méthodes existantes, ne jurant sur aucune mais tirant parti de leur querelleur conciliabule, n'aurait pas dû tirer aussi parti de la méthode de Galilée.

Au contraire, il s'avérait fort utile et pour la science et pour la foi de profiter au plus vite de l'idée de Galilée ; celui-ci avait déjà essayé de la vendre aux Hollandais, et heureusement que, à l'instar des Espagnols quelques dizaines d'années auparavant, ils s'en étaient méfiés.

Galilée avait tiré des bizarreries d'une prémisse qui était très juste en soi, c'est-à-dire dérober l'idée de la lunette d'approche aux Flamands (qui ne s'en servaient que pour observer les navires au port), et pointer cet instrument vers le ciel. Là, parmi tant d'autres choses que le père Caspar ne songeait pas à mettre en doute, il avait découvert que Jupiter, ou Giove comme le nommait Galilée, avait quatre satellites, en somme quatre lunes, jamais vues depuis les origines du monde jusqu'à cette époque. Quatre petites étoiles joviennes qui lui tournaient autour, tandis qu'il tournait autour du soleil — que Jupiter tournât autour du soleil, nous verrons que pour le père Caspar c'était admissible, pourvu qu'on laissât la terre en paix.

Or, que notre lune entre parfois en éclipse, quand elle passe dans l'ombre de la terre, c'était chose bien connue, ainsi qu'il était connu de tous les astronomes quand les éclipses lunaires devaient se produire, et les éphémérides faisaient autorité. Pas de quoi s'étonner donc si les lunes de Jupiter aussi avaient leurs éclipses. Mieux, du moins pour nous, elles en avaient deux, une éclipse véritable et une occultation.

En effet la lune disparaît à nos yeux lorsque la terre se met entre elle et le soleil, mais les satellites de Jupiter disparaissent deux fois à notre vue, quand ils lui passent derrière et quand ils lui passent devant, ne devenant plus qu'un avec sa lumière, et à l'aide d'une bonne lunette d'approche on peut fort bien suivre leurs apparitions et disparitions. Avec l'inestimable avantage que, tandis que les éclipses de lune adviennent seulement à chaque mort de pape et prennent un très long temps, celles des satellites joviens ont lieu fréquemment et sont très rapides.

A présent, supposons que l'heure et les minutes des éclipses de chaque satellite (chacun passant sur une orbite d'amplitude différente) aient été exactement vérifiées sur un méridien connu, et qu'en fassent foi les éphémérides ; à ce point, il suffit d'établir l'heure et la minute où l'éclipse se montre au méridien (inconnu) sur lequel on se trouve, le compte est vite fait, et il est possible de déduire la longitude du lieu d'observation.

Il est vrai qu'il y avait des inconvénients mineurs dont il ne valait pas la peine de parler à un profane, mais l'entreprise aurait souri à un bon calculateur qui disposât d'un mesureur du temps, autrement dit un perpendiculum, ou pendule, ou Horologium Oscillatorium comme on veut, apte à mesurer avec une exactitude absolue même la différence d'une seule seconde ; item, qui eût deux horloges normales lui disant avec fidélité l'heure du début et de la fin du phénomène aussi bien sur le méridien d'observation que sur celui de l'Ile du Fer ; item, qui sût, par le truchement de la table des sinus, mesurer la quantité de l'angle fait dans l'œil par les corps examinés — angle qui, compris comme position des aiguilles d'une horloge, aurait exprimé en minutes et secondes la distance entre deux corps et sa progressive variation.

Pourvu, il est utile de le répéter, qu'on eût ces bonnes éphémérides que Galilée, désormais vieux et malade, n'avait pas réussi à compléter, mais que les frères du père Caspar, déjà si habiles à calculer les éclipses de Lune, avaient maintenant dressées à la perfection.

Quels sont les inconvénients majeurs sur quoi s'étaient exacerbés les adversaires de Galilée ? Qu'il s'agissait d'observations que l'on ne pouvait faire à l'œil nu et qu'il fallait une bonne lunette d'approche ou télescope comme on l'aurait appelé désormais ? Et le père Caspar en possédait d'excellente facture, telle que pas même Galilée en eût jamais rêvé. Que le mesurage et le calcul n'étaient pas à la portée des matelots ? Mais si toutes les autres méthodes pour les longitudes, en exceptant peut-être le bateau de loch, allaient jusqu'à requérir un astronome ! Si les capitaines avaient appris à se servir de l'astrolabe, qui pourtant n'était pas chose à la portée de n'importe quel profane, ils auraient a fortiori appris à se servir de la lunette d'approche.

Mais, disaient les pédants, des observations aussi exactes qui nécessitaient grande précision, se pouvaient peut-être faire sur terre, pas sur un navire en mouvement où personne n'arrive à immobiliser une lunette d'approche sur un corps céleste que l'on ne voit pas à l'œil nu... Eh bien, le père Caspar était ici pour montrer qu'avec un peu d'habileté, les observations on pouvait les faire même sur un navire en mouvement.

Enfin, certains Espagnols avaient objecté que les satellites en éclipse n'apparaissaient pas le jour, non plus que par les nuits tempêtueuses. « Peut-être eux croient-ils qu'on frappe dans ses mains et hop voilà illico presto subito les éclipses de lune à sa disposition ? » — s'irritait le père Caspar. Et qui avait jamais dit que l'observation devait être faite à chaque instant ? Qui a voyagé des unes aux autres Indes le sait : la prise de la longitude ne peut avoir besoin d'une plus grande fréquence que ce que l'on exige pour l'observation de la latitude, et celle-ci non plus, ni avec l'astrolabe ni avec l'arcbalestrille, on ne peut l'établir dans les moments de grande commotion de la mer. Qu'on la sût bien prendre, cette maudite longitude, ne fût-ce qu'une seule fois tous les deux ou trois jours, et entre une observation et l'autre on pourrait tenir un compte du temps et de l'espace passés, comme on le faisait déjà, en utilisant un bateau de loch. Sauf que jusqu'alors on était réduit à faire cela seulement pendant des mois et des mois. « Ils me font penser, disait le bon père de plus en plus indigné, à un homme que dans une grosse famine tu secours avec une corbeille de pain, et au lieu de rendre *gratiam* est déconcerté que sur la table aussi un porcelet rôti ou un levreau tu ne mettes pas à lui. Oh Sacrebois ! Peut-être que tu jetais à la mer les canons de ce navire seulement parce que tu saurais que sur cent tirs quatre-vingt-dix font plouf dans l'eau ? »

Voilà donc le père Caspar engager Roberto dans la préparation d'une expérience qu'il fallait faire un soir comme celui qui s'annonçait, astronomiquement opportun, avec un ciel clair mais la mer médiocrement agitée. Si l'expérience se faisait par un soir de bonace, expliquait le père Caspar, c'était comme la faire à terre, et là on savait déjà qu'elle aurait réussi. L'expérience devait au contraire offrir à l'observateur une apparence de bonace sur une carcasse remuant de la poupe à la proue et de bâbord à tribord.

En premier lieu il s'était agi de récupérer, d'entre les horloges qui, les jours passés, avaient été si malmenées, une qui marchât encore comme il faut. Une seule, dans ce hasard favorable, et pas deux : en effet on l'accordait à l'heure locale avec un bon relevé diurne (ce qui fut fait) et, comme on était certain d'être sur le méridien antipode, nulle raison d'en avoir une seconde qui indiquât l'heure de l'Ile du Fer. Il suffisait de savoir que la différence était de douze heures précises. Minuit ici, midi là.

A bien y réfléchir, cette décision paraît reposer sur un cercle vicieux. Que l'on fût sur le méridien antipode était une chose que l'expérimentation devait prouver, et non pas donner pour sous-entendue. Mais le père Caspar était si sûr de ses observations précédentes qu'il désirait seulement les confirmer, et puis — c'est probable — après tout ce remue-ménage sur le navire, il n'y avait plus une seule horloge qui indiquât encore l'heure de l'autre face du globe, et il fallait surmonter cet obstacle. D'autre part Roberto n'était pas subtil au point de relever le défaut caché de ce procédé.

« Quand je dis *allez,* tu regardes l'heure, et écris. Et aussitôt tu donnes un coup au *perpendiculum.* »

Le perpendicule était soutenu par un petit castel en métal qui servait de fourche à une verge de cuivre se terminant par un pendule circulaire. Dans le point le plus bas où le pendule passait, il y avait une roue horizontale sur laquelle étaient disposées des dents, mais faites de telle sorte qu'un côté de la dent fût droit en équerre sur le plan de la roue, et l'autre oblique. Réciproquant çà et là, le pendule — allant — heurtait, avec un stylet qui faisait saillie, une soie laquelle à son tour touchait une dent de la partie droite et actionnait la roue ; mais quand le pendule revenait, la petite soie touchait à peine le côté oblique de la dent, et la roue ne bougeait pas. En marquant les dents avec des nombres, lorsque le pendule s'arrêtait on pouvait compter la quantité de dents déplacées, et donc calculer le nombre des particules de temps passées.

« Ainsi tu n'es pas obligé de compter chaque fois un, deux trois et coetera, mais à la fin quand je dis *baste*, tu immobilises le perpendiculum et comptes les dents, compris ? Et tu écris combien de dents. Ensuite tu regardes l'horologe et tu écris *hora celle-ci ou celle-là*. Et quand de nouveau *allez* je dis, toi à lui tu donnes moult gaillarde impulsion, et lui commence de nouveau l'oscillatione. Simple, que même un enfant comprend. »

Certes il ne s'agissait pas d'un grand perpendicule, le père Caspar le savait bien, mais sur ce sujet on commençait à peine à discuter et un jour seulement on pourrait en construire de plus parfaits.

« Chose difficilissime, et nous devons encore beaucoup apprendre, mais si Dieu n'interdirait pas die Wette... comment tu dis quand tu mises sur quelque chose ?...

— Le pari.

— Bon. Si Dieu n'interdirait pas je pourrais faire pari que dans le futur tous vont chercher longitudes et tous les autres phenomena terrestres avec perpendiculum. Mais beaucoup c'est difficile sur un navire, et tu dois faire beaucoup attentione. »

Caspar dit à Roberto de disposer les deux appareils, avec le nécessaire pour écrire, sur le gaillard d'arrière, qui était l'observatoire le plus élevé de toute la *Daphne*, là où ils monteraient l'Instrumentum Arcetricum. De la soute ils avaient porté sur le gaillard cet attirail que Roberto avait entrevu quand il donnait encore la chasse à l'Intrus. C'était facile à déplacer, sauf le bassin de métal, qui avait été hissé sur le tillac au milieu d'imprécations et de ratages impétueux, parce qu'il ne passait pas par les échelles. Mais le père Caspar, tout maigrelet qu'il était, maintenant qu'il devait réaliser son projet, manifestait une énergie physique égale à sa volonté.

Il monta presque tout seul, avec un instrument pour serrer les broquettes, une armature de demi-cercles et de petites barres de fer, qui se révéla être un support de forme ronde, auquel on fixa à l'aide d'anneaux la toile circulaire, si bien qu'à la fin on avait une manière de grande cuvette en forme de demi-orbe sphérique, d'environ deux mètres de diamètre. Il fallut le goudronner afin qu'il ne laissât pas passer l'huile malodorante des barils avec quoi Roberto le remplissait à présent, tout en se plaignant de la puissante puanteur de graisse. Mais le père Caspar lui rappelait, séraphique comme un capucin, qu'elle ne servait pas à faire revenir des oignons.

« Et à quoi sert-elle par contre ?

— Essayons dans cette petite mer un plus petit vaisseau mettre », et il se faisait aider à placer dans la grande cuvette de toile le bassin métallique, quasiment plat et d'un diamètre de peu inférieur à celui du contenant. « Tu n'as jamais entendu dire que la mer est d'oleum ? Voilà, tu vois déjà, le tillac penche à gauche et l'oleum de la grosse cuvette penche à droite, et vice versa, ou vrai ainsi à toi semble ; en vérité l'oleum se maintient toujours en équilibre, sans jamais s'élever ou baisser, et parallèle à l'horizon. Il en arriverait de même si eau serait, mais sur l'oleum se trouve la cuvette comme sur mer en bonace. Et moi j'ai déjà une petite expérimentation à Rome faite, avec deux petites cuvettes, la plus grande pleine d'eau et la plus petite de sable, et dans le sable enfilé un petit style, et je mettais la petite à flotter dans la grosse, et la grosse je bougeais, et tu pouvais le style droit comme un campanile voir, non incliné comme les tours de Bolonia !

— Wunderbar, approuvait xénoglotte Roberto. Et maintenant ?

— Enlevons à présent le bassin, car nous devons sur lui toute une machine monter. »

La carène du bassin avait des petits ressorts à l'extérieur de façon que, expliquait le père, une fois qu'il naviguait avec son chargement dans la cuvette plus grande, il dût rester séparé d'au moins un doigt du fond du contenant ; et si l'excessif mouvement de son hôte l'avait poussé trop au fond (quel hôte, demandait Roberto ; maintenant tu vois, répondait le père) ces ressorts devaient lui permettre de remonter sans secousses à la surface. Sur le fond intérieur, il s'agissait de planter un siège au dossier incliné qui permettrait à un homme de s'y trouver presque allongé en regardant vers le haut, les pieds reposant sur une plaque de fer qui faisait contre-poids.

Une fois le bassin posé sur le tillac, et rendu stable avec quelques coins, le père Caspar s'assit sur le siège, et il expliqua à Roberto comment lui monter sur le dos, en la lui laçant à la taille, une armature de sangles et bandoulières de toile et de cuir à quoi devait être aussi assujettie une coiffe en forme d'armet. L'armet laissait un trou pour un œil, tandis qu'à la hauteur du nasal poussait une barre surmontée d'un anneau. Dans celui-ci s'enfilait la lunette d'approche d'où pendait une branche rigide qui se terminait en crochet. L'Hyperbole des Yeux pouvait être librement mue jusqu'à ce que l'on eût repéré l'astre choisi ; une fois que celui-ci était au centre de la lentille, on accrochait la branche rigide aux bandoulières pectorales, et à partir de ce moment-là une vision fixe était garantie contre d'éventuels mouvements de ce cyclope.

« Perfecte ! » jubilait le jésuite. Quand le bassin serait posé pour flotter sur la bonace de l'huile, on pouvait fixer même les corps célestes les plus fuyants sans qu'aucune commotion de la mer troublée pût faire dévier l'œil horoscopant de l'étoile élue ! « Et cela ce monsieur Galilée a décrit, et moi j'ai factus.

— C'est très beau, dit Roberto. Mais maintenant qui va mettre tout ça dans la cuvette de l'huile ?

— A présent je détache moi-même et descends, ensuite nous mettons le vide bassin dans l'oleum, ensuite je monte de nouveau.

— Je ne crois pas que ce soit facile.

— Beaucoup plus facile que le bassin avec moi dedans mettre. »

Non sans quelques efforts, le bassin avec son siège fut hissé pour flotter sur l'huile. Puis le père Caspar, avec casque et armature, et la lunette d'approche montée sur l'armet, essaya de monter sur l'échafaudage, avec Roberto qui le soutenait, d'une main lui serrant la main et de l'autre le poussant au bas du dos. La tentative fut faite plusieurs fois, et avec maigre succès.

Ce n'était pas que le castel métallique qui supportait la grande cuvette ne pût aussi supporter un hôte, mais il lui refusait de raisonnables points de station. Et puis, si le père Caspar tentait, comme il le fit à plusieurs reprises, de n'appuyer qu'un pied sur le bord métallique, plaçant aussitôt l'autre dans le bassin plus petit, ce dernier, dans la fougue de l'embarquement, tendait à se déplacer sur l'huile vers le côté opposé du contenant, écartant en compas les jambes du père, lequel poussait des cris d'alarme jusqu'à ce que Roberto le saisît à la taille et le tirât à soi, pour ainsi dire sur la terre ferme de la *Daphne* — pestant dans le même temps contre la mémoire de Galilée et tressant des lauriers à ses bourreaux de persécuteurs. A ce point-là intervenait le père Caspar qui, en s'abandonnant dans les bras de son sauveur, lui assurait dans un gémissement que ces persécuteurs, bourreaux n'étaient point, mais au contraire des hommes d'Eglise très dignes, uniquement soucieux de préserver la vérité, et qui, avec Galilée, avaient été paternels et miséricordieux. Puis, toujours cuirassé et immobilisé le regard au ciel, la lunette d'approche sur le visage, tel un Polichinelle au nez mécanique, il rappelait à Roberto que Galilée, du moins dans cette invention, ne s'était pas fourvoyé, et qu'il fallait seulement essayer et réessayer. « Et donc mein lieber Robertus, disait-il ensuite, peut-être as-tu moi oublié et crois-tu que j'étais une tortuque, qu'on capture le ventre en l'air ? Allez hop, pousse-moi de nouveau, voilà, fais que je touche ce bord, voilà, comme cela, pour ce que à l'homme sied la stature erecta. »

Dans toutes ces malheureuses opérations, qu'on ne croie pas que l'huile restât d'huile : après un court laps de temps les deux expérimentateurs se retrouvèrent gélatineux et, ce qui est pire, oléibonds — si le contexte permet au chroniqueur de forger ce mot, sans que l'on doive lui en imputer la source.

Alors que déjà le père Caspar désespérait de pouvoir accéder à cette chaise, Roberto observa qu'il fallait peut-être d'abord vider le contenant de son huile, puis y placer le bassin, ensuite y faire monter le père, et enfin y reverser l'huile : le niveau s'élevant, le bassin aussi et le voyant avec lui s'élèveraient en flottant.

Ainsi fit-on, avec grandes louanges du maître pour l'acuité d'esprit de l'élève, tandis que s'approchait le minuit. Non que l'ensemble donnât l'impression de grande stabilité, mais si le père Caspar veillait à ne pas inconsidérément bouger, on pouvait avoir bon espoir.

A un moment donné, Caspar triompha : « Je hor vois eux ! » Le cri l'obligea à bouger le nez, la lunette d'approche, qui était plutôt lourde, faillit glisser de l'oculaire, il fit un mouvement du bras pour ne pas lâcher prise, l'épaule en fut déséquilibrée et le bassin sur le point de se renverser. Roberto abandonna papier et horloges, soutint Caspar, rétablit l'équilibre de l'ensemble et recommanda à l'astronome de rester immobile, en faisant accomplir à sa lunette des déplacements très précautionnés, et surtout sans exprimer des émotions.

L'annonce suivante fut donnée en un murmure qui, magnifié par le gros armet, eut l'air de résonner, rauque, telle une tartaréenne trompette : « Je vois eux de nouveau », et d'un geste mesuré il assura la lunette d'approche au pectoral. « Oh, wunderbar ! Trois petites étoiles sont de Jupiter à l'Orient, une seule à l'Occident... La plus proche apparaît plus petite, et elle est... attends... voilà, à zéro minute et trente secondes de Jupiter. Toi écris. Maintenant elle est sur le point de toucher Jupiter, dans peu elle disparaît, attention à écrire l'heure qu'elle disparaît... »

Roberto, qui avait quitté son poste pour secourir le maître, reprenait entre ses mains la table sur laquelle il devait marquer les temps, mais il s'était assis en laissant les horloges dans son dos. Il se retourna d'un coup, et fit tomber le pendule. La verge se désenfila de sa fourche. Roberto s'en saisit et essaya de la réintroduire, mais il n'y parvenait pas. Le père Caspar criait déjà de marquer l'heure, Roberto se tourna vers l'horloge et dans ce geste il toucha l'encrier de sa plume. Impulsivement il le redressa, pour ne pas perdre tout le liquide, mais il fit tomber l'horloge.

« As-tu pris l'heure ? Allez avec le perpendiculum ! » s'écriait Caspar, et Roberto répondait : « Je ne peux pas, je ne peux pas.

— Comment peux-tu non, balourd ? !» Et, n'entendant aucune réponse, il continuait à crier : « Comment peux-tu non, idiot ? ! Tu as marqué, tu as écrit, tu as poussé ? Il va disparaître, allez !

— J'ai perdu, non, je n'ai pas perdu, j'ai tout cassé », dit Roberto. Le père Caspar écarta la lunette d'approche de l'armet, lorgna de travers, vit le pendule en morceaux, l'horloge renversée, Roberto les mains maculées d'encre, il ne put se contenir et explosa en un « Himmelpotzblitzsherrgottsakrament ! » qui lui secoua tout le corps. Dans ce mouvement inconsidéré, le bassin s'était trop incliné et

le père Caspar avait glissé dans l'huile de la cuvette ;
la lunette d'approche lui avait échappé et des mains
et du haubert et puis, favorisée par le tangage, s'en
était allée roule-dégringolant à travers tout le
gaillard, rebondissant dans l'échelle et, déboulant
sur le pont, elle avait été projetée contre la culasse
d'un canon.

Roberto ne savait pas s'il fallait secourir d'abord
l'homme ou l'instrument. L'homme, qui se débattait
dans cette rancissure, lui avait crié, sublime, de
s'occuper de la lunette d'approche, Roberto s'était
précipité à la poursuite de cette Hyperbole fugitive,
et l'avait retrouvée, cabossée, les deux lentilles brisées.

Lorsque, enfin, Roberto avait tiré de l'huile le père
Caspar, qui ressemblait à la chair d'un porcin apprê-
tée pour la poêle, le religieux avait simplement dit,
avec héroïque entêtement, que tout n'était pas
perdu. Qu'un télescope aussi puissant, il y en avait
un autre, fixé sur l'Observatoire Maltais. Il ne restait
plus qu'à aller le chercher sur l'Ile.

« Mais comment ? avait dit Roberto.

— Avec la natatione.

— Mais vous avez dit que vous ne savez pas
nager, ni ne pourriez, à votre âge...

— Moi non. Toi si.

— Mais moi non plus je ne la sais pas, cette maudite natatione !

— Apprends. »

24

Dialogues sur les Principaux Systèmes

Ce qui suit est de nature incertaine : je n'arrive
pas à comprendre s'il s'agit des chroniques de dialogues qui se sont déroulés entre Roberto et le père

Caspar, ou de notes que le premier prenait de nuit pour renvoyer la balle de jour au second. Quoi qu'il en soit, il est évident que, pendant toute la période où il était resté à bord avec le vieux, Roberto n'avait pas écrit de lettres à la Dame. De même que, peu à peu, de la vie nocturne il passait à la vie diurne.

Par exemple, jusqu'alors il avait regardé l'Île de grand matin, et pendant de très courts laps de temps, ou bien le soir, lorsque l'on perdait le sentiment des limites et des lointains. A présent seulement il découvrait le flux et le reflux, autrement dit le jeu alternatif des marées, qui, durant une partie du jour, amenait les eaux jusqu'à lécher la bande de sable les séparant de la forêt, et durant l'autre les faisait se retirer et mettre à découvert une zone rocheuse qui, expliquait le père Caspar, était le dernier contrefort de la barbacane de corail.

Entre le flux, ou l'afflux, et le reflux, lui expliquait son compagnon, il se passe environ six heures, et c'est là le rythme de la respiration marine sous l'influence de la Lune. Et non comme le voulaient certains dans les temps passés, qui attribuaient ce mouvement des eaux au halètement d'un monstre des abysses, pour ne rien dire de ce monsieur français lequel affirmait que, même si la terre ne bouge pas d'ouest en est, toutefois elle tangue, pour ainsi dire, du nord au sud et vice versa, et dans ce mouvement périodique il est naturel que la mer s'élève et s'abaisse, tel qui hausse les épaules, et sa soutane monte et descend sur son cou.

Mystérieux problème, celui des marées, car elles changent selon les terres et les mers et la position des côtes par rapport aux méridiens. Comme règle générale, pendant la nouvelle lune on a les hautes eaux à midi et à minuit, mais ensuite, jour après jour, le phénomène retarde de quatre cinquièmes d'heure, et l'ignare qui ne le sait pas, voyant qu'à telle heure de tel jour un certain canal était navigable, s'y aventure à la même heure du jour suivant, et il finit sur un bas-fond. Sans parler des courants que les marées suscitent, et certains sont tels qu'au moment du reflux un navire ne parvient plus à atterrir.

Et puis, disait le vieux, pour chaque endroit que l'on trouve, un calcul différent est nécessaire, et il faut les Tables Astronomiques. Il chercha même d'expliquer ces comptes à Roberto — c'est-à-dire que l'on doit observer le retard de la lune en multipliant les jours de la lune par quatre et en divisant par cinq, ou bien le contraire. Le fait est que Roberto ne comprit rien, et nous verrons plus tard comment cette légèreté lui deviendrait cause de graves ennuis. Il se limitait uniquement à s'étonner chaque fois que la ligne du méridien, qui aurait dû parcourir l'Ile d'un bout à l'autre, tantôt passait par la mer, tantôt sur les rochers, et il ne se rendait jamais compte quand c'était le bon moment. D'autant que, qu'il y eût flux ou reflux, le grand mystère des marées lui importait beaucoup moins que le grand mystère de cette ligne au-delà de laquelle le Temps revenait en arrière.

Nous avons dit qu'il n'avait pas une particulière propension à ne pas croire à ce que le jésuite lui racontait. Mais souvent il s'amusait à le provoquer, pour lui en faire dire davantage encore, et il recourait donc à tout le répertoire d'argumentations qu'il avait entendu dans les cénacles de ces honnêtes hommes que le jésuite réputait, sinon des émissaires de Satan, du moins des gros ivrognes et des grosses crapules qui avaient fait de la taverne leur Lycée. En définitive, pourtant, il lui était difficile de refuser la physique d'un maître qui, sur la base des principes de sa physique même, lui enseignait maintenant à nager.

Comme première réaction, son naufrage ne lui étant pas sorti de la tête, il avait affirmé que pour rien au monde il ne reprendrait contact avec l'eau. Le père Caspar lui avait fait observer que c'était cette eau qui, précisément durant le naufrage, l'avait soutenu, — signe donc qu'il s'agissait là d'un élément affectueux et non pas ennemi. Roberto avait répondu que l'eau ne l'avait pas soutenu lui, mais bien le bois auquel il était attaché, et le père Caspar avait eu beau jeu de lui faire observer que, si l'eau avait soutenu un morceau de bois, créature sans âme, aspirant au précipice comme le sait quiconque a jeté du bois d'une certaine hauteur, à plus forte raison elle était propre à porter un être vivant disposé à seconder la tendance naturelle des liquides. Roberto aurait dû savoir, s'il avait jamais jeté un petit chien à l'eau, que l'animal, en bougeant les pattes, non seulement flottait mais revenait vivement au rivage. Et, ajoutait Caspar, sans doute Roberto ne savait-il pas que, si l'on met des enfants de quelques mois dans l'eau, ils savent nager parce que la nature nous a faits nageants à l'égal de tout autre animal. Malheureusement nous sommes plus enclins que les animaux au préjugé et à l'erreur, et donc en grandissant nous acquérons de fausses notions sur les vertus des liquides, si bien que la peur et la défiance nous font perdre ce don inné.

Roberto demandait alors si lui, le révérend père, avait appris à nager, et le révérend père répondait que lui ne prétendait pas être meilleur que tant d'autres qui avaient évité de faire de bonnes choses. Il était né dans un pays très loin de la mer et il n'avait posé le pied sur la solle d'un vaisseau qu'à un âge avancé, lorsque — disait-il — son corps désormais n'était plus qu'un nid de teignes dans la peau du cou, nuée devant les yeux, morve au nez, buccin dans les oreilles, jaunisse du râtelier, roidissement de la nuque, embrouillement de la gargamelle, empodagrement des talons, flétrissure scrotalienne, blêmissement du poil, crépitation des tibias, trémulation des doigts, trébuchement des pieds, et sa poitrine n'était qu'une vidange catarrhale au milieu de graillons baveux et de crèverie salivaire.

Mais, précisait-il aussitôt, son esprit étant plus agile que sa carcasse, il savait ce que les sages de la Grèce antique avaient déjà découvert, c'est-à-dire que si l'on immerge un corps dans un liquide, ce corps reçoit soutien et poussée vers le haut pour autant d'eau qu'il déplace, car l'eau cherche à occuper l'espace dont elle a été exilée. Et il n'est pas vrai qu'il flotte ou non selon sa forme, et ils s'étaient bien trompés les Anciens, selon qui une chose plate reste en surface et une pointue va par le fond ; si Roberto avait essayé d'enfiler avec force dans les eaux, que sais-je, une bouteille (qui plate n'est point), il aurait ressenti la même résistance que s'il avait tenté d'y pousser un plateau.

Il s'agissait donc d'entrer en confidence avec l'élément, et puis tout irait de soi. Et il proposait que Roberto se laissât descendre à l'échelle de corde qui pendait à la proue, dite aussi échelle de Jacob mais, pour sa tranquillité, en restant attaché à un cordon de chanvre, ou grelin ou funain, au choix du vocable, long et robuste, assuré à la muraille. Ainsi, quand il craindrait de couler, il n'avait qu'à tirer la corde.

Il va sans dire que ce maître d'un art qu'il n'avait jamais pratiqué ne prenait pas en considération une infinité d'accidents concordants, négligés fût-ce par les sages de la Grèce antique. Par exemple, afin de lui permettre toute liberté de mouvement, il l'avait pourvu d'un grelin d'une longueur notable, si bien que la première fois que Roberto, comme tout aspirant à la natation, avait fini ras sous la surface de l'eau, avait tiré et tiré, avant que le funain l'eût sorti de là, il avait déjà avalé tant de sel qu'il voulait renoncer, pour ce premier jour, à toute autre tentative.

Le début avait pourtant été encourageant. L'échelle descendue et l'eau effleurée, Roberto s'était rendu compte que le liquide était agréable. De son naufrage il gardait un souvenir glacé et violent, et la découverte d'une mer quasi chaude l'incitait maintenant à poursuivre l'immersion jusqu'au moment où, toujours s'agrippant à l'échelle, il avait laissé l'eau lui arriver au menton. Croyant que c'était cela nager, il s'était délecté en s'abandonnant au souvenir des aises parisiennes.

Depuis qu'il était arrivé sur le navire, il avait fait, nous l'avons vu, quelques ablutions, mais comme un petit chat qui de sa langue se lècherait le poil, ne prenant soin que de son visage et de ses pudenda. Pour le reste — et de plus en plus au fur et à mesure qu'il se mettait dans une colère noire en chassant l'Intrus — ses pieds s'étaient tartinés de la lie du fond de cale et la sueur lui avait collé ses habits au corps. Au contact de cette douce tiédeur qui lavait à la fois ses membres et ses vêtements, Roberto se rappelait ce qu'il avait découvert au palais Rambouillet, bien deux baignoires à la disposition de la marquise, dont les soucis pour le soin de son corps faisaient l'objet de conversations dans une société où se laver n'était point chose fréquente. Même les plus raffinés d'entre ses hôtes jugeaient que la propreté consistait dans la fraîcheur de la lingerie, que c'était un trait d'élégance que d'en changer souvent, et non pas dans l'usage de l'eau. Et les nombreuses essences odorantes, dont la marquise les étourdissait, n'étaient pas un luxe, au contraire — pour elle — une nécessité, afin de placer une défense entre ses narines sensibles et leurs grasses senteurs.

Se sentant plus gentilhomme qu'il ne l'était à Paris, tandis que d'une main il se cramponnait à l'échelle, de l'autre Roberto frottait chemise et pantalon contre son corps crasseux, se grattant cependant un talon avec les doigts de l'autre pied.

Le père Caspar suivait l'opération, intrigué, mais se taisait, voulant que Roberto se liât d'amitié avec la mer. Toutefois, craignant que l'âme de Roberto ne s'égarât par excessive attention pour le corps, il tendait à la distraire. Il lui parlait donc des marées et des vertus attractives de la lune.

Il cherchait à lui faire apprécier un événement qui avait en soi de l'incroyable : si les marées répondent à l'appel de la lune, elles devraient avoir lieu quand la lune est là, et non pas quand elle se trouve de l'autre côté de notre planète. En revanche, flux et reflux continuent de part et d'autre du globe, en une poursuite de six heures en six heures, ou presque. Roberto tendait l'oreille au discours des marées, et il songeait à la lune — à laquelle, pendant toutes ces nuits passées, il avait pensé plus qu'aux marées.

Il avait demandé pourquoi donc nous voyons, de la lune, toujours une et une seule face, et le père Caspar avait expliqué qu'elle tourne telle une boule retenue à un fil par un athlète qui la fait tournoyer, et celui-ci ne peut rien voir d'autre que le côté qui est vers lui.

« Mais, l'avait défié Roberto, cette face, les Indiens aussi bien que les Espagnols la voient ; par contre, sur la lune il n'en va pas ainsi par rapport à leur lune, que certains nomment Volve, qui est notre terre. Les Subvolviens, qui habitent sur la face tournée vers nous, la voient toujours, tandis que les Privolviens, qui habitent dans l'autre hémisphère, l'ignorent. Imaginez quand ils se déplaceront de ce côté-ci : qui sait ce qu'ils éprouveront à voir resplendir dans la nuit un cercle quinze fois plus grand que notre lune ! Ils s'attendront qu'il leur tombe dessus d'un moment à l'autre, comme les anciens Gaulois qui tremblaient toujours que le ciel ne leur tombât sur la tête ! Sans vouloir parler de ceux qui habitent juste à la frontière des deux hémisphères, et qui voient Volve toujours sur le point de se lever à l'horizon ! »

Le jésuite avait fait montre d'ironie et de jactance quant à cette fable, à dormir debout, des habitants de la lune, parce que les corps célestes ne sont pas de la même nature que la terre, et ils ne sont donc pas propres à héberger des créatures vivantes, raison pour quoi il valait mieux les laisser aux cohortes angéliques, lesquelles se pouvaient mouvoir spirituellement dans le cristal des ciels.

« Mais comment pourraient-ils être, ces ciels de cristal ? S'il en était ainsi les comètes en les traversant les briseraient.

— Mais qui a dit à toi que les comètes passaient dans les régions éthérées ? Les comètes passent dans la région sublunaire, et ici il y a de l'air comme toi aussi vois.

— Rien ne se meut qui ne soit corps. Les ciels se meuvent. Donc ils sont corps.

— Pourvu que tu peux dire des sornettes, tu deviens même aristotélique. Mais moi je sais pourquoi tu dis cela. Tu veux que même dans les ciels il y a air, ainsi il n'y a plus differentiam entre haut et bas, tout tourne, et la terre bouge son kul comme une traînée.

— Mais nous chaque nuit nous voyons les étoiles dans une position différente...

— Juste. De facto ils bougent.

— Attendez, je n'ai pas fini. Vous voulez que le soleil et tous les astres, qui sont des corps énormes, fassent un tour autour de la terre toutes les vingt-quatre heures, et que les étoiles fixes ou le grand anneau qui les enchâsse parcourent plus de vingt-sept mille fois deux cents millions de lieues ? Mais c'est ce qui devrait se passer si la terre ne tournait pas sur elle-même en vingt-quatre heures. Comment font-elles les étoiles fixes pour aller aussi vite ? Les habiter ferait tourner la tête !

— Si quelqu'un y habitait. Mais c'est là petitio prinkipii. »

Et il lui faisait remarquer qu'il était facile d'inventer un seul argument en faveur du mouvement du soleil, tandis qu'il y en avait beaucoup plus contre le mouvement de la terre.

« Je le sais bien, répondait Roberto, que l'Ecclésiastique dit *terra autem in aeternum stat*, *sol oritur*, et que Josué a arrêté le soleil et pas la terre. Mais c'est justement vous qui m'avez enseigné qu'à lire la Bible à la lettre, nous aurions eu la lumière avant la création du soleil. On doit donc lire le livre saint avec un petit grain de sel, et saint Augustin aussi savait que celui-ci parle souvent *more allegorico*... »

Le père Caspar souriait et lui rappelait qu'il y avait beau temps que les jésuites ne défaisaient plus leurs adversaires avec des arguties scripturaires, mais avec des arguments imbattables fondés sur l'astronomie, sur le sens, sur les raisons mathématiques et physiques.

« Quelles raisons, par exemple, de grâce ? » demandait Roberto en se raclant un peu de gras au ventre.

Par exemple, de gratia, répondait, piqué, le père Caspar, le puissant Argument de la Roue : « A présent, toi écoute-moi. Pense à une roue, d'accord ?

— Je pense à une roue.

— Parfait, ainsi toi aussi penses au lieu que faire le grosse singe et répéter que tu as entendu à Paris. A présent tu penses que cette roue est enfilée dans un pivot comme si c'était la roue d'un potier, et tu veux faire tourner cette roue. Qu'est-ce que tu fais toi ?

— J'appuie les mains, peut-être un doigt, sur le bord de la roue, je bouge le doigt, et la roue tourne.

— Tu ne penses pas que tu faisais mieux de prendre le pivot, au centre de la roue, et de chercher à faire tourner lui ?

— Non, ce serait impossible...

— Voilà ! Et tes galiléens ou copernicanins veulent mettre le soleil immobile au centre de l'univers qui fait mouvoir tout le grand cercle des planètes autour, au lieu de penser que le mouvement est par le grand cercle des ciels donné, tandis que la terre peut rester immobile au centre. Comment avait-il pu le Bon Dieu mettre le soleil dans le plus bas endroit et la terre corruptible et sombre au milieu des étoiles lumineuses et aeternelles ? Compris ton erreur ?

— Mais le soleil doit exister au centre de l'univers ! Les corps dans la nature ont besoin de ce feu radical, et que celui-ci habite au cœur du royaume, pour satisfaire aux nécessités de toutes les parties. La cause de la génération ne doit-elle pas être placée au centre de tout ? La nature n'a-t-elle pas mis les vésicules séminales à mi-chemin entre la tête et les pieds ? Et les pépins ne sont-ils pas dans le centre des pommes ? Et le noyau n'est-il pas au milieu de la pêche ? Et donc la terre, qui a besoin de la lumière et de la chaleur de ce feu, tourne autour de lui pour recevoir en toutes ses parties la vertu solaire. Il serait ridicule de croire que le soleil tournât autour d'un point dont il ne saurait que faire, et ce serait comme dire, en voyant une alouette rôtie, qu'on a pour la cuire tourné la cheminée à l'entour...

— Ah oui ? Et alors quand l'évêque tourne autour de l'église pour bénir elle avec l'encensoir, tu voudrais que l'église tournerait autour de l'évêque ? Le soleil peut tourner parce que d'élément igné. Et tu sais bien que le feu vole et se meut et jamais immobile reste. As-tu jamais les montagnes se mouvoir vu ? Et alors comment bouge la terre ?

— Les rayons du soleil, venant à frapper dessus, la font tourner, comme on peut faire tourner un ballon en le frappant de la main, et si le ballon est petit, même avec notre souffle... Et enfin, vous voudriez que Dieu fît courir le soleil, qui est quatre cent et trente-quatre fois plus grand que la terre, rien que pour pommer nos choux ? »

Afin de donner la plus grande vigueur théâtrale à cette dernière objection, Roberto avait voulu pointer le doigt contre le père Caspar, ce faisant il avait tendu le bras et donné un coup avec ses pieds pour se porter à une bonne perspective, plus écarté du flanc du vaisseau. Dans cette poussée, son autre main aussi avait lâché prise, sa tête avait eu un mouvement vers l'arrière et Roberto était allé sous l'eau, sans parvenir ensuite, comme on l'a déjà dit, à se servir du grelin, trop lâche, pour revenir à la surface. Il s'était alors comporté comme tous ceux qui finissent par se noyer, en faisant des mouvements désordonnés et buvant encore plus, jusqu'à ce que le père Caspar eût tendu comme il faut la corde, le ramenant à l'échelle. Roberto était remonté en jurant qu'il ne redescendrait plus là-bas.

« Demain tu essaies de nouveau. L'eau salée est comme une médecine, ne pense pas que c'était grosse mal », le consola Caspar sur le tillac. Et tandis que Roberto se réconciliait avec la mer en pêchant, Caspar lui expliquait combien d'avantages et quels ils retireraient tous les deux de son arrivée sur l'Ile. Il ne valait même pas la peine de mentionner la reconquête de la barque, grâce à quoi ils pourraient se déplacer en hommes libres du navire à la terre, et auraient accès à l'Observatoire Maltais.

D'après la façon dont Roberto le rapporte, on doit en conclure que l'invention dépassait ses possibilités d'entendement — ou que le discours du père Caspar, comme tant d'autres qu'il faisait, était haché d'ellipses et d'exclamations, à travers lesquelles le père parlait tantôt de sa forme, tantôt de son office, et tantôt de l'Idée qui y avait présidé.

Après tout l'Idée n'était même pas la sienne. Il avait connu l'existence de l'Observatoire en fouillant dans les papiers d'un frère défunt, lequel à son tour l'avait appris d'un autre frère qui, au cours d'un voyage dans la très noble île de Malte, avait entendu célébrer cet instrument construit par ordre de l'Eminentissime Prince Johannes Paulus Lascaris, Grand Maître de ces fameux Chevaliers.

Comment était l'Observatoire, personne ne l'avait jamais vu : du premier frère n'était restée qu'une méchante brochure d'esquisses et de notes, d'ailleurs disparue elle aussi désormais. Et d'autre part, se plaignait Caspar, ce même opuscule « était bien fort brièvement conscriptus, avec nul schemate visualiter patefacte, nulles tabules ou rotules, et nulle instructione appropriée ».

Sur la base de ces maigres notices, au cours du long voyage de la *Daphne*, mettant au travail les charpentiers du bord, le père Caspar avait redessiné ou mal interprété les différents éléments du technasme, les montant ensuite sur l'Ile et en mesurant in loco les innombrables vertus — et l'Observatoire devait être vraiment un Ars Magna en chair et en os, autrement dit en bois, fer, toile et autres substances, une sorte de Mega Horloge, un Livre Animé capable de révéler tous les mystères de l'Univers.

Lui — disait le père Caspar, les yeux ardents comme braise — c'était un Unique Syntagma de

Très-Nouveaux Instruments Physiques et Mathématiques, « par roues et cycles artifitieusement disposés ». Puis de son doigt il dessinait sur le tillac ou dans l'air, et lui disait de penser à une première partie circulaire, c'est-à-dire la base ou le fondement, qui montre l'Horizon Immobile, avec le Rhumb des trente-deux Vents, et tout l'art de la Navigation avec les prévisions de chaque tempête. « La Partie Médiane, ajoutait-il ensuite, qui sur la base édifiée se trouve, imagine comme un Cube de cinq côtés — imagines-tu ? — nein, pas de six, le sixième repose sur la base et donc tu ne vois pas lui. Dans le premier côté du Cube, id est le Chronoscopium Universel, tu peux huit roues en pérennes cycles accommodées voir, qui les Calendriers de Jules et de Grégoire représentent, et quand tombent les dimanches, et l'Epacta, et le Cercle Solaire, et les Fêtes Mobiles et Pascales, et nouvelles lunes, pleines lunes, quadrature du Soleil et de la Lune. Dans le secundus Cubilatère, id est das Cosmigraphicum Speculum, in primo loco il faut un Horoscope avec lequel donnée l'heure de Malte courante, quelle heure est dans le reste de notre globe trouver on peut. Et tu trouves une Roue avec deux Planisphères, dont un montre et enseigne de tout le Premier Mobile la scientie, le second de la Huitième Sphaere et de les Etoiles Fixes la doctrine, et le mouvement. Et le flux et le reflux, en somme la décroissance et l'accroissement des mers, par le mouvement de la Lune dans tout l'Univers agitées... »

Ce côté était le plus passionnant. A travers lui, on pouvait connaître cet Horologium Catholicum dont on a déjà parlé, avec l'heure des missions jésuitiques sur chaque méridien ; en outre, il paraissait pouvoir remplir les fonctions d'un bon astrolabe, dans la mesure où il révélait aussi la quantité des jours et des nuits, l'altitude du soleil avec la proportion des Ombres Droites, et les ascensions droites et renversées, la quantité des crépuscules, la culmination des étoiles fixes, chaque année, chaque mois et chaque jour. Et c'était en essayant et en essayant encore sur ce côté que le père Caspar avait acquis la certitude d'être enfin sur le méridien antipode.

Il y avait ensuite un troisième côté qui contenait dans sept roues l'ensemble de toute l'Astrologie, toutes les futures éclipses du soleil et de la lune, toutes les figures astrologiques pour les temps de l'agriculture, de la médecine, de l'art nautique, avec les douze signes des demeures célestes et la physionomie des choses naturelles qui dépendent de chacun des signes, et la Maison correspondante.

Je n'ai pas le cœur de résumer tout le résumé de Roberto, et je cite le quatrième côté, qui aurait dû dire toutes les merveilles de la médecine botanique, spagirique, chimique et hermétique, avec les médicaments simples et les composites, tirés de substances minérales ou animales et les « Alexipharmaca attractiva, lenitiva, purgativa, mollificativa, digestiva, corrosiva, conglutinativa, aperitiva, calefactiva, infrigidativa, mundificativa, attenuativa, incisiva, soporativa, diuretica, narcotica, caustica et confortativa ».

Je n'arrive pas à expliquer, et j'invente un peu, ce qui se passait sur le cinquième côté, pour ainsi dire le toit du cube, parallèle à la ligne de l'horizon, qui se disposait, semble-t-il, comme une voûte céleste. Mais on mentionne aussi une pyramide, qui ne pouvait pas avoir la base égale au cube, sinon elle aurait couvert le cinquième côté, et qui sans doute plus vraisemblablement recouvrait le cube entier telle une tente — mais alors elle aurait dû être d'un matériau transparent. Il est certain que ses quatre faces auraient dû représenter les quatre régions du monde, et pour chacune d'elles les alphabets et les langues des différents peuples, y compris les éléments de la primitive Langue Adamique, les hiéroglyphes des Egyptiens et les caractères des Chinois et des Mexicains, et le père Caspar la décrit comme « une Sphynx Mystagoga, un Œdipus Aegyptiacus, une Monas Ieroglyphica, une Clavis Convenientia Lingarum, un Theatrum Cosmographicum Historicum, une Sylva Sylvarum de tout alphabet naturel et artificiel, une *Architectura Curiosa Nova*, une *Lampade Combinatoria*, une *Mensa Isiaca*, un *Metametricon*, une *Synopsis Anthropoglottogonica*, une *Basilica Cryptographica*, un *Amphiteatrum Sapientiae*, une *Cryptomenesis Patefacta*, un *Catoptron Polygraphicum*, un *Gazophylacium Verborum*, un *Mysterium Artis Steganographicae*, une *Arca Arithmologica*, un *Archetypon Polyglotta*, une *Eisagoge Horapollinea*, un *Congestorium Artificiosae Memoriae*, un *Pantometron de Furtivis Literarum Notis*, un *Mercurius Redivivus*, un *Etymologicon Lustgärtlein* » !

Que tout ce savoir fût destiné à demeurer leur apanage privé, condamnés qu'ils étaient à ne plus jamais retrouver le chemin du retour, cela ne tracassait pas le jésuite — grâce à sa foi en la Providence ou à son amour de la connaissance fin en soi-même, je ne sais. Mais ce qui me frappe c'est qu'à ce moment-là même Roberto n'ait pas conçu une seule pensée réaliste, et qu'il ait commencé à considérer l'atterrage sur l'Ile comme l'événement qui aurait donné un sens, et pour toujours, à sa vie.

Avant tout, pour autant que lui importait l'Observatoire, il fut saisi par la seule pensée que cet oracle pût aussi lui dire ce que faisait et où, en ce moment précis, sa Dame. Preuve qu'il est inutile de parler à un amoureux, fût-il distrait par d'utiles exercices corporels, de Messagers Sidéraux : il cherche toujours des nouvelles de sa belle peine et de son cher tourment.

En outre, quoi que lui dît son maître de natation, il rêvait d'une Ile qui ne s'offrît pas à ses yeux dans le présent où il était lui aussi, mais qui, par décret divin, reposât dans l'irréalité, ou dans le non-être, du jour d'avant.

Ce à quoi il pensait en affrontant les vagues, c'était l'espoir d'atteindre une Ile qui avait été hier, et dont le symbole lui semblait être la Colombe Couleur Orange, insaisissable comme si elle se fût enfuie dans le passé.

Roberto était encore mû par des pensées obscures,

il avait l'intuition de vouloir une chose qui n'était pas celle du père Caspar, mais il ne savait pas encore clairement laquelle. Et il faut comprendre son incertitude car c'était le premier homme, dans l'histoire du genre humain, à qui était offerte la possibilité de nager en arrière de vingt-quatre heures.

En tout cas, il s'était convaincu qu'il devait vraiment apprendre à nager et nous savons tous qu'un seul bon motif aide à vaincre mille peurs. Raison pour quoi nous le retrouvons en train d'essayer de nouveau le jour suivant.

Dans cette phase, le père Caspar lui expliquait que, s'il avait lâché l'échelle et bougé librement les mains, comme s'il suivait le rythme d'une compagnie de musiciens en imprimant un mouvement distrait à ses jambes, la mer le soutiendrait. Il l'avait amené à essayer, d'abord la corde tendue, puis donnant du mou sans le lui dire ou l'annonçant quand l'élève avait désormais acquis de l'assurance. Il est vrai que Roberto, à cette nouvelle, s'était aussitôt senti aller par le fond, mais en criant il avait donné par instinct un coup de jambes, et il s'était retrouvé la tête hors de l'eau.

Ces tentatives avaient duré une bonne demi-heure, et Roberto commençait à comprendre qu'il pouvait se maintenir à la surface. Mais à peine tentait-il de se mouvoir avec plus d'exubérance, il rejetait la tête en arrière. Alors le père Caspar l'avait encouragé à seconder cette tendance et à se laisser aller, la tête renversée autant que possible, le corps roide et imperceptiblement arqué, bras et jambes écartés comme s'il devait toucher la circonférence d'un cercle : il se sentirait porté ainsi que par un hamac, et il pourrait rester ainsi des heures et des heures, et même dormir, caressé par les ondes et par le soleil oblique du couchant. Comment se faisait-il que le père Caspar sût toutes ces choses en n'ayant jamais nagé ? Par Theorie Physico-Hydrostatique, disait-il.

Il n'avait pas été facile de trouver la bonne position, Roberto avait risqué de s'étrangler avec la corde entre éructations et éternuements, mais il semble qu'à un certain moment l'équilibre avait été atteint.

Pour la première fois Roberto percevait la mer comme une amie. En suivant les instructions du père Caspar, il avait aussi commencé à bouger les bras et les jambes : il levait légèrement la tête, la lançait en arrière, habitué qu'il était à sentir l'eau dans les oreilles et à en supporter la pression. Il pouvait même parler, et en criant pour se faire entendre à bord.

« Si à présent tu veux te tournes, lui avait même dit à un moment donné Caspar. Tu abaisses le bras droit, comme si il pendrait sous ton corps, hausse tout doux l'épaule gauche, et voilà que tu te retrouves la panse en bas ! »

Il n'avait pas spécifié qu'au cours de ce mouvement il fallait retenir sa respiration, vu qu'on se retrouve la face sous l'eau, et sous une eau qui ne veut rien tant que d'explorer les narines de l'intrus. Dans les livres de Mechanica Hydraulico-Pneumatica ce n'était pas écrit. Ainsi, à cause de l'*ignoratio elenchi* du père Caspar, Roberto avait bu une autre cruchée d'eau salée.

Mais maintenant il avait appris à apprendre. Il avait essayé deux ou trois fois de se retourner sur soi et compris un principe, nécessaire à tout nageur, savoir que lorsqu'on a la tête sous l'eau il ne faut pas respirer — pas même avec le nez ; mieux, il faut souffler avec force, comme si l'on voulait expulser de ses poumons précisément ce peu d'air dont on a tant besoin. Ce qui paraît un chose intuitive, et pourtant ne l'est pas, comme il appert de cette histoire.

Toutefois, il avait aussi compris qu'il lui était plus facile de rester sur le dos, face à l'air, que sur le ventre. Pour moi, j'ai l'impression du contraire, mais Roberto avait d'abord appris de cette façon, et durant un jour ou deux il continua ainsi. Pendant ce temps il dialoguait sur les principaux systèmes.

Ils s'étaient remis à parler du mouvement de la terre et le père Caspar l'avait inquiété avec l'Argument de l'Eclipse. En ôtant la terre du centre du monde et mettant à sa place le soleil, il faut caser la terre ou sous la lune ou sur la lune. Si nous la mettons en dessous, il n'y aura jamais une éclipse de soleil car, la lune étant sur le soleil ou sur la terre, elle ne pourra jamais s'interposer entre la terre et le soleil. Si nous la mettons au-dessus, il n'y aura jamais une éclipse de lune car, la terre étant au-dessus, elle ne pourra jamais s'interposer entre elle et le soleil. Et en outre, l'astronomie ne pourrait plus, comme elle l'a toujours parfaitement fait, prédire les éclipses, parce qu'elle règle ses calculs sur les mouvements du soleil, et si le soleil ne bougeait pas son entreprise serait vaine.

Que l'on considérât ensuite l'Argument de l'Archer. Si la terre tournait toutes les vingt-quatre heures, quand on tire une flèche droit en haut, celle-ci retomberait à l'Occident, à de nombreux milles loin du tireur. Au fond, en quelque sorte, l'Argument de la Tour. Si on laissait tomber un poids du côté occidental d'une tour celui-là ne devrait pas chuter au pied de la construction mais beaucoup plus loin, et donc il ne devrait pas tomber verticalement mais en diagonale, car entre-temps la tour (avec la terre) se serait déplacée vers l'Orient. Comme au contraire tout le monde sait par expérience que ce poids tombe perpendiculairement, voilà que le mouvement terrestre se révèle être une billevesée.

Pour ne rien dire de l'Argument des Oiseaux lesquels, si la terre tournait en l'espace d'un jour, jamais ne pourraient en volant tenir tête à ce tour, quand même ils seraient infatigables. Tandis que nous voyons très bien que si nous voyageons fût-ce à cheval dans la direction du soleil, n'importe quel oiseau nous rejoint et nous passe devant.

« Bon d'accord. Je ne sais pas répondre à votre

objection. Mais j'ai entendu dire qu'en faisant tourner la terre et toutes les planètes, et en immobilisant le soleil, tant de phénomènes s'expliquent, alors que Ptolémée a dû inventer et les épicycles et les déférents et tellement d'autres balivernes qui ne tiennent debout, justement, ni au ciel ni sur la terre.

— Je pardonne à toi, si un Witz faire tu voulais. Mais si toi sérieux tu parles, alors je te dis que je ne suis pas un païen comme Ptolémée et je sais fort bien que lui des nombreuses erreurs commises avait. C'est pour cela que je crois le grandissime Tycho d'Uraniborg une idée très juste a eue : lui a pensé que toutes les planètes que nous connaissons, par exemple Jupiter, Mars, Vénus, Mercurius et Saturnus autour du soleil tournent, mais le soleil tourne avec elles autour de la terre, autour de la terre tourne la lune, et la terre est immobile au centre du cercle des étoiles fixes. Ainsi expliques-tu les erreurs de Ptolémée et ne dis hérésies, tandis que Ptolémée des erreurs faisait et Galilée des hérésies disait. Et tu n'es pas obligé d'expliquer comment faisait la terre, qui est si lourde, pour aller se promener à travers ciel.

— Et comment font le soleil et les étoiles fixes ?

— Tu dis qu'ils sont lourds. Moi pas. Ce sont des corps célestes, non des sublunaires ! La terre oui, est lourde.

— Alors comment fait un vaisseau avec cent canons pour se laisser glisser sur son erre ?

— Il y a la mer qui le traîne et le vent qui le pousse.

— Alors, si l'on veut dire des choses neuves sans irriter les cardinaux de Rome, j'ai entendu un philosophe à Paris dire que les ciels sont une matière liquide, telle une mer, qui tourne tout autour en formant comme des remous marins... des tourbillons...

— Quoi est-ce là ?

— Des vortex.

— Ach so, vortices, ja. Mais que font ces vortices ?

— Voilà, et ces tourbillons entraînent les planètes

dans leur tour, et un tourbillon entraîne la terre autour du soleil, mais c'est le tourbillon qui se meut. La terre reste immobile dans le tourbillon qui l'entraîne.

— Bravo monsieur Roberto ! Tu ne voulais pas que les ciels seraient de cristal, parce que tu avais peur que les comètes eux brisaient, mais cela te plaît qu'ils sont liquides, ainsi les oiseaux dedans eux se noient ! En outre, cette idée des vortices explique que la terre autour du soleil tourne mais non que autour d'elle-même elle tourne comme si c'était un toton pour enfants !

— Oui, mais ce philosophe disait que même dans ce cas c'est la surface des mers et la croûte superficielle de notre globe qui tourne, tandis que le centre profond reste immobile. Je crois.

— Encore plus stupide qu'avant. Où a-t-il écrit ce monsieur cela ?

— Je ne sais pas, je crois qu'il a renoncé à l'écrire, ou à publier le livre. Il ne voulait pas irriter les jésuites qu'il aimait beaucoup.

— Alors je préfère monsieur Galilée qui des pensées hérétiques avait, mais il les a confessées à des cardinaux pleins d'amour, et personne a lui brûlé. Il ne me plaît pas cet autre monsieur qui a des pensées encore plus hérétiques et ne confesse pas, pas même aux jésuites, ses amis. Peut-être Dieu un jour Galilée pardonne, mais lui pas.

— Quoi qu'il en soit, il me semble que par la suite il a corrigé cette première idée. Il paraît que tout ce grand amas de matière qui va du soleil aux étoiles fixes tourne dans un grand cercle, transporté par ce vent...

— Mais tu ne disais pas que les ciels étaient liquides ?

— Peut-être pas, peut-être sont-ils un grand vent...

— Tu vois ? Toi non plus ne sais pas...

— Eh bien, ce vent fait aller toutes les planètes autour du soleil, et en même temps fait tourner le soleil sur lui-même. Ainsi y a-t-il un tourbillon mineur qui fait tourner la lune autour de la terre, et la terre sur elle-même. On ne peut cependant pas dire que la terre se meut, parce que ce qui se meut c'est le vent. Pareillement si je dormais sur la *Daphne*, et que la *Daphne* faisait voile sur cette île à l'Occident, je passerais d'un lieu à un autre, et pourtant personne ne pourrait dire que mon corps a bougé. Quant au mouvement journalier, c'est comme si j'étais assis sur une grande roue de potier qui tourne, et à coup sûr je vous montrerais d'abord le visage et puis le dos, mais qui bougerait ce ne serait pas moi, ce serait la roue.

— C'est là l'hypothesis d'un malitieux qui veut être hérétique et non le paraître. Mais tu me dis à présent où se trouvent les étoiles. Même Ursa Major tout entière, et Perseus, tournent dans le même tourbillon ?

— Mais toutes les étoiles que nous voyons sont autant de soleils, et chacun est au centre de son propre tourbillon, et tout l'univers est un grand tour de tourbillons avec d'infinis soleils et d'infinitissimes planètes, même au-delà de ce que notre œil voit, et chacune avec ses propres habitants !

— Ah ! C'est ici que j'attendais toi et tes hérétiquissimes amis ! C'est ce que vous voulez vous, des mondes infinis !

— Il faudra bien que vous m'en accordiez plus d'un au moins. Sinon où Dieu aurait placé l'enfer ? Pas dans les entrailles de la terre.

— Pourquoi pas dans les entrailles de la terre ?

— Parce que », et ici Roberto répétait de façon fort approximative un argument qu'il avait entendu à Paris, et je ne pourrais pas jurer de l'exactitude de ses calculs, « le diamètre du centre de la terre mesure 200 milles italiens, et si nous en faisons le cube nous avons huit millions de milles. Considérant qu'un mille italien contient deux cent quarante mille pieds anglais, et que le Seigneur doit avoir assigné au moins six pieds cubiques à chaque damné, l'enfer ne pourrait contenir que quarante millions de damnés, ce qui me semble peu, si l'on pense à tous les hommes mauvais qui ont vécu en ce monde depuis Adam jusqu'à ce jour.

— Cela serait, répondait le père Caspar sans daigner vérifier le calcul, si les damnés avec et à l'intérieur de leur corps seraient. Mais cela est uniquement après la Résurrectio de la Chair et le Jugement Dernier ! Et alors il n'y aurait plus ni la terre ni les planètes, mais d'autres ciels et de nouvelles terres !

— D'accord, s'ils ne sont que des esprits damnés, il pourra y en avoir mille millions même sur la pointe d'une aiguille. Mais il y a des étoiles que nous ne voyons pas à l'œil nu, et qui, par contre, se voient avec votre lunette d'approche. Eh bien, vous ne pouvez pas penser à une lunette cent fois plus puissante qui vous permet de voir d'autres étoiles, et puis à une mille fois plus puissante encore qui vous fait voir des étoiles encore plus loin, et ainsi de suite *ad infinitum* ? Vous voulez placer une limite à la création ?

— La Bible ne parle pas de cela.

— La Bible ne parle pas non plus de Jupiter, et pourtant vous la regardiez l'autre soir avec votre maudite lunette d'approche. »

Roberto savait déjà quelle serait la vraie objection du jésuite. Comme celle de l'abbé le fameux soir où Saint-Savin l'avait défié en duel : qu'avec des mondes infinis on n'arrive plus à donner un sens à la Rédemption, et que l'on est contraint de penser ou à d'infinis Calvaires, ou à notre plate-bande terrestre comme à un point privilégié du cosmos, sur quoi Dieu a permis à son Fils de descendre pour nous délivrer du péché, alors qu'à d'autres mondes Il n'a pas accordé pareille grâce — trait de honte sur son infinie bonté. Et de fait, telle fut la réaction du père Caspar, ce qui autorisa Roberto à lui donner de nouveau l'assaut.

« Quand a-t-il eu lieu, le péché d'Adam ?

— Mes frères ont des calculs mathématiques parfaits factum, sur la base des Scriptures : Adam a péché trois mille neuf cent et quatre-vingt-quatre ans avant la venue de Notre Seigneur.

— Eh bien, sans doute ignorez-vous que les voyageurs arrivés de la Chine, d'entre lesquels nombre de vos frères, ont trouvé les listes des monarques et des dynasties des Chinois, de quoi on déduit que le royaume de la Chine existait il y a plus de six mille ans, et donc avant le péché d'Adam, et s'il en est ainsi pour la Chine, Dieu sait pour combien de peuples encore. Par conséquent le péché d'Adam, et la rédemption des Juifs, et les belles vérités de notre Sainte Eglise Romaine qui en sont issues, ne concernent qu'une partie de l'humanité. Mais il y a une autre partie du genre humain qui n'a pas été touchée par le péché originel. Cela n'enlève rien à l'infinie bonté de Dieu, qui s'est comporté avec les Adamites ainsi que le père de la parabole avec son Fils Prodigue, en sacrifiant pour eux seuls son Fils. Mais de même que, pour avoir fait tuer le veau gras au retour de son fils pécheur ce père n'en aimait pas moins les autres frères bons et vertueux, de même notre Créateur aime très tendrement les Chinois comme tous les autres qui sont nés avant Adam, et Il est heureux qu'ils n'aient pas été sous le coup du péché originel. S'il en est allé ainsi sur la terre, pourquoi ne devrait-il pas en être allé de même sur les étoiles ?

— Mais qui a dit à toi cette kouillonnade ? avait crié, furieux, le père Caspar.

— Beaucoup en parlent. Et un savant arabe a dit que l'on peut le déduire même d'une page du Coran.

— Et tu dis à moi que le Koran prouvait la vérité d'une chose ? Oh, Dieu tout-puissant, je t'en prie foudroie ce très-vain fatulent suffisant outrecuidant turbulent rebelle, bête d'homme, fistulo, chien et démon, maldit mâtin morbide, que lui ne met plus le pied sur ce navire ! »

Et le père Caspar avait levé et fait claquer le funain tel un fouet, d'abord touchant Roberto au visage, puis abandonnant la corde. Roberto s'était retourné tête en bas, s'était escrimé, se débattant, sans réussir à tirer le grelin assez pour le tendre, il hurlait au secours en buvant, et le père Caspar lui criait qu'il voulait le voir pousser son dernier hoquet et haleter son agonie, de façon qu'il sombrât dans l'enfer ainsi qu'il convient à des malnés de sa race.

Ensuite, comme il était d'esprit chrétien, quand il lui avait semblé que Roberto était suffisamment puni, il l'avait hissé. Et, pour ce jour-là, aussi bien la leçon de natation que celle d'astronomie étaient finies, tous deux étaient allés dormir, chacun de son côté, sans s'adresser la parole.

Ils s'étaient réconciliés le lendemain. Roberto avait confié que lui, à cette hypothèse des vortex, il ne croyait pas du tout et jugeait plutôt que les mondes infinis étaient l'effet d'un tourbillon d'atomes dans le vide, et que cela n'excluait aucunement qu'il y eût une Divinité providentielle qui donnait des ordres à ces atomes et les organisait de manière à seconder ses décrets, comme lui avait enseigné le Prévôt de Digne. Pourtant le père Caspar se refusait même à cette idée qui requérait un vide où les atomes circuleraient, et Roberto ne désirait plus discuter avec une Parque si généreuse que, au lieu de couper la corde qui le maintenait en vie, elle l'allongeait excessivement.

Sur la promesse de n'être plus menacé de mort, il avait repris ses essais. Le père Caspar le persuadait maintenant de s'essayer à bouger dans l'eau, ce qui est le principe indispensable de tout art de la natation, et il lui suggérait de lents mouvements des mains et des jambes, mais Roberto préférait paresser à la surface.

Le père Caspar le laissait paresser, et il en profitait pour lui débiter ses autres arguments contre le mouvement de la terre. In primis, l'Argument du Soleil. Lequel, s'il était immobile, et que nous à midi tapant nous le regardions du centre d'une chambre à travers la fenêtre, et que la terre tournât avec la vitesse que l'on dit — et il en faut une bien grande pour faire un tour complet en vingt-quatre heures —, disparaîtrait en un instant de notre vue.

Venait ensuite l'Argument de la Grêle. Elle tombe parfois pendant une heure entière mais, que les nuages aillent au levant ou au ponant, au septentrion ou au midi, elle ne couvre jamais plus de vingt-quatre ou trente milles la campagne. Mais si la terre tournait, que les nuées de la grêle étaient portées par le vent au contraire de son cours, il faudrait qu'il grêlât au moins sur trois cents ou quatre cents milles de campagne.

Suivait l'Argument des Nuages Blancs, qui vont par les airs quand le temps est tranquille, et paraissent toujours aller avec la même lenteur ; alors que, si la terre tournait, ceux qui vont vers le ponant devraient avancer à une immense vitesse.

On concluait avec l'Argument des Animaux Terrestres lesquels, par instinct, devraient toujours se diriger vers l'Orient, pour accompagner le mouvement de la terre qui les régit ; et ils devraient montrer une grande aversion pour se déplacer vers l'Occident car ils sentiraient que c'est là un mouvement contre nature.

Pendant un certain laps de temps, Roberto acceptait tous ces arguments, et puis il les prenait en grippe et opposait à toute cette science son Argument du Désir.

« Mais enfin, lui disait-il, ne m'ôtez pas la joie de penser que je pourrais m'élever à tire-d'aile et voir en vingt-quatre heures la terre rouler au-dessous de moi, et je verrais passer tant de visages différents, blancs, noirs, jaunes, olivâtres, avec un chapeau ou avec un turban, et des villes avec des clochers tantôt pointus tantôt ronds, avec la croix et avec le croissant, et des villes aux tours de porcelaine et des pays de cabanes, et les Iroquois sur le point de manger tout cru un prisonnier de guerre et des femmes de la terre de Tesso occupées à se peindre les lèvres de bleu pour les hommes les plus laids de la planète, et celles de Camul que leurs maris accordent en cadeau au premier venu, comme raconte le livre de Messire Millione...

— Vois-tu ? Comme je dis : quand vous à votre philosophie dans la taverne pensez, toujours ce sont des pensées de lasciveté ! Et si tu n'aurais pas eu ces pensées, ce voyage tu pouvais faire si Dieu te donnait la grâce de tourner toi autour de la terre, qui n'était pas grâce moindre que te laisser suspendu dans le ciel. »

Roberto n'était pas convaincu, mais il ne savait plus que rétorquer. Alors il prenait le chemin le plus long, partant d'autres arguments connus par ouï-dire, qui également ne lui semblaient pas du tout en contraste avec l'idée d'un Dieu providentiel, et il demandait à Caspar s'il était d'accord pour voir dans la nature un théâtre grandiose, où nous n'embrassons du regard que ce que l'auteur a mis en scène. De notre place nous ne voyons pas le théâtre tel qu'il est réellement : les décorations et les machines ont été prédisposées pour faire un bel effet de loin, tandis que les roues et les contrepoids qui produisent les mouvements ont été muchés à notre vue. Et pourtant, si au parterre il y avait un homme de l'art, il serait capable de deviner comment on a obtenu d'un oiseau mécanique qu'il prît soudain son envol. Ainsi devrait faire le philosophe devant le spectacle de l'univers. Certes, la difficulté pour le philosophe est plus grande car dans la nature les cordes des machines sont si bien cachées qu'à la longue on s'est demandé qui les tirait. Et pourtant, même dans ce théâtre à nous, si Phaéton monte vers le soleil c'est parce qu'il est halé par quelques cordes et qu'un contrepoids va vers le bas.

Ergo (triomphait à la fin Roberto, retrouvant la raison pour laquelle il avait commencé à divaguer de cette manière), la scène nous montre le soleil qui tourne, mais la nature de la machine est bien différente, et nous ne pouvons pas nous en apercevoir de prime abord. Nous voyons le spectacle, mais pas la poulie qui fait se mouvoir Phébus car plus précisément nous vivons sur la roue de cette poulie — et là

Roberto se perdait, parce que s'il acceptait la métaphore de la poulie il abandonnait celle du théâtre, et tout son raisonnement devenait si pointu, comme aurait dit Saint-Savin, qu'il s'émoussait de toute pointe.

Le père Caspar avait répondu que l'homme, pour faire chanter une machine, devait façonner bois ou métal, et disposer des trous, ou régler des cordes et les frotter avec des archets, ou même — ainsi qu'il l'avait fait sur la *Daphne* — inventer un mécanisme à eau, alors que si nous ouvrons la gorge d'un rossignol nous n'y voyons aucune machine de ce type, signe que Dieu suit des voies différentes des nôtres.

Ensuite il avait demandé, puisque Roberto voyait d'un si bon œil d'infinis systèmes solaires qui tournaient dans le ciel, s'il ne pourrait pas admettre que chacun de ces systèmes soit une partie d'un système plus grand qui tourne à son tour encore à l'intérieur d'un système plus grand encore, et ainsi de suite — vu que, en partant de ces prémisses, on devenait comme une vierge victime d'un séducteur, qui lui fait d'abord une petite concession et bien vite devra lui accorder davantage, et puis davantage encore, et sur cette voie on ne sait jusqu'à quelle extrémité on peut arriver.

Certes, avait dit Roberto, on peut tout imaginer. Des tourbillons sans planètes, des tourbillons qui se heurtent les uns les autres, des tourbillons qui ne seraient pas ronds mais hexagonaux, si bien que sur chacune de leur face ou côté s'encastre un autre tourbillon, tous ensemble se composant comme les alvéoles d'une ruche, ou encore qui seraient des polygones lesquels, s'appuyant les uns aux autres, laisseraient des vides que la nature remplit avec d'autres tourbillons mineurs, tous s'engrenant entre eux comme les pignons des horloges — leur ensemble se mouvant dans le ciel tout entier telle une grande roue qui tourne et alimente à l'intérieur d'autres roues qui tournent, chacune avec des roues mineures qui tournent en leur sein, et tout ce grand cercle parcourant dans le ciel une révolution immense qui dure des millénaires, peut-être autour d'un autre tourbillon des tourbillons des tourbillons... Et là Roberto risquait de se noyer, à cause du grand vertige qui le prenait alors.

Et ce fut à ce moment que le père Caspar eut son triomphe. Or donc, expliqua-t-il, si la terre tourne autour du soleil, mais que le soleil tourne autour de quelque chose d'autre (et en négligeant de considérer que ce quelque chose d'autre tourne encore autour de quelque chose encore davantage d'autre), nous avons le problème de la roulette — dont Robert aurait dû entendre parler à Paris, étant donné que de Paris il était arrivé en Italie parmi les galiléiens, qui n'en manquaient vraiment pas une si c'était pour désordonner le monde.

« Qu'est-ce que la roulette ? demanda Roberto.

— Tu la peux appeler aussi trochoïdes ou cycloïdes, mais cela ne change guère. Imagine toi une roue.

— Celle d'avant ?

— Non, à présent tu imagines la roue d'un char. Et imagine toi que sur le cercle de cette roue il y a un clou. A présent imagine que la roue immobile est, et le clou juste au-dessus du sol. A présent tu penses que le char va et la roue tourne. Qu'est-ce que tu penses qu'il arriverait à ce clou ?

— Eh bien, si la roue tourne, à un moment donné le clou sera en haut, mais ensuite quand la roue a fait tout son tour il se trouve de nouveau près de la terre.

— Donc tu penses que ce clou un mouvement comme cercle a accompli ?

— Eh oui. Certainement pas comme un carré.

— A présent toi écoute, poupard. Tu dis que ce clou se trouve à terre dans le même point où il était avant ?

— Attendez, un instant... Non, si le char avançait, le clou se trouve à terre, mais beaucoup plus en avant.

— Donc lui n'a pas accompli mouvement circulaire.

— Non, par tous les saints du paradis, avait dit Roberto.

— Tu ne dois pas dire Partoulessainduparadis.

— Excusez-moi. Mais quel mouvement a-t-il accompli ?

— Il a une trochoïdes accomplie, et pour que tu comprends je dis que c'est quasi comme est le mouvement d'un ballon que tu lances devant toi, puis il touche terre, puis il fait un autre arc de cercle, et puis nouvellement — à part que quand le ballon à un moment donné fait des arcs de plus en plus petits, le clou des arcs toujours réguliers fera, si la roue toujours à la même vitesse va.

— Et qu'est-ce que cela signifie ? avait demandé Roberto en entrevoyant sa défaite.

— Cela signifie que tu démontrer autant de vortices et mondes infinis tu veux, et que la terre tourne, et voilà que ta terre ne tourne plus, mais va par le ciel infini comme un ballon, toumpf toumpf toumpf — ach quel beau mouvement pour cette très-noble planète ! Et si ta théorie des vortices bonne est, tous les corps célestes faisaient toumpf, toumpf toumpf — maintenant laisse à moi rire que c'est finalement le plus grosse divertissement de ma vie ! »

Difficile de répliquer à un argument aussi subtil et géométriquement parfait — et de plus en parfaite mauvaise foi, car le père Caspar aurait dû savoir que quelque chose de semblable serait arrivé même si les planètes tournaient comme le voulait Tycho. Roberto s'en était allé dormir tel un chien mouillé et penaud. Dans la nuit il avait réfléchi, pour voir s'il ne lui convenait pas alors d'abandonner toutes ses idées hérétiques sur le mouvement de la terre. Voyons, s'était-il dit, si toutefois le père Caspar avait raison et que la terre ne bougeait pas (autrement elle bougerait plus qu'elle ne doit et on ne parviendrait plus à l'arrêter), ce pourrait mettre en danger sa découverte du méridien antipode et sa théorie du Déluge, avec le fait que l'Ile soit là, un jour avant le jour où elle est ici ? En rien.

Donc, s'était-il dit, il me convient sans doute de ne pas discuter les opinions astronomiques de mon nouveau maître, et de m'ingénier par contre à nager, pour obtenir ce qui m'intéresse vraiment, et qui n'est pas de démontrer s'ils avaient raison, Copernic et Galilée ou cet autre poussif de Tycho d'Uraniborg — mais de voir la Colombe Couleur Orange et mettre le pied dans le jour d'avant — chose que ni Galilée ni Copernic ni Tycho ni mes maîtres et amis de Paris n'avaient jamais rêvée.

Et donc, le lendemain, il s'était représenté au père Caspar comme un élève obéissant, aussi bien pour la natation que pour l'astronomie.

Mais le père Caspar, prenant le prétexte de la mer agitée et d'autres calculs qu'il devait faire, avait ce jour-là renvoyé sa leçon. Vers le soir, il lui avait expliqué que, pour apprendre la natatione, comme il disait, il faut concentration et silence, et on ne peut laisser vagabonder sa tête dans les nuages. Vu que Roberto était porté à en agir tout autrement, on en inférait qu'il n'avait pas d'aptitude à la nage.

Roberto s'était alors demandé pourquoi son maître, si fier de sa maîtrise, avait renoncé de façon si soudaine à son projet. Et je crois que la conclusion qu'il en avait tiré était la bonne. Le père Caspar s'était mis dans la tête que rester allongé ou même se mouvoir dans l'eau et sous le soleil produisait chez Roberto une effervescence du cerveau, qui le menait à des pensées dangereuses. Se trouver en tête à tête avec son propre corps, se plonger dans le liquide, qui était aussi matière, en quelque sorte l'abêtissait et le portait à ces pensées qui sont propres à des natures inhumaines et folles.

Il lui fallait donc, au père Caspar Wanderdrossel, trouver quelque chose de différent pour atteindre l'Ile, et qui ne coûtât pas à Roberto le salut de son âme.

25

Technica Curiosa

Quand le père Caspar dit qu'il était de nouveau dimanche, Roberto se rendit compte que plus d'une semaine s'était écoulée depuis le jour de leur rencontre. Le père Caspar célébra la messe, puis il s'adressa à lui d'un air décidé.

« Je ne peux pas attendre que toi à natare apprenne », avait-il dit.

Roberto répondit qu'il n'y allait pas de sa faute. Le jésuite admit qu'il n'y allait peut-être pas de sa faute, mais qu'en attendant les intempéries et les animaux sauvages étaient en train de lui ravager l'Observatoire, dont il fallait au contraire prendre soin chaque jour. En raison de quoi, *ultima ratio*, il ne restait qu'une solution : c'est lui qui irait sur l'Ile. Et à la question sur la façon dont il s'y prendrait, le père Caspar dit qu'il essaierait avec la Cloche Aquatique.

Il expliqua que depuis beau temps il étudiait comment naviguer sous l'eau. Il avait même pensé construire un bateau de bois renforcé en fer et à double carcasse, comme s'il s'agissait d'une boîte avec son couvercle. Le navire aurait eu soixante-douze pieds de longueur, trente-deux de hauteur, huit de large et il était suffisamment lourd pour descendre en dessous de la surface. Il aurait été mû par une roue à pales, actionnée par deux hommes à l'intérieur, comme font les ânes avec la meule d'un moulin. Et pour voir où l'on se dirigeait, on faisait sortir à l'extérieur un *tubospicillum,* une lunette qui, par un jeu de miroirs internes, aurait permis d'explorer de l'intérieur ce qui se passait en plein air.

Pourquoi ne l'avait-il pas construit ? Car ainsi est faite la nature — disait-il — pour humilier notre insuffisance : il y a des idées qui, sur le papier, paraissent parfaites et puis à l'épreuve de l'expérience elles se révèlent imparfaites, et personne ne sait pour quelle raison.

Cependant le père Caspar avait construit la Cloche Aquatique : « Et la plèbicule ignorante, si on aurait dit à eux que certains sur le lit du Rhin descendre peuvent en gardant secs les vêtements, et même à bout de bras un feu dans un brasero tenant, on dirait que c'était une démencerie. En revanche la preuve de l'expérientia a eu lieu, et il y a presque un siècle de cela, dans l'oppide de Tolète en Hispagne. Donc j'atteins l'île maintenant avec ma Cloche Aquatique, en marchant, comme maintenant tu vois que je marche. »

Il se dirigea vers la soute, qui était évidemment un magasin inépuisable : outre l'attirail astronomique, il restait encore quelque chose d'autre. Roberto fut contraint de monter sur le tillac d'autres barres et des demi-cercles de métal et un volumineux paquet de peau qui avait encore l'odeur de son cornu de donateur. Peu compta que Roberto rappelât que, si c'était dimanche, on ne devait pas travailler le jour du Seigneur. Le père Caspar avait répondu qu'il ne s'agissait pas là de travail, mais bien de l'exercice d'un art très noble entre tous, et que leur peine serait consacrée à l'accroissement de la connaissance du grand livre de la nature. Et donc c'était comme méditer sur les textes saints dont le livre de la nature ne s'écarte pas.

Roberto dut alors se mettre au travail, aiguillonné par le père Caspar, qui intervenait dans les moments les plus délicats, où il fallait réunir les éléments métalliques par emboîtements déjà prédisposés. En travaillant pendant la matinée entière, il mit ainsi au point une cage en forme de tronc de cône, pas bien plus grande qu'un homme, où trois cercles, celui du haut d'un diamètre plus étroit, celui du milieu et d'en bas progressivement plus larges, se soutenaient parallèlement grâce à quatre lattes inclinées.

Au cercle du milieu avait été fixé un harnais de toile où un homme pouvait se glisser, mais de sorte que, par un jeu de lanières qui devaient ceindre les épaules aussi et la poitrine, celui-ci n'avait pas seulement son aine assurée pour qu'il ne pût aller vers le bas, mais en outre les épaules et le col, afin que le chef n'allât pas toucher le cercle supérieur.

Tandis que Roberto se demandait à quoi pouvait bien servir tout cet ensemble, le père Caspar avait déplié le paquet de peau, qui s'était révélé comme l'idéale gaine, ou gant, ou doigtier de cet assemblage métallique sur quoi il ne fut pas difficile de l'enfiler, en l'assujettissant de l'intérieur avec des agrafes, de façon que l'objet, une fois fini, ne pût plus être écorché. Et l'objet fini était vraiment un cône sans pointe, fermé en haut et ouvert à la base — ou si l'on veut, justement, une manière de cloche. Sur ses pans, entre le cercle supérieur et le médian, s'ouvrait une petite fenêtre de verre. Sur le toit de la cloche avait été fixé un anneau robuste.

A ce moment-là, l'engin fut déplacé vers le cabestan et accroché à un bras qui, par un astucieux système de poulies, permettrait de le soulever, de l'abaisser, de le déplacer hors la muraille, de le descendre ou de le hisser, comme il advient pour toute balle, caisse ou paquet que l'on chargerait ou déchargerait d'un navire.

Le cabestan était un peu rouillé après des jours d'inanition, mais à la fin Roberto parvint à l'actionner et à hisser la cloche à mi-hauteur, si bien qu'on en pouvait apercevoir les entrailles.

Cette cloche maintenant n'attendait plus qu'un passager qui s'y glissât et s'y embarquât, de façon à pendiller dans l'air tel un battant.

Un homme de n'importe quelle stature y pouvait entrer : il suffisait de régler les sangles en relâchant ou resserrant ardillons et nœuds. Or donc, une fois bien harnaché, l'habitant de la cloche pourrait marcher en emmenant son habitacle se promener, et les lanières faisaient en sorte que sa tête demeurât à la hauteur de la fenêtre et que le bord inférieur lui arrivât plus ou moins au mollet.

A présent Roberto n'avait plus qu'à se figurer,

expliquait triomphant le père Caspar, ce qui se passerait quand le cabestan aurait fait descendre la cloche dans la mer.

« Il se passera que le passager se noiera », avait conclu Roberto, comme eût fait n'importe qui. Et le père Caspar l'avait accusé de savoir fort peu de « l'équilibre des liqueurs ».

« Tu peux sans doute penser que le vide quelque part existe, comme disent ces atours de la Synagogue de Satan avec lesquels tu parlais à Paris. Pourtant, tu admettras sans doute que dans la cloche il n'y a pas le vide, mais l'air. Et quand toi une cloche pleine d'air dans l'eau descends, l'eau n'entre pas. Ou lui ou l'air. »

C'était vrai, admettait Roberto. Et donc, pour haute que fût la mer, l'homme pouvait marcher sans que l'eau y entrât, du moins tant que le passager avec sa respiration n'avait pas consommé tout l'air, le changeant en vapeur (comme on le voit quand on souffle sur un miroir) laquelle, étant moins dense que l'eau, à celle-ci céderait enfin la place — preuve définitive, commentait triomphalement le père Caspar, que la nature a horreur du vide. Mais avec une cloche de ce volume, le passager pouvait compter, d'après les calculs du père Caspar, sur au moins une trentaine de minutes de respiration. Le rivage paraissait très loin, pour l'atteindre à la nage, mais en marchant ce serait une promenade car, presque à mi-chemin entre le navire et le rivage, débutait la barbacane de corail — à telle enseigne que la barque n'avait pas pu prendre cette route mais avait dû faire le tour le plus long au-delà du promontoire. Et à certains endroits les coraux étaient à fleur d'eau. Si l'on avait commencé l'expédition en période de reflux, le chemin à parcourir sous l'eau en serait encore raccourci. Il suffisait d'arriver à ces terres émergées, et à peine le passager monterait, fût-ce d'une demi-jambe, au-dessus de la surface, la cloche s'emplirait de nouveau d'air frais.

Mais comment marcherait-on sur le fond marin, qui devait être hérissé de dangers, et comment monterait-on sur la barbacane qui était faite de cailloux pointus et de coraux plus coupants que des cailloux ? En outre, comment descendrait-on la cloche sans la renverser dans l'eau, ou sans qu'elle soit repoussée vers le haut pour les mêmes raisons qui font qu'un homme plongeant remonte à la surface ?

Le père Caspar, avec un sourire matois, ajoutait que Roberto avait oublié l'objection la plus importante : qu'à pousser à la mer la seule cloche pleine d'eau, se déplacerait une quantité d'eau égale à sa masse, et cette eau aurait un poids bien plus grand que le corps qui cherchait à la pénétrer, auquel par conséquent elle opposerait beaucoup de résistance. Mais dans la cloche il y aurait en plus pas mal de livres d'homme, et puis les Cothurnes Métalliques. Et, avec l'air de qui avait pensé à tout, il allait extraire de l'inépuisable soute une paire de bottines aux semelles de fer hautes de plus de cinq doigts, à assujettir au genou. Le fer servirait de lest et puis protégerait les pieds du pèlerin. Ce qui lui rendrait sa marche plus lente, mais lui ôterait ces préoccupations pour le terrain accidenté rendant d'habitude le pas timide.

« Mais si de la pente roide qu'il y a en dessous vous devez regrimper au rivage, il y aura un parcours tout en montée !

— Tu n'étais pas ici quand l'ancre mouillé ils ont ! Moi j'ai d'abord sondé. Aucun gouffre ! Si la *Daphne* irait un peu plus en avant elle s'engraverait !

— Mais comment pourrez-vous soutenir la cloche, qui vous pèse sur le chef ? » demandait Roberto. Et le père Caspar de lui rappeler que dans l'eau on ne sentirait pas ce poids : Roberto le saurait s'il avait jamais essayé de pousser une barque, ou de pêcher à la main une boule de fer dans un bassin, que l'effort serait tout à faire une fois sortie de l'eau, et non pas tant qu'elle restait immergée.

Roberto, devant l'obstination du vieux, cherchait à retarder le moment de sa déconfiture. « Mais si l'on descend la cloche avec le cabestan, lui demandait-il, comment décroche-t-on ensuite le funain ? Sinon la corde vous retient et vous ne pouvez vous éloigner du navire. »

Caspar répondait que, une fois lui sur le fond, Roberto s'en apercevrait car le funain se détendrait : et à ce moment-là, on le coupait. Il croyait peut-être que lui devait revenir par le même chemin ? Une fois sur l'Île, il irait récupérer la barque, et c'est avec elle qu'il reviendrait, si Dieu le voulait bien.

Mais à peine à terre, quand il se serait libéré des courroies, la cloche, si un autre cabestan ne l'avait tenue soulevée, serait descendue, touchant le sol et l'emprisonnant. « Vous voulez passer le reste de votre vie sur une île, enfermé dans une cloche ? » Et le vieux répondait qu'une fois dégagé de ces caleçons, il n'avait plus qu'à déchirer la peau avec son couteau, et il sortirait telle Minerve de la tête de Jupiter.

Et si sous l'eau il avait rencontré un grand poisson, de ceux qui dévorent les hommes ? Et le père Caspar de rire : même le plus féroce des poissons, quand il rencontre sur son chemin une cloche ambulante, chose qui ferait peur à un homme aussi, est saisi d'une telle confusion qu'il prend la fuite en toute hâte.

« En somme, avait conclu Roberto, sincèrement inquiet pour son ami, vous êtes vieux et chétif, si quelqu'un doit vraiment tenter, ce sera moi ! » Le père Caspar l'avait remercié tout en lui expliquant que lui, Roberto, avait déjà donné de nombreuses preuves qu'il était un freluquet, et Dieu sait ce qu'il aurait combiné ; que lui, Caspar, avait déjà une certaine connaissance de ce bras de mer et de la barbacane, et de semblables il en avait visité ailleurs, avec un bateau plat ; que cette cloche, il l'avait fait construire lui et il en connaissait donc vices et vertus ; qu'il avait de bonnes notions de physique hydrostatique et saurait comment se tirer d'embarras en cas d'imprévu ; et enfin, il avait ajouté, comme s'il disait la dernière des raisons en sa faveur, « enfin j'ai la foi, toi pas ».

Et Roberto avait compris que ce n'était pas du tout la dernière des raisons, mais la première, et certainement la plus belle. Le père Caspar Wanderdrossel croyait à sa cloche comme il croyait à son Observatoire, et il croyait que tout ce qu'il faisait c'était pour la plus grande gloire de Dieu. Et comme la foi peut aplanir les montagnes, il pouvait certainement traverser les eaux.

Il ne restait plus qu'à remettre la cloche sur le tillac et à la préparer à l'immersion. Une opération qui les tint occupés jusqu'au soir. Pour tanner la peau de façon que ni l'eau ne pût y pénétrer ni l'air en sortir, il fallait employer une pâte à préparer à feu lent, en dosant trois livres de cire, une de térébenthine vénitienne, et quatre onces d'un autre vernis utilisé par les menuisiers. Il s'agissait ensuite de faire absorber cette substance à la peau, en la laissant reposer jusqu'au lendemain. Enfin, avec une autre pâte faite de poix et de cire, il fallut combler toutes les fissures sur les bords de la fenêtre, où le verre avait déjà été fixé avec du mastic, à son tour goudronné.

« Omnibus rimis diligenter repletis », comme il le dit, le père Caspar passa la nuit en prière. A l'aube, ils recontrôlèrent la cloche, les lacets, les crochets. Caspar attendit le bon moment, où il pouvait exploiter au mieux le reflux et où toutefois le soleil était déjà suffisamment haut pour qu'il éclairât la mer devant lui, jetant toute ombre dans son dos. Puis ils s'embrassèrent.

Le père Caspar répéta qu'il s'agirait d'une plaisante entreprise où il verrait des choses stupéfiantes que pas même Adam ni Noé n'avaient connues, et il craignait de commettre le péché d'orgueil — fier comme il était d'être le premier homme à descendre dans le monde marin. « Pourtant, ajoutait-il, c'est là aussi une preuve de mortificatione : si Notre Seigneur sur les eaux marché a, moi dessous marcherai, ainsi qu'à un pêcheur il convient. »

Il ne restait plus qu'à soulever de nouveau la

cloche, la placer sur le père Caspar, et vérifier si celui-ci était capable de se mouvoir à son aise.

Pendant quelques minutes Roberto assista au spectacle d'un énorme escargot, mais non, d'une vesse-de-loup, un agaric migratoire, qui évoluait à pas lents et pataud, souvent s'arrêtant et accomplissant un demi-tour sur lui-même quand le père voulait regarder à droite ou à gauche. Plus qu'à une marche, ce capuchon déambulant paraissait absorbé par une gavotte, par une bourrée que l'absence de musique rendait encore plus disgracieuse.

Enfin le père Caspar eut l'air satisfait de ses essais et, d'une voix qui semblait sortir de ses chaussures, il dit que l'on pouvait y aller.

Il se transporta près du cabestan, Roberto raccrocha, se mit à pousser le cabestan et vérifia une fois de plus que, la cloche soulevée, les pieds dodelinaient et que le vieux ne glissait pas en bas ou la cloche ne se dérobait pas en haut. Le père Caspar claquait et tonnait que tout allait pour le mieux, mais qu'il fallait se hâter : « Ces cothurnes me tirent les jambes et me les arrachent presque du ventre ! Vite, mets-moi en l'eau ! »

Roberto avait encore crié quelques phrases d'encouragement, et descendu lentement le véhicule avec son moteur humain. Ce qui ne fut pas entreprise facile, parce qu'il faisait tout seul le travail de nombreux matelots. Cette descente lui parut éternelle, comme si la mer s'abaissait au fur et à mesure qu'il multipliait ses efforts. Mais à la fin il entendit un bruit sur l'eau, il sentit que son effort décroissait, et quelques instants après (qui furent pour lui des années) il s'aperçut que le cabestan tournait désormais à vide. La cloche avait touché. Il coupa la corde, puis se jeta à la muraille pour regarder en bas. Et il ne vit rien.

Du père Caspar et de la cloche, il ne restait aucune trace.

« Quels cerveaux, ces jésuites, se dit Roberto ébloui, il a réussi ! Pense un peu, là en bas il y a un jésuite qui marche, et personne ne pourrait le deviner. Les vallées de tous les océans pourraient être peuplées de jésuites, et personne ne le saurait ! »

Ensuite, il passa à des pensées plus prudentes. Que le père Caspar fût en bas, c'était invisiblement évident. Mais qu'il revînt en haut, ce n'était pas encore dit.

Il eut l'impression que l'eau s'agitait. La journée avait été choisie précisément parce qu'elle était sereine ; toutefois, alors qu'ils accomplissaient les ultimes opérations, un vent s'était levé qui à cette hauteur ne ridait qu'un peu la surface, mais créait sur le rivage de ces jeux de vagues pouvant, sur les rochers maintenant émergés, perturber le débarquement.

Vers la pointe nord, où se dressait une paroi presque plate et à pic, il apercevait des giclées d'écume qui allaient gifler la roche, se dispersant dans l'air comme autant de nonnettes blanches. C'était certes l'effet de vagues qui heurtaient le long d'une formation récifale qu'il ne parvenait pas à voir, mais du navire on eût dit qu'un serpent soufflait des abysses ces flammes de cristal.

La plage paraissait cependant plus tranquille, le moutonnement ne se situait qu'à mi-chemin, et cela était bon signe pour Roberto : il indiquait le lieu où la barbacane dépassait de l'eau et marquait la limite au-delà de quoi le père Caspar ne courrait plus de danger.

Où était-il à présent, le vieux ? S'il s'était mis en marche sitôt après avoir touché, il devrait avoir déjà parcouru... Mais combien de temps était passé ? Roberto avait perdu le sens de l'écoulement des instants, comme si chacun d'eux comptait pour une éternité : tendant donc à réduire le résultat présumé, il se persuadait que le vieux était à peine descendu, était peut-être encore sous la carène, qui cherchait à s'orienter. Alors naissait le soupçon que le funain, se tordant sur lui-même tandis qu'il descendait, avait fait accomplir un demi-tour à la cloche, si bien que le père Caspar s'était retrouvé sans le savoir avec la fenêtre tournée vers l'Occident, et il avait mis le cap sur le grand large.

Ensuite Roberto se disait qu'en gagnant la haute mer quiconque se serait aperçu qu'il descendait au lieu de monter, et aurait changé de route. Mais si en ce point-là il y avait eu une petite montée vers l'Occident, et qui montait croyait aller à l'Orient ? Cependant les reflets du soleil auraient montré la partie d'où l'astre provenait... Eh, mais voit-on le soleil dans les abysses ? Ses rayons passent-ils comme par un vitrail d'église, en faisceaux compacts, ou se dispersent-ils en une réfraction de gouttes, de sorte que les habitants d'en bas voient la lumière tel un clignotement sans directions ?

Non, se disait-il après : le vieux comprend fort bien où il doit aller, sans doute est-il déjà à mi-chemin entre le navire et la barbacane, mieux, il y est déjà arrivé, voilà, sans doute est-il sur le point d'y monter avec ses grandes semelles de fer, et d'ici peu je le vois...

Autre pensée : en réalité, personne avant ce jour n'est jamais allé au fond de la mer. Qui me dit que là-bas, passé quelques brasses, on n'entre pas dans le noir absolu, habité par les seules créatures dont les yeux exhalent de vagues lueurs... Et qui dit qu'au fond de la mer on a encore le sens de la droite voie ? Peut-être tourne-t-il en rond, fait-il toujours le même parcours jusqu'à ce que l'air de sa poitrine se change en humidité, qui invite l'eau amie dans la cloche...

Il s'accusait de n'avoir pas porté au moins une clepsydre sur le tillac : combien de temps était passé ? Peut-être déjà plus d'une demi-heure, trop hélas, et c'était lui qui se sentait étouffer. Alors il respirait à pleins poumons, il renaissait : la preuve, croyait-il, qu'il s'était passé de courts instants, et que le père Caspar jouissait encore d'air très pur.

Mais peut-être le vieux était-il allé de travers, inutile de regarder devant soi comme s'il avait dû réémerger le long du trajet d'une balle d'arquebuse. Il pouvait avoir fait de nombreuses déviations, à la recherche du meilleur accès à la barbacane. N'avait-il pas dit, tandis qu'ils montaient la cloche, que c'était un coup de chance que le cabestan le déposât précisément sur ce point-là ? Dix pas plus au nord la contre-garde sombrait soudain, formant un flanc abrupt sur quoi une fois la barque avait heurté, tandis que droit devant le cabestan il y avait un passage par où la barque aussi était passée, pour aller ensuite s'échouer où les récifs s'élevaient peu à peu.

Or donc, il pouvait avoir fait une erreur en gardant le cap, il s'était trouvé devant un mur et maintenant il le longeait vers le sud en cherchant le passage. Ou peut-être le côtoyait-il vers le nord. Il fallait parcourir de l'œil toute la longueur du rivage, d'une pointe à l'autre, peut-être ferait-il surface là-bas, couronné de lierres marins... Roberto tournait la tête d'un bout à l'autre de la baie, dans la crainte qu'il pût perdre le père Caspar déjà émergé à droite, tandis qu'il regardait à gauche. Et pourtant on pouvait repérer aussitôt un homme fût-ce à cette distance, figurons-nous une cloche de cuir ruisselant au soleil tel un chaudron de cuivre à peine lavé...

Le poisson ! Peut-être dans ces eaux y avait-il vraiment un poisson cannibale, en rien effrayé par la cloche, qui avait dévoré tout entier le jésuite. Non, d'un poisson pareil on eût aperçu l'ombre sombre : s'il existait, il devait se trouver entre le vaisseau et le début des récifs coralliens, pas au-delà. Mais peut-être le vieux était-il déjà arrivé aux récifs, et des arêtes animales ou minérales avaient perforé la cloche et fait sortir tout le peu d'air qui restait...

Autre pensée : qui peut m'assurer que l'air dans la cloche suffisait vraiment pour tant de temps ? C'est lui qui l'a dit, mais il s'était pourtant trompé quand il était sûr que son bassin aurait fonctionné. En fin de compte ce bon Caspar s'est révélé être un songe-creux, et toute cette histoire des eaux du Déluge, et du méridien, et de l'Île de Salomon n'est sans doute qu'une accumulation de fables. Et puis, même s'il avait raison en ce qui concerne l'Île, il pourrait avoir mal calculé la quantité d'air dont un homme a besoin. Enfin, qui me dit que toutes ces huiles, ces essences, ont réellement bouché chaque fente ? Peut-être en ce moment précis l'intérieur de la cloche ressemble-t-il à une de ces grottes où sourd de l'eau de toute part, peut-être la peau entière transpire-t-elle comme une éponge, n'est-il pas vrai peut-être que notre peau est tout un tamis de pores imperceptibles, et qui pourtant existent si par eux filtre la sueur ? Et si cela se passe avec la peau d'un homme, peut-il en aller de même avec la peau d'un bœuf ? Ou bien les bœufs ne transpirent-ils pas ? Et lorsqu'il pleut, un bœuf se sent-il aussi trempé jusqu'aux os ?

Roberto se tordait les mains, il maudissait sa hâte. C'était clair, lui croyait que des heures étaient passées, en revanche il ne s'était écoulé que quelques pulsations de poignet. Il se dit que lui n'avait point de raisons de trembler, que bien plus en aurait eu le courageux vieillard. Peut-être devait-il plutôt, lui, seconder son voyage avec la prière, ou du moins avec l'espérance et le vœu.

Et puis, se disait-il, j'ai imaginé trop de raisons de tragédie et c'est le propre des mélancoliques que d'engendrer des spectres avec quoi la réalité est incapable de rivaliser. Le père Caspar connaît les lois hydrostatiques, il a déjà sondé cette mer, il a étudié le Déluge, même à travers les fossiles qui peuplent toutes les mers. Du calme, il suffit que je comprenne que le temps passé est minime, et que je sache attendre.

Il s'apercevait qu'il aimait, désormais, celui qui avait été l'Intrus, et qu'il pleurait déjà, à la seule pensée qu'il pût lui être arrivé un malheur. Allons, vieux, murmurait-il, reviens, renais, ressuscite, pardieu, que nous tordrons le col de la poule la plus grasse, tu ne voudrais tout de même pas laisser seul ton Observatoire Maltais ?

Et à l'improviste il se rendit compte que l'on ne voyait plus les récifs proches du rivage, signe que la mer avait commencé à se soulever ; et le soleil, qu'il percevait avant sans devoir relever la tête, était à présent juste au-dessus de lui. A partir du moment où la cloche avait disparu, il s'était déjà écoulé non pas des minutes mais des heures.

Il dut se répéter cette vérité à voix haute, pour la trouver croyable. Il avait compté pour des secondes ce qui était des minutes, il s'était persuadé lui-même qu'il avait une horloge folle dans la poitrine, aux battements précipités, et au contraire son horloge intérieure avait ralenti la marche. Depuis Dieu sait combien de temps, se disant que le père Caspar venait à peine de descendre, il attendait une créature à laquelle l'air avait désormais manqué depuis longtemps. Depuis Dieu sait combien de temps il attendait un corps qui gisait sans vie sur quelque point de cette étendue.

Que pouvait-il s'être passé ? Tout, tout ce qu'il avait pensé — et que peut-être avec sa malchanceuse peur il avait fait arriver, lui le porteur de mauvaise fortune. Les principes hydrostatiques du père Caspar pouvaient être illusoires, l'eau dans une cloche entre peut-être précisément par le bas, surtout si celui qui est à l'intérieur fait sortir l'air à coups de pied, qu'en savait-il au vrai, Roberto, de l'équilibre des liquides ? Ou peut-être le choc avait-il été trop vif, la cloche s'était renversée. Ou le père Caspar avait achoppé à mi-chemin. Ou il avait perdu sa route. Ou son cœur plus que septuagénaire, inférieur à son zèle, avait cédé. Et enfin, qui dit qu'à cette profondeur le poids de l'eau de la mer ne peut écraser le cuir comme on presse un citron ou écosse une fève ?

Mais s'il était mort, son cadavre n'aurait-il pas dû remonter à la surface ? Non, il était ancré aux semelles de fer d'où ses pauvres jambes ne seraient sorties que lorsque l'action conjuguée des eaux et de myriades de petits poissons goulus l'aurait réduit à un squelette...

Et puis, tout à coup, il eut une intuition radieuse. Mais qu'allait-il bougonnant dans sa tête ? Bien sûr, le père Caspar le lui avait parfaitement dit, l'Ile qu'il voyait devant lui n'était pas l'Ile d'aujourd'hui, mais celle d'hier. Au-delà du méridien, il y avait encore le jour d'avant ! Pouvait-il s'attendre à voir à présent sur cette plage, qui était encore hier, une personne qui était descendue dans l'eau aujourd'hui ? Certainement pas. Le vieux s'était immergé de grand matin ce lundi, mais si sur le navire c'était lundi sur cette Ile c'était encore dimanche, et donc il aurait pu voir le vieux n'y aborder que vers le matin de son demain, quand sur l'Ile il serait, tout juste alors, lundi...

Il faut que j'attende jusqu'à demain, se disait-il. Et puis : mais Caspar ne peut attendre un jour, l'air ne lui suffit pas ! Et encore : mais c'est moi qui dois attendre un jour, lui il est simplement rentré dans le dimanche à peine il a franchi la ligne du méridien. Mon Dieu, mais alors l'Ile que je vois est celle de dimanche, et s'il y est arrivé le dimanche, je devrais déjà le voir ! Non, je me trompe du tout au tout. L'Ile que je vois est celle d'aujourd'hui, il est impossible que je voie le passé comme dans une boule magique. C'est là, sur l'Ile, seulement là — que c'est hier. Mais si je vois l'Ile d'aujourd'hui, je devrais le voir lui qui est déjà dans l'hier de l'Ile et se trouve à vivre un second dimanche... Après tout, arrivé hier ou aujourd'hui, il devrait avoir laissé sur la plage la cloche éventrée, et je ne la vois pas. Mais il pourrait aussi l'avoir emportée avec lui dans les fourrés. Quand ? Hier. Donc : supposons que ce que je vois est l'Ile de dimanche. Je dois attendre demain pour le voir, lui, arriver le lundi...

Nous pourrions dire que Roberto avait définitivement perdu la tête, et bien à raison : de quelque façon qu'il eût calculé, il n'y aurait pas trouvé son compte. Les paradoxes du temps nous font perdre la tête à nous aussi. Il était donc normal qu'il ne parvînt plus à comprendre que faire : et il en a été réduit à faire ce que chacun, tout au moins chaque victime de son espérance, aurait fait. Avant de s'abandonner au désespoir, il s'est disposé à attendre le jour à venir.

Comment a-t-il pu, c'est difficile à reconstruire. En allant et revenant d'un bout à l'autre du tillac, sans toucher la nourriture, en se parlant à lui-même, au père Caspar et aux étoiles, et sans doute en ayant de nouveau recours à l'eau-de-vie. Le fait est que nous le retrouvons le lendemain, tandis que la nuit blêmit et que le ciel se colore, et puis après le lever du soleil, toujours plus tendu au fur et à mesure que les heures passent, les traits déjà altérés entre onze heures et midi, bouleversé entre midi et le couchant, jusqu'à ce qu'il doive se rendre à la réalité — et cette fois sans doute possible. Hier, certainement hier, le père Caspar s'est immergé dans les eaux de l'océan austral et il n'en est plus ressorti, ni hier ni aujourd'hui. Et comme tout le prodige du méridien antipode se joue entre l'hier et le demain, non pas entre hier et après-demain, ou demain et avant-hier, il était désormais certain que de cette mer le père Caspar ne sortirait plus jamais.

Avec mathématique, mieux, cosmographique et astronomique certitude son pauvre ami était perdu. Et l'on ne pouvait pas dire où se trouvait son corps. En un lieu imprécisé là-bas. Peut-être existait-il des courants violents sous la surface, et ce corps était-il maintenant en haute mer. Ou bien au contraire, il existait une fosse, un ravin sous la *Daphne*, la cloche s'y était posée, et de là le vieux n'avait pu remonter, usant son maigre souffle, toujours plus aqueux, pour appeler au secours.

Peut-être, pour fuir, avait-il dénoué ses liens, la cloche encore pleine d'air avait fait un bond en haut, mais sa partie de fer avait freiné cette première impulsion et l'avait retenu en suspens au milieu de l'eau, Dieu sait où. Le père Caspar s'était efforcé de se libérer de ses bottes, sans y réussir. Maintenant dans cette descente, enraciné au récif, son corps sans vie vacillait telle une ulve.

Et tandis que Roberto ainsi pensait, le soleil du mardi était désormais derrière lui, le moment de la mort du père Caspar Wanderdrossel devenait de plus en plus lointain.

Le couchant créait un ciel ictérique derrière le vert sombre de l'Ile, et une mer stygienne. Roberto comprit que la nature s'attristait avec lui et, ainsi que parfois il arrive à celui qui reste privé d'une personne chère, peu à peu il ne pleura plus le malheur de l'autre, mais le sien propre et sa solitude retrouvée.

Depuis très peu de jours il y avait échappé, le père Caspar était devenu pour lui l'ami, le père, le frère, la famille et là patrie. A présent, il se rendait compte qu'il était de nouveau séparé et solitaire. Cette fois à jamais.

Pourtant, dans cet accablement une autre illusion était en train de prendre forme. A présent, il était certain que l'unique façon de sortir de sa réclusion, il ne devait pas la chercher dans l'Espace infranchissable, mais dans le Temps.

A présent, il devait vraiment apprendre à nager et gagner l'Ile. Non tant pour retrouver quelques vestiges du père Caspar perdus dans les plis du passé, que pour arrêter l'effroyable avancée de son propre demain.

26

Théâtre des Devises

Pendant trois jours Roberto était resté l'œil collé à la lunette d'approche du bord (se plaignant que l'autre, plus puissante, fût désormais inutilisable), à fixer au rivage la cime des arbres. Il attendait d'apercevoir la Colombe Couleur Orange.

Le troisième jour il se secoua. Il avait perdu son unique ami, il était égaré sur le plus lointain des méridiens, et il se serait senti consolé s'il avait entrevu un oiseau qui sans doute n'avait battu des ailes que dans la tête du père Caspar !

Il décida de réexplorer son refuge pour comprendre combien de temps il pourrait survivre sur le vaisseau. Les poules continuaient à déposer leurs œufs, et il était né une nichée de poussins. Des végétaux cueillis, il n'en restait pas beaucoup, ils étaient désormais trop secs, et on aurait dû les utiliser comme provende pour les volatiles. Des boutes pleines il y en avait encore, mais peu ; cependant, en recueillant la pluie, on aurait pu même s'en passer. Et, enfin, les poissons ne manquaient pas.

Puis il réfléchit que, sans manger de végétaux frais, on mourait du scorbut. Il y avait ceux de la serre, mais elle n'aurait été arrosée par voies naturelles que si la pluie était tombée : s'il survenait une longue sécheresse il devrait mouiller les plantes avec l'eau à boire. Et s'il y avait eu une tempête durant des jours et des jours, il aurait eu de l'eau mais il n'aurait pas pu pêcher.

Pour apaiser ses angoisses, il était revenu dans la cabine de l'orgue à eau que le père Caspar lui avait enseigné à mettre en marche : il écoutait toujours et seulement « Daphne », parce qu'il n'avait pas appris comment on remplace le cylindre ; mais il ne lui déplaisait pas de réécouter des heures et des heures la même mélodie. Un jour il avait identifié *Daphne*, le vaisseau, avec le corps de la femme aimée. Daphné n'était-elle pas une créature qui s'était métamorphosée en laurier — en une substance ligneuse, donc, analogue à celle dont le vaisseau avait été tiré ? La mélodie lui chantait donc Lilia. Comme on le voit, la chaîne de ses pensées était tout à fait inconsidérée — mais c'est ainsi que pensait Roberto.

Il se reprochait de s'être laissé distraire par l'arrivée du père Caspar, de l'avoir suivi dans ses lubies mécaniques, et d'avoir oublié son vœu amoureux. Cette unique chanson, dont il ignorait les paroles, s'il y en avait jamais eu, se changeait en la prière qu'il se proposait de faire murmurer chaque jour à la machine, « Daphne » jouée par l'eau et par le vent dans les recoins de la *Daphne,* mémoire de l'ancienne transformation d'une Daphné divine. Chaque soir, en regardant le ciel, il solfiait cette mélodie à voix basse, telle une litanie.

Ensuite il regagnait sa cabine et se remettait à écrire à Lilia.

Ce faisant, il s'était rendu compte qu'il avait passé les journées précédentes au grand air et au grand jour, et qu'il se réfugiait de nouveau dans cette demi-obscurité qui, en réalité, avait été son milieu naturel non seulement sur la *Daphne,* avant de trouver le père Caspar, mais pendant plus de dix ans, depuis l'époque de la blessure de Casal.

En vérité, je ne pense pas que pendant tout ce temps Roberto ait vécu, comme il le laisse croire à maintes reprises, seulement la nuit. Qu'il ait évité les excès de la canicule, c'est probable, mais, quand il suivait Lilia, il le faisait le jour. Je tiens que son infirmité était plus l'effet d'une humeur noire qu'un véritable trouble de la vision : Roberto ne s'apercevait qu'il souffrait de la lumière que dans les moments les plus atrabilaires, mais quand son esprit était distrait par des pensées plus gaies, il n'y faisait point cas.

Quoi qu'il en fût et eût été, ce soir-là il s'était découvert réfléchissant pour la première fois aux charmes de l'ombre. Tandis qu'il écrivait, ou levait la plume pour la tremper dans l'encrier, il voyait la lumière soit tel un halo doré sur le papier, soit telle une frange cireuse et quasi translucide, qui définissait les contours de ses doigts sombres. Comme si elle habitait à l'intérieur de sa propre main et ne se manifestait que sur les bords. Tout autour, il était enveloppé par la robe affectueuse d'un capucin, autrement dit par un je ne sais quoi de clarté noisette qui, en touchant l'ombre, y mourait.

Il regardait la flamme de la lanterne claire, et il s'apercevait qu'y naissaient deux feux : une flamme rouge, qui s'incorporait à la matière corruptible, et une autre qui, s'élevant en une blancheur aveuglante, faisait s'évaporer à son sommet sa racine couleur pervenche. Ainsi, se disait-il, son amour alimenté par un corps qui mourait donnait vie à la larve céleste de l'aimée.

Il voulut célébrer, après ces quelques jours de trahison, sa réconciliation avec l'ombre et il remonta sur le tillac tandis que les ombres se dilataient partout, sur le navire, sur la mer, sur l'Ile où l'on n'entrevoyait désormais que l'assombrissement rapide des collines. Il chercha, au souvenir de sa campagne, de distinguer sur le rivage la présence des lucioles, vives étincelles ailées vaguant à travers le noir des haies. Il ne les vit pas, médita sur les oxymorons des antipodes, où sans doute les lucioles ne luisent qu'à midi.

Ensuite, couché sur le gaillard d'arrière, il s'était mis à regarder la lune, se laissant bercer par le tillac, alors que de l'Ile provenait le bruit du ressac mêlé à la stridulation des grillons, ou de leurs semblables de cet hémisphère.

Il réfléchissait que la beauté du jour est comme une beauté blonde, quand la beauté de la nuit est une beauté brune. Il savoura le contraste de son amour pour une déesse blonde consommé dans le brun des nuits. Se rappelant ces cheveux de blé mûr qui anéantissaient toute autre lumière dans le salon d'Arthénice, il voulut la lune belle parce qu'elle diluait dans son exténuation les rayons d'un soleil latent. Il se promit de faire du jour reconquis une nouvelle occasion pour lire dans les reflets jouant sur les ondes les louanges de l'or de ces cheveux et de l'azur de ces yeux.

Mais il savourait les beautés de la nuit, quand il

semble que tout repose, que les étoiles se meuvent plus silencieusement que le soleil — et que l'on est porté à croire être, de toute la nature, la seule personne absorbée dans son rêve.

Cette nuit-là, il était sur le point de décider qu'il serait resté tous les jours à venir sur le vaisseau. Mais en levant les yeux au ciel, il avait vu un groupe d'étoiles qui, d'un coup, parurent lui montrer le profil d'une colombe aux ailes tendues, laquelle portait dans sa bouche un rameau d'olivier. Or il est bien vrai que dans le ciel austral, à une courte distance du Grand Chien, on avait déjà repéré depuis au moins quarante ans une constellation de la Colombe. Mais je ne suis pas du tout sûr que Roberto, d'où il se trouvait, à cette heure et en cette saison, eût pu précisément apercevoir ces étoiles. En tous les cas, puisque ceux qui y avaient vu une colombe (tel Johannes Bayer dans *Uranometria Nova*, et puis, beaucoup plus tard, Coronelli dans son *Libro dei Globi*) montraient encore plus d'imagination que n'en avait Roberto, je dirais que n'importe quelle disposition d'astres, à ce moment-là, pouvait apparaître à Roberto comme un pigeon, un biset, un ramier ou palombe, une tourterelle, ce que vous voulez : bien que, au matin, il eût douté de son existence, la Colombe Couleur Orange s'était fixée dans sa tête comme un clou — ou, ainsi que nous le verrons mieux, une broquette d'or.

Nous devons en effet nous demander pourquoi, à la première allusion du père Caspar, et parmi tant de merveilles que l'Ile pouvait lui promettre, Roberto s'était tant intéressé à la Colombe.

Nous verrons, au fur et à mesure que nous progresserons dans cette histoire, que dans l'esprit de Roberto (son état de solitude le rendrait dorénavant de jour en jour plus ardent), cette colombe à peine, à peine suggérée par un récit deviendrait d'autant plus vivante qu'il parviendrait d'autant moins à la voir, abrégé invisible de toute passion de son âme aimante, admiration, estime, vénération, espoir, jalousie, envie, stupeur et jubilation. Il ne lui était pas clair (et ne peut l'être pour nous) si elle était devenue l'Île, ou Lilia, ou l'une et l'autre, ou l'hier en lequel toutes les trois se trouvaient reléguées, pour cet exilé dans un aujourd'hui sans fin, dont le seul futur consistait à arriver, dans quelque demain à lui, au jour d'avant.

Nous pourrions dire ceci : Caspar lui avait évoqué le Cantique de Salomon que, notez la coïncidence, son carme lui avait lu tant et tant de fois qu'il l'avait presque appris par cœur ; et, dès sa jeunesse, il jouissait de mellifluous agonies pour un être aux yeux de colombe, pour une colombe dont il pouvait épier le visage et la voix dans les crevasses des roches... Mais cela me satisfait jusqu'à un certain point. Je crois qu'il est nécessaire de nous engager dans une « Explicatio de la Colombe », de jeter quelques notes pour un petit traité à venir qui pourrait s'intituler *Columba Patefacta*, et le projet ne me semble pas du tout oiseux, si un autre a employé un chapitre entier pour s'interroger sur le Sens de la Baleine — ces baleines qui sont au fond d'informes animaux ou noirs ou gris (et au maximum de blanche il n'y en a qu'une seule), tandis que nous, nous avons affaire à une *rara avis* d'encore plus rare couleur, et sur laquelle l'humanité a bien davantage réfléchi que sur les baleines.

Voilà en effet le point essentiel. Qu'il en eût parlé avec le carme ou discuté avec le père Emanuele, qu'il eût feuilleté quantité de livres tenus en grande estime à son époque, qu'à Paris il eût écouté des dissertations sur ce que l'on appelait là-bas Devises ou Images Enigmatiques, Roberto aurait dû en savoir un brin sur les colombes.

Rappelons que c'était là un temps où l'on inventait ou réinventait des images de tout type pour y découvrir des sens cachés et révélateurs. Il suffisait de voir, je ne dis pas une belle fleur ou un crocodile, mais une corbeille, une échelle, un tamis ou une colonne pour chercher à construire autour d'eux un réseau de choses que, à première vue, personne n'aurait établi. Je ne veux pas me mettre ici à distinguer entre Devise et Emblème, et voir les modes différents dont on pouvait appliquer vers et mots à ces images (sinon en indiquant que l'Emblème tirait un concept universel de la description d'un fait particulier, pas nécessairement exprimé par des figures, tandis que la Devise allait de l'image concrète d'un objet particulier à une qualité ou propos d'un individu singulier, par exemple « je serai plus blanc que neige » ou « plus rusé que le serpent », ou encore « je préfère mourir que trahir », jusqu'à arriver aux très célèbres *Frangar non Flectar* et *Spiritus durissima coquit*), mais les gens de ces temps-là jugeaient indispensable de traduire le monde entier en une forêt de Symboles, Signes, Jeux Equestres, Mascarades, Peintures, Armes Seigneuriales, Trophées, Enseignes d'Honneur, Figures Ironiques, Revers sculpté des pièces de monnaie, Fables, Allégories, Apologues, Epigrammes, Sentences, Equivoques, Proverbes, Tessères, Epîtres Laconiques, Epitaphes, Parerga, Entailles Lapidaires, Ecus, Glyphes, Clipei, et si vous me le permettez je m'arrête ici — mais eux ne s'arrêtaient pas. Et toute bonne Devise devait être métaphorique, poétique, composée certes d'une âme toute à dévoiler, mais d'abord d'un corps sensible qui renvoyât à un objet du monde, et elle devait être noble, admirable, neuve mais connaissable, apparente mais opérante, singulière, proportionnée à l'espace, perçante et brève, équivoque et franche, communément énigmatique, appropriée, ingénieuse unique et héroïque.

En somme, une Devise était une pondération mystérieuse, l'expression d'une correspondance ; une poésie qui ne chantait pas mais était composée et d'une figure muette et d'un mot qui parlait pour elle à la vue ; précieuse seulement en tant qu'imperceptible, sa splendeur se cachait dans les perles et dans les diamants qu'elle ne montrait que grain après grain. Elle disait davantage en faisant moins de bruit, et là où le Poème Epique exigeait fables et épisodes, l'Histoire délibérations et harangues, il suffisait de deux traits et d'une syllabe aux Devises : leurs parfums se distillaient seulement en gouttes impalpables, et seulement alors on pouvait voir les objets sous un habit surprenant, comme il arrive avec les Horsains et les Masques. Elle celait plus qu'elle ne découvrait. Elle ne chargeait pas l'esprit de matière mais le nourrissait d'essences. Elle devait être (d'un terme qu'alors on utilisait d'abondance et que nous avons déjà utilisé) pèlerine, mais *pèlerin* veut dire *étranger,* et *étranger* voulait dire *étrange.*

Quoi de plus horsain qu'une Colombe Couleur Orange ? Mieux, quoi de plus pèlerin qu'une colombe ? Eh, la colombe était une image riche de sens, d'autant plus subtils que chacun se trouvait en conflit avec les autres.

Les premiers à parler de la colombe avaient été, comme il est naturel, les Egyptiens, dès les très anciens *Hieroglyphica* de Horapollon, et, parmi d'autres multiples choses, cet animal était considéré le très pur d'entre tous, tant et si bien que s'il y avait une épidémie de peste qui infectât hommes et objets, ceux qui mangeaient seulement des colombes étaient immunisés. Ce qui devrait apparaître évident, vu que cet animal est l'unique auquel il manque le fiel (c'est-à-dire le poison que les autres animaux ont accroché au foie), et Pline disait déjà que si une colombe tombe malade, elle cueille une feuille de laurier et en guérit. Et si l'arbre est le laurier, et le laurier est Daphné, nous nous sommes compris.

Mais, tout purs qu'ils soient, les colombeaux sont aussi un symbole malicieux parce qu'ils se consument dans une grande luxure : ils passent la journée à s'embrasser (redoublant les baisers pour se faire taire tour à tour) et en croisant leurs langues, d'où de nombreuses expressions lubriquettes tels jouer de la colombe aux lèvres et baisers colombins, pour le dire comme les casuistes. Et s'encolomber disaient les poètes pour faire l'amour comme les colombes, et autant qu'elles. Et n'oublions pas que Roberto aurait dû connaître ces vers qui disaient : « Quand sur la couche, où les primes ardeurs, / épanchèrent desja chauds et vifs désirs / s'encolombant les deulx lascifs coërs / entre eulx de baisers en baisers se cueillirent. » On remarquera que — quand tous les autres animaux ont une saison pour les amours — il n'est moment de l'année où le colombeau ne monte la colombelle.

Histoire de commencer, les colombes viennent de Chypre, île sacrée à Vénus. Apulée, mais aussi d'autres avant lui, racontait que le char de Vénus est tiré par quatre colombes immaculées, appelées précisément oiseaux de Vénus pour leur lasciveté immodérée. D'autres rappellent que les Grecs nommaient la colombe *peristera* car en colombe fut changée, par Eros jaloux, la nymphe Peristera — tant aimée de Vénus — qui l'avait aidée à le battre dans une compétition entre qui cueillerait le plus de fleurs. Mais que veut dire : Vénus « aimait » Peristera ?

Elien dit que les colombes furent consacrées à Vénus parce que sur le mont Erice, en Sicile, on célébrait une fête quand la déesse passait au-dessus de la Libye ; ce jour-là, dans toute la Sicile on ne voyait plus de colombes car toutes avaient traversé la mer pour aller faire cortège à la déesse. Mais neuf jours après, des côtes de la Libye arrivait en Trinacrie une colombe rouge comme le feu, ainsi que le dit Anacréon (je vous prie de bien noter cette couleur) ; c'était Vénus même, qui justement s'appelle Purpurine, et derrière elle venait la multitude des autres colombes. Elien encore nous raconte l'histoire d'une jeune fille dite Phytia que Jupiter a aimée et changée en colombe.

Les Assyriens représentaient Sémiramis sous la forme d'une colombe, et Sémiramis fut élevée par les colombes, et puis changée en colombe. Nous savons tous que c'était une femme de mœurs non irréprochables, mais si belle que Scaurobate roi des Indiens s'était épris d'amour désespéré pour elle, qui était la concubine du roi d'Assyrie et ne passait pas un seul jour sans commettre l'adultère ; l'historien Iuba dit qu'elle était même tombée amoureuse d'un cheval.

Mais on pardonne beaucoup à un symbole amoureux, sans qu'il cesse d'attirer les poètes : d'où (et figurons-nous si Roberto ne le savait pas) Pétrarque qui se demandait « quelle grâce, quel amour ou quel destin — me donnera des plumes comme colombelle ? », ou Bandello : « Ce colombeau à moi d'égale ardeur / arde fervent Amour en un feu cru / il s'en va cherchant en tout lieu / sa colombelle, et de désir s'en meurt. »

Pourtant les colombes sont quelque chose de plus et de mieux qu'une Sémiramis, et l'on s'énamoure d'elles parce qu'elles ont cette autre si tendre caractéristique, qu'elles pleurent ou gémissent au lieu de chanter, comme si tant de passion satisfaite ne les repaissait jamais. *Idem cantus gemitusque,* disait un emblème de Camerarius ; *Gemitibus Gaudet,* disait un autre encore plus érotiquement intrigant. A en perdre la tête.

Et pourtant, le fait que ces oiseaux se baisotent et soient si lascifs — et voilà une belle contradiction qui distingue la colombe — est aussi la preuve qu'ils sont très fidèles, et c'est pour cela qu'ils sont en même temps le symbole de la chasteté, du moins dans le sens de la fidélité conjugale. Pline le disait déjà : bien que très amoureux, ils ont un grand sens de la pudeur et ne connaissent pas l'adultère. De leur fidélité conjugale soient témoins aussi bien Properce païen que Tertullien. On dit, certes, que dans les rares cas où ils soupçonnent l'adultère, les mâles deviennent prépotents, leur voix s'emplit de plainte et cruels sont les coups de bec qu'ils infligent. Mais sitôt après, pour réparer son tort, le mâle courtise la femelle, et il l'adule en accomplissant de fréquents tours autour d'elle. Cette idée que la jalousie folle fomente l'amour, et celui-ci une nouvelle fidélité — et allons de s'emboucher encore bec à bec à l'infini et en toute saison — me semble fort belle et, nous le verrons, fort belle pour Roberto.

Comment ne pas aimer une image qui vous promet fidélité ? Fidélité fût-ce après la mort, car une fois perdu leur compagnon ces oiseaux ne s'unissent plus à un autre. La colombe était donc élue comme symbole du chaste veuvage, même si Ferro rappelle l'histoire d'une veuve qui, noyée de tristesse pour la mort de son mari, gardait à ses côtés une colombe blanche, ce qu'on lui reprocha ; alors elle répondit *Dolor non color*, c'est la douleur qui compte, pas la couleur.

Bref, lascives ou pas, cette dévotion à l'amour fait dire à Origène que les colombes seraient le symbole de la charité. C'est pour cela, dit saint Cyprien, que le Saint Esprit vient à nous sous forme de colombe, d'autant que cet animal n'est pas seulement dénué de fiel, mais il ne griffe pas avec ses ongles, il ne mord pas, il lui est naturel d'aimer les habitations des hommes, il ne connaît qu'une seule maison, il nourrit ses petits et passe sa vie en une longue conversation, s'entretenant avec son compagnon dans la concorde — en ce cas hautement probante — du baiser. Où l'on voit que se donner des baisers peut être aussi le signe d'un grand amour du prochain, et l'Eglise a dans son usage le rite du baiser de paix. C'était une coutume des Romains de s'accueillir et de se rencontrer avec des baisers, même entre homme et femme. Des scoliastes malveillants disent qu'ils le faisaient parce qu'il était interdit aux femmes de boire du vin, et en les baisotant on contrôlait leur haleine ; mais en somme, les Numides, qui ne donnaient de baisers qu'à leurs petits, étaient jugés de goûts grossiers.

Comme tous les peuples ont estimé que l'air était d'une grande noblesse, ils ont honoré la colombe qui vole plus haut que les autres oiseaux, et pourtant revient toujours fidèle à son nid. Ce que certes fait aussi l'hirondelle, mais personne n'a jamais réussi à la rendre amie de notre espèce et à l'apprivoiser, alors que la colombe si. Saint Basile rapporte par exemple que les colombophiles aspergeaient une colombe d'un baume, et les autres colombes attirées la suivaient en nuées. *Odore trahit.* Ne sais si cela a beaucoup à voir avec ce que j'ai dit d'abord, mais me touche cette bienveillance parfumée, cette odoriférante pureté, cette séduisante chasteté.

Toutefois, la colombe n'est pas seulement chaste et fidèle, mais simple aussi (*columbina simplicitas* : soyez prudents comme le serpent et simples comme la colombe, dit la Bible), et c'est pour cela qu'elle est parfois le symbole de la vie monacale et retirée — quant au rapport avec tous ces baisers, ayez la charité de ne pas m'obliger à le dire.

Autre motif de fascination, la *trepiditas* de la colombe : son nom grec *treron* vient certainement de *treo*, « je m'enfuis en tremblant ». Homère en parle, Ovide et Virgile (« Craintifs comme colombelles par un noir orage »), et n'oublions pas que les colombes vivent toujours dans la terreur de l'aigle ou, pis, du vautour. Que l'on lise dans Valerien comment, à cause de cela précisément, ces oiseaux nidifient dans des lieux inaccessibles pour se protéger (d'où la devise *Secura nidificat*) ; et déjà Jérémie le rappelait, quand, dans le Psaume 55, il invoque « Eussé-je des plumes comme la colombe... Je m'éloignerais à tire-d'aile ! »

Les Hébreux disaient que colombes et tourterelles sont les oiseaux les plus persécutés, et donc dignes de l'autel car mieux vaut être persécutés que persécuteurs. Pour l'Arétin, par contre, qui n'était pas doux comme les Hébreux, qui se fait colombe, faucon le mange. Mais Epiphane dit que la colombe ne se protège jamais des embûches, et Augustin répète que non seulement elle en agit ainsi avec de très grands animaux à quoi elle ne peut s'opposer, mais même au regard des moineaux.

Une légende veut qu'il y ait en Inde un arbre touffu et verdoyant qui se nomme en grec *Paradision*. Sur son côté droit habitent les colombes et elles ne s'écartent jamais de l'ombre qu'il répand ; si elles s'éloignaient de l'arbre elles seraient la proie d'un dragon qui est leur ennemi. Mais son ennemie à lui, c'est l'ombre de l'arbre, et quand l'ombre est à droite, lui est en embuscade à gauche, et vice versa.

Toutefois, pour tremblante qu'elle soit, la colombe a quelque chose de la prudence du serpent, et s'il y avait un dragon dans l'Ile, la Colombe Couleur Orange savait à quoi s'en tenir : on dit que la colombe vole toujours sur l'eau parce que, si l'épervier lui tombe dessus, elle en voit l'image reflétée. En somme, se défend-elle ou ne se défend-elle pas contre les embûches ?

Avec toutes ces qualités différentes et fort contraires, il est échu à la colombe de devenir aussi symbole mystique, et je n'ai vraiment pas besoin d'ennuyer le lecteur avec l'histoire du Déluge et du rôle qu'a eu cet oiseau en annonçant la paix et la bonace et de nouvelles terres émergées. Mais pour de nombreux auteurs sacrés elle est aussi l'emblème de la Mater Dolorosa et de ses gémissements sans défense. Et l'on dit d'elle *Intus et extra*, parce qu'elle est sans tache et dedans et dehors. Parfois on la représente tandis qu'elle brise le lien qui la tenait prisonnière, *Effracto libera vinculo*, et devient figure du Christ ressuscité de la mort. Par ailleurs, cela semble assuré, elle arrive au crépuscule pour ne pas être surprise par la nuit, et donc ne pas être arrêtée par la mort avant d'avoir essuyé les taches du péché. Pour ne rien dire, et on l'a déjà dit, de ce que l'on apprend dans saint Jean : « J'ai vu les ciels ouverts et l'Esprit Saint qui descendait des cieux comme une colombe. »

Quant aux autres belles Devises Colombines, Dieu sait combien Roberto en connaissait : comme *Mollius ut cubant*, car la colombe s'enlève les plumes pour rendre le nid plus moelleux à ses petits ; *Luce lucidior*, car elle resplendit quand elle s'élève vers le soleil ; *Quiescit in motu*, car elle vole toujours avec une aile repliée pour ne point trop peiner. Il y avait même eu un soldat qui, pour excuser ses intempérances amoureuses, avait pris pour enseigne un armet où avaient fait leur nid un couple de colombes, avec le mot *Amica Venus*.

Pour qui lit, il paraîtra que, de sens, la colombe en avait un peu trop. Mais si l'on doit choisir un symbole ou un hiéroglyphe, et dessus y mourir, que ses sens soient nombreux sinon autant vaut appeler pain le pain et vin le vin, ou atome l'atome et vide le vide. Chose qui pouvait plaire aux philosophes naturels que Roberto rencontrait chez les Dupuy, mais pas au père Emanuele — et nous savons que notre naufragé penchait et pour l'une et pour l'autre suggestion. Enfin, le plus beau de la Colombe, du moins (je pense) pour Roberto, c'est qu'elle n'était pas seulement, comme toute Devise ou Emblème, un Message, mais un message dont le message était l'impénétrabilité des messages subtils.

Lorsque Enée doit descendre à l'Averne — et retrouver lui aussi l'ombre de son père, et donc en quelque sorte le jour ou les jours désormais passés — que fait la Sibylle ? Elle lui dit, oui, d'aller ensevelir Misène, et de faire différents sacrifices de taureaux et autre bétail, mais s'il veut vraiment accomplir un exploit que personne n'a jamais eu le courage, ou la fortune, de tenter, il devra trouver un arbre ombreux et feuillu où pousse un rameau d'or. Le bois le cache et le renferment de sombres vals, et pourtant, sans ce rameau « auricomus », on ne pénètre pas les secrets de la terre. Et qui est-ce qui permet à Enée de découvrir le rameau ? Deux colombes, d'ailleurs — désormais nous devrions le savoir — des oiseaux maternels. Le reste est connu des chassieux et des barbiers. Bref, Virgile ne savait rien de Noé, mais la colombe porte un avis, indique quelque chose.

On disait bien que deux colombes faisaient office d'oracle dans le temple de Jupiter, où le Tonnant répondait par leur bouche. Puis une de ces colombes s'était envolée jusqu'au temple d'Ammon et l'autre à celui de Delphes, raison pour quoi l'on comprend que les Egyptiens comme les Grecs racontassent les mêmes vérités, fût-ce sous d'obscurs voiles. Sans colombe, point de révélation.

Mais nous sommes encore là aujourd'hui à nous demander que voulait signifier le Rameau d'Or. Signe que les colombes portent des messages, mais des messages chiffrés.

J'ignore ce que Roberto pouvait savoir des cabales des Juifs qui étaient aussi très à la mode à cette époque mais, s'il fréquentait monsieur Gaffarel, certaines choses il avait dû les entendre : le fait est que les Juifs avaient bâti des châteaux entiers sur la colombe. Nous l'avons rappelé, ou plutôt c'est le père Caspar qui l'avait rappelé : dans le Psaume 68, on parle d'ailes de la colombe qui se couvrent d'argent, et de ses plumes qui ont des reflets d'or. Pourquoi ? Et pourquoi dans les Proverbes revient une image fort semblable de « pommes d'or réticulées d'argent », avec le commentaire « telle est une parole dite en son temps » ? Et pourquoi dans le Cantique de Salomon, s'adressant à la jeune fille « dont les yeux sont comme des colombes » lui dit-on « O mon aimée, nous te ferons des pendants d'or avec des bulbes d'argent » ?

Les Juifs commentaient que l'or est celui de l'écriture, l'argent les espaces blancs entre les lettres ou les paroles. Et l'un d'eux, que sans doute Roberto ne connaissait pas, mais qui inspirait encore moult rabbins, avait dit que les pommes d'or qui sont prises dans une résille d'argent finement ciselée signifient que dans chaque phrase des Ecritures (et certainement dans chaque objet ou événement du monde) il y a deux faces, l'apparente et l'occultée, et l'apparente est d'argent, mais plus précieuse parce que d'or est l'occultée. Et qui, de loin, regarde la résille avec les pommes enveloppées dans ses fils d'argent, croit que les pommes sont en argent, mais en les observant de près il découvrira la splendeur de l'or.

Tout ce que contiennent les Saintes Ecritures de

prima facie luit comme l'argent, mais son sens occulte brille comme l'or. L'inviolable chasteté de la parole de Dieu, cachée aux yeux des profanes, est comme couverte par un voile de pudeur, et gît dans l'ombre du mystère. Elle dit qu'on ne doit pas jeter les perles aux pourceaux. Avoir des yeux de colombe signifie ne pas s'arrêter au sens littéral des mots mais savoir en pénétrer le sens mystique.

Et pourtant ce secret, telle la colombe, s'échappe et on ne sait jamais où le trouver. La colombe est là pour signifier que le monde parle par hiéroglyphes et donc elle est elle-même le hiéroglyphe qui signifie les hiéroglyphes. Et un hiéroglyphe ne dit ni ne cache, il montre seulement.

Et d'autres Juifs avaient dit que la colombe est un oracle, et ce n'est pas un hasard si en hébreu colombe se dit *tore*, qui rappelle la *Torah*, leur Bible en somme, livre sacré, origine de toute révélation.

Tandis qu'elle vole dans le soleil, la colombe semble seulement luire comme l'argent, mais seul celui qui aura su attendre un long temps pour découvrir sa face cachée, celui-là verra son or vrai, or donc la couleur de douce orange resplendissante.

A partir du vénérable Isidore, les chrétiens aussi s'étaient souvenus que la colombe, reflétant dans son vol les rayons du soleil qui l'illumine, nous apparaît de couleurs diverses. Elle dépend du soleil, d'où les devises *De Ta Clarté Mes Ornements*, ou encore *Pour toi je m'orne et resplendis*. Son col se revêt de couleurs variées à la lumière, et pourtant il reste toujours le même. C'est un avertissement pour ne pas se fier aux apparences, mais aussi pour trouver la véritable apparence sous les fallacieuses.

Combien de couleurs a la colombe ? Comme dit un ancien bestiaire

Uncor m'estuet que vos devis
des columps, qui sunt blans et bis :
li un ont color aierine,
et li autre l'ont stephanine ;
li un sont neir, li autre rous,

li un vermel, l'autre cendrous,
et des columps i a plusors
qui ont trestotes les colors.

Et que sera alors une Colombe Couleur Orange ?

Pour conclure, en admettant que Roberto en sût quelque chose, je trouve dans le Talmud que les puissants d'Edom avaient décrété contre Israël qu'ils arracheraient le cerveau de ceux qui portaient le phylactère. Or Elisée l'avait mis et il était sorti dans la rue. Un tuteur de la loi l'avait aperçu et suivi tandis que lui s'enfuyait. Quand Elisée fut rejoint, il ôta son phylactère et le cacha entre ses mains. L'ennemi lui dit : « Qu'as-tu dans les mains ? » Et celui-ci répondit : « Les ailes d'une colombe. » L'autre lui avait ouvert les mains. Et c'étaient les ailes d'une colombe.

Quant à moi, je ne sais pas ce que signifie cette histoire, mais je la trouve très belle. Ainsi aurait dû la trouver Roberto.

Amabilis columba,
unde, unde ades volando ?
Quid est rei, quod altum
coelum cito secando
tam copia benigna
spires liquentem odorem ?
Tam copia benigna
unguenta grata stilles ?

Ce que je veux dire, c'est que la colombe est un signe important et nous pouvons comprendre pourquoi un homme perdu aux antipodes décidait qu'il lui fallait bien concentrer son regard afin de saisir ce qu'elle signifiait pour lui.

Inaccessible l'Île, perdue Lilia, fustigée toute espérance, pourquoi l'invisible Colombe Couleur Orange ne devait-elle pas se changer en la moelle d'or, en la pierre philosophale, en le but des buts, volatil comme tout ce que l'on veut passionnément ? Aspirer à quelque chose que vous n'aurez jamais, n'est-ce pas la pointe du plus généreux d'entre les désirs ?

La chose me semble si claire *(luce lucidor)* que je décide de ne pas pousser plus loin mon Explicatio de la Colombe.

Revenons à notre histoire.

27

Les Secrets du Flux de la Mer

Le lendemain, aux premières lumières du soleil, Roberto s'était complètement déshabillé. Par pudeur, avec le père Caspar il descendait habillé dans l'eau, mais il avait compris que les vêtements l'appesantissaient et l'entravaient. A présent il était nu. Il avait noué une corde à sa taille, descendu l'échelle de Jacob, et le voilà de nouveau dans la mer.

Il flottait, cela dorénavant il le savait. Maintenant il devait apprendre à bouger bras et jambes, comme faisaient les chiens avec leurs pattes. Il s'essaya à des mouvements, poursuivit pendant une poignée de minutes, et il se rendit compte qu'il s'était éloigné de l'échelle de quelques petites brasses. D'ailleurs il était déjà las.

Il savait comment se reposer, et il s'était mis sur le dos pendant un certain laps de temps, se laissant lisser par l'eau et par le soleil.

Il sentait de nouveau ses forces. Il devait donc faire des mouvements jusqu'à ce qu'il se fatiguât, puis se reposer comme un mort pendant quelques minutes, ensuite recommencer. Ses déplacements seraient minimes, le temps fort long, mais ainsi fallait-il procéder.

Après plusieurs essais, il avait pris une courageuse décision. L'échelle descendait sur la droite du beaupré, du côté de l'Ile. Maintenant il allait tenter d'atteindre le flanc occidental du vaisseau. Ensuite il se reposerait, enfin il reviendrait.

A un moment donné il avait ressenti une rude secousse à sa taille. La corde s'était tendue au maximum. Il s'était remis en position canine et avait compris : la mer l'avait porté vers le nord, le déplaçant à gauche du vaisseau, de nombreuses brasses au-delà de la pointe du beaupré. En d'autres termes, ce courant, qui filait de sud-ouest à nord-est et qui devenait impétueux un peu plus à l'occident de la *Daphne,* se faisait en effet déjà sentir dans la baie. Il ne l'avait pas perçu quand il faisait ses immersions à tribord, protégé qu'il était par la masse de la flûte, mais en se déportant à gauche il avait été entraîné, et ce courant l'eût attiré au large si la corde ne l'avait retenu. Lui croyait être immobile, et il s'était déplacé comme la terre dans son tourbillon. Raison pour quoi il lui avait été assez facile de doubler la proue : non que son habileté eût augmenté, c'était la mer qui le secondait.

Inquiet, il voulut essayer de revenir vers la *Daphne* par ses propres forces, et il s'aperçut que, à peine s'approchait-il de quelques palmes en faisant le petit chien, au moment même où il ralentissait pour reprendre souffle, la corde se tendait de nouveau, signe qu'il était revenu en arrière.

Il s'était agrippé au funain et l'avait tiré à lui, tournant sur soi pour se l'enrouler autour de la taille, si bien qu'en peu de temps il était revenu à l'échelle. Une fois à bord, il avait décidé que tenter d'atteindre le rivage à la nage était dangereux. Il devait se construire un radeau. Il regardait cette réserve de bois qu'était la *Daphne,* et il se rendait compte qu'il n'avait rien pour lui soustraire le moindre tronc, sauf à passer les années à scier un mât avec son couteau.

Cependant, n'était-il pas arrivé jusqu'à la *Daphne* attaché à une planche ? Eh bien, il s'agissait de dégonder une porte et de l'utiliser comme nacelle, en la poussant même avec les mains. Pour marteau, le pommeau de son épée ; en insérant la lame en guise de levier, il avait réussi à arracher de ses gonds une des portes de la grand-chambre. Dans cette entreprise la lame s'était à la fin brisée. Patience, il n'avait plus à se battre contre des êtres humains, mais contre la mer.

Mais s'il s'était laissé glisser sur la mer accroché à la porte, où l'aurait mené le courant ? Il traîna la porte vers la muraille, à gauche, et parvint à la jeter à la mer.

La porte avait flotté nonchalamment, mais moins d'une minute après, elle était déjà loin du navire et transportée d'abord vers le côté gauche, plus ou moins dans la direction qu'il avait prise lui-même, puis vers le nord-est. Au fur et à mesure qu'elle voguait au-delà de la proue, sa vitesse avait augmenté, jusqu'à ce qu'elle eût pris à un moment donné — à la hauteur du cap septentrional — une erre accélérée vers le nord.

Maintenant elle filait comme aurait fait la *Daphne* s'il avait tiré l'ancre. Roberto réussit à la suivre à l'œil nu tant qu'elle n'eut pas dépassé le cap, ensuite il dut prendre la lunette d'approche, et il la vit encore glisser à vive allure delà le promontoire durant un long moment. La planche s'enfuyait donc, rapide, dans le lit d'un large fleuve qui avait ses levées et ses rives au milieu d'une mer calme de part et d'autre.

Il estima que, si le cent quatre-vingtième méridien s'étendait le long d'une ligne idéale qui, au mitan de la baie, réunissait les deux promontoires, et si ce fleuve inclinait son cours juste après la baie, s'orientant vers le nord, alors delà le promontoire il coulait exactement le long du méridien antipode !

S'il avait été sur la planche, il eût navigué au fil de cette ligne qui séparait l'aujourd'hui de l'hier — ou l'hier de son demain...

Pourtant à ce moment-là ses pensées furent différentes. S'il avait été sur la planche, il n'aurait pas eu moyen de s'opposer au courant, si ce n'est avec quelques mouvements des mains. Diriger son propre corps nécessitait déjà un grand effort, alors imaginons une porte sans proue, sans poupe et sans gouvernail.

La nuit de son arrivée la planche l'avait porté sous le mât de beaupré par le seul effet d'un petit vent ou d'un courant secondaire. Afin de prévoir un nouvel événement de ce genre, il aurait dû étudier attentivement les mouvements des marées, pendant des semaines et des semaines, sans doute des mois durant, en jetant à la mer des dizaines et des dizaines de planches — et puis qui sait encore...

Impossible, du moins en l'état de ses connaissances, fussent-elles hydrostatiques ou hydrodynamiques. Mieux valait continuer à se fier à la nage. Du milieu d'un courant, un chien qui gigote atteint plus facilement la rive qu'un chien dans une corbeille.

Il fallait donc qu'il poursuive son apprentissage. Et il ne lui suffirait pas d'apprendre à nager entre la *Daphne* et le rivage. Même dans la baie, à différents moments du jour, selon le flux et le reflux, des courants mineurs se manifestaient : et donc, à l'heure où il voguerait avec confiance vers l'Orient, le jeu des eaux eût pu l'emporter d'abord à l'Occident et puis droit vers le cap septentrional. Il devrait alors s'entraîner à nager aussi à contre-courant. Chanvre aidant, il ne devrait pas renoncer à défier aussi les eaux à gauche de la carcasse.

Les jours suivants, comme il se trouvait du côté de l'échelle, Roberto s'était souvenu qu'à la Grive il n'avait pas vu nager seulement des chiens, mais des grenouilles aussi. Et puisque un corps humain dans l'eau, jambes et bras écartés, rappelle davantage la forme d'une grenouille que celle d'un chien, il s'était dit qu'il était peut-être possible de nager comme elle. Il s'était même aidé vocalement. Il hurlait « croax, croax » et jetait bras et jambes hors de l'eau. Ensuite il avait cessé de coasser parce que ces émissions bestiales avaient pour effet de donner trop d'énergie à son bond et de lui faire ouvrir la bouche, avec les conséquences qu'un nageur novice aurait pu prévoir.

Il s'était transformé en une grenouille vieillie et posée, majestueusement silencieuse. Lorsqu'il sentait ses épaules lasses, pour ce mouvement continu des mains à la surface de l'eau, il reprenait *more canino*. Une fois, comme il regardait les oiseaux blancs qui suivaient, vociférateurs, ses exercices, parfois arrivant à pic à quelques brasses de lui pour se saisir d'un poisson (le Coup de la Mouette !), il avait même essayé de nager à leur image en vol, avec un ample mouvement alaire des bras ; mais il s'était rendu compte qu'il est plus difficile de garder fermés la bouche et le nez qu'un bec, et il avait renoncé à l'entreprise. Maintenant il ne savait plus quel animal il était, chien ou grenouille ; peut-être un vilain crapaud pelu, un quadrupède amphibie, un centaure des mers, une mâle sirène.

Pourtant, parmi ces différentes tentatives, il s'était aperçu que, bien ou mal, il se déplaçait : en effet, il avait commencé son voyage à la proue et à présent il se trouvait à plus de la moitié du flanc. Mais quand il avait décidé de rebrousser chemin et de revenir à l'échelle, il s'était rendu compte que ses forces l'avaient lâché, et il avait dû se faire remorquer par la corde.

Ce qui lui manquait, c'était la bonne respiration. Il réussissait à aller mais pas à revenir... Il était devenu nageur, mais comme ce monsieur dont il avait entendu parler, qui avait fait tout le pèlerinage de Rome à Jérusalem, un demi-mille par jour, en allant et venant dans son jardin. Il n'avait jamais été un athlète, mais les mois sur l'*Amaryllis*, toujours enfermé dans sa chambre, les tribulations du naufrage, l'attente sur la *Daphne* (sauf les rares exercices que lui imposait le père Caspar), l'avaient amolli.

Roberto n'a pas l'air de savoir qu'en nageant il se

renforcerait ; il semble plutôt penser à se renforcer pour pouvoir nager. Nous le voyons donc avaler deux, trois, quatre jaunes d'œufs d'un seul coup, et dévorer une poule entière avant de s'essayer à un nouveau plongeon. Encore heureux qu'il y eût la corde. A peine dans l'eau, il avait été pris de convulsions telles que pour un peu il ne serait plus parvenu à remonter.

Le voilà, le soir, à méditer sur cette nouvelle contradiction. Avant, quand il n'avait pas le moindre espoir de pouvoir l'atteindre, l'Ile paraissait encore à portée de main. A présent qu'il apprenait l'art qui le conduirait là-bas, l'Ile s'éloignait.

Mieux, comme il la voyait non seulement éloignée dans l'espace mais aussi (et à rebours) dans le temps, à partir de ce moment, chaque fois qu'il mentionne cet éloignement, Roberto paraît confondre espace et temps, et écrit « la baie est las trop hier », et « comme il est difficile d'arriver là-bas qui est si tost » ; ou bien « combien de mer me sépare du jour à peine escoulé » ; et même « des nuées menaçantes proviennent de l'Ile, tandis qu'il fait desja serein ici... »

Mais si l'Ile s'éloignait de plus en plus, valait-il encore la peine d'apprendre à la rejoindre ? Roberto, au cours des jours suivants, abandonne les essais de natation pour se remettre à chercher la Colombe Couleur Orange avec la lunette d'approche.

Il voit des perroquets entre les feuilles, il repère des fruits, il suit de l'aube au couchant les couleurs diverses de la verdure se rallumer et s'éteindre, mais ne voit pas la Colombe. Il se reprend à penser que le père Caspar lui a menti, ou qu'il a été victime d'une de ses facéties. Par moments il se convainc que le père Caspar non plus n'a jamais existé — et il ne trouve plus trace de sa présence sur le navire. Il ne croit plus à la Colombe, mais il ne croit pas non plus, désormais, que sur l'Ile il y ait l'Observatoire. Il en tire occasion de consolation dans la mesure où, se dit-il, il eût été irrévérencieux de corrompre avec une machine la pureté de ce lieu. Et il se remet à songer à une Ile faite à sa mesure, ou bien à la mesure de ses rêves.

Si l'Ile s'élevait dans le passé, elle était le lieu qu'il devait à tout prix atteindre. En ce temps hors des gonds, il devait non pas trouver mais bien inventer de nouveau la condition du premier homme. Non point séjour d'une source de l'éternelle jeunesse, mais source elle-même, l'Ile pouvait être le lieu où chaque créature humaine, oublieuse de son propre savoir étiolé, trouverait, tel un enfant abandonné dans la forêt, une langue neuve capable de naître d'un contact neuf avec les choses. Et avec lui naîtrait l'unique vraie et nouvelle science, de l'expérience directe de la nature, sans qu'aucune philosophie l'adultérât (comme si l'Ile n'était pas le père, qui transmet au fils les mots de la loi, mais la mère, qui lui apprend à balbutier les premiers noms).

Ainsi seulement un naufragé rené pourrait découvrir les principes qui gouvernent la course des corps célestes et le sens des acrostiches qu'ils dessinent dans le ciel, sans chercher des poux entre Almagestes et Quadripartites, mais en lisant directement la survenue des éclipses, le passage des bolides à la chevelure d'argent et les phases des astres. Seulement par son nez qui saigne à la suite de la chute d'un fruit, il comprendrait d'un coup aussi bien les lois qui soumettent les corps à la pesanteur, que *de motu cordis et sanguinis in animalibus*. Seulement en observant la surface d'un étang et en y enfilant un rameau, un roseau, une de ces longues et roides feuilles de métal, le nouveau Narcisse — sans aucune rêverie dioptrique et sciathérique — saisirait la joute alternée de la lumière et de l'ombre. Et peut-être aurait-il pu comprendre pourquoi la terre est un miroir opaque qui badigeonne d'encre ce qu'elle reflète, l'eau une paroi qui rend diaphanes les ombres s'y imprimant, tandis que dans l'air les images ne trouvent jamais une surface sur quoi rejaillir, et elles le pénètrent en fuyant jusqu'aux extrêmes confins de l'éther, sauf à revenir parfois sous la forme de mirages et autres prodiges.

Mais posséder l'Ile n'était-ce pas posséder Lilia ? Et alors ? La logique de Roberto n'était pas celle de ces philosophes bancroches et patatoches, intrus dans les couloirs du Lycée, qui veulent toujours qu'une chose, si elle est de telle façon, ne puisse être aussi de la façon opposée. Par une erreur, une errance, veux-je dire, de l'imagination propre aux amants, il savait déjà que la possession de Lilia serait, au même moment, la source de toute révélation. Découvrir les lois de l'univers à travers une lunette d'approche lui semblait seulement la manière la plus longue de parvenir à une vérité qui lui serait révélée dans la lumière assourdissante du plaisir s'il avait pu abandonner sa tête au giron de l'aimée, dans un Jardin où chaque arbuste serait arbre du Bien.

Mais puisque — comme nous devrions le savoir nous aussi — désirer quelque chose qui est loin évoque le lémure de quelqu'un qui nous le dérobe, Roberto se prit à craindre que dans les délices de cet Eden se fût glissé un Serpent. Le saisit alors l'idée que sur l'Ile, usurpateur plus véloce, l'attendait Ferrante.

28

De l'Origine des Romans

Les amants aiment davantage leur mal que leur bien. Roberto ne pouvait se penser que séparé à jamais de celle qu'il aimait ; pourtant, plus il se sentait désuni d'elle, plus il se trouvait la proie du tourment que quelqu'un d'autre ne l'était pas.

Nous avons vu que, accusé par Mazarin d'avoir

été dans un lieu où il n'avait pas été, Roberto s'était mis dans la tête que Ferrante se trouvait à Paris et avait pris sa place en certaines occasions. Si cela était vrai, Roberto avait été arrêté par le cardinal, et envoyé à bord de l'*Amaryllis*, mais Ferrante était resté à Paris, et pour tous (Elle comprise !) il était Roberto. Il ne restait donc plus qu'à La penser aux côtés de Ferrante, et voilà que ce purgatoire marin se changeait en un enfer.

Roberto savait que la jalousie se forme sans nul respect pour ce qui est, ou qui n'est pas, ou qui peut-être ne sera jamais ; que c'est un transport qui d'un mal imaginé tire une douleur réelle ; que le jaloux est comme un hypocondriaque qui devient malade par peur de l'être. Donc gare, se disait-il, à se laisser prendre par ces sornettes chagrines qui vous obligent à vous représenter l'Autre avec un Autre, et rien comme la solitude ne sollicite le doute, rien comme l'imagination errante ne change le doute en certitude. Pourtant, ajouta-t-il, ne pouvant éviter d'aimer je ne peux éviter de devenir jaloux et ne pouvant éviter la jalousie je ne peux éviter d'imaginer.

De fait la jalousie est, d'entre toutes les craintes, la plus ingrate : si vous craignez la mort, vous tirez soulagement à pouvoir penser que, au contraire, vous jouirez d'une longue vie ou qu'au cours d'un voyage vous trouverez la fontaine de l'éternelle jouvence ; et si vous êtes pauvre, vous tirerez consolation à la pensée de découvrir un trésor ; pour chaque chose dont on a peur, il y a une espérance opposée qui nous éperonne. Il n'en va pas ainsi quand on aime en l'absence de l'aimée : l'absence est à l'amour ce que le vent est au feu : il éteint le petit, il fait s'enflammer le grand.

Si la jalousie naît de l'amour intense, celui qui n'éprouve pas de jalousie pour son aimée n'est pas amant, ou aime à cœur léger, tant et si bien que l'on connaît des amants qui, par peur que leur amour ne s'apaise, l'alimentent en trouvant à tout prix des motifs de jalousie.

Le jaloux donc (qui pourtant veut ou voudrait son aimée chaste et fidèle) ne veut ni ne peut la penser autrement que digne de jalousie, et par conséquent coupable de trahison, attisant ainsi dans la souffrance présente le plaisir de l'amour absent. D'autant que penser à toi qui possèdes l'aimée lointaine — sachant bien que ce n'est pas vrai — ne peut te rendre aussi vive la pensée d'elle, de sa chaleur, de ses rougeurs, de son parfum, comme de songer que de ces mêmes dons un Autre en revanche est en train de jouir : tandis que de ton absence tu es certain, de la présence de cet ennemi tu es, sinon certain, du moins pas nécessairement incertain. Le contact amoureux, que le jaloux imagine, est l'unique façon dont il puisse se représenter avec vraisemblance l'union d'autrui qui, si elle n'est pas incontestable, est au moins possible alors qu'elle est impossible pour lui.

Raison pour quoi le jaloux n'est pas capable, ni n'a la volonté, de s'imaginer le contraire de ce qu'il craint, il ne peut même jouir qu'en magnifiant sa douleur, et souffrir du jouissement magnifié dont il se sait exclu. Les plaisirs d'amour sont des maux qui se font désirer, où coïncident douceur et martyre, et l'amour est démence volontaire, paradis infernal et enfer céleste — en somme, concorde de contraires convoités, ris dolent et friable diamant.

Ainsi souffrant, mais se rappelant cette infinité de mondes sur quoi il avait disserté les jours précédents, Roberto eut une idée, mieux, une Idée, un grand et anamorphique trait de Génie.

Or donc il pensa qu'il aurait pu construire une histoire dont lui n'était certainement pas protagoniste, vu qu'elle ne se déroulait pas en ce monde mais dans un Pays des Romans, et ces vicissitudes se seraient passées en parallèle avec celles du monde où lui se trouvait, sans que les deux séries d'aventures pussent jamais se croiser ou se superposer.

Qu'y gagnait Roberto ? Beaucoup. En décidant d'inventer l'histoire d'un autre monde, qui n'existait que dans sa pensée, il devenait maître de ce monde, pouvant faire en sorte que les choses qui s'y passaient n'allassent point au-delà de ses capacités d'endurance. Par ailleurs, en devenant le lecteur du roman dont il était l'auteur, il pouvait participer aux crève-cœur des personnages : n'arrive-t-il pas aux lecteurs de romans qu'ils puissent sans jalousie aimer Thisbé en se servant de Pyrame comme de leur vicaire, et pâtir pour Astrée à travers Céladon ?

Aimer au Pays des Romans ne signifie pas n'éprouver nulle jalousie : ce qui n'est pas à nous en quelque sorte est aussi à nous, et ce qui dans le monde était à nous, et nous a été soustrait, là n'existe pas — même si ce qui y existe ressemble à ce que d'existant nous n'avons pas ou avons perdu...

En somme, Roberto aurait dû écrire (ou penser) le roman de Ferrante et de ses amours avec Lilia : en édifiant ce monde romanesque, et seulement ainsi, il aurait oublié la morsure que lui procurait la jalousie dans le monde réel.

En plus, raisonnait Roberto, pour comprendre ce qui m'est arrivé et comment je suis tombé dans le piège que m'a tendu Mazarin, je devrais reconstruire l'Historia de ces événements, en en trouvant les causes et les motifs secrets. Mais y a-t-il quelque chose de plus incertain que les Histoires que nous lisons, où si deux auteurs nous racontent la même bataille, les incongruités que nous relevons sont telles que nous ne sommes pas loin de penser qu'il s'agit de deux batailles différentes ? Et y a-t-il en revanche quelque chose de plus sûr que le Roman où, à la fin, chaque Enigme trouve son explication selon les lois du Vraisemblable ? Le Roman raconte des choses qui peut-être ne sont jamais vraiment arrivées, mais qui auraient pu fort bien se passer. Expliquer mes déboires sous forme de Roman, cela signifie m'assurer qu'il existe au moins une manière de démêler l'intrigue de ce salmigondis, et que je ne suis donc pas la victime d'un cauchemar. Idée, celle-ci, insidieusement antithétique de la première, puisque de cette façon l'histoire romanesque aurait dû se superposer à son histoire vraie.

Et enfin, argumentait Roberto, mon histoire est celle d'un amour pour une femme : or, seul le Roman, certes pas l'Historia, s'occupe de questions d'Amour, et seul le Roman (jamais l'Historia) se préoccupe d'expliquer ce que pensent et éprouvent ces filles d'Eve qui pourtant, depuis les jours du Paradis Terrestre jusqu'à l'Enfer des Cours de nos temps, ont tant influé sur les événements de notre espèce.

Tous arguments raisonnables chacun pris à part, mais pas pris tous ensemble. De fait, il y a une différence entre celui qui agit en écrivant un roman et celui qui pâtit de la jalousie. Un jaloux jouit à se représenter ce qu'il ne voudrait pas qu'il fût arrivé — mais en même temps il se refuse à croire que cela arrive vraiment — alors qu'un romancier recourt à tous les artifices pourvu que le lecteur non seulement jouisse à imaginer ce qui n'est pas arrivé, mais à un certain point oublie qu'il est en train de lire et croie que tout s'est réellement passé. Lire un roman écrit par d'autres est déjà cause de peines très intenses pour un jaloux, car quoi que ceux-ci aient dit, il a l'impression que cela se réfère à son histoire. Figurons-nous un jaloux qui feint d'inventer sa propre histoire. Ne dit-on pas du jaloux qu'il donne corps aux ombres ? Et donc, pour créatures de l'ombre que soient les personnages d'un roman, comme le roman est le frère charnel de l'Histoire, ces ombres semblent trop corpulentes au jaloux, et davantage encore si — au lieu d'être les ombres d'un autre — ce sont les siennes.

D'autre part, que les Romans, malgré leur vertu, aient leurs défauts, Roberto aurait dû le savoir. Comme la médecine enseigne aussi les poisons, la métaphysique trouble avec d'inopportunes arguties les dogmes de la religion, l'éthique recommande la magnificence (qui n'est pas bonne pour tous), l'astrologie patronne la superstition, l'optique trompe, la musique fomente les amours, la géométrie encourage l'injuste domination, la mathématique, l'avarice — de même l'Art du Roman, tout en nous avertissant qu'il nous fournit des fictions, ouvre une porte dans le Palais de l'Absurdité, laquelle, par légèreté franchie, se referme dans notre dos.

Mais il n'est en notre pouvoir de retenir Roberto de faire ce pas, car nous tenons pour sûr qu'il l'a fait.

29

L'Ame de Ferrante

D'où reprendre l'histoire de Ferrante ? Roberto jugea opportun de partir du jour où celui-là, une fois trahis les Français avec qui il feignait de combattre à Casal, après s'être fait passer pour le capitaine Gambero, s'était réfugié dans le camp espagnol.

Sans doute pour l'accueillir avec enthousiasme y avait-il eu quelque grand seigneur qui lui avait promis, à la fin de cette guerre, de l'emmener avec lui à Madrid. Et là avait débuté l'ascension de Ferrante, aux marges de la cour espagnole, où il avait appris que les souverains font de leur arbitre vertu, que le Pouvoir est un monstre insatiable, et qu'il fallait le servir comme un esclave dévoué afin de profiter de chaque miette qui tomberait de cette table, et d'en tirer occasion de lente et anfractueuse montée en puissance — d'abord en sbire, sicaire et confident, puis en se faisant passer pour gentilhomme.

Ferrante ne pouvait être que d'intelligence prompte, encore qu'obligée au mal, et dans ce milieu il avait aussitôt appris comment se comporter — il avait en somme écouté (ou deviné) ces principes de science courtisane grâce auxquels monsieur de Salazar avait tenté de catéchiser Roberto.

Il avait cultivé sa propre médiocrité (la bassesse de sa naissance bâtarde), ne craignant pas d'être éminent dans les choses médiocres, pour éviter un jour d'être médiocre dans les choses éminentes.

Il avait compris que, lorsqu'on ne peut se vêtir de la peau du lion, on se vêt de celle du renard, car du Déluge se sont sauvés plus de renards que de lions. Chaque créature a sa propre science, et il avait appris du renard que jouer à découvert ne procure ni bénéfice ni plaisir.

Si on l'invitait à répandre une calomnie parmi les domestiques, afin que peu à peu elle arrivât à l'oreille de leur seigneur, et que lui savait qu'il jouissait des grâces d'une chambrière, il se hâtait de dire qu'il essaierait à l'auberge avec le cocher ; ou, si le cocher était pour lui un compère de ripaille à l'auberge, il affirmait avec un sourire entendu qu'il savait bien comment se faire écouter par certaine petite servante. Son patron, ne sachant comment il agissait ou agirait, en quelque sorte perdait un point par rapport à lui, et lui savait qu'à ne pas découvrir tout de suite ses cartes on laisse les autres en suspens ; de cette façon-là on s'entoure de mystère, les arcanes mêmes qui provoquent le respect d'autrui.

En éliminant ses ennemis, qui au début étaient des pages et des palefreniers, puis des gentilshommes qui le croyaient leur pair, il avait décidé que l'on devait viser de côté, jamais de face : la sagacité se bat à l'aide de subterfuges bien étudiés et jamais n'agit de la façon prévue. S'il ébauchait un mouvement, c'était seulement pour induire en erreur, s'il esquissait adroitement un geste dans les airs, il opérait ensuite d'une manière inopinée, attentif à démentir l'intention montrée. Il n'attaquait jamais lorsque l'adversaire était au mieux de ses forces (lui faisant montre au contraire d'amitié et de respect) mais seulement au moment où il apparaissait sans défense, et alors il le menait au précipice avec la mine de qui lui courrait à l'aide.

Il mentait souvent, mais non sans critère. Il savait que pour qu'on le crût il devait montrer à tous que parfois il disait la vérité quand elle lui nuisait, et la taisait quand il aurait pu en tirer motif de louanges. D'ailleurs il cherchait à acquérir la renommée d'homme sincère avec ses inférieurs, afin que la rumeur en parvînt aux oreilles des puissants. Il s'était convaincu que simuler avec ses égaux était un défaut, mais que ne pas simuler avec ses supérieurs est témérité.

Cependant il n'agissait pas non plus avec trop de franchise, et en tout cas pas toujours, dans la crainte que les autres ne s'aperçussent de cette uniformité et ne prévinssent un jour ses actions. Mais il n'exagérait pas non plus en agissant avec duplicité, dans la crainte qu'après la deuxième fois on eût découvert sa tromperie.

Pour devenir sage, il s'entraînait à supporter les sots dont il s'entourait. Il n'était pas inconsidéré au point de leur faire endosser chacune de ses erreurs, mais quand l'enjeu était élevé il tâchait qu'il y eût toujours à côté de lui une tête de Turc (poussée par sa vaine ambition de se montrer toujours au premier rang, tandis que lui s'attardait à l'arrière-plan) à laquelle non pas lui mais les autres attribueraient le méfait.

Bref, il montrait qu'il faisait tout ce qui pourrait tourner à son avantage, mais il faisait faire par d'autres ce qui aurait pu lui attirer du ressentiment.

En découvrant ses vertus (qu'il vaudrait mieux appeler diaboliques habiletés) il savait qu'une moitié exhibée et l'autre qu'on laisse entrevoir valent plus qu'un tout ouvertement étalé. Parfois son ostentation consistait en une éloquence muette, en une exposition négligée de ce en quoi il excellait, et il avait l'adresse de ne jamais se montrer tout à la fois.

Au fur et à mesure qu'il progressait dans son ascension et qu'il était confronté à des gens de condition supérieure, il était très habile pour en mimer les gestes et le langage, mais il ne le faisait qu'avec des personnes de condition inférieure qu'il devait fasciner dans quelque but illicite ; avec ses supérieurs, il prenait soin de manifester qu'il ne savait pas et d'admirer en eux ce qu'il savait déjà.

Il accomplissait toute basse mission que ses commettants lui confiaient, mais seulement si le mal qu'il faisait ne prenait pas des proportions telles qu'eux-mêmes en eussent pu éprouver de la répugnance ; si on lui demandait des crimes de cette importance, il s'y refusait, primo afin qu'il ne leur vînt pas à l'esprit qu'un jour il serait capable d'en faire autant contre eux, et secundo (si l'infamie criait vengeance devant Dieu) pour ne pas devenir le témoin indésiré de leur remords.

En public, il donnait des signes évidents de piété, mais il ne tenait pour digne que la foi rompue, la vertu outragée, l'amour de soi-même, l'ingratitude, le mépris des choses sacrées ; il blasphémait le nom de Dieu dans son cœur et croyait le monde né par hasard, confiant toutefois en un destin disposé à plier son cours en faveur de qui saurait le détourner à son propre avantage.

Pour éjouir ses rares et courtes pauses, il n'avait commerce qu'avec les prostituées mariées, les veuves incontinentes, les fillettes effrontées. Mais avec grande modération car, dans ses agissements, Ferrante renonçait parfois à un bien immédiat pourvu qu'il se sentît entraîné dans une autre machination, comme si sa mauvaiseté ne lui accordait jamais de repos.

Il vivait en somme au jour le jour tel un assassin aux aguets, immobile derrière des rideaux où la lame des poignards ne pût renvoyer la lumière. Il savait que la première règle du succès c'était d'attendre l'occasion, mais il souffrait parce que l'occasion lui paraissait lointaine encore.

Cette ambition ténébreuse et obstinée le privait de toute paix de l'esprit. Jugeant que Roberto lui avait usurpé la place à quoi il avait droit, quelque récompense que ce fût le laissait inassouvi, et l'unique forme que le bien et le bonheur pouvaient prendre aux yeux de son âme, c'était le malheur de son frère, le jour où il pourrait s'en faire l'auteur. Pour le reste, il agitait dans sa tête des géants de fumée se livrant bataille, et il n'avait mer ni terre ni ciel où trouver une échappatoire et la quiétude. Ce qu'il avait l'offensait, ce qu'il voulait lui était raison de tourment.

Il ne riait jamais, sinon dans la taverne pour enivrer un de ses indicateurs inconscients de l'être. Mais dans le secret de sa chambre il se contrôlait chaque jour au miroir, pour voir si sa manière de bouger pouvait révéler son anxiété, si son œil apparaissait trop insolent, si son chef plus penché qu'il ne se doit ne manifestait pas l'hésitation, si les rides trop profondes de son front ne le faisaient pas paraître aigri.

Lorsqu'il interrompait ces exercices et, délaissant las dans la nuit avancée ses masques, il se voyait comme il était vraiment — ah, alors Roberto ne pouvait que se murmurer certains vers lus quelques années plus tôt :

dans les yeux où tristesse demeure et mort
lumière flamboie vermeille et trouble,
les regards obliques et les pupilles torses
semblent des comètes, et des lampes les cils,
tonnerres irascibles, superbes et désespérés
sont les gémissements, foudres les souffles.

Comme personne n'est parfait, pas même dans le mal, et qu'il n'était pas complètement en mesure de dominer l'excès de sa propre malignité, Ferrante n'avait pu éviter de faire un faux pas. Chargé par son seigneur de lui organiser le rapt d'une chaste damoiselle de très haute lignée, déjà destinée à se marier avec un vertueux gentilhomme, il avait commencé à lui écrire des lettres d'amour, les signant du nom de son instigateur. Puis, tandis qu'elle se retirait, il avait pénétré dans son alcôve et — l'ayant réduite à être la proie d'une violente séduction — il avait abusé d'elle. D'un seul coup, il l'avait trompée elle, et le fiancé, et celui qui lui avait ordonné le rapt.

Une fois le crime dénoncé, la faute en incomba à son maître, qui mourut dans un duel avec le fiancé trahi ; quant à Ferrante, il avait désormais pris le chemin de France.

A un moment de bonne humeur Roberto fit s'aventurer Ferrante par une nuit de janvier à travers les Pyrénées à cheval sur une mule volée, qui devait s'être vouée à l'ordre des punaises de sacristie réformées, en ce qu'elle montrait son poil de moine, et était si sage, sobre, abstinente et de bonne vie, qu'en plus de la macération de la chair, dont témoignait fort bien l'ossature des côtes, à chaque pas elle baisait la terre à genoux.

Les escarpements de la montagne semblaient chargés de lait caillé, plâtrés, tous autant qu'ils étaient, de céruse. Les quelques arbres qui n'étaient pas complètement ensevelis sous la neige, on les voyait si blancs qu'ils avaient l'air de s'être défaits de leur chemise et de trembler plus de froid qu'à cause du vent. Le soleil restait dans son palais et n'osait pas même se mettre au balcon. Et si peu qu'il montrât son visage, il plaçait autour de son nez une barbiche de nuages.

Les rares passants qui se rencontraient sur ce chemin paraissaient autant de moinillons de Monteoliveto qui seraient allés chantant *lavabis me et super nivem dealbabor*... Et Ferrante même, voyant son habit vert si blanc, se sentait changé en une page de l'Académie.

Une nuit, du ciel tombaient si drus et gros les flocons ouatés que, comme quelqu'un d'autre devint statue de sel, lui craignait d'être devenu statue de neige. Les chats-huants, les chauves-souris, les cerfs-volants, les paons-de-nuit et les tête-chèvres dansaient des mauresques autour de lui comme s'ils voulaient l'oiseler. Et il finit par donner du nez contre les pieds d'un pendu qui, ballant à un arbre, faisait de soi-même une grotesque sur champ bis.

Mais Ferrante — même si un Roman doit s'orner d'agréables descriptions — ne pouvait être un personnage de comédie. Il fallait qu'il tendît au but, imaginant à sa propre mesure le Paris dont il s'approchait.

Raison pour quoi il soupirait : « Oh Paris, incommensurable golfe où les baleines rapetissent comme des dauphins, pays des sirènes, négoce des fastes, jardin des satisfactions, méandre des intrigues, Nil des courtisans et Océan de la simulation ! »

Et là Roberto, voulant inventer un trait qu'aucun auteur de romans n'avait encore excogité, afin de rendre les sentiments de ce glouton qui s'apprêtait à conquérir la ville où se résument l'Europe pour la civilisation, l'Asie pour la profusion, l'Afrique pour l'extravagance, et l'Amérique pour la richesse, où la nouveauté a sa sphère, la duperie son monopole, le luxe son centre, le courage son arène, la beauté son hémicycle, la mode son berceau, et la vertu son tombeau, mit dans la bouche de Ferrante un mot arrogant : « A nous deux, Paris ! »

De la Gascogne au Poitou, et de là à l'Ile de France, Ferrante eut l'occasion d'ourdir quelques affaires effrontées qui lui permirent de transférer une petite richesse des poches de certains niaiseux aux siennes propres, et d'arriver à la capitale dans la peau d'un jeune monsieur réservé et aimable, monsieur Del Pozzo. Comme il n'était encore arrivé là-bas aucune nouvelle de ses filouteries madrilènes, il prit des contacts avec certains Espagnols proches de la Reine, qui apprécièrent aussitôt son art de rendre des services réservés, à l'intention d'une souveraine qui, pour être fidèle à son époux et apparemment respectueuse du Cardinal, n'en maintenait pas moins des rapports avec la cour ennemie.

Sa renommée de très-fidèle exécutant était parvenue aux oreilles de Richelieu lequel, profond connaisseur de l'âme humaine, avait jugé qu'un homme sans scrupules qui servait la Reine, notoirement à court d'argent, devant une plus riche compensation pouvait le servir lui, et il s'était mis à l'utiliser d'une manière tellement secrète que même ses collaborateurs les plus intimes ne connaissaient pas l'existence de ce jeune agent.

A part le long exercice fait à Madrid, Ferrante avait la qualité rare d'apprendre aisément les langues et d'imiter les accents. Il n'était pas dans ses habitudes de se targuer de ses dons, mais un jour que Richelieu avait reçu en sa présence un espion anglais, il avait montré qu'il savait converser avec ce traître. En raison de quoi Richelieu, à l'un des moments les plus difficiles des rapports entre France et Angleterre, l'avait envoyé à Londres où il devrait passer pour un marchand maltais, et prendre des informations au sujet des mouvements des navires dans les ports.

A présent Ferrante avait couronné une partie de son rêve : c'était un espion, non plus à la solde d'un sieur quelconque, mais d'un Léviathan biblique qui partout allongeait ses bras.

Un espion (se scandalisait effaré Roberto), la peste la plus contagieuse des cours, Harpie qui se glisse à la table des rois, la face fardée et les serres onglées, volant avec des ailes de vespertilion et écoutant avec des oreilles pourvues d'un grand tympan, noctule qui ne voit que dans la ténèbre, vipère au milieu des roses, blatte sur les fleurs qui change en poison le très-doux suc qu'elle boit, araignée des antichambres qui tisse les fils de ses propos affinés pour prendre toute mouche qui vole, perroquet au bec crochu qui rapporte tout ce qu'il entend, transformant le vrai en faux et le faux en vrai, caméléon qui reçoit toute couleur et de toutes se vêt sauf de celle dont en vérité il s'habille. Toutes qualités pour lesquelles chacun éprouverait de la honte, hors précisément qui par décret divin (ou diabolique) est né au service du mal.

Cependant Ferrante ne se contentait pas d'être espion et d'avoir en son pouvoir ceux dont il rapportait les pensées, mais il voulait être, comme on disait à cette époque, un sycophante double qui, tel le monstre de la légende, serait capable de marcher par deux mouvements contraires. Si la lice où s'affrontent les Pouvoirs peut être dédale d'intrigues, quel sera le Minotaure en qui se réalise la greffe de deux natures dissemblables ? Le sycophante double. Si le champ sur lequel se joue la bataille entre les Cours peut s'appeler un Enfer où coule dans le lit de l'Ingratitude le Phlégéthon de l'oubli en crue rapide, où bout l'eau trouble des passions, quel sera le Cerbère à trois gueules aboyant après avoir découvert et flairé ceux qui y entrent pour s'y faire déchirer ? Le sycophante double...

A peine en Angleterre, alors qu'il espionnait pour Richelieu, Ferrante avait décidé de s'enrichir en rendant quelques services aux Anglais. Arrachant des informations aux serviteurs et aux petits administrateurs, devant les grands pichets de bière des tavernes enfumées de gras de mouton, il s'était présenté dans les milieux ecclésiastiques en disant qu'il était un prêtre espagnol qui avait décidé d'abandonner l'Eglise Romaine, dont il ne supportait plus les souillures.

Miel pour les oreilles de ces antipapistes à l'affût de toute occasion permettant de documenter les turpitudes du clergé catholique. Et il n'était pas même besoin que Ferrante confessât ce qu'il ne savait pas. Les Anglais avaient déjà entre les mains la confession anonyme, présumée ou vraie, d'un autre prêtre. Ferrante s'était alors porté garant de ce document, signant du nom d'un assistant de l'évêque de Madrid qui l'avait traité une fois avec hauteur et dont il avait juré de se venger.

Tandis qu'il recevait des Anglais la mission de retourner en Espagne pour recueillir d'autres déclarations de prêtres disposés à calomnier le Saint-Siège, dans un bouchon du port il avait rencontré un voyageur génois avec lequel il familiarisait, pour découvrir en peu de temps que ce dernier était en réalité Mahmut, un renégat qui, en Orient, avait embrassé la foi des Mahométans mais qui, travesti en marchand portugais, recueillait des informations sur la marine anglaise, quand d'autres espions à la solde de la Sublime Porte en faisaient autant en France.

Ferrante lui avait révélé qu'il avait travaillé pour des agents turcs en Italie, et embrassé sa religion même, prenant le nom de Dgennet Oglou. Il lui avait aussitôt vendu des informations sur les mouvements dans les ports anglais, et il avait reçu une rétribution pour apporter un message à ses frères de France. Alors que les ecclésiastiques le croyaient désormais embarqué pour l'Espagne, il n'avait pas voulu renoncer à tirer un autre gain de son séjour en Angleterre et, une fois les contacts pris avec des hommes de l'Amirauté, il s'était qualifié de Vénitien, Granceola (nom inventé en souvenir du capitaine Gambero), qui avait exercé des activités secrètes pour le Conseil de cette République-là, en particulier sur les plans de la marine marchande française. Maintenant, talonné par un bannissement pour duel, il devait trouver refuge dans un pays ami. Pour montrer sa bonne foi, il était en mesure d'informer ses nouveaux maîtres que la France avait fait prendre des informations dans les ports anglais à travers Mahmut, un sycophante turc, qui vivait à Londres en se faisant passer pour un Portugais.

En possession de Mahmut, arrêté sur-le-champ, on avait trouvé des notes sur les ports anglais, et Ferrante, autrement dit Granceola, avait été considéré comme une personne digne de foi. Sous la promesse d'un accueil final en Angleterre, et avec le viatique d'une première bonne somme, on l'avait envoyé en France pour qu'il s'unît aux autres agents anglais.

Arrivé à Paris, il avait passé sans tarder à Richelieu les renseignements que les Anglais avaient soutirés à Mahmut. Ensuite, il avait repéré les amis dont le renégat génois lui avait fourni l'adresse, se présentant comme Charles de la Bresche, ex-religieux passé au service des infidèles, qui venait d'ourdir à Londres un complot pour jeter le discrédit sur l'engeance entière des chrétiens. Ces agents lui avaient fait confiance parce qu'ils étaient déjà au courant de la publication d'un livret où l'Eglise anglicane rendait publics les méfaits d'un prêtre espagnol — tant et si bien qu'à Madrid, au su de la nouvelle, on avait arrêté le prélat auquel Ferrante avait attribué la trahison, et qui à présent attendait la mort dans les cachots de l'Inquisition.

Ferrante se faisait confier par les agents turcs les informations qu'ils avaient recueillies sur la France, et il les expédiait par retour du courrier à l'Amirauté anglaise, en recevant une nouvelle rétribution. Après quoi, il était revenu auprès de Richelieu et lui avait révélé l'existence, à Paris, d'une cabale turque. Richelieu avait admiré une fois de plus l'habileté et la fidélité de Ferrante. A telle enseigne qu'il l'avait invité à exécuter un travail encore plus ardu.

Depuis longtemps le cardinal se préoccupait de ce qui se passait dans le salon de la marquise de Rambouillet, et il avait été saisi du soupçon que parmi ces esprits libres on murmurait contre lui. Il avait commis une erreur en envoyant à la Rambouillet un de ses courtisans de confiance qui insensément avait demandé des renseignements sur d'éventuels murmures de protestation. Arthénice avait répondu que ses hôtes connaissaient si bien sa considération pour Son Eminence que, même s'ils en avaient pensé du mal, ils n'auraient osé en sa présence n'en dire rien que le plus grand bien.

Richelieu projetait maintenant de faire apparaître à Paris un étranger qui pût être admis à ces consistoires. Bref, Roberto n'avait pas envie d'inventer toutes les manigances à travers lesquelles Ferrante aurait pu s'introduire dans le salon, mais il trouvait convenable de l'y faire arriver déjà riche de quelques recommandations, et sous un déguisement : une perruque et une barbe blanche, un visage vieilli à coups de pommades et de teintures, un bandeau noir sur l'œil gauche : voici l'Abbé de Morfi.

Roberto ne pouvait pas penser que Ferrante, en tous points semblable à lui, fût à ses côtés pendant ces soirées désormais lointaines, mais il se rappelait avoir vu un abbé âgé avec un bandeau noir sur l'œil, et il décida que c'était lui qui devait être Ferrante.

Lequel, donc, précisément dans cette société — et après dix ans et plus — avait retrouvé Roberto ! Impossible d'exprimer la joie fielleuse qui emplissait ce malhonnête à revoir le frère haï. Avec une face qui serait apparue transfigurée et bouleversée par la malveillance, s'il ne l'avait lui-même cachée sous son masque, il s'était dit que se présentait enfin l'occasion pour lui d'anéantir Roberto, de s'emparer de son nom et de ses richesses.

En premier lieu, il l'avait épié, des semaines et des semaines durant, au cours de ces soirées, scrutant son visage pour y saisir la trace de chaque pensée. Habitué qu'il était à celer, il était aussi fort habile à découvrir. D'ailleurs, l'amour ne se peut cacher : comme tout feu, il se révèle avec la fumée. En suivant les regards de Roberto, Ferrante avait aussitôt compris qu'il aimait la Dame. Il s'était donc dit que d'abord il devrait soustraire à Roberto ce qu'il avait de plus cher.

Ferrante s'était rendu compte que Roberto, après avoir attiré l'attention de la Dame par son discours, n'avait pas eu le cœur de l'approcher. L'embarras de son frère jouait en sa faveur : la Dame pouvait l'entendre comme désintérêt, et dépriser une chose est le meilleur expédient pour la conquérir. Roberto ouvrait la voie à Ferrante. Ferrante avait laissé la Dame macérer dans une attente incertaine, puis — une fois calculé le moment propice — il s'était disposé à la flatter.

Mais Roberto pouvait-il permettre à Ferrante un amour égal au sien ? Certainement pas. Ferrante tenait la femme pour le portrait de l'inconstance, le ministre des fraudes, langue versatile, pas lents et caprice véloce. Eduqué par d'ombrageux ascètes qui lui rappelaient à chaque instant que *El hombre es el fuego, la mujer la estopa, viene el diablo y sopla*, il s'était habitué à considérer toute fille d'Eve comme un animal imparfait, une bévue de la nature, torture pour les yeux si elle est laide, tourment du cœur si elle est très belle, tyran de qui en tomberait amoureux, ennemie de qui la mépriserait, désordonnée dans ses envies, implacable dans ses dédains, capable d'enchanter par sa bouche et d'enchaîner par ses yeux.

C'est précisément ce mépris même qui le poussait à la séduction : de ses lèvres sortaient des paroles d'adulation, dans son âme il célébrait l'avilissement de sa victime.

Il se préparait donc, Ferrante, à mettre les mains sur ce corps que lui (Roberto) n'avait pas osé effleurer de la pensée. Celui-là, ce haïsseur de tout ce qui, pour Roberto, était objet de religion, s'apprêterait — à présent — à lui dérober sa Lilia pour en faire l'insipide amoureuse de sa comédie ? Quel supplice. Et quel devoir pénible que de suivre la logique insensée des Romans, qui impose de participer aux affections les plus odieuses, si l'on doit concevoir comme l'enfant de son imagination le plus odieux des protagonistes.

Mais il ne pouvait en être différemment. Ferrante aurait Lilia — autrement, pourquoi créer une fiction, si ce n'est pour en mourir ?

Que s'était-il passé et comment, Roberto ne parvenait pas à se le figurer (parce qu'il n'était jamais parvenu à le tenter). Sans doute Ferrante avait-il pénétré à une heure avancée de la nuit dans la chambre de Lilia, s'accrochant évidemment à un lierre (à l'étreinte tenace, invite nocturne à tout cœur d'amant), qui rampait jusqu'à son alcôve.

Voici Lilia, qui montre les signes de la vertu outragée, au point que quiconque eût prêté foi à son indignation, sauf un homme comme Ferrante, disposé à croire les êtres humains tous déterminés à la tromperie. Voici Ferrante qui tombe à genoux devant elle, et parle. Que dit-il ? Il dit, d'une voix fausse, tout ce que Roberto non seulement aurait voulu dire, mais lui a dit, sans qu'elle sût qui le lui disait.

Comment peut-il avoir fait, le brigand, se demandait Roberto, pour connaître la teneur des lettres que je lui avais envoyées ? Et pas seulement, mais de celles que Saint-Savin m'avait dictées à Casal, et que j'avais pourtant détruites ! Et même de celles que je suis en train d'écrire à présent sur ce vaisseau ! Et pourtant, nul doute que Ferrante déclame maintenant, avec les accents de la sincérité, des phrases fort bien connues de Roberto :

« Madame, dans l'admirable architecture de l'Univers, c'estoit une nécessité écrite dès le jour natal de la création du monde, que je vous visse vous rencontrasse et vous aimasse... Excusez la fureur d'un désespéré ; ou plutôt, ne vous en donnez pas la peine : il est inouï que les souverains aient jamais dû rendre compte de la mort de leurs esclaves... N'avez-vous pas fait deux alambics de mes yeux, par où vous avez trouvé l'invention de distiller ma vie et de la convertir en eau toute claire ? Je vous prie, ne détournez pas votre tête si belle : privé de votre regard, je suis aveugle à cause que vous ne me voyez pas, muet à cause que vous ne me parlez pas et sans mémoire serai à cause que vous n'avez point mémoire de moi... Oh, que de moi l'amour fasse du moins un fragment insensible, une mandragore, une source de pierre qui verse avec ses pleurs toute angoisse ! »

La Dame sûrement tremblait à présent, dans ses yeux brûlait tout l'amour qu'elle avait d'abord celé, et avec la force d'un prisonnier auquel quelqu'un brise les barreaux de la Retenue, et offre l'échelle de soie de l'Opportunité. Il ne restait qu'à la presser encore, et Ferrante ne se limitait pas à dire ce que Roberto avait écrit, mais il savait d'autres mots que maintenant il versait dans ses oreilles à elle envoûtée, envoûtant aussi Roberto, qui ne se rappelait pas les avoir encore écrits.

« O mon pâle soleil, à vos douces pâleurs l'aube vermeille perd chacune de ses flammes ! O doux yeux, de vous je ne demande qu'à être malade. Et rien ne me sert de m'enfuir par les champs ou les forêts pour vous oublier. Ne s'étend forêt sur terre, ne se dresse plante dans la forêt, ne croît ramure sur la plante, ne point feuillage sur la ramure, ne rit fleur dans le feuillage, ne naît fruit en fleur où je ne voie votre souris... »

Et, à sa première rougeur : « Oh, Lilia, si vous saviez ! Je vous ai aimée sans connaître votre visage ni votre nom. Je vous cherchais, et je ne savais où vous étiez. Mais un jour vous m'avez frappé tel un ange... Oh, je sais, vous demandez pourquoi donc ce mien amour ne demeure très-pur de silence, chaste d'éloignement... Mais moi je meurs, ô mon cœur, désormais le voyez, déjà l'âme de moi s'envole, ne permettez point qu'elle se dissipe dans les airs, souffrez qu'elle fasse demeure en votre bouche ! »

Les accents de Ferrante étaient si sincères que Roberto soi-même voulait à présent qu'elle trébuchât sur ce doux piège. Ainsi seulement il aurait eu la certitude qu'elle l'aimait.

Ainsi Lilia s'abaissa pour le baiser, puis n'osa, voulant et ne voulant plus, trois fois elle approcha ses lèvres du souffle désiré, trois fois se retira, puis s'écria : « Oh oui, oui, si vous ne m'enchaînez, jamais ne serai libre, chaste ne serai si vous ne me violentez ! »

Et, prenant sa main, après l'avoir baisée, elle se l'était portée au sein ; puis elle l'avait tiré à elle, pour lui tendrement dérober l'haleine sur les lèvres. Ferrante s'était ployé sur ce vase d'allégresses (auquel Roberto avait confié les cendres de son cœur) et les deux corps s'étaient fondus en une âme unique, les deux âmes en un seul corps. Roberto ne savait plus qui se trouvait entre ces bras, vu qu'elle croyait être dans les siens, et en offrant la bouche de Ferrante il essayait d'éloigner la sienne, pour ne pas accorder à l'autre ce baiser.

Ainsi, tandis que Ferrante baisait, et qu'elle rebaisait, voici que le baiser se dénouait dans le néant, et à Roberto il ne restait que la certitude d'avoir été dérobé de tout. Mais il ne pouvait éviter de penser à ce qu'il renonçait à imaginer : il savait qu'être dans l'excès est dans la nature de l'amour.

Par cet excès blessé, oubliant qu'elle était en train de donner à Ferrante, le croyant Roberto, la preuve que Roberto avait tant désirée, il haïssait Lilia et, tout en parcourant le vaisseau il hurlait : « Oh si misérable, que j'offenserais tout ton sexe quand je t'appellerais dame ! Ce que tu as fait est plus d'une furie que d'une femme, et même le titre de bête féroce serait trop honoré pour une pareille bête d'enfer ! Tu es pis que l'aspic qui empoisonna Cléopâtre, pis que le céraste qui attire les oiseaux avec ses fraudes pour ensuite les sacrifier à sa faim, pis que l'amphisbène qui, quelle que soit la proie dont il se saisit, lui déverse tant de poison qu'en un instant elle meurt, pis que l'élaps qui, armé de quatre dents venimeuses, corrompt la chair qu'il mord, pis que la couleuvre d'Esculape qui se lance des arbres et étrangle sa victime, pis que la coronelle qui vomit son poison dans les fontaines, pis que le basilic qui occit de son regard ! Mégère infernale, qui ne connais ni Ciel ni terre ni sexe ni foi, monstre né d'une pierre, d'une alpe, d'un chêne ! »

Puis il s'arrêtait, se rendait compte à nouveau qu'elle se donnait à Ferrante en le prenant pour Roberto, et qu'elle devait être, par conséquent, non damnée mais sauvée de ce guet-apens : « Attention, mon amour aimé, celui-là se présente à toi avec mon visage, sachant que tu n'aurais pu aimer un autre qui ne fût moi ! Que me faudra-t-il faire à présent, sinon me haïr moi-même afin de pouvoir le haïr lui ? Puis-je consentir à ce que tu sois trahie au moment que tu jouis de son étreinte et la crois mienne ? Moi qui déjà acceptais de vivre dans cette prison pour consacrer les jours et les nuits à la pensée de toi, pourrai-je à présent permettre que tu croies m'ensorceler en te faisant succube de son sortilège ? Oh Amour, Amour, Amour, ne m'as-tu pas puni assez, toi, n'est-ce pas là un mourir sans mourir ? »

30

De la Maladie d'Amour ou Melancholie Erotique

Pendant deux jours Roberto fuit de nouveau la lumière. Dans ses sommeils, il ne voyait que des morts. Ses gencives et sa bouche s'étaient irritées. De ses entrailles les douleurs s'étaient propagées à la poitrine, puis au dos, et il vomissait des substances acides, bien qu'il n'eût pas pris de nourriture. L'atrabile, en mordant et attaquant tout le corps, y fermentait en bulles semblables à celles que l'eau expulse quand elle est soumise à une chaleur intense.

Il était certainement tombé victime (et c'est à ne pas croire qu'il ne s'en aperçût qu'alors) de ce que tout le monde appelait la Melancholie Erotique. N'avait-il pas su expliquer ce soir-là chez Arthénice que l'image de la personne aimée suscite l'amour en s'insinuant comme un simulacre par l'orifice des yeux, portiers et espions de l'âme ? Mais, après, l'impression amoureuse se laisse lentement glisser par les veines et parvient au foie, provoquant la concupiscence, qui entraîne le corps entier à la sédition, s'en va tout droit conquérir la citadelle du cœur, d'où elle attaque les plus nobles puissances du cerveau et les rend esclaves.

C'est-à-dire que ses victimes en perdent presque la raison, leurs sens s'égarent, leur intellect se trouble, l'imaginative en est dépravée, et le pauvre amoureux maigrit, se creuse, ses yeux s'enfoncent, il soupire et se dissout de jalousie.

Comment en guérir ? Roberto croyait connaître le remède des remèdes, qui dans tous les cas lui était refusé : posséder la personne aimée. Il ne savait pas que cela ne suffisait pas, puisque les mélancoliques ne deviennent pas tels par amour, mais s'énamourent pour donner voix à leur mélancolie — chérissant les lieux sauvages afin d'être en esprit avec l'aimée absente et de songer seulement au moyen d'arriver jusqu'à elle ; mais, comme ils y parviennent, ils s'affligent encore davantage et voudraient tendre vers une autre fin encore.

Roberto tentait de se rappeler tout ce qu'il avait entendu dire par des hommes de science qui avaient étudié la Melancholie Erotique. Il semblait qu'elle était causée par l'oisiveté, par le dormir sur le dos et par une excessive rétention de sperme. Et lui depuis trop de jours il était forcément dans l'oisiveté ; quant à la rétention de sperme, il évitait d'en chercher les causes ou d'en projeter les remèdes.

Il avait entendu parler des parties de chasse comme stimulant à l'oubli ; il arrêta qu'il devait intensifier ses exploits natatoires, et sans se reposer sur le dos. Mais parmi les substances qui excitent les sens il y avait le sel, et du sel, en nageant, on en boit pas mal... En outre, il se rappelait avoir ouï que les Africains, exposés au soleil, étaient plus vicieux que les Hyperboréens.

Peut-être était-ce avec la nourriture qu'il avait appâté ses propensions saturniennes ? Les médecins interdisaient le gibier, le foie d'oie, les pistaches, les truffes ou le gingembre, mais ils ne disaient pas quels poissons étaient à déconseiller. Ils mettaient en garde contre les vêtures trop confortables comme la zibeline et le velours, de même contre le musc, l'ambre, la noix muscade et la Poudre de Chypre, mais que pouvait-il savoir, lui, du pouvoir inconnu des cent parfums qui se dégageaient de la serre, et de ceux que les vents lui apportaient de l'Ile ?

Il aurait pu contrecarrer nombre de ces influences néfastes avec le camphre, la bourrache, la petite oseille ; avec des clystères, avec des vomitifs de sel de vitriol dissous dans le bouillon ; et enfin avec les saignées à la veine médiane du bras ou à celle du front ; et puis, en ne mangeant que chicorée, endive, laitue, et melons, raisins, cerises, prunes et poires, et surtout de la menthe fraîche... Mais rien de tout cela n'était à sa portée sur la *Daphne*.

Il recommença à se mouvoir sur l'onde, cherchant à ne pas avaler trop de sel et se reposant le moins possible.

Certes, il ne cessait pas de penser à l'histoire qu'il avait évoquée, mais son irritation contre Ferrante se traduisait maintenant en élans de prépotence, et il se mesurait avec la mer comme si, la soumettant à ses vouloirs, il assujettissait son ennemi.

Quelques jours plus tard, un après-midi, il avait découvert pour la première fois la couleur ambrée de ses poils pectoraux et — comme il le note en de diverses contorsions rhétoriques — pubiens même ; et il avait constaté qu'ils ressortaient de pareille façon parce que son corps s'était bronzé ; mais aussi ragaillardi, s'il voyait sur ses bras frétiller des muscles qu'il n'avait jamais remarqués. Il se prit alors pour un Hercule et perdit le sens de la prudence. Le lendemain, il descendit dans l'eau sans la corde.

Il abandonnerait l'échelle, évoluant le long de la carcasse à tribord, jusqu'à l'étambot, ensuite il doublerait la poupe et remonterait de l'autre côté, passant sous le mât de beaupré. Et il s'était prodigué de ses bras et de ses jambes.

La mer n'était pas d'huile et des vaguelettes le jetaient sans trêve contre les flancs, raison pour quoi il devait faire un double effort : et avancer le long du vaisseau et chercher à en rester un peu à l'écart. Son souffle était lourd, mais il continuait, intrépide. Jusqu'à ce qu'il parvînt à mi-chemin, c'est-à-dire à la poupe.

Là, il s'aperçut qu'il avait désormais dépensé toutes ses forces. Il n'en avait plus pour parcourir la longueur de l'autre côté, ni d'ailleurs pour revenir en arrière. Il tenta de se tenir au gouvernail, qui ne lui offrait cependant qu'une piètre prise, couvert qu'il était de mucilage, tout en se lamentant lentement sous le soufflet alterné des ondes.

Il voyait la galerie au-dessus de sa tête, devinant derrière le vitrage son logis assuré, sa destination. Il se disait que, si par hasard l'échelle de la proue s'était décrochée, il aurait pu passer des heures et des heures, avant de mourir, désirant ardemment ce pont que tant de fois il avait voulu quitter.

Le soleil avait été couvert par un flot de nuages, et lui commençait à se sentir transi. Il tendit la tête en arrière, comme pour dormir, peu après il rouvrit les yeux, se tourna sur lui-même, et se rendit compte qu'il advenait ce qu'il avait craint : les ondes l'éloignaient du navire.

Il se donna du courage et revint près du flanc, le touchant comme pour en recevoir de la force. Au-dessus de sa tête, il apercevait un canon qui dépassait d'un sabord. S'il avait eu sa corde, pensait-il, il aurait pu faire un nœud coulant, essayer de le lancer en haut pour prendre à la gorge cette bouche à feu, se hisser en tendant le funain de ses bras et en appuyant ses pieds contre le bois... Cependant, non seulement il n'y avait pas la corde, mais il n'aurait certainement pas eu le cœur ni les bras pour remonter à une telle hauteur... Cela n'avait aucun sens, mourir ainsi, à côté de son propre gîte.

Il prit une décision. Désormais, la poupe doublée, qu'il fût revenu sur le côté droit ou qu'il eût poursuivi sur le côté gauche, l'espace qui le séparait de l'échelle était identique. Tirant presque au sort, il résolut de nager sur la gauche, veillant à ce que le courant ne le séparât pas de la *Daphne*.

Il avait nagé en serrant les dents, les muscles tendus, n'osant se laisser aller, férocement décidé à survivre, même au prix — se disait-il — de mourir.

Avec un cri de jubilation il était arrivé au beaupré, s'était accroché à la proue, avait atteint l'échelle de Jacob — et que lui et tous les saints patriarches des Saintes Ecritures fussent bénis par le Seigneur, Dieu des Armées.

Il n'avait plus de force. Il était resté suspendu à l'échelle une demi-heure peut-être. Mais en définitive il était parvenu à remonter sur le pont, où il avait tâché de faire un bilan de son expérience.

Primo, il pouvait nager au point d'aller d'un bout à l'autre du vaisseau et vice versa ; secundo, une entreprise de ce genre l'amenait à la limite extrême de ses capacités physiques ; tertio, puisque la distance entre le navire et le rivage était moult et moult fois supérieure au périmètre entier de la *Daphne*, même pendant la marée basse, il ne pouvait espérer nager jusqu'à mettre la main sur quelque chose de solide ; quarto, la marée basse lui rapprochait bien la terre ferme, mais avec son reflux elle lui rendait plus difficile sa progression ; quinto, si par hasard il arrivait à la moitié du parcours et ne parvenait plus à aller de l'avant, il ne serait pas non plus parvenu à revenir en arrière.

Il lui fallait donc continuer avec le funain, et cette fois bien plus long. Il irait vers l'Orient tant que ses forces le lui permettraient, et puis il reviendrait en se faisant remorquer. Ce n'était qu'en s'exerçant de cette manière, pendant des jours et des jours, qu'il pourrait ensuite tenter tout seul.

Il choisit un après-midi tranquille, quand le soleil était désormais dans son dos. Il s'était pourvu d'une corde très longue, qui se trouvait bien assurée par un bout au grand mât, et s'enroulait sur le pont en de nombreuses volutes, prête à se dérouler petit à petit. Il nageait, tranquille, sans se fatiguer trop, se reposant souvent. Il regardait la plage et les deux promontoires. A présent seulement, d'en bas, il se rendait compte à quel point était lointaine cette ligne idéale qui s'étendait entre un cap et l'autre du sud au nord, passé laquelle il entrerait dans le jour d'avant.

Comme il avait mal compris le père Caspar, il s'était convaincu que la barbacane des coraux commençait seulement où de petites ondes blanches révélaient les premiers récifs. En revanche, même à marée basse, les coraux commençaient avant. Sinon la *Daphne* se serait ancrée plus près de la terre.

Ainsi était-il allé heurter de ses jambes nues contre quelque chose qui se laissait apercevoir entre deux eaux, mais encore fallait-il être déjà dessus. Presque dans le même temps, il fut frappé par un mouvement de formes colorées sous la surface, et par une brûlure insupportable à la cuisse et au tibia. C'était comme s'il avait été mordu ou griffé par des serres. Pour s'éloigner de ce banc, il s'était aidé d'un coup de jarret et blessé, ce faisant, à un pied aussi.

Il avait empoigné la corde en tirant avec une telle fougue que, revenu à bord, il avait les mains écorchées ; mais il était plus soucieux de son mal à la jambe et au pied. C'étaient des agglomérations de pustules très douloureuses. Il les avait lavées avec de l'eau douce, ce qui avait calmé en partie la brûlure. Mais vers le soir, et durant toute la nuit, la brûlure s'était accompagnée d'un prurit aigu, et dans le sommeil il s'était probablement gratté, si bien que le lendemain matin les pustules rendaient du sang et une matière blanche.

Il avait alors eu recours aux préparations du père Caspar (Spiritus, Olea, Flores) qui avaient un peu jugulé l'infection, mais pendant un jour entier il avait encore instinctivement incisé ces bubons de ses ongles.

Une fois de plus il avait fait le bilan de son expérience, et tiré quatre conclusions : la barbacane était plus proche que le reflux ne laissait croire, ce qui pouvait l'encourager à retenter l'aventure ; certaines des créatures qui y vivaient, crabes, poissons, les coraux peut-être, ou des pierres pointues, avaient le pouvoir de lui occasionner une sorte de pestilence ; s'il voulait revenir sur ces rocailles, il devait y aller chaussé et habillé, ce qui entraverait davantage ses mouvements ; comme dans tous les cas il ne pourrait pas protéger tout son corps, il devait être en mesure de voir sous l'eau.

La dernière conclusion lui remit en mémoire cette Persona Vitrea, ou masque pour regarder dans la mer, que le père Caspar lui avait montrée. Il essaya de se le boucler à la nuque, et il découvrit qu'il lui enfermait le visage, lui permettant d'observer à l'extérieur comme par une fenêtre. Il essaya d'y respirer, et il s'aperçut qu'il passait un peu d'air. Si l'air passait, l'eau passerait aussi. Il s'agissait donc de l'utiliser en retenant sa respiration — plus d'air y resterait, moins d'eau y entrerait — et faire surface à peine il était plein.

Ce ne devait pas être une opération facile, et Roberto employa trois jours à en essayer toutes les phases dans l'eau, mais près de la *Daphne*. Il avait trouvé à côté des couchettes des matelots une paire de solerets de toile, qui lui protégeaient les pieds sans trop l'alourdir, et des pantalons à lacer au mollet. Il lui avait fallu une demi-journée pour réapprendre à faire ces mouvements qui lui réussissaient si bien le corps nu.

Après quoi il nagea avec le masque. Dans l'eau profonde il ne pouvait voir grand-chose, mais il aperçut un passage de poissons dorés, à de nombreuses brasses sous lui, comme s'ils glissaient dans un bassin.

Trois jours, a-t-on dit. Au cours desquels Roberto apprit d'abord à regarder sous l'eau en retenant sa respiration, puis à se déplacer en regardant, ensuite à ôter son masque tout en étant dans l'eau. Pour cette entreprise, il s'initia d'instinct à une nouvelle position, qui consistait à gonfler et tendre à l'air la poitrine, battre des pieds comme s'il marchait en toute hâte, et pousser le menton en haut. Par contre, il était plus difficile, en gardant le même équilibre, de se remettre le masque et de l'assujettir sur la nuque. D'ailleurs, il s'était aussitôt dit qu'une fois sur la barbacane, s'il se mettait dans cette position verticale, il irait heurter de front les récifs ; et s'il tenait le visage hors de l'eau, il ne verrait pas à quoi il donnait des coups de pied. En raison de quoi il pensa qu'il vaudrait mieux ne pas attacher mais presser des deux mains le masque sur son visage. Ce qui cependant lui imposait d'avancer par le seul mouvement des jambes, tout en les maintenant étendues à l'horizontale pour ne pas heurter en bas ; mouvement qu'il n'avait jamais essayé et qui demanda de longues tentatives avant qu'il pût l'exécuter avec confiance.

Au cours de ces essais il transformait chaque élan

d'irascibilité en un chapitre de son Roman de Ferrante.

Et il avait fait prendre à son histoire une direction plus rancunière, où Ferrante se voyait justement puni.

31

Bréviaire des Politiques

D'autre part, il n'aurait pu tarder à reprendre son histoire. Il est vrai que les Poètes, après avoir raconté un événement mémorable, négligent celui-ci un certain temps, afin de tenir le lecteur en haleine — et dans cette habileté on reconnaît le roman bien inventé ; mais on ne doit pas abandonner le thème trop longtemps, pour ne pas égarer le lecteur dans trop d'autres actions parallèles. Il fallait donc revenir à Ferrante.

Détourner Lilia de Roberto n'était qu'un des deux buts que Ferrante s'était proposés. L'autre était de faire tomber Roberto en disgrâce auprès du Cardinal. Projet pas facile : de Roberto, le Cardinal ignorait jusqu'à l'existence.

Mais Ferrante savait tirer avantage des occasions. Richelieu, un jour, lisait une lettre en sa présence et lui avait dit :

« Le Cardinal Mazarin m'a touché un mot d'une histoire des Anglais, au sujet d'une poudre à eux, la Poudre de Sympathie. N'en avez-vous jamais ouï parler à Londres ?

— De quoi s'agit-il, Eminence ?

— Monsieur Pozzo, ou quel que soit votre nom, sachez que l'on ne répond jamais à une question par une autre question, surtout à qui se trouve plus haut que vous. Susse-je de quoi il s'agit, je ne le demanderais pas à vous. Quoi que c'en soit, si ce n'est de cette poudre-là, n'avez-vous oncques saisi des allusions à un nouveau secret pour trouver les longitudes ?

— J'avoue que j'ignore tout sur le sujet. Si Votre Eminence voulait bien m'éclairer, peut-être pourrais-je...

— Monsieur Pozzo, vous seriez amusant, si vous n'étiez insolent. Je ne serais pas le maître de ce pays si j'éclairais les autres sur les secrets que je ne connais point — à moins que ces autres ne soient le Roi de France, ce qui ne me semble pas votre cas. Or donc, faites seulement ce que vous savez faire : gardez les oreilles ouvertes et découvrez des secrets dont vous ne saviez rien. Ensuite vous viendrez m'en référer à moi, et après vous tâcherez de les oublier.

— C'est ce que j'ai toujours fait, Eminence. Ou, du moins, je crois, car j'ai oublié de l'avoir fait.

— Ainsi vous me plaisez. Allez-y. »

Quelque temps plus tard, Ferrante avait entendu Roberto, en cette mémorable soirée, disserter précisément de la poudre. Cela ne lui avait pas semblé vrai : pouvoir signaler à Richelieu qu'un gentilhomme italien, qui fréquentait cet Anglais d'Igby (notoirement lié, quelque temps avant, au duc de Bouquinquant), paraissait en savoir beaucoup sur cette poudre.

Au moment où il commençait à jeter le discrédit sur Roberto, Ferrante devait toutefois obtenir de prendre sa place. Par conséquent il avait révélé au Cardinal que lui, Ferrante, se faisait passer pour monsieur Del Pozzo puisque son travail d'informateur lui imposait de garder l'incognito, mais qu'en vérité c'était lui le vrai Roberto de la Grive, jadis valeureux combattant aux côtés des Français, à l'époque du siège de Casal. L'autre, qui si insidieusement parlait de cette poudre, était un aventurier, un aigrefin qui profitait d'une vague ressemblance, et qui déjà sous le nom de Mahmut Arabe avait servi comme sycophante à Londres aux ordres des Turcs.

Ce disant, Ferrante se préparait au moment où, son frère ruiné, il pourrait le remplacer en passant pour l'unique et véritable Roberto, non seulement aux yeux des parents restés à la Grive, mais au regard de Paris tout entier — comme si l'autre n'avait jamais existé.

Pendant ce temps, alors qu'il se parait du visage de Roberto pour conquérir Lilia, Ferrante avait appris, comme tout le monde, la disgrâce de Cinq-Mars et, risquant certes énormément, mais prêt à donner sa vie pour accomplir sa vengeance, toujours sous les dehors de Roberto il s'était montré avec ostentation en compagnie des amis de ce conspirateur.

Ensuite il avait soufflé au Cardinal que le faux Roberto de la Grive, qui en savait tant sur un secret cher aux Anglais, d'évidence conspirait, et il lui avait même produit des témoins, lesquels pouvaient affirmer avoir vu Roberto avec celui-ci ou celui-là.

Comme on le voit, un échafaudage de mensonges et déguisements qui expliquait le traquenard où Roberto avait été attiré. Mais Roberto y était tombé pour des raisons et de manière inconnues à Ferrante même, dont les plans avaient été bouleversés par la mort de Richelieu.

En fait, qu'était-il arrivé ? Richelieu, soupçonneux au possible, se servait de Ferrante sans en parler à personne, pas même à Mazarin dont évidemment il se méfiait en le voyant désormais penché tel un vautour sur son corps malade. Toutefois, tandis que sa maladie progressait, Richelieu avait passé à Mazarin quelques informations, sans lui en révéler la source :

« A propos, mon bon Giulio !

— Oui, mon Eminence et Père très-aimé...

— Faites tenir à l'œil un certain Roberto de la Grive. Il va le soir chez madame de Rambouillet. Il paraît qu'il en saurait long sur votre Poudre de Sympathie... Et, entre autres, selon un de mes informateurs, le jeune homme fréquente aussi un milieu de conspirateurs...

— Epargnez-vous, Eminence. Je penserai personnellement à tout. »

Et voici Mazarin commencer pour son propre compte une enquête sur Roberto, jusqu'à en savoir le peu qu'il avait montré savoir le soir de son arrestation. Mais tout cela sans rien savoir de Ferrante.

Cependant Richelieu se mourait. Que devait-il être arrivé à Ferrante ?

Richelieu mort, il lui manque tout appui. Il devrait établir des contacts avec Mazarin, puisque l'indigne est un triste héliotrope qui se tourne toujours dans la direction du plus puissant. Mais il ne peut se rendre chez le nouveau ministre sans lui fournir une preuve de ce qu'il vaut. De Roberto, il ne trouve plus trace. Serait-il malade, parti pour un voyage ? Ferrante pense à tout, sauf au fait que ses calomnies aient eu de l'effet, et que Roberto ait été arrêté.

Ferrante n'osait se montrer en public sous les dehors de Roberto, pour ne pas éveiller les soupçons de qui le saurait loin. Quoi qu'il pût s'être passé entre lui et Lilia, il suspend même tout contact avec Elle, impassible comme qui sait que chaque victoire coûte des temps longs. Il sait qu'il faut savoir se servir de l'éloignement ; les qualités perdent de leur éclat si elles se montrent trop et l'imagination arrive plus loin que la vue ; le phénix aussi tire profit des lieux reculés pour garder sa légende en vie.

Mais le temps presse. Il faut que, au retour de Roberto, Mazarin le soupçonne déjà et le veuille mort. Ferrante consulte ses compères à la cour et découvre que l'on peut approcher Mazarin à travers le jeune Colbert, auquel il fait alors parvenir une lettre où il touche un mot d'une menace anglaise et de la question des longitudes (n'en sachant rien et l'ayant entendu mentionner une seule fois par Richelieu). Il demande en échange de ses révéla-

tions une somme considérable, et obtient une entrevue où il se présente vêtu en vieil abbé, son bandeau
noir sur l'œil.

Colbert n'est pas un ingénu. Cet abbé a une voix
qui lui paraît familière, suspectes sont les rares
choses qu'il lui dit, il appelle deux gardes,
s'approche du visiteur, lui arrache et le bandeau et
la barbe, et avec qui se trouve-t-il nez à nez ? Avec
ce Roberto de la Grive qu'il avait lui-même confié à
ses hommes afin qu'ils l'embarquassent sur le navire
du docteur Byrd.

En se racontant cette histoire Roberto exultait.
Ferrante était allé se fourrer dans le piège de sa
propre volonté. « Vous, San Patrizio ! ? » s'était aussitôt écrié Colbert. Puis, vu que Ferrante tombait
des nues et restait muet, il l'avait fait jeter dans un
cachot.

Ce fut un divertissement pour Roberto que d'imaginer l'entretien entre Mazarin et Colbert, qui avait
aussitôt informé le Cardinal.

« L'homme doit être fou, Eminence. Qu'il ait osé
se dérober à son engagement, je puis le comprendre,
mais qu'il ait prétendu venir nous revendre ce que
nous lui avions donné, c'est signe de folie.

— Colbert, il est impossible que quelqu'un soit
assez fou pour me prendre pour un sot. Donc notre
homme est en train de jouer, pensant qu'il a en main
des cartes imbattables.

— En quel sens ?

— Par exemple, il est monté sur ce navire et y a
découvert tout de suite ce que l'on devait en savoir,
au point de n'avoir plus besoin d'y rester.

— Mais s'il avait voulu nous trahir il serait allé
chez les Espagnols ou chez les Hollandais. Il ne
serait pas venu nous défier, nous. Pour nous demander quoi, en fin de compte ? De l'argent ? Il savait
bien que s'il s'était comporté loyalement, il aurait eu
même une place à la cour.

— D'évidence, il est certain d'avoir découvert un

secret qui vaut plus qu'une place à la cour. Croyez-moi, je connais les hommes. Il ne nous reste plus qu'à jouer son jeu. Je veux le voir ce soir. »

Mazarin reçut Ferrante tandis qu'il mettait les dernières touches, de ses propres mains, à une table qu'il avait fait dresser pour ses hôtes, un triomphe de choses qui paraissaient quelque chose d'autre. Sur la nappe brillaient des mèches sorties de coupes de glace, et des bouteilles où les vins avaient des couleurs différentes de celles que l'on attendait, au milieu de corbeilles de laitues enguirlandées de fleurs et de fruits artificiels artificiellement aromatiques.

Mazarin, qui croyait Roberto, c'est-à-dire Ferrante, en possession d'un secret dont il voulait tirer le plus grand avantage, s'était résolu à faire mine de tout savoir (je veux dire : tout ce qu'il ne savait pas) de façon que l'autre laissât échapper quelque indice.

D'autre part, Ferrante — quand il s'était trouvé face au Cardinal — avait déjà eu l'intuition que Roberto était en possession d'un secret, dont il fallait tirer le plus grand avantage, et il s'était résolu à faire mine de tout savoir (je veux dire : tout ce qu'il ne savait pas) de façon que l'autre laissât échapper quelque indice.

Ainsi avons-nous en scène deux hommes dont chacun ne sait rien de ce qu'il croit que l'autre sait, et qui, pour se duper tour à tour, parlent chacun par allusions, chacun des deux espérant vainement que l'autre ait la clef de ce chiffre. Quelle belle histoire, se disait Roberto, tandis qu'il cherchait à débrouiller l'écheveau qu'il avait placé sur le dévidoir.

« Monsieur de San Patrizio, dit Mazarin tout en approchant un plat de homards vivants qui paraissaient cuits d'un plat de homards cuits qui paraissaient vivants, voilà une semaine nous vous avions embarqué à Amsterdam sur l'*Amaryllis*. Vous ne pouvez avoir abandonné l'entreprise : vous savez bien que vous l'auriez payé de votre vie. Vous avez donc déjà découvert ce que vous deviez découvrir. »

Confronté au dilemme, Ferrante vit qu'il ne lui seyait pas d'avouer avoir abandonné l'entreprise. Il ne lui restait donc que l'autre voie : « S'il plaît ainsi à Votre Eminence, avait-il dit, en un certain sens je sais ce que Votre Eminence voulait que je susse », et il avait ajouté à part soi : "En attendant, je sais que le secret se trouve à bord d'un navire qui s'appelle *Amaryllis,* et qu'il a quitté il y a une semaine le port d'Amsterdam..."

« Allons, ne faites pas le modeste. Je sais fort bien que vous avez appris plus que je ne m'attendais. Depuis que vous êtes parti j'ai eu d'autres informations, car vous ne croirez point être le seul de mes agents. Je sais donc que ce que vous avez trouvé vaut cher, et je ne suis pas ici pour marchander. Je me demande cependant pourquoi vous avez cherché de revenir auprès de moi d'une manière si tortueuse. » Et pendant ce temps il indiquait aux serviteurs où poser des viandes dans des moules de bois en forme de poisson, sur lesquelles il fit verser non pas du bouillon, mais du julep.

Ferrante se persuadait de plus en plus que le secret était sans prix, mais il se disait qu'il est facile de tuer au vol l'oiseau qui va droit, pas celui qui dévie continuellement. Puis il prenait son temps pour tâter l'adversaire : « Votre Eminence sait que l'enjeu requérait des moyens tortueux. »

"Ah fripon, disait à part soi Mazarin, tu n'es pas sûr de ce que vaut ta découverte et tu attends que j'en fixe le prix. Mais il faudra que ce soit toi qui en parles le premier." Il poussa au centre de la table des sorbets travaillés de façon qu'ils parussent des pêches encore attachées à leur branche, et puis à voix haute : « Moi je sais ce que vous avez. Vous semble-t-il le cas de faire passer le blanc pour le noir et le noir pour le blanc ? »

"Ah damné renard, disait à part soi Ferrante, tu ne sais pas du tout ce que je devrais savoir moi, et l'ennui c'est que moi non plus je ne le sais pas." Et puis à voix haute : « Votre Eminence sait bien que parfois la vérité peut être l'extrait de l'amertume.

— Le savoir ne fait jamais mal.

— Mais quelquefois chagrine.

— Chagrinez-moi donc. Je n'en serai pas plus chagriné que quand je sus que vous vous étiez entaché de haute trahison et que j'eusse dû vous abandonner aux mains du bourreau. »

Ferrante avait enfin compris que, à jouer le rôle de Roberto, il courait le risque de finir sur l'échafaud. Mieux valait se manifester pour ce qu'il était, et il risquait au pire d'être bâtonné par les laquais.

« Eminence, dit-il, j'ai commis une faute en ne disant pas aussitôt la vérité. Monsieur Colbert m'a pris pour Roberto de la Grive, et son erreur a peut-être influé même sur un regard aigu comme celui de Votre Eminence. Mais moi je ne suis pas Roberto, je suis seulement son frère naturel, Ferrante. Je m'étais présenté pour offrir des informations qui, pensais-je, intéresseraient Votre Eminence, vu que Votre Eminence a été le premier à mentionner au défunt et inoubliable Cardinal la trame des Anglais, Votre Eminence sait bien... la Poudre de Sympathie et le problème des longitudes... »

A ces mots, Mazarin avait eu un mouvement de dépit, au risque de faire tomber une soupière en faux or, ornée de joyaux finement simulés en verre. Il en avait accusé un serviteur, puis il avait murmuré à Colbert : « Remettez cet homme où il était. »

Il est bien vrai que les dieux aveuglent ceux qu'ils veulent perdre. Ferrante pensait susciter l'intérêt en indiquant jusqu'à quel point il connaissait les secrets les plus réservés du défunt Cardinal, et il avait passé les bornes, par orgueil de sycophante qui voulait se montrer toujours mieux informé que son propre maître. Mais personne n'avait encore dit à Mazarin (et c'eût été difficile de le lui démontrer) qu'entre Ferrante et Richelieu il y avait eu des rapports. Mazarin se trouvait devant quelqu'un, qu'il fût Roberto ou un autre, qui non seulement savait ce qu'il avait dit, lui, à Roberto, mais aussi ce qu'il avait écrit à Richelieu. Par qui l'avait-il appris ?

Ferrante sorti, Colbert avait dit : « Votre Eminence croit à ce qu'a raconté cette personne ? Si c'était un jumeau, tout s'expliquerait. Roberto serait encore en mer et...

— Non, si cette personne est son frère, le cas s'explique encore moins. Comment peut-il connaître ce que d'abord nous connaissions exclusivement moi, vous et notre informateur anglais, et puis Roberto de la Grive ?

— Son frère lui en aura parlé.

— Non, son frère a tout su par nous seulement cette nuit-là, et dès lors on ne l'a plus perdu de vue, jusqu'à ce que ce navire ait levé l'ancre. Non, non, cet homme sait trop de choses qu'il ne devrait pas savoir.

— Qu'en faisons-nous ?

— Demande intéressante, Colbert. Si cette personne est Roberto, il sait ce qu'il a vu sur ce navire, et il faudra bien qu'il parle. Et si ce n'est pas lui, nous devons absolument savoir d'où il a tiré ses informations. Dans les deux cas, une fois exclue l'idée de le traîner devant un tribunal, où il parlerait trop et face à trop de gens, nous ne pouvons pas même le faire disparaître avec quelques pouces de lame dans le dos : il a encore beaucoup à nous dire. Et puis s'il n'est pas Roberto mais, comme il a dit, Ferrand ou Fernand...

— Ferrante, je crois.

— Quel qu'il soit. Si ce n'est Roberto, qui est derrière lui ? Pas même la Bastille n'est un lieu sûr. On sait des gens qui de ce lieu ont envoyé ou reçu des messages. Il faut attendre qu'il parle, et trouver la manière de lui ouvrir la bouche, mais entre-temps nous devrions le bouter dans un endroit ignoré de tous, et faire en sorte que personne ne sache qui il est. »

Et c'est là que Colbert avait eu une idée sombrement lumineuse.

Quelques jours auparavant un vaisseau français

avait capturé sur les côtes de la Bretagne un navire pirate. C'était, quand on dit le hasard, un *fluyt* hollandais, au nom naturellement imprononçable, *Tweede Daphne*, autrement dit *Daphne Seconde*, signe — observait Mazarin — qu'il devait exister quelque part ailleurs une *Daphne Première*, et cela disait combien ces protestants avaient non seulement peu de foi mais une fluette imagination. L'équipage était fait de gens de toutes les races. Il n'y aurait eu qu'à les pendre tous, mais il valait la peine d'enquêter pour voir s'ils étaient à la solde de l'Angleterre, et à qui ils avaient soustrait ce navire, dont on aurait pu faire un échange avantageux avec ses propriétaires légitimes.

Il s'était donc décidé à mettre le navire au mouillage non loin de l'estuaire de la Seine, dans une petite baie quasi cachée, qui se dérobait même aux pèlerins de Saint-Jacques passant à une faible distance en venant des Flandres. Sur une langue de terre qui fermait la baie il y avait un vieux fortin, qui autrefois servait de prison, mais était presque tombé en désuétude. Et c'est là qu'avaient été jetés les pirates, dans les cachots, gardés par trois hommes seulement.

« Il suffit, avait dit Mazarin. Prenez dix de mes gardes, sous le commandement d'un capitaine brave non dénué de prudence...

— Biscarat. Il s'est toujours bien comporté, depuis l'époque où il se battait en duel avec les mousquetaires pour l'honneur du Cardinal...

— Parfait. Faites conduire le prisonnier au fortin, et qu'on le mette dans le logement des gardes. Biscarat prendra ses repas avec lui, dans sa chambre, et l'accompagnera prendre l'air aussi. Un garde à la porte de sa chambre même de nuit. La réclusion brise les esprits les plus arrogants, notre tête de mule n'aura que Biscarat à qui parler, et il se peut qu'il laisse échapper quelques confidences. Surtout, que personne ne puisse le reconnaître, ni pendant le voyage ni au fort...

— S'il sort pour prendre l'air...

— Eh bien, Colbert, un peu d'inventive. Qu'on lui couvre le visage.

— Je pourrais suggérer... un masque de fer, fermé par un cadenas dont on jetterait la clef à la mer...

— Allons, allons, Colbert, nous sommes peut-être au Pays des Romans ? Nous avons vu hier soir ces comédiens italiens, avec leurs masques de cuir aux longs nez, qui altèrent leurs traits et cependant laissent la bouche libre. Trouvez un de ceux-là, qu'on le lui assujettisse en sorte qu'il ne puisse se l'ôter, et donnez-lui un miroir dans sa chambre, afin qu'il puisse mourir de honte chaque jour. Il a voulu prendre un masque fraternel ? Qu'on le masque en Polichinelle ! Et j'insiste : d'ici au fort, en carrosse fermé, des haltes seulement de nuit et en rase campagne, éviter qu'il se montre aux relais. Si quelqu'un pose des questions, qu'on dise donc que l'on conduit à la frontière une grande dame qui a conspiré contre le Cardinal. »

Ferrante, embarrassé par son travestissement burlesque, fixait maintenant depuis des jours (à travers une grille qui donnait peu de lumière à sa chambre) un gris amphithéâtre entouré de dunes âpres, et la *Tweede Daphne* à l'ancre dans la baie.

Il se dominait lorsqu'il se trouvait en présence de Biscarat, lui laissant entendre tantôt qu'il était Roberto et tantôt Ferrante, de façon que les rapports envoyés à Mazarin fussent toujours perplexes. Il parvenait à saisir au passage quelques conversations des gardes, et il avait réussi à comprendre que dans les souterrains du fort étaient enchaînés des pirates.

En voulant venger sur Roberto un tort qu'il n'avait pas subi, il se creusait la cervelle sur les manières dont il pourrait encourager une émeute, libérer ces crapules, s'emparer du navire et se mettre sur les traces de Roberto. Il savait par où commencer, à Amsterdam il dénicherait des espions qui lui toucheraient quelques mots sur la destination de l'*Ama-*

ryllis. Il la rejoindrait, découvrirait le secret de Roberto, ferait disparaître en mer son double inopportun, serait en mesure de vendre au Cardinal quelque chose à un prix très élevé.

Ou peut-être pas ; une fois découvert le secret il aurait pu décider de le vendre à d'autres. Et au fond pourquoi le vendre ? Pour ce que lui en savait, le secret de Roberto aurait pu concerner la carte d'une île au trésor, ou bien le secret des Alumbrados et des Rose-Croix, dont on parlait depuis vingt ans. Il aurait exploité la révélation à son avantage, n'aurait plus dû espionner pour un maître, aurait eu des espions à son propre service. Une fois conquis richesse et pouvoir, non seulement le nom héréditaire de la famille, mais la Dame en personne eussent été à lui.

Certes, Ferrante, pétri de dissentiments, n'était pas capable d'un véritable amour mais, se disait Roberto, il y a des gens qui n'auraient jamais été amoureux s'ils n'avaient pas entendu parler de l'amour. Peut-être Ferrante trouve-t-il dans sa cellule un roman, il le lit, se persuade qu'il aime pour se sentir ailleurs.

Elle peut-être, au cours de leur première rencontre, avait donné à Ferrante son peigne en gage d'amour. A présent Ferrante le baisait, et le baisant faisait naufrage, oublieux, dans le golfe dont l'éperon d'ivoire avait sillonné les flots.

Peut-être, qui sait, même un fripon de cette espèce pouvait céder au souvenir de ce visage... Roberto voyait maintenant Ferrante assis dans l'obscurité devant le miroir qui, vu de côté, reflétait seulement la chandelle placée en face. A contempler deux lumignons, l'un singe de l'autre, l'œil se fixe, l'esprit s'en engoue, surgissent des visions. En déplaçant à peine la tête, Ferrante voyait Lilia, le minois de cire vierge, si moite de lumière qu'il en absorbe tout autre rayon, et laisse fluer ses cheveux blonds telle une masse sombre recueillie en fuseau entre ses épaules, la poitrine à peine visible sous une légère robe à demi échancrée...

Ensuite Ferrante (enfin ! exultait Roberto) voulait tirer trop de gain de la vanité d'un rêve, il se plaçait, insatiable, face au miroir et il n'apercevait derrière la chandelle reflétée que la caroube qui lui couvrait de honte le mufle.

Bête intolérante pour avoir perdu un don immérité, il recommençait à tâter, sordide, le peigne de Lilia, mais à présent, dans les fumées du maigre reste de chandelle, cet objet (qui, pour Roberto, eût été la plus adorable des reliques) lui apparaissait comme une bouche dentée prête à mordre sa désolation.

32

Le Jardin des Délices

A l'idée de Ferrante enfermé sur cette île, les yeux fixés sur une *Tweede Daphne* qu'il ne rejoindrait jamais, séparé de la Dame, Roberto éprouvait, concédons-le-lui, une satisfaction répréhensible mais compréhensible, mêlée sans doute à une certaine forme de satisfaction de narrateur, puisque — par une belle antimétabole — il avait réussi à enfermer aussi son adversaire dans un siège spéculairement dissemblable du sien.

Toi, de ton île, avec ton masque de cuir, tu ne rejoindras jamais le navire. Moi, au contraire, du navire, avec mon masque de verre, je suis désormais tout près de rejoindre mon Ile. Ainsi se (lui) disait-il, tandis qu'il se disposait à retenter son voyage par les eaux.

Il se rappelait à quelle distance du vaisseau il

s'était blessé, et donc il nagea d'abord avec calme en portant le masque à sa ceinture. Lorsqu'il estima être arrivé à proximité de la barbacane, il enfila son masque et avança à la découverte du fond marin.

Pendant un moment il n'observa que des taches, puis, tel qui arriverait par bateau dans une nuit de brume épaisse face à une falaise tout d'un coup se profilant à pic devant le navigateur, il vit le bord du gouffre sur lequel il nageait.

Il ôta son masque, le vida, le remit en le tenant des deux mains et, à lents coups de pied, il alla à la rencontre du spectacle qu'il avait à peine entrevu.

C'étaient donc là les coraux ! Sa première impression fut, à en juger par ses notes, confuse et stupéfaite. Il eut la sensation de se trouver dans la boutique d'un marchand d'étoffes qui drapait sous ses yeux gazes et taffetas, brocarts, satins, damas, velours et flocons, franges et effiloches, et encore étoles, chapes, chasubles, dalmatiques. Mais les étoffes évoluaient d'une vie propre avec la sensualité de danseuses orientales.

Dans ce paysage, que Roberto ne sait décrire parce qu'il le voit pour la première fois, et qu'il ne trouve pas d'images dans sa mémoire pour pouvoir le traduire en mots, voici que surgit soudain une myriade d'êtres que — ceux-là oui — il pouvait reconnaître, ou du moins comparer à quelque chose de déjà vu. C'étaient des poissons qui se croisaient telles des étoiles filantes dans un ciel d'août, mais on eût dit que, dans la composition et l'assortiment des tons et des dessins de leurs écailles, la nature avait voulu démontrer quelle palette de mordants existe dans l'univers et combien il en peut tenir ensemble sur la même superficie.

Il y en avait de rayés à plusieurs couleurs, qui en long, qui en large et qui en travers, et d'autres encore par ondes. Il y en avait d'ouvragés à la façon des marqueteries, avec des semis de taches capricieusement disposées, certains grenés ou mouchetés, d'autres mi-partis, grêlés et minusculement tiquetés, ou parcourus de veines comme les marbres.

D'autres encore à motifs serpentins, ou entrelacés de plusieurs chaînons. Il y en avait d'incrustés d'émaux, de parsemés d'écus et de rosettes. Et l'un, le plus beau de tous, paraissait tout enveloppé au point de cordonnet qui formait deux fils raisin et lait ; et c'était miracle que pas même une fois ne manquât de revenir en haut le fil qui s'était enroulé par en dessous, tel un travail de main d'artiste.

A ce moment seulement, tandis qu'il percevait en arrière-fond des poissons les formes coralliennes qu'il n'avait pu reconnaître à première vue, Roberto distinguait des régimes de bananes, des paniers de petits pains, des corbeilles de nèfles couleur bronze sur lesquelles passaient canaris et lézards verts et colibris.

Il était au-dessus d'un jardin, non, il se méprenait, à présent on eût dit d'une forêt pétrifiée, faite de ruines de champignons — erreur encore, il s'était leurré, maintenant se succédaient des coteaux, des plissements, des escarpements, des fosses et des cavernes, un seul glissement de rochers vivants où une végétation non terrestre se composait en formes aplaties, rondes ou écailleuses qui paraissaient endosser un jaseran de granit, et aussi en formes noueuses ou pelotonnées sur elles-mêmes. Pourtant, pour différentes qu'elles fussent, toutes étaient extraordinaires de grâce et de charme, à tel point que même celles qui semblaient travaillées avec une fausse négligence, bâclées en somme, montraient leur rudesse avec majesté, et avaient l'air de monstres, mais de beauté.

Ou encore (Roberto se rature et se corrige, sans réussir à relater, tel qui doit décrire pour la première fois un cercle carré, une montée horizontale, un silence bruyant, un arc-en-ciel nocturne) ce qu'il voyait là, c'étaient des arbustes de cinabre.

Peut-être, à force de retenir son souffle, s'était-il obnubilé, l'eau qui envahissait son masque lui brouillait-elle les formes et les nuances. Il avait mis sa tête à l'air pour emplir ses poumons, et avait recommencé à flotter sur les bords de la barrière, à suivre les anfractuosités et les trouées où s'ouvraient des couloirs de cretonne dans lesquels se faufilaient des arlequins ivres, tandis qu'au-dessus d'un escarpement il voyait se reposer, animé de lente respiration et remuement de pinces, un homard crêté de mozzarella, surplombant un lacis de coraux (ceux-ci semblables à ceux-là qu'il connaissait, mais disposés comme le fromage de Frère Etienne, qui ne finit jamais).

Ce qu'il voyait maintenant n'était pas un poisson, mais pas non plus une feuille, à coup sûr une chose vive, telles deux larges tranches de matière blanchâtre, bordées de rouge de kermès, et un éventail de plumes ; et là où l'on aurait attendu des yeux, s'agitaient deux cornes de cire à cacheter.

Des polypes ocellés, qui dans leur grouillement vermiculaire et lubrifié révélaient l'incarnadin d'une grande lèvre centrale, effleuraient des plantations d'olothuries albuginées au gland de passe-velours ; de petits poissons rosés et piquetés d'olivette effleuraient des choux-fleurs cendreux éclaboussés d'écarlate, des tubercules tigrés de ramures fuligineuses... Et puis on voyait le foie poreux couleur colchique d'un grand animal, ou encore un feu d'artifice d'arabesques vif-argent, des hispidités d'épines dégouttantes de rouge sang et enfin une sorte de calice de nacre flasque...

Ce calice finit par lui apparaître comme une urne, et il pensa que parmi ces rochers était inhumé le cadavre du père Caspar. Non plus visible, si l'action de l'eau l'avait d'abord recouvert de tendrons coralliens, mais les coraux, absorbant les humeurs terrestres de ce corps, avaient pris forme de fleurs et de fruits jardinés. Peut-être d'ici peu reconnaîtrait-il le pauvre vieux devenu une créature jusqu'alors étrangère ici-bas, le globe de la tête fabriqué avec une noix de coco lanugineuse, deux pommes séchées pour composer les joues, yeux et paupières devenus deux abricots verts, le nez, une courgette biscornue comme l'étron d'un animal ; dessous, en guise de lèvres, des figues sèches, une betterave avec sa broussaille apicale pour le menton, et un cardon rugueux faisant office de gorge ; à chacune des tempes deux bogues de châtaigne pour faire touffes de cheveux, et pour les oreilles les deux écorces d'une noix coupée ; pour les doigts, des carottes ; en pastèque, le ventre ; en coings, les genoux.

Comment pouvait-il, Roberto, nourrir des pensées aussi funèbres sous une forme aussi grotesque ? Sous une tout autre forme, la dépouille de son pauvre ami aurait proclamé en ce lieu son fatidique « Et in Arcadia ego »...

Là, peut-être sous la forme de crâne de ce corail graveleux... Ce sosie de pierre lui sembla déjà extirpé de son lit marin. Soit par pitié, en souvenir de son maître disparu, soit pour soustraire à la mer au moins l'un de ses trésors, il le prit et, comme il en avait trop vu pour ce jour, emportant cette proie sur sa poitrine, il était retourné au navire.

33

Mondes Souterrains

Les coraux avaient été pour Roberto un défi. Quand il eut découvert de combien d'inventions était capable la Nature, il se sentit invité à une épreuve. Il ne pouvait pas laisser Ferrante dans cette prison, et sa propre histoire à moitié : il eût satisfait sa rancœur pour son rival, mais pas son orgueil de conteur. Que pouvait-on faire arriver à Ferrante ?

L'idée était venue à Roberto un matin où, comme à son habitude, il s'était aposté, dès l'aurore, pour surprendre sur l'Ile la Colombe Couleur Orange. De grand matin le soleil tapait dans les yeux, et Roberto avait même essayé de fabriquer, autour de la lentille terminale de sa lunette d'approche, une sorte de visière, avec un feuillet du journal de bord, mais il en était réduit à certains moments à ne voir que des papillotages. Lorsque le soleil ensuite s'était levé sur l'horizon, la mer lui faisait miroir et doublait chacun de ses rayons.

Mais ce jour-là Roberto s'était mis en tête qu'il avait vu quelque chose se lever des arbres vers le soleil, et puis se confondre dans sa sphère lumineuse. Probablement était-ce une illusion. N'importe quel autre oiseau, dans cette lumière, aurait paru briller... Roberto était convaincu d'avoir vu la colombe, et déçu de s'être trompé. Dans un état d'âme aussi incertain, il se sentait une fois de plus frustré.

Pour un être comme Roberto, désormais arrivé au point de ne jouir jalousement que de ce qui lui était soustrait, peu s'en fallait qu'il ne rêvât que Ferrante au contraire avait eu ce qui lui avait été refusé à lui. Mais puisque Roberto était l'auteur de cette histoire et qu'il ne voulait pas trop concéder à Ferrante, il décida qu'il ne pourrait, lui, n'avoir commerce qu'avec l'autre colombeau, le bleu-vert. Et ce, parce que Roberto, sans nulle certitude, avait décidé de toute façon que, dans le couple, l'orangé devait être de sexe féminin, en somme Elle. Comme dans l'histoire de Ferrante, la colombe ne devait pas constituer le terme, mais bien le truchement d'une possession, pour le moment le mâle lui revenait.

Un colombeau bleu-vert, qui vole seulement dans les mers du Sud, pouvait-il aller se poser sur le rebord de la fenêtre derrière laquelle Ferrante soupirait après sa liberté ? Oui, dans le Pays des Romans. Et puis, ne pouvait-elle pas, cette *Tweede Daphne*, être à peine revenue de ces mers, plus fortunée que sa sœur aînée, emportant dans le fond de cale l'oiseau qui s'était maintenant libéré ?

En tout cas Ferrante, ignare quant aux Antipodes, ne risquait pas de se poser de tels problèmes. Il avait vu la colombe, d'abord l'avait nourrie avec quelques miettes de pain, par pur passe-temps, ensuite il s'était demandé s'il ne pouvait pas s'en servir pour ses fins. Il savait que ces oiseaux servent parfois à porter des messages : certes, confier un message à cet animal ne voulait pas dire l'envoyer à coup sûr où il aurait voulu, mais dans un si grand ennui il valait la peine de tenter.

A qui pouvait-il demander de l'aide, puisque par inimitié avec tous, soi-même compris, il ne s'était fait que des ennemis, et les rares personnes l'ayant servi étaient des impudents disposés à le suivre uniquement dans la fortune, certes pas dans l'infortune ? Il s'était dit : je demanderai secours à la Dame, qui m'aime (« comment fait-il pour en être aussi sûr ? » s'interrogeait, envieux, Roberto, en inventant cette suffisance).

Biscarat lui avait laissé le nécessaire pour écrire, au cas où la nuit lui aurait porté conseil et qu'il eût voulu envoyer une confession au Cardinal. Il avait par conséquent tracé sur un côté du papier l'adresse de la Dame, en ajoutant que la personne qui remettrait le message recevrait une récompense. Puis, sur l'autre face, il avait dit où il se trouvait (il avait entendu les geôliers prononcer un nom), victime d'un infâme complot du Cardinal, et invoqué sa sauvegarde. Après quoi il avait roulé le feuillet pour l'attacher à la patte de l'animal, qu'il incita à prendre son vol.

Au vrai, ensuite il avait oublié, ou presque, ce geste. Comment pouvait-il avoir pensé que le bleu colombeau volerait précisément jusqu'à Lilia ? Ce sont des choses qui arrivent dans les fables, et Ferrante n'était pas homme à se fier aux fabliauteurs. Peut-être le colombeau avait-il été touché par un chasseur, chutant dans les branches d'un arbre et perdant le message...

Ferrante ne savait pas qu'en revanche l'oiseau avait été pris dans la glu d'un paysan, qui avait pensé tirer parti de ce qui, à l'évidence, était un signal envoyé à quelqu'un, peut-être au commandant d'une armée.

Or donc ce paysan avait porté le message à examiner à la seule personne de son village qui sût lire, le curé, et celui-ci avait tout organisé comme il faut. La Dame repérée, il lui avait envoyé un ami pour négocier la remise, en tirant une généreuse aumône destinée à son église et une dringuelle au paysan. Lilia avait lu, avait pleuré, s'était adressée à des amis sûrs pour des conseils. Toucher le cœur du Cardinal ? Rien de plus facile pour une belle dame de la cour, mais cette dame fréquentait le salon d'Arthénice, dont Mazarin se défiait. Déjà circulaient des vers satiriques sur le nouveau ministre, et on disait qu'ils provenaient de ces appartements. Une précieuse qui va chez le Cardinal demander pitié pour un ami condamne cet ami à une peine encore plus lourde.

Non, il fallait rassembler une troupe d'hommes courageux et leur faire tenter un coup de main. Mais avec le recours de qui ?

Ici Roberto ne savait pas comment poursuivre. Si lui-même avait été mousquetaire du Roi, ou cadet de Gascogne, Lilia eût pu s'adresser à ces valeureux, fort célèbres pour leur esprit de corps. Mais qui risque l'ire d'un ministre, du Roi peut-être, pour un étranger familier de bibliothécaires et d'astronomes ? Desquels, bibliothécaires et astronomes, mieux valait ne pas parler : pour décidé qu'il fût au roman, Roberto ne pouvait penser au Prévôt de Digne ou à monsieur Gaffarel galopant ventre à terre vers sa prison — c'est-à-dire vers celle de Ferrante qui, pour tout le monde désormais, était Roberto.

Roberto avait eu une inspiration quelques jours plus tard. Laissant de côté l'histoire de Ferrante, il s'était remis à explorer la barbacane de corail. Ce jour-là, il suivait une cohorte de poissons affublés d'une salade jaune sur le museau, et on eût dit des guerriers voltigeants. Ils allaient s'introduire dans une fissure entre deux tours de pierre où les coraux étaient des palais délabrés d'une ville submergée.

Roberto avait imaginé que ces poissons vaguaient au milieu des ruines de cette cité d'Ys dont il avait entendu parler, et qui s'étendrait encore à peu de milles de la côte de Bretagne, là où les ondes l'avaient recouverte. Voilà, le poisson le plus grand était l'ancien roi de la cité, suivi de ses dignitaires, et tous se chevauchaient eux-mêmes à la recherche de leur trésor englouti par la mer...

Mais pourquoi repenser à une ancienne légende ? Pourquoi ne pas considérer les poissons comme des habitants d'un monde qui a ses forêts, ses pics, ses arbres et ses vallées, et ne sait rien du monde de la surface ? Sur un mode identique, nous vivons sans savoir que le creux du ciel cèle d'autres mondes, où les gens ne marchent ni ne nagent, mais volent ou naviguent par les airs ; si ce que nous appelons planètes sont les carènes de leurs navires dont nous voyons seulement le fond luisant, de même ces enfants de Neptune voient au-dessus d'eux l'ombre de nos galions, et ils les tiennent pour des corps éthérés qui parcourent leur firmament d'eau.

Et s'il est possible qu'il existe des êtres qui vivent sous les eaux, alors il pourrait exister des êtres qui vivent sous la terre, des peuples de salamandres susceptibles d'atteindre à travers leurs galeries le feu central qui anime la planète ?

Ainsi réfléchissant, Roberto s'était rappelé une argumentation de Saint-Savin : nous pensons qu'il est difficile de vivre à la surface de la lune car, croit-on, il n'y aurait pas d'eau, mais il y en a peut-être là-haut dans des cavités souterraines, et la nature aura creusé sur la lune des puits, qui sont les taches que nous voyons. Qui peut dire si les habitants de la lune ne trouvent pas asile dans ces niches pour échapper à la proximité insupportable du soleil ? Ne vivaient-ils donc pas sous la terre, les premiers chrétiens ? Et ainsi les Séléniens vivent-ils toujours dans des catacombes, qui leur paraissent à eux familières.

Et il n'est pas dit qu'ils doivent vivre dans le noir. Peut-être y a-t-il de très nombreux trous sur la croûte du satellite, et l'intérieur reçoit-il la lumière par des milliers de soupiraux, c'est une nuit sillonnée de faisceaux de lumière, sans différence avec ce qui se passe dans une église, ou sur la *Daphne* dans le second-pont. Sinon, il existe en surface des pierres phosphoriques qui le jour s'imprègnent de la lumière du soleil et puis la restituent la nuit, et les Séléniens s'emparent de ces pierres à chaque couchant, de façon que leurs galeries soient toujours plus resplendissantes qu'un palais royal.

Paris, avait pensé Roberto. Et ne sait-on pas peut-être que, telle Rome, la ville entière est percée de catacombes où, dit-on, se réfugient nuitamment les malfaiteurs et les gueux ?

Les Gueux, voilà l'idée pour sauver Ferrante ! Les Gueux, dont on raconte qu'ils seraient gouvernés par un roi à eux et par un ensemble de lois implacables, les Gueux, une société de torves canailles qui vit de maléfices, larcins et scélératesses, agressions meurtrières et exorbitances, ordures, friponneries et infamies, tandis qu'elle feint de tirer profit de la chrétienne charité !

Idée que seule une femme amoureuse pouvait concevoir ! Lilia — se racontait Roberto — n'est pas allée se confier à des gens de cour ou des nobles de robe, mais à la dernière de ses chambrières : elle a un impudique commerce avec un charretier, lequel connaît les tavernes autour de Notre-Dame où, au couchant, apparaissent les mendiants qui ont passé la journée à quémander sous les portails... Voici le chemin.

Son guide la conduit à une heure avancée de la nuit dans l'église de Saint-Martin-des-Champs, soulève une pierre qui pave le chœur, la fait descendre dans les catacombes de Paris et avancer, éclairée par une torche, à la recherche du Roi des Gueux.

Et voici alors Lilia, travestie en gentilhomme, androgyne flexueux qui va par tunnels, escaliers et chatières, tandis qu'elle aperçoit dans l'obscurité, çà et là affaissés entre haillons et chiffons, des corps aux cuisses disloquées et des faces marquées de verrues, cloques, érysipèles, gale sèche, impétigos, apostèmes et cancers, tous grésillant de leurs doigts tendus, va savoir si c'est pour demander l'aumône ou pour dire — de l'air d'un gentilhomme de la chambre — : « allez, allez, notre seigneur vous attend déjà ».

Et leur seigneur était là, au centre d'une salle à mille lieues sous la surface de la ville, assis sur un tonnelet, entouré de coupeurs de bourses, filous, faussaires et charlatans, crapulerie majeure ès tous abus et vices.

Comment pouvait-il être, le Roi des Gueux ? Enveloppé dans un manteau déformé, le front couvert de tubercules, le nez rongé par le tabès, les yeux de marbre, un vert et un noir, le regard de fouine, les sourcils fléchis vers le bas, un bec-de-lièvre qui lui découvrait des dents de loup pointues et pointant en avant, les cheveux crépus, la carnation sableuse, les mains aux doigts trapus, aux ongles recourbés...

Après avoir écouté la Dame, celui-ci dit qu'il avait à son service une armée en regard de quoi celle du roi de France était une garnison de province. Et, de loin, bien moins coûteuse : si ces gens étaient dédommagés dans une mesure acceptable, disons le double de ce qu'ils pourraient recueillir en gueusant dans le même laps de temps, ils se feraient occire pour un bailleur aussi généreux.

Lilia avait défilé un rubis de ses doigts (comme il est d'usage en ces cas-là), en demandant d'un air royal : « Vous suffit-il ?

— Il me suffit », avait dit le roi des Gueux, tout en caressant la gemme de son regard rusé. « Dites-nous où. » Et, quand il sut où, il avait ajouté : « Les miens n'usent pas de chevaux ni de carrosses, mais dans ce lieu-là on peut arriver sur des barges, au fil de la Seine. »

Roberto imaginait Ferrante, tandis qu'au soleil couchant il s'entretenait sur le donjon du fortin avec le capitaine Biscarat, qui soudain les avait vus arriver. Ils étaient d'abord apparus sur les dunes, pour s'égailler ensuite vers l'étendue plane.

« Des pèlerins de Saint-Jacques, avait observé avec mépris Biscarat, et de la pire race, ou de la plus malheureuse, car ils vont chercher salut et santé quand ils ont déjà un pied dans la tombe. »

De fait les pèlerins, en une très longue file, s'approchaient de plus en plus de la côte, et l'on apercevait un troupeau d'aveugles les mains tendues, de manchots sur leurs béquilles, de lépreux, chassieux, ulcéreux et scrofuleux, un ramas d'estropiés, boiteux et tordus, couverts de charpies.

« Je ne voudrais pas qu'ils s'approchassent trop, et cherchassent refuge pour la nuit, avait dit Biscarat. Ils ne nous apporteraient rien d'autre que saleté entre ces murailles. » Et il avait fait tirer quelques coups de mousquet en l'air, pour que l'on comprît que ce castel était un lieu inhospitalier.

Mais c'était comme si ces coups de feu avaient servi d'appel. Alors que survenaient de loin d'autres vagues de racaille, les premières s'approchaient sans trêve de la forteresse et déjà on en entendait le bestial bredouillage.

« Tenez-les à distance, pardieu », avait crié Biscarat, et il avait fait jeter du pain au pied du mur, comme pour leur dire que c'était là toute la charité du seigneur de ces lieux, et qu'ils ne devaient s'attendre à rien d'autre. Mais l'immonde tourbe, croissant à vue d'œil, avait poussé son avant-garde sous les murailles, en piétinant ce don et regardant vers le haut comme pour chercher mieux que ça.

Maintenant on pouvait les discerner un à un, et ils ne ressemblaient pas du tout à des pèlerins, ni à des malheureux qui demanderaient un soulagement à

leurs teignes. Sans nul doute — disait Biscarat soucieux — c'étaient des misérables, un hétéroclite
amas d'errants à l'aventure. Ou du moins ainsi
parurent-ils encore un court moment, car le crépuscule était désormais tombé et la partie plane et
les dunes devenues un seul gris grouillement de rats.

« Aux armes, aux armes ! » s'était écrié Biscarat,
qui avait deviné maintenant qu'il ne s'agissait pas de
pèlerinage ou de gueuserie, mais d'assaut. Et il avait
ordonné de faire feu contre ceux qui déjà touchaient
le mur. Mais c'était vraiment comme tirer sur une
foule de rongeurs, ceux qui arrivaient poussaient de
plus en plus ceux qui étaient arrivés, les morts
furent foulés aux pieds, servirent d'appui à ceux qui
pressaient derrière, et déjà l'on pouvait voir les premiers s'agripper de leurs mains aux lézardes de cette
ancienne construction, enfiler leurs doigts dans les
fissures, poser le pied dans les interstices, s'entor-
tiller aux fers des premières croisées, insinuer leurs
membres sciatiques dans les meurtrières. Et pendant ce temps une autre partie de cette engeance
houleuse ondoyait à terre, donnant de l'épaule
contre le portail.

Biscarat avait ordonné de le barricader de l'intérieur, mais les poutrelles pourtant robustes de ces
vantaux craquaient déjà sous la pression de cette
bâtardouille.

Les gardes continuaient à tirer, mais les rares
assaillants qui tombaient étaient aussitôt enjambés
par d'autres bandes, désormais on n'entrevoyait
qu'un pullulement d'où, à un moment donné, commencèrent à monter comme des anguilles de corde
lancées en l'air, et l'on se rendit compte qu'il s'agissait des grappins aux quatre fers, et que certains
d'entre eux s'étaient déjà accrochés aux merlons. Et
à peine un garde se penchait-il un peu pour dériver
ces fers onglés, que ceux qui se trouvaient hissés en
tête le frappaient avec des épieux et des bâtons, ou
bien l'enveloppaient dans des lacs, le faisant chuter
d'en haut, disparaître dans la presse de ces

extrahideux endémenés, sans que l'on pût distinguer le râle de l'un du rugissement des autres.

Bref, qui eût pu suivre l'événement du haut des dunes, celui-là n'aurait plus vu le fort, mais un fourmillement de mouches sur une charogne, un essaim d'abeilles sur un rayon de miel, une confrérie de bourdons.

En même temps, d'en bas s'étaient fait entendre le bruit du portail qui s'abattait, et le remue-ménage dans la cour. Biscarat et ses gardes se portèrent à l'autre bout du donjon — sans plus s'occuper de Ferrante, tapi dans l'embrasure de la porte qui donnait sur les escaliers, point trop effrayé, déjà saisi du pressentiment que ces gens étaient en quelque sorte des amis.

Lesdits amis avaient maintenant atteint et dépassé les murs crénelés, prodigues de leur vie ils tombaient face aux derniers coups de mousquet, insoucieux de leur poitrine ils franchissaient la barrière des épées tendues, terrorisant les gardes de leurs yeux immondes, de leurs visages distordus. Ainsi les gardes du Cardinal, d'habitude hommes de fer, abandonnaient leurs armes, du ciel implorant pitié pour ce qu'ils croyaient à présent une clique infernale, et ceux-là d'abord les terrassaient à coups de gourdin, puis ils se jetaient sur les survivants, flanquant mornifles et brise-maxillaires, poings-aux-gosiers et pognes-sur-tronches, ils égorgeaient de leurs dents, écartelaient de leurs serres, ils débordaient de violence en donnant libre cours à leur fiel, s'acharnaient sur les morts : certains, Ferrante les vit ouvrir une poitrine, s'emparer du cœur et le dévorer parmi de hauts cris.

Restait Biscarat, l'unique rescapé, qui s'était battu comme un lion. Se voyant désormais vaincu, il s'était placé le dos au parapet, avait tracé de son épée ensanglantée une ligne sur le terrain et crié : « Icy mourra Biscarat, seul de ceux qui sont avec luy ! »

Mais en cet instant un borgne à la jambe de bois, qui agitait une hache, avait émergé de l'escalier, fait un signe et mis fin à cette boucherie, ordonnant d'attacher Biscarat. Puis il avait aperçu Ferrante, le reconnaissant précisément à ce masque qui aurait dû le rendre méconnaissable, l'avait salué d'un ample geste de sa main armée, comme s'il voulait balayer le sol avec la plume d'un chapeau, et lui avait dit : « Monsieur, vous êtes libre. »

Il avait sorti un message de son pourpoint, avec un sceau que Ferrante reconnut aussitôt, et le lui avait tendu.

C'était elle, qui lui conseillait de disposer de cette armée horrible mais de confiance, et de l'attendre ici, où elle arriverait vers l'aube.

Ferrante, après avoir été libéré de son masque, en premier lieu avait libéré les pirates, et souscrit un pacte avec eux. Il s'agissait de reprendre le navire et faire voile sous ses ordres sans poser de questions. Récompense, partie d'un trésor aussi vaste que le chaudron des frères hospitaliers de l'Altopascio. Comme à l'accoutumée, Ferrante ne pensait pas le moins du monde à tenir sa parole. Une fois Roberto retrouvé, il lui suffirait de dénoncer son équipage au premier port de relâche, et il les verrait tous pendus haut et court, restant le maître du navire.

Des gueux, il n'avait plus besoin, et leur chef, en homme loyal, lui dit qu'ils avaient déjà reçu leur salaire pour cette entreprise. Il voulait quitter cet endroit au plus vite. Ils se dispersèrent dans l'arrière-pays et retournèrent à Paris en mendiant de village en village.

Il fut facile de monter sur une barque gardée dans le bassin du fort, arriver au vaisseau et jeter à la mer les deux seuls hommes qui se trouvaient de faction. Biscarat fut enchaîné à fond de cale, puisque c'était un otage dont on pourrait faire commerce. Ferrante s'accorda un court repos, revint au rivage avant l'aube, à temps pour accueillir un carrosse d'où était descendue Lilia, plus belle que jamais dans sa coiffure virile.

Roberto jugea que le plus grand supplice lui viendrait à la pensée qu'ils s'étaient salués en restant sur leur quant-à-soi, sans se trahir devant les pirates qui devaient croire embarquer un jeune gentilhomme.

Ils étaient montés sur le navire, Ferrante avait vérifié que tout se trouvait prêt pour appareiller et, comme on levait l'ancre, il était descendu dans la chambre qu'il avait fait préparer pour l'hôte.

Là elle l'attendait, les yeux qui ne demandaient rien d'autre que d'être aimés, dans l'exultation fluante de ses cheveux maintenant libres sur ses épaules, prête au plus réjouissant des sacrifices. O chevelures errantes, chevelures dorées et adorées, chevelures bouclées qui voletez et badinez et badinant errez — soupirait follement Roberto pour Ferrante...

Leurs visages s'étaient rapprochés pour cueillir une moisson de baisers d'une ancienne semence de soupirs, et en cet instant Roberto puisa en pensée à cette lèvre de rose carnée. Ferrante embrassait Lilia, et Roberto se figurait dans l'acte et le frisson de mordre ce véritable corail. Mais là, il sentait qu'elle lui échappait tel un souffle de vent, il en perdait la douce chaleur qu'il avait cru sentir quelques secondes, et il la voyait glacée dans un miroir, dans d'autres bras, sur une couche lointaine, dans un autre navire.

Pour défendre les amants, il avait fait descendre une fine couverture d'avare transparence, et ces corps maintenant dévoilés étaient des livres de solaire nécromancie, dont les accents sacrés se révélaient à deux seuls élus qui s'abécédaient tour à tour bouche à bouche.

Le vaisseau s'éloignait, véloce, Ferrante l'emportait. Elle aimait en lui Roberto dans le cœur de qui ces images s'abattaient comme un brandon sur une brassée de ronces.

34

Monologue sur la Pluralité des Mondes

Nous nous souviendrons — je l'espère, parce que des romanciers de notre siècle Roberto avait pris l'habitude de raconter tant d'histoires à la fois qu'à un moment donné il est difficile d'en reprendre le fil — que notre héros avait rapporté de sa première visite au monde des coraux le « sosie de pierre », qui lui avait semblé un crâne, peut-être celui du père Caspar.

Or donc, pour oublier les amours de Lilia et de Ferrante, il restait assis sur le tillac au déclin du soleil, à contempler cet objet et à en étudier la texture.

Cela n'avait pas l'air d'un crâne. C'était plutôt une ruche minérale composée de polygones irréguliers, mais les polygones n'étaient pas les unités élémentaires de ce tissu : chaque polygone offrait en son centre une symétrie rayonnée de fils très fins au milieu desquels apparaissaient — en fronçant les sourcils — des intervalles qui peut-être formaient d'autres polygones et, si l'œil avait pu pénétrer plus avant encore, il aurait peut-être distingué que les côtés de ces petits polygones étaient faits d'autres polygones plus petits encore, jusqu'à ce que — divisant les parties en parties de parties — on fût parvenu au moment où l'on se serait arrêté devant ces parties non sécables davantage, que sont les atomes. Mais comme Roberto ne savait pas jusqu'à quel point il aurait été possible de diviser la matière, il ne percevait pas clairement jusqu'où son œil — pas de lynx, hélas, puisqu'il ne possédait pas cette lentille qui avait permis à Caspar d'identifier même les animalcules de la peste — aurait pu descendre dans l'abîme en continuant de trouver des formes nouvelles à l'intérieur des formes subodorées.

La tête de l'abbé aussi, comme le criait cette nuit-là Saint-Savin durant le duel, pouvait être un monde pour ses poux — oh, comme à ces mots Roberto avait songé au monde où vivaient, trop heureux insectes, les poux d'Anna Maria (ou Francesca) Novarese ! Cependant, vu que les poux non plus ne sont pas des atomes, mais des univers illimités pour les atomes qui les composent, peut-être y a-t-il à l'intérieur du corps d'un pou d'autres animaux, plus petits encore, qui y vivent comme dans un monde spacieux. Et peut-être ma propre chair — pensait Roberto — et mon sang ne sont-ils rien autre chose qu'une tissure d'infimes animaux qui me prêtent mouvement par le leur, se laissant conduire à ma volonté, en guise de cocher. Et mes animaux se demandent sûrement où je les mène maintenant, les soumettant à l'alternance de la fraîcheur marine et des ardeurs solaires, et, perdus dans ce va-et-vient d'instables climats, ils sont tout aussi incertains de leur destinée que je le suis moi-même.

Et si dans un espace tout aussi illimité se sentaient jetés d'autres animaux encore plus minuscules qui vivent dans l'univers de ceux que je viens de dire ?

Pourquoi m'interdirais-je de le penser ? Pour la seule raison que je n'en ai jamais rien su ? Comme me le disaient mes amis de Paris, qui serait sur les tours de Notre-Dame et regarderait de loin le faubourg de Saint-Denis, celui-là ne pourrait jamais imaginer que cette vague tache est habitée par des êtres, nos semblables. Nous voyons Jupiter, qui est immense, mais depuis Jupiter on ne nous voit pas nous, et l'on ne peut même pas penser à notre existence. Et hier encore aurais-je jamais soupçonné que sous la mer — pas dans une planète lointaine ou sur une goutte d'eau, mais dans une partie de notre propre univers — il existât un Autre Monde ?

Par ailleurs que savais-je il y a quelques mois à peine de la Terre Australe ? J'aurais dit que c'était là lubie de géographes hérétiques, et qui sait si peut-être sur ces îles, à des époques passées, ils n'ont pas brûlé quelqu'un de leurs philosophes qui soutenait d'une voix gutturale que le Montferrat et la France existent. Et pourtant je suis bien ici à l'heure présente, et force m'est de croire que les Antipodes existent — et que, contrairement à l'opinion d'hommes très sages en leur temps, je ne marche pas la tête en bas. Simplement les habitants de ce monde occupent la poupe, et nous la proue du même vaisseau où, sans rien savoir les uns des autres, nous sommes également embarqués.

Ainsi l'art de voler est encore ignoré et pourtant — si l'on prête attention à un certain monsieur Godwin dont me parlait le docteur d'Igby — un jour on ira sur la lune, comme on est allé en Amérique, même si avant Colomb personne ne soupçonnait que ce continent existât, ni que l'on pût un jour l'appeler de la sorte.

Le soleil couchant avait cédé au crépuscule, et puis à la nuit. La lune, Roberto la voyait maintenant toute pleine dans le ciel, et il pouvait en distinguer les taches, où les enfants et les ignorants perçoivent les yeux et la bouche d'une face placide.

Pour provoquer le père Caspar (dans quel monde, sur quelle planète des justes était à présent le cher vieillard ?), Roberto l'avait entrepris sur les habitants de la lune. Mais la lune peut-elle être vraiment habitée ? Pourquoi pas, elle était comme Saint-Denis : qu'en savent-ils, les humains du monde qu'il peut y avoir là-bas ?

Roberto argumentait : si, me trouvant sur la lune, je lançais un caillou en l'air, il tomberait sur la terre peut-être ? Non, il retomberait sur la lune. Donc la lune, à l'égal de toute autre planète ou étoile, n'importe, est un univers qui a un centre et une circonférence à soi, et ce centre attire tous les corps qui vivent dans la sphère de domination de ce monde-là. Ainsi qu'il en va pour la terre. Et alors, pourquoi ne pourrait-il aussi arriver à la lune tout le reste qui arrive à la terre ?

Une atmosphère enveloppe la lune. Le Dimanche des Rameaux d'il y a quarante ans, quelqu'un n'a-t-il pas vu, à ce que l'on m'a dit, des nuages sur la lune ? Ne voit-on pas sur cette planète un grand frémisse- ment aux approches d'une éclipse ? Et qu'est-ce autre chose sinon la preuve qu'il y a de l'air ? Les planètes dégagent des vapeurs, et les étoiles aussi — que sont d'autre les taches dont on dit qu'elles seraient sur le soleil, d'où s'engendrent les étoiles filantes ?

Et sur la lune il y a certainement de l'eau. Com- ment alors expliquer ses taches, sinon en tant qu'images de lacs (au point que quelqu'un a suggéré que ces lacs seraient artificiels, œuvre humaine ou presque, tellement ils sont bien dessinés et distri- bués à équidistance) ? En outre, si la lune avait été conçue seulement comme un grand miroir qui sert à réfléchir sur la terre la lumière du soleil, pourquoi le Créateur aurait-il dû maculer ce miroir ? Par conséquent les taches ne sont pas des imperfections, mais des perfections, et donc des étangs ou des lacs ou des mers. Et si là-bas il y a de l'eau et de l'air, il y a de la vie.

Une vie sans doute différente de la nôtre. Sans doute cette eau a-t-elle le goût (que sais-je ?) de réglisse, de cardamome, voire de poivre. S'il y a des mondes infinis, c'est là une preuve de l'infini génie de l'Ingénieur de notre univers, et alors il n'est point de limites à ce Poète. Il peut avoir créé partout des mondes habités, mais par des créatures toujours dif- férentes. Peut-être les habitants du soleil sont-ils plus solaires, clairs et illuminés que les habitants de la terre, lesquels sont appesantis par la matière, et les habitants de la lune se trouvent entre les deux. Dans le soleil vivent des êtres tout forme, ou Acte si l'on préfère, sur la terre des êtres faits de pures Puis- sances qui évoluent, et sur la lune ils sont *in medio fluctuantes*, autrement dit passablement luna- tiques...

Pourrions-nous vivre dans l'air de la lune ? Peut- être pas, à nous il donnerait le vertige ; d'autre part les poissons ne peuvent vivre dans le nôtre, ni les oiseaux dans celui des poissons. Cet air doit être plus limpide que le nôtre, et comme le nôtre, à cause de sa densité, fait office de lentille naturelle qui filtre les rayons du soleil, les Séléniens verront le soleil avec une bien autre évidence. L'aube et la brune, nous éclairant quand le soleil n'est pas encore ou qu'il n'est plus, sont un don de notre air qui, riche d'impuretés, en capture et transmet la lumière ; lumière que nous ne devrions pas avoir, lumière prodiguée à profusion. Mais, ce faisant, ces rayons nous préparent à l'acquisition et à la perte du soleil peu à peu. Sans doute sur la lune, où l'air est plus fin, a-t-on des jours et des nuits qui arrivent tout soudain. Le soleil se lève d'un coup à l'horizon comme à l'ouverture d'un rideau. Puis, de la lumière la plus éclatante, les voici qui tombent d'un coup dans le noir le plus bitumeux. Et à la lune ferait défaut l'arc-en-ciel, qui est un effet des vapeurs mêlées à l'air. Mais sans doute pour les mêmes raisons n'ont-ils ni pluies ni tonnerres ni éclairs.

Et comment seront-ils donc, les habitants des planètes les plus voisines du soleil ? Fougueux comme les Mores, mais de beaucoup plus spirituels que nous. De quelle grandeur verront-ils donc le soleil ? Comment peuvent-ils en souffrir la lumière ? Là-bas peut-être les métaux fondent-ils à l'état naturel et courent-ils en fleuves ?

Mais il existe vraiment des mondes infinis ? Une question de ce genre, à Paris, donnait lieu à un duel. Le Prévôt de Digne disait ne pas savoir. Ou plutôt, l'étude de la physique l'inclinait à dire que oui, dans le sillage du grand Epicure. Le monde ne peut être qu'infini. Des atomes qui se pressent dans le vide. Que les corps existent, la sensation en témoigne. Que le vide existe, en témoigne la raison. Comment et où, sinon, pourraient se mouvoir les atomes ? S'il n'y avait point de vide il n'y aurait point de mouvement, ou il faut admettre la pénétration des corps. Il serait ridicule de penser que quand une mouche pousse de l'aile une parcelle d'air, cette parcelle en fait reculer devant elle une autre, et cette autre encore une autre, et qu'ainsi l'agitation du petit orteil d'une puce, pousse que je te pousse, aille faire une bosse derrière le monde !

D'un autre côté, si le vide était infini et le nombre des atomes fini, ces derniers ne cesseraient pas de se mouvoir en tous sens, ils ne s'entre-choqueraient jamais (de même que deux personnes ne se rencontreraient jamais, à moins d'un hasard impensable, si elles erraient à travers un désert sans fin), et ils ne produiraient pas leurs composés. Et si le vide était fini, et les corps infinis, il n'aurait pas de place pour les contenir.

Naturellement, il suffirait de penser à un vide fini habité par des atomes en nombre fini. Le Prévôt me disait que telle est l'opinion la plus prudente. Pourquoi vouloir que Dieu soit obligé, à l'exemple d'un chef de troupe, de produire d'infinis spectacles ? Il manifeste sa liberté, éternellement, à travers la création et la sustentation d'un seul monde. Il n'y a pas d'arguments contre la pluralité des mondes, mais il n'y en a pas non plus en sa faveur. Dieu, qui est avant le monde, a créé un nombre suffisant d'atomes, dans un espace suffisamment vaste, pour composer son propre chef-d'œuvre. A son infinie perfection participe aussi le Génie de la Limite.

Pour voir si et combien de mondes il y aurait en une chose morte, Roberto était allé dans le petit musée de la *Daphne*, et il avait aligné sur le tillac, devant lui comme autant d'astragales, toutes les choses mortes qu'il y avait trouvées, fossiles, galets, arêtes ; son regard passant de l'une à l'autre, il continuait de réfléchir au hasard sur le Hasard et sur les hasards.

Mais qui me dit (disait-il) que Dieu tende à la limite, si l'expérience me révèle sans trêve d'autres et de nouveaux mondes, aussi bien en haut qu'en bas ? Il se pourrait alors que non pas Dieu, mais le monde soit éternel et infini et qu'il l'ait toujours été et qu'il en soit toujours ainsi, en une infinie recomposition de ses atomes infinis dans un vide infini, selon certaines lois que j'ignore encore, par écarts imprévisibles mais réglés des atomes, qui s'affoleraient sinon. Et alors le monde serait Dieu. Dieu naîtrait de l'éternité comme univers sans rivages, et je serais soumis à sa loi, sans savoir quelle elle est.

Sot, disent certains : tu peux parler de l'infinité de Dieu parce que tu n'es pas appelé à la concevoir avec ton esprit, mais seulement à y croire, comme l'on croit à un mystère. Mais si tu veux parler de philosophie naturelle, ce monde infini tu devras pourtant bien le concevoir, et tu ne peux.

Admettons. Mais posons alors que le monde est plein et qu'il est fini. Cherchons de concevoir alors le rien qu'il y a après que le monde a sa fin. Quand nous pensons à ce rien, nous pouvons nous l'imaginer comme un vent peut-être ? Non, parce qu'il devrait être vraiment rien, pas même vent. Un interminable rien, en termes de philosophie naturelle — non de foi — est-il concevable ? Il est de beaucoup plus facile d'imaginer un monde qui va à perte de vue, de même que les poètes peuvent imaginer des hommes cornus ou des poissons à deux queues, par composition de parties déjà connues : il n'est que d'ajouter au monde, là où nous croyons qu'il finit, d'autres parties (une étendue faite encore et toujours d'eau et de terre, d'astres et de cieux) semblables à celles que nous connaissons déjà. Sans limites.

Que si en outre le monde était fini, mais que le rien, en tant qu'il est rien, ne pouvait être, que resterait-il au-delà des confins du monde ? Le vide. Et voilà que pour nier l'infini nous affirmerions le vide, qui ne peut être qu'infini, faute de quoi à son terme il faudrait penser de nouveau une nouvelle et impensable étendue de rien. Et alors autant penser tout de suite et librement au vide, et le peupler d'atomes, sauf à le penser comme vide qui plus vide ne saurait être.

Il se trouvait que Roberto jouissait d'un grand privilège, qui donnait sens à son infortune. Voilà qu'il avait la preuve évidente de l'existence d'autres cieux et qu'il devinait, en même temps, sans avoir à se hausser au-delà des sphères célestes, beaucoup de mondes dans un corail. Etait-il besoin de calculer en combien de figures les atomes de l'univers pouvaient se composer — et brûler sur le bûcher ceux qui disaient que leur nombre n'était pas fini — quand il aurait suffi de méditer pendant des années sur un de ces objets marins pour comprendre comment la déviation d'un seul atome, qu'elle fût voulue par Dieu ou suscitée par le Hasard, pouvait donner vie à d'insoupçonnées Voies Lactées ?

La Rédemption ? Argument erroné, pis — protestait Roberto, ne voulant pas avoir maille à partir avec les prochains jésuites qu'il rencontrerait — argument de qui ne sait pas penser la toute-puissance du Seigneur. Qui peut exclure que dans le plan de la création le péché originel se soit réalisé en même temps sur tous les univers, de façons diverses et inopinées, et néanmoins instantanées, et que le Christ soit mort sur la croix pour tous, et les Séléniens et les Siriens et les Coralliens qui vivaient sur les molécules de cette pierre transpercée, quand elle était encore vivante ?

En vérité, Roberto n'était pas convaincu par ses arguments ; il composait un plat fait de trop d'ingrédients, autrement dit il entassait dans un seul raisonnement des choses entendues de divers côtés — et il n'était pas assez ingénu pour ne pas s'en rendre compte. Aussi, après l'avoir emporté sur un possible adversaire, il lui redonnait la parole et s'identifiait avec ses objections.

Une fois, à propos du vide, le père Caspar lui avait cloué le bec d'un syllogisme auquel il n'avait pas su répondre : le vide est non-être, mais le non-être n'est pas, ergo le vide n'est pas. L'argument était bon, parce qu'il niait le vide tout en admettant qu'on pouvait le penser. De fait, on peut parfaitement penser des choses qui n'existent pas. Une chimère qui bourdonne dans le vide peut-elle manger des intentions secondes ? Non, parce que la chimère n'existe pas, dans le vide on n'entend aucun bourdonnement, les intentions secondes sont des choses mentales et l'on ne se nourrit pas d'une poire pensée. Cependant je pense à une chimère encore qu'elle soit chimérique, c'est-à-dire qu'elle n'est pas. Et ainsi du vide.

Roberto se souvenait de la réponse d'un jeune homme de dix-neuf ans qui, un jour à Paris, s'était trouvé invité à une réunion de ses amis philosophes, parce que l'on disait qu'il projetait une machine capable de faire des calculs arithmétiques. Roberto n'avait pas bien compris comment devait fonctionner la machine, et il avait considéré (peut-être par acrimonie) ce garçon trop pâle, trop chagrin et trop pédant pour son âge, alors que ses amis libertins lui enseignaient que l'on peut être savant avec gaieté. Et il avait d'autant moins souffert, la conversation s'étant portée sur le vide, que le jeune homme ait voulu dire son mot, et avec une certaine impudence : « On a trop parlé du vide, jusqu'à présent. Maintenant il faut le démontrer à travers l'expérience. » Il le disait comme si cette tâche lui échoirait un jour, à lui.

Roberto avait demandé à quelles expériences il songeait, et le jeune lui avait répondu qu'il ne le savait pas encore. Afin de le mortifier, Roberto lui avait proposé toutes les objections philosophiques dont il avait connaissance : si le vide était, il ne serait pas matière (qui est pleine), il ne serait pas esprit, car on ne peut concevoir un esprit qui soit vide, il ne serait pas Dieu, car il serait privé même de soi, il ne serait ni substance ni accident, il transmettrait la lumière sans être hyalin... Que serait-il alors ?

Avec humble assurance, le jeune avait dit, tenant les yeux baissés : « Peut-être serait-il quelque chose à mi-chemin entre la matière et le néant, et il ne participerait ni de l'une ni de l'autre. Il différerait du néant par sa dimension, de la matière par son immobilité. Il serait un quasi non-être. Pas supposition. Pas abstraction. Il serait. Il serait (comment pourrais-je dire ?) un fait. Pur et simple.

— Qu'est-ce qu'un fait pur et simple, dénué de toute détermination ? avait demandé avec scolastique arrogance Roberto, qui du reste n'avait pas de préventions sur le sujet, et voulait lui aussi faire assaut de savantasseries.

— Je ne sais définir ce qui est pur et simple, avait répondu le jeune homme. Par ailleurs, monsieur, comment définiriez-vous l'être ? Pour le définir, il faudrait dire qu'il est quelque chose. Donc pour définir l'être il faut déjà dire qu'il *est*, et de la sorte utiliser dans la définition le terme à définir. Je crois qu'il y a des termes impossibles à définir, et peut-être le vide est-il l'un d'entre eux. Mais peut-être me trompé-je.

— Vous ne vous trompez pas. Le vide est comme le temps, avait commenté l'un des amis libertins de Roberto. Le temps n'est pas le nombre du mouvement, parce que c'est le mouvement qui dépend du temps, et non l'inverse ; il est infini, incréé, continu, il n'est pas un accident de l'espace... Le temps est, et c'est tout. L'espace est, et c'est tout. Et le vide est, et c'est tout. »

Quelqu'un avait protesté, avançant qu'une chose qui est, et c'est tout, sans avoir une essence définissable, est comme si elle n'était pas. « Messieurs, avait dit alors le Prévôt de Digne, c'est vrai, l'espace et le temps ne sont ni corps ni esprit, ils sont immatériels, si vous voulez, mais cela ne veut pas dire qu'ils ne soient réels. Ils ne sont pas accidents, et ils ne sont pas substance, et pourtant ils sont venus avant la Création, avant toute substance et tout accident, et ils existeront même après la destruction de toute substance. Ils sont inaltérables et invariables, quoi que vous y fourriez dedans.

— Mais, avait objecté Roberto, l'espace est cependant étendu, et l'extension est une propriété des corps...

— Non, avait riposté l'ami libertin, le fait que

tous les corps soient étendus ne signifie pas que tout ce qui est étendu soit corps — ainsi que le voudrait un certain monsieur, qui d'ailleurs ne daignerait pas me répondre car il semble qu'il ne veuille plus revenir de Hollande. L'extension est la disposition de tout ce qui est. L'espace est extension absolue, éternelle, infinie, incréée, inconscriptible, incirconscrite. Comme le temps, il est sans déclin, incessable, indissipable, c'est un phénix, un serpent qui se mord la queue...

— Monsieur, avait dit le Prévôt, ne mettons tout de même pas l'espace à la place de Dieu...

— Monsieur, lui avait répondu le libertin, vous ne pouvez pas nous suggérer des idées que nous tenons tous pour vraies, et ensuite prétendre que nous n'en tirions pas les conséquences dernières. Je soupçonne qu'à ce point nous n'avons plus besoin de Dieu ni de son infinité, puisque nous avons déjà suffisamment d'infinis de toutes parts nous réduisant à une ombre qui ne dure qu'un instant sans retour. Alors je propose de laisser là toute crainte et de nous rendre ensemble à la taverne. »

Le Prévôt, secouant le chef, avait pris congé. Et de même le jeune homme, qui paraissait fort ébranlé par ces discours, le visage penché, s'était excusé et avait demandé qu'on lui laissât licence de rentrer chez lui.

« Pauvre garçon, avait dit le libertin, il construit des machines pour compter le fini, et nous l'avons effrayé avec le silence éternel de trop d'infinis. Voilà, c'est la fin d'une belle vocation.

— Il ne supportera pas le coup, avait ajouté un autre d'entre les pyrrhoniens, il cherchera à se mettre en paix avec le monde, et il finira parmi les jésuites ! »

Roberto pensait maintenant à ce lointain dialogue. Le vide et l'espace étaient comme le temps, ou le temps comme le vide et l'espace ; et n'était-il donc pas pensable que, de même qu'il existe des espaces sidéraux où notre terre apparaît comme une fourmi, et des espaces tels les mondes du corail (fourmis de notre univers) — cependant tous emboîtés les uns dans les autres —, de même il y eût des univers soumis à des temps différents ? N'a-t-on pas dit que sur Jupiter un jour dure une année ? Il doit donc exister des univers qui vivent et meurent l'espace d'un instant, ou survivent au-delà de chacune de nos capacités à calculer et les dynasties chinoises et le temps du Déluge. Des univers où tous les mouvements et la réponse aux mouvements ne prendraient pas les temps des heures et des minutes mais celui des millénaires, d'autres où les planètes naîtraient et mourraient en un battement de cils.

N'existait-il pas peut-être, à une courte distance, un lieu où le temps était hier ?

Peut-être était-il déjà entré dans un de ces univers où, depuis le moment qu'un atome d'eau avait commencé à corroder l'écorce d'un corail mort et que celui-ci avait légèrement commencé à s'effriter, il était passé autant d'années que de la naissance d'Adam à la Rédemption. Et lui ne vivait-il pas son amour dans ce temps où Lilia comme la Colombe Couleur Orange étaient devenues quelque chose pour la conquête de quoi il disposait désormais de l'ennui des siècles ? Ne se disposait-il pas, peut-être, à vivre dans un futur infini ?

A de telles et si nombreuses réflexions se trouvait poussé un jeune gentilhomme qui avait depuis peu découvert les coraux... Et qui sait jusqu'où il serait arrivé s'il avait eu l'esprit d'un vrai philosophe. Philosophe, Roberto ne l'était pas, mais certainement amant malheureux à peine émergé d'un voyage, somme toute non encore couronné de succès, vers une Ile qui lui échappait dans les brumes algides du jour d'avant.

C'était cependant un amant qui, pour éduqué qu'il ait été à Paris, n'avait pas oublié sa vie à la campagne. Aussi en vint-il à conclure que le temps auquel il pensait pouvait s'étirer de mille manières telle la farine pétrie avec des jaunes d'œufs, ce qu'il avait vu faire aux femmes de la Grive. Je ne sais pourquoi cette similitude était venue à l'esprit de Roberto — sans doute l'excès de réflexion lui avait-il excité l'appétit, à moins que, effrayé lui aussi par le silence éternel de tous ces infinis, il n'eût voulu se retrouver chez lui, dans la cuisine maternelle. Mais il lui en fallut peu pour passer au souvenir d'autres gourmandises.

Or donc, il y avait des pâtés fourrés d'oisillons, levrauts et faisans, quasi une façon de dire qu'il peut exister tant de mondes l'un à côté de l'autre ou l'un dans l'autre. Sa mère faisait aussi des tartes qu'elle disait « à l'allemande », avec plusieurs couches ou strates de fruits, où s'intercalaient beurre, sucre et cannelle. Et à partir de cette idée elle s'était mise à inventer une tarte salée où, entre plusieurs couches de pâte, elle étendait tantôt une strate de jambon, tantôt d'œufs durs coupés en lamelles, ou de légumes verts. Et cela faisait penser à Roberto que l'univers pouvait être une tourtière où cuisaient au même moment des histoires différentes, chacune avec son temps à soi, toutes éventuellement avec les mêmes personnages. Et comme dans la tarte les œufs qui sont dessous ne savent pas ce qui, de l'autre côté de la feuille de pâte, arrive à leurs confrères ou au jambon qui se trouvent dessus, ainsi dans une strate de l'univers un Roberto ignorait ce que l'autre faisait.

D'accord, ce n'est pas une manière élégante de raisonner, et avec le ventre par-dessus le marché. Mais il est clair qu'il avait déjà en tête ce à quoi il voulait en venir : en ce moment même quantité de roberti différents auraient pu faire des choses différentes, et sans doute sous des noms différents.

Peut-être aussi sous le nom de Ferrante ? Et alors, ce qu'il croyait l'histoire, qu'il inventait, du frère ennemi, n'était-ce pas plutôt l'obscure perception d'un monde où il lui arrivait à lui, Roberto, d'autres aventures que celles qu'il vivait dans ce temps et dans ce monde-ci ?

Allons, se disait-il, c'est toi qui aurais certes voulu vivre ce que vécut Ferrante quand la *Tweede Daphne* a mis toutes voiles hors. Mais cela, on le sait, car comme le disait Saint-Savin il existe des pensées auxquelles on ne pense pas du tout, qui impressionnent le cœur sans que le cœur (et figurons-nous l'esprit) s'en aperçoive ; et il est inévitable que certaines de ces pensées — qui parfois ne sont que des désirs obscurs, point si obscurs que cela — s'introduisent dans l'univers d'un Roman que vous croyez concevoir pour le goût de mettre en scène les pensées des autres... Mais moi je suis moi, et Ferrante est Ferrante, et maintenant je vais me le démontrer en lui faisant courir des aventures dont je ne pourrais vraiment pas être le protagoniste — et qui, si elles se déroulent dans un univers, c'est celui de l'Imagination, parallèle à nul autre.

Et il se complut, durant toute cette nuit-là, oublieux des coraux, à concevoir une aventure qui pourtant, une fois encore, le conduirait au plus déchirant des délices, à la plus exquise des souffrances.

35

La Consolation des Navigants

Ferrante avait raconté à Lilia, désormais disposée à croire toute fausseté qui sortirait de ces lèvres aimées, une histoire presque vraie, sauf que lui y prenait le rôle de Roberto, et Roberto son rôle à lui ; et il l'avait convaincue de sacrifier tous les bijoux d'un coffret qu'elle avait emporté avec elle, pour retrouver l'usurpateur et lui extorquer un document d'importance capitale pour les destinées de l'Etat, que l'autre lui avait extorqué, et dont la restitution lui eût pu obtenir le pardon du Cardinal.

Après sa fuite des côtes françaises, la première relâche de la *Tweede Daphne* avait eu lieu à Amsterdam. Là Ferrante pouvait trouver, en espion double qu'il était, qui lui révélerait quelque chose sur un navire appelé *Amaryllis*. Quoi qu'il eût appris, quelques jours plus tard il était dans Londres à la recherche de quelqu'un. Et l'homme à qui se fier ne pouvait être qu'un perfide de sa race, disposé à trahir ceux pour qui il trahissait.

Et voilà Ferrante qui entre, après avoir reçu de Lilia un diamant d'une grande pureté, nuitamment dans un bouge où l'accueille un être de sexe incertain, jadis peut-être eunuque chez les Turcs, le visage glabre et une bouche si petite qu'on eût dit qu'il souriait seulement s'il remuait le nez.

La pièce où il se dissimulait inspirait l'épouvante pour un monticule d'os fuligineux qui brûlaient d'un feu moribond. Dans un coin, pendu par les pieds, un cadavre nu dont la bouche sécrétait du jus couleur d'ortie dans une coque d'orichalque.

L'eunuque reconnut en Ferrante un frère dans le crime. Il entendit la question, il vit le diamant, et il trahit ses maîtres. Il précéda Roberto dans une autre pièce, qui semblait la boutique d'un apothicaire, pleine de pots de terre, verre, étain, cuivre. Toutes substances qui pouvaient être utilisées pour apparaître différent de ce qu'on était, aussi bien par des mégères qui voulaient avoir l'air belles et jeunes, que par des fripouilles qui voulaient altérer leur aspect : fards, émollients, racines d'asphodèle, écorces de dragonnier et d'autres substances qui affinaient la peau, faites avec de la moelle de chevreuil et des eaux de chèvrefeuille. Il avait des pâtes pour blondir les cheveux, composées d'yeuse, de seigle, marrube, salpêtre, alun et mille-feuille ; ou, pour changer de carnation, de vache, ours, jument, chameau, couleuvre, lapin, baleine, butor, daim, chat sauvage ou loutre. Et encore des huiles pour le visage, de styrax, citron, pignon, orme, lupin, vesce et pois chiche, et une étagère de vessies pour qu'apparaissent vierges les pécheresses. Pour qui voulait prendre quelqu'un aux lacs de l'amour, il avait des langues de vipère, des têtes de caille, des cervelles d'âne, de la fève mauresque, des pattes de blaireau, des pierres de nid d'aigle, des cœurs de suif hérissés d'aiguilles brisées, et d'autres objets faits de boue et de plomb, des plus répugnants à voir.

Au milieu de cette pièce se trouvait une table, et sur celle-ci une cuvette couverte d'un linge ensanglanté, que l'eunuque lui indiqua d'un air entendu. Ferrante ne comprenait pas, et l'autre lui dit qu'il était arrivé précisément chez la personne qu'il lui fallait. En effet, l'eunuque n'était autre que celui qui avait blessé le chien du docteur Byrd, et qui, chaque jour, à l'heure convenue, mouillant dans l'eau de vitriol le chiffon imprégné du sang de l'animal, ou l'approchant du feu, transmettait à l'*Amaryllis* les signaux que Byrd attendait.

L'eunuque raconta tout du voyage de Byrd, et des ports qu'il toucherait certainement. Ferrante, qui, en vérité, ne savait presque rien de l'affaire des longitudes, ne pouvait imaginer que Mazarin eût envoyé Roberto sur ce vaisseau dans le seul but de découvrir quelque chose qui à lui désormais paraissait évident et il en avait conclu qu'en réalité Roberto devait au bout du compte révéler l'emplacement des Iles de Salomon au Cardinal.

Il jugeait la *Tweede Daphne* plus rapide que l'*Amaryllis*, avait confiance dans sa bonne étoile, pensait qu'il rejoindrait aisément le navire de Byrd quand, une fois que celui-ci aurait abordé dans les Iles, il pourrait aisément en surprendre l'équipage à terre, l'exterminer (y compris Roberto), et puis disposer à sa guise de cette terre dont il serait l'unique découvreur.

Ce fut l'eunuque qui lui suggéra la manière de procéder sans se tromper de route : il aurait suffi que l'on eût blessé un autre chien, et que lui, chaque jour, il eût agi sur un échantillon de son sang, comme il faisait pour le chien de l'Amaryllis, et Ferrante aurait reçu les mêmes messages quotidiens que recevait Byrd.

Je partirai sur-le-champ, avait dit Ferrante ; et sur l'avis de l'autre, qu'il fallait en premier lieu chercher un chien : « J'ai bien mieux qu'un chien à bord », s'était-il exclamé. Il avait conduit l'eunuque sur le navire ; il s'était assuré qu'il se trouvait un barbier dans l'équipage, un expert en phlébotomie et autres semblables besognes. « Moi, capitaine, avait affirmé un rescapé de cent nœuds coulants et mille bouts de corde, quand on écumait les mers, j'ai coupé plus de bras et de jambes à mes compagnons que je n'en avais d'abord blessé aux ennemis ! »

Une fois descendu dans le fond de cale, Ferrante avait enchaîné Biscarat sur deux pals obliquement croisés puis, de sa main même, à l'aide d'une lame il lui avait profondément incisé le flanc. Tandis que Biscarat gémissait, l'eunuque avait recueilli le sang qui coulait avec un linge qu'il avait replacé dans un sachet. Ensuite de quoi il avait expliqué au barbier comment il devrait s'y prendre pour garder la plaie ouverte tout au long du voyage, sans que le blessé en mourût, mais sans qu'il en guérît non plus.

Après ce nouveau crime, Ferrante avait donné l'ordre de hisser les voiles pour les Iles de Salomon.

Quand il eut raconté ce chapitre de son roman, Roberto éprouva un haut-le-cœur, il se sentait las, lui, et accablé, sous le poids de tant de mauvaises actions.

Il ne voulut plus imaginer la suite, et il écrivit plutôt une invocation à la Nature, afin que — telle une mère qui veut contraindre son enfant à dormir dans son berceau, le couvre d'une petite nuit en tendant un drap au-dessus de lui — elle étendît la grande nuit sur la planète. Il pria que la nuit, en dérobant toute chose à sa vue, invitât ses yeux à se fermer ; que, avec l'obscurité, vînt le silence ; et que, de même qu'au lever du soleil lions ours et loups (auxquels, comme aux voleurs et aux assassins, la lumière est odieuse) courent se terrer dans leurs grottes où ils ont refuge et franchise, de même à rebours, le soleil retiré derrière l'Occident, se détournassent tout le tintamarre et le tumulte des pensées. Que, une fois la lumière morte, s'évanouissent en lui les esprits qui se ravivent à la lumière, et se fît trêve et silence.

Lorsqu'il souffla sur la lampe, seul un rayon de lune qui pénétrait de l'extérieur éclaira ses mains. Une brume se leva de son estomac à son cerveau et, retombant sur les paupières, elle les enferma afin que l'esprit ne se présentât plus pour voir quelque objet qui le dissipât. Et de lui dormirent non seulement les yeux et les oreilles, mais aussi les mains et les pieds — sauf le cœur, qui jamais ne s'arrête.

Dans le sommeil l'âme aussi dort ? Hélas non, elle veille, seulement elle se retire derrière un rideau, et fait du théâtre : alors les matassins fantômes sortent en scène et jouent une comédie, mais telle que la jouerait une compagnie d'acteurs ivres ou fous, si déformées paraissent les figures, et bizarres les habits, et inconvenantes les allures, hors de propos les situations et excessifs les propos.

Comme quand on coupe en plusieurs parties un mille-pattes, que les parties libérées courent, chacune ne sait où, car sauf la première, qui conserve la tête, les autres ne voient pas ; et chacune, telle une chenille intacte, s'en va sur les cinq ou six pieds qui lui sont restés, et emporte ce morceau d'âme qui lui appartient. De même dans les songes, on voit pousser sur la tige d'une fleur le cou d'une grue terminé par une tête de babouin, avec quatre cornes d'escargot qui jettent le feu, ou fleurir au menton d'un vieux une queue de paon en guise de barbe ; à un autre, les bras semblent des vignes tortillées, les yeux des lumignons dans une coquille, ou le nez un chalumeau...

Roberto, qui dormait, rêva donc le voyage de

Ferrante qui se poursuivait, sauf qu'il le rêvait comme rêve.

Rêve révélateur, en somme. On aurait bien dit que Roberto, après ses méditations sur les mondes infinis, ne tenait plus à continuer d'imaginer des événements qui se déroulaient au Pays des Romans, mais une histoire vraie d'un pays vrai, dans lequel lui aussi habitait, à part que — comme l'Ile se trouvait dans le proche passé — son histoire pouvait avoir lieu dans un futur non lointain où fût satisfait son désir d'espaces moins courts que ceux où son naufrage le contraignait.

S'il avait commencé l'histoire en mettant en scène un Ferrante de convention, un Iago né de son ressentiment pour une offense jamais subie, à présent, ne pouvant supporter de voir l'Autre auprès de sa Lilia, il s'attribuait sa place et — osant prendre acte de ses pensées obscures — il admettait sans ambages que Ferrante, c'était lui.

Désormais persuadé que le monde pouvait être vécu depuis d'infinies parallaxes, si d'abord il s'était élu comme un œil indiscret qui scrutait les actions de Ferrante au Pays des Romans, ou dans un passé qui avait été aussi le sien (mais qui l'avait effleuré sans qu'il s'en rendît compte, déterminant ainsi son présent), maintenant, lui, Roberto, il devenait l'œil de Ferrante. Il voulait jouir avec l'adversaire des événements que le sort aurait dû lui réserver.

Or donc allait la nef sillonnant les champs liquides et les pirates étaient dociles. Veillant sur le voyage des deux amants, ils se limitaient à découvrir des monstres marins et, avant d'arriver sur les côtes américaines, ils avaient vu un Triton. Pour autant qu'il était visible hors des eaux, il avait forme humaine, sinon que les bras étaient trop courts par rapport au corps : les mains étaient grandes, les cheveux gris et épais, et il portait une barbe longue jusqu'à l'estomac. Il avait des yeux immenses et la peau rêche. Comme on l'approcha, il parut soumis et se dirigea vers le filet. Mais sitôt qu'il sentit qu'on le tirait vers la barque, et avant qu'il se fût montré en dessous du nombril pour révéler s'il avait queue de sirène, il déchira le filet d'un coup, d'un seul, et disparut. Plus tard, on le vit se baigner au soleil sur un rocher, mais toujours cachant la partie inférieure de son corps. En regardant le navire il agitait les bras comme s'il applaudissait.

Une fois entrés dans l'océan Pacifique, ils étaient parvenus à une île où les lions étaient noirs, les poules vêtues de laine, les arbres ne fleurissaient que la nuit, les poissons avaient des ailes, les oiseaux des écailles, les pierres flottaient et le bois coulait à pic, les papillons resplendissaient de nuit, les eaux enivraient comme du vin.

Dans une deuxième île, ils virent un palais bâti de bois pourri, peint de couleurs désagréables à l'œil. Ils y entrèrent et se trouvèrent dans une salle tapissée de plumes de corbeaux. Dans chaque paroi s'ouvraient des niches où l'on voyait, au lieu de bustes de pierre, des avortons au visage hâve, qui, par un accident de la nature, étaient nés culs-de-jatte.

Sur un trône crasseux était le Roi qui, d'un geste de la main, avait suscité un concert de marteaux, tarières crissant sur des plaques de pierre, couteaux grinçant sur des assiettes de porcelaine, et à ce son étaient apparus six hommes, tous la peau sur les os, abominables avec leur regard bigle.

En face d'eux étaient apparues des femmes, si grosses qu'il s'avérait impossible de l'être davantage : après une révérence à leurs compères, elles avaient donné le branle à une danse qui faisait ressortir boiteries et difformités. Puis firent irruption six bravaches qui semblaient nés d'un même ventre, avec des nez et des bouches si grands, et des dos si bossus, que plus que des créatures ils avaient l'air de mensonges de la nature.

Après la danse, comme ils n'avaient encore entendu mot et pensant que sur cette île on parlait une langue différente de la leur, nos voyageurs s'essayèrent à faire des demandes à l'aide de gestes, qui sont une langue universelle grâce à quoi l'on peut communiquer, fût-ce avec les Sauvages. Mais l'homme répondit en une langue qui ressemblait plutôt à la Langue perdue des Oiseaux, faite de trilles et sifflements, et ils l'entendirent comme s'il avait parlé dans leur langue. Ils comprirent ainsi que, alors qu'ailleurs on estimait la beauté, dans ce palais on appréciait seulement l'extravagance. Et que c'était le lot qui les attendait s'ils poursuivaient ce voyage vers des terres où est en bas ce qui en d'autres lieux est en haut.

Reprenant leur route, ils avaient touché une troisième île qui paraissait déserte, et Ferrante s'était acheminé, seul avec Lilia, vers l'intérieur. Alors qu'ils avançaient, ils entendirent une voix qui leur conseillait de fuir : c'était là l'Ile des Hommes Invisibles. A ce même instant il y en avait beaucoup tout autour, qui se montraient ces deux visiteurs lesquels sans nulle honte s'offraient à leurs regards. Pour ce peuple, en effet, à être regardé on devenait proie du regard d'un autre, et l'on perdait sa propre nature, se transformant en le contraire de soi.

Sur une quatrième, ils découvrirent un homme aux yeux caves, la voix fluette, la face qui n'était qu'une ride, mais au frais coloris. La barbe et les cheveux étaient fins comme de la ouate, le corps si engourdi que s'il avait besoin de se retourner il devait tourner sur lui-même d'un bloc. Il dit qu'il avait trois cent quarante ans, et en ce temps-là il avait par trois fois renouvelé sa jeunesse, ayant bu l'eau de la Fontaine Borique qui se trouve précisément sur cette terre et prolonge la vie, mais pas au-delà des trois cent quarante ans — raison pour quoi il mourrait d'ici peu. Et le vieux invita les voyageurs à ne pas chercher la fontaine : vivre trois fois, en devenant d'abord le double et puis le triple de soi-même, était cause de grandes afflictions, et à la fin on ne savait plus qui on était. Non seulement : vivre les douleurs identiques par trois fois était une peine, mais c'était une grande peine que de revivre même les joies identiques. La joie de la vie naît du sentiment qu'aussi bien bonheur que deuil sont de courte durée, et malheur à qui sait que nous jouirons d'une éternelle béatitude.

Mais le Monde Antipode était beau pour sa variété et, naviguant encore pendant des milles et des milles, ils trouvèrent une cinquième île qui n'était qu'un pullulement d'étangs ; et chacun des habitants passait sa vie à genoux à se contempler, pensant que celui qui n'est pas vu, c'est comme s'il n'était pas, et que s'ils avaient détourné le regard, cessant ainsi de se voir dans l'eau, ils seraient morts.

Ils abordèrent ensuite à une sixième île, encore plus à l'ouest, où tous les habitants parlaient sans trêve entre eux, l'un racontant à l'autre ce qu'il voulait que l'autre fût et fît, et réciproquement. Ces insulaires en effet ne pouvaient vivre que s'ils étaient racontés ; et quand un transgresseur contait sur les autres des histoires déplaisantes, les obligeant à les vivre, les autres ne contaient plus rien sur lui, ce qui entraînait sa mort.

Mais leur problème était d'inventer pour chacun une histoire différente : de fait, si tous avaient eu la même histoire, on n'aurait plus pu les distinguer entre eux car chacun de nous est ce que ses vicissitudes ont créé. Voilà pourquoi ils avaient construit une roue, qu'ils appelaient Cynosura Lucensis, dressée sur la place du village. Elle était formée de six cercles concentriques qui tournaient chacun pour son propre compte. Le premier était divisé en vingt-quatre cases ou fenêtres, le deuxième en trente-six, le troisième en quarante-huit, le quatrième en soixante, le cinquième en soixante-douze et le sixième en quatre-vingt-quatre. Dans les différentes cases, selon un critère que Lilia et Ferrante n'avaient pu comprendre en aussi peu de temps, étaient écrites des actions (comme aller, venir ou mourir), des passions (comme haïr, aimer ou avoir froid), et puis des manières, comme bien et mal, tristement ou avec allégresse, et des lieux et des temps, comme pour signifier chez soi ou le mois suivant.

En faisant tourner les roues, on obtenait des histoires telles que « il alla hier chez lui et rencontra son ennemi qui souffrait, il lui offrit son aide », ou bien « il vit un animal avec sept têtes et le tua ». Les habitants soutenaient qu'avec cette machine on pouvait écrire ou penser sept cent vingt-deux millions de millions d'histoires différentes, et il y en avait pour donner sens à la vie de chacun d'entre eux dans les siècles à venir. Ce qui faisait plaisir à Roberto, car il pourrait se construire une roue de ce genre et continuer à penser des histoires, même s'il était resté dix mille ans sur la *Daphne*.

C'étaient de nombreuses et bizarres découvertes de terres que Roberto aurait bien voulu découvrir. Mais à un moment donné de ses rêveries, il voulut pour les deux amants un lieu moins peuplé afin qu'ils pussent jouir de leur amour.

Il les fit ainsi arriver à une septième et très amène plage égayée par un boqueteau qui s'élevait juste sur le rivage. Ils le traversèrent et se trouvèrent dans un jardin royal où, le long d'une allée arborée qui parcourait des prés décorés de parterres, sourdaient moult fontaines.

Mais Roberto, comme si les deux amants cherchaient un plus intime refuge, et lui de nouveaux tourments, les fit passer sous un arc fleuri, au-delà duquel ils pénétrèrent dans un vallon où bruissaient les flèches d'une roselière palustre sous un doux zéphir qui répandait alentour des parfums mêlés — et d'un petit lac s'épanchait en un luisant passage un filet d'eaux pures comme des rangs de perles.

Il voulut — et il me semble que sa mise en scène suivait toutes les règles — que l'ombre d'un chêne touffu encourageât les amants à l'agape, et il y ajouta des platanes joyeux, d'humbles arbousiers, des genévriers piquants, de fragiles tamaris et de souples tilleuls, qui faisaient couronne à un pré, illustré telle une tapisserie orientale. De quoi pouvait l'avoir enluminé la nature, peintre du monde ? De violettes et narcisses.

Il laissa les deux amants s'abandonner, tandis qu'un pavot sauvage mollement levait du lourd oubli sa tête ensommeillée, pour s'abreuver à ces humides soupirs. Et puis, il préféra que, humilié par tant de beauté, il s'empourprât de honte et de ridicule. Comme lui, Roberto, du reste — et nous devrions dire qu'il ne l'avait pas volé.

Alors, pour ne plus voir ce pour quoi il eût tellement voulu être vu, Roberto, avec sa morphéique omniscience, monta dominer l'île entière, où maintenant les fontaines commentaient le miracle amoureux dont elles se voulaient paranymphes.

Il y avait des colonnettes, des flacons, des fioles d'où sortait un seul jet — ou un grand nombre d'un grand nombre de petites tuyères —, d'autres avaient à leur faîte comme une arche, dont les fenêtres laissaient couler un torrent qui formait en tombant un saule doublement pleureur. L'une d'elles, tel un seul fût cylindrique, engendrait à son sommet quantité de cylindres plus petits tournés dans diverses directions, comme s'il s'agissait d'une casemate ou d'une forteresse ou d'un vaisseau de ligne armé de bouches à feu — qui cependant faisaient une artillerie d'eaux.

Il y en avait d'empanachées, de chevelues et de barbues, en autant de variétés que les étoiles des Rois mages dans les crèches, dont les bouillons imitaient la queue. Sur une autre se juchait la statue d'un enfant qui, de sa main gauche, soutenait une ombrelle dont les nervures donnaient naissance à autant de jets ; de sa main droite l'enfant tendait son petit membre et confondait dans un bénitier son urine avec les eaux qui provenaient de la coupole.

Sur le chapiteau d'une autre encore, était perché un poisson à grande queue qui paraissait avoir tout juste avalé Jonas, et il répandait ses eaux de la bouche et de deux pertuis qui s'ouvraient au-dessus de ses yeux. A cheval sur son dos se trouvait un Amour muni d'un trident. Une fontaine en forme de fleur supportait une boule au bout de son jet ; une autre était un arbre dont les nombreuses fleurs faisaient chacune tournoyer une sphère, et il semblait que quantité de planètes évoluaient les unes autour des autres dans la sphère de l'eau. Il y en avait où les pétales mêmes de la fleur étaient formés par l'eau regorgeant d'une fente circulaire qui ourlait un disque placé sur la colonne.

Pour remplacer l'air par l'eau, il y en avait à tuyaux d'orgue, qui n'émettaient pas de sons mais des souffles liquéfiés, et pour remplacer l'eau par le feu il y en avait en forme de candélabre, où de petites flammes allumées au centre de la colonne porteuse jetaient leurs lumières sur les écumes débordant de toutes parts.

Une autre avait l'air d'un paon, une aigrette, une ample queue ouverte, à qui le ciel fournissait ses couleurs. Pour ne rien dire de certaines qui semblaient des supports pour un coiffeur de perruques, et se paraient de chevelures cascadantes. Dans l'une, un tournesol s'épandait en un seul givre. Et une autre avait la face même du soleil finement sculptée, avec une suite de becs sur sa circonférence, si bien que l'astre ne ruisselait pas de rayons mais de fraîcheur.

Sur une autre roulait un cylindre qui éjaculait de l'eau d'une série de cannelures en spirale. Il s'en trouvait en gueule de lion ou de tigre, en babines de griffon, en langue de serpent, et même comme femme qui pleurait et des yeux et des tétons. Pour le reste ce n'était qu'un vomissement de faunes, un dégorgement d'êtres ailés, un jaillissement de cygnes, une douche de trompes d'éléphant nilotique, un épanchement d'amphores alabastrines, une saignée de cornes d'abondance.

Toutes visions qui pour Roberto — à y bien regarder — étaient tomber de Charybde en Scylla.

Pendant ce temps-là, dans le vallon, les amoureux

maintenant repus n'eurent qu'à tendre la main et accepter d'une vigne riche de pampres le don de ses trésors, et un figuier, comme s'il voulait répandre des pleurs de tendresse pour cette union épiée, versa des larmes de miel, alors que sur un amandier qui tout s'engemmait de fleurs, gémissait la Colombe Couleur Orange...

Jusqu'au moment où Roberto s'éveilla, trempé de sueur.

« J'ai cédé, et comment, se disait-il, à la tentation de vivre par le truchement de Ferrante, mais à présent je m'aperçois que c'est Ferrante qui a vécu par mon truchement à moi, et quand je bâtissais des châteaux en Espagne, lui vivait vraiment ce que j'ai consenti qu'il vécût ! »

Pour refroidir sa rage et avoir des visions qui — au moins celles-là — à Ferrante étaient refusées, il avait filé de grand matin, funain au flanc et Persona Vitrea sur la face, vers son monde des coraux.

36

L'Homme au Point

Arrivé à la limite de la barrière, Roberto naviguait le visage submergé entre ces loges éternelles, mais il ne parvenait pas à admirer, serein, ces pierres animées parce qu'une Méduse l'avait changé en roche inanimée. Dans son rêve Roberto avait bien vu les regards que Lilia réservait à l'usurpateur : si encore dans le rêve ces regards l'avaient enflammé, maintenant dans le souvenir ils le glaçaient.

Il voulut se réapproprier sa Lilia, nagea en enfonçant sa face le plus profond possible, comme si cette étreinte avec la mer pouvait lui conférer la palme que dans le rêve il avait attribuée à Ferrante. Cela ne coûta pas grand effort à son esprit éduqué à forger des traits, que d'imaginer Lilia dans chaque cadence onduleuse de ce parc immergé, de voir ses lèvres dans chaque fleur où il aurait voulu se perdre comme une abeille gourmande. En de transparents vergers il retrouvait le crêpe qui lui avait couvert le visage les premières nuits, et il tendait la main pour soulever cet écran.

Dans cette griserie de la raison, il s'affligeait que ses yeux ne pussent porter aussi loin que son cœur désirait, et parmi les coraux il cherchait l'armille de la femme aimée, le filet de ses cheveux, la pendeloque qui lui attendrissait le lobe de l'oreille, les colliers somptueux qui ornaient son col de cygne.

Perdu dans sa chasse, il se laissa attirer à un moment donné par un joyau qui lui apparaissait dans une fente, ôta son masque, cambra les reins, leva avec force ses jambes et s'élança vers le fond. La poussée avait été excessive, il voulut s'agripper au bord d'une déclivité, et ce ne fut qu'un instant avant d'arrêter les doigts autour d'un gros caillou plein de croûtes qu'il lui sembla voir s'ouvrir un œil gras et sommeilleux. En cet éclair il se rappela que le docteur Byrd lui avait parlé d'un Poisson Pierre qui se niche parmi les grottes coralliennes pour surprendre toute créature vivante par le venin de ses écailles.

Trop tard : la main s'était posée sur la Chose et une douleur intense lui avait traversé le bras jusqu'à l'épaule. D'un coup de reins il avait miraculeusement réussi à ne pas finir et le visage et la poitrine sur le Monstre, mais pour figer son inertie il avait dû le frapper avec le masque qui, dans le choc, s'était brisé, et en tout cas il lui avait fallu l'abandonner. Faisant force avec ses pieds sur le rocher situé au-dessous, il était revenu à la surface, alors que pendant quelques secondes il avait encore vu la Persona Vitrea couler Dieu sait où.

Sa main droite et tout son avant-bras étaient enflés, son épaule engourdie ; il craignit de s'éva-

nouir ; trouva le funain et à grand'peine parvint graduellement à le tirer bout par bout d'une seule main.
Il remonta l'échelle, quasiment comme la nuit de
son arrivée, sans savoir comment, et comme cette
nuit-là il se laissa tomber sur le pont.

Mais à présent le soleil était déjà haut. Tout en
claquant des dents, Roberto se souvint : le docteur
Byrd lui avait raconté que, après leur rencontre avec
le Poisson Pierre, la plupart ne s'étaient pas sauvés,
peu avaient survécu, et personne ne savait l'antidote
contre ce mal. Malgré ses yeux embués, il chercha
d'examiner la blessure : pas plus qu'une griffure,
mais qui devait suffire à faire pénétrer dans les
veines la substance mortifère. Il perdit connaissance.

Il se réveilla, sa fièvre avait monté, il éprouvait un
intense besoin de boire. Il comprit que sur ce coin
du navire, exposé aux éléments, loin de toute nourriture et boisson, il ne pouvait résister. Il rampa
jusqu'au second-pont et parvint à la limite entre les
Vivres et l'enclos de la volaille. Il but avidement à un
tonnelet d'eau, mais sentit que son estomac se
contractait. Il s'évanouit de nouveau, bouche au sol
dans sa régurgitation.

Pendant une nuit agitée de rêves funestes, il attribuait ses souffrances à Ferrante, qu'il confondait
maintenant avec le Poisson Pierre. Pourquoi voulait-il lui empêcher l'accès à l'Ile et à la Colombe ?
C'était pour cela qu'il s'était mis à sa poursuite ?

Il se voyait lui-même allongé, qui regardait un
autre lui-même assis devant lui, auprès d'un poêle,
vêtu d'une robe de chambre, occupé à décider si les
mains qu'il touchait et le corps qu'il sentait étaient
les siens. Lui, qui voyait l'autre, se sentait avec ses
vêtements en proie au feu, alors que l'autre était
vêtu, et lui nu — et il ne comprenait plus lequel
vivait dans la veille, lequel dans le sommeil, et il
pensa que tous deux étaient certainement des

figures produites par son esprit. Lui non, parce qu'il pensait, donc il était.

L'autre (mais lequel ?) à un moment donné se leva, mais il devait être le Mauvais Génie qui employait son industrie à transformer le monde en songe, car déjà il n'était plus lui mais bien le père Caspar. « Vous êtes revenu ! » avait murmuré Roberto en lui tendant les bras. Mais celui-là n'avait pas répondu, ni n'avait bougé. Il le regardait. C'était certainement le père Caspar, mais comme si la mer — en le restituant — l'avait nettoyé et rajeuni. Barbe soignée, gourmandel et rose au visage comme le père Emanuele, habit dépourvu d'accrocs et de taches. Puis, toujours sans bouger, tel un acteur qui déclamerait, et dans une langue impeccable, en orateur consommé, il avait dit avec un ténébreux sourire : « Il est inutile que tu te défendes. Dorénavant le monde entier a un seul but, et c'est l'enfer. »

Il avait continué d'une voix de stentor comme s'il parlait de la chaire d'une église : « Oui, l'enfer, dont vous savez peu, toi et tous ceux qui avec toi sont en train d'y aller le pied leste et l'esprit fou ! Vous croyiez, vous, qu'en enfer vous auriez trouvé épées, poignards, roues, rasoirs, torrents de soufre, boissons de plomb liquide, eaux glacées, chaudières et grils, scies et gourdins, alênes pour crever les yeux, tenailles pour arracher les dents, peignes à déchirer les flancs, chaînes pour broyer les os, bêtes qui rongent, aiguillons qui étirent, lacets qui étranglent, chevalets, croix, crocs et couperets ? Non ! Ce sont là tourments cruels, oui, mais tels qu'esprit humain peut encore les concevoir, puisque nous avons bien conçu les taureaux de bronze, les sièges de fer ou le percement des ongles avec des bambus appointés... Vous espériez que l'enfer fût une barbacane faite de Poissons Pierres. Non, tout autres sont les peines de l'enfer, parce qu'elles ne naissent pas de notre esprit fini mais de celui, infini, d'un Dieu courroucé et vindicatif, contraint à faire pompe de sa fureur et à manifester que, comme fut grande sa miséricorde dans l'absolution, non moins grande sera sa justice dans le châtiment ! Ces peines devront être telles, qu'en elles nous puissions percevoir la distance qu'il y a entre notre impuissance et son omnipotence ! »

« En ce bas monde, disait encore le messager de la pénitence, vous avez l'habitude de voir qu'à chaque mal on a trouvé quelque remède, et il n'est blessure sans son baume, ni poison sans sa thériaque. Mais ne pensez pas qu'il en va de même en enfer. Là, il est vrai, sont suprêmement harcelantes les brûlures, mais nul lénitif qui les radoucisse ; dévorante la soif, mais nulle eau qui la rafraîchisse ; de loup la faim, mais nulle nourriture qui l'assouvisse ; atroce la honte, mais nulle couverture qui la dissimule. Or donc s'il y avait pour le moins une mort, qui mît un terme à tant de malheurs, une mort, une mort... Mais ceci est le pire, car là jamais vous ne pourrez même espérer une grâce par ailleurs si endeuillée telle que celle d'être exterminés ! Vous chercherez la mort sous toutes ses formes, vous chercherez la mort, et vous n'aurez oncques la fortune de la trouver. Mort, Mort, où es-tu (irez-vous criant sans trêve), y aura-t-il un démon si compatissant qu'il nous la donne ? Et vous comprendrez alors que là-bas la peine n'a plus de fin ! »

Le vieux à ce moment faisait une pause, tendait les bras les mains au ciel, sifflant à voix basse, comme pour confier un terrible secret qui ne devait pas sortir de cette nef. « La peine n'a plus de fin ? Cela veut dire que nous nous affligerons jusqu'à ce qu'un petit chardonneret, revenu boire une goutte par an, puisse arriver à assécher toutes les mers ? Plus que cela. *In saecula*. Notre peine durera jusqu'à ce qu'un ciron des plantes, revenant donner une morsure par an, puisse arriver à avaler tous les bois ? Plus que cela. *In saecula*. Notre peine durera alors jusqu'à ce qu'une fourmi, avançant d'un seul pas par an, puisse avoir fait tout le tour de la terre ? Plus que cela. *In saecula*. Et si tout cet univers était un seul désert de sable, et qu'à chaque siècle en fût enlevé un seul grain, aurions-nous fini peut-être de nous affliger quand l'univers serait de fond en comble déblayé ? Même pas. *In saecula*. Imaginons qu'un damné après des millions de siècles verse deux larmes seulement, sa peine cessera-t-elle alors si son pleur était à même de créer un plus grand déluge que celui où anciennement se perdit tout le genre humain ? Allons, allons, finissons-en, nous ne sommes pas des enfants ! Si vous voulez que je vous le dise : *in saecula*, *in saecula* les damnés devront endurer leur peine, *in saecula*, autant dire dans des siècles sans nombre, sans terme, sans mesure. »

A présent le visage du père Caspar paraissait celui du carme de la Grive. Il levait son regard au ciel comme pour y trouver une seule espérance de miséricorde : « Mais Dieu, disait-il de la voix du pénitent digne de compassion, mais Dieu ne s'afflige-t-il pas à la vue de nos afflictions ? N'adviendra-t-il pas qu'Il conçoive un mouvement de sollicitude, n'adviendra-t-il pas qu'à la fin Il se montre, pour que nous soyons au moins consolés par son pleur ? Hélas, ingénus que vous êtes ! Dieu malheureusement se montrera, vous n'imaginez pas encore comment ! Quand nous lèverons les yeux, nous verrons que Lui (devrais-je le dire ?), nous verrons que Lui, devenu pour nous un Néron, pas par injustice mais par sévérité, non seulement ne voudra pas nous consoler ou nous secourir ou nous plaindre, mais avec un plaisir inconcevable Il rira ! Songez donc dans quels états d'âme nous devrions nous mettre ! Nous brûlons, dirons-nous, et Dieu rit ? Nous brûlons, et Dieu rit ? Oh Dieu d'infinie cruauté ! Pourquoi ne nous déchires-Tu pas avec Tes foudres, plutôt que de nous insulter avec Tes ris ? Double donc les langues de nos flammes, ô sans-merci, mais point n'en veuille jouir ! Ah, ris à nous plus amer que notre pleur ! Ah, joie à nous plus douloureuse que nos malheurs ! Pourquoi notre enfer n'a-t-il pas des abîmes où pouvoir échapper au visage d'un Dieu qui rit ? Trop nous leurra qui nous dit que notre punition serait de contempler la face d'un Dieu indigné. D'un Dieu riant, fallait-il nous dire au contraire, d'un Dieu riant... Pour ne pas discerner et entendre ce rire, nous voudrions que nous tombassent les montagnes sur la tête, ou que la terre manquât sous nos pieds. Mais non, car hélas nous verrons ce qui nous fait mal et nous serons aveugles et sourds à tout, sauf à ce à quoi nous voudrions être sourds et aveugles ! »

Roberto sentait le rance de la provende des gallinacés dans les interstices du bois, et de l'extérieur lui parvenait le cri des oiseaux de mer, qu'il prenait pour le rire de Dieu.

« Mais pourquoi l'enfer à moi, demandait-il, et pourquoi à tous ? N'est-ce donc pas pour ne le réserver qu'à un petit nombre que le Christ nous a rachetés ? »

Le père Caspar avait ri, comme le Dieu des damnés : « Mais quand vous a-t-il rachetés ? Mais sur quelle planète, dans quel univers penses-tu vivre désormais ? »

Il avait pris la main de Roberto, le soulevant de sa couchette avec violence, et il l'avait traîné à travers les méandres de la *Daphne*, tandis que le malade éprouvait un rongement d'intestin et que dans sa tête il lui semblait avoir force horloges à corde. Les horloges, pensait-il, le temps, la mort...

Caspar l'avait poussé dans un réduit qu'il n'avait, lui, jamais découvert, aux parois blanchies, et où se trouvait un catafalque fermé, avec un œil circulaire sur un côté. Devant l'œil, sur une règle rainée, était inséré un réglet de bois tout entaillé d'yeux de la même mesure qui encadraient des verres apparemment opaques. En faisant coulisser le réglet on pouvait faire coïncider ses yeux avec celui de la boîte. Roberto se rappelait avoir déjà vu en Provence un exemple de cette machine en réduction qui, disait-on, était capable de faire vivre la lumière grâce à l'ombre.

Caspar avait ouvert un côté de la boîte, laissant apercevoir, sur un trépied, une grande lampe qui, sur la partie opposée au bec, au lieu du manche avait un miroir rond de courbure spéciale. La mèche allumée, le miroir reprojetait les rayons lumineux à l'intérieur d'un tube, une courte lunette d'approche dont la lentille terminale était l'œil extérieur. De là (à peine Caspar eut-il refermé la boîte), les rayons passaient à travers le verre du réglet en s'élargissant en cône et faisant apparaître sur la paroi des images colorées qui parurent animées à Roberto, tant elles étaient vives et précises.

La première figure représentait un homme au visage de démon, enchaîné sur un récif au milieu de la mer, fouetté par les vagues. Roberto n'arriva plus à détacher les yeux de cette apparition, il la fondit avec celles qui vinrent ensuite (tandis que Caspar les faisait se succéder les unes aux autres en poussant le réglet), il les composa toutes ensemble — rêve dans le rêve — sans distinguer entre ce qu'on lui disait et ce qu'il voyait.

Du récif s'approcha un navire où il reconnut la *Tweede Daphne* ; et il en descendit Ferrante, qui maintenant libérait le condamné. Tout était clair. Au cours de sa navigation, Ferrante avait rencontré — comme la légende nous le confirme — Judas reclus en plein océan, à expier sa trahison.

« Merci », disait Judas à Ferrante — mais la voix parvenait à Roberto certainement des lèvres de Caspar. « Depuis que j'ai été ici assujetti, à la neuvième heure d'aujourd'hui, j'espérais pouvoir encore remédier à mon péché... Je te remercie, frère...

— Tu es ici depuis à peine un jour, ou moins encore ? demandait Ferrante. Mais ton péché a été consommé dans la trente-troisième année après la naissance de Notre Seigneur, et donc il y a mille six cent dix ans...

— Aïe aïe aïe, homme ingénu, répondait Judas, il y a certainement mille six cent dix de vos années que je fus mis sur ce récif, mais il n'y a pas encore et il n'y aura jamais un jour des miennes. Tu ne sais pas qu'en entrant dans la mer qui entoure mon île, tu as pénétré dans un autre univers qui passe à côté et à l'intérieur du vôtre, et ici le soleil tourne autour de la terre comme une tortue qui à chaque pas va plus lentement qu'avant. Par conséquent, dans ce monde à moi, mon jour au début durait deux des vôtres, et ensuite trois, et ainsi de plus en plus, jusqu'à présent où, après mille six cent dix de vos années, je suis encore et toujours à la neuvième heure. Et d'ici peu le temps sera encore plus lent, et puis encore plus, et moi je vivrai à jamais la neuvième heure de l'an trente-trois après la nuit de Bethléem...

— Mais pourquoi ? demandait Ferrante.

— Mais parce que Dieu a voulu que mon châtiment consistât à vivre toujours le Vendredi Saint, pour célébrer toujours et chaque jour la passion de l'homme que j'ai trahi. Le premier jour de ma peine, alors que pour les autres hommes s'approchait le couchant, et puis la nuit, et puis l'aube du Samedi, pour moi il était passé un atome d'un atome de minute depuis la neuvième heure de ce Vendredi-là. Mais le cours du soleil se ralentissant immédiatement, chez vous le Christ ressuscitait et moi j'étais encore à un pas de cette heure. Et maintenant que pour vous se sont écoulés des siècles et des siècles, moi je suis toujours à une miette de temps de cet instant...

— Mais ton soleil se meut aussi, et viendra le jour, fût-ce même dans dix mille ans et plus, où tu entreras dans ton Samedi.

— Oui, et alors ce sera pire. Je serai sorti de mon purgatoire pour entrer dans mon enfer. La douleur de cette mort que j'ai causée ne cessera, mais j'aurai perdu la possibilité, qui me reste encore, de faire en sorte que ce qui est arrivé ne soit pas arrivé.

— Mais comment ?

— Tu ne sais pas qu'à une courte distance d'ici passe le méridien antipode. Au-delà de cette ligne, aussi bien dans ton univers que dans le mien, il y a le jour d'avant. Si, maintenant libéré, je pouvais franchir cette ligne, je me retrouverais dans mon Jeudi Saint, puisque ce scapulaire que tu vois sur mes épaules est le lien qui oblige mon soleil à m'accompagner comme mon ombre, et faire en sorte que partout où je vais chaque temps dure comme le mien. Je pourrais alors rejoindre Jérusalem en voyageant pendant un très long Jeudi, et y arriver avant que ma félonie fût accomplie. Et je sauverais mon Maître de son sort.

— Mais, avait objecté Ferrante, si tu empêches la Passion, il n'y aura jamais eu la Rédemption, et le monde serait encore aujourd'hui en proie au péché originel.

— Aïe aie aïe, avait crié Judas en pleurant, moi qui ne pensais qu'à moi-même ! Mais alors que dois-je faire ? Si je cesse d'avoir agi comme j'ai agi, je reste damné. Si je remédie à mon erreur, j'entrave le plan de Dieu, et j'en serai puni avec la damnation. Etait-il donc écrit depuis le début que je serais damné à être damné ? »

La procession des images s'était éteinte sur les pleurs de Judas, quand l'huile de la lampe se fut consumée. Maintenant le père Caspar parlait de nouveau, avec une voix que Roberto ne reconnaissait plus comme la sienne. La rare lumière provenait à présent d'une fissure dans la cloison et n'éclairait que la moitié de son visage, lui déformant la ligne du nez et rendant incertaine la couleur de sa barbe, or immaculée d'un côté et sombre de l'autre. Les yeux étaient l'un et l'autre deux creux, car même celui qui recevait la lueur semblait dans l'ombre. Et Roberto s'apercevait tout juste alors qu'il était couvert par un bandeau noir.

« Et c'est à ce point-là, disait celui qui pour l'heure était certainement l'Abbé de Morfi, c'est à ce moment-là que ton frère a conçu le chef-d'œuvre de son Talent. S'il avait accompli, lui, le voyage que Judas se proposait de faire, il aurait pu empêcher que la Passion se réalisât et donc que nous fût accordée la Rédemption. Nulle Rédemption, tous victimes du même péché originel, tous voués à l'enfer, ton frère pécheur, mais comme tous les hommes, et par conséquent justifié.

— Mais comment aurait-il pu, comment pourrait-il, comment a-t-il pu ? demandait Roberto.

— Oh, or souriait avec atroce allégresse l'abbé, il suffisait de peu. Il suffisait de tromper même le Très-Haut, incapable de concevoir tous les déguisements de la vérité. Il suffisait d'occire Judas, comme aussitôt je fis sur cet écueil, de mettre son scapulaire, de me faire précéder par mon navire sur la côte opposée de cette Ile, d'arriver ici sous de fausses apparences pour empêcher que tu apprisses les bonnes règles de la natation et ne pusses jamais me précéder là-bas, de te contraindre à construire avec moi la cloche aquatique pour me permettre d'atteindre l'Ile. » Et tandis qu'il parlait, pour montrer le scapulaire, il ôtait lentement sa robe et apparaissait habillé en pirate, puis avec la même lenteur il arrachait sa barbe, se libérait de sa perruque, et Roberto alors croyait se voir dans un miroir.

« Ferrante ! s'était écrié Roberto.

— Moi en personne, mon frère. Moi qui, lorsque tu t'échinais comme un chien ou une grenouille, sur l'autre côte de l'île recouvrais mon navire, faisais voile dans mon long Jeudi Saint vers Jérusalem, retrouvais l'autre Judas sur le point de trahir et le pendais à un figuier, l'empêchant de livrer le Fils de l'Homme aux Fils des Ténèbres, pénétrais dans le Jardin des Oliviers avec mes féaux et enlevais Notre Seigneur, l'arrachant au Calvaire ! Et maintenant toi, moi, nous tous vivons dans un monde qui n'a jamais été racheté !

— Mais le Christ, le Christ, où est-il à présent ?

— Or donc tu ne sais que déjà les textes anciens disaient qu'il existe des Colombes rouge feu car le Seigneur, avant d'être crucifié, a endossé une tunique écarlate ? Tu n'as pas encore compris ? Depuis mille six cent dix années le Christ est prisonnier de l'Ile, d'où il tente de s'enfuir sous les dehors d'une Colombe Couleur Orange, mais incapable d'abandonner ce lieu où, près de l'Observatoire Maltais, j'ai laissé le scapulaire de Judas, et où il est donc toujours et seulement le même jour. A présent il ne me reste qu'à te tuer toi, et vivre libre dans un monde d'où est exclu le remords, l'enfer est sûr pour tous, et là-bas un jour je serai accueilli tel le nouveau Lucifer ! » Et il avait dégainé un coutelas en s'approchant de Roberto pour accomplir le dernier de ses crimes.

« Non, avait crié Roberto, je ne te le permettrai pas ! C'est moi qui te tuerai toi, et je délivrerai le Christ. Je sais encore croiser le fer, alors qu'à toi mon père n'a pas appris ses coups secrets !

— J'ai eu un seul père et une seule mère, ton esprit fistuleux, avait dit Ferrante avec un triste sourire. Tu ne m'as appris qu'à haïr. Crois-tu m'avoir fait un grand don en me donnant vie seulement pour que dans ton Pays des Romans j'incarnasse le Suspect ? Tant que tu seras vivant, à penser de moi ce que moi-même j'en dois penser, je ne cesserai de me mépriser. Donc, que tu me tues toi ou que je te tue moi, la fin est la même. Allons.

— Pardon, ô mon frère, avait crié Roberto en pleurant. Oui, allons, il est juste que l'un de nous deux doive mourir ! »

Que voulait Roberto ? Mourir, délivrer Ferrante en le faisant mourir ? Empêcher Ferrante d'empêcher la Rédemption ? Nous ne le saurons jamais, car il ne le savait pas lui non plus. Mais ainsi sont faits les rêves.

Ils étaient montés sur le tillac, Roberto avait cherché son arme et l'avait retrouvée (comme nous nous en souviendrons) réduite à un tronçon ; mais il criait que Dieu lui donnerait force, et qu'un homme d'épée vaillant pourrait se battre fût-ce avec une lame brisée.

Les deux frères se faisaient face, pour la première fois, afin de commencer leur dernier combat.

Le ciel s'était décidé à seconder ce fratricide. Une nuée rougeâtre avait soudain étendu entre le navire et le ciel une ombre sanguine, comme si là-haut quelqu'un avait égorgé les chevaux du Soleil. Un grand concert de tonnerre et d'éclairs avait éclaté, suivi d'averses, et ciel et mer assourdissaient les duellistes, éblouissaient leurs yeux, cinglaient leurs mains d'eau glacée.

Mais les deux évoluaient au milieu des dards de la foudre qui leur pleuvaient autour, poussant bottes et flanconnades, reculant soudain, s'accrochant à une corde pour éviter presque en volant une estocade, se lançant des injures, rythmant chaque assaut d'un hurlement, dans les hurlements égaux du vent qui sifflait alentour.

Sur ce tillac glissant Roberto se battait afin que le Christ pût être mis en Croix, et demandait l'aide divine ; Ferrante pour que le Christ ne dût pas souffrir, et il invoquait le nom de tous les diables.

Ce fut en appelant, pour qu'il l'assistât, Astaroth que l'Intrus (désormais intrus même dans les plans de la Providence) s'offrit sans le vouloir au Coup de la Mouette. Ou peut-être ainsi voulait-il, pour mettre fin à ce songe sans queue ni tête.

Roberto avait fait semblant de tomber, l'autre s'était précipité pour l'achever, lui s'était appuyé sur sa main gauche et avait poussé l'épée tronquée vers sa poitrine. Il ne s'était pas relevé avec l'agilité de Saint-Savin, mais Ferrante avait désormais pris trop d'élan, et il n'avait pu éviter de s'embrocher, mieux de se défoncer le sternum sur le tronçon de la lame. Roberto avait été suffoqué par le sang que l'ennemi, en mourant, versait par la bouche.

Il sentait le goût du sang dans sa bouche, et probablement il s'était mordu la langue dans son délire. A présent il nageait dans ce sang, qui s'épandait du navire à l'Ile ; il ne voulait pas aller de l'avant par crainte du Poisson Pierre, mais il n'avait terminé que la première partie de sa mission, le Christ attendait sur l'Ile de verser Son sang, et il était resté son unique Messie.

Que faisait-il maintenant dans son rêve ? Avec la dague de Ferrante il s'était employé à réduire une voile en longues bandes, qu'il nouait ensuite entre elles en s'aidant des amarres ; au moyen d'autres cordes il avait capturé dans le second-pont les plus vigoureux d'entre les hérons, ou cigognes n'importe, et les attachait par les pattes comme coursiers de son tapis volant.

Avec son navire aérien, il s'était envolé vers la terre atteignable maintenant. Sous l'Observatoire Maltais, il avait retrouvé le scapulaire, et l'avait détruit. Ayant redonné espace au temps, il avait vu descendre sur lui la Colombe, qu'il découvrait enfin, extatique, dans toute sa gloire. Mais il était naturel — surnaturel, plutôt — qu'à présent elle lui parût non pas orange mais d'une blancheur immaculée. Ce ne pouvait être une colombe car il ne sied pas à cet oiseau de représenter la Deuxième Personne, c'était peut-être un Pieux Pélican, ainsi que doit l'être le Fils. Si bien qu'à la fin il ne voyait pas précisément quel oiseau s'était offert à lui en gentil perroquet pour ce vaisseau ailé.

Il savait seulement qu'il volait vers le haut, et les images se succédaient comme voulaient les matassins fantômes. Ils naviguaient maintenant au-devant de tous les mondes innombrables et infinis, dans chaque planète, dans chaque étoile, de façon que sur chacune, presque en un seul moment, s'accomplît la Rédemption.

La première planète qu'ils avaient touchée avait été la blanche lune, en une nuit éclairée par le midi de la terre. Et la terre était là, sur la ligne d'horizon, une énorme menaçante illimitée polenta de maïz, qui cuisait encore au ciel et quasiment lui tombait dessus en gargouillant de fiévreuse et fébricitante fébricule fébrifère subfébrilant fébrilement en bulles bouillantes dans leur bouillonnement, bouillottantes d'une ébullition bouillonnamenteuse, plopété plopété plop. C'est que lorsque vous avez la fièvre, c'est vous qui devenez polenta, et les lumières que vous voyez viennent toutes de l'ébullition de votre tête.

Et là, sur la lune avec la Colombe...

Nous n'aurons pas, j'espère, cherché cohérence et vraisemblance dans tout ce que j'ai rapporté jusqu'à présent, parce qu'il s'agissait du cauchemar d'un souffrant empoisonné par un Poisson Pierre. Mais ce que je m'apprête à relater dépasse toute attente. L'esprit ou le cœur de Roberto, ou en tout cas sa *vis imaginativa*, étaient en train d'ourdir une sacrilège métamorphose : sur la lune il se voyait maintenant non pas avec Notre Seigneur, mais avec Notre Dame, Lilia enfin reprise à Ferrante. Roberto obtenait près des lacs de Séléné ce que son frère lui avait pris parmi les étangs de l'île aux fontaines. Il lui baisait le visage de ses yeux, la contemplait de sa bouche, suçait, mordait et remordait, et elles badinaient dans leur manège les langues énamourées.

Alors seulement Roberto, dont sans doute la fièvre tombait, revint à lui, mais en restant attaché à ce qu'il avait vécu, comme il arrive après un rêve qui nous quitte, le corps, outre que l'âme, perturbé.

Il ne savait pas s'il devait pleurer de bonheur pour son amour retrouvé, ou de remords pour avoir retourné — avec la fièvre comme complice, qui ignore les Lois des Genres — son Epopée Sacrée en une Comédie Libertine.

Ce moment-là, se disait-il, me coûtera vraiment l'enfer, car je ne suis certes ni meilleur que Judas ni que Ferrante — et même je ne suis autre que Ferrante, et n'ai rien fait d'autre jusqu'à présent que profiter de sa mauvaiseté pour rêver avoir fait ce que ma vilenie m'a toujours retenu de faire.

Peut-être ne serais-je jamais appelé à répondre de mon péché, parce que je n'ai pas péché moi, mais le Poisson Pierre qui me faisait rêver à sa façon. Pourtant, si je suis arrivé à pareille démence, c'est à coup sûr signe que je suis sans nul doute sur le point de mourir. Et j'ai dû attendre le Poisson Pierre pour me décider à penser à la mort, alors que cette pensée devrait être le premier devoir du bon chrétien.

Pourquoi n'ai-je jamais pensé à la mort, et à l'ire d'un Dieu riant ? Parce que je suivais les enseignements de mes philosophes, pour lesquels la mort était une nécessité naturelle, et Dieu celui qui dans le désordre des atomes a introduit la Loi qui les compose dans l'harmonie du Cosmos. Et un tel Dieu pouvait-il, maître de géométrie, produire le désordre de l'enfer, fût-ce par justice, et rire de cette subversion de toute subversion ?

Non, Dieu ne rit pas, se disait Roberto. Il cède à la Loi que lui-même a voulue, et qui veut que l'ordre de notre corps se désagrège, comme le mien certainement est déjà en train de se désagréger au milieu de cette désagrégation. Et il voyait les vers près de sa bouche, mais ils n'étaient pas l'effet du délire, des êtres au contraire formés par génération spontanée dans la gadoue des poules, haute lignée de leurs déjections.

Il donnait alors la bienvenue à ces hérauts de la décomposition en comprenant que cette fusion dans la matière visqueuse devait être vécue comme la fin de toute souffrance, en harmonie avec la volonté de la Nature et du Ciel qui l'administre.

Mon attente sera de courte durée, murmurait-il comme dans une prière. En l'espace d'un petit nombre de jours, mon corps, or encore bien composé, ayant changé de couleur deviendra blême tel un pois chiche, ensuite il noircira tout entier de la tête aux pieds et une chaleur sombre le revêtira. Après quoi, il commencera à se tuméfier, et sur ce renflement naîtra une fétide moisissure. Et il faudra peu de temps encore pour que le ventre commence à donner ici un éclatement et là une rupture — par quoi se débondera une pourriture, et on verra çà ondoyer un demi-œil vermineux, là un lambeau de lèvre. Puis dans cette fange s'engendrera quantité de petites mouches et autres animalcules qui se pelotonneront dans mon sang et me dévoreront point par point. Une partie de ces êtres surgira de la poitrine, une autre avec un je-ne-sais-quoi de muqueux coulera des narines ; d'autres, englués dans cette putréfaction, entreront et sortiront par la bouche, et les plus repus regargouilleront en descendant au fond de la gorge... Et cela, tandis que la *Daphne* deviendra peu à peu le royaume des oiseaux, et que des germes venus de l'Ile y feront pousser d'animalesques végétaux, dont mes humeurs cadavériques auront nourri les racines désormais nouées à la sentine. Enfin, quand ma fabrique corporelle entière sera réduite à un pur squelette, au cours des mois et des années — ou peut-être des millénaires — même cet échafaudage lentement se fera pulvérisation d'atomes sur laquelle les vifs marcheront sans comprendre que le globe de la terre dans son entier, ses mers, ses déserts, ses forêts et ses vallées, n'est rien d'autre qu'un vivant cimetière.

Rien de tel pour concilier la guérison qu'un Exercice de la Bonne Mort, qui, en nous rendant résigné, nous rassérène. Ainsi le carme lui avait-il dit un jour, et ainsi en devait-il être, car Roberto éprouva faim et soif. Plus faible que lorsqu'il rêvait de lutter sur le pont, mais moins que lorsqu'il s'était allongé près des poules, il eut la force de boire un œuf. Elles étaient bonnes, les humeurs glaireuses qui lui descendaient dans la gargamelle. Et meilleur encore le suc d'une noix qu'il ouvrit dans les Vivres. Après une si longue méditation sur son corps mort, à présent il faisait mourir dans son corps à rétablir les corps sains auxquels la nature donne chaque jour la vie.

Voilà pourquoi, sauf quelques recommandations du carme, personne à la Grive ne lui avait appris à penser à la mort. Au moment des conversations familiales, presque toujours au dîner et au souper (après que Roberto était revenu d'une de ses explorations de la vieille demeure où il s'était attardé, dans une vaste pièce ombreuse peut-être, à l'odeur des pommes laissées mûrir sur le sol), on ne causait que de la bonté des melons, de la coupe du blé et des espoirs pour les vendanges

Roberto se rappelait quand sa mère lui enseignait comment il aurait pu vivre heureux et tranquille s'il avait mis à profit toute l'abondance de Dieu que la Grive était à même de lui fournir : « Et il sera bien que tu n'oublies pas de te pourvoir de viande salée de bœuf, de brebis ou mouton, de veau et de porc, qui se conservent longtemps et sont de grande consommation. Coupe les tranches de viande pas trop grandes, place-les dans un pot avec beaucoup de sel dessus, laisse-les huit jours, ensuite suspends-les aux poutres de la cuisine près de la cheminée, pour qu'elles sèchent à la fumée, et fais-le par temps sec, froid et de tramontane, passé la Saint-Martin, qu'elles se conserveront autant que tu le désires. Puis, en septembre, c'est le tour des oiselets, et les agneaux pour tout l'hiver, en plus des chapons, des vieilles poules, des canards et leurs semblables. Ne déprise pas même l'âne qui se casse une patte, car on en fait des petites saucisses rondes que tu incises au couteau et mets à frire, et c'est un mets de maître. Et pour le Carême, qu'il y ait toujours des champignons, des potages légers, des noix, du raisin, des pommes et tout le reste que Dieu t'envoie. Et toujours pour le Carême, il faudra tenir prêtes des racines et des herbes qui, enfarinées et cuites dans l'huile, sont mieux qu'une lamproie ; et puis tu feras des raviolis ou calissons de Carême, avec pâte à frire faite d'huile, farine, eau de rose, safran et sucre, sans compter un peu de malvoisie, découpés ronds comme des vitres de fenêtre, remplis de chapelure, pommes, fleur de girofle et noix broyées, que tu mettras avec quelques grains de sel à cuire dans le four, et tu mangeras mieux qu'un prieur. Après Pâques viennent les chevreaux, les asperges, les pigeonneaux... Plus tard arrivent les ricottes et le fromage frais. Mais tu devras savoir aussi profiter des petits pois ou des haricots bouillis enfarinés et frits, qui sont tous d'excellents apprêts de la table...

Ça, mon fils, si tu vis comme nos vieux ont vécu, ça sera une vie béate et loin de tout souci... »

Voilà, à la Grive on ne tenait pas des propos qui impliquassent mort, jugement, enfer ou paradis. La mort, à Roberto, était apparue à Casal, et c'était en Provence et à Paris qu'il avait été induit à y réfléchir, entre discours vertueux et discours dissolus.

Il est assuré que je mourrai, se disait-il à présent, sinon maintenant à cause du Poisson Pierre, du moins plus tard, tant je vois clairement que je ne sortirai plus de ce vaisseau, dès lors que j'ai perdu — avec la Persona Vitrea — le seul moyen de m'approcher sans dommage de la barbacane. De quelle illusion m'étais-je flatté ? Je serais mort, sans doute plus tard, quand bien même je ne serais pas arrivé sur cette épave. Je suis entré dans la vie, sachant que la loi est d'en sortir. Comme l'avait dit Saint-Savin, on vient faire son personnage, qui plus longtemps, qui plus brièvement, et l'on quitte la scène. J'en ai vu passer beaucoup devant moi, d'autres me verront passer, et donneront à leurs successeurs le même spectacle.

Au reste, qu'il y a eu de temps où je n'étais pas, et qu'il y en aura où je ne serai plus ! J'occupe un bien petit espace dans l'abîme des ans. Ce petit intervalle n'est pas capable de me distinguer du néant où il me faudra aller. Je ne suis venu que pour faire nombre. Mon rôle a été si petit que, quand je serais demeuré dans les coulisses, tous n'auraient pas laissé de dire que la comédie était parfaite. C'est comme dans une tempête : les uns se noient aussitôt, d'autres se brisent contre un écueil, d'autres restent sur un ais abandonné aux vagues, mais pas pour longtemps non plus. La vie s'éteint d'elle-même, comme une chandelle qui a consumé sa matière. Et nous devrions nous y être accoutumés, car comme une chandelle nous avons commencé de perdre des atomes dès le premier instant que nous nous sommes allumés.

D'évidence, ce n'est pas une grande sapience que de savoir ces choses, se disait Roberto. Nous devrions les savoir dès l'instant que nous sommes nés. Mais d'habitude nous réfléchissons toujours et seulement sur la mort des autres. Eh oui, nous avons tous assez de force pour supporter les maux d'autrui. Puis vient le moment que l'on pense à la mort quand le mal est nôtre, et alors on s'aperçoit que le soleil ni la mort ne se peuvent regarder fixement. A moins que l'on n'ait eu de bons maîtres.

J'en ai eu. L'un m'a dit qu'en vérité peu de gens connaissent la mort. On la souffre ordinairement par stupidité ou par coutume, non par résolution. On meurt parce qu'on ne peut faire autrement. Seul le philosophe sait penser à la mort comme à un devoir, qu'il faut accomplir de bonne grâce, et sans peur : tant que nous y sommes, la mort n'est pas encore, et quand la mort vient, nous n'y sommes plus. Pourquoi aurais-je passé tant de temps à disputer de philosophie si aujourd'hui je n'étais pas capable de faire de ma mort le chef-d'œuvre de ma vie ?

Les forces lui revenaient. Il bénissait sa mère, dont le souvenir lui avait fait abandonner la pensée de la fin. Il ne pouvait en être autrement de celle qui lui avait donné le commencement.

Il se prit à songer à sa naissance, dont il savait encore moins que de sa mort. On dit que penser aux origines est le propre du philosophe. Il est aisé pour le philosophe de justifier la mort : que l'on doive se précipiter dans les ténèbres est une des choses les plus claires du monde. Ce qui hante le philosophe n'est pas le naturel de la fin, mais le mystère du commencement. Nous pouvons nous désintéresser de l'éternité qui nous suivra, mais nous ne pouvons nous soustraire à l'angoissante énigme de l'éternité qui nous a précédés : l'éternité de la matière ou l'éternité de Dieu ?

Voilà pourquoi il avait été jeté sur la *Daphne*, se

dit Roberto. Parce que dans ce paisible ermitage il aurait réfléchi à loisir sur la seule énigme qui nous libère de toute appréhension face au non-être, en nous livrant à la stupeur de l'être.

37

Dissertations en forme de Paradoxes
sur le mode de penser des Pierres

Mais combien de temps était-il resté malade ? Des jours, des semaines ? Ou bien entre-temps une tempête s'était-elle abattue sur le navire ? Ou avant même que de rencontrer le Poisson Pierre, pris par la mer ou par son Roman, ne s'était-il pas rendu compte de tout ce qui arrivait autour de lui ? Depuis combien de temps avait-il à ce point perdu le sens des choses ?

La *Daphne* était devenue un autre navire. Le pont était sale et les boutes laissaient couler l'eau en se délabrant ; quelques voiles s'étaient défaites et s'effilochaient, pendant aux mâts tels des masques qui lorgneraient ou ricaneraient à travers leurs trous.

Les oiseaux se lamentaient et Roberto courut aussitôt les soigner. Certains étaient morts. Par chance les plantes, avaient poussé, nourries par la pluie et par l'air, et d'aucunes s'étaient insinuées dans les cages, fournissant une pâture à la plupart, et pour les autres les insectes s'étaient multipliés. Les animaux survivants avaient même procréé, et le peu de morts avaient été remplacés par de nombreux vivants.

L'Ile demeurait inchangée ; sauf que pour Roberto, qui avait perdu le masque, elle s'était éloignée, entraînée par les courants. La barbacane, maintenant qu'il la savait défendue par le Poisson Pierre, était devenue infranchissable. Roberto pourrait encore nager, mais seulement par amour de la nage, et en se tenant loin des récifs.

« O machines humaines, que vous êtes chimériques, murmurait-il. Si l'homme n'est rien autre qu'une ombre, vous êtes une fumée. S'il n'est rien autre qu'un songe, vous êtes des larves. S'il n'est rien autre qu'un zéro, vous êtes des points. S'il n'est rien autre qu'un point, vous êtes des zéros. »

Tant de vicissitudes, se disait Roberto, pour découvrir que je suis un zéro. Et même davantage réduit à un zéro que je ne l'étais dans l'abandonnement de mon abord. Le naufrage m'avait ébranlé et poussé à combattre pour la vie, à présent je n'ai rien pour quoi combattre et personne à battre. Je suis condamné à un long repos. Je suis ici à contempler non le vide des espaces, mais le mien : d'où ne naîtront qu'ennui, tristesse et désespérance.

Dans peu non seulement moi, mais la *Daphne* elle-même ne sera plus. Elle et moi réduits à une chose fossile comme ce corail.

Car le crâne de corail se trouvait encore là sur le tillac, indemne de la consomption universelle et donc, puisque soustrait à la mort, unique chose vivante.

La singulière figure redonna vigueur aux pensées de ce naufragé éduqué à ne découvrir des terres nouvelles qu'à travers la lunette d'approche de la parole. Si le corail était chose vive, se dit-il, c'était le seul être véritablement pensant dans un si grand désordre de toute autre pensée. Il ne pouvait que penser sa complexité ordonnée, dont cependant il savait tout, et sans l'attente de bouleversements imprévus de son architecture.

Les choses vivent-elles et pensent-elles ? Le Prévôt lui avait dit un jour que, pour justifier la vie et son développement, il faut qu'en toute chose il entre nécessairement des fleurs de la matière, des *sporá*, des semences. Les molécules sont des dispositions d'atomes déterminés en une figure déterminée, et si Dieu a imposé des lois au chaos des atomes, leurs composés ne peuvent être portés qu'à engendrer des composés analogues. Se peut-il que les pierres que nous connaissons soient encore celles qui ont survécu au Déluge, qu'elles non plus ne soient pas devenues et que d'elles il n'en ait pas été engendré d'autres ?

Si l'univers n'est autre chose qu'un ensemble d'atomes simples qui entrent en collision pour engendrer leurs composés, il ne se peut que — une fois qu'ils se sont composés en leurs composés — les atomes cessent de se mouvoir. En tout objet doit se maintenir un propre mouvement continu : tourbillonnaire dans les vents, fluide et réglé dans les corps animaux, lent mais inexorable dans les végétaux, et assurément plus lent, mais non absent, dans les minéraux. Ce corail aussi, mort pour la vie corallienne, jouissait d'un remuement souterrain à lui, spécifique d'une pierre.

Roberto réfléchissait. Admettons que tout corps soit composé d'atomes, fût-ce les corps purement et simplement étendus dont nous parlent les Géomètres, et que ces atomes soient indivisibles. Il est certain que toute droite peut être divisée en deux parties égales, quelle que soit sa longueur. Mais si sa longueur est insignifiante, il est possible que l'on doive diviser en deux parties une droite composée d'un nombre impair d'indivisibles. Cela signifierait, si l'on ne veut pas que les deux parties soient inégales, que l'on a divisé en deux l'indivisible médian. Mais celui-ci, étant à son tour étendu, et donc à son tour une droite, fût-elle d'une imperscrutable brièveté, devrait être à son tour divisible en deux parties égales. Et ainsi à l'infini.

Le Prévôt disait que l'atome est pourtant toujours composé de parties, sauf qu'il est si dense que nous ne pourrions jamais le diviser au-delà de sa limite. Nous. Mais d'autres ?

Il n'existe pas de corps solide aussi dense que l'or, et pourtant prenons une once de ce métal, et de cette once un batteur d'or tirera mille feuilles, et la moitié de ces feuilles suffira à dorer la superficie entière d'un lingot d'argent. Et de la même once d'or ceux qui préparent les fils d'or et d'argent pour la passementerie réussiront avec leurs filières à le réduire à l'épaisseur d'un cheveu et ce minuscule fil sera long d'un quart de lieue, peut-être davantage. L'artisan s'arrête à un certain point, pour ce qu'il ne possède pas les instruments appropriés et que son œil ne parviendrait plus à distinguer le fil qu'il obtiendrait. Mais des insectes — si infimes que nous ne les pouvons voir, assez industrieux et savants pour passer en habileté tous les artisans de notre espèce — sauraient allonger encore ce fil de sorte qu'il pût être tendu de Turin à Paris. Et quand existeraient les insectes de ces insectes, à quelle finesse ne porteraient-ils pas ce même fil ?

Si, avec l'œil d'Argos, je pouvais pénétrer dans les polygones de ce corail et à l'intérieur des filaments qui y rayonnent et à l'intérieur du filament qui constitue le filament, je pourrais aller chercher l'atome jusqu'à l'infini. Mais un atome qui fût sécable à l'infini, produisant des parties de plus en plus petites et toujours encore sécables, pourrait me porter jusqu'à un moment où la matière ne serait rien autre qu'infinie sécabilité, et toute sa dureté et sa densité reposeraient sur ce simple équilibre entre vides. Au lieu d'avoir en horreur le vacuum, la matière alors l'adorerait et en serait composée, elle serait vide en elle-même, vacuité absolue. La vacuité absolue serait au cœur même du point géométrique impensable, et ce point ne serait rien autre que cette île d'Utopie que nous rêvons dans un océan fait toujours et seulement d'eaux.

En supposant par hypothèse une extension matérielle faite d'atomes, on arriverait donc à n'avoir plus d'atomes. Que resterait-il ? Des tourbillons. Sauf que les tourbillons n'entraîneraient pas des soleils et des planètes, matière pleine qui s'oppose à leur vent, à cause que soleils et planètes également seraient eux aussi des tourbillons entraînant dans leur cercle des tourbillons mineurs. Alors le tourbillon majeur, qui fait tourbillonner les galaxies, aurait en son centre d'autres tourbillons, et ceux-ci seraient des tourbillons de tourbillons, gouffres faits d'autres gouffres, et l'abîme du grand gouffre de gouffres de gouffres précipiterait dans l'infini en se tenant sur le Néant.

Et pour nous, habitants du grand corail du cosmos, nous croirions matière pleine l'atome (que pourtant nous ne voyons pas), alors que lui aussi, comme tout le reste, serait une broderie de vides dans le vide, et nous appellerions être, dense et même éternel, ce tournoiement d'inconsistances, cette extension infinie, qui s'identifie au rien absolu, et qui de son propre non-être engendre l'illusion du tout.

Et me voici donc ici à me flatter d'illusions sur l'illusion d'une illusion, illusion que je suis à moi-même ? Et me fallait-il tout perdre, tomber sur ce chaland perdu dans les antipodes, pour comprendre qu'il n'y avait rien à perdre ? Mais en comprenant cela ne gagné-je point tout peut-être, pour ce que je deviens le seul point pensant où l'univers reconnaît sa propre illusion ?

Cependant, si je pense, cela ne signifie-t-il pas que j'ai une âme ? Oh, quel brouillamini. Le tout est fait de néant, et pourtant pour le comprendre il faut avoir une âme qui, si peu qu'elle soit, néant n'est pas.

Que suis-je moi ? Si je dis *moi*, au sens de Roberto de la Grive, je le fais en tant que mémoire de tous mes instants passés, somme de tout ce que je me rappelle. Si je dis *moi*, au sens de ce quelque chose qui est ici en ce moment, et n'est pas le grand mât ni ce corail, alors je suis la somme de ce que je sens maintenant. Mais ce que je sens maintenant, qu'est-ce ? C'est l'ensemble de ces rapports entre présumés indivisibles qui se sont disposés dans ce système de rapports, dans cet ordre particulier qui est mon corps.

Et alors mon âme n'est pas, comme le voulait Epicure, une matière composée de corpuscules plus ténus que les autres, un souffle mêlé de chaleur, mais elle est le mode dont ces rapports se sentent tels.

Quelle subtile condensation, quelle impalpabilité condensée ! Je ne suis rien autre qu'un rapport entre les parties de moi qui se perçoivent cependant qu'elles sont en relation l'une avec l'autre. Mais ces parties étant à leur tour divisibles en d'autres relations (et ainsi de suite), en conséquence tout système de rapports, ayant conscience de soi-même, étant plutôt la conscience de soi-même, serait un noyau pensant. Je pense moi, mon sang, mes nerfs ; mais chaque goutte de mon sang se penserait soi-même.

Elle se penserait de la manière que je me pense moi ? Assurément non, en nature l'homme se sent lui-même de façon fort complexe, l'animal un peu moins (il est capable d'appétit, par exemple, mais pas de remords) ; une plante se sent croître et elle sent, certes, quand on la coupe, et peut-être dit-elle *moi*, mais en un sens beaucoup plus obscur que je ne le fais. Toute chose pense, mais à proportion de son degré de complexité.

S'il en est ainsi, alors, les pierres aussi pensent. Ce caillou aussi, qui d'ailleurs caillou n'est point, mais était un végétal (ou un animal ?). Comment pensera-t-il donc ? En pierre. Si Dieu, qui est le grand rapport de tous les rapports de l'univers, se pense pensant, ainsi que le veut le Philosophe, cette pierre se pensera seulement elle-même pierrante. Dieu pense la réalité entière et les mondes infinis qu'il crée et qu'il fait subsister par sa pensée ; moi je pense à mon amour malheureux, à ma solitude sur ce vaisseau, à mes parents disparus, à mes péchés et à ma mort prochaine, et peut-être cette pierre pense-t-elle seulement moi pierre, moi pierre, moi pierre. Ou plutôt, peut-être ne sait-elle même pas dire *moi*. Elle pense : pierre, pierre, pierre.

Ce devrait être ennuyeux. Ou bien c'est moi qui éprouve de l'ennui, moi qui peux penser davantage, et il (ou elle) est au contraire pleinement satisfait de son être pierre, aussi heureux que Dieu — à cause que Dieu jouit d'être Tout et cette pierre jouit d'être quasiment rien, mais pour ce qu'elle ne connaît pas d'autre mode d'être, elle se plaît au sien, éternellement satisfaite de soi...

Mais en fin de compte est-il vrai que la pierre ne sent rien autre que sa pierrité ? Le Prévôt me disait que les pierres aussi sont des corps qui en de certaines occasions brûlent et deviennent autre chose. De fait une pierre tombe dans un volcan et, sous l'intense chaleur de cet onguent de feu que les anciens appelaient Magma, elle se fond à d'autres pierres, devient une seule masse incandescente, va, et en peu (ou beaucoup) de temps elle se retrouve partie d'une pierre plus grande. Se peut-il qu'en cessant d'être cette pierre, et dans l'instant qu'elle en devient une autre, elle ne sente pas sa caléfaction et avec elle sa mort imminente ?

Le soleil cognait sur le tillac, une brise légère en adoucissait la chaleur, la sueur séchait sur la peau de Roberto. Depuis un si long temps occupé à se représenter comme pierre pétrifiée par la doulce Méduse qui l'avait captivé de son regard, il résolut d'essayer de penser ainsi que pensent les pierres, sans doute pour s'habituer au jour où il serait simple et blanc amas d'os exposé à ce même soleil, à ce même vent.

Il se mit nu, se coucha, les yeux fermés et les doigts dans les oreilles, pour n'être dérangé par aucun bruit, comme il arrive sûrement à une pierre qui n'a pas d'organes des sens. Il chercha d'abolir tout souvenir particulier, toute exigence de son corps humain. S'il avait pu, il aurait aboli sa propre peau, et ne le pouvant pas il s'ingéniait à la rendre la plus insensible qu'il pût.

Je suis une pierre, je suis une pierre, se disait-il. Et puis, pour éviter même de se parler : pierre, pierre, pierre.

Que sentirais-je si j'étais vraiment une pierre ? Avant tout le mouvement des atomes qui me composent, savoir la stable vibration des positions que les parties de mes parties de mes parties entretiennent entre elles. J'entendrais le bourdonnement de mon pierroire. Mais je ne pourrais dire *je*, car pour dire *je* il faut de nécessité qu'il y ait les autres, quelque chose d'autre à quoi m'opposer. Au commencement la pierre ne peut connaître qu'il y a autre chose en dehors d'elle. Elle bourdonne, pierre se pierrant elle-même et elle ignore le reste. Elle est un monde. Un monde qui mondule tout seul.

Cependant, si je touche ce corail, je sens que sa superficie a gardé la chaleur du soleil sur la partie exposée, tandis que la partie reposant sur le pont est plus froide ; et si je le fendais en deux, je sentirais peut-être que la chaleur décroît du sommet à la base. Or donc, dans un corps chaud les atomes se meuvent plus furieusement, en conséquence ce caillou, s'il se sent comme mouvement, ne peut que sentir à l'intérieur de soi une différenciation de motions. S'il demeurait éternellement exposé au soleil dans la même position, peut-être commencerait-il à distinguer quelque chose tel qu'un dessus et un dessous, au moins comme deux types différents de motion. Ne connaissant pas que la cause de cette diversité est un agent extérieur, il se penserait de la sorte, comme si cette motion était sa nature. Mais s'il se formait un éboulement et que la pierre roulât à val jusqu'à prendre une autre position, elle sentirait que d'autres de ses parties maintenant se meuvent, de lentes qu'elles étaient, tandis que les premières, qui étaient rapides, maintenant vont à plus lente allure. Et cependant que le terrain s'affaisse (ce pourrait être un procès très long), elle sentirait que la chaleur, ou le mouvement qui en dérive, se transporte degré par degré de l'une à l'autre de ses parties.

Ainsi songeant, Roberto exposait lentement des côtés différents de son corps aux rayons du soleil, roulant sur la solle, jusqu'à rencontrer une zone d'ombre, et il s'assombrissait légèrement, ainsi qu'il aurait dû se passer pour la pierre.

Qui sait, s'interrogeait-il, si dans ces motions la pierre ne commence pas d'acquérir, sinon le concept de lieu, du moins celui de partie : en tout cas certainement celui de mutation. Non de passion, cependant, parce qu'elle ne connaît pas son opposé, qui est l'action. Ou peut-être si. Car, qu'elle soit pierre, composée comme telle, elle le sent toujours, au lieu que, qu'elle soit tantôt chaude ici tantôt froide là, elle le sent de manière alternée. Or donc elle est capable en quelque sorte de se distinguer elle-même comme substance de ses propres accidents. Ou non : car si elle se sent elle-même comme rapport, elle se sentirait elle-même comme rapport entre accidents différents. Elle se sentirait comme substance en devenir. Et qu'est-ce que cela veut dire ? Je me sens, moi, d'une manière différente ? Qui sait si les pierres pensent comme Aristote ou comme le Prévôt. Quoi qu'il en soit, tout cela pourrait lui prendre des millénaires, mais tel n'est pas le problème : qui est de savoir si la pierre peut faire trésor de perceptions successives de soi. Car si elle se sentait maintenant chaude en haut et froide en bas, et ensuite le contraire, mais que dans le second état elle ne se rappelât point le premier, elle ne cesserait de croire que son mouvement intérieur serait le même.

Mais pourquoi, si elle a la perception de soi, ne saurait-elle avoir de mémoire ? La mémoire est une puissance de l'âme, et, pour petite que soit l'âme de la pierre, elle aura de la mémoire à proportion.

Avoir de la mémoire signifie avoir la notion de l'avant et de l'après, sans quoi moi aussi je croirais toujours que la peine ou la joie dont je me souviens sont présentes à l'instant que je m'en souviens. Je sais en revanche que ce sont des perceptions passées parce qu'elles sont plus faibles que les présentes. Le problème est donc d'avoir le sentiment du temps. Ce que peut-être moi-même non plus je ne pourrais avoir, si le temps était quelque chose qui s'apprend. Mais ne me disais-je pas, voilà des jours, ou des mois, avant ma maladie, que le temps est la condition du mouvement, et pas son résultat ? Si les parties de la pierre sont en mouvement, cette motion aura un rythme qui, fût-il inaudible, sera comme le bruit d'une horloge. La pierre serait l'horloge d'elle-même. Se sentir en mouvement signifie sentir battre son propre temps. La terre, grande pierre dans le ciel, sent le temps de son mouvement, le temps de la respiration de ses marées, et ce qu'elle sent je le vois se dessiner sur la voûte étoilée : la terre sent le même temps que je vois.

La pierre connaît donc le temps, mieux : elle le connaît avant même que de percevoir ses change-ments de chaleur comme mouvement dans l'espace. Pour ce que j'en sais, elle pourrait ne pas même se rendre compte que le changement de chaleur dépend de sa position dans l'espace : elle pourrait l'entendre comme un phénomène de mutation dans le temps, comme le passage du sommeil à la veille, de l'énergie à la fatigue, ainsi de moi maintenant qui m'aperçois qu'à rester immobile comme je le suis, j'ai des fourmis dans le pied gauche. Mais non, elle doit sentir l'espace aussi, si elle perçoit le mouve-ment où d'abord il y avait repos, et le repos où d'abord il y avait mouvement. Elle sait donc penser *ici* et *là*.

Mais imaginons que quelqu'un ramasse cette pierre et l'encastre dans d'autres pierres pour construire un mur. Si d'abord elle percevait le jeu de ses positions internes, c'était parce qu'elle sentait ses atomes tendus dans l'effort de se composer comme les cellules d'un nid d'abeilles, s'épaississant l'un contre l'autre et, l'un parmi les autres, ainsi que devraient se sentir les pierres d'une voûte d'église, où l'une pousse l'autre et toutes poussent vers la clef centrale, et les pierres proches de la clef poussent les autres vers le bas et en dehors.

Mais, une fois habituée à ce jeu de poussées et contre-poussées, la voûte entière devrait se sentir telle, dans le mouvement invisible que font ses briques pour se mutuellement pousser ; de même elle devrait percevoir l'effort que quelqu'un fait pour l'abattre et comprendre qu'elle cesse d'être voûte au moment où le mur qui la porte, avec ses contreforts, s'effondre.

Or donc la pierre, tellement comprimée entre d'autres pierres qu'elle est sur le point de se briser (et si la pression était plus grande elle se fêlerait), doit sentir cette constriction, une constriction qu'elle ne percevait pas auparavant, une pression qui d'une façon ou d'une autre doit influer sur son mouvement interne. Ne serait-ce pas là le moment où la pierre discerne la présence de quelque chose d'extérieur à soi ? La pierre aurait alors conscience du Monde. Ou peut-être penserait-elle que la force qui l'opprime est quelque chose de plus fort qu'elle, et elle identifierait le Monde avec Dieu.

Mais le jour où ce mur s'écroulerait, la constriction ayant cessé, la pierre percevrait-elle le sentiment de la Liberté — tout de même que je le percevrais moi, si je me décidais à sortir de la constriction que je me suis imposée ? Sauf que moi je peux vouloir cesser d'être dans cet état, la pierre non. Donc la liberté est une passion, tandis que la volonté d'être libre est une action, et c'est toute la différence entre la pierre et moi. Je peux vouloir. La pierre tout au plus (et pourquoi pas ?) peut seulement tendre à redevenir ce qu'elle était avant le mur, et sentir du plaisir quand elle recouvre sa liberté, mais elle ne peut décider d'agir pour réaliser ce qui lui plaît.

Mais moi, puis-je vraiment vouloir ? Pour l'heure, j'éprouve le plaisir d'être pierre, le soleil me chauffe, le vent me rend acceptable cette concoction de mon corps ; je n'ai nulle intention de cesser d'être pierre. Pourquoi ? Parce qu'il me plaît. Or donc je suis moi aussi esclave d'une passion, qui me dissuade de vouloir en toute liberté son contraire. Cependant, en le voulant, je pourrais vouloir. Et toutefois je ne le fais. En quoi suis-je plus libre qu'une pierre ?

Il n'est pas de pensée plus terrible, surtout pour un philosophe, que celle du libre arbitre. Par pusillanimité philosophique, Roberto la chassa comme une pensée trop grave — pour lui, certes, et à plus forte raison pour une pierre, à quoi il avait déjà conféré les passions mais avait ôté toute possibilité d'action. En tout cas, même sans pouvoir se poser de questions sur la possibilité ou non de se damner volontairement, la pierre avait déjà acquis nombre de fort nobles facultés, bien davantage que celles que les êtres humains lui eussent jamais attribuées.

Maintenant Roberto se demandait plutôt si, au moment où elle tombait dans le volcan, la pierre avait conscience de sa mort. Certainement pas, car elle n'avait jamais su ce que mourir veut dire. Mais quand elle avait complètement disparu dans le magma, pouvait-elle avoir notion de sa mort advenue ? Non, parce que n'existait plus ce composé individuel pierre. D'ailleurs, avons-nous oncques su d'un homme qui se soit rendu compte qu'il était mort ? Si quelque chose pensait soi-même, ç'eût été maintenant le magma : je magme, je magme, je magme, schlouff schlaff, je flue, fle, fluctue, fluxe, plaf ploff slupp, je déborde, bouillonne en bulles bouillottantes, je grésille, graisse, graillonne la glaire, je pultace. Slap. Et, tout en se figurant magma, Roberto crachait tel un chien atteint d'hydrophobie et cherchait à tirer des borborygmes de ses entrailles. Il allait presque se décharger le ventre. Il n'était pas fait pour être magma, mieux valait recommencer à penser en pierre.

Mais qu'importe, à la pierre qui fut, que le magma magme soi-même magmant ? Il n'est pour les pierres de vie après la mort. Il n'est personne à qui l'on promît ou concédât, après la mort, de devenir plante ou animal. Qu'arriverait-il si je mourais et que tous mes atomes se recomposaient, après que mes chairs se sont bien distribuées dans la terre et sont filtrées le long des racines, dans la belle forme d'un palmier ? Je dirais *moi palmier* ? Le palmier le dirait, non moins pensant qu'une pierre. Mais si le palmier disait *moi*, entendrait-il *moi Roberto* ? Il serait mal de lui enlever le droit de dire *moi palmier*. Et quelle espèce de palmier il serait, s'il disait *moi Roberto je suis palmier* ? Ce composé qui pouvait dire *moi Roberto*, parce qu'il se percevait en tant que ce composé-là, n'existe plus. Et s'il n'existe plus, avec la perception il aura perdu la mémoire de soi aussi. Je ne pourrais pas même dire *moi palmier j'étais Roberto*. Si cela était possible, je devrais savoir à présent que moi Roberto j'étais jadis... que sais-je ? Quelque chose. En revanche, je ne m'en souviens pas du tout. Ce que j'étais avant, je ne le sais plus, de même que je suis incapable de me rappeler ce fœtus que j'étais dans le ventre de ma mère. Je sais que j'ai été un fœtus à cause que les autres me l'ont dit, mais en ce qui me concerne j'eusse pu ne l'avoir jamais été.

Mon Dieu, je pourrais jouir de l'âme, et les pierres mêmes pourraient en jouir, et j'apprends précisément de l'âme des pierres que mon âme ne survivra pas à mon corps. A quoi bon penser et jouer à faire la pierre, si après je ne saurai plus rien de moi ?

Mais en fin de compte, qu'est donc ce je dont je crois qu'il pense moi ? N'ai-je point dit qu'il n'est autre que la conscience que le vide, identique à l'extension, a de soi en ce composé particulier ? Alors ce n'est pas moi qui pense, mais ce sont le vide ou l'extension qui me pensent moi. Ce composé est donc un accident, où le vide et l'extension se sont attardés le temps d'un clin d'ailes, pour ensuite pouvoir se remettre à penser autrement. Dans ce grand vide du vide, la seule chose qui existe vraiment c'est l'histoire de ce devenir en d'innombrables composés transitoires... Composés de quoi ? Du seul grand néant, qui est la Substance du tout.

Réglée par une majestueuse nécessité, qui la porte à créer et détruire des mondes, à entretisser nos pâles vies. Si j'accepte celle-là, si je parviens à aimer cette Nécessité-ci, revenir à elle, et me plier à ses futurs vouloirs, voilà la condition du Bonheur. C'est seulement en acceptant sa loi que je trouverai ma liberté. Refluer en Elle sera le Salut, la fuite loin des passions dans l'unique passion, l'Amour Intellectuel de Dieu.

Si je réussissais vraiment à comprendre cela, je serais vraiment le seul homme qui a trouvé la Vraie Philosophie, et je saurais tout du Dieu qui se cache. Mais qui aurait le courage d'aller de par le monde et proclamer cette philosophie ? C'est là le secret que j'emporterai avec moi dans la tombe des Antipodes.

Je l'ai déjà dit, Roberto n'avait pas la trempe du philosophe. Arrivé à cette Epiphanie, qu'il avait meulée, sévère comme un opticien qui polit son verre, il eut — et de nouveau — une apostasie amoureuse. Puisque les pierres n'aiment point, il se dressa sur son séant, redevenu homme aimant.

Mais alors, se dit-il, si c'est dans la grande mer de la grande et unique substance que nous devrons tous retourner, là-bas, ou là-haut, ou dans quelque lieu qu'elle soit, identique je serai à nouveau réuni à la Dame ! Nous serons l'un et l'autre partie et tout du même macrocosme. Moi je serai elle, elle sera moi. N'est-ce pas là le sens profond du mythe d'Hermaphrodite ? Lilia et moi, un seul corps et un seul penser...

Et n'ai-je pas peut-être déjà anticipé cet événement ? Depuis des jours (des semaines, des mois ?) je suis en train de la faire vivre dans un monde qui est tout à moi, fût-ce par le truchement de Ferrante. Elle est déjà penser de mon penser.

Peut-être est-ce cela, écrire des Romans : vivre par le truchement de ses personnages, faire en sorte que ceux-ci vivent dans notre monde, et se livrer soi-même et ses propres créatures à la pensée de ceux qui viendront, même lorsque nous ne pourrons plus dire *je*...

Mais s'il en est ainsi, il ne dépend que de moi d'éliminer à jamais Ferrante de mon propre monde, d'en faire gouverner la disparition par la justice divine, et de créer les conditions grâce auxquelles je puisse rejoindre Lilia.

Plein d'un nouvel enthousiasme, Roberto décida de penser le dernier chapitre de son histoire.

Il ne savait pas, surtout quand les auteurs sont désormais décidés à mourir, que les Romans souvent s'écrivent tout seuls, et vont où ils veulent aller eux.

38

Sur la Nature et le Lieu de l'Enfer

Roberto se raconta que Ferrante, errant d'île en île, cherchant davantage son plaisir que la bonne route, incapable de tirer avis des signaux que l'eunuque envoyait à la blessure de Biscarat, avait à la fin perdu toute notion du lieu où il se trouvait.

Adonc le navire allait, les rares vivres s'étaient gâtés, l'eau empestait. Afin que l'équipage ne s'en rendît point compte, Ferrante obligeait chacun à descendre une seule fois par jour à fond de cale prendre dans l'obscurité le strict nécessaire pour survivre, et que personne n'aurait souffert de regarder.

La seule à ne s'apercevoir de rien était Lilia, qui supportait avec sérénité toute douleur, et semblait vivre d'une goutte d'eau et d'une miette de biscuit, impatiente que son aimé réussît dans son entreprise. Quant à Ferrante, insensible à cet amour sinon pour le plaisir qu'il en retirait, il continuait à exhorter ses matelots en faisant miroiter aux yeux de leur convoitise des images de richesse. Ainsi un aveugle aveuglé par la rancune conduisait d'autres aveugles aveuglés par la cupidité, gardant prisonnière de ses lacs une beauté aveugle.

Cependant, à de nombreux membres de l'équipage une grande soif faisait déjà enfler les gencives qui commençaient à couvrir entièrement les dents ; les jambes se parsemaient d'abcès, et leur sécrétion pestilentielle montait jusqu'aux parties vitales.

Ce fut ainsi que, une fois passé le vingt-cinquième degré de latitude sud, Ferrante avait dû affronter une mutinerie. Il l'avait fait en se servant d'un groupe de cinq corsaires les plus fidèles (Andrapode, Boride, Ordogne, Safar et Asprande), et les rebelles avaient été abandonnés avec peu de vivres dans la chaloupe. Ce faisant la *Tweede Daphne* s'était privée d'un moyen de sauvetage. Qu'importait, disait Ferrante, bientôt nous serons sur les lieux où nous entraîne notre abominable faim d'or. Mais les hommes ne suffisaient plus à gouverner le navire.

Ils n'avaient d'ailleurs plus envie de le faire, ayant prêté main-forte à leur chef, ils se voulaient à présent ses pairs. Un des cinq avait épié ce mystérieux gentilhomme, qui montait si rarement sur le pont, et il avait découvert qu'il s'agissait d'une femme. Alors ces derniers des coupe-jarrets avaient affronté Ferrante en lui demandant la passagère. Ferrante, Adonis dans l'aspect, mais Vulcain dans l'âme, tenait davantage à Pluton qu'à Vénus, et ce fut une chance que Lilia ne l'entendît pas tandis qu'il murmurait aux mutins qu'il composerait avec eux.

Roberto ne devait pas permettre à Ferrante d'accomplir cette ultime ignominie. Alors là il voulut que Neptune se courrouçât que quelqu'un pût traverser ses plaines sans craindre son ire. Ou bien, sans élaborer l'histoire sur des modes aussi païens, encore qu'artificieux : il imagina qu'il était impossible (si un roman doit aussi transmettre un enseignement moral) que le Ciel ne punît pas ce vaisseau de perfidie. Et il se réjouissait en se figurant que les Autans, les Aquilons, et les Austers, ennemis inlassables du repos de la mer, même si jusqu'à ce moment-là ils avaient laissé aux placides Zéphyrs le soin de suivre le chemin par où la *Tweede Daphne* poursuivait son voyage, renfermés dans leurs logis souterrains déjà se montraient impatients.

Il les fit soudain se répandre tous d'un coup. Au gémissement des bordages et des vaigrages faisaient chorus les plaintes des matelots, la mer vomissait sur eux et eux vomissaient dans la mer, et parfois une vague les enveloppait de telle sorte que depuis les rivages on eût pu prendre ce tillac pour un cercueil de glace autour duquel les foudres s'allumaient comme des cierges.

D'abord la tempête opposait nuées aux nuées, lames aux lames, vents aux vents. Mais bientôt la mer était sortie de ses confins prescrits et croissait, turgescente vers le ciel, et chutait furieuse la pluie, l'eau se mêlait à l'air, l'oiseau apprenait à nager, à voler le poisson. Ce n'était plus une lutte de la nature contre les navigateurs, mais plutôt une bataille des éléments entre eux. Il n'était atome d'air qui ne se fût changé en une sphère de grêlon, et Neptune montait pour éteindre les éclairs dans les mains de Jupiter, afin de lui ôter le plaisir de brûler ces humains, qu'il voulait au contraire noyés. La mer creusait en son sein même une tombe pour les soustraire à la terre et, comme elle voyait le navire mettre le cap sans direction sur un récif, d'un revers de main subit elle le faisait bondir dans une autre direction.

Le vaisseau plongeait, poupe et proue, et chaque fois qu'il s'effondrait on eût dit qu'il prenait son vol du haut d'une tour : la poupe sombrait jusqu'à la galerie, et à la proue l'eau semblait vouloir avaler le beaupré.

Andrapode, qui essayait de fréler une voile, avait été arraché à la vergue et en tombant dans les vagues il avait heurté Boride qui tendait une corde, lui disloquant la tête.

La carcasse refusait maintenant d'obéir au timonier Ordogne, tandis qu'une autre rafale déchirait d'un coup la penne d'artimon. Safar s'ingéniait à caler les voiles, exhorté par Ferrante qui proférait des imprécations ; mais avant qu'il eût fini de serrer la grand-voile, le navire s'était mis en travers et avait reçu au flanc trois vagues d'une telle hauteur qu'il avait été projeté par-dessus bord. Le grand mât s'était soudain brisé, tombant à la mer, non sans avoir d'abord dévasté le tillac et fracassé le crâne d'Asprande. Et enfin le gouvernail avait éclaté en morceaux, alors qu'un coup dément de la barre enlevait la vie à Ordogne. Désormais ce moignon de navire était sans équipage, alors que les derniers rats se répandaient par-dessus bord, chutant dans l'eau à laquelle ils voulaient échapper.

Il semble impossible que Ferrante, dans un pareil chaos, songeât à Lilia : de lui nous nous attendrions qu'il ne fût empressé qu'à sa seule sauvegarde. Je ne sais si Roberto avait pensé qu'il violait ainsi les lois du vraisemblable mais, pour ne pas laisser périr celle à qui il avait donné son cœur, il dut accorder un cœur à Ferrante aussi — fût-ce pour un instant.

Ferrante traîne donc Lilia sur le pont, et que fait-il ? L'expérience enseignait à Roberto qu'il aurait dû l'attacher solidement à une planche, la laissant glisser dans la mer et espérant que même les bêtes féroces des Abysses n'auraient dénié leur pitié à tant de beauté.

Après quoi Ferrante se saisit lui aussi d'un ais et se dispose à y lier son corps. Mais à ce moment précis émerge sur le pont, Dieu sait comment délivré de sa potence dans le bouleversement du fond de cale, les mains encore enchaînées l'une à l'autre, ressemblant plus à un mort qu'à un vif, mais les yeux ravivés par la haine, Biscarat.

Biscarat qui, pendant tout le voyage, était resté, comme le chien de l'*Amaryllis*, à souffrir dans ses fers alors que chaque jour on lui rouvrait la blessure qu'ensuite on lui soignait quelque peu — Biscarat, qui avait passé ces mois avec une unique pensée : se venger de Ferrante.

Deus ex machina, Biscarat apparaît soudain dans le dos de Ferrante, qui a déjà un pied sur la muraille, lève les bras et les lui passe, faisant de la chaîne un nœud coulant, devant le visage, et lui serre la gorge. Et comme il crie « Avec moi, avec moi en enfer, enfin ! » on le voit — on l'entend presque — tellement serrer que le cou de Ferrante se casse tandis que la langue sort de ces lèvres à blasphèmes et en accompagne la dernière rage. Jusqu'à ce que le corps sans âme de l'exécuté en tombant entraîne avec soi, tel un manteau, le corps encore vivant de l'exécuteur qui va, victorieux, à la rencontre des flots en guerre, le cœur enfin en paix.

Roberto ne parvint pas à imaginer les sentiments de Lilia à ce spectacle, et il espéra qu'elle n'eût rien vu. Comme il ne se rappelait pas ce qui lui était arrivé à lui à partir du moment où il avait été pris par les remous, il ne parvenait pas davantage à se figurer ce qui pouvait lui être arrivé à elle.

En réalité, il était si pris par le devoir d'envoyer Ferrante à sa juste punition qu'il résolut de suivre d'abord son sort dans l'outre-tombe. Et il laissa Lilia dans le vaste tourbillon.

Le corps sans vie de Ferrante avait été cependant jeté sur une plage déserte. La mer était calme, comme eau dans une tasse, et sur le rivage il n'y avait aucun ressac. Tout était enveloppé d'une légère brume, ainsi qu'il advient quand le soleil a déjà disparu mais que la nuit ne s'est pas encore emparée du ciel.

Sitôt après la plage, sans que des arbres ou des buissons marquassent sa fin, on voyait une plaine complètement minérale, où même ce qui de loin paraissait des cyprès se révélait être ensuite des manières d'obélisques de plomb. A l'horizon, vers l'Occident, s'élevait un relief montueux, maintenant obscurci à la vue, sauf à apercevoir quelques petites flammes le long des pentes, qui lui donnaient une apparence de cimetière. Mais au-dessus de ce massif s'arrêtaient de longs nuages noirs au ventre de charbon qui s'éteint, d'une forme solide et compacte, tels ces os de seiche que l'on voit dans certains tableaux ou dessins : à les regarder de biais, ils se recroquevillent en forme de tête de mort. Entre les nuages et le mont, le ciel avait encore des nuances jaunâtres — et l'on eût dit, là, le dernier espace aérien encore touché par le soleil mourant, n'était l'impression que cet ultime haut-le-cœur de couchant n'avait jamais eu de début, et n'aurait jamais eu de fin.

Là où la plaine commençait à se faire pente, Ferrante aperçut une petite troupe d'hommes, et il se dirigea vers eux.

Hommes, ou en tout cas humains, ils étaient d'après leur aspect de loin, mais — comme Ferrante les eut rejoints — il vit que, si hommes ils avaient été, maintenant ils étaient devenus plutôt — ou étaient en voie de le devenir — des instruments pour un amphithéâtre d'anatomie. Ainsi les voulait Roberto, car il se rappela avoir visité un jour un de ces lieux où un groupe de médecins aux habits sombres et au visage rubicond, avec de petites veines enflammées sur le nez et sur les joues, dans une attitude qui paraissait celle du bourreau, se trouvaient autour d'un cadavre pour exposer dehors ce qui était dedans, et découvrir dans les morts les secrets des vivants. Ils soulevaient la peau, coupaient les chairs, dénudaient les os, délaçaient les liens des nerfs, dénouaient les nœuds des muscles, ouvraient les organes des sens, présentaient séparées toutes les membranes, brisés tous les cartilages, détachée toute la fressure. Distincte chaque fibre, divisée chaque artère, découverte chaque moelle, ils montraient à l'assistance les officines vitales : voici, disaient-ils, la nourriture se cuit ici, le sang se purge ici, l'aliment se dépense ici, ici se forment les humeurs, ici se trempent les esprits... Et quelqu'un à côté de Roberto avait observé à voix basse que, après notre mort terrestre, Nature ne procéderait pas autrement.

Mais un Dieu anatomiste avait touché de façon différente ces habitants de l'île, que Ferrante à présent voyait de plus en plus près.

Le premier était un corps dénué de peau, les faisceaux des muscles tendus, en un geste d'abandon les bras, le visage souffrant au ciel, tout crâne et pommettes. Au second, le cuir des mains à peine pendait, suspendu aux bouts des doigts comme un gant, et aux jambes il se rabattait sous le genou comme une botte souple.

D'un troisième, d'abord la peau, les muscles ensuite avaient été tellement écartés que le corps tout entier, et surtout le visage, semblait un livre ouvert. Comme si ce corps voulait montrer peau, chair et os en même temps, trois fois humain et trois fois mortel ; mais il avait l'air d'un insecte dont ces loques eussent été les ailes, s'il eût existé dans cette île un vent pour les agiter. Mais ces ailes ne bougeaient pas par la force de l'air, immobile dans ce crépuscule : elles s'agitaient à peine aux mouvements de ce corps efflanqué.

A peu de distance de là un squelette s'appuyait à une pelle, peut-être pour creuser sa fosse, les orbites au ciel, une grimace dans l'arc ployé des dents, la main gauche semblant implorer pitié et attention. Un autre squelette penché offrait à la vue son épine dorsale courbée, marchant par à-coups, les mains osseuses au visage incliné.

L'un d'eux, que Ferrante ne vit que de dos, avait encore une tignasse sur son crâne décharné, à la manière d'un bonnet enfilé de force. Mais le retroussis (pâle et rose comme un coquillage marin), le feutre qui tenait la fourrure, était formé par la peau, coupée au niveau de la nuque et tournée vers le haut.

Il en était de certains à qui presque tout avait été enlevé, ils ressemblaient à des sculptures faites uniquement de nerfs ; et sur le tronc du cou, désormais acéphale, flottaient ceux qui jadis étaient enracinés à un cerveau. Les jambes avaient l'air d'un tressage d'osier.

Il en était d'autres qui, l'abdomen ouvert, laissaient palpiter des intestins couleur colchique, tels de mélancoliques gloutons gavés de tripes mal digérées. Là où ils avaient eu un pénis, maintenant pelé et réduit à un pédoncule, s'agitaient seuls les testicules desséchés.

Ferrante en vit qui n'étaient plus que veines et artères, laboratoire mobile d'un alchimiste, canules et petits tubes en perpétuel mouvement, pour distiller le sang exsangue de ces lucioles éteintes à la lumière d'un soleil absent.

Ils étaient, ces corps, en grand et douloureux silence. Dans quelques-uns l'on entrevoyait les signes d'une très lente transformation qui, de statues de chair, les amincissait en statues de fibres.

Le dernier d'entre eux, écorché comme un saint Barthélemy, tenait haut dans sa main droite sa peau encore sanguinolente, molle telle une cape au portemanteau. On y reconnaissait encore un visage, avec les trous des yeux et des narines, et la caverne de la bouche, qui semblaient la dernière coulée d'un masque de cire exposé à une chaleur subite.

Et cet homme (ou plutôt la bouche édentée et déformée de sa peau) parla à Ferrante.

« Malvenue, lui dit-il, dans la Terre des Morts que nous autres appelons Ile Vésalie. D'ici peu de temps toi aussi tu suivras notre sort, mais il ne faudra pas croire que chacun de nous s'éteint avec la rapidité accordée par le tombeau. Selon notre condamnation, chacun de nous est amené à son propre stade de décomposition, comme pour nous faire savourer l'extinction qui, pour nous tous, serait la suprême joie. O quel bonheur, nous imaginer cerveaux qui à peine touchés se réduiraient en bouillie, poumons qui éclateraient au premier souffle d'un air les forçant encore, peaux qui céderaient à tout, chairs mollasses qui s'amolliraient, graisses qui se dissoudraient ! Eh bien, non. Tels que tu nous vois, nous sommes parvenus chacun à notre état sans nous en rendre compte, par une imperceptible mutation au cours de laquelle chacun de nos filaments s'est consumé en l'espace de mille et mille et mille ans. Et personne ne sait jusqu'à quel point il nous est donné de nous consumer, si bien que ceux que tu vois là-bas, réduits à leurs seuls os, espèrent encore pouvoir mourir un peu, et peut-être y a-t-il des millénaires qu'ils s'épuisent dans cette attente ; d'autres, comme moi, sont sous cet aspect je ne sais depuis quand — car en cette nuit toujours imminente nous avons perdu tout sentiment du passage du temps — néanmoins j'espère encore qu'il me sera octroyé un bien lent anéantissement. Ainsi chacun d'entre nous soupire après une décomposition qui — nous le savons bien — ne sera jamais totale, toujours espérant que l'Eternité n'ait pas encore pour nous commencé, et craignant cependant de nous y trouver depuis notre très ancien débarquement sur cette terre. Nous croyions, nous vivants, que l'enfer était le lieu de l'éternelle désespérance, car ainsi nous a-t-on dit. Las non, parce qu'il est le lieu d'une inextinguible espérance, qui rend chaque jour en soi pis que l'autre, puisque cette soif, que l'on nous garde vive, n'est onc satisfaite. Comme nous avons toujours une lueur de corps, et que chaque corps tend à la croissance ou à la mort, nous ne cessons d'espérer — et c'est ainsi seulement que notre Juge a décrété que nous pouvions souffrir *in saecula*. »

Ferrante avait demandé : « Mais qu'espérez-vous ?

— Dis donc ce que tu pourras espérer toi aussi... Tu espéreras qu'un rien de vent, une infime marée haute, l'arrivée d'une seule sangsue affamée nous rende, atome après atome, au grand vide de l'univers où nous pourrons participer encore, en quelque manière, du cycle de la vie. Mais ici l'air ne s'agite pas, la mer demeure immobile, nous n'avons jamais froid ni chaud, nous ne connaissons ni aubes ni couchants, et cette terre plus morte que nous ne produit nulle vie animale. Oh les vers, que la mort nous promettait un jour ! Oh chers vermisseaux, mères de notre esprit qui pourrait encore renaître ! En suçant notre fiel, vous nous aspergerez, compatissants, du lait de l'innocence ! En nous mordant, vous guérirez les morsures de nos fautes, en nous berçant de vos cajoleries de mort vous nous donnerez nouvelle vie, car la tombe vaudrait autant pour nous que le giron d'une mère... Mais rien de cela n'adviendra. C'est ce que nous savons, et pourtant c'est ce que notre corps oublie à chaque instant.

— Et Dieu, avait demandé Ferrante, Dieu, Dieu rit ?

— Las non, avait répondu l'écorché, parce que même l'humiliation nous exalterait. Comme il serait beau de voir au moins un Dieu riant, qui se joue de nous ! Quelle distraction serait pour nous le spectacle du Seigneur qui du haut de son trône en compagnie de ses saints se gausserait de nous. Nous aurions la vision de la joie d'autrui, aussi réjouissante que la vision de son courroux. Non, ici personne ne s'indigne, personne ne rit, personne ne se montre. Ici Dieu n'existe pas. Il n'existe qu'une espérance sans but.

— Bon Dieu, que soient maudits tous les saints, chercha à crier alors Ferrante déchaîné, si je suis damné on me laissera cependant le droit de me représenter à moi-même le spectacle de ma fureur ! » Mais il s'aperçut que sa voix sortait faiblement de sa poitrine, que son corps était prostré et qu'il n'arrivait plus à s'envenimer.

« Tu vois, lui avait dit l'écorché, sans que sa bouche réussît à sourire, ta peine a déjà commencé. La haine même ne t'est plus permise. Cette île est le seul lieu de l'univers où il n'est pas accordé de souffrir, où un espoir sans énergie ne se distingue pas d'un ennui sans fond. »

Roberto avait continué d'élaborer la fin de Ferrante, toujours en restant sur le pont, nu comme il s'était mis pour devenir pierre, et pendant ce temps-là le soleil l'avait brûlé au visage, à la poitrine et aux jambes, le ramenant à cette chaleur fébrile à laquelle il avait échappé depuis peu. Désormais disposé à confondre non seulement le Roman avec la réalité, mais aussi l'ardeur de l'esprit avec celle du corps, il s'était senti réenflammé d'amour. Et Lilia ? Qu'était-il arrivé à Lilia, tandis que le cadavre de Ferrante allait rejoindre l'île des morts ?

Par un trait point rare chez les narrateurs de Romans, lorsqu'ils ne savent pas comment freiner leur impatience et n'observent plus les unités de temps et de lieu, Roberto sauta d'un bond par-dessus les événements pour retrouver Lilia des jours après, agrippée à cette planche, alors qu'elle avançait dans une mer maintenant calme, étincelante sous le soleil — et elle s'approchait (et ça mon aimable lecteur, tu n'aurais jamais osé le prévoir) de la côte orientale de l'Ile de Salomon, en somme à l'opposé de l'endroit où était ancrée la *Daphne*.

Là, Roberto l'avait appris par le père Caspar, les plages semblaient moins amicales qu'elles ne l'étaient à l'ouest. La planche, désormais incapable de tenir, se brisa en heurtant un récif. Lilia s'était réveillée et serrée à ce rocher, tandis que les bris du radeau se perdaient au milieu des courants.

A présent elle se trouvait là, sur une pierre qui pouvait tout juste la recevoir, et un court bras de mer — pour elle, un océan — la séparait du rivage. Moulue par le typhon, épuisée par le jeûne, tourmentée encore plus par la soif, elle ne pouvait se traîner du récif à l'arène, par-delà laquelle, d'un regard voilé, elle devinait de pâlissantes formes végétales.

Mais le rocher était torride sous son tendre flanc et, respirant avec peine, au lieu de rafraîchir l'embrasement de son corps, elle tirait à soi l'embrasement de l'air.

Elle espérait qu'à une courte distance jailliraient de frétillants ruisseaux des roches ombreuses, mais ces songes n'apaisaient pas sa soif, ils l'excitaient bien au contraire. Elle voulait demander aide au Ciel, sa langue sèche restant nouée à son palais, ses cris devenaient des soupirs suffoqués.

Comme le temps passait, les lanières du vent la griffaient avec des ongles de rapace, et elle avait peur (plus que de mourir) de vivre jusqu'à ce que l'action des éléments la défigurât, pour la rendre objet de répulsion et non plus d'amour.

Si elle avait même atteint une flache ou un cours d'eau vive, en y approchant les lèvres elle aurait aperçu ses yeux, naguère deux sémillantes étoiles qui promettaient la vie, or devenus deux effarantes éclipses ; et ce visage, où les Amours en badinant avaient élu séjour, or horrible gîte de la répulsion. Si même elle était arrivée à un étang, ses yeux y auraient versé, par pitié de son état, plus de gouttes que n'en auraient distrait ses lèvres.

Ainsi du moins Roberto faisait en sorte que Lilia se souciât d'elle. Mais il en éprouva de la gêne. Gêne envers elle qui, près de mourir, se tourmentait pour sa beauté, comme souvent le voulaient les Romans ; gêne envers lui-même, qui ne savait pas regarder au visage, sans hyperboles de l'esprit, son amour qui se mourait.

Comment pouvait être Lilia, réellement, à ce moment-là ? Comment serait-elle apparue, en lui ôtant cette robe de mort tramée de mots ?

Par les souffrances du long voyage et du naufrage, ses cheveux pouvaient être devenus d'étoupe sillonnée de fils blancs ; son sein avait certes perdu ses lis, son visage avait été labouré par le temps. Ridées étaient à présent sa gorge et sa poitrine.

Mais non, la célébrer ainsi, elle qui défleurissait, c'était s'en remettre encore à la machine poétique du père Emanuele... Roberto voulait voir Lilia comme elle était vraiment. La tête renversée, les yeux hagards qui, rapetissés par la douleur, se montraient trop écartés de la racine du nez — maintenant effilé à la pointe —, alourdis de boursouflures, les coins marqués d'un éventail de ridules, empreintes laissées par un moineau sur le sable. Les narines un peu dilatées, l'une légèrement plus charnue que l'autre. La bouche gercée, couleur améthyste, deux rides en arc aux commissures, la lèvre supérieure un peu proéminente, retroussée et montrant deux pauvres petites dents qui n'étaient plus d'ivoire. La peau du visage doulcement tombante, deux plis lâches sous le menton dégradant le dessin du col...

Et pourtant, ce fruit flétri, lui ne l'aurait pas échangé contre tous les anges du ciel. Il l'aimait, même ainsi, et qu'elle fût différente il ne pouvait le savoir quand il l'avait aimée en la voulant telle qu'elle était, derrière le rideau de son voile noir, un soir d'un lointain passé.

Il s'était laissé égarer durant ces jours de naufrage, il l'avait désirée harmonieuse comme le système des sphères ; or, on lui avait pourtant dit (et il ne s'était pas enhardi à la confesser, celle-là encore, au père Caspar) que sans doute les planètes n'accomplissent pas leur voyage le long de la ligne parfaite d'un cercle, mais en faisant un tour strabique autour du soleil.

Si la beauté est claire, l'amour est mystérieux : il découvrait qu'il aimait non pas le printemps, mais chacune des saisons de l'aimée, tellement plus désirable dans son déclin automnal. Il l'avait toujours aimée pour ce qu'elle était et aurait pu être, et seulement dans ce sens aimer était faire don de soi, sans attente d'échange.

Il s'était laissé étourdir par son grondant exil marin, cherchant toujours un autre soi-même : très mauvais en Ferrante, excellent en Lilia, dont il voulait se glorifier de la gloire. En revanche, aimer Lilia signifiait la vouloir telle que lui-même était, livrés tous deux au travail incessant du temps. Jusqu'alors il avait usé de sa beauté pour fomenter les souillures de son esprit. Il l'avait fait parler en lui mettant dans la bouche les mots qu'il désirait entendre, et dont il était pourtant insatisfait. Maintenant il l'eût voulue près de lui, énamouré qu'il était de sa souffrante beauté, de sa voluptueuse émaciation, de sa grâce blême, de sa vénusté affaiblie, de ses maigres nudités, pour les caresser, empressé, et écouter sa parole, sa parole à elle, pas celle qu'il lui avait prêtée.

Il devait l'avoir en se dépossédant de soi.

Mais il était tard pour rendre un juste hommage à son idole malade.

De l'autre côté de l'île, coulait dans les veines de Lilia, liquéfiée, la Mort.

39

Itinéraire Extatique Céleste

Etait-ce la bonne façon de terminer un Roman ? Les Romans non seulement aiguillonnent la haine afin de nous faire enfin jouir de la défaite de ceux que nous haïssions, mais ils invitent pareillement à la compassion pour ensuite nous emmener découvrir ceux que nous aimons hors de danger. Des romans qui finiraient aussi mal, Roberto n'en avait jamais lu.

A moins que le Roman ne fût pas encore fini, et que restât en réserve un Héros secret, capable d'un geste imaginable au seul Pays des Romans.

Par amour, Roberto décida d'accomplir ce geste, en entrant lui-même dans son récit.

Si j'étais déjà arrivé sur l'Ile, se disait-il, je la pourrais maintenant sauver. Ma paresse seule m'a retenu ici. Or sommes l'un et l'autre ancrés dans la mer, à soupirer après une même terre.

Et pourtant tout n'est pas perdu. Je la vois expirer en ce moment même, mais si en ce moment même j'atteignais l'Ile, j'y serais un jour avant qu'elle n'y arrive, prêt à l'attendre et à la sauver.

Peu importe que je la reçoive de la mer quand elle est déjà sur le point d'exhaler son dernier soupir. En effet, on sait que lorsque le corps en arrive à cette situation, une forte émotion peut lui redonner sève nouvelle, et il s'est vu des mourants qui, en apprenant que la cause de leur infortune avait été écartée, sont redevenus florissants.

Et quelle incomparable émotion, pour cette mourante, que de retrouver en vie la personne aimée ! En fait, je ne devrais pas même lui révéler que je suis différent de celui qu'elle aimait, car c'était à moi et non pas à l'autre qu'elle s'était donnée ; je prendrais simplement la place qui m'était dévolue dès le début. Et ce n'est pas tout : mais sans qu'elle s'en rende compte Lilia sentirait un amour autre dans mon regard, pur de toute luxure, tremblant de dévotion.

Possible, se demanderait n'importe qui, que Roberto n'eût pas réfléchi au fait que ce sursaut lui était octroyé seulement à la condition qu'il aurait vraiment touché l'Ile en l'espace de ce jour, au plus tard dans les premières heures du matin suivant, chose que ses expériences toutes récentes ne rendaient pas probable ? Possible qu'il ne se rendît point compte qu'il projetait d'aborder réellement sur l'Ile pour trouver celle qui y parvenait par la seule vertu de son récit ?

Mais Roberto, nous l'avons déjà vu, après avoir commencé à songer à un Pays des Romans en tout point étranger à son propre monde, était enfin arrivé à faire confluer les deux univers l'un dans l'autre sans peine, et il en avait confondu les lois. Il pensait pouvoir arriver sur l'Ile parce qu'il se l'imaginait, et imaginer son arrivée à elle au moment où lui y était déjà parvenu, car ainsi il le voulait. D'ailleurs, cette liberté de vouloir des événements et de les voir réalisés, qui rend si imprévisibles les Romans, Roberto la transférait à son propre monde : enfin il arriverait sur l'Ile pour la simple raison que — à n'y point arriver — il n'aurait plus su quoi se raconter.

Autour de cette idée, que quiconque ne nous

aurait pas suivi jusqu'ici jugerait folastrie ou frénésie comme on veut (ou voulait alors), il se concentrait maintenant de façon mathématique, sans se cacher aucune des éventualités que raison et prudence lui suggéraient.

Tel un général qui dispose, la nuit précédant la bataille, les mouvements que ses troupes accompliront au cours du jour à venir, et non seulement se représente les difficultés qui pourraient surgir, les accidents qui pourraient déranger son plan, mais va jusqu'à se mettre dans l'esprit du général adverse, afin d'en prévoir manœuvres et contre-manœuvres, et disposer du futur en agissant en conséquence de ce que l'autre pourrait disposer en conséquence de ces conséquences — ainsi Roberto pesait les moyens et les résultats, les causes et les effets, les pour et les contre.

Il fallait qu'il abandonne l'idée de nager vers la barbacane et de la franchir. Il ne pouvait plus en distinguer les passages submergés et il n'aurait pu en atteindre la partie émergente sans affronter d'invisibles embûches, certainement mortelles. Et enfin, en admettant même qu'il eût pu l'atteindre — sur ou sous l'eau, n'importe —, il n'était pas dit qu'il aurait pu y marcher avec ses faibles solerets, ni qu'elle ne celât des escarpements où il serait tombé sans plus en sortir.

On ne pouvait donc rejoindre l'Ile qu'en refaisant le parcours de la barque, c'est-à-dire en nageant vers le sud, côtoyant à distance la baie plus ou moins à la hauteur de la *Daphne*, pour obliquer ensuite vers l'Orient une fois doublé le promontoire méridional, jusqu'à atteindre la petite crique dont lui avait parlé le père Caspar.

Ce projet n'était pas raisonnable, et pour deux raisons. La première, c'est qu'à grand-peine il avait pour l'heure réussi à nager jusqu'à la limite de la barbacane : là, ses forces déjà l'abandonnaient ; et par conséquent il n'était pas sensé de penser qu'il pourrait parcourir une distance au moins quatre ou cinq fois supérieure — et sans funain, non tant parce qu'il n'en avait pas un d'une telle longueur, mais parce que cette fois, s'il allait, c'était pour aller, et s'il n'arrivait pas, revenir en arrière n'avait pas de sens. La seconde, c'était que nager vers le sud signifiait remonter le courant : et, comme il savait désormais que ses forces pouvaient résister sur seulement quelques brasses, il aurait été entraîné inexorablement au nord, au-delà du cap septentrional, s'éloignant de plus en plus de l'Ile.

Après avoir calculé avec rigueur ces possibilités (après avoir reconnu que la vie est courte, l'art étendu, l'occasion instantanée et l'expérimentation incertaine) il s'était dit qu'il était indigne d'un gentilhomme de se laisser aller à des calculs aussi mesquins, comme un bourgeois qui compterait les possibilités qu'il avait en jouant aux dés son avare pécule.

Ou bien, s'était-il dit, il faut faire un calcul, mais qu'il soit sublime, si sublime est la mise. Qu'est-ce qu'il jouait dans son pari ? La vie. Mais sa vie, s'il n'avait jamais réussi à quitter le vaisseau, ce n'était pas beaucoup, surtout à présent qu'à la solitude s'ajouterait la conscience de l'avoir perdue, elle, à jamais. A l'inverse, qu'est-ce qu'il gagnait s'il surmontait l'épreuve ? Tout, la joie de la revoir et de la sauver, en tout cas de mourir sur elle morte, en couvrant son corps d'un suaire de baisers.

C'est vrai, le pari n'était pas égal. Il y avait plus de possibilités de périr dans la tentative que d'atteindre la terre. Mais dans ce cas-là aussi le risque était avantageux : comme si on lui avait dit qu'il tenait mille possibilités de perdre une misérable somme contre une seule de gagner un immense trésor. Qui n'aurait accepté ?

Enfin il avait été traversé par une autre idée, qui lui réduisait dans une large mesure les hasards de cette partie, mieux, qui le voyait gagnant dans les deux cas. Que l'on admît donc que le courant l'avait entraîné dans la direction opposée. Eh bien, une fois passé l'autre promontoire (il le savait pour en avoir fait la preuve avec la planche) le courant le conduirait le long du méridien...

S'il s'était laissé aller à fleur d'eau, les yeux au ciel, il n'aurait jamais plus vu bouger le soleil : il aurait flotté sur cette orée qui séparait l'aujourd'hui du jour d'avant, en dehors du temps, dans un éternel midi. Le temps s'arrêtant pour lui, il se serait arrêté sur l'Ile aussi, retardant à l'infini sa mort à elle, parce que maintenant tout ce qui arrivait à Lilia dépendait de sa volonté de narrateur. En suspens lui, en suspens l'histoire sur l'Ile.

Chiasme des plus pointus, avant tout. Elle se serait trouvée dans la même position où il avait été lui pendant un temps désormais incalculable, à deux brasses de l'Ile, et lui en se perdant dans l'océan lui aurait fait don de ce qui avait été son espoir, il l'aurait tenue suspendue à l'orée d'un interminable désir — tous deux sans futur et donc sans mort à venir.

Puis il s'était attardé à se représenter ce que serait son voyage, et, pour la fusion d'univers qu'il avait désormais ratifiée, il le sentait comme si c'était aussi le voyage de Lilia. C'était l'extraordinaire histoire de Roberto qui garantirait à elle aussi une immortalité que sinon la trame des longitudes ne lui aurait pas accordée.

Il se dirigerait vers le nord à une vitesse douce et uniforme : à sa droite et à sa gauche se suivraient les jours et les nuits, les saisons, les éclipses et les marées, de toutes nouvelles étoiles traverseraient les ciels, apportant pestilences et soulèvement d'empires, monarques et souverains pontifes blanchiraient et disparaîtraient dans des bouffées de poussière, tous les tourbillons de l'univers accompliraient leurs venteuses révolutions, d'autres étoiles se formeraient sur l'holocauste des anciennes... Autour de lui la mer se déchaînerait et puis deviendrait d'huile, les alizés feraient leurs girandoles, et pour lui rien ne changerait dans ce calme sillon.

S'arrêterait-il un jour ? D'après ce qu'il se rappelait des cartes, nulle autre terre, qui ne fût l'Ile de Salomon, ne pouvait s'étendre sur cette longitude, du moins tant qu'elle ne s'unirait pas, au Pôle, à toutes les autres. Mais s'il fallait à un navire, avec le vent en poupe et une forêt de voiles, des mois et des mois et des mois pour accomplir un parcours égal à celui qu'il entreprendrait, quelle durée aurait-il, lui ? Peut-être des années, avant de parvenir au lieu où il ne savait pas ce qu'il en serait du jour et de la nuit, et du passage des siècles.

Mais entre-temps il reposerait dans un si fin amour qu'il n'aurait cure de perdre lèvres, mains, pupilles. Son corps se viderait de toute lymphe, sang, bile ou pituite, l'eau entrerait par chacun de ses pores, en pénétrant dans les oreilles elle lui enduirait le cerveau d'efflorescences salines, remplacerait l'humeur vitreuse des yeux, envahirait ses narines, dissolvant toute trace de l'élément terrestre. Dans le même temps, les rayons solaires l'alimenteraient de particules ignées, et celles-ci aminciraient le liquide en une seule rosée d'air et de feu qui, par force de sympathie, serait rappelée vers le haut. Et lui, désormais léger et volatil, s'élèverait pour s'agréger d'abord avec les esprits de l'air, ensuite avec ceux du soleil.

Et d'elle il en serait de même, dans la lumière immobile de ce récif. Elle s'éploierait comme or battu jusqu'à la lame la plus aérienne.

Ainsi au cours des jours ils s'uniraient en cette entente. Instant après instant, ils seraient vraiment l'un à l'autre comme les jumeaux immobiles du compas, se mouvant chacun au mouvement de son compagnon, s'inclinant l'un quand l'autre se risque plus loin, se redressant quand l'autre se réunit.

Alors tous deux poursuivraient leur voyage dans le présent, droits vers l'astre qui les attendait, poudroiement d'atomes parmi les autres corpuscules du cosmos, tourbillon parmi les tourbillons, désormais éternels comme le monde car brodés de vide. Réconciliés avec leur destin, car le mouvement de la terre apporte maux et peurs, mais le tremblement des sphères est innocent.

Donc la mise lui donnerait dans tous les cas une victoire. Il ne fallait pas hésiter. Mais non plus se disposer à ce triomphal sacrifice sans l'accompagnement de justes rites. Roberto confie à ses papiers les derniers actes qu'il s'apprête à accomplir, et pour le reste il nous laisse deviner gestes, temps, cadences.

Comme première ablution libératoire, il employa presque une heure à ôter une partie de la grille qui séparait le pont du second-pont. Après quoi, il descendit et se mit à ouvrir chaque cage. Au fur et à mesure qu'il arrachait les joncs, il était assailli par un unique battement d'ailes, et il dut se défendre en levant les bras devant son visage, mais en même temps il criait « ouche ! ouche ! » et encourageait les prisonniers, poussant des mains même les poules, qui battaient des ailes sans trouver l'issue.

Jusqu'au moment où, remonté sur le pont, il vit la dense volée s'élever à travers la mâture, et il lui sembla que pendant quelques secondes le soleil était couvert de toutes les couleurs de l'arc-en-ciel, traversées par la blancheur des oiseaux de la mer venus à tire d'aile s'unir, curieux, à cette fête.

Ensuite, il avait jeté à la mer toutes les horloges, ne pensant pas du tout perdre un temps précieux : il effaçait le temps afin de se rendre propice un voyage contre le temps.

Enfin, pour entraver toute couardise, il avait rassemblé à même le tillac, sous la grand'voile, des billots, des planchettes, des tonneaux vides, répandu dessus toute l'huile des lampes, et mis le feu.

Une première gerbe de flammes s'était élevée, qui avait aussitôt léché les voiles et les haubans. Lorsqu'il eut obtenu la certitude que le foyer s'alimentait par sa propre force, il s'était disposé à l'adieu.

Il était encore nu, depuis qu'il avait commencé à mourir en se transformant en pierre. Nu même de tout funain, qui ne devait plus limiter son voyage, il était descendu dans la mer.

Il avait pointé les pieds contre le bois, poussant d'un coup en avant pour s'écarter de la *Daphne* et après en avoir suivi le flanc jusqu'à la poupe, il s'en était éloigné à jamais, vers l'un des deux bonheurs qui certainement l'attendait.

Avant encore que le destin, et les eaux, eussent décidé pour lui, je voudrais que, s'arrêtant de temps en temps pour reprendre haleine, il eût laissé glisser son regard de la *Daphne*, qu'il saluait, jusqu'à l'Ile.

Là-bas, au-dessus de la ligne tracée par la cime des arbres, de ses yeux désormais très perçants, il devrait avoir vu s'élever en vol — comme un dard qui voulait frapper le soleil — la Colombe Couleur Orange.

40

Colophon

Voilà. Et ce qu'il est ensuite advenu de Roberto, je ne sais ni ne crois qu'on pourra jamais le savoir.

Comment tirer un roman d'une histoire pourtant si romanesque, quand en définitive on n'en connaît pas la fin — ou mieux, le véritable début ?

A moins que l'histoire à raconter ne soit pas celle de Roberto, mais de ses papiers — bien que là aussi on doive procéder par conjectures.

Si les papiers (d'ailleurs fragmentaires, d'où j'ai tiré un récit, ou une série de récits qui s'entrecroisent ou s'embrochent) sont arrivés jusqu'à nous c'est parce que la *Daphne* n'a pas complètement brûlé, cela me semble évident. Qui sait, peut-être ce feu a-t-il à peine entamé les mâts, et puis il s'est éteint par cette journée sans vent. Ou bien, rien n'exclut que quelques heures plus tard soit tombée une pluie torrentielle, qui a étouffé le foyer...

Combien de temps la *Daphne* est-elle restée là-bas avant que quelqu'un la retrouvât et redécouvrît les écrits de Roberto ? Je hasarde deux hypothèses, l'une et l'autre fantasques.

Comme j'y ai déjà fait allusion, peu de mois avant ces vicissitudes, et précisément en février 1643, parti de Batavia en août 1642, après avoir touché cette Terre de Van Diemen qui deviendrait par la suite la Tasmanie, voyant seulement de loin la Nouvelle-Zélande, et après avoir mis le cap sur les Tonga (déjà atteintes en 1615 par van Schouten et le Maire, et baptisées îles du Coco et des Traîtres), en faisant voile vers le nord Abel Tasman avait découvert une série de petites îles bordées de sable, les enregistrant à 17,19 degrés de latitude sud et à 201,35 degrés de longitude. Nous n'allons pas discuter sur la longitude, mais ces îles qu'il avait appelées Prins Willems Eijlanden, si mes hypothèses sont exactes, ne devraient pas être loin de l'Île de notre histoire.

Tasman finit son voyage, dit-il, en juin, et donc avant que la *Daphne* pût arriver dans les parages. Mais il n'est pas dit que les journaux de bord de Tasman soient véridiques (et d'ailleurs l'original n'existe plus)*. Essayons donc d'imaginer que, par

---

* N'importe qui peut vérifier si je dis vrai dans P.A. Leupe, « De handsschriften der ontdekkingreis van A.J. Tasman en Franchoys Jacobsen Vissche 1642-1643 », in *Bijdragen voor vaderlansche geschiedenis en oudheidkinde*, N.R. 7, 1872, pp. 254-293. Ils sont, certes, irréfutables les documents rassemblés comme *Generale Missiven*, où il existe un extrait du « Daghregister van het Casteel Batavia » du 10 juin 1643, dans lequel on donne la nouvelle du retour de Tasman. Mais si l'hypothèse dont je vais parler était

une de ces déviations fortuites dont son voyage est si riche, il soit revenu dans cette zone, disons au mois de septembre de cette année-là, et y ait découvert la *Daphne*. Nulle possibilité de la remettre en état, sans mâture et sans voiles comme elle devait être désormais. Il l'avait visitée pour savoir d'où elle venait, et il avait trouvé les papiers de Roberto.

Pour peu qu'il sût l'italien, il avait compris qu'on y discutait du problème des longitudes, raison pour quoi ces papiers devenaient un document très réservé à consigner à la Compagnie des Indes Hollandaises. C'est pour cela qu'il ne dit mot dans son journal de tous ces événements, peut-être falsifie-t-il même les dates afin d'effacer toute trace de son aventure, et les papiers de Roberto finissent alors dans des archives secrètes. Et ensuite Tasman a fait un autre voyage, l'année suivante même, et Dieu seul sait s'il est allé où il a dit[*].

Imaginons les géographes hollandais feuilletant ces papiers. Nous, nous le savons, il n'y avait rien d'intéressant à y trouver, sauf peut-être la méthode canine du docteur Byrd, dont je parie que plus d'un espion s'était déjà informé par d'autres voies. On y trouve mention de l'Observatoire Maltais, mais je voudrais rappeler que, après Tasman, il s'écoule cent trente ans avant que Cook redécouvre ces îles, et, à suivre les indications de Tasman, on n'aurait pas pu les retrouver.

Enfin, et toujours un siècle après notre histoire, l'invention du chronomètre marin de Harrison met un point final à la recherche frénétique du *punto fijo*. Le problème des longitudes n'est plus un pro-

---

fondée, il faudrait bien peu de chose pour supposer que, afin de préserver un secret comme celui des longitudes, même un acte de ce genre eût été altéré. Avec des communications qui de Batavia devaient arriver en Hollande, et Dieu, sait quand elles y arrivaient, un écart de deux mois pouvait passer inaperçu. D'un autre côté, je ne suis pas du tout certain que Roberto soit arrivé dans ces parages en août et pas avant.

* De ce second voyage, il n'existe absolument aucun journal de bord. Pourquoi ?

blème, et quelque archiviste de la Compagnie, pris de l'envie de vider les armoires, jette, offre, vend — qui sait — les papiers de Roberto, désormais pure curiosité pour un maniaque de manuscrits.

La seconde hypothèse est romanesquement plus captivante. Au mois de mai 1789, un fascinant personnage passe dans les parages. C'est le capitaine Bligh, que les mutins du *Bounty* avaient mis dans une chaloupe avec dix-huit hommes fidèles, et confié à la clémence des flots.

Cet homme exceptionnel, quels qu'aient été ses défauts caractériels, parvient à parcourir plus de six mille kilomètres pour prendre enfin terre à Timor. En accomplissant cet exploit, il passe par l'archipel des Fidji, atteint presque Vanua Levu et traverse le groupe des Yasawa. Ce qui veut dire que, pour peu qu'il eût dévié, fût-ce légèrement vers l'est, il aurait très bien pu atterrir du côté de Taveuni, où il me plaît d'inférer que se trouvait notre Ile — mais si des preuves servaient dans des questions qui concernent le croire et le vouloir croire, eh bien, on m'assure qu'une Colombe Orangée, ou Orange Dove, ou Flame Dove, ou mieux encore Ptilinopus Victor, n'existe que là-bas — à ceci près, et je risque de gâcher toute l'histoire, que l'orangée est le mâle.

Or un homme tel que Bligh, s'il avait trouvé la *Daphne* même dans des conditions tout juste raisonnables, comme il était arrivé jusque-là sur une simple barque, aurait fait son possible pour la remettre en état. Mais presque un siècle et demi avait désormais passé. Quelques tempêtes avaient ultérieurement secoué cette carcasse, l'ancre avait quitté, le navire était allé se renverser sur la barrière de corail — ou bien non, il avait été pris par le courant, traîné vers le nord, jeté sur d'autres bancs ou sur les écueils d'une île voisine, et il y était resté, exposé à l'action du temps.

Bligh est probablement monté à bord d'un vaisseau fantôme, à la muraille incrustée de coquillages et verte d'algues, avec une eau stagnante dans le fond de cale éventré, refuge de mollusques et de poissons venimeux.

Peut-être survivait, instable, le gaillard d'arrière, et dans la chambre du capitaine, secs et poussiéreux, ou bien non, humides et macérés, mais encore lisibles, Bligh a trouvé les papiers de Roberto.

Ce n'étaient plus les temps de grande angoisse sur les longitudes, mais peut-être l'ont attiré les références, en langue inconnue, aux Iles de Salomon. Presque dix ans avant, un certain monsieur Buache, Géographe du Roi et de la Marine Française, avait présenté un mémoire à l'Académie des Sciences sur l'Existence et la Position des Iles de Salomon, et il avait soutenu qu'elles n'étaient rien d'autre que cette Baie de Choiseul que Bougainville avait touchée en 1768 (et dont la description apparaissait conforme à celle, ancienne, de Mendaña), et les Terres des Arsacides, touchées en 1769 par Surville. Tant et si bien que, au moment où Bligh naviguait encore, un anonyme, probablement monsieur de Fleurieu, s'apprêtait à publier un livre intitulé *Decouvertes des François en 1768 & 1769 dans les Sud-Est de la Nouvelle Guinée.*

Je ne sais pas si Bligh avait lu les revendications de monsieur Buache, mais dans la marine anglaise on parlait certainement avec humeur de ce trait d'arrogance des cousins français qui se vantaient d'avoir trouvé l'introuvable. Les Français avaient raison, mais Bligh pouvait ne pas le savoir, ou ne pas le désirer. Il pourrait par conséquent avoir conçu l'espoir d'être tombé sur un document qui non seulement apportait un démenti aux Français, mais l'aurait consacré lui comme découvreur des Iles de Salomon.

Je pourrais imaginer que, avant, il avait en esprit remercié Fletcher Christian et les autres mutins pour l'avoir mis brutalement sur le chemin de la gloire, puis il aurait décidé, en bon patriote, de taire à tous sa courte déviation vers l'Orient et sa découverte, et de remettre dans une absolue discrétion les papiers à l'Amirauté britannique.

Mais même dans ce cas-là, quelqu'un les aura jugés d'un faible intérêt, dénués de toute vertu probatoire et — à nouveau — les aura exilés au milieu des tas de paperasses érudites pour lettrés. Bligh renonce aux Iles de Salomon, se contente d'être nommé amiral pour ses autres indéniables vertus de navigateur, et il mourra également satisfait, sans savoir que Hollywood le rendrait exécrable à la postérité.

Et ainsi, une de mes hypothèses se prêtât-elle à la poursuite de la narration, celle-ci n'aurait pas une fin digne d'être racontée, elle laisserait mécontent et insatisfait chaque lecteur. Même de cette façon l'histoire de Roberto ne pourrait pas se prêter à quelque enseignement moral : et nous serions encore à nous demander pourquoi donc il lui est arrivé ce qui lui est arrivé — en concluant que dans la vie les choses arrivent parce qu'elles arrivent, et que c'est seulement dans le Pays des Romans qu'elles paraissent arriver dans quelque but ou par providence.

Que, si je devais en tirer une conclusion, je devrais aller dénicher parmi les papiers de Roberto une note, qui remonte sûrement à ces nuits où il s'interrogeait sur un possible Intrus. Ce soir-là Roberto regardait encore une fois le ciel. Il se souvenait comment à la Grive, quand s'était écroulée sous son grand âge la chapelle de famille, son précepteur carme, qui avait acquis de l'expérience en Orient, conseilla que l'on construisît ce petit oratoire à la mode byzantine, rond de forme avec une coupole centrale, qui n'avait absolument rien à voir avec le style auquel on était habitué dans le Montferrat. Mais le vieux Pozzo ne voulait pas mettre son nez dans des choses d'art et de religion, et il avait écouté les conseils de ce saint homme.

En voyant le ciel antipode, Roberto réalisait qu'à la Grive, dans un paysage entouré de tous côtés par les collines, la voûte céleste lui apparaissait comme la coupole de l'oratoire, bien délimitée par le cercle étroit de l'horizon, avec une ou deux constellations qu'il était capable de reconnaître, si bien que, encore qu'il sût que le spectacle changeait de semaine en semaine, vu qu'il allait se coucher de bonne heure il n'avait jamais eu la possibilité de se rendre compte qu'il changeait même au cours de la même nuit. Cette coupole lui avait donc toujours semblé et stable et ronde, par conséquent tout aussi stable et rond il avait conçu l'univers entier.

A Casal, au milieu d'une plaine, il avait compris que le ciel était plus vaste qu'il ne croyait, mais le père Emanuele le persuadait d'imaginer les étoiles en finesses ingénieuses décrites, plutôt que de regarder celles qui se trouvaient au-dessus de sa tête.

Or donc, spectateur antipode situé devant l'infinie étendue d'un océan, il apercevait un horizon sans fin. Et en haut au-dessus de sa tête, il voyait des constellations jamais vues. Celles de son hémisphère, il les lisait selon l'image que d'autres en avaient déjà fixée, ici la polygonale symétrie du Grand Chariot, là l'exactitude alphabétique de Cassiopée. Mais sur la *Daphne* il n'avait pas de figures préétablies, il pouvait unir n'importe quel point avec chaque autre, en tirer les images d'un serpent, d'un géant, d'une chevelure ou d'une queue d'insecte venimeux, pour ensuite les défaire et essayer d'autres formes.

En France et en Italie, il observait aussi au ciel un paysage défini par la main d'un monarque qui avait fixé les lignes des routes et des services postaux, laissant entre elles les taches des forêts. Ici au contraire il était pionnier d'une terre inconnue, et il devait décider quels sentiers relieraient un pic à un lac, sans critère de choix, parce qu'il n'y avait pas encore de villes ni de villages sur les pentes de l'un ou sur les rives de l'autre. Roberto n'observait pas les constellations : il était condamné à les instituer. Il s'effrayait que l'ensemble se disposât comme une spirale, une coquille d'escargot, un tourbillon.

C'est à ce moment-là qu'il se rappelle une église, toute neuve, vue à Rome — et c'est la seule fois qu'il nous laisse imaginer avoir visité cette ville, sans doute avant son voyage en Provence. L'église lui avait semblé trop différente et de la coupole de la Grive et des nefs, géométriquement ordonnées en ogives et croisées, des églises de Casal. Maintenant il comprenait pourquoi : c'était comme si cette voûte-là était un ciel austral qui donnait à l'œil l'envie d'essayer sans cesse de nouvelles lignes de fuite, sans jamais se reposer sur un point central. Sous la coupole, où qu'il se plaçât, celui qui regardait vers le haut se sentait toujours sur les bords.

Il se rendait compte que, de façon plus imprécisée, moins évidemment théâtrale, vécue à travers de petites surprises jour après jour, cette sensation d'un repos dénié, il l'avait eue d'abord en Provence et ensuite à Paris, où chacun en quelque sorte lui détruisait une certitude et lui indiquait un mode possible de dessiner la carte du monde, mais les suggestions qui lui arrivaient de différents côtés ne se composaient pas en un dessin fini.

Il entendait parler de machines qui pouvaient altérer l'ordre des phénomènes naturels, de manière que le lourd tendît vers le haut et le léger chutât vers le bas, que le feu mouillât et l'eau brûlât, comme si le créateur même de l'univers était capable de s'amender, et pouvait enfin contraindre les plantes et les fleurs contre les saisons, et les saisons à engager une lutte avec le temps.

Si le créateur acceptait de changer d'avis, existait-il encore un ordre qu'Il eût imposé à l'univers ? Peut-être en avait-Il imposé beaucoup, dès le début, peut-être était-Il disposé à les modifier jour après jour, peut-être existait-il un ordre secret qui présidait à ce changement d'ordres et de perspectives, mais nous, nous étions destinés à ne jamais le découvrir, et à suivre plutôt le jeu fluctuant de ces apparences d'ordre qui se réordonnaient à chaque nouvelle expérience.

Et alors l'histoire de Roberto de la Grive ne serait

que celle d'un amoureux malheureux, condamné à vivre sous un ciel excessif, qui n'a pas réussi à se réconcilier avec l'idée que la terre vague le long d'une ellipse dont le soleil est seulement l'un des feux.

Ce qui, comme beaucoup en conviendront, est trop peu pour en tirer une histoire avec une têtc ct une queue.

Enfin, si de cette histoire je voulais extraire un roman, je démontrerais encore une fois que l'on ne peut écrire sans faire le palimpseste d'un manuscrit retrouvé — sans jamais parvenir à se dérober à l'Angoisse de l'Influence. Et je n'échapperais pas à la puérile curiosité du lecteur, qui voudrait au fond savoir si Roberto a vraiment écrit les pages sur lesquelles je me suis par trop entretenu. Pour être honnête, je devrais lui répondre qu'il n'est pas impossible que quelqu'un d'autre les ait écrites, qui voulait seulement faire semblant de raconter la vérité. Et ainsi je perdrais tout l'effet romanesque : où, certes, on fait semblant de raconter des choses vraies, mais on ne doit pas dire sérieusement qu'on fait semblant.

Je ne saurais pas même excogiter à travers quelles ultimes vicissitudes les lettres seraient parvenues entre les mains de qui devrait me les avoir données, les tirant d'un mélange d'autres autographes délavés et griffés.

« L'auteur est inconnu, m'attendrais-je cependant que l'on m'eût dit, l'écriture est jolie, mais comme vous le voyez défraîchie, et les feuillets ne sont désormais qu'une flache. Quant au contenu, pour le peu que j'en ai parcouru, ce sont des exercices de convention. Vous savez comme on écrivait en ce Siècle... C'étaient des gens sans âme. »

Table

Du même auteur :

L'ŒUVRE OUVERTE, Seuil, 1965.

LA STRUCTURE ABSENTE, Mercure de France, 1972.

LE NOM DE LA ROSE, traduit de l'italien par Jean-Noël Schifano, Grasset, 1982. Prix Médicis étranger.

LE NOM DE LA ROSE, édition augmentée d'une *Apostille* traduite de l'italien par Myriem Bouzaher, Grasset, 1985.

LA GUERRE DU FAUX, traduit de l'italien par Myriam Tanant avec la collaboration de Piero Caracciolo, Grasset, 1985.

LECTOR IN FABULA, traduit de l'italien par Myriem Bouzaher, Grasset, 1985.

PASTICHES ET POSTICHES, traduit de l'italien par Bernard Guyader, Messidor, 1988.

SÉMIOTIQUE ET PHILOSOPHIE DU LANGAGE, traduit de l'italien par Myriem Bouzaher, PUF, 1988.

LE SIGNE : HISTOIRE ET ANALYSE D'UN CONCEPT, adapté de l'italien par J.-M. Klinkenberg, Labor, 1988.

LE PENDULE DE FOUCAULT, *roman*, traduit de l'italien par Jean-Noël Schifano, Grasset, 1990.

LES LIMITES DE L'INTERPRÉTATION, traduit de l'italien par Myriem Bouzaher, Grasset, 1992.

DE SUPERMAN AU SURHOMME, traduit de l'italien par Myriem Bouzaher, Grasset, 1993.

LA RECHERCHE DE LA LANGUE PARFAITE DANS LA CULTURE EUROPÉENNE, traduit de l'italien par Jean-Paul Manganaro. Préface de Jacques Le Goff, Le Seuil, 1994.

SIX PROMENADES DANS LES BOIS DU ROMAN ET D'AILLEURS, traduit de l'italien par Myriem Bouzaher, Grasset, 1996.

ART ET BEAUTÉ DANS L'ESTHÉTIQUE MÉDIÉVALE, traduit de l'italien par Maurice Javion, Grasset, 1997.